KB273336

고전문학
교육의
이해와 실제

이 저서는 2012학년도 대진대학교 학술연구비 지원에 의한 것임

고전문학 교육의 이해와 실제

이병찬

도서 출판 박이정

새벽녘에 눈을 뜨니 연구실 창밖의 왕방산 머리가 환하다. 웬일인가 싶어 다시 보니 대보름달이 넘어가고 있는 중이다. 불현듯 언젠가 몽골의 고비사막에서 한밤중인데도 대낮 같아서 놀라 감동에 몸이 떨렸던 기억이 난다.

아! 그렇다. 저것은 다름 아닌 〈찬기파랑가〉, 〈원왕생가〉의 달이며 〈정읍사〉, 〈정과정곡〉의 달이다. 이른 시기부터 사람들은 저 달을 향해 때로는 원망에 눈물 짓고 때로는 기쁨에 환호하면서, 혹은 간절한 기원과 소망을 담아내기도 했던 까닭을 알 것도 같다.

복잡하게 돌아가는 현대생활에서 잠시 살아온 날들과 살아갈 날들을 되새길 때가 있다. 때로는 삶의 가치와 올바른 길을 묻기도 한다. 그 가운데서 우리가 고전을 아끼고 사랑하는 것은 쉴 새 없이 변해가는 세상에서 시간과 공간을 건너뛰어 인생의 진정한 가치와 불변하는 보편성을 지니고 있기 때문일 것이다.

독자들은 〈춘향전〉이나, 〈구운몽〉에서 고귀한 사랑과 인간 존재의 의미와 만나게 되며, 〈단군신화〉를 배우면서는 자신의 정체성을 생각해 보는 계기를 갖게 될 수도 있으리라. 이런 독자들에게 연구를 통해 안내하고 이해를 도우며 교육하는 일은 고전 연구자가 당연히 해야 할 일이기도 하다.

고전에 뜻을 두고 학문에 발을 내디딘 지도 어느덧 30여 년이 훌쩍 지나갔다. 처음 대학을 마치고 고등학교 국어교사로 재직하면서 직장과 학문을 병행할 수 있으리라고 여겼지만, 세월만 흘러 학문은 지지부진한 가운데 10년을 보냈다. 보람도 있었으나 당시에는 이 시간이 그저 아깝기만 했다. 그러나 대학에 몸담은 이후, 돌이켜 보니 많은 글들이 고전과 국어교과교육에 관한 것이 아닌가. 여기에 엮은 논문들은 그 때 국어교사의 경험이 아니었다면 불가능했을 것이다. 실로 '새옹지마'요, '전화위복'이 아닐 수 없다.

이 책은 모두 5부로 구성되어 있다. 국어과교육의 전체적인 변화와 방향을 논의한 총론과 고전시가·고전소설·신화 등과 국어과교육의 관계를 천착한 글들, 마지막으로 문화와 한국어교육에 관한 글을 실었다. 고전시가 부문은 고전시가 교육의 이해, 고려가요의 작품 구조와 자연 표상 등이다. 고전소설 분야는 고전소설 교육의 전제와 실제에 이어, 주로 〈춘향전〉 관련 논문과 교수·학습 방법, 〈흥보가〉의 교수·학습 방법 등을 다루었다. 신화에서는 한국신화의 교육적 의의와 단군신화가 중점적으로 논의되었고, 한국어교육도 크게는 국어과교육에 포함된다는 판단에서 함께 묶었다.

이 중에는 새로 쓴 것도 있고, 이미 발표된 글이라도 이번 기회에 깁고 다듬는 작업이 불가피했다. 최근의 연구 성과를 참고하여 일부를 고쳐 쓰기도 하고 글의 구성을 바꾸기도 하였으며 발상부터 다시 고민한 글도 있다. 다만 집필에 시차가 있어서 현재 교육과정의 방향과 잘 맞지 않는 내용도 있겠으나, 고전은 시대를 초월한다는 점을 감안하여 다소의 손질에 그쳤다.

한자의 표기는 원문을 제외하면 괄호 안에 명기하는 것을 원칙으로 했으며, 각 글의 출전은 글 뒤에 참고문헌과 함께 밝혀 두었다. 이 책이 같은 방면의 연구자들이나 일선 교육 현장의 교사들에게 작은 보탬이 되기를 기대하며, 선배와 동학의 질정을 진심으로 바란다.

출판을 앞두고 감회가 새로우면서도 한편으로는 기쁨보다 두려움이 앞선다. 문득 타계하신 임하(林下) 선생님이 떠오른다. 지하에서 호통이나 치시지 않을까 걱정이다. 책을 꾸미고 나서 전체를 살펴보니 여기에 담긴 학문의 궤적이 선생님의 뒤를 따랐음을 새삼 깨닫게 된다.

향가와 고려가요를 거쳐 '강호가도 연구'에서 정점을 찍으시고, 〈춘향전〉 연구와 신화의 주석에까지 업적을 남기신 것이 그러하다. 그러나 어디 불초한 제자가 스승의 발뒤꿈치에라도 미치겠는가. 아호를 〈용비어천가〉에서 집구하시어, 드넓은 학문의 바다에 보탬이 되는 한 줄기 시냇물이 되라고 '위천(爲川)'이라 지어 주셨지만, 이제야 겨우 도랑물의 물꼬나마 튼 느낌이다. 책을 삼가 스승의 영전에 올린다.

이른 봄인데도 밤새 서울 경기 지역에 대설이 내려 온 세상이 새하얗다. 임진년 봄을 맞아 저 눈 세상처럼 하얀 백지 상태에서 새롭게 시작하고 싶다. 나는 그 길을 앞으로 한국신화를 바탕으로 한 동아시아의 신화 연구에서 찾으려 한다.

책을 내면서 고마운 분들이 참으로 많다. 특히 학문의 방향을 신화의 길로 이끌어 주신 사암(思庵) 선생님의 은혜를 잊을 수 없다. 연로하신 아버님이 내내 건강하시기를 기원해 본다. 어려운 여건에서도 기꺼이 출판을 허락해 주신 박이정 출판사의 박찬익 사장님과 편집에 고생하신 공혜정님, 표지 디자인을 멋지게 해주신 최민영님께도 감사드린다.

임진년 새 봄, 왕방산의 설경을 바라보며
위천 이병찬 씀

1부

총 론

국어과교육의 변화와 방향

국어과교육의 변화와 방향

1. 머리말

현재 국어 교사가 되는 길은 여섯 가지 정도로 다양하게 열려 있다. 정리하면 '① 우선 교육대학이나 사범대학 국어교육과에 입학하여 배우고 교사임용시험에 합격한다 ② 교육대학이나 사범대학에 재학하면서 국어교육을 복수 전공으로 선택하여 배우고 시험에 합격한다 ③ 일반대학의 국어국문학과에 재학하며 공부하고 교직과정을 이수하여 자격증을 받고 시험에 합격한다 ④ 일반 편입으로 국어교육과에 들어가 공부하여 시험에 합격한다 ⑤ 양성과정이 있는 교육대학원 국어교육 전공에 들어가 필요한 선수 과목이나 교직 과목을 이수하여 시험에 합격한다 ⑥ 대학 졸업 후에 학사 편입으로 국어교육과에 들어가 공부하고 시험에 합격한다' 등이다.

위와 같은 과정을 거쳐서 졸업과 동시에 국어과 2급 정교사 자격증을 받으면 그 다음은 국어 교사가 되는 것인데, 이를 위해서는 여러 가지 준비가 필요하다. 국어 교사로서의 자질과 능력과 소양과 태도도 일정한 수준 이상으로 갖추어야 한다. 즉 '국어 교사로서의 교과 전문성'을 획득해야 하는 것이다.[1]

---

1) 최지현 외, 『국어과 교수 · 학습 방법』, 도서출판 역락, 2009, 5~6쪽.

국어 교과는 초·중등학교 학생들에게 우리 민족의 사상과 정서가 살아 숨쉬는 국어를 정확하고 효과적이고 창의적으로 사용하는 능력과 태도를 길러 주기 위해 설정된 교과이다. 2010학년도부터 2007 국어과 교육과정이 학교 현장에 적용되기 시작했기 때문에, 이에 대한 검토를 통하여 교육과정에 따른 국어과 교육의 새로운 방향을 모색해야 할 필요가 있다. 거기에다 2007 교육과정이 제대로 시행도 되기 전에 일부가 수정된 2009 교육과정이 발표되어 현재 일선 학교에서는 약간의 혼선이 불가피한 실정이다.

2009 교육과정은 고등학교 선택 과목 교육과정만 개정하여 시행 단계에 있는데, 여기에 2011년 8월 9일에 2011 교육과정이 또한 확정, 고시된 상태이다. 지금은 국민 공통 기본 교육과정으로서의 국어 과목은 2007 국어과 교육과정이 적용되고 있다. 따라서 이 글은 2007 교육과정과 2009 교육과정을 검토하여 학교 현장의 국어교사들에게 도움을 주기 위해 집필되었다.

먼저 국어과 교육과정의 역사적 변천을 간략하게 살펴보고, 2007 교육과정을 중심으로 개편에 다른 국어과 교육의 내용과 그 변화를 정리하기로 한다.

2. 〈국어과〉 교육과정의 역사적 변천

국어 교과의 내용이 '언어 사용 기능(표현, 이해)', '문학', '언어 지식' 등의 3대 영역으로 설정된 것은 제4차 교육과정부터이다. 제1차에서 제3차 국어과 교육과정까지는 국어과 교육의 영역이 국어사용 활동을 중심으로 구성되었다.

제4차에서는 국어과 교육의 본질이 국어과 교육의 관련 분야 학문이 제공하는 지식과 개념에 대한 교육에 있다는 관점을 비교적 철저하게 반영하였다. 이에 의하면 국어과 교육의 내용은 주로 국어과의 세 분야, 즉 언어 사용 기능, 문학, 언어 지식 분야의 학문으로부터 선택한 지식이다. 언어 사용 기능 교육의 내용은 수사학으로부터 선정된 개념과 명제와 절차이며, 문학교육의 내용은 문학이론으로부터 선정된 개념과 명제이고, 언어 지식 교육의 내용은 언어학으로부터 선정된 개념과 명제와 절차이다.[2]

제4차 국어과 교육과정의 내용을 구성하는 데 기여한 학문 중심 교육과정 이론은 국어과 교육 내용을 선정하는 데는 물론이고 국어교육학을 정립하는 데 기여하였다. 그러나 당시는 국어과 교육의 배경 학문인 언어 표현 이론과 표현 교육 이론, 언어 이해 이론과 이해 교육 이론, 언어 지식 교육 이론, 문학 교육 이론 등이 제대로 개발되어 있지 않았기 때문에 여러 가지 문제점을 안고 있었다. 그럼에도 불구하고 국어과 교육이 학문적 배경을 가진 이론에 바탕을 두어야 한다는 시각은 여러 관련 분야의 연구를 활성화하였으며, 나아가서 '국어교육학'이라는 학문 분야의 기틀을 제공하였다.

제5차 국어과 교육과정에서는 국어교육을 통한 성취 목표를 언어에 의한 지적 기능의 신장·정서의 함양과 사회성의 발달로 보고, 말과 글을 통하여 학생들의 표현 기능과 이해 기능을 신장하는 데에 중점을 두고 내용을 구성하였다. 그리하여 국어교육의 배경 학문(언어학, 문학, 수사학 등)에 대한 이해보다는 학생들의 언어적 성장을 중요한 교육적 성취로 인식하였다. 제5차에서 중요하게 고려된 점은 다음과 같다.[3]

첫째, 표현과 이해는 언어와 사고를 연결짓는 정신적 과정이므로, 학생들의 직접적인 언어 활동 참여와 자신들의 언어 사용과정에 대한 실제적인 인식에 중점을 두었다.

둘째, 국어과 교육을 통하여 학습해야 할 내용은 기능과 지식으로 나눌 수 있는데, 제5차에서 중시한 지식은 무엇에 관한 지식보다는 어떻게에 관한 지식이다.

셋째, 말하기, 듣기, 읽기, 쓰기, 언어, 문학의 영역으로 구분된 내용 영역 중에서 언어 사용 기능 영역에서는 실제의 언어생활에서 많이 접하는 것을 학습활동의 소재로 선정하였다.

넷째, 언어 사용이 사고와 언어를 연결짓는 지적 과정이라는 점에서 내용 선정에서 사고와 언어를 연결짓는 활동을 특히 강조하였다.

다섯째, 학년간의 내용 선정에서는 논리적인 원리보다 심리적인 원리를 중시

---

2) 이대규, 『국어 교과의 논리와 교육』, 교육과학사, 1995.
3) 노명완·박영목·권경안, 『국어과 교육론』, 갑을출판사, 1988.

하였는데, 사적인 언어사용에서 공적인 언어사용으로, 단순한 것에서 복잡한 것의 순으로, 구체적인 것에서 추상적인 것의 순으로 내용 및 활동을 조직하였다.

여섯째, 말하기, 듣기, 읽기, 쓰기의 언어활동이 서로 유기적으로 연결될 수 있도록 교육과정의 내용을 선정하였다.

일곱째, 언어 지식 영역과 문학 영역에서는 최소한의 기초적인 지식과 개념을 이해할 수 있도록 내용을 엄선하여 제시하였으며, 이들 지식이나 개념들이 언어적 또는 문학적 맥락 속에서 다루어지도록 하였다.

제6차 국어과 교육과정의 특징은 국어과 교육의 내용 체계를 각 영역별로 구조화하여 제시하였다는 점이다. 국어과 교육의 목표를 성취하는 데 필요한 내용을 선정하고 이를 다시 체계화하여 일관되게 구조화하는 문제는 매우 어려운 과제이다. 제6차에서는 이러한 점을 전제로 하여 층위가 서로 다르기는 하지만, 국어과는 국어교육의 목표 성취에 상호보완적으로 작용하는 '언어사용 기능', '언어 지식', '문학'의 통합으로 구성된 교과라는 관점을 취하고, 다음과 같은 원칙에서 각 영역의 내용을 체계화하였다.[4]

첫째, 언어 기능으로서의 말하기, 듣기, 읽기, 쓰기 영역의 '내용 체계'는 실제적인 언어 사용 활동이 통합적으로 이루어질 수 있도록 하기 위하여, 지도 내용을 크게 '본질, 원리, 실제'의 세 가지 범주로 하고 각 범주의 하위 지도 내용을 구조화하였다.

둘째, 언어 지식 영역의 지도 내용을 크게 '언어의 본질', '국어의 이해', '국어의 사용'의 세 가지 범주로 유목화하여 각 범주의 내용을 구조화하였다.

셋째, 문학 영역은 지도 내용을 '문학의 본질', '문학 작품의 이해', '문학 작품 감상의 실제'로 유목화하고 각 범주의 내용을 구조화하였다.

넷째, 학생들의 전인적 성장을 돕기 위하여 정의적 영역의 지도 내용을 체계화하였다. 이는 국어 교육의 내용이 지식 및 기능에 편중될 위험성을 배제하기

---

4) 박영목 · 한철우 · 윤희원, 『국어과 교수 학습 방법 탐구』, 교학사, 1995.

위한 것인데, 국어 교육 관련 '태도 및 습관' 요인은 '내용 체계'에서는 각 영역별 '실제' 범주의 하위 항목으로 구조화하였다.

　현대의 교육과정 이론은 전통주의, 개념적 경험주의, 재개념주의 등으로 구분될 수 있다. 전통주의자들은 교육의 목적을 인간 행동의 바람직한 변화에 둔다. 행동주의적 사고에 기초한 전통주의적 교육과정에서는 관찰 가능한 교육 목표를 진술하는 일을 중시하며, 진술된 행동 목표는 일정한 평가 방법을 통하여 목표 달성이 확인되어야 한다는 입장을 취한다. 지식을 앎의 과정으로 인식하지 않고 구체적 사실로서 인식하는 경향을 보인다.

　개념적 경험주의자들은 모든 학문에 내재하는 지식의 구조를 중시하며, 실증주의적 합리성에 근거한 양적 연구 방법을 주로 사용한다. 한편 재개념주의자들은 교육과정을 보다 넓은 사회 구조와 질서 속에서 거시적으로 파악하려고 하며, 학교사회에서의 지식과 문화와 권력과 사회적 통제 사이의 관계를 중시하고, 개인의 실존적 경험, 주관성, 의미, 저항 등의 문제를 심층적으로 해석하고자 한다.

　제6차 교육과정은 위와 같은 세 가지 교육과정 이론의 장점을 두루 살리는 통합적 입장을 취하였으며, 각론의 개발 연구 과정에서 지침으로 활용되었다. 국어 교과를 구성하는 세 가지 영역 사이의 관계를 대립적이거나 종속적인 관계로 인식하지 않고, 서로 다른 차원에서의 역할과 기능을 상호보완적으로 수행하는 관계로 인식하였다.

　제7차 국어과 교육과정의 구성 방향은 학습자 중심의 교육과정 구성, 교육 효과의 극대화를 위한 교육 내용의 구조화, 중복되거나 불필요한 학습 내용의 축소 및 통합 등으로 정리할 수 있다.[5] 제7차의 구성 체계는 큰 틀에서 제6차와 큰 차이가 없으나 세부적인 면에서는 교육과정의 운영에 실질적인 도움을 줄 수 있는 체제로 구성되어 있다.

　제7차는 국어과 교육의 목표를 '국어 사용 능력의 신장'에 두고, 국어과 교육의 성격에 관한 다양한 관점들이 국어과 교육의 상위 목표를 달성하는 데 상호보완

---

[5] 이인제 외, 『제7차 국어과 교육과정 개발 연구』, 한국교육개발연구원 연구 보고 CR 97-23, 1997.

적으로 기여할 수 있다는 점을 중시하여 국어교과의 성격을 규정하고자 하였다. 창의적인 국어 사용 능력은 국어의 작용 양상 및 구조와 체계에 대한 이해를 바탕으로 점진적으로 신장될 수 있으며, 이러한 능력은 기성의 국어 문화를 창의적으로 해석하고 비판적으로 수용하여 새로운 국어 문화 창조의 원동력으로 작용하는 바탕이 된다고 인식하였다.

이에 따라 제7차 국어과 교육과정에서 국어과 교육의 목적은 '정확한 국어 사용 능력의 신장, 국어 문화의 향수, 가치 있는 새로운 국어 문화 창조' 등으로 하였다.

다음으로 2007 국어과 교육과정은 국어과의 성격을 "한국인의 삶이 배어 있는 국어를 창조적으로 사용하는 능력과 태도를 길러, 국어를 정확하고 효과적으로 사용하게 하고, 미래 지향적인 민족의식과 건전한 국민 정서를 함양하며, 국어 발전과 국어 문화 창달에 이바지하려는 뜻을 세우게 하기 위한 교과"로 규정하였다. 이를 통해 국어과는 기능적 문식성의 신장과 국어 문화의 창조, 공동체 발전과 자아 성장에 중점을 두어야 하는 교과임을 분명히 하였다.

2007에서 국어과 교육의 목표는 학습자가 성취하기를 기대하는 도달점을 포괄적, 종합적으로 기술한 '전문'과 이를 한 단계 구체화한 '세부 목표'로 구성되어 있다. 이러한 목표 진술을 통하여 국어과의 지향점이 인지적 교육 내용으로서의 지식의 습득과 기능의 향상, 정의적 교육 내용으로서의 태도, 가치, 동기, 습관 등에 대한 학습을 균형 있게 하여 지적으로 성숙하고 정서적으로 안정된 균형 잡힌 한국인을 양성하는 데 있음을 명시하였다.

다음에는 국어과 교육과정 내용의 선정을 보기로 한다. 이것은 각 교육과정별로 국어교육의 성격과 목표를 어떻게 규정하는가에 따라 달라질 수 있다. 제6차에서는 국어과의 성격을 '언어 사용 기능을 신장시키고, 국어에 관한 기본이 되는 지식을 가지게 하며, 문학의 이해와 감상 능력을 길러 주는 교과'로 규정하기도 했다.

또한 고등학교 국어과 교육의 일반적인 목표를 '국어 생활을 정확하고 효과적으로 하며, 언어와 국어에 관한 체계적인 지식을 갖추고, 문학의 이해와 문학 작품 감상 능력을 기르며, 국어의 발전과 민족의 언어 문화 창조에 이바지하게 한다'로 규정하고 있다. 이에 따라 제6차에서는 내용 영역을 언어 사용 기능 영역으로서의 말하기·듣기·읽기·쓰기, 언어 지식 영역, 문학 영역 등 여섯 개의 영역을 설정하였다.

제7차와 2007, 2009 국어과 교육과정에서의 내용 구성 또한 기본적으로 제6차에 제시된 국어과 교육의 성격과 목표에 바탕을 둔 영역 설정에서 출발하고 있다.

제7차의 내용 체계는 제6차를 근간으로 수정·보완되고 정교하게 되었다고 할 수 있다. 이어서 2007 국어과 교육과정은 제7차의 취지를 유지하여 국민 공통 기본 교육과정의 정신 구현에 적합한 내용 체계를 구안하였다. 즉 국민 공통 기본 교육 기간 10년(초등학교 1학년부터 고등학교 1학년까지)을 하나의 단위로 보아 단일한 내용 체계를 마련하였다. 제7차와 같이 영역을 말하기, 듣기, 읽기, 쓰기, 문법, 문학으로 설정하였으며, 6개 영역은 국어 교육의 궁극적인 목표인 국어 능력의 신장에 기여해야 한다는 관점에서 내용 체계를 구성하였다.

그리고 국어 교육이 개별적이고 독립적이며 단편적인 지식이나 기능을 익히는 활동보다는 구체적인 담화와 글을 수용하고 생산하는 활동을 지향해야 한다는 관점에서 내용 체계를 구성하였다. 제7차에서 내용 범주(본질, 원리, 태도)가 상위 범주였고 실제 범주는 하위 범주였던 것을, 2007에서는 실제 범주를 상위 범주로 하고 내용 요소 범주(지식, 기능, 맥락)를 실제 범주의 규정을 받는 하위 범주로 설정하였다. 즉 언어의 실용적인 기능을 중시한 변화이다.

또한 2007에서는 내용 요소 범주에서 태도를 삭제하였다. 태도 범주에 포함된 '동기', '흥미', '습관', '가치'를 학년별, 영역별로 제시함으로써 언어 활동에 대한 긍정적인 태도가 특정 학년, 특정 영역에서 형성될 수 있다는 선입관을 배제하였다.

한편 2007 국어과 교육과정에서는 내용 요소 범주로 '맥락' 범주를 새롭게 설정하였다. 담화와 글의 수용, 생산 활동, 지식과 기능의 쓰임은 그 자체만으로 적절성을 평가할 수 없고, 이들과 상호 작용하는 맥락과의 관계 속에서 그 적절성이 평가된다. 맥락의 강조는 언어 활동에 역사성, 사회성, 윤리성을 부여하고, 언어 활동이 갖는 관계성, 소통성, 대화성을 환기시킴으로써 비판적, 성찰적인

언어 학습자를 기르는 데 목적을 두었다.[6]

다음에는 2007 국어과 교육과정의 영역별 내용과 변화에 대해서 구체적으로 살펴보고자 한다.

3. 2007 〈국어과〉 교육과정 개편의 내용과 변화

3.1 국어 교과의 특성과 학습 환경의 변화

국어 교과는 학생들의 국어 활동 능력의 신장을 위한 교과이다. 따라서 국어 교육의 가장 기본적인 목표는 학생들로 하여금 국어 활동 능력을 제대로 갖추게 하는 데 있을 것이다. 그런데 국어 활동 능력에 대한 기준은 역사적으로 크게 변화해 왔고, 개인이 속한 사회 집단에 따라서도 서로 인식을 달리 하기 때문에 규정짓기가 쉽지 않은 일이다. 하지만 학생들에게 장차 그들의 삶에서 필요한 국어 활동의 요구를 충족시킬 수 있는 능력을 국어교육을 통하여 길러 주어야 한다는 사실은 분명하다.

아울러 국어 교과는 그 자체로도 중요하지만 다른 교과에서의 학습을 뒷받침 하는 기능을 한다는 점도 확실하다. 국어교육에 대한 이러한 시각은 교사는 물론 이고 학부모와 교육행정가, 교육정책 수립가 등 우리 교육에 대한 책임을 지고 있는 모든 이들이 반드시 공유해야 할 것이다. 결국 국어 활동 능력은 유의미한 활동과 상황에서의 교육을 통해서 개발될 수 있다.

언어로서의 국어는 한 인간을 세상에 드러내게 함과 동시에, 자신을 이 세상에 잘 알릴 수 있는 가장 강력하고도 유용한 도구이다. 국어는 의사소통의 수단일 뿐만 아니라 사고의 기본적인 매체이고, 우리 문화를 규정짓는 특성이며, 개인의 정체성을 나타내는 확실한 표지이기도 하다.

여기에 국어 활동은 상상적 행위로서 우리들 각자의 상상과 경험을 우리의 정신 속에 구성해 준다. 21세기 정보화 사회의 중요한 과제 중의 하나는 의사소 통의 방식과 정보의 습득 및 지식의 생산 방식이 급격하게 변화하는 데 따라,

---

6) 박영목, 『국어과 교수 학습 방법 연구』, 도서출판 박이정, 2011, 16~25쪽.

학생들이 이에 창의적으로 대처할 수 있는 국어 활동 능력을 길러 주는 일이다.

오늘날의 사회에서는 개인의 국어 활동 능력에 대한 기대가 점점 더 높아지고 복잡해지고 있다. 디지털 시대의 도래와 함께 인쇄 매체, 음성 매체, 영상 매체 등의 구분이 어려워지고, 다양한 소통의 매체들이 출현하고 있는 실정이다. 책, 텔레비전, 영화, 음악 등의 전통적인 매체가 인터넷과 스마트폰 등을 통해 재형상화되고 간편하게 교환될 수 있는 디지털 매체로 전환되고 있는 것이다.

읽기 활동의 경우 문어매체에 대한 읽기 기능이 여전히 필수적이기는 하나, 실제로 사람들이 접하게 되는 많은 정보들은 그림이나 사진, 동영상 자료 등의 형식, e-book 등 웹사이트나 데이터베이스에서 볼 수 있는 다층적 형태로 제시되기 때문에 이러한 매체별 특성에 맞는 읽기 능력을 학습할 필요가 있다. 새로운 국어 활동 능력을 위해서는 컴퓨터 능력만으로는 불충분하며 광범위한 영역의 기술적 지식과 함께 비판적 사고력, 학습 과정에 대한 이해와 실행 능력 등을 통합적으로 갖추어야 한다.

21세기의 사회에서 요구되는 국어 활동 능력은 기술 문식력, 정보 문식력, 매체 창의성, 사회적 능력과 책임 등에서 그 특성을 규정할 수 있다. 기술 문식력은 다양한 원천으로부터 정보에 접근하고, 가정·학교·직장 등의 여러 환경에서 다른 사람과 의사를 소통하기 위해서 인터넷과 스마트폰 등의 새로운 매체를 효율적으로 활용할 수 있는 능력과 연관되는 개념이다.

정보 문식력은 정보를 수집하고, 그 정보를 평가하여 적절한 맥락에서 활용하고, 수집한 정보의 연관성과 질을 비판할 수 있는 능력과 관련된다. 매체의 창의성은 학습과 직업, 시민생활을 위한 정당한 수단인 매체의 내용을 생산하고 보급할 수 있는 능력과 연관되는 것이다. 사회적 능력과 책임은 매체 사용자로서 정보를 선정하고 여과하기 위하여 적절한 도구와 지식의 보유, 그리고 매체 생산과 보급의 사회적 결과를 신중하게 고려할 수 있는 능력과 책임감 등과 연관되는 개념이다.

디지털 기술이나 매체의 발달과 함께 교육에서도 새로운 학습 환경을 조성할 수 있는 수단을 갖추게 되었다. 학생들은 시간과 공간의 제약을 벗어나 자유롭게 광범위한 정보에 접근할 수 있게 되었고, 학습 내용도 수직·수평적으로 크게 확충되었으며 학생들의 흥미, 요구, 능력에 따라 쉽게 조절될 수 있게 된 것이다. 학생들은 필요한 학습 정보를 수동적으로 수용만 하는 것이 아니라, 능동적으로 조절하고 적용함으로써 자신들의 학습 경험을 재구조화하고 재설계할 수 있게 되었다.

이에 따라 평생학습의 중요성이 더욱 커질 것이고, 이제 사람들은 국경을 넘나들며 다른 세계와 소통하면서 생각과 정보를 공유하며, 서로 다른 가치체계와 문화에 대한 이해를 심화할 수 있게 되어가고 있다.

앞으로의 국어교육은 이러한 사회적 변화에 부응하는 방향으로 변화해야 한다. 그 변화의 하나가 2007 국어과 교육과정에 반영된 '맥락' 개념의 강조와 '매체언어' 과목의 도입인 것이다.

3.2 국어 과목의 성격

국어과에서는 전통적으로 언어 사용 기능의 신장을 중시하였다. 언어 사용 기능이란 언어를 통한 표현과 이해의 기능으로, 단순히 지식을 표출하거나 수용하는 것을 넘어서 의미를 언어화(표현)하고, 언어에서 의미를 표출하고 재구성(이해)하는 사고 기능을 의미한다.

이러한 표현과 이해의 기능은 문제 해결이나 의사 결정과 밀접하기 때문에 그를 통하여 합리적이고 창의적인 사고력을 효과적으로 길러 줄 수 있는 것이다. 뿐만 아니라 언어 사용 활동은 인간과 사회, 자연에 대한 이해는 물론이고 언어 사용과 관련되는 사회적 관습과 태도를 길러 주게 된다.

다음으로 국어에 대한 지식도 국어과에서 중시되어 왔다. 언어와 국어에 대한 기본적인 지식을 학습시키는 것인데, 이것은 그 자체로서보다는 국어를 바르게 사용할 수 있는 기능을 기르는 데 도움이 되는 것이어야 한다. 국어에 관한 지식의 전달은 일방적인 것이 아니라 학습자가 언어 현상에서 규칙을 발견할 수 있는 탐구 능력 위주의 쌍방적인 것이어야 한다. 즉 국어에 관한 지식의 적절한 활용으로 국어를 보다 정확하고 효과적으로 사용하는 능력과 함께 언어 현상에서 규칙과 원리를 발견하는 탐구 능력을 기르고, 국어의 중요성을 깨닫게 하여 국어를 소중히 여기며, 민족의 언어인 국어를 발달시키는 데 이바지하겠다는 태도를 기르는 것이다.

문학의 이해 및 감상 능력 또한 국어과에서 전통적으로 중시되어 온 것이다. 문학 영역에서는 문학 작품 감상을 통하여 즐거움을 느끼고, 삶의 다양한 모습에 관심을 가지고 이해하게 하며, 풍부한 상상력을 길러 주고자 하는 것이다. 문학에 대한 체계적인 지식을 바탕으로 문학 작품을 이해할 수 있는 지적 능력을 발달시키고, 예술로서의 문학이 지닌 심미적 가치를 올바르게 인식할 수 있도록 하는 데 주안점을 둔다.

광복 이후 60여 년 동안 국어과 교육에서 문학을 가르쳐 왔지만, 문학 작품의 감상 능력의 신장보다는 문학에 관한 지식의 전달에 치우친 경향이 강했다. 그래서 교육과정에서 문학에 대한 지식의 학습은 문학 작품 감상의 기초가 되어야 함을 강조한 것이다.

2007 국어과 교육과정이 특히 지향하고 있는 창의적, 비판적 국어 사용 능력은 언어 활동의 반복에 의한 숙달보다 국어 활동과 국어와 문학에 대한 기초적인 지식의 학습이 체계적으로 선행될 때 효과적으로 향상된다. 국어 활동에 대한 지식은 비판적·창의적인 국어 사용 능력을 기르는 데, 국어 지식은 국어 현상을 탐구하고 국어에 대한 의식을 강화하는 데 기여한다.

또한 문학에 대한 지식은 문학 작품의 수용을 통해 인간의 삶을 총체적으로 이해하는 능력과 심미적 정서를 함양하는 지적 기반이 된다. 이러한 지적 기반이 국어를 정확하고 비판적으로 이해하고 표현하는 능력과 사상과 정서를 효과적이고 창의적으로 표현하는 능력과 태도를 길러 주고, 국어 교육의 이념적 지향인 국어 문화의 이해와 창조에 기여한다는 관점에서 국어 과목의 성격을 규정하였다.

3.3 국어과 영역별 강조점

2007 교육과정 국어과의 영역별 세부적인 지도의 방향은 아래와 같다.

'말하기, 듣기, 읽기, 쓰기'의 학습은 실제 상황에서의 주체적인 국어 활동을 강조하였다. 주어진 문제 상황을 자신의 언어 활동을 바탕으로 해결하는 경험을 할 때, 비판적이고 창의적인 국어 능력이 신장된다는 관점을 수용한 것이다. 담화나 글은 구체적인 상황과의 관계 속에서 생성·존재하며, 학습자가 이 점을 인식할 때 주체적인 국어 활동을 할 수 있다.

'문법'은 언어 현상에서 규칙을 찾아내는 탐구 활동을 강조하고, 학습한 지식을 국어 사용의 실제에 적용하는 활동이 교수·학습에서 이루어져야 함을 명시하였다. 이는 단편적인 지식 전달 위주의 국어 지식 학습을 개선하려는 의도이다.

'문학'은 문학 작품을 찾아 읽고 해석하며, 문학 작품을 생산하는 학습 활동을 함으로써 작품에 나타난 인간의 삶을 총체적으로 이해하고 문학적 상상력이 향상되도록 이루어져야 함을 강조하였다. 인간의 삶에 대한 총체적인 이해와 문학적 상상력의 향상이 문학을 학습하는 궁극적인 목표이며, 이러한 능력은 작품에 대한 능동적이고 비판적인 해석 활동과 작품 창작 활동을 통해 길러진다고 본 것이다.

이와 더불어 국어과 교육이 지향해야 할 바를 초등학교와 중등학교로 나누어서 제시하였는데, 이해력과 표현력의 경우에 초등학교에서는 정확성·효율성을, 중등학교에서는 정확성과 비판적 태도·창의성을 강조하도록 하였다.

국어 활동을 통해 초등학교에서는 사고력과 상상력, 중등학교에서는 고등 사고력과 심미적 안목을 기르는 데 초점을 두었다. 국어에 대한 태도는 초등에서는 국어에 대해 관심을 가지고 즐기는 데, 중등에서는 국어 문화를 발전시키려는 적극적인 태도를 형성하는 데 관심을 기울이도록 하였다. 물론 이러한 지향점이 명확하게 구분되지는 않지만, 학습자의 인지적·정의적 발달 특성과 주변 환경에 따라 지도의 강조점이 달라질 수 있다는 점을 고려한 것이다.

3.4 고등학교 국어과 선택 과목의 변화

2007 교육과정의 고등학교 국어 선택 과목은 국민 공통 기본 교육과정에 있는 국어 과목의 하위 내용 영역과 연계하여 '화법, 작문, 독서, 문법, 문학, 매체 언

어'의 여섯 개 과목으로 하였다. 그러나 선택 과목이 지나치게 세분화되었고, 특히 일부 과목은 대학수학능력시험의 '언어 영역'과 직접 연계되지 않아서 학생들이 선택에서 거의 제외되는 현상이 나타났다.

그리하여 2009년 교과서 개편 전에 서둘러 이를 '화법과 작문 Ⅰ·Ⅱ, 독서와 문법 Ⅰ·Ⅱ, 문학 Ⅰ·Ⅱ'로 재구조화하였다. 동시에 10학년(고등학교 1학년)의 필수 과목이었던 '국어' 과목을 선택 과목으로 편성하였다. 이에 따라 2011년에는 '국어', 2012년에는 나머지 국어 관련 선택 과목들이 새로운 교과서로 학습하게 된다.[7]

그런데 이것을 2011 개정 교육과정(2011년 8월 9일)에서 또 다시 개정하였다. 그 내용은 고등학교의 선택 과목인 '국어'를 '국어 Ⅰ'과 '국어 Ⅱ'로 하고, 나머지 선택 과목의 Ⅰ과 Ⅱ의 구분을 없애고 '화법과 작문, 독서와 문법, 문학, 고전' 등으로 제시하였다. 즉 국어 관련 선택 과목의 수를 다섯(국어 포함)으로 줄이면서, '국어'를 강화하고 나머지는 축소한 것이다.

고전을 독립 과목으로 설정한 점이 특징적이며, 한국사를 필수로 지정하여 2012학년도 1학년부터 적용하기로 하였다. 뿐만 아니라 기존의 '특별활동과 재량활동'을 묶어서 '창의적 체험활동'으로 바꾸고, 그 구체적인 활동은 '자율활동', '동아리활동', '봉사활동', '진로활동' 등으로 하였다.

이 교육과정의 시행은 2013년 3월 1일부터 초등학교 1,2학년, 중학교 1학년, 고등학교 1학년(영어)에 적용될 예정이다. 점차적으로 이를 학교 급별, 학년별로 확대하여 2016년 3월 1일 고등학교 3학년까지 마무리되게 된다. 따라서 앞으로는 2014년에 '국어 Ⅰ·Ⅱ', 2015년에 나머지 국어 관련 선택 과목들이 새로운 교과서로 진행될 것으로 전망된다.[8]

---

7) 교육인적자원부, 2007 국어과 교육과정, 2007.
   교육과학기술부, 2007 국어과 교육과정 해설, 2008,
   교육과학기술부, 2009 고등학교 국어과 선택과목 교육과정, 2009.
   교육과학기술부, 2009 고등학교 국어과 선택과목 교육과정 해설, 2010.
8) 교육과학기술부, 2011 국어과 교육과정, 2011. 08. 09. 앞으로 이에 따른 국어과 교육의 예상되는 변화도 반드시 규명할 필요가 있을 것이다. 다만 여기서는 현행의 2007 개정 교육과정에 대한 논의로 한정한다.

4. 맺음말

　최근 시대의 변화에 발맞추기 위해서 교육과정이 빠르게 바뀌고 있다. 초중등 교육 현장에서 국어과 교수 학습 계획을 체계적이고 효과적으로 수립하기 위해서는 교육과정에 기초한 국어과 교육의 내용과 특성을 이해하는 것이 필수적이다. 국어과 교육의 특성은 국가 수준의 국어과 교육과정에 제시된 국어과 교육의 성격과 목표와 내용을 바탕으로 파악해야 한다. 특히 국어과 교육과정에 제시된 국어과 교육의 목표와 내용은 국어과 교수 학습의 지침이 된다는 점에서 중요한 의미를 지닌다.

　정부 수립 이후 국가 수준의 교육과정은 지금까지 모두 10차에 걸쳐서 개정 고시되었다. 교육과정 총론을 기준으로 할 때, 1차에서 2차까지의 교육과정은 경험 중심 교육과정 이론에 바탕을 두었으며, 3차 교육과정은 학문 중심 교육과정 이론에, 4차 및 5차 교육과정은 인간 중심 교육과정 이론에, 6차 이후의 교육과정은 통합적 교육과정 이론에 기초한 것으로 알려져 있다.

　그런데 국어과 교육과정 내용 구성의 배경 이론은 이와 약간 궤를 달리 하고 있다. 즉 3차 국어과 교육과정은 경험 중심 교육과정 이론에, 4차는 학문 중심 교육과정 이론에, 5차는 인간 중심 교육과정 이론에, 6차 이후는 통합적 교육과정 이론에 근거하고 있는 것이다.

　현행의 국어과 교육과정은 2007 교육과정이 적용되고 있는 상태이다. 2007 국어과 교육과정은 수준별 교육과정의 문제점 개선, 교육 내용의 체계 개선 및 적정화, 국어 교육에 대한 요구를 반영한 교육 내용의 선정 및 선택 과목의 개선, 학습자의 학습을 중시하는 교육과정 구성, '방법'과 '평가' 항 제시 내용의 정보성과 유용성 제고의 다섯 가지를 기본 방향으로 하여 개정된 것이다.

　그러므로 학교 현장에서는 이러한 교육과정의 변화를 충분히 파악하고 이해하여 그에 상응하는 교육의 구현에 힘써야 한다. 여기에 2013학년도부터 적용되는 2011 개정 교육과정의 변화도 고려하여, 앞으로 국어과 교육의 방향을 설정해야 할 것으로 판단된다.

1. 자료

교육인적자원부, 2007 국어과 교육과정, 2007.
교육과학기술부, 2007 국어과 교육과정 해설, 2008.
교육과학기술부, 2009 고등학교 국어과 선택과목 교육과정, 2009.
교육과학기술부, 2009 고등학교 국어과 선택과목 교육과정 해설, 2010.
교육과학기술부, 2011 국어과 교육과정, 2011. 08. 09.

2. 단행본

노명완·박영목·권경안,『국어과 교육론』, 갑을출판사, 1988.
박영목,『국어과 교수 학습 방법 연구』, 도서출판 박이정, 2011.
박영목·한철우·윤희원,『국어과 교수 학습 방법 탐구』, 교학사, 1995.
이대규,『국어 교과의 논리와 교육』, 교육과학사, 1995.
이인제 외,『제7차 국어과 교육과정 개발 연구』, 한국교육개발연구원 연구 보고
        CR 97-23, 1997.
최지현 외,『국어과 교수·학습 방법』, 도서출판 역락, 2009.

고전시가교육

1장

고전시가 교육의 이해

1. 머리말

고전 작품을 통하여 우리 문화의 전통과 그 계승에 대해 깊이 통찰할 수 있는 기회를 갖게 하는 것은 매우 소중하다. 그런데 고전 작품이 적절하게 이해되기 위해서는 많은 노력이 필요하다. 고전시가의 교육은 문학 교육, 국어 교육, 나아가 한국 교육의 전반적인 문제와 연결되어 있고, 개별 작품에 따라 각각의 전제와 교수·학습의 실제도 달라져야 한다고 생각한다.

다음에 고전시가 장르 가운데 고대시가, 향가, 고려가요, 시조와 가사 등에 대해 각각을 개괄적으로 살피면서 국어교육과의 관계를 간략하게 조명해 보고자 한다. 다만 방대한 분량의 한시 영역은 분외의 일이라 다루지 못한 한계가 있다. 위의 영역들을 중심으로 특히 중등학교의 교육 현장에서 가르칠 때에 유념해야 할 요소들을 강조하게 될 것이다.

2. 고대시가

한국의 고대시가는 한역되어 전하는 3편의 노래가 전한다. 이들은 대체로 주술적 전통과 서정적 요소를 함께 드러낸다. 〈구지가〉, 〈황조가〉, 〈공무도하가〉

등이 그것이다.

2.1 〈구지가〉

〈구지가〉의 해석은 다양한 측면에서의 접근이 이루어졌다. 제의와 관련해서는 '영신가(迎神歌)', 발생 과정을 고려한 '노동요', 토템에 주목하여 '거북 토템 신앙의 노래', 정신분석학을 원용한 '성적 욕망의 노래', 민간신앙 차원의 '출산의례가', 사회적 해석으로 '통치자를 맞는 노래', 수렵경제와 관련한 '곡식의 성장의 주술가' 등이다.

이 가운데 어떤 해석을 따를 것인가는 크게 고민할 필요가 없다. 〈구지가〉를 통해서 고대인의 삶을 다각적으로 살피는 계기로 삼으면 된다. 그렇지만 교육 현장에서는 가락국의 신화 속에 포함된 삽입가요라는 점을 참작하여 지나친 확대 해석은 경계해야 할 것이다.

〈구지가〉는 '구지가계 노래'의 한 가지 실현이라고 할 수 있다. 이 노래의 주술적 구조는 '호칭－명령－가정－위협'인데, 이는 수로부인과 관련된 〈해가(海歌)〉에서도 활용되었다. 이들 '구지가계 노래'들은 1) 일정한 규모의 집단적 제의에서 불리는 주술적 노래, 2) 여럿이 함께 부르는 집단주술의 형태, 3) 그 본래적인 기능은 기우 혹은 풍요 주술에 기반을 두고 있으며, 4) 주술적 위협의 대상이 신의 매개자라는 기본 특성을 지닌다.[1]

2.2 〈황조가〉

〈황조가〉는 고구려의 사랑 노래라고 한다. 『삼국사기』의 문맥을 보면, 유리왕의 왕비가 죽자 화희와 치희를 맞이했는데 두 여자가 다투고 치희가 도망을 간다. 왕이 치희를 쫓아갔으나 돌아오지 않아서, 홀로 돌아오다가 꾀꼬리의 다정한 모습을 보고 자신의 고독을 노래했다고 한다. 그래서 흔히 서정가요라고 본다. 그러나 이 노래를 단순한 개인서정의 노래로 보기는 어렵다.

여기서 화희(禾姬)는 곡식(농경), 치희(雉姬)는 꿩(수렵)으로 보고, 사회가 수렵경제

---

1) 허남춘, 『황조가에서 청산별곡 너머』, 보고사, 2010, 210쪽.

에서 농경 사회로 변모하는 상황을 설화적으로 표현한 것이라는 해석에 주목하게 된다. 그리하여 〈황조가〉에서의 두 여인의 갈등, 탈춤에서의 두 여인(미얄과 덜머리집)의 갈등, 제주도 '입춘굿놀이'에서의 처첩 갈등은 모두 농사가 잘되게 하기 위한 계절제의의 절차에 대응된다고 해석한다.

이렇게 보면 "〈황조가〉는 계절제의에서 불린 풍요 기원의 노래이고, 아울러 자연의 풍요와 인간의 다산을 동일시하는 전통을 감안하여 '남녀의 짝찾기 노래'로서도 불린 듯하다"[2]는 견해를 받아들일 수 있다. 이로 보아 〈황조가〉는 개인 서정의 노래라기보다는 집단서정의 노래라고 하겠다.

2.3 〈공무도하가〉

〈공무도하가〉에 대해서는 작자 문제, 제작 시기 문제, 가명의 문제, 국적 문제 등의 논란이 있다.

우선 작자 문제는 '백수광부의 아내가 남편의 죽음을 슬퍼하는 노래를 지었고, 이를 사공 곽리자고가 아내인 여옥에게 그 사연을 들려주자 공후로 그 소리를 본받아서 연주하였다'고 한다. 그렇다면 백수광부의 처를 1차 작자로, 여옥을 2차 작자로 삼으면 될 일이다. 후에 이 노래는 중국의 한무제가 악부에 편입시키는 과정에서 3차적인 변모를 겪게 된다. 이때의 가명이 〈공후인〉이고, 원래의 노래는 〈공무도하가〉로 보아도 무방하다.

이 노래가 대동강 유역에 민요로 떠돌던 시기는 대략 BC 4-3세기로 추정되고, 이를 채록한 최초의 문헌은 후한 말 채옹의 『금조』(AD 2세기)와 최표의 『고금주』(AD 3세기)이다. 그래서 지금도 중국문학사에서는 〈공후인〉을 중국의 악부시로 다루고 있다. 이를 조선 후기에 한치윤이 『해동역사』에 옮겨 현재의 우리에게 전하는 것이다. 그러므로 〈공후인〉은 중국의 악부이지만 그 근원은 조선진 즉 대동강 유역의 민요라고 할 것이다.

〈공무도하가〉의 해석은 '백수광부(白首狂夫)'와 '피발제호(被髮提壺)'가 관건이다. '백수광부'는 '주신(酒神)'으로, 그의 아내를 '악신(樂神)'으로 해석하기도 하고,[3] 혹

---

2) 허남춘, 「고대시가의 제의성과 주술성」, 『고전시가와 가악의 전통』, 월인, 1999, 201~206쪽.

은 백수를 박수(覡)로 보아서 자신의 무적인 능력을 시험하다가 죽음을 맞이하는 것으로 해석하기도 한다.[4] 이외에 국무(國巫)가 권능을 잃고 민간무당으로 전락하는 시기의 설화에 삽입된 실패한 무당의 비극적 노래로 보는 경우도 있다.[5]

하지만 이러한 해석에도 불구하고 '백수광부'의 죽음을 신이나 무당의 죽음으로 볼 만한 확정적인 단서는 딱히 없는 형편이다. 아내의 간곡한 만류에도 감행된 남편의 죽음과 그를 슬퍼하는 사연의 노래임에는 분명한데, 남편이 굳이 죽음을 무릅쓰는 행위가 쉽게 설명되지 않는다는 문제점이 여전히 남는다.

3. 향가

향가는 신라시대에 형성, 발전하다가 고려시대 중엽 이후에 소멸한 정형성을 갖춘 서정시가이다. 전성기의 향가는 상류층인 승려와 화랑이 주된 작자층으로 부상하기도 하였고, 이 시기의 10구체 향가를 일반적으로 '사뇌가'라고 한다.

향가의 분류는 형식을 고려하여 흔히 4구체, 8구체, 10구체로 나누는데, 이는 지나치게 진화론적 사고에 의존한 것으로 편의적인 분류에 불과하다. 이에 비해 향가의 담당층과 형식, 노래의 성격 등을 고려한 다음의 분류를 참고할 만하다.[6]

1) 주술계 향가 : 도솔가
2) 민요계 형가 : 서동요, 헌화가
3) 사뇌가 : 화랑계 – 혜성가, 모죽지랑가, 원가, 찬기파랑가, 안민가, 제망매가
　　　　　　불교계 – 원왕생가, 도천수대비가, 우적가, 보현시원가[7]

위의 분류도 〈풍요〉와 〈처용가〉를 제대로 자리매김하지 못한 흠은 있으나,

---

3) 정병욱, 『한국고전시가론』, 신구문화사, 1977, 59~62쪽.
4) 김학성, 「공후인의 신고찰」, 『관악어문연구』 3집, 1978, 190~194쪽.
5) 조동일, 『한국문학통사』 1(개정 4판), 지식산업사, 2005, 83쪽.
6) 김학성, 「향가의 장르체계론」, 『한국 고시가의 거시적 탐구』, 집문당, 1997, 54~58쪽.
7) 허남춘, 앞의 책, 보고사, 2010, 219쪽.

지금까지의 향가 체계론에서는 보다 진일보한 것이기에, 다음에 이를 따라 각각을 간략하게 살피기로 한다.

3.1 주술계 향가 : 도솔가

〈도솔가〉는 〈구지가〉처럼 요구와 명령의 언어로 되어 있는데, 〈구지가〉의 주술성과는 약간 다르다. 후자가 위협적이고 직설적이라면, 전자는 설득적이고 은유적이다. 이를 불교적 주술성과 무속적 주술성으로 구별할 수도 있을 것이다.

배경설화에서 하늘의 해가 둘인 변괴를 이 노래를 통하여 정상으로 회복하였다고 한다. 설화에 대한 해석에 따라 노래의 성격도 결정된다. 이를 기후 변화와 관련한 이야기로 보아 '농경의례를 통해 풍요를 기원한 노래'라는 견해가 있다.[8] 또한 이 상황을 역사 문맥으로 읽어서 왕과 왕을 칭하는 대항 세력의 등장으로 보기도 한다.

당시 경덕왕은 무열계의 왕통으로 내물계의 도전에 직면하고 있었다. 이에 경덕왕은 무열왕 때부터 왕권을 보호하던 화랑의 힘을 빌어서 내물계를 물리쳤고, 이 때 주술적인 〈도솔가〉가 활용되었다는 것이다. 향가의 주술성은 다른 노래에도 정도의 차이는 있으나, 부분적으로는 널리 인정될 만한 요소이다.

3.2 민요계 향가 : 서동요, 헌화가

3.2.1 〈서동요〉

〈서동요〉는 어석상 그리 문제시되는 부분은 없으나, 다만 '남 그스기'와 '몰래'의 중첩이 어색하다. 그래서 '卯乙'을 '卵乙'의 오기로 보아서 '밤에 알을 안고 가다'(임신의 상징적 표현)로 해석하기도 하고, '卯乙'을 '夗乙'로 보아 '뒹굴안고 가다'로 해석하는 경우도 있다.[9]

배경설화는 서동설화, 무왕설화, 미륵사 창건설화 등으로 불린다. '기이한 탄생(용자)-고난-왕의 사위가 됨-황금의 발견-왕 등극'이라는 영웅의 일대기 형

---

8) 현용준, 「월명사 도솔가 배경설화고」, 『무속신화와 문헌신화』, 집문당, 1992, 435~445쪽.
9) 윤철중, 「서동요의 신고찰」, 『신라가요의 기반과 작품의 이해』, 보고사, 1998, 250~260쪽.

식을 갖추고 있다. 이를 마한의 '무강왕 신화'로 본 견해를 참고하면, 후백제의 견훤의 일대기와 더불어 '야래자 설화'적인 요소가 있다. 백제 전체가 아닌 익산을 중심으로 한 마한 지역의 오래된 설화를 바탕으로 한 것이라고 할 것이다. 한편 이것은 미륵사 창건의 배경설화이기도 한데, 서동의 탄생과 관련해 볼 때 토속적 신격인 '용(미르)'에 대한 신앙이 미륵신앙으로 교체되어 가는 당시의 사정을 짐작하게도 한다.

이 노래는 민요이자 동요이면서 장차 일어날 일에 대한 '참요'의 성격도 지닌다. 그러므로 〈서동요〉에는 신분 질서를 뛰어 넘는 서민들의 꿈과 소망이 담겨 있기도 하다.

3.2.2 〈헌화가〉

〈헌화가〉는 개인서정의 노래라는 견해와 굿노래라는 견해가 맞서 있다. 수로부인과 남편 순정공이 강릉으로 가는 길에서 두 가지 사건이 일어나고, 각각에 연관된 노래가 〈헌화가〉와 〈해가〉이다.

〈해가〉는 〈구지가〉처럼 요구와 명령이 담긴 주술적인 노래인데, 용에게 수로의 귀환을 요구하는 제의, 즉 '용거리'가 불린다는 사실을 바탕으로 〈헌화가〉도 꽃을 바치는 제의, 즉 '꽃거리'에서의 주술적 노래라고 한다. 수로와 관계를 맺는 대상이 용이나 '소를 몰고 가는 노인'이라는 점에서 이러한 해석이 설득력을 갖는다.

노인을 신선으로 보아 '도가적인 노래'라고 하거나, 선승이라 하여 '불교적인 노래'로 보는 것도 모두 노인의 정체가 모호하기 때문이다. 그러나 이 노래에서 주술적인 형상화나 종교적인 색채를 찾아보기는 어렵다. 따라서 〈헌화가〉는 특별한 근거가 마련되기 전에는 사랑을 고백하는 서정적인 민요에 바탕을 둔 노래로 보아야 할 것이다. 초자연적인 존재까지 동하게 하는 여성의 아름다움에 주목하면 이 노래의 서정성이 인정된다.

3.3 사뇌가

3.3.1 화랑계 사뇌가 : 혜성가, 모죽지랑가, 원가, 찬기파랑가, 안민가, 제망매가

이 계통에서 최초의 작품은 6세기 말 진평왕대의 〈혜성가〉이다. 작자 융천사가 화랑은 아니지만, 거열랑 등 세 화랑의 무리가 풍악에 놀러 가려 할 때 혜성이 나타난 변고를 이 노래를 불러 물리쳤다고 한다. 더구나 덤으로 일본병까지 물러가게 되어 왕이 기뻐하고 낭도들은 무사히 풍악에 갈 수 있게 되었다는 것이다. 화랑이 처한 어려움을 해결했다는 점에서 융천사는 화랑의 낭승으로 볼 수 있다.

〈모죽지랑가〉는 화랑인 죽지랑의 삶을 사모하는 노래로, 그의 낭도인 득오실이 지었다. 이제 화랑뿐만 아니라 그 낭도들까지도 향가를 짓는 단계에 접어들었고, 향가가 일상적인 감정을 담는 데까지 이르렀음을 알게 해 준다.

〈찬기파랑가〉 역시 화랑을 기리는 노래인데, 〈모죽지랑가〉보다 훨씬 뜻이 높고 심원하다. 여기에서 기파랑은 달, 물, 잣나무와 같은 영원성을 가진 존재에 빗대어 있어, 고대적 사유에 바탕을 둔 원형상징이 돋보이는 작품이다.

〈원가〉에서는 원형상징이 해체되고 개인서정이 두드러지는 모습을 보게 된다.[10] 배경설화를 보면 효성왕이 신충과 한 약속을 지키지 않아서 신충이 원망하는 노래를 지어 궁중의 잣나무에 붙이니 그 나무가 시들었다고 하였다. 노래의 내용에는 서정적인 탄식과 체념의 감정이 두드러지게 나타난다. 집단적인 원형상징이 해체되면서 자연이 개인의 감정을 매개함을 보여주는 작품이다.

〈안민가〉도 〈찬기파랑가〉와 같이 충담사의 작품이다. 경덕왕이 국가의 안정을 위해 영복승(榮服僧)을 찾는 데, 마침 충담사가 지나가자 왕이 자기가 찾는 인물이라 하여 영접한다. 이 때 영복승은 '옷을 잘 입은 승려'가 아니라 '제의를 잘 하는 승려'를 의미하는 것이고, 그 제의도 불교가 아닌 전통적인 제의를 의미하는 것이다. 경덕왕은 충담사와 같은 화랑 세력과 함께 국가적인 위기를 극복하고자 했다고 할 수 있다.

〈제망매가〉는 '누이의 죽음을 불심으로 극복한 불교적인 노래'로 분류되기도 하지만, 월명사가 불교적 노래(梵聲)는 모르고 향가만 지을 줄 안다고 한 것으로

---

10) 최진원, 『국문학과 자연』, 성균관대학교 출판부, 1981, 184~186쪽.

미루어 볼 때 화랑과 밀접한 노래로 보아도 무방하다.

3.3.2 불교계 사뇌가 : 원왕생가, 도천수대비가, 우적가, 보현시원가

〈도천수대비가〉는 관음보살에게 눈 먼 아이의 눈을 뜨게 해 달라는 기원을 담은 노래이고, 〈우적가〉는 선승의 입장에서 도적들을 감화시켜 불법의 위력을 드러낸 불교적인 사뇌가이다. 신라 말에는 화랑에 이어 정통적인 불승들이 사뇌가를 통해 불교적인 감화를 노래하게 되는데, 이런 전통은 고려 초의 〈보현시원가〉에까지 이어진다. 이제는 사뇌가가 불교 포교의 수단으로 활용되기에 이른 것이다.

여기서 우리는 오랜 세월을 거치면서 향가의 주술성이 불교로, 서정성이 교술성으로 대체되어 가는 현상을 보게 된다. 아울러 작자층도 화랑이나 화랑과 관련된 낭승에서 불승, 주로 선승으로 교체된 사실에 주목해야 한다.

〈원왕생가〉는 광덕과 엄장의 불교적 수행을 배경설화로 한 작품이다. 금욕적이고 소승적인 수행을 하던 광덕이, 개방적이고 대승적인 엄장보다 먼저 극락왕생하게 된다는 내용이다. 그 후 엄장은 광덕의 아내와 함께 살면서 잠자리를 요구하다가 광덕처의 질책을 받고 정진하여 역시 왕생하게 되었다고 한다. 이것을 『삼국유사』 '남백월이성'에 보이는 소승적인 '달달박박'과 대승적인 '노힐부득'이 성불하는 순서와 반대임에 착안하여 귀족과 서민의 불교 수용 양상의 차이로 본 견해가 참고할 만하다.[11]

4. 속요

속요는 속가 혹은 속악가사로 고려 궁중악의 노랫말인데, 민요에서 편사하여 조절하고 악곡에 맞게 다듬은 것이 대부분이다. 따라서 속요를 민가 또는 민요 그 자체라 할 수는 없다. 속요에는 민요적 요소가 있지만, 동시에 궁중악으로서의 내용과 형식을 잘 갖추고 있다. 이 중의 일부는 궁중에서 창작된 것도 포함된다.

---

11) 허남춘, 앞의 책, 보고사, 2010, 228쪽.

속요에는 여성적 어조와 이별이나 사랑의 정한이 넘쳐 난다. 그렇다고 이를 음사(淫辭)나 남녀상열지사(男女相悅之詞)로 속단할 수는 없다. 이것은 전적으로 조선조의 사대부들이 내린 평가이기 때문이다. 고려와 조선의 미의식이 달랐음을 알아야 한다. 즉 고려는 향락적인 풍류를 인정하였지만, 조선시대에는 '문이재도(文以載道)'의 규범성과 윤리성을 중시하였기에 고려의 문학이 폄하된 것이라고 하겠다.

〈만전춘 별사〉에 남녀의 잠자리가 등장한다고 해서 이를 불륜이나 음란물로 해석해서는 곤란하다. 오히려 '얼음 위의 댓닙자리'일망정 임과 함께 하겠다는 열정과 의지, 간절한 염원을 읽어내야 한다. 이러한 염원은 〈정석가〉에서 특히 두드러진다.

다만 〈쌍화점〉의 경우에는 얼마간 음란성을 배제하기 어렵다. 이 작품에는 두 명의 여성 화자와 4장에 4명의 남성이 등장한다. 회회아비, 삼장사 주지, 우물 용, 술집아비가 각각 여인의 손목을 잡았다고 했는데, 실제로는 성적인 관계를 빗댄 것으로 보아도 무방하다. 성이 은폐되지 않고 개방되었던 고려 사회의 단면을 엿보게 된다.

〈고려 처용가〉는 연의 구분이 없이 길어진 장편의 노래이다. 역신을 쫓는 처용의 형상이 자세하게 부연되어 있고, 끝에는 신라 처용가가 덧붙어 있다. 처용의 자태로 묘사된 '꽃을 꽂은 머리, 넓은 이마, 긴 눈썹, 인자한 눈, 복사꽃 같은 자태, 흰 이, 복스러운 턱, 유덕한 가슴' 등은 아마도 고려인이 이상적으로 여겼던 남성상이었을 것이다. 이 노래에서 고려인의 꿈과 멋을 느낄 수 있다.

〈정과정곡〉은 지배층의 노래이지만 민요의 표현을 끌어와 임금에 대한 마음을 담고 있다. 흔히 10구체 향가의 잔영이나 전별곡적 형태라고 한다. 향가적인 형식과 민요적인 요소를 두루 보여주고 있어서. 초기의 속요라 할 만하다.

그런데 고려 말 시조가 등장하면서 속요는 쇠퇴하게 되고 형식적인 변모도 겪게 된다. 〈만전춘 별사〉는 이러한 시기의 특징을 잘 보여주는 노래이다. 연장체와 '아소 님하-'를 갖추었지만, 3음보가 아닌 4음보이고 4행체가 아닌 3행체이다. 1연은 민요적 성격이 강하고, 2연은 토씨를 빼면 한시체이다. 3연은 〈정과정곡〉에도 보이는 유행구이고, '녀닛 景 너기다니'에서는 경기체가의 '-景'을 수용하였다. 후렴을 제외하면 시조와 흡사한 부분도 있는데, 이는 이 작품이 시조의 영향을 받은 것으로 볼 수 있다. 〈만전춘 별사〉는 이처럼 여러 장르와 교섭한 흔적을 보이는 문제작이라 하겠다.

〈동동〉은 민요의 월령체(달거리 노래) 형식이지만, 당연히 궁중악으로서 민요와 차별된다. 특히 『고려사』 '악지'의 "송도지사(頌禱之詞)가 많고 선어(仙語)를 본받았다"는 기록을 참고하면, 단순한 이별이나 고독의 노래로 보기도 어렵다. 오히려 〈동동〉에서 임을 찬양하거나 임에게 귀한 것을 바치는 숭고미에 더 주목해야 할지도 모른다.

속요는 궁중의례나 여흥의 자리에서 주로 불렸는데, 향가와 같은 주술성은 거의 사라지고 인간적이고 개인적인 정서가 주를 이룬다. 남녀 간의 사랑이나 이별 · 고독이 나타나지만, 대부분의 주제는 임과 함께 하고자 하는 '기원과 원망(願望)'을 담아내고 있다.

5. 시조와 가사

5.1 시조

신라가 멸망하고 고려 초까지도 사뇌가가 지속되었듯이 조선 초에도 속요와 경기체가는 지배계층을 중심으로 향유되었다. 그러나 왕조의 기틀이 잡히면서는 이들에 대한 비판적 시각이 나타나게 되고, 이들을 대체하여 시조가 융성하기 시작한다. 알려진 대로 시조는 고려 말 신흥사대부에 의해 창안되어 위로는 왕으로부터 아래로는 일반 서민에 이르기까지 수많은 작가와 작품을 남긴 장르이다. 심지어 현대에도 계승된 유일한 장르이기도 하다. 형식도 다양하여 평시조와 연시조, 엇시조와 사설시조 등이 있다.

평시조는 4음보 3행의 정형시이다. 초장과 중장은 동질적인 4모라의 길이가 4번 반복되는 '4음 4보격'의 율격으로 지극히 안정되고 균제된 미감을 보인다.[12] 종장의 제1음보에는 '어즈버, 아희야, 두어라' 등의 감탄사를 두어 시상

---

12) 성기옥, 『한국시가 율격 이론』, 새문사, 1986, 84~99쪽.

을 전환한다.

종장도 겉으로는 4음보이지만, 내부적으로는 5음보를 실현시키며 시상을 종결한다. 종장의 제2음보는 늘 4자를 넘어 5자 혹은 그 이상으로 되어 있다. 이것이 때로는 2음보로 나뉘기도 하면서 시상이 마무리된다. 즉 종장의 제2음보에 율격의 변화를 주어 '변화미'와 '완결미'를 갖추는 것이다.[13]

조선 전기의 시조는 '강호가도(江湖歌道)'로 대변되는 강호시조가 주를 이룬다. 시조에서 자연의 이법을 노래하고, 그 속에서 도의를 연마하며 심성을 수양하는 기쁨을 표현한 것이다. 퇴계의 〈도산십이곡〉, 율곡의 〈고산구곡가〉 등이 이에 해당한다. 자연에서 느끼는 감흥이나 자연의 아름다움을 노래하면서 자연미를 구가하였고, 정철을 거쳐 고산의 〈어부사시사〉에서 그 절정을 보게 된다.

임병양란을 지나 18세기에는 강호시조의 우세 속에서도 세태시조나 애정시조가 등장한다. 물론 그 전에 이미 황진이 같은 기녀들의 시조도 있었지만. 이제는 이정보·권섭 같은 사대부들도 애정시조를 짓기에 이른다. 그러면서 농촌이나 전원생활의 즐거움을 노래하는 전원시조, 스스로 농사의 경험을 노래한 위백규의 시조도 나온다.

19세기에 유교적인 윤리 도덕을 강조한 조황의 시조 100여 편이 있지만, 이미 변화하는 시대상을 담아내기에는 역부족이었다. 이 시기 중엽에는 가장 많은 작품(460여 수)을 남긴 이세보가 있어 주목된다. 더구나 종친인 그의 작품 중에는 관리들의 부패상을 고발하는 현실 비판의 시조도 상당수가 포함되어 있기도 하다.

이와 같은 사대부의 시조들은 대체로 숭고와 우아를 바탕으로 한 미의식을 보인다는 점에서 공통적이다. 반면에 현실적인 좌절에서 오는 비장이나 현실을 비판하는 풍자와 해학은 평민층의 시조나 사설시조에서 두드러진다.

현재 일반적인 견해는 사대부의 평시조가 조선 후기에 사설시조로 변모하였고, 그것은 시조의 종속장르로서 대체로 18세기에 대두된 것으로 본다. 그러나 한편에서는 사설시조를 독립장르 혹은 시조의 후속장르로 보려는 견해도 제기되

---

13) 조동일, 『한국시가의 전통과 율격』, 한길사, 1982.

었다. 또한 15-16세기에 창작된 사대부의 사설시조(정철, 고응척, 강복중, 이정보 등)를 바탕으로 사설시조도 이른 시기부터 사대부 풍류의 일부로 불렸으며, 특히 사대부의 향락적인 유흥에서 시작되었다는 주장도 있다.

사설시조는 평시조의 율격을 파괴하여 비교가 안 될 정도로 길어지고, 언어적 표현이나 미학적 특성도 많은 차이를 보이는 것이 사실이다. 다만 평시조와 종장의 형식이 같다고 하여 같은 시조 장르로 묶기에는 여전히 논란이 존재한다. 즉 사설시조는 발생 시기와 향유층, 그리고 형식적인 면에서 아직 규명되어야 할 요소들이 남아 있는 것이다.

사설시조에는 탈규범적인 서민적 미의식이 주로 나타나며 재담과 욕설 등이 난무한다. 노골적으로 성을 노래하기도 하고, 승려의 타락상을 희화화하기도 한다. 한마디로 말해서 '범속하고 용렬한 인물의 희화화된 삶'[14]을 다루고 있다고 정리된다.

5.2 가사

가사는 고려 말 불승에 의해 창안되었지만 곧바로 사대부들이 받아들여 향유되다가 나중에 여성이나 평민들까지도 참여한 장르이다. 한 행이 4음 4보격으로 진행되다가 시조와 같은 방식으로 종결된다. 그밖에는 별 다른 제약이 없어서 개방적인 장르의 특성을 보이며, 향유 계층이 다양해지면서 장르적 속성도 다양하게 전개된다. 즉 조선 전기에는 정감이 주를 이루는 서정양식이 우세하며, 후기에는 사유를 드러내는 교술양식이 성행하게 된다.

비교적 초기의 강호가사, 연군가사, 유배가사 등은 대개 정감과 사유의 조화를 추구하였다. 반면에 사대부의 교훈가사나 기행가사, 여성들의 규방가사, 불교·천주교·동학 등의 종교가사 계통은 사유를 위주로 전개된다.[15]

---

14) 김흥규, 「조선후기 사설시조의 시적 관심 추이에 관한 계량적 분석」, 『욕망과 형식의 시학』, 태학사, 1999, 252쪽.
15) 김학성, 「가사의 본질과 담론 특성」, 『가사문학의 정체성과 아름다움』(제1회 가사문학 학술대회 요지), 2000, 34~35쪽.

한편 조선 후기에는 소설의 영향으로 가사의 소설화 현상이 나타나기도 하고
(〈추풍감별곡〉, 〈청년회심곡〉 등), 일부이긴 하지만 심지어 가사를 소설로 전환한 작품
(〈노처녀가〉→〈노처녀곡둑각시전〉)도 등장한다. 이렇게 보면 가사 장르는 서정, 교술, 서
사양식 등이 혼합되면서 복잡한 양상으로 전개되었음을 알 수 있다.

조선 전기의 가사는 흔히 정철의 〈관동별곡〉·〈사미인곡〉·〈속미인곡〉으로
대표되는데, 언어가 잘 다듬어지고 뜻이 절실하다. 후기 가사는 향유층이 확대되
면서 길이가 길어지는 경향을 보이고, 희극적 요소가 두드러지며, 장황한 수사와
과장적인 표현도 많이 보인다.

19세기 후반의 동학가사들은 근대적 성격을 다양하게 드러내 보인다. 만인
평등과 반외세를 표방하면서 우리말을 중시하고 전통사회에 대한 비판을 담고
있다. 지나친 종교성에도 불구하고 시대성을 담보하여 긍정적으로 평가된다.

개화기 가사들은 주로 독립신문과 대한매일신보, 대한민보에 실려 전한다. 제
국주의에 대한 경계, 자주독립에의 의지, 신문명에 대한 선망, 민족적 역량에
대한 자각, 공동체 의식의 고양, 교육의 필요성 등을 역설하면서 근대문학으로의
교량적 역할을 하고 있음에 주목해야 할 것이다.

6. 맺음말

고전문학 작품을 현대에 수용하기 위해서는 대체로 다음과 같은 과정을 거친
다고 할 수 있다. ① 텍스트에 대한 서지적 이해·판단 ② 텍스트 언어의 해독
③ 갈래적 관습·장치·특성의 이해 ④ 작품과 관련된 사회적·문화적 요인, 환
경 및 작자에 대한 이해 ⑤ 작품에 대한 느낌, 심미적 반응의 형성 ⑥ 작품 해석
⑦ 작품에 대한 소감, 평가[16] 등이 그것이다. 이 중에서 ①~④는 현대문학보다
고전문학의 학습에서 더 중요하거나 핵심적인 내용인데, 이는 그대로 학습자의
부담을 유발한다.

---

16) 한창훈, 「고전문학 교육의 양상과 해석」, 『고전문학과 교육의 다각적 해석』, 도서출판 역락,
   2009, 19쪽.

　고전시가의 대표적인 갈래인 향가는 교육과정이 거듭 될수록 교과서에서 배제되는 추세에 있다. 여러 가지 원인 중에서도 특히 향찰 해독의 문제가 클 것으로 짐작된다. 기존 해독을 그대로 가르칠 것인지와 상이한 해독의 처리 등에 대한 교육계의 합의가 선행되어야 할 것이다. 작품의 해석도 문제이다. 배경설화와 관련한 다양한 입장이 존재하기 때문에 어려움을 겪게 된다.

　향가에 비해서 해석이 비교적 평이하다는 고려가요도 실제 상황은 별로 다르지 않다. 오랫동안 교과서에 실려 있는 〈청산별곡〉만 하더라도 문제가 그리 간단하지 않다. 이런 현실에서 교사는 해석의 다양성을 인정하는 태도를 견지하는 것이 필요하다. 즉 열린 해석의 가능성을 항상 염두에 두고 가르쳐야 한다.

　예를 들면 〈정과정곡〉이나 정철의 〈관동별곡〉, 〈사미인곡〉, 〈속미인곡〉은 대표적인 '충신연군지사'이지만, 텍스트 내에는 그렇게 읽을 수 있는 언어적 징표가 직접적으로 드러나 있지는 않기 때문이다. 더군다나 조선 후기에 이르면 대부분의 수용자들에게 이 작품들이 남녀의 사랑시로 읽히기도 하는 것을 목격하게 된다. 이러한 현상은 현대에도 그대로 적용되는 것이기에 특별히 유의해야 한다.

　개별 문학 작품들은 당대적 삶의 총체성과 관련이 있으니 창작 당시의 정치, 경제, 문화 등에 대한 이해는 문학 작품의 감상과 수용에서 필요한 일이다. 동시에 문학의 감상은 단순히 작품에 대한 이해에 그치는 것이 아니라, 시대를 건너뛰어 당시의 작가와 현대의 독자가 처해 있는 삶의 조건이나 상황과도 밀접하게 연결된다. 그래서 고전의 이해에서는 '옳게 읽기'도 중요하지만, '잘 읽는 것'도 소홀히 할 수 없음을 강조하는 것이다. 이는 고전시가 뿐만 아니라 고전문학 교육의 전반에서 교사들이 견지해야 할 자세이기도 하다.

1. 단행본

성기옥, 『한국시가 율격 이론』, 새문사, 1986.

정병욱, 『한국고전시가론』, 신구문화사, 1977.

조동일, 『한국시가의 전통과 율격』, 한길사, 1982.

______, 『한국문학통사』 1(개정 4판), 지식산업사, 2005.

최진원, 『국문학과 자연』, 성균관대학교 출판부, 1981.

허남춘, 『황조가에서 청산별곡 너머』, 보고사, 2010.

2. 논문

김학성, 「공후인의 신고찰」, 『관악어문연구』 3집, 1978.

______, 「향가의 장르체계론」, 『한국 고시가의 거시적 탐구』, 집문당, 1997.

______, 「가사의 본질과 담론 특성」, 『가사문학의 정체성과 아름다움』(제1회 가사
　　　　문학 학술대회 요지), 2000.

김흥규, 「조선후기 사설시조의 시적 관심 추이에 관한 계량적 분석」, 『욕망과 형
　　　　식의 시학』, 태학사, 1999.

윤철중, 「서동요의 신고찰」, 『신라가요의 기반과 작품의 이해』, 보고사, 1998.

한창훈, 「고전문학 교육의 양상과 해석」, 『고전문학과 교육의 다각적 해석』, 역락,
　　　　2009.

허남춘, 「고대시가의 제의성과 주술성」, 『고전시가와 가악의 전통』, 월인, 1999.

현용준, 「월명사 도솔가 배경설화고」, 『무속신화와 문헌신화』, 집문당, 1992.

2장

고려가요의 작품 구조

1. 머리말

고전시가는 그 전개 양상이 실로 다양하다. 일찍부터 고전문학의 거의 전시대에 걸쳐 있어 온 한시(漢詩)는 물론이고, 향가·고려가요(속요, 경기체가 포함)·시조(평시조, 연시조, 사설시조 포함)·가사·잡가 등이 시기와 장르에 따라 복잡하게 전개되어 왔다. 여기에는 제목만 전하는 부전가요(不傳歌謠)와 가사가 온전히 전하는 작품까지 해당된다. 뿐만 아니라 각종의 민요와 무가도 있다. 이 가운데 이 글은 고려가요에서 속요와 경기체가의 작품 구조를 다루기로 한다.

지금까지 고려속요로 다루어진 주요한 작품들은 『악학궤범』과 『악장가사』에 수록되어 전하는 〈정읍사〉, 〈정과정곡〉, 〈사모곡〉, 〈처용가(고려)〉, 〈정석가〉, 〈동동〉, 〈가시리〉, 〈쌍화점〉, 〈서경별곡〉, 〈청산별곡〉, 〈만전춘 별사〉, 〈이상곡〉 등 12편과 『시용향악보』 소재의 〈유구곡〉, 〈상저가〉를 합하여 14편에 이른다. 이밖에 부전가요 몇 편이 있으나 이는 논외로 한다. 또한 『시용향악보』의 2편도 그 전편이 전하지 않는다는 점에서 제외하고, 나머지 가운데서도 6편—〈정읍사〉, 〈정과정곡〉, 〈동동〉, 〈정석가〉, 〈청산별곡〉, 〈만전춘 별사〉 등에 한정하여 작품의 구조 분석을 통하여 그 특징적 양상들을 살펴보기로 한다. 고려의 경기체가 중에서는 〈한림별곡〉을 중심으로 구조를 분석할 것이다.

2. 속요의 작품 구조

2.1 〈정읍사〉

(前腔) 돌하 노피곰 도드샤
어긔야 머리곰 비취오시라
어긔야 어강됴리
(小葉) 아으 다롱디리
(後腔) 全져재 녀러신고요
어긔야 즌딕를 드딕욜셰라
어긔야 어강됴리
(過篇) 어느이다 노코시라
(金善調) 어긔야 내가논딕 졈그룰셰라
어긔야 어강됴리
(小葉) 아으 다롱디리

〈樂學軌範〉

이 작품을 『고려사』 〈악지(樂志)〉에서는 '백제의 노래'라고 했는데, 그 수사나 혹은 이에 수반되었을 음악적 성격으로 미루어서 백제시대 그대로의 것이라고는 믿기 어렵다. 이 노래가 통일신라와 고려에 걸쳐 향유되었고, 그 과정에서 고려의 노래로 재편되었을 가능성 때문에 여요로 보는 견해가 지배적이다. 여기서는 일단 여요로 다루면서 백제의 노래라는 점도 참고로 할 것이다.

먼저 어석상의 문제점은 '(後腔) 全져재'와 '즌딕'로 압축된다. 전자는 음악적 측면에서 전강·후강·과편 등 삼분단으로 연주되고, 그 곡조는 동일선율의 반복인데 약간 완급을 달리하여 변주의 수법을 쓴다는 점에서 全져재로 해석하는 것이 타당하다고 생각된다.[1] 후자는 통설이 '위험한 곳'으로, '금단의 지역', 즉

---

1) 장사훈, 「정읍사의 음악적 고찰」, 자유문학 제4권 4호, 1959, 245~246쪽.

'은밀한 곳'으로 보는 견해가 있다.[2]

작품의 성격도 『고려사』 〈악지〉의 해설을 중시하여 '남편이 밤길에 도둑의 해를 입지 않을까 걱정하는 내용', 즉 부부윤리를 아름답게 표현한 가요로 보는 견해와 중종 때에 음사라는 이유로 궁중악에서 제외되었다는 점을 고려하여 '멀리 행상나간 남편이 화류항에 빠지지 않을까 하는 여인의 질투심을 표출한 가요'로 가요로 해석하기도 한다.

이 작품에서 모든 기원은 '달'에 집중되어 있다. '달'은 작품의 전편에 고루 작용하면서 전체를 하나로 엮는 초점이다. 초장은 '달'에 대한 기원으로 시작되며, 남편의 안전을 비는 아내의 마음이 드러난다. '달'의 주력에 기대어 초자연적 존재로서 남편의 위험을 지켜 주는 '이상적인 것'으로 표현되었다. 그러나 중장에 와서 '달'에 대한 믿음이나 주력은 의문과 의구로 인해 약해진다.

종장에서는 이러한 기원과 기대가 더욱 퇴색하고 대신에 '인간의 의지'가 강조된다. 즉 간절한 만남은 '달'이 매개하는 것이 아니라, 인간의 노력에 의해서 실현된다는 속내를 표출하고 있다. 여기에서 '달'은 이제 '이상적인 것'이 아니라 '현실적인 것'으로 격하됨을 암시한다. '달'은 신심의 대상이 못되고 다만 님이 '즌ᄃᆡ'를 디디지 않도록 해 달라는 호소의 대상일 뿐이다.

이렇듯이 간절한 소망에도 불구하고 화자는 좌절과 패배를 예상하고 있다. 이 노래의 비가적인 정조는 이와 같은 긴장에 의해서 한층 고양된다. 결국 화자와 달은 표면적으로는 화합하면서도 내면적으로는 갈등 관계에 있음을 보여 준다.

작품에서 화자의 지속적인 관심사는 자신의 위험(가정 파탄의 비극 등)보다는 남편의 위험(도둑의 해 등)에 있다. 따라서 〈정읍사〉는 집을 떠나 객지에 있는 임의 안부를 걱정하는 소박한 한국 여인의 간절한 심성을 꾸밈없이 노래한 것으로 보아야 할 것이다.

---

2) 지헌영, 「정읍사의 연구」, 국어국문학회 편, 『고려가요 연구』, 정음사, 1979, 333~338쪽.

2.2 〈정과정곡〉

(前腔)내님을 그리ᅀᆞ와 우니다니
(中腔)山 졉동새 난 이슷ᄒᆞ요이다
(後腔)아니시며 거츠르신ᄃᆞᆯ 아으
(附葉)殘月曉星이 아ᄅᆞ시리이다
(大葉)넉시라도 님은 ᄒᆞᆫᄃᆡ 녀져라 아으
(附葉)벼기더시니 뉘러시니잇가
(二葉)過도 허믈도 千萬 업소이다
(三葉)ᄆᆞᆯ힛 마러신뎌
(四葉)ᄉᆞᆳ웃브뎌 아으
(附葉)니미 나를 ᄒᆞ마 니ᄌᆞ시니잇가
(五葉)아소 님하 도람드르샤 괴오쇼셔

〈樂章歌詞〉

본 가요는 속요 가운데 작자가 분명한 유일한 작품이다. 8행과 9행이 난해구이지만, 작품의 성격이 '충신연주지사'라는 데는 의견의 일치를 보인다. 또한 쇠퇴기의 향가의 모습을 간직한 노래라는 점도 이견이 없다.

초장에서 화자는 자신의 처지를 '山접동새'에 빗대고, 자신의 결백을 '잔월효성(殘月曉星)'이 알 것이라고 하였다. 이 '잔월효성'도 〈정읍사〉의 '달'처럼 작품 구조에 긴밀히 관계된다. 여기에는 화자의 '원한과 기다림의 이중감정'[3]이 깃들어 있다. 이것은 중장에 와서 자신의 결백을 강변함으로써 구체화되고, 이와 반비례해서 달과 별에 대한 기원과 주력은 약해진다.

그러면서 임과의 사랑이 회복되는 방법은 자신이 직접 호소하는 수밖에 없음을 깨닫는다. 종장의 '아소'가 갖는 역동적인 기능과 시적 결구의 중요성을 감안하면 더욱 그러하다. '아소'는 강력한 금지의 감탄사로서 결구의 성격을 분명하게 해주는 역할을 하며, '인간의 의지'가 더욱 강조된다.

---

3) 정병욱·이어령, 『고전의 바다』, 현암사, 1977, 107쪽.

'잔월'과 '효성'은 어둠을 밝혀주는 기능이 쇠잔해진 존재이고, 화자의 불신이 내재함으로써 '이상적인 것'이 아니라 '현실적인 것'일 뿐이다. 자아의 의지가 강렬해도 그 실현 가능성이 희박하기 때문에 이 작품도 비가의 정조를 띠게 된다.

〈정읍사〉보다는 개성서정이 두드러지지만, 자연에 대한 집단감정에서 완전히 벗어난 것은 아니라고 할 것이다. 화자와 자연의 관계도 표면적으로는 조화를 보이나, 자연과의 갈등이 내재되어 있다. 이 노래는 집단과 자연, 절대적 존재로부터 유리된 인간의 자아의식이 투영되어 있는 작품이다.

2.3 〈동동〉

德으란 곰비예 받줍고
福으란 림비예 받줍고
德이여 福이라호ᄂᆞᆯ
나ᄋᆞ라 오소이다
아으 動動다리

正月ㅅ 나릿 므른
아으 어져녹져 ᄒᆞ논ᄃᆡ
누릿 가온ᄃᆡ 나곤
몸하 ᄒᆞ올로 녈셔
아으 動動다리

(중략)

十二月ㅅ 분디남ᄀᆞ로 갓곤
아으 나ᄉᆞᆯ盤잇 져다호라
니믜 알ᄑᆡ 드러 얼이노니
소니 가재다 므ᄅᆞᅀᆞᆸ노이다
아으 動動다리

〈樂章歌詞〉

〈동동〉은 월별로 노래되어 있고, 각 연은 통일된 흐름이 결여된 것처럼 보인다. 이 작품은 집단감정에서 벗어나 개인서정을 노래하고 있다고 한다. 즉 모든 사람들이 공동으로 참여하여 즐기는 세시풍속의 흐름 속에서 떨어져 나와 자기만의 삶의 의미를 추구할 때, 집단적인 감정으로 이루어진 세시의 의미는 상실되거나 오히려 갈등을 자아내게 된다는 것이다. 그리하여 〈동동〉은 교훈적인 목적으로 풍속이나 노동담 등을 노래한 일반적인 월령체가와는 다르다는 점도 지적된 바 있다.4) 그러나 그 기구(起句)와의 관련을 고려하면 완전한 개성서정의 표출은 어느 정도 제약된다고 하겠다.

이 작품은 자연 및 자연적 질서와 괴리된 인간의 비극적인 삶을 노래하고 있다. 정월과 4월에는 '어져녹져 ᄒᆞ논' 강수(江水)와 그로 상징되는 자연의 이법과 동떨어진 자아의 고독을 드러내고 있다. 그런데 "動動之戲 其歌詞多有 頌禱之詞"를 참고하면, 기구에는 이것이 직설적으로 나타나고 1-12월에는 자연과 합일을 추구하는 기원이 역설적으로 암시되어 있다고 보아야 한다. 작품의 표면에 보이는 비극적 정조가 강하면 강할수록 그 소망도 커진다고 할 수 있기 때문이다.

〈동동〉에는 자연의 이법에 참획하고 거기에 동화하려는 화자의 의지가 자연과 인간(임)과의 갈등을 전제로 드러나 있다. 즉 임에게서 소외당함은 곧 자연에서의 소외를 의미하는 것이다. 이 소외감은 자연을 통해서 보다 구체화되고 심화된다. 자연과의 합일을 희구하는 화자의 소망과 의지는 좌절을 겪게 되고(10월), 화자의 고독과 비애는 더욱 고조된다.(정월, 6월) 그리고 마침내 자기 파괴적인 아이러니로 발전하게 되는 것이다.(12월)

그러므로 화자와 자연과의 관계도 인간을 매개로 한 갈등으로 파악된다. 왜냐하면 화자는 자연과의 조화를 간절하게 바라지만, 그것은 임과의 관계가 회복되지 않으면 불가능하기 때문이다.

작품의 정조(情調)는 계절적인 자연의 변화와 일치한다. 모든 생명체는 탄생-성장-노쇠-죽음의 과정을 거친다. 1년 4계절의 변화도 그에 상응하고, 〈동동〉에서 노래되는 사랑의 과정도 그러하다. 봄(1-3월)에는 자연의 들뜨고 밝고 화사한

---

4) 최진원, 「동동고 Ⅲ」, 『국문학과 자연』, 성대출판부, 1977, 165～177쪽.

정조와 유리된 자신의 모습에서 사랑의 비극이 싹트고, 여름(4-6월)에는 안타까운 사랑, 헌신적인 사랑, 투쟁에 가까운 사랑의 적극적인 정조가 흘러넘친다. 사랑의 비애가 커짐에 따라 자아의 의지도 적극적으로 변하는 것이다. 가을(7-9월)은 임의 부재로 인한 적막과 고독이 짙게 드러나며, 겨울(10-12월)은 사랑의 종말과 상실감이 극에 달한다. 이 점에서 〈동동〉은 비극적인 사랑의 탄생-성장-노쇠-죽음의 과정을 노래한 작품이다.

2.4 〈정석가〉

딩아돌하 當今에 계샹이다.
딩아돌하 當今에 계샹이다.
先王聖代에 노니ᄋ와 지이다

삭삭기 셰몰애별혜 나는
삭삭기 셰몰애별혜 나는
구은밤 닷되를 심고이다
그바미 우미도다 삭나거시아
그바미 우미도다 삭나거시아
有德ᄒ신님 여희ᄋ와지이다

(중략)

구스리 바회예 디신들
구스리 바회예 디신들
긴힛ᄃ 그츠리잇가
즈믄히를 외오곰 녀신들
즈믄히를 외오곰 녀신들
信잇ᄃ 그츠리잇가

〈樂章歌詞〉

이 노래의 어석상 문제점은 거의 없다. 먼저 주목되는 점은 현실적으로 임과 이별한 상태인가 아니면 임과의 관계가 화락한 가운데 더욱 영원하기를 소망하는 노래인가 하는 점이다. 작금의 논의들은 대부분 후자에 서 있다. 그렇다면 이 노래의 내용 구조는 불합리한 것으로 귀결된다. 그러나 전자의 입장에서는 내용과 형태적으로 정연한 구조로 볼 수 있다.

작품의 형식은 〈악장가사〉에서 11연으로 되어 있으나, 내용상 1연은 서사이며, 나머지를 둘씩 묶으면 모두 6연으로 파악된다. 1연은 태평스런 성대였던 선왕 때와 같이 오늘날에도 그렇게 마음껏 노닐고 싶다는 내용이다. 2연은 사각사각하는 모래 벼랑에 구운 밤 닷 되를 심어서 그 밤이 움이 트고 싹이 날 때에 가서야 임과 이별하겠다고 했다. 3연은 옥으로 연꽃을 새겨서 바위에 접을 붙여 그것이 세 묶음이 되어야 임과의 이별을 인정하겠다는 내용이다. 4연은 무쇠로 철릭을 만들어 철사로 주름을 말아 그 옷이 다 해져야 임을 이별할 것이다. 5연은 무쇠로 황소를 만들어 철산에 놓아 그 소가 쇠풀을 먹을 때까지 이별하지 않겠다고 했다. 6연은 〈서경별곡〉의 2연과 일치하는 부분으로 구슬이 바위에 떨어져도 끈이 끊어지지 않듯이 임과 이별해도 신의를 지킬 것을 다짐하고 있다.

통사적으로 이 노래도 3분장이다. 1연은 서사이고, 2-5연은 본사, 6연은 결사이다. 따라서 서사를 제외하는 작품의 분석은 지양되어야 한다.

서사에서 '先王聖代에 노니ᅌᅡ와지이다'를 보면, 작품의 일차적인 대상은 '선왕(先王)'이다. 화자는 선왕의 시대를 회고하면서 그 시절로 돌아가기를 기구하고 있는 것이다. 이는 어쩌면 '현왕(現王)'에게 버림받은 처지가 전제되어 있을 수도 있다. 본사에서는 선왕 생전의 다짐을 자연적 질서에 빗대어 표현하고 있다. 인간의 죽음은 숙명적인 비극이지만, 이를 부정하려 할 때 인간의 의지는 좌절하게 되므로 이 노래에는 그 비극성이 내재된 것으로 파악된다. 결사에서 현실을 인정하면서 비극성을 초극한다. 마치 '아아 님은 갔지마는 나는 님을 보내지 아니하였습니다'와 같은 역설의 미학을 읽을 수 있다.

〈정석가〉는 자연을 인간의 '운명적 이합'으로 사유한 〈동동〉과는 달리, 자연 질서 그 자체를 부정하는 시적 형이상학의 문제를 제기하는 작품으로 평가된다. 이 작품을 '선왕'이 아니라 '현왕'의 시대를 노래한 것으로 보아도 결과는 마찬가지이다.

2.5 〈청산별곡〉

　　　살어리 살어리랏다
　　　靑山에 살어리랏다
　　　멀위랑 다래랑 먹고
　　　靑山에 살어리랏다
　　　얄리얄리 얄랑셩 얄라리 얄라

　　　(중략)

　　　가다니 빈브른 도긔
　　　설진 강수를 비조라
　　　조롱곳 누로기 민와
　　　잡스와니 내엇디 ᄒᆞ리잇고
　　　얄리얄리 얄랑셩 얄라리 얄라

〈樂章歌詞〉

　이 작품은 정병욱 박사에 의해 대단히 긴밀한 구성으로 이루어진 시가임이
밝혀졌고, 작자층도 당대의 지식인층이고, 노래의 성격도 현실도피적인 은둔의
산물이 아니고 '적극적인 현실참여의 노래'로 규정된 바 있다.[5] 이러한 지적은
〈청산별곡〉의 연구에서 진일보한 것으로 일반적인 고려가요 연구에서도 시사하
는 바가 크다. 현재 3연과 7연의 어석상의 문제점도 어느 정도 극복된 상태이다.
　〈청산별곡〉 8연의 내용은 다음과 같다. ① 청산에서 살리라 ② 시름 많은 새
처럼 운다 ③ 믈아래 가던 새 본다 ④ 왕래할 사람도 없는 밤은 어찌 지내겠는가
⑤ 이유 없이 돌에 맞아 운다 ⑥ 바다에서 살리라 ⑦ 사슴이 해금을 켜는 소리를
듣는다 ⑧ 술이 잡으니 어찌 하리오
　이렇게 요약하면 작품의 섬세한 운율과 시상은 가져지지만, 내용 전개의 일관
성은 쉽게 파악된다. ①~⑥에는 화자와 자연과의 관계만 나타나고 인간관계는

---

5) 정병욱, 「청산별곡의 분석」, 『한국고전시가론』, 신구문화사, 182, 111~112쪽.

보이지 않는다. ⑦~⑧에는 세속으로의 복귀가 암시되어 있다. 이는 3연의 '믈아래 가던새 본다', 4연의 '오리도 가리도 업슨', 5연의 '미리도 괴리도 업시'에서 이미 마련된 것이기도 하다.

3연의 '믈아래'와 '가던새', '잉무든 장기'의 해석은 있는 그대로 보아야 할 것이다. 종래의 어석에서 이 부분을 상징으로 해석해 온 것은 지나친 확대 해석이라고 판단된다. 화자가 평원에서의 삶을 회상하면서 '녹슨 쟁기'를 꺼내어 새 삶을 준비하는 것으로 이해된다. 그러나 청산에서의 삶은 고난의 연속이었고, 이에 바다로 발길을 돌린다. 그런데 청산에서의 실패는 화자의 발길을 자꾸 머뭇거리게 만든다. 7연에서 '사슴의 탈을 쓴 광대'를 만나고, 8연에서 술독의 누룩 냄새가 화자를 붙잡는다. 그리하여 술을 핑계로 인간세계로의 복귀를 교묘하게 암시하고 있는 것이다. 여기에 고려인 특유의 익살과 해학을 보게 된다. 이 작품이 비극적인 정조를 띠고 있으면서도 끝내 현실을 도피하거나 체념하지 않고, 삶의 낙관적인 자세를 견지한다는 면에서 그러하다.

끝으로 〈청산별곡〉의 5연과 6연이 뒤바뀐 것으로 보는 연구자가 있다. 그러나 다음과 같은 몇 가지를 고려하면 수긍하기 어렵다. 첫째, 〈악장가사〉에 실려 있는 작품의 원형은 존중되어야 한다. 이것이 '청산장'과 '바다장'으로 양분된다는 형식논리에 의해 수정되어야 할 하등의 이유는 없다. 둘째, 여기에는 속요가 민요와 관련된다는 의식도 작용하는데, 그렇다고 그리 간단하게 연이 바뀐 것으로 생각되지는 않는다. 셋째, 원전의 형태를 그대로 인정할 때 위에서 분석한 바와 같이 오히려 구성에서나 내용 전개에서 더 자연스럽다. 넷째, 〈악장가사〉의 편찬자가 문학과 음악에 조예가 있는 사람임을 감안하면 연의 뒤바뀜을 방치했을 까닭이 설명되지 않는다. 다섯째, 작품의 제목이 〈청산별곡〉임을 상기할 필요가 있다. 이 노래가 '청산'과 '바다' 노래의 합성이라면 노래의 제목이 〈청산별곡〉이 될 수 없음은 자명하기 때문이다. 이미 살핀 바처럼 작품의 내용은 청산에 집중되어 있고, 바다에는 아직 가지도 않은 상태이다.

〈청산별곡〉은 적극적인 현실참여의 노래로 보기는 어렵지만, 화자가 '현실세계로의 복귀를 은근하면서도 해학적으로 노래'한 것으로 볼 수 있다.

2.6 〈만전춘 별사〉

어름우희 댓닙자리 보와
님과나와 어러주글 만뎡
어름우희 댓닙자리 보와
님과나와 어러주글 만뎡
情둔 오놄밤 더듸 새오시라 더듸 새오시라

(중략)

아소 님하 遠代平生애 여힐술 모ᄅᆞᆸ새

〈樂章歌詞〉

　본 가요가 통설과는 달리 '내용이나 형식면에서 정연한 구조를 가진 시가'임은 성현경에 의해 규명된 바 있다.[6] 1연은 화자의 상상이나 회상이라기보다는 꿈속의 상황으로 여겨진다. 꿈에서나마 임을 만나게 된 화자는 죽음을 초월한 강렬한 사랑의 의지를 노래한다. 이러한 내용은 행의 반복으로 더욱 강조된다. 비장한 화자의 마음은 이별 뒤의 견디기 어려운 고독이 응결되어 있고, 임에 대한 원망이 응어리져 있는 것이다. 화자의 심정이 가정법을 통하여 솔직하고도 대담하게 드러난다.

　2연에서 화자의 고독감은 고조된다. 어느 새 잠은 멀리 달아나고 창을 열고 밖을 보니, "그 때 눈에 비친 도화, 교교한 달빛 아래 봄바람에 교태를 부리 듯, 행복에 겨운 듯, 춘풍에 흔들리고 있는 그 모습이 고독한 자신의 모습과 대조된다. 화자는 비애와 고독에 가슴이 미어질 듯한데, 도화는 그의 앞에 화사하게 피어 있다"[7] '시름업서'는 화자와 자연의 존재론적 위화감, 갈등의 표현이다. 그와 동시에 자연의 상태에 동화되고자 하는 마음이 감추어져 있다.

---

6) 성현경, 「만전춘 별사의 구조」, 한국어문학회 편, 『고려시대의 언어와 문학』, 형설출판사, 1977, 380～381쪽.
7) 양태순, 「고려시대의 시가 연구」, 서울대, 국문학연구 제57집, 1982, 59쪽.

3연은 애꿎은 사람을 원망하고 있다. 마치 〈서경별곡〉의 화자가 사공에게 하는 행위와 흡사하다. 여기에는 또 〈정과정곡〉의 한 부분과 유사한 문맥이 들어 있기도 하다. 널리 유행하는 문구를 활용한 것이다.

4연에서 화자는 2연처럼 외부 사물에 관심을 보인다. 즉 '소에 자러온 아련 비오리'를 보게 된다. 화자와 임과의 관계를 우의적으로 표현하였다. 2연과 대조할 때, 여성은 '도화, 소, 여흘'로 표현되고, 남성은 '춘풍, 비오리' 등으로 비유하였다. 이 때 소와 여흘은 화자 자신과 다른 여인의 존재를 나타낸다.

5연은 연구자들 간에 심한 의견의 차이를 보이는 곳이다. 대표적인 견해는 에로틱한 표현이라는 해석이다. 5연에는 '남산, 옥산, 금수산' 등의 산이 나온다. 옥산은 옥베개이고, 금수산은 비단금침이다. 다만 남산은 1연의 '어름'에 대응되는 어떤 장소를 환기한다. 결론적으로 5연은 1연과 패로디(parody) 관계에 있다. 즉 '남산'은 '어름'과 대조되고, '옥산'과 '금수산'은 '댓닙자리'에 대응된다. '사향각시'는 주술적으로 '임'을 대신하는 존재이다. 1연이 꿈이라면 5연은 주술적 상황이다. 궁녀나 기녀들이 임과의 사랑을 회복하는 비법으로 사향을 사용하는 것은 오래된 비술의 하나인 것이다. 이렇게 보면 5연은 단순히 에로틱한 표현으로만 보기 어렵다. 이것은 임과의 화합을 주술에 의지하여 기원하는 화자의 눈물겨운 몸짓이다.

6연의 기원과 소망은 위와 같은 5연의 해석으로 가능한 것이다. 그러나 그럼에도 불구하고 임이 다시 찾아 주리라고 하는 보장은 없다. 여기서 이 노래의 비극적인 정조가 정점에 달하고 있음을 보게 된다.

종합적으로 〈만전춘 별사〉는 내용이나 형식적으로 긴밀한 구조를 가진 작품이다. 시적 표현에서도 뛰어난 비유와 상징을 구사하여 '임에 대한 사랑의 지속을 기원'하고 있다.

3. 경기체가의 작품 구조

경기체가는 고려 고종(高宗)대(13세기 초)의 〈한림별곡〉을 효시로 하여 조선 선조 (宣祖)대(16세기 말) 〈독락팔곡〉에 이르기까지 약 350여 년간에 걸쳐 향유된 장르이다. 그 시작은 시조·가사와 거의 같이 하였고, 여대에는 속요·시조와 선초에는 악장·시조·가사와 상보적으로 계승·발전되어 왔다. 그런데 이 시가들은 다른 장르와 달리 국민문학으로 승화되지 못하고, 오직 사대부 계층에 의해서만 창작·향유되었다는 점과 문학적 가치를 경시하는 경향 때문에 연구가 그리 활발하지는 않다.

고려의 경기체가는 〈한림별곡〉, 〈관동별곡〉, 〈죽계별곡〉 등 3편이다. 〈한림별곡〉을 중심으로 구조적 특징을 살피기로 한다.

> 元淳文 仁老詩 公老四六
> 李正言 陳翰林 雙韻走筆
> 沖基對策 光鈞經義 良鏡詩賦
> 위 試場ㅅ景 긔 엇더ᄒ니잇고
> (葉) 琴學士의 玉笋門生 琴學士의 玉笋門生
> 위 날조차 몃부니잇고
>
> (중략)
>
> 唐唐唐 唐楸子 皂莢남긔
> 紅실로 紅글위 ᄆᆡ요이다
> 혀고시라 밀오시라 鄭少年하
> 위 내가논ᄃᆡ 눔갈셰라
> (葉) 削玉纖纖 雙手ㅅ길헤 削玉纖纖 雙手ㅅ길헤
> 위 攜手同遊ㅅ景 긔 엇더ᄒ니잇고

〈樂章歌詞〉

이 작품은 경기체가 최초의 작품으로, 형태상·내용상으로 그 전형을 보인다. 전8장에 걸쳐 '8경'을 노래했다. 그것은 '시부, 서적, 명필, 명주, 화훼, 음악, 누각, 추천' 등이다. 내용을 자세히 보면 다음과 같다.

1장은 당대 유명한 문인들의 이름과 그들의 장기인 시문을 나열하고, 자신도 그러한 계열에 속한다는 자부심을 노래하고 있다. 2장은 중국의 이름난 서적들을 열거하고 그것을 역람(歷覽)하는 모습을 과시한다. 3장은 당대 명필들을 나열하고 주필(走筆)하는 광경을, 4장은 각종의 명주에 취하는 흥을, 5장은 모란·작약 등의 꽃들이 피어 있는 모습을 보이고 그에 동화되는 풍류를 그렸다. 6장은 여러 악기들과 악공의 솜씨를 감상하는 흥취를, 7장은 삼신산의 봄 경치를 완상하는 흥을, 8장은 미인과의 추천하는 정경을 읊었다. 이를 종합하면 '진선미(眞善美)한 것의 과시 및 찬양'8)이다.

분절 구조는 전대절과 후소절로 되어 있고, 각 절의 끝에 후렴이 있다. 후소절 5-6구의 내용은 반드시 전대절 1-3구와 관련되거나 연장선상의 대상으로 나타난다. 이를 간략하게 정리하면 전대절(사물-객체, 후렴), 후소절(사람-주체, 후렴)이 된다. 후렴은 '景 긔엇더ᄒ니잇고'의 설의적 표현이다. 이것은 적어도 화자와 청자 사이의 공감이 전제된다. 이러한 공감대가 단절되면 비판을 받게 되는데, 퇴계의 〈도산십이곡발〉이 대표적이다.

경기체가의 성격은 '인간(사대부)의 진선미한 행위를 과시 및 찬양하는 문학'이다. 여기에는 구조적으로 화자의 다양한 서정이 개입될 여지는 없다. 다만 창자의 흥과 청자의 흥이 일치하는 것을 확인하는 문학인 것이다. 따라서 경기체가는 본격적인 서정시가가 될 수는 없고 사대부들이 연회석에서 즐기는 즉흥적인 노래이다. 즉 시적 기능보다는 노래의 기능이 중요하다.

결과적으로 문학성의 발현도 제한된다. 내용이 과시 및 찬양일 때는 후렴이 '景 긔엇더ᄒ니잇고'가 되지만, 화자의 구체적인 정서를 드러낼 때는 그에 맞는 다른 후렴이 채택된다. 경기체가의 구조적 해석에서 제한적이나마 서정성이 표출된다는 사실은 이를 단순한 교술 장르로 보기 어렵게 하는 근거라고 할 것이다.

---

8) 성호경, 「경기체가의 구조 연구」, 국문학연구 제4집, 서울대, 1980, 55~56쪽.

4. 맺음말

고려가요 중에서 속요 6편(〈정읍사〉, 〈정과정곡〉, 〈동동〉, 〈정석가〉, 〈청산별곡〉, 〈만전춘 별사〉)과 〈한림별곡〉을 중심으로 경기체가의 구조 분석을 시도하였다. 속요는 편사된 흔적이 있음에도 불구하고 비교적 구조가 정연하다는 사실을 확인하였고, 경기체가는 제한적이지만 서정성을 담보한다는 점도 규명하였다. 학교교육의 현장에서도 이러한 요소들을 고려하여 고려가요의 교육이 효율적으로 이루어지기를 기대한다.

1. 자료

〈樂章歌詞〉
〈樂學軌範〉

2. 단행본

정병욱 · 이어령, 『고전의 바다』, 현암사, 1977.

3. 논문

성현경, 「만전춘 별사의 구조」, 한국어문학회 편, 『고려시대의 언어와 문학』, 형설
　　　출판사, 1977.
성호경, 「경기체가의 구조 연구」, 국문학연구 제4집, 서울대, 1980.
양태순, 「고려시대의 시가 연구」, 서울대, 국문학연구 제57집, 1982.
장사훈, 「정읍사의 음악적 고찰」, 자유문학 제4권 4호, 1959.
정병욱, 「청산별곡의 분석」, 『한국고전시가론』, 신구문화사, 1982.
지헌영, 「정읍사의 연구」, 국어국문학회 편, 『고려가요 연구』, 정음사, 1979.
최진원, 「동동고 Ⅲ」, 『국문학과 자연』, 성대출판부, 1977.

3장

고려가요의 자연 표상

1. 머리말

우리 시가문학에서 자연이 크게 문제가 된 것은 조선시대에 들어와서의 일이다. 그러나 중국문학사에서는 이미 '위진(魏晉)시대에 산수로써 미적 대상을 삼고, 예술 형상도 산수를 추구하는 자의 미적 요구를 만족시키는 데 중점이 두어졌다'고 한다.[1] 그렇다면 한국문학사, 특히 국문시가에서는 이른 바 '자연미의 발견'이 그렇게 늦은 것인가 하는 의문이 들지 않을 수 없다.

일반적으로 고려의 사대부는 주(酒), 가(歌), 무(舞)의 관능적 향락의 풍류를 즐긴 것으로 논의되고 있고, 이에 비해 조선의 사대부들은 이른바 '강호가도(江湖歌道)'로 지칭되는 '상자연(賞自然)'의 유학적 자연관에 입각하여 자연을 풍류의 대상으로 편입시켰다고 한다.[2] 물론 이들 사이에는 정치적, 경제적, 철학적, 문학적 입장에서 각각 미묘한 차이가 있는 것이 사실이다. 하지만 조선 초의 사대부는 고려 말의 신흥사대부와 연장선상에 있었기 때문에, 자연을 대하는 태도도 일정 부분 공유되는 면이 있지 않을까 생각된다.

---

1) 이형대, 『어부형상의 시가사적 전개와 세계인식』, 고려대 박사학위논문, 1997, 19~20쪽.
2) 조윤제, 『국문학개설』, 동국문화사, 1959, 297~306쪽.
　최진원, 「강호가도연구」, 『국문학과 자연』, 성대출판부, 1977.

본고는 이에 착안하여 고려가요의 자연 표상(表象)3)을 전반적으로 다루고자 한다. 즉 '강호가도'의 단초를 고려가요에서 탐색해 보려는 것이다. 이를 위해서는 먼저 한문학 자료를 검토하는 것이 필수적이지만 후고로 미루고, 여기서는 일단 국문시가만을 대상으로 분석하기로 한다. 고려가요는 조선의 강호시가와 문학사적으로 인접해 있고, 또한 후자는 전자에 대한 계승이나 지양의 결과라고 할 수 있기 때문이다.

다음 장에서 고려의 속요와 경기체가, 시조, 〈어부가〉 등을 차례로 살피겠지만, 작품 중에서 자연이 전혀 문제되지 않는 것은 제외될 것이다. 속요 중에서는 〈정읍사〉, 〈정과정곡〉, 〈동동〉, 〈정석가〉, 〈청산별곡〉, 〈만전춘별사〉, 〈이상곡〉, 〈서경별곡〉 등을 대상으로 한다. 경기체가는 〈한림별곡〉, 〈관동별곡〉, 〈죽계별곡〉을 다룰 것이고, 시조는 고려 시대의 작품 가운데 일부가 그 대상이다. 〈어부가〉는 그 중요성을 감안하여 따로 분석하기로 한다.4)

그런데 작품 분석의 방법이 문제이다. 문학작품에 구현된 자연의 구체적인 양상과 표현, 그리고 자연을 이해하는 방법 등을 체계화하는 작업에는 많은 제약과 난점이 예상된다. 우선 미학적인 문제, 대상에 대한 형이상학적 인식과 예술적 형상화의 관계, 문학 장르상의 문제 등을 들 수 있다. 시가에 나타나는 자연의 서로 다른 양상은 인간의 세계에 대한 보편적인 인식과 관계된다. 그러나 그것은 자아의 소박한 지식이나 인식이 아니며, 작가의 미의식에 의해 선택되고 주관화한 것이다.

자연을 매개로 한 시가에서 그 기본적인 표상성은 '인물기흥(因物起興)'이다. 이는 주자의 〈무이구곡가〉를 하서(河西)와 포저(浦渚) 등이 '학문입도차제(學問入道次第)'로 해석한 것을 퇴계(退溪)와 고봉(高峰)이 '인물기흥'을 노래한 것으로 본 것에서 비롯된다. 이 때 '인물(因物)'은 인식에 관계되고, 그 양상은 '이상적인 것'과 '현실적인 것', 그리고 '양면적인 것' 등으로 나타나게 된다.5)

---

3) 표상(表象)은 최진원 박사가 형상(形象)과 표현(表現)을 합성하여 사용한 용어이다.(최진원, 『한국시가의 형상성』, 성대출판부, 1996, 서문)
4) 나옹화상의 〈서왕가〉를 비롯한 일련의 가사 작품도 대상이 되겠으나, 작자층이 다르고 시대나 원작자에 대한 시비도 상존하므로 제외한다.
5) 손오규 교수의 지적대로 '이상적인 것'은 '개념적 인식'으로 '현실적인 것'은 '즉물적 인식'으로

필자는 일찍이 문학작품의 자연 이해 방법을 (1) 자연을 '이상적인 것'[6]으로 이해하는 방법, (2) 자연을 '현실적인 것'[7]으로 이해하는 방법, (3) 자연을 양면적으로 이해하는 방법'으로 제시한 바 있고, 자연을 대하는 태도는 조화(調和)와 갈등(葛藤)으로 체계화한 바 있다.[8] 본고에서도 이러한 방법론을 원용하기로 한다. '강호가도'는 자연을 유교적 입장에서 '이상적인 것'으로 이해했고, 그 태도는 '조화'를 지향했기 때문에, 고려가요의 양상에 따라 상호 연관성이 드러날 것으로 기대되기 때문이다.

2. 고려가요의 자연 표상

고려가요의 자연에 대한 논의는 조윤제 박사의 견해가 대표적이다.

> "이리하여 고려문학에서는 이미 많이 자연애가 발달하였다 그러나 고려문학에 있어서의 자연애는 서경이이(敍景而已)지 자연 중에 감각되는 정취라던가 자연 중에 끌려 들어가는 정서란 것은 아직 발견할 수 없다. 말하자면 자연은 아름다운 것으로 그대로 객관적으로 존재하였을 뿐이지, 거기에 아직 불타는 생명의 약동을 암시하는 점은 발견하기가 곤란하다. 아마도 이 점은 이조 조선에 들어오지 않으면 기대되지 않을 것이다." [9]

여기에서 과연 고려문학에는 자연이 '서경이이(敍景而已)'로서 객관적으로 존재하기만 하였는가가 문제이다. 다시 말하면 '자연 중에 감각되는 정취라던가 자

이해해도 좋을 것이다.(손오규, 「산수문학에서의 인물기흥」, 『비교어문연구』 제11집, 비교어문학회, 2000.) 그러나 손 교수는 양면적 인식을 고려하지 않았다는 점에서 본고의 입장과 구별된다.

6) '이상적인 것'은 "이념적, 관념적, 이성적, 정신적일 수밖에 없으며, 그러기에 윤리적, 도덕적, 규범적, 당위적, 보편타당적인 것을 지향하며, 또한 질서, 원리, 통일, 완전을 본질로 하는 것"을 뜻한다.(김학성, 『한국고전시가의 연구』, 원광대출판국, 1980, 38~48쪽. 참조)

7) '현실적인 것'은 "이상, 이념, 규범, 당위, 윤리, 도덕에 구속되지 않는 것이니 실제적, 감성적, 자연적, 본능적, 감정적, 감각적, 쾌락적, 특수적, 욕망적인 것을 본질로 하는 것"이라는 뜻이다.(김학성, 위의 책, 38~48쪽. 참조)

8) 졸고, 「고려가요의 작품구조와 자연」, 성대 석사학위논문, 1984, 18~24쪽.

9) 조윤제, 앞의 책, 423쪽.

연 중에 끌려 들어가는 정서'는 조선, 그것도 연산조에 들어와서야 가능했던 것일까.

최진원 박사도 향가의 자연관은 '자연과 인간의 교감, 등질'의 감성 체험을 밑바닥에 깔고 있는데, 속요에서 자연숭배의 변화를 볼 수 있다고 하면서 그것은 '자연과 인간의 교감'이 깨진 완전한 개성서정(個性抒情)이라고 한 바 있다. 이어서 다음과 같은 견해도 피력한 바 있다.

> "동동과 청산별곡에는 원형 상징으로서 자연숭배는 없다. 그런데 그 자연감정은 '親愛의 감정'이 아니다. 그것은 '허무의 감정'이다.(중략) 하여튼 그것은 시조·가사의 자연감정과는 판이하다."10)

여기서 문제는 속요와 시조·가사는 향유층의 환경이나 세계관이 다르기 때문에 당연히 자연에 대한 인식과 태도도 다를 수밖에 없다는 것이다. 따라서 이들의 비교는 향유층이 같은 작품(경기체가, 시조 등)들을 대상으로 해야 하지 않을까.

이제 위와 같은 의문점을 해명하기 위해 속요, 경기체가, 시조, 〈어부가〉 등의 순서로 작품들을 살피기로 한다.11)

2.1 속요의 자연 표상

2.1.1 〈정읍사〉와 〈정과정곡〉

〈정읍사〉와 〈정과정곡〉을 함께 다루기로 한다.12) 두 작품에 나타나는 자연은 〈정읍사〉의 '달'과 〈정과정곡〉의 '잔월효성(殘月曉星)'이다. 이 두 자연물은 작품에서 전체의 시상(詩想)을 지배하는 기원의 대상이다. 사랑하는 임과 나의 길을 밝게

---

10) 최진원, 앞의 책, 102~103쪽.
11) 〈한림별곡〉은 고려의 속악가사에 속하지만 속요로 지칭되는 일반적인 속악가사와는 장르와 작자층이 다르다는 점에서 경기체가에서 다루기로 한다. 그리고 『악장가사』 소재의 〈어부가〉도 속악가사로 볼 수도 있으나 고려 시대에 이미 궁중음악으로 채택되었는지는 불분명하기 때문에,(양태순, 『고려가요의 음악적 연구』, 이회, 1997, 38쪽.) 조선의 '강호가도' 시가에 미친 영향을 중요시하여 따로 언급하기로 한다.
12) 작품 내용의 직접적인 인용은 필요한 경우에 한정하고, 전문은 생략하기로 한다. 이하 같다.

하여 보호해 주는 존재이며(〈정읍사〉), 자신의 결백을 확실하게 알고 있는 존재이다(〈정과정곡〉).

그러나 '달'과 '잔월효성'의 주술성은 미미하게 약화되어 임과 화자에게 상황을 극복하는 힘을 주거나, 신심의 대상이 되지는 못하고 있다. 그저 길을 밝혀주거나 결백을 알고 지켜보기만 할 뿐, 상황 변화에 아무런 역할이나 기능을 못한다. 전 시대의 문학작품에서 이러한 자연물에 주술적인 능력을 부여한 것이 자연과 인간의 교감에 바탕을 둔 집단감정의 소산이라면 이것들은 거기에서 벗어나 있음이 분명하다. 여기에 작품의 비극적인 정조가 인지되며, 인간의 의지적인 노력이 강조될 수밖에 없다.

이들 작품에서 자연은 '이상적인 것'이면서 동시에 '현실적인 것'이기도 하다. 굳이 부연하자면 '현실적인 것'에 보다 기울어져 있는 것으로 생각된다. 그러기에 〈정과정곡〉은 '산접동새'에게 자신의 처지를 빗대기도 하는 것이다. 화자의 자연에 대한 태도는 '조화'의 관계를 유지하며, '갈등'의 표출은 보이지 않는다. 그러나 이러한 '조화'는 언제든지 삶의 여건에 따라 '갈등'으로 전환될 가능성이 있기도 하다.

2.1.2 〈동동〉

〈동동〉은 집단감정으로부터 벗어나 개인서정을 노래하고 있다고 한다. 즉 모든 사람들이 공동으로 참여하여 즐기는 세시풍속의 흐름 속에서 떨어져 나와 자기만의 삶의 의미를 추구할 때, 집단적인 감정으로 이루어진 세시풍속의 의미는 상실되거나 오히려 갈등을 자아내게 된다는 것이다.[13] 이와 같이 적어도 표면적으로 이 작품은 자연 및 자연의 질서와 괴리된 인간의 비극적 삶을 노래하고 있다. 그러나 작품의 이면에도 과연 그렇게 이해될 수 있을지는 의문이다.

〈동동〉에서 자연이 직접적으로 중요하게 표출된 부분은 '1월'과 '3월', '4월'에 지나지 않지만, 작품의 구조가 세시에 따른 자연의 시간적 질서에 의존해 있다는 면에서 이 시가와 자연은 긴밀하게 연관되어 있다고 할 것이다. 즉 화자와 자연

---

13) 최진원, 「동동고(Ⅲ)」, 『국문학과 자연』, 성대출판부, 1977, 165~177쪽.

사이에 아무런 갈등도 나타나 있지 않고, 오히려 화자의 삶을 자연에 동화시키고 자 하는 비원(悲願)을 함축적으로 내포한다. 이 노래가 월령체인 점을 감안하면 "월령은 역사적·사회적 공간이라는 인간적 사상(事象)에 관계된 시간성이라기보 다도 우주의 자연 질서를 관통하는 시간성(운행 질서)이다."라는 견해[14]에 주목하 게 된다.

기구(起句)를 제외하면, 1월부터 12월까지 자연의 변화는 그 자체로 '이상적인 것'이면서 '현실적인 것'으로 조화롭게 진행된다. '정월ㅅ 나릿 믈'(1월), '만춘들 욋 곳'(3월), '곳고리새'(4월) 등은 자연의 이법이나 임의 모습을 표상할 뿐, 화자와 아 무런 갈등 관계에 있지 않다. 즉 화자의 자연에 대한 태도는 조화를 전제로 한 것이다.

여기서 문제는 화자와 임과의 관계이다. 이들은 순조롭지 못하고 갈등을 빚고 있다. 화자는 임과 지내는 1년 12달의 삶이 자연적 질서처럼 그렇게 되기를 간절 히 소망한다. 이 소망은 작품에 표면적으로 드러나 있지는 않지만 화자의 내면에 내재해 있는 것이다.

그것은 월령체의 형식을 빌어 작품의 이면을 지배하면서 모든 장에 걸쳐 전제 되어 있다. 화자는 그런 소망을 천지신명에게 비는 것이고, 그래서 '動動之戲其 歌詞多有頌禱之詞'의 의미는 기구뿐만 아니라 작품 전체를 포괄한다는 것을 비 로소 이해하게 된다. 그동안 학계의 논의가 이 구절의 해석을 대개 기구와 2월, 3월, 5월(임에 대한 찬양과 축원) 정도에서 찾으려 한 것은, 작품의 내포적 의미를 읽어 내지 못한 데에서 기인한 것이라고 하겠다.[15]

〈동동〉에는 자연의 이법에 참획하고 동화하려는 화자의 의지가 임과의 갈등을 전제로 형상화되어 있다. 그런 관점에서 '봄(1-3월)은 자연의 들뜨고 밝고 화사한 정조와 유리된 자신의 모습에서 사랑의 비극이 싹트고, 여름(4-6월)은 안타까운

---

14) 진영일, 「고려사' 오행·천문지를 통해본 유가질서개념의 분석」, 국사관논총 제6집, 국사편찬 위원회, 1989, 117쪽.(허남춘, 「동동과 예악사상」, 『고려가요 연구의 현황과 전망』, 성대 인문 과학연구소 편, 집문당, 1996. 340쪽에서 재인용)

15) 허남춘은 논의를 확장하여 〈동동〉의 서련과 2·3·4월 연에서 찬가적 성격(頌)을, 5·6·7월 연에서 祝禱의 의미가 있음을 밝힌 바 있다.(허남춘, 앞의 논문, 368쪽.) 어쩌면 "蓋效仙語以 爲之"와도 관계가 있을 것으로 생각되지만, 이에 대해서는 후고를 기약하기로 한다.

사랑, 헌신적인 사랑, 투쟁에 가까운 사랑과 같은 적극적인 정조가 흘러넘친다. 즉 사랑의 비애가 커져감에 따라서 자아의 의지도 적극성을 띠게 되는 것이다. 가을(7-9월)은 임의 부재로 인한 적막감과 고독감이 짙게 드러나며, 겨울(10-12월)은 사랑의 종말, 상실감이 노래되고 있다.'[16]는 견해는 수긍할 만하다.

다만 표면적으로는 비극적 정조가 우세하지만, 그럴수록 화자의 내면적 의지는 자연과의 동화를 통해서 임과의 관계가 개선되기를 강력하게 희구한다는 점을 고려해야 할 것이다. 화자는 자연의 계절이 순환하듯이 인간의 사랑도 순환이 가능하리라는 신념을 끝까지 버리지 않고 있다. 이는 기구의 덕(德)과 복(福)을 비는 행위가 구조적으로 작품 전체를 포괄하기에 더욱 그러하다. '자연의 이법(理法)에의 동화'가 〈동동〉의 주지이다.

2.1.3 〈정석가〉

이 작품은 얼핏 자연이 문제되지 않는 것으로 보인다. 그런데 노래의 2-5장에서 전혀 불가능한 자연 질서를 내세워서, 그와 마찬가지로 임과의 이별도 실제로 '있어서는 안 되는 것'으로 생각하는 논리성을 바탕으로 시상을 전개한다. 이러한 논리성은 실제의 자연 현상이 아닌 불가능한 것을 가정함으로써 가능한 것이다. 즉 화자가 의도적으로 가상(假像)의 자연을 의구화(擬構化)했다는 점에서 특이한 작품이다. 불가능한 것을 가능한 것으로 추구하는 그 자체는 역설에 의한 희극미조차 엿보인다.[17]

유한한 사랑에 대한 극복의 의지는 모래밭에 심은 구운 밤 닷 되가 싹이 돋을 때까지, 옥으로 새긴 연꽃을 바위에 접주(接柱)하여 꽃이 필 때까지, 무쇠로 마른 천익(天翼)을 철사로 박아 그 옷이 다 헐 때까지, 무쇠로 황소를 만들어 그 소가 철수산(鐵樹山)의 철초(鐵草)를 다 먹을 때까지, 사랑의 영원성을 추구하고 있다.

자연 질서는 화자의 상상 속에서 재구성되었지만 순리대로 진행될 것임을 확신하고, 그처럼 화자와 임과의 관계도 영원히 지속될 것임을 소망하는 것이다. 작품에서 자연은 '이상적인 것'이면서 '현실적인 것'으로 표현되었으며, 자연에

---

16) 양태순, 「고려시대의 시가 연구」, 서울대 국문학연구 제57집, 29쪽.
17) 김학성, 앞의 책, 118쪽.

대한 태도는 조화를 바탕으로 한다.

2.1.4 〈청산별곡〉

작품에서 자연은 전적으로 '현실적인 것'으로 나타난다. '청산'과 '바다'는 삶의 현장이고, '멀위'와 '다래', 'ᄂᄆ자기'와 '구조개'는 일용하는 양식이다. 2장의 '새'는 현재의 처지를, 4장의 '밤'은 가혹한 현실을 빗대었다. 5장의 '돌'과 7장의 '사슴'은 각각 운명과 광대를 상징한다.

화자와 자연의 관계는 '갈등'을 보인다. 1장의 '청산'과 6장의 '바다'와는 조화를 추구하지만, 화자는 그것이 불가능하다는 것을 곧 바로 절감하게 된다. 2장에서 시작된 갈등('널라와 시름한 나도')은 5장에서 절정에 달하고('믜리도 괴리도 업시/ 마자서 우니노라'), 또 다른 삶의 터전으로 '바다'를 선택하지만 '청산'에서의 경험은 화자의 발길을 머뭇거리게 만든다. 그것이 바로 8장의 '조롱곳 누로기 믹와/ 잡수와니 내엇디 ᄒ리잇고'로 표현되었다.

이와 같이 〈청산별곡〉은 어떤 이유인지는 몰라도 현실을 떠나 '청산'과 '바다'로 유랑하지만, 끝내 다시 인간세계로의 복귀를 술에 기대어 교묘하게 암시하고 있다. 여기에 화자의 해학과 익살이 표출되어 있음을 보게 된다.

이 작품이 비극적인 면을 지니고 있으면서도, 현실을 도피하거나 체념하지 않고 현실에 낙관적으로 대처하는 유연한 삶의 자세를 보이는 것은 이러한 이유에서 그러하다. 따라서 이 작품을 "적극적인 현실참여의 노래"[18]로 보기는 어렵다고 해도, "현실세계로의 복귀를 해학적인 표현으로 노래한 것"[19]으로 판단할 수는 있을 것이다.

2.1.5 〈만전춘 별사〉

이 작품의 계절적 배경은 봄으로, 그것도 궁전에 가득 찬 봄(만전춘)이다. 시간적 배경은 달빛이 교교히 흐르는 '밤'이다.

---

18) 정병욱, 「청산별곡의 분석」, 『한국고전시가론』, 신구문화사, 1982, 111~112쪽.
19) 졸고, 앞의 논문, 63쪽 참조. 이런 판단에는 작품이 악장으로 궁중에서 연행된 점도 고려한 것이다.

　　1장의 자연은 극한적인 상황('어름우희 댓닙자리 보와')을 가정하여 임과의 절박한 사랑을 갈구하고 있고, 2장에서 자연은 화자의 처지와 괴리되어 있다('도화는 시름 업서 소춘풍ᄒᆞᄂᆞ다'). 4장에서는 자연 현상을 통해서 화자가 처한 처지를 상징적으로 보여준다('소콧 얼면 여흘도 됴ᄒᆞ니'). 5장은 자연을 비유에 동원하였다.

　　위와 같이 1, 2, 4장의 자연은 화자에게 '현실적인 것'으로 파악되고, 화자는 존재론적 인식에 바탕을 둔 자연과의 위화감 내지 '갈등'을 드러낸다. 2장과 4장에서 여성은 '도화', '소', '여흘'로 표현되었고, 남성은 '춘풍'과 '비오리'에 빗대었다.[20]

　　5장에서 자연은 '임의 부재'를 '임의 실재'로 바꾸기 위한 주술적 치료 행위[21]에 동원되었다. 이 때 자연은 실제의 것이 아니라 주술적 상황을 연출하는 배경으로 비유적으로 쓰인 것이다. 이렇게 볼 때 '남산', '옥산', '금수산', '사향각시' 등은 현실의 자연이 아니고, 더구나 성적인 분위기를 환기하는 매개물도 아니다. 그것은 임과의 화합을 주술에 의지하여 기원하는 화자의 눈물겨운 몸부림의 표상(表象)이다. 그래야 6장 '아소 님하 원대평생애 여힐술 모ᄅᆞᆸ새'의 결구가 자연스럽다.

2.1.6 〈이상곡〉과 〈서경별곡〉

　　〈이상곡〉은 '비', '눈', '서리' 등이 뒤섞여 있는 '조븐 곱도진 길'을 '열명길'로 표현하였고, 다른 임을 따르는 것을 '년뫼를 거로리'로 노래하였다. 〈서경별곡〉에서는 '대동강'과 '곶'이 제시되었는데, 전자는 임과 화자의 장애물 내지는 거리감을 나타내고, 후자는 다른 여인을 비유한다. 두 작품 모두 자연은 화자의 삶을 위협하는 존재이거나, 다른 임을 환기시킨다. 화자에게는 자연이 '현실적인 것'으로 인식되고, 도저히 화합할 수 없는 '갈등' 관계에 놓여 있다.

---

20) '여흘'은 '소'의 대용물로, '겨울에도 얼지 않는 장소'로서의 이미지가 강하다. 즉 사랑을 나눌 수 있는 대상이다.
21) 5장이 궁중에서 행해졌던 주술적 행위를 노래했을 가능성은 졸고(앞의 논문, 75～76쪽.)를 참고할 것.

종합해 보면 속요의 자연 표상은 첫째, '이상적인 것'과 '현실적인 것'의 양면적인 이해를 보이면서 '조화'의 태도를 견지한 작품군(〈정읍사〉, 〈정과정곡〉, 〈동동〉, 〈정석가〉)과 둘째, 자연을 '현실적인 것'으로 파악하고 그것과 '갈등'을 표출하고 있는 작품군(〈청산별곡〉, 〈만전춘 별사〉, 〈이상곡〉, 〈서경별곡〉) 등으로 대별된다.

전자의 경우 자연을 이해하는 방법이나 태도에서 '강호가도'의 시가와 상통하는 면이 있다.[22] 그러나 작품들에서 대상이 된 자연은 단편적인 사물('달', '잔월효성')이거나, 존재론적 사유에 의한 자연의 순환 질서를 노래하거나(〈동동〉), 의구화(擬構化)되어 표현(〈정석가〉)되었을 뿐이다. 전술한 바 조윤제 박사의 '서경이이'에 다름이 아니다. 자연에 대한 보다 깊이 있는 이해는 다음의 경기체가에서 실현되는 것으로 생각한다.

후자는 고려 말 현실을 자연 현상에 빗대어 표현한 작품—특히 시조에 영향을 주었을 것이지만, 문제는 자연에 대한 이해와 태도에 있어서 이러한 양상이 갖는 문학사적 의의이다. 홍만종이 말한 '탁물우의(托物寓意)'[23]에 해당하는 것으로 후자는 자연을 비유나 알레고리의 매체로 대하는 것이기 때문에 전자와는 미학적 층위가 다르다고 생각된다.[24]

주지하듯이 속요는 속악가사로서 고려 후기에 왕실과 권문세족들이 궁중에서 향유한 악장이기 때문에 사대부문학과는 여러 면에서 다양한 편차를 보인다고 할 수 있다. 이에 대한 판단은 잠시 유보하고 다른 작품들을 분석한 후로 미루기로 한다.

---

22) 두 시가군 모두 자연에 대한 양면적인 이해 방법이나 '조화'의 태도를 보이는 점은 같다. 그러나 속요는 보다 '현실적인 것'에 이끌리고, 강호시가는 보다 '이상적인 것'에 경도되어 있음이 차이가 난다. 더구나 '조화'의 구체적인 양상도 다르다는 점도 염두에 두어야 한다.

23) 洪萬宗. 『詩評補遺』, "上.宣祖文藻炳煥 高出列聖 詠三色桃詩曰 天桃一朵花變幻二三色 植物尙如此 人情宜反覆 托物寓意 辭甚警絶可使二三其德者 赧然心服也"

24) "이('托物寓意')는 '因物起興'과는 그 의미가 다르다. '인물기흥'은 物에 因하여 흥을 일으키는 것이라 해석되고, 따라서 그의 표상은 일차적인 것이 된다. '托物寓意'는 그 흥이 시인의 인식 세계에서 한번 여과된, 그리하여 재생된 것이다."(여기현, 『고전시가의 표상성』, 월인, 1999, 149쪽.)

2.2 경기체가의 자연 표상

고려 시대의 것은 〈한림별곡〉과 안축의 〈관동별곡〉, 〈죽계별곡〉이다. 이들은 우선 작자층이 조선의 강호시가와 같은 사대부 계층이라는 점에서 주목할 만하다. 물론 각각의 정치적·사회적·경제적 여건이 차이가 있고, 세계관·문학관·미의식이 어느 정도 변별되는 것이 사실이다. 그러나 퇴계의 한림별곡에 대한 비판[25]을 보더라도 후자는 전자에 대한 극복·지양의 결과라는 점에서 매우 중요한 의미를 갖게 된다. 다음에서 각각을 살펴보기로 한다.

2.2.1 〈한림별곡〉

경기체가의 최초이면서 형태상, 내용상으로 그 전형을 보이는 작품으로 평가된다.[26] 전체 8장에서 '8경(景)' 즉 시부, 서적, 명필, 명주, 화훼, 음악, 누각, 추천 등을 노래하고 있다. 이 중에서 특히 자연이 두드러진 부분은 5장(화훼)과 7장(산, 누각, 호수, 황앵)이다. 그러나 모든 장에서의 시상이 '··景'에 응축·집약된다는 점[27]에서 작품의 분석이 그리 용이한 일은 아니다. 이 작품은 모든 시적 대상을 풍경(風景)으로 환치하여, 그것을 바라보거나 과시·찬양하는 구조를 보인다. 『악장가사』에 실려 있는 작품의 제5장을 보면 다음과 같다.

> 紅牧丹 白牧丹 丁紅牧丹
> 紅芍藥 白芍藥 丁紅芍藥
> 御留玉梅 黃紫薔薇 芷芝冬柏
> 위 間發 ㅅ 景 긔 엇더ᄒ니잇고
> (葉)合竹桃花 고온 두분 合竹桃花 고온 두분
> 위 相映 ㅅ 景 긔 엇더ᄒ니잇고

---

25) 이황, '도산십이곡발', 『퇴계집』 제43발(如翰林別曲之類 出於文人之口 而矜豪放蕩兼褻慢戲 狎 尤非君子所宜尙)
26) 본고에서 경기체가의 장르 문제는 논외로 하기로 한다.
27) 〈한림별곡〉은 전체에 걸쳐 '··景'이 나타난다. 1장과 6·7장은 전대절 끝에, 2-5장은 전대절과 후소절 모두의 끝에, 8장은 후소절 끝 부분에 놓여 있다.

〈한림별곡〉은 이렇듯 대상에 의해 촉발된 흥과 풍류, 도취와 탐닉을 거침없이 쏟아낸다. 가히 "화려하고도 유연한, 역시 득의에 찬 문인들의 신선하고도 명랑한, 그러면서도 앞날의 전망과 의욕에 찬 호탕한 기풍이 넘쳐흐름"[28]이라고 할 만하다. 이 가운데 자연은 '이상적인 것'이면서 동시에 '현실적인 것'이기도 하다. 특히 5장은 이런 자연과의 동화·합일을 노래한다. 이를 두고 창작 당시의 여건을 중시하여 현실의 세계가 아니라 '앞당긴 체험'을 노래한 것으로 보는 견해[29]도 있지만, 그것은 이 노래가 오랜 세월 사대부들 사이에 향유되었다는 면을 고려할 때 그리 문제가 되지는 않는다.

당연히 자연과의 관계는 '조화'를 지향하고, '··景'에는 바로 이 조화로운 모습이 제시된다. 따라서 "후렴구에는 자아에 의해 '그것들의「··景」은 眞·善·美한 것이다.'라는 가치판단이 '···景긔 엇더ᄒ니잇고'라는 설의적 표현을 통해서 강조된다."[30]고 할 것이다. 이는 화자와 청자 사이의 공감이 전제되거나 적어도 화자 자신에게만은 그것이 진선미한 것으로 인식되는 것이라야 한다. 그 공감대가 끊어질 때 이를 지양하려는 노력이 있게 되고, 퇴계의 경우가 대표적이라고 하겠다.

그런데 5장과 7장에서 보이는 자연 표현의 양상은 자연의 조화와 인간의 조화가 겹쳐져 있다. 자연은 자연대로 인간은 인간대로 어울리면서(사대부와 여안ㄴ기생[31]), 자연과 인간도 함께 조화로운 모습이다. 고려의 악장이었던 〈한림별곡〉이 조선에 들어와서는 주로 사대부들의 유흥의 자리에서 노래되었다는 사실을 고려하면, 노랫말에 나타난 것처럼 사대부들이 기생을 끼고 노는 모습은 퇴계의 지적대로 '설만희압(褻慢戲狎)'이라고 할 만하다.

그럼에도 불구하고 우리 시가문학사에서 자연미를 발견하여 본격적으로 노래하기 시작한 것은 〈한림별곡〉에서 비롯되었다고 보아야 할 것이다. 그것은 사대부들의 삶에서 이미 자연을 완상(玩賞)하는 것이 이상적인 삶의 하나로 인식된

---

28) 이명구, 『고려가요의 연구』, 신아사, 1974, 121~123쪽.
29) 박노준, 「한림별곡과 관동별곡(겸 죽계별곡)의 거리」, 『고려가요 연구의 현황과 전망』, 성대 인문과학연구소 편, 집문당, 1996, 210~217쪽.
30) 성호경, 「경기체가의 구조 연구」, 국문학 연구 제49집, 1980, 55~56쪽.
31) 5장의 '桃花'와 7장의 '婥妁仙子'는 여성으로서 기생으로 추정된다.(졸고, 앞의 논문, 84쪽.)

결과이다. 이와 같은 전통은 비록 그 양상이 다르다고 해도 조선조의 사대부들에게도 그대로 계승되는 것으로 보아야 하기 때문이다. 안축의 두 작품은 이러한 판단을 더욱 뒷받침해 준다.

2.2.2 〈관동별곡〉

작자인 안축은 전형적인 향리 가문 출신의 신흥사대부로서 충혜왕 즉위년(1328년)에 강원도 존무사로 가게 되어 관동 지방의 민정을 살피게 되는데, 이 때 관동 지역의 승경을 몇 편의 '기(記)'와 『관동와주』에 한시로 남기고 있다.[32]

〈관동별곡〉은 안축이 관동 지방 순찰의 임무를 마친 뒤 지은 것으로, 전편이 자연을 본격적인 대상으로 읊은 최초의 우리 시가 작품이다. 이왕의 〈한림별곡〉 5장과 7장에서 마련된 전통이 110여 년 후에 안축에 의해 계승·발전된 것이라고 하겠다.[33]

〈관동별곡〉은 8장으로 구성되어 있는데, 서장에는 존무사(存撫使)의 위풍당당한 득의에 찬 모습이 드러난다. 『근재집(謹齋集)』에 있는 작품의 제1장은 다음과 같다.

> 海千重　山萬疊　關東別境
> 碧油幢　紅蓮幕　兵馬營主
> 玉帶傾盖　黑朔紅旗　鳴沙路
> 爲　巡察景　幾何如
> 朔方民物　慕義起風
> 爲　王化中興景　幾何如

이 서장이 작품 전체를 압도한다. 2-8장은 각각 관동의 승경(통천, 고성, 간성, 양양, 강릉, 삼척, 정선)과 더불어 그 아름다움을 즐기는 풍류를 노래하고 있다. 즉 관동

---

32) 이경우, 「안축의 자연관과 〈관동별곡〉」, 『한국고전시가작품론1』, 집문당, 1992.
33) 이는 〈관동별곡〉 7장에서 〈한림별곡〉 7장의 '위 · · 반갑두세라'를 그대로 차용하고 있다는 사실이 참고가 된다. 장르는 다르지만, 정철의 가사 『관동별곡』과 『성산별곡』도 같은 문학사적 의미망에서 이해될 수 있을 것이다.

지방의 명승고적과 자연을 즐기는 생활을 읊었다. 여기에는 자연과 인간의 동화가 있고, 즐거운 흥이 자연의 아름다움과 어우러지는 정경이 그려진다.

노정의 여기저기에서 작자는 직접 노래 속의 주인공이 되어 풍류객으로서의 즐거움을 즐긴다. 삼신산(금강산)에 올라 창해를 바라본 뒤 화려한 배에서 기녀들의 노래에 심취하는 광경을 그린 2장, 총석정을 비롯한 해금강의 아름다운 경치를 그린 3장, 삼일포 등을 둘러보고 나서 소나무에 걸린 달의 고운 모습이 자신과 비슷하다고 노래한 4장, 선유담·영랑호 등에서 배를 타고 풍광을 즐기는 5장, 양양 주변을 둘러보고 신선처럼 음률을 감상하고 술을 마시는 6장, 강릉 경포대 한송정에서 자연의 아름다움을 완상하는 7장, 정선의 아름다운 자연에서 무릉도원을 연상하는 8장 등에서 자연을 유감없이 즐기는 태도를 드러낸다.

〈관동별곡〉에는 확실히 '자연과 그 자연을 현실적으로 즐기는 관인의 득의에 찬 감흥'이 노래되었고, 자연의 미가 나타나 있다. 당당한 관인으로서 스스로의 충족한 생활의 즐거운 흥이 자연의 미와 착오 없이 일치해 들어가는 데에서 우러나오는 즐겁고 만족스러운 흥이다. 그러나 이것이 이명구 박사의 소론대로 '이조시대의 강호가도와는 엄밀히 구별되는 그러한 자연의 흥'인지는 좀 더 면밀한 검토가 필요하다.[34]

아울러 이 작품의 이면 주제가 '승경처럼 그 지역이 중흥하기를 바란다.'이고, 안축의 자연은 '완상의 대상으로서의 자연이나 자연과의 일체가 되는 후대의 자연관과는 다른 인격 수양의 대상으로 존재한다.'[35]는 견해도 수긍하기 어렵다. 왜냐하면 작품에는 '巡察景'·'王化中興景'(1장)도 나타나지만, '登望滄溟景'·'歷訪景'(2장)·'泛舟景'(5장)·'遊賞景'·'日出景'(7장)·'避暑景'(8장) 등이 훨씬 우세하기 때문이다. 뿐만 아니라 자연을 즐기거나('위 四節 노니사이다'-6장), 자연과의 교감을 드러내거나('위 골며기새 반갑두새라'-7장), 자연과의 동화('위 고온 양지 난 이슷ᄒ요이다'-4장)를 보이는 부분도 유념해야 한다.

이렇게 보면 우리는 〈관동별곡〉에서 부분적으로나마 이미 자연을 미적 대상이나 완상의 대상으로 대하는 태도를 읽을 수 있다. 다른 것은 차치하고라도

---

34) 이명구, 앞의 책, 123쪽.
35) 이경우, 앞의 논문, 392~393쪽.

안축이 자연을 즐기는 것을 풍류의 하나로 여겼다는 사실은 인정해야 할 것이다.

2.2.3 〈죽계별곡〉

〈죽계별곡〉은 5장에 걸쳐 작자의 고향인 순흥 죽계 지역 산수의 아름다움과 미풍(美風) 등을 노래한 것으로, 대개 그의 만년의 작으로 보는 것이 일반적이다. 특히 5장의 끝을 "中興聖代 長樂太平 爲 四節遊是沙伊多"로 맺고 있어, 이러한 삶이 1년 내내, 아니 영원히 지속되기를 소망한다.[36]

안축은 험한 시대를 살았으면서도, 뜻한 바를 두루 이루어 자랑스러운 생애를 살았다고 생각했다. 자신이 기반을 다진 것이 자기 고장의 영광이라고 하며, 그곳의 경치를 찬양하고, 거기서 놀며 공부하며 거니는 흥취를 과시하고자 한 데서 작품이 이루어졌다. 자기 고장의 아름다운 풍속을 노래한 것은 얼마 되지 않고, 절경을 찾아 기생들과 노는 광경이 대부분이다. 여기서는 제1장만을 보기로 한다.

> 竹嶺南 永嘉北 小白山前
> 千載興亡 一樣風流 順政城裏
> 他代無隱 翠華峯 天子藏胎
> 爲 釀作中興景 幾何如
> 淸風杜閣 兩國頭啣
> 爲 山水高景 幾何如

1장은 자기 고장이 천년 동안 이어져온 풍류가 있는 순흥성으로, 특히 충렬 · 충숙, 현재의 왕인 충목왕 등의 태가 묻힌 곳임을 자랑한다. 〈관동별곡〉의 경우처럼 전체적인 내용이 1장에 잘 나타나 있다. 향교에서 유생들이 수학에 전념하는 장면을 그린 3장을 제외한 나머지 2 · 4 · 5장은 아름다운 자연 속에서 즐기는 놀이와 임을 그리는 연모의 사연들로 되어 있다. '高陽酒徒 珠履三千 爲 攜手相遊景 幾何如'(2장), '天生絶艶 小紅時 爲 千里相思 又奈何'(4장), 앞에서 제시

---

36) 이 '위' 이하의 구절은 〈관동별곡〉 7장 끝에도 나온다.

한 5장의 마지막 부분 등은 이 작품이 자연을 배경 삼아 고향에 금의환향하여 질펀한 유흥의 놀이판을 벌이는 모습을 노래했음을 보여준다.

아름다운 죽계의 자연은 자신이 중흥시킨 장소(1장), 무리지어 기생과 술 먹고 노는 장소(2장), 유학을 공부하는 장소(3장), 임을 그리는 장소(4장), 사철 놀이를 벌이는 장소(5장) 등으로 나타난다. 자연은 단지 사대부의 풍류적 행위의 배경으로 존재할 뿐이다.

이는 자연의 아름다움을 먼저 제시한 뒤에 취락과 감흥을 노래한 〈관동별곡〉과는 약간의 차이를 보이고 있다. 이러한 차이는 작자의 창작 당시 신분적 변화에서 기인한 것이라고 생각된다. 곧 현직 관리와 금의환향한 치사객(致仕客)의 입장이 자연을 대하는 관점과 태도의 굴절로 나타난 것이 아닌가 한다. 관리의 신분에서는 유흥이 어느 정도 자제될 수밖에 없으나, 치사객의 경우는 다르기 때문이다.

한편 위와 같은 해석은 대체로 후소절을 중심으로 한 것이다. 전대절에 주목하면 이 작품도 역시 〈관동별곡〉과 마찬가지로 아름다운 자연을 선택적으로 '경물화(景物化)'하여 즉흥적으로 찬탄하고 있다.37)

〈죽계별곡〉이 되풀이하여 노래할 만하지 못하다는 황준량과 주세붕의 비판은 후소절의 내용을 염두에 둔 것이라고 할 것이다.38) 이 점은 같은 치사객으로서 선초 맹사성이 〈강호사시가〉에서 자연 속에서 유유자적하면서도 그것을 임금의 은혜라고 함으로써 사대부들의 비판에서 벗어나는 것과 대조가 된다.

이렇듯 〈한림별곡〉에서 마련된 자연 이해 방법과 태도는 안축의 〈관동별곡〉과 〈죽계별곡〉에 이르러 본격적으로 자연을 대상으로 하는 작품으로 발전되었다. 경기체가(특히 한림별곡)가 사대부들의 연회석상에서 선조 때까지도 자주 불렸다는 여러 기록들을 참고하면, 이 작품이 얼마나 사대부의 삶과 밀착되어 있었는

---

37) 김동욱, 「안축의 관동별곡과 신흥사대부의 가문학」,『고려가요연구의 현황과 전망』, 성대 인문
　　과학연구소 편,집문당, 1996, 274~287쪽.
38) 황준량, 「與周景游書」, 權鼈 編,『海東雜錄』
　　주세붕, 「答黃俊良書」, 위의 책.

지를 짐작하게 된다.

소옹(邵雍)은 물(物)을 바라보는 태도에는 두 가지가 있다고 하면서, 하나는 '이아관물(以我觀物)'이고, 다른 하나는 '이물관물(以物觀物)'이라고 했다. 후자는 물(物)로써 물(物)을 바라보는 것이며, 이는 물(物)의 본질을 있는 그대로 보는 것이므로, 물(物)과의 사이에는 내(我)가 있지 않으니 '공명(公明)'하게 된다고 한다. 반면에 전자는 나로써 물(物)을 바라본다는 것으로, 이는 나의 정(情)으로써 바라보는 것이니 '편중되고 어두울(偏而暗)' 수 밖에 없다[39]고 하였다. 이렇게 보면 경기체가의 전대절은 '이물관물(以物觀物)'에 해당되고, 후소절은 '이아관물(以我觀物)'이라고 할 수 있다.

전체적으로 경기체가의 자연 표상은 자연을 향락적인 대상으로 인식하여 오락성과 유흥적인 분위기를 벗어나지 못하고 있다. 그러나 고려의 경기체가는 아름다운 자연을 선택하여 거기에 노니는 것이 사대부 풍류의 하나로 자리 잡아 가는 풍조를 보여 주며, 부분적으로는 자연을 미적 대상으로 완상하기도 한다.

'흥(興)'의 성격이 전형적인 강호가도 시가와는 다르지만, 경기체가에 나타난 자연의 표상성이 '인물기흥(因物起興)'인 것은 분명하다고 하겠다. 자연을 이해하는 방법은 '이상적인 것'과 '현실적인 것'의 양면성으로 나타나고, 그러한 자연에 대해 '조화'를 추구하였다. 여기서 아무래도 자연을 국문시가의 전면에 내세운 공은 안축의 〈관동별곡〉에 돌려야 할 듯하다.

안축의 작품은 자연 속에서 기생과 음악을 동반하여 주(酒)·가(歌)·무(舞)가 함께 어우러지는 양상을 보이지만, 그것은 조선의 사대부들도 마찬가지이다. 다만 조선에 들어와서는 성리학적 사고의 성숙으로 자연을 좀 더 폭 넓고 깊이 있고 다양하게 이해하게 되는 차이가 있을 뿐이다. 〈관동별곡〉과 〈죽계별곡〉에는 이미 관리와 치사객의 입장에서 자연을 대하는 태도의 변화가 내포되어 있다.

---

39) 召雍.〈觀物篇內篇12〉,『皇極經世全書解』, 夫鑑之所以能爲明者 謂其能不隱 萬物之形也 雖然 鑑之能不隱萬物之形 未若水之能一萬物之形也 雖然水之能 一萬物之形 又未若聖人能一萬物之情也 聖人之所以能一萬物之情者謂其聖人之能反觀也 所以謂之反觀者 不以我觀物也 不以我觀物者 以物觀物之謂也 旣能以物觀物 又安有我於其間哉, 또 〈觀物外篇10〉에서는 以物 觀物 性也 以我觀物 情也 性公而明 情偏而暗이라 했다.『中國美學思想 彙編』下集, 臺灣 成均出版社,1988, 18쪽.

조선에 들어와서 경기체가는 이제 주세붕과 퇴계 등의 비판을 거치면서, 급속하게 쇠퇴의 길로 접어들게 된다. 이는 어디까지나 같은 사대부들이 즐긴 장르인 시조와 가사라는 국문학 상의 대체 장르가 존재했기에 가능한 일이었다고 할 것이다.

2.3 시조의 자연 표상

학계에서 고려 말 시조로 인정되는 작품은 많지 않지만, 그 중에 자연을 소재로 하지 않은 작품은 거의 없다. 이들을 다음에 앞에서 제시한 자연 이해 방법에 따라 살펴보기로 한다. 시조에는 더 이상 자연을 '이상적인 것'으로만 대하는 작품은 없기 때문에, 다음과 같은 두 가지 작품군이 나타난다.

2.3.1 자연을 '현실적인 것'으로 이해한 작품

대부분의 작품이 여기에 해당되는데, 자연을 '현실적인 것'으로 대하면서 '갈등'을 드러낸다. 홍만종이 언급한 '탁물우의(托物寓意)'에 해당되는 작품들이다. 먼저 우탁(禹倬)의 〈탄로가(嘆老歌)〉를 보기로 한다.

> 春山에 눈 노긴 ᄇ람 건듯 불고 간 ᄃᆡ 업다
> 져근듯 비러다가 블리고쟈 마리 우희
> 귀 밋틔 ᄒᆡ 무근 서리를 노겨 볼가 ᄒ노라

늙음에서 벗어나고자 하는 욕망을 자연을 끌어와 묘미 있게 노래한 것이 뚜렷한 개성적 표현을 획득하고 있다. 춘풍이 산의 눈을 녹여주는 것을 보고 그것을 빌어 와 자신의 성성한 백발까지 녹였으면 하는 소망을 표현하였다. 우탁의 또 다른 작품인 〈한 손에 가시를 들고〉도 마찬가지이다. 그가 얻은 지혜는 세월이 흘러 늙음은 사람의 힘으로 막을 수 없으니 순리를 따라야 한다고 한 것이다. 해학과 달관으로 인생을 바라보는 시선이 신선하다. 우탁이 『주역(周易)』에 정통했다는 사실에서 그의 인생관을 짐작하게 한다.

다음은 이조년(李兆年)의 작품을 보자.

梨花에 月白ᄒ고 銀漢이 三更인 제
一枝 春心을 子規야 알랴마는
多情도 病인 양ᄒ여 줌 못 드러 ᄒ노라

　배꽃이 핀 달밤에 은하수도 기울어 가는데, 해소되지 않는 정감에 두견새와 함께 잠을 이루지 못한다고 했다. 현실에 대한 고민 때문에 안정을 찾지 못한 점이 우탁의 작품과는 대조적이다. 이처럼 자연에서 소재를 찾아 자신의 번민을 노래한 시조가 그 시대의 격동과 깊이 연결되도록 하는 예는 아래 이존오(李存吾)의 작품에도 나타난다.

구름이 無心튼 말이 아무도 虛浪ᄒ다
中天에 써 이셔 任意로 ᄃ니면서
구틔야 光明흔 날빗츨 ᄯ라가며 덥ᄂ니

　광명한 햇빛을 구태여 따라다니면서 가리는 구름을 원망했다. 자연을 빌어 정치적 현실을 빗대었다. 이를 두고 "자연을 향한 마음과 정치에 대한 관심이 다를 바 없다는 것은 조선시대에 들어오면 더욱 잘 나타나는 사대부 시조의 기본 방향이라 할 수 있는데, 그 시발점을 이조년의 시조에 이어서 여기서 다시 확인할 수 있다."[40]는 견해는 주목할 만하다.
　정몽주 모친의 "가마귀 싸호는 골에 白鷺야 가지 마라/성낸 가마귀 흰 빗츨 시올세라/淸江에 조히 시슨 몸을 더러일까 ᄒ노라"도 여기에 해당된다. 다음 이색(李穡)의 작품도 이러한 연장선상에서 이해되는 작품이다.

白雪이 ᄌ자진 골에 구루미 머흐레라
반가온 梅花는 어늬 곳이 퓌엿는고
夕陽에 홀로 셔 이셔 갈 곳 몰나 ᄒ노라

---

40) 조동일, 『한국문학통사 2』, 지식산업사, 1983, 196쪽.

이 작품은 앞의 이조년, 이존오의 작품과 상통하는 작풍을 보이면서 한층 다양한 모습을 보인다. 초장은 작자가 직면하고 있는 현실의 고난을 적절하게 상징하고 있으며, 그와 반대로 중장의 '반가운 매화'는 고난을 이겨내는 존재를 상징한다. 종장의 '석양'은 현재의 풍경이면서 동시에 왕조의 마지막 시기임을 느끼게 한다. 역사의 전환기에 서 있는 작자의 고민을 엿볼 수 있는 작품이다.

원천석(元天錫)의 "興亡이 有數ᄒ니 滿月臺도 秋草로다/五百年 王業이 牧笛에 부쳐시니/夕陽에 지나는 客이 눈물계워 ᄒ노라"와 길재(吉再)의 "五百年 都邑地를 匹馬로 도라드니/山川은 依舊ᄒ되 人傑은 간 듸 업다/어즈버 太平烟月이 ᄭ움이런가 ᄒ노라" 등의 회고가도 인간과 자연을 대조적으로 조명한 작품이다. 그런데 최충(崔沖)의 시조는 이와 조금 다르다.

> 白日은 西山에 지고 黃河ᄂ 東海로 든다
> 古來 英雄은 北邙으로 가단 말가
> 두어라 物有盛衰니 恨홀 줄이 이시랴

자연 현상에서 인생의 이치를 깨닫고 있다. 이 작품은 이방원의 〈하여가(何如歌)〉와 같이 자연의 순리와 인간의 삶이 결국 같은 것임을 노래하였다.

2.3.2 자연을 '이상적인 것'과 '현실적인 것'으로 이해한 작품

여기에 속하는 작품들은 3 편으로 많지 않지만, 이후 사대부 시조의 한 전범을 보이고 있다는 점에서 중요하다. 성여완(成汝完), 서견(徐甄), 원천석(元天錫)의 작품이 그것이다. 각각을 차례로 들면 다음과 같다.

> 일 심거 느지 퓌니 君子의 德이로다
> 風霜에 아니 지니 烈士의 節이로다
> 世上에 陶淵明 업스니 뉘라 너를 닐니오(성여완)[41]

---

41) 이 작품은 종장이 "아마도 이 늬 高節을 알 니 업셔 ᄒ노라(詩歌)"로 된 것도 있다.

岩畔 雪中 孤竹 반갑고도 반가왜라
뭇노라 孤竹아 孤竹君의 네 엇더닌다
首陽山 萬古淸風에 夷齊 본 듯ᄒ여라(서견)

눈마자 휘여진 대를 뉘라서 굽다 텄고
구블 節이면 눈 속에 프를소냐
아마도 歲寒孤節은 너 쑨인가 ᄒ노라(원천석)

성여완의 것은 국화를 제재로 하여 군자의 덕과 열사의 절을 찬양한 시조이고, 서견과 원천석의 작품은 대나무의 절개를 찬양한 것이다. 같은 '인물기흥(因物起興)'이지만 경기체가와는 흥(興)의 구체적인 내용이 다르다.

경기체가는 자연의 전체적인 조화에서 향락적 서정을 드러내는 데 비해. 이 작품들은 개별적인 자연을 관념화함으로써 그러한 발견에 대한 '흥'을 노래했다. '현실적인 것'으로서의 자연에서 '이상적인 것'을 발견하여 인간과 동일시하고 있다. 이러한 표현은 일부 속악가사나 경기체가에서 부분적으로 시도된 것이었고, 이러한 표상이 확대되고 종합된 작품이 고산 윤선도의 〈오우가〉임을 쉽게 짐작하게 된다.

2.4 〈어부가〉의 자연 표상

동아시아 문학에서 어부 형상의 초기적 면모는 전국시대 초사(楚辭)에 실린 굴원(B.C. 343?-287)의 〈어부(漁夫)〉에서 발견된다. 그것이 위진(魏晉)·당송(唐宋)을 거치면서 중국문학에서 만개한 사실은 주지하는 바와 같다. 또한 우리도 고려 말 신흥사대부들에 의해 어부의 세계가 다양하게 향유되었음도 밝혀져 있다.[42]

고전시가사에서 커다란 흐름을 형성한 어부가계 시가의 근원은 『악장가사』 소재의 〈어부가〉이다. 이후 이 작품의 세계에 공감한 조선의 사대부들은 이를 통하여 자신들의 문학세계를 표출하는 수단으로 삼았고, 그것은 농암(聾巖)과 퇴

---

42) 이형대, 앞의 논문, 12~35쪽.

계(退溪), 고산(孤山)에 이르러 절정에 달하였다. 조선 후기에는 이중경의 〈오대어부가(梧臺漁父歌)〉나 이한진의 〈속어부사(續漁父詞)〉 등이 나왔고, 12가사에 편입되기도 하였다.

〈어부가〉가 이렇게 오랜 세월에 걸쳐 전승될 수 있었던 것은 무엇보다도 그려진 세계가 사대부들에게 부합되었기 때문이다. 〈어부가〉의 세계는 '귀거래(歸去來)'로 대표된다. 귀거래는 고려 말 이래로 사대부들에게 도도한 사회 풍조였고 숭상되었으므로, 그러한 강호생활은 동경과 흠모의 대상이 되었고, 때로는 의방(依倣)되기도 하였다.

한마디로 어부의 세계는 '낚시의 즐거움과 상자연(賞自然)'이 공존하는데, 어부가를 수용한 사대부들은 고기를 낚는 것이 아니라, 한적(閑適)을 낚는 것이고(取適非取魚), 그래서 그들은 가어옹(假漁翁)인 것이다. 한편 강호에는 아름다움이 있으니 그것을 즐기는 유상(遊賞)도 따르게 된다.

먼저 그 형성과 작가문제에 있어, 〈어부가〉가 고려 후기에 형성될 수 있었던 요인에 대하여 일반적으로 다음과 같이 말한다. 즉 담당층인 당시의 사대부들이 지방의 지주이며, 환해의 풍파를 피하여 귀거래를 동경하였다는 경제적 · 정치적 요인과 당시 중국문학의 간접적 영향 등이 작용한 결과라고 한다.[43]

생성과정은 민요 어부가가 궁중악으로 개편되는 단계, 여말에 이르러 공부(孔府) 그룹(공부의 노래를 직접 듣고 창화시를 남긴 이색, 정몽주, 권근, 정도전, 성석린, 이직 등을 말함)에 의해 『악장가사』의 〈어부가〉로 정착되는 단계 등을 추정해 볼 수 있다고 한다.[44]

앞에서 살펴본 속요는 왕실과 권문세족들에 의해 궁중의 연향(宴享)에서 악장으로 불렸고, 경기체가는 사대부들의 연회석에서 불리던 것이 후에 악장으로 채택되기도 하였다. 시조는 사대부들의 개인적인 연회석상에서 노래되었던 것이다. 〈어부가〉도 경기체가처럼 사대부들의 연회석상에서 불리던 것이 후에 악장

---

43) 이우성, 「고려말 · 이조초의 어부가」, 『성대 논문집』제9집, 성균관대학교, 1964.
44) 이형대, 앞의 논문, 36~48쪽. 또한 『악장가사』의 〈어부가〉가 다수의 작자가 참여했을 가능성도 제기된 바 있다.(여기현, 「〈원어부가〉의 집구성」, 『고려가요연구의 현황과 전망』, 성대 인문과학연구소 편, 집문당, 1996, 377쪽.)

으로 채택되어 전한다.[45] 전부 12장인데 한시에 바탕을 두고 집구(集句)된 작품[46]
으로 다음에 1장을 보기로 한다.

> 雪鬢漁翁이 住浦間 ᄒ야셔
> 自言居水 ㅣ 勝居山이라 ᄒᄂ다
> 빈떠라 빈떠라
> 早潮 ㅣ 纔落거를 晩潮 ㅣ 來ᄒᄂ다
> 지곡총지곡총 어ᄉ와어ᄉ와
> 一竿明月이 亦君恩이샷다

  1장은 '귀밑이 하얗게 센 어옹이 포구에 살면서, 스스로 말하기를 물에 사는
것이 산에 사는 것보다 낫다'고 했다. '배를 타고 나가니 이른 조수가 밀려가자
늦조수가 밀려오고, 밤이 되자 낚싯대 끝에는 밝은 달이 걸려있으니 이 또한 임
금의 은혜로구나.'라는 내용이다. 전체적인 주지는 '거수승거산(居水勝居山)'이다.
'승(勝)'한 것은 조수의 변화가 있고 명월을 낚는 즐거움이 있기 때문이다. 그래서
늙도록 어촌의 삶을 즐긴다. 작품에서 조수의 들고 나감은 서경으로 뱃놀이의
즐거움과 낚시의 즐거움이 내재되어 있다. 1장은 어옹의 삶의 공간을 제시한
것이다. 그 곳은 '포간(浦間)'으로 초월의 공간이면서 세속적인 생활의 공간을 벗
어난 곳이다. 마지막 구절은 악장으로 편입되면서 들어갔을 가능성이 있지만,
전체 시상을 지배하고 있다.

  2장은 제1,2행에서 '청고(青菰) 잎에 이는 시원한 바람, 홍료화(紅蓼花) 주변을 한
가로이 거니는 백로'를 들어 강호의 한적함과 아름다움을 노래한다. 아름다운
경관을 객관적으로 묘사한 서경이다. 바야흐로 낚시를 하러 떠나는 상황이며,
후렴구가 '닫드러라 닫드러라'로 항해의 출발을 나타내고 있다. 그러기에 '동정호
저편에 부는 돌아가는 바람을 몰아가리라'고 했다. 시원한 바람을 맞으며 세사의

---

45) 이에 대해 시조도 정현석의 『교방가요』를 예로 들어 후대에 악장으로 불렸을 가능성이 제기된
  바 있다.(이형대, 앞의 논문, 61쪽..)
46) 〈어부가〉의 집구성에 대해서는 여기현, 앞의 논문을 참조할 것.

번다함을 잊고 한적하게 낚시를 즐기려는 어옹의 심정이 엿보인다. 따라서 제1행에서 제3행까지 '낚시를 하러 떠나는 어옹의 마음'을 그렸기에, 제4행의 '一生踪迹이 在滄浪ᄒ두다'는 강호(滄浪)에서 어부로 살면서 일생을 보내겠다는 것으로 풀이된다.

3장에서는 '놀 저편으로 종일토록 배를 타고 노닐다 때론 노로 물을 치면서 달빛 속으로 돌아오는 길'에 '풍월이 배를 좇아오는구나'라고 하였다. 뿐만 아니라 자연물인 풍월이 배를 따른다고 함으로써 자연과 합일하려는 어옹의 마음도 읽을 수 있다. 제2행 '有時搖棹ᄒ야 月中還ᄒ놋다'에는 이미 '무심ᄒᆫ 들빗만 싯고 뷘빅 저어 오노미라'의 상(想)이 담겨 있다.

이 장 시의는 '아심수처자망기(我心隨處自忘機)'에 있고, '망기(忘機)'는 귀찮은 세상의 일을 잊는다는 뜻이다. 그것은 세상과의 대립과 갈등에 말미암은 것으로, 그러할 때 시름없는 어부생활을 즐길 수 있는 것이다. 이것이 '망기'의 의미이고, '萬事無心一釣竿'(4장 1행)의 '무심(無心)'을 표방한다.

이번에는 제4장을 직접 보기로 한다.

> 萬事를 無心一釣竿 ᄒ요니
> 三公으로도 不換此江山이로다
> 돋두라라 돋두라라
> 帆急ᄒ니 前山이 忽後山이로다
> 지곡총지곡총 어ᄉ와어ᄉ와
> 生來예 一舸로 趁隨身호라

4장은 '세상만사를 낚싯대에 무심히 걸어두니 삼공의 공명으로도 이 강산과 바꾸지 않겠다고 하며, 돛단배가 빠르게 지나가니 앞산이 지나가자 홀연히 뒷산이 나타나고, 태어난 이후로 몸은 배를 좇으리라.'이다. '불환차강산(不換此江山)'의 이유는 강산의 아름다움과 뱃놀이의 흥겨움이 있기 때문이다. 이는 세속적 가치를 초월하는 것이며, 세상을 잊고 자락(自樂)을 추구하는 삶이다. 따라서 주지는 배를 타고 강산을 즐기면서 무심한 낚시로 어옹의 삶을 즐기겠다는 것이다.

5장은 "초강에 봄바람이 산들 부는데 버드나무 그늘진 주변의 풍광(제1·2행 '東風西日에 楚工深 ᄒ니/ 一片苔磯오 萬柳陰이로다')을 그리고, 부평초 같은 신세이지만 마음만은 한가로운 백구와 같다(제3행 '綠萍身世오 白鷗心이로다')고 했다. 4행은 '隔岸漁村이 兩三家ㅣ로다'라 하여 언덕 너머 어촌에는 두세 집이 있을 뿐이다. 저녁 때의 어촌 풍경이 회화적으로 형상화 되어 있다. 정중동(靜中動)의 세계에서 '부평초'와 '백구'에 가탁한 삶의 태도는 그저 자연에 내맡겨 있는 것이다. 매우 초탈한 정경이다.

6장의 내용은 '한 자나 되는 농어를 새로이 낚으니, 아이들은 물억새 꽃 사이에서 불을 지피고, 밤이 되어 진회에 배를 대니 가까운 곳에 주점이 있어, 잡은 농어를 구워 안주 삼아 한 바가지 술로 크게 취하니 가난도 모를레라'이다. 거리낄 것 없는 자유인의 삶이다.

주지는 물고기를 안주 삼아 술을 마시는 즐거움에 있고, 전체적으로 시상의 전개가 시흥이 일어나는 대로 순차적 구성을 보인다. 월척을 낚은 즐거움과 흥분이 내재된 의미는 일반적으로 말하는 가어옹의 '취적비취어(取適非取魚)'의 세계가 아니다. 따라서 이 부분은 〈어부가〉 전체 내용에도 어그러져 있고 전체 주지에서도 일탈된 듯하다. 이 점은 다음의 7장에도 이어진다.

落帆江口에 月黃昏커를
小店애 無燈欲閉門이로다
돗디여라 돗디여라
柳條애 穿得錦鱗歸로다
지곡총지곡총 어ᄉ와어ᄉ와
夜潮留向月中看호리라

7장은 6장의 분위기와 주지를 이어 포구로 돌아와 돛을 내리고 귀가하는 과정이다. 이러한 분위기는 3행에서 낚은 물고기를 버들가지에 꿰어 돌아오는 시적 화자에게 달빛은 적막을 불러일으키는 것이 아니라, 잠시 후에 있을 음주의 감흥을 교교하게 비추고 있다. 밤물('夜潮)이 밀려왔다 밀려가는 모습을 달빛 속에서 바라본다. 소리와 달빛이 조화를 이루어 금린어 안주삼아 술을 마실 흥분을 전한다. 이 때 조그만 주점에 등불이 꺼지고 문을 닫으려는 것은 문제가 되지 않는다.

이 장은 빈 배에 달빛만 싣고 돌아오는 '한적(閑適)'이 아니라 낚은 고기를 안주 삼아 술을 마실 흥겨움이 담겨 있다. 즉 6장과 7장에는 실제 어부의 생활이 투영되어 있고, 그래서 농암은 〈어부가〉 6장과 7장을 자신의 〈어부장가〉에서 삭제했을 것이다.[47]

8장은 앞의 7장과는 전혀 유기적으로 연결되어 있지 못하다. 왜냐하면 7장에서 금린어를 버들가지에 꿰어 돌아온 어옹이건만, 8장의 제1·2행은 밤은 고요하고 물은 차서 고기 아니 물어 빈 배에 달빛만 가득 싣고 돌아온다는 내용이기 때문이다. 배에 가득한 것은 '월명(月明)'이고, 그것은 '어불식(魚不食)'한 결과이다. 낚지 못한 물고기를 대신한 '월명(月明)'은 따라서 '한적(閑適)'이 된다. 이것이 전형적인 어부가의 세계이다.

9장도 풍류를 주지로 하고 있다. '먼데 포구(極浦 : 먼데까지 퍼져 있는 개펄)는 하늘 끝 저 편 물가에 닿아있고, 조각배는 푸른 유리 같은 물위를 나는 듯이 달리니, 앞산이 홀연 뒷산인 듯한데, 이러한 풍류에 반드시 서시를 태우지 않아도 좋으리라'는 내용이다. 즉 서시라는 천하의 미인과도 바꿀 수 없는 정신적 열락의 경지에 도달한 것이다.

제1행은 망망대해의 끝없는 경상(景象)을 말한 것이고, 제2행과 제3행은 조그만 배에 몸을 싣고 만경창파를 자유자재로 돌아다니는 뱃놀이의 모습이다. 뱃놀이는 본질적으로 흥겨움을 불러일으키는 것이고 몰입이 따르며, 따라서 향락적 즐거움으로 발전하게 된다. 후렴구 '아외여라아외여라'는 바로 이러한 뱃놀이의 흥겨움을 더해주는 조흥구의 기능을 한다. 이 풍류는 뱃놀이의 흥겨움이고, 몰입이 따르는 향락적 서정이다.

10장은 제1·2행에서 낚싯대를 메고 고깃배에 오르니, 세상의 명리가 모두 유유할 뿐이라고 노래했다. 만사를 망기하고 배에 올라 낚시를 하는 시적화자에게 복숭아 꽃잎이 물결 따라 흘러가는 별천지(桃花流水)에서 살찐 쏘가리를 낚는

---

47) 농암은 〈어부가〉 6장의 제3행만을 〈어부장가〉 6장 제3행으로 자리바꿈하고 나머지는 삭제했다. 또한 〈어부가〉 7장은 완전 삭제했다. 이러한 삭제는 〈어부가〉 6장과 7장의 주지를 완전 배척했다는 의미로 이해된다.

즐거움이야말로 세간명리가 무슨 소용이며 삼공이 부러울소냐. 그 흥취에 못 이겨 뱃노래를 부르니 산수는 더욱 푸르러 아름답게 보인다. 제3행에는 낚시에의 몰입이 있고, 제4행도 산수의 아름다움을 발견한 희열을 노래하였다.

11장의 제1·2행은 강위에 저물녘 찾아드니 그림같이 아름다운 곳에 어부는 도롱이 걸치고 돌아간다는 내용이다. 제3·4행은 장강에는 바람이 불어 물결이 하얗게 일어나고, 바람은 빗기 불고 가는 비 내려도 모름지기 돌아가지 아니하겠다는 내용이다.

1행의 '堪畵處'는 3행의 '풍급(風急)'이나 물결이 하얗게 일고 있는 정경과 어울리지 않는다. 또한 제2행에서 도롱이 걸치고 돌아간다고 하였는데, 제4행에서는 오히려 '불수귀(不須歸)'한다고 하여 낚시에의 몰입을 보인다. 그것은 〈원어부가〉를 향유하던 고려 사대부들이 지녔던 어부가의 세계에 대한 인식에 기인한다, 다시 말하면 자연의 아름다움이나 한적을 구가하는 한편으로는 낚시의 즐거움도 그들은 향유하였던 것이고, 그것에의 집착까지도 보였던 것이다. 장강에 바람이 급히 불고 물결과 파도가 일어 하얀꽃을 만들지만 '불수귀(不須歸)'하겠다는 것은 낚시의 즐거움에 대한 집착이다.

다음은 마지막으로 12장을 보기로 한다.

濯纓歌罷汀洲靜커를
竹逕柴門猶未關이로다
셔스라 셔스라
繫舟猶有去年痕이로다
지국총 지국총 어스와 어스와
明月淸風一釣舟ㅣ로다

12장은 어옹의 일과를 마치는 노래로 '탁영가가 끝난 고요한 물가에 돌아와 배를 매니 지난해의 자취가 아직도 있고, 고깃배에는 명월과 청풍이 있구나'이다. 이때 제4행 '明月淸風一釣舟ㅣ로다'는 조주(釣舟)에 명월청풍을 싣고 온 것이 된다. 그런데 어옹의 낚시는 고기를 낚는 데 있는 것이 아니라(非取魚), 한적을 낚는 데(取適) 있으니 명월청풍을 싣고 온 것은 일견 어부가 세계에 부합되는 것 같다. 이것은 앞의 3장 '一江風月이 趁漁船ᄒ두다'와 같은 내용으로, 물고기 대신에 명월청풍을 낚아 온 것이 된다.

이상을 종합해 보면 시상의 전개는 1장의 '설빈어옹(雪鬢漁翁)'이 강호에서 겪는 여러 가지 체험과 세계인식, 각각의 상황에서 유발되는 정서적 국면을 각 장에 자유롭게 배치하였다. 그 세계는 매우 광활하고, 물상(物象)의 움직임 또한 각 장에 따라 정(靜)과 동(動)이 교차하면서 작품 전체가 생동하는 이미지를 구축한다.

어옹의 생활이 아름다운 자연에서의 한적한 삶을 구가하는 데에도 목적이 있지만, 또 다른 즐거움이 있으니 그것은 낚시의 즐거움과 뱃놀이의 흥겨움이다. 이는 고려 〈어부가〉의 향유층에게 수용된 서정이었을 것이다. 다시 말하면 원래 어부가의 세계는 중국의 경우, 현실과의 괴리 또는 일탈에 주목하여 '취적비취어(取適非取魚)'의 주지를 담고 있었다고 여겨진다.

그러나 고려 말 어부가의 세계를 형성한 사대부층은 이미 현실세계에 깊이 참여하였고, 따라서 현실과의 괴리나 혹은 일탈은 생각지 않았다. 그렇기에 때론 한적 또는 만사무심의 망기와는 다른 삶의 즐거움 즉, 고기를 낚는 즐거움이나 뱃놀이의 흥겨움을 구가할 수 있었다. 그것은 고려 말 사대부들의 현실 만족이라는 삶의 태도를 표출한 것이다.

이처럼 작품 전체의 주제는 어부가의 일반적 세계인 한적(閑適)뿐만 아니라, 낚시의 즐거움과 뱃놀이의 즐거움 등 향락적 서정을 가득 담고 있어 조선조의 어부가와는 다른 면모를 보인다. 그럼에도 불구하고 농암이나 퇴계도 깊이 공감할 수 있었던 이유는 앞에서 보았듯이 미인 '서시(西施)'를 동반한 풍류와도 바꿀 수 없는 고도의 정신세계를 표상하고 있기 때문이다.

각 장의 주지는 대부분 제3행에 집약되어 나타난다. 다시 말하면 제1,2행은 어옹의 생활 모습이나 각장의 시, 공간적 배경을 제시하여 시상을 일으키고, 제3행은 어옹의 심정을, 제4행은 제3행의 부연 또는 구체적인 생활을 표현한다.

작품에서 자연은 '이상적인 것'이면서 동시에 '현실적인 것'이기도 하다. 따라서 그러한 자연과의 조화와 합일을 추구한다. 비록 집구된 것이기는 해도 '강호가도'에 한층 가까워진 자연 표상을 보이고 있다. 아니 상당 부분 일치한다고 하는 것이 맞을 것이다.

흔히 어부가의 세계를 수용했던 사대부들을 가어옹(假漁翁)이라 했다. 그것은 그들이 실제로 어부의 생활을 체험한 결과로서 수용했던 것이 아니라, 관념 속에서 즐겼기 때문이다. 농암도 분강(汾江)에서의 한적한 삶과 낚시의 즐거움을 강호의 진락(眞樂)이라고 했고, 퇴계도 '좋은 경치를 만나면 흥취가 절로 이러난다'[48]고 했던 것이다.

3. 맺음말

지금까지 학계의 연구 결과를 종합하면 강호인식 양상은 크게 세 가지로 분류할 수 있다.[49] 하나는 퇴계로 대표되는 〈도산십이곡〉 계통이며, 다른 하나는 율곡으로 대표되는 〈고산구곡가〉 계통이고, 마지막 하나는 고산으로 대표되는 〈어부사시사〉 계통이다.

〈도산십이곡〉 계통의 강호인식의 양상은 강호를 관념(道體, 載道)의 매개체로 인식했고, 이 관념은 때론 정치적 현실과 관련되어 나타나기도 한다. 〈고산구곡가〉 계통의 작품은 강호를 심미의 대상으로 인식했고, 여기에서 강호는 순수한 아름다움의 대상이다. 〈어부가〉 계통의 작품들은 강호를 한적(閒適)의 대상으로서 인식했다. 이 때 강호는 치사객이 유유자적하는 생활의 공간이며, 즐거움을 주는 공간이다.

일반적으로 사대부들의 세계관은 경세치민과 귀거래로 요약할 수 있다. 그것은 고려의 사대부나 조선의 사대부가 한결같이 지향한 바이다. 그들은 환로에 나아가면 경기체가류의 과시적인 흥을 노래하고, 귀거래나 치사 후에는 어부가류의 흥을 즐겼다. 이러한 풍조가 고려 말 이래로 조선조에 걸친 사대부들의 기본적인 삶의 태도이다.

---

48) 李滉. 〈陶山雜詠記〉, 『退溪集』 권3. 『국역퇴계집』 Ⅰ, 고전국역총서 20.
49) 이에 관한 대표적 연구로는 최진원(『국문학과 자연』, 성대출판부, 1977.), 이민홍(『사림파문학의 연구』, 형설출판사, 1986.)등이 있다.

그것은 아직 우리말 표기수단을 확보하지 못한 상황에서, 한문학을 통해 이미 깊이 이해된 자연에의 이해나 관심이 고려 말부터 경기체가나 어부가 등으로 꾸준하게 향유되었던 것이다. 비록 한자어를 중심으로 하거나 집구시의 형태로 표상성에 제한이 있었다고는 하지만, 이는 문자가 없었던 때문이다. 그러다가 훈민정음이 창제되고 급기야 우리말을 자유롭게 구사할 수 있는 시조와 가사문학의 만개에 따라 자연스럽게 장르의 이동이 이루어졌다. 이것이 바로 이른 바 학계에서 공인되는 '강호가도'라고 하겠다.

물론 저간의 사정에는 성리학적 사고의 성숙과 관련된 경기체가나 〈어부가〉류에 대한 비판, 작자들이 처한 정치·사회적인 현실의 차이, 지나친 유흥을 배제하는 사대부들의 풍류에 대한 의식 변화 등등이 실로 복잡하게 얽혀져 있다.

그동안 '강호가도'의 외연을 넓히려는 노력이 학계에서 꾸준히 논의되어 왔다. 그 결과 위로는 조선 초 맹사성의 〈강호사시가〉나 황희의 시조 등이 새롭게 조명되었고, 아래로는 조선 후기까지 연장하려는 시도도 진행되었다.[50] 본고는 이러한 논의를 고려 말부터로 소급할 수 있는 가능성을 입증하려는 의도에서 집필된 것이다. 다음에 지금까지의 결과를 종합하여 제시한다.

첫째, 속요의 자연 표상은 '이상적인 것'과 '현실적인 것'의 양면적인 이해를 보이면서 '조화'의 태도를 견지한 작품군(〈정읍사〉, 〈정과정〉, 〈동동〉, 〈정석가〉), 자연을 '현실적인 것'으로 파악하고 그것과 '갈등'을 표출하고 있는 작품군(〈청산별곡〉, 〈만전춘 별사〉, 〈이상곡〉, 〈서경별곡〉) 등으로 대별된다.

전자의 경우 자연을 이해하는 방법이나 태도에서 '강호가도'의 시가와 연결될 수 있지만, 아직 개별적인 사물이거나 자연의 존재론적 인식에 머물러서 '서경이이'에 지나지 않는다. 후자는 현실을 자연 현상에 빗대어 표현한 작품으로 '탁물우의(托物寓意)'에 해당하는 것이다. 자연을 비유나 알레고리의 매체로 대하는 것이기 때문에 전자와는 미학적 층위가 다르다

---

50) 전자는 김흥규의 「강호자연과 정치현실」(김학성·권두환 편, 『고전시가론』, 새문사, 1989.)이
    있고, 후자에는 여기현의 「강호인식의 한 양상」(『반교어문연구』제1집, 반교어문학회, 1988.)
    이 대표적이다.

둘째, 경기체가의 경우 〈한림별곡〉에서 마련된 자연 이해 방법과 태도는 안축의 〈관동별곡〉과 〈죽계별곡〉에 이르러 본격적으로 자연을 대상으로 하는 작품으로 발전되었다. 자연 표상은 자연을 향락적인 대상으로 인식하여 오락성과 유흥적인 분위기를 벗어나지 못하고 있다. 그러나 고려의 경기체가는 아름다운 자연을 선택하여 거기에 노니는 것이 사대부 풍류의 하나로 자리 잡아 가는 풍조를 보여 주며, 부분적으로는 자연을 미적 대상으로 완상하기도 한다.

'흥(興)'의 성격이 전형적인 강호가도 시가와는 다르지만, 경기체가에 나타난 자연의 표상성이 '인물기흥(因物起興)'인 것은 분명하다. 자연은 '이상적인 것'과 '현실적인 것'의 양면성으로 나타나고, 그러한 자연에 대해 '조화'를 추구하였다. 따라서 자연을 국문시가의 전면에 내세운 공은 안축의 〈관동별곡〉에 돌려야 할 듯하다. 자연에서 기생과 음악을 동반하여 주(酒)·가(歌)·무(舞)가 함께 어우러지는 양상을 보이지만, 그것은 조선의 사대부들도 마찬가지이다. 다만 조선에 들어와서는 성리학적 사고의 성숙으로 자연을 좀 더 폭 넓고 깊이 있고 다양하게 이해하게 되는 차이가 있다고 하겠다.

셋째, 고려 말 시조로 인정되는 작품은 많지 않지만 그 중에 자연을 소재로 하지 않은 작품은 거의 없다. 대부분을 차지하는 자연을 '현실적인 것'으로 이해한 작품은 8수로 우탁의 〈탄로가〉 2수, 이조년, 이존오, 정몽주 모친, 최충, 원천석과 길재의 〈회고가〉 등이다.

자연을 '이상적인 것'과 '현실적인 것'으로 이해한 작품은 3수지만 이후 사대부 시조의 한 전형을 보인다는 점에서 주목된다. 국화의 절개를 노래한 성여완, 대나무의 군자절을 읊은 서견과 원천석의 작품이 그것이다. 같은 '인물기흥(因物起興)'이지만 경기체가와는 흥(興)의 구체적인 내용이 다르다. 경기체가는 자연의 전체적인 조화에서 향락적 서정을 드러내는 데 비해. 이 작품들은 개별적인 자연을 관념화함으로써 그러한 발견에 대한 '흥'을 노래했다. '현실적인 것'으로서의 자연에서 '이상적인 것'을 발견하여 인간과 동일시하고 있다.

넷째, 〈어부가〉 작품 전체의 주제는 한적(閑適)뿐만 아니라, 낚시의 즐거움과 뱃놀이의 즐거움 등 향락적 서정을 가득 담고 있어 조선조의 어부가와는 다른 면모를 보인다. 그럼에도 불구하고 농암이나 퇴계가 깊이 공감할 수 있었던 이유는 '서시(西施)를 동반한 풍류'와도 바꿀 수 없는 고도의 정신세계를 표상하고 있기 때문이다.

각 장의 주지는 대부분 제3행에 집약되어 나타난다. 제1,2행은 어옹의 생활 모습이나 각장의 시, 공간적 배경을 제시하여 시상을 일으키고, 제3행은 어옹의 심정을, 제4행은 제3행의 부연 또는 구체적인 생활을 표현한다.

작품에서 자연은 '이상적인 것'이면서 동시에 '현실적인 것'이며, 그러한 자연과의 조화와 합일을 추구한다. 비록 집구된 것이기는 해도 '강호가도'에 한층 가까워진 자연 표상을 보이고 있거나, 상당 부분 일치한다는 점에서 주목된다.

결국 고전국문시가의 전통에서 자연에 대한 본격적인 이해와 관심은 고려 말 신흥사대부에 의해서 촉발되어(안축의 〈관동별곡〉과 〈죽계별곡〉, 〈어부가〉 등), 지속적으로 향유되다가 농암과 퇴계에 의해 새로운 전기가 마련되었다고 할 수 있다.

이후 '강호가도' 시가는 시조와 가사를 중심으로 영남가단과 호남가단의 활동에 힘입어서 그 폭과 깊이를 더해 다양한 양상으로 발전해 나간다. 그러나 임·병 양란 이후에는 현실에 대한 관심이 증폭되어 더 이상 '강호가도'가 시가사의 주류가 될 수는 없었다고 하겠다.

1. 자료

李滉, 〈陶山雜詠記〉,『退溪集』권3.『국역퇴계집』Ⅰ, 고전국역총서20
李滉, '도산십이곡발',『퇴계집』제43발
『中國美學思想 彙編』下集, 臺灣 成均出版社, 1988.
황준량,「與周景游書」
權鼈 編,『海東雜錄』
주세붕,「答黃俊良書」
洪萬宗,『詩評補遺,』

2, 단행본

양태순,『고려가요의 음악적 연구』, 이회, 1997.
여기현,『고전시가의 표상성』, 월인, 1999.
이명구,『고려가요의 연구』, 신아사, 1974.
이민홍,『사림파문학의 연구』, 형설출판사, 1986.
조동일,『한국문학통사 2』, 지식산업사, 1983.
조윤제,『국문학개설』, 동국문화사, 1959.
최진원,『국문학과 자연』, 성대출판부, 1977.
______,『한국시가의 형상성』, 성대출판부, 1996.

3. 논문

김동욱,「안축의 관동별곡과 신흥사대부의 가문학」, 성대 인문과학연구소 편,『고
       려가요연구의 현황과 전망』, 집문당, 1996.
진영일,「고려사' 오행·천문지를 통해본 유가질서개념의 분석」, 국사관논총 제6
       집, 국사편찬위원회, 1989.

김흥규, 「강호자연과 정치현실」, 김학성·권두환 편, 『고전시가론』, 새문사, 1989.

박노준, 「한림별곡과 관동별곡(겸 죽계별곡)의 거리」, 성대 인문과학연구소 편, 『고려가요 연구의 현황과 전망』, 집문당, 1996.

성호경, 「경기체가의 구조 연구」, 서울대 국문학연구 제49집, 1980.

손오규, 「산수문학에서의 인물기흥」, 『반교어문연구』제11집, 반교어문학회, 2000.

양태순, 「고려시대의 시가 연구」, 서울대 국문학연구 제57집, 1982.

여기현 「강호인식의 한 양상」, 『반교어문연구』제1집, 반교어문학회, 1988.

______, 「〈원어부가〉의 집구성」, 성대 인문과학연구소 편, 『고려가요연구의 현황과 전망』7, 집문당, 1996.

이경우, 「안축의 자연관과 〈관동별곡〉」, 『한국고전시가작품론1』, 집문당, 1992.

이병찬, 「고려가요의 작품구조와 자연」, 성대 석사학위논문, 1984.

이우성, 「고려말·이조초의 어부가」, 『성대 논문집』제9집, 성균관대학교, 1964.

이형대, 「어부형상의 시가사적 전개와 세계인식」, 고려대 박사학위논문, 1997.

정병욱, 「청산별곡의 분석」, 『한국고전시가론』, 신구문화사, 1982.

최진원, 「강호가도연구」, 『국문학과 자연』, 성대출판부, 1977.

______, 「동동고(Ⅲ)」, 『국문학과 자연』, 성대출판부, 1977.

허남춘, 「동동과 예악사상」, 성대 인문과학연구소 편, 『고려가요 연구의 현황과 전망』, 집문당, 1996.

『반교어문연구』 제26집(반교어문학회, 2009. 2)

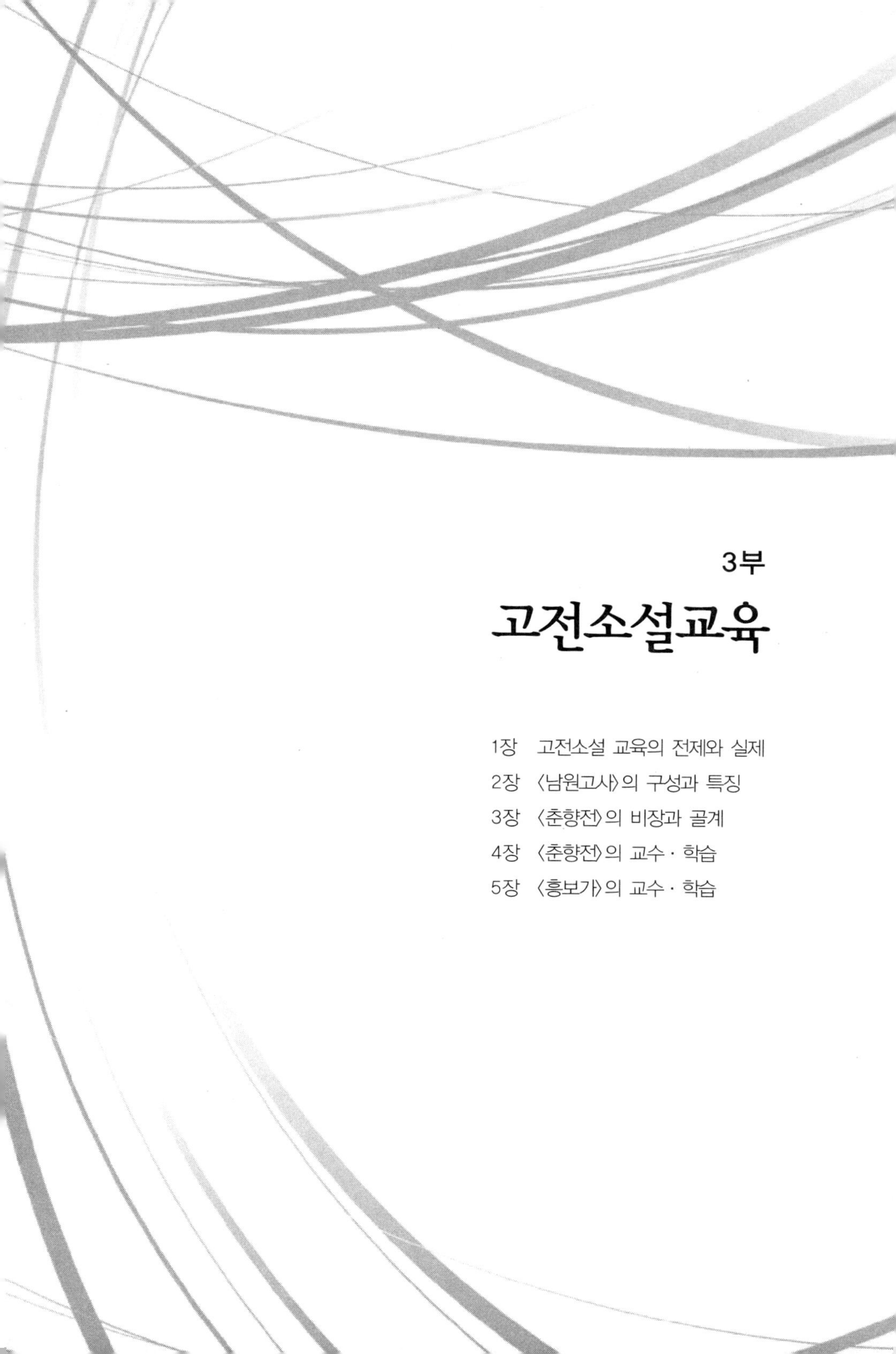

3부

고전소설교육

1장

고전소설 교육의 전제와 실제

1. 머리말

현대를 살아가는 우리가 고전(古典)에 주목하는 이유는 거기에 현실을 뛰어넘는 삶의 보편성과 진실성이 담겨 있기 때문이다. 구체적인 고전 작품을 통하여 우리 문화의 전통과 그 계승에 대해 깊이 통찰할 수 있는 기회를 갖게 하는 것은 매우 소중하다. 이는 곧 살아가는 이치와 삶의 지혜를 터득하는 계기가 되며, 우리 전통문화가 지닌 인간다움을 추구하는 정신을 계승하고 발전시킬 수 있기 때문이다.

고전소설은 그 중에서도 양적으로나 질적으로 중요한 위치에 있으며, 오늘날의 독자들에게도 삶을 일깨우는 귀중한 유산이다. 〈구운몽〉을 제대로 감상하면 현세적 지향의 삶과 정신적 지향의 삶이 갖는 의미를 되새기게 될 것이며, 〈춘향전〉에서는 인간다운 삶의 자세와 고귀한 사랑의 가치를 음미하게 될 것이다.

그런데 고전 작품이 적절하게 이해되기 위해서는 많은 노력이 필요하다. 고어(古語)와 한문(漢文) 표기의 작품을 쉽게 읽을 수 있도록 번역·주석 작업이 있어야 하며, 시대적·사회적·문화적·사상적 이해도 뒤따라야 한다. 지금과는 다른 창작의 관습과 유통·수용에 대한 이해도 필요하며, 당연히 작품의 구조·주제·배경도 알아야 한다.

이런 의미에서 고전소설의 연구와 교육을 담당하는 연구자들의 책임은 실로 막중하다고 하겠다. 그러나 전통 계승의 태도는 지식의 습득에서 보다는 생활 속의 체험에서 길러진다는 점에서 학생들로 하여금 자신의 생활 가운데서 전통을 발견하고 체험하도록 지도하는 것을 항상 염두에 둘 일이다.

현실적으로 고전소설 교육은 문학 교육, 국어 교육, 나아가 한국 교육의 전반적인 문제와 연결되어 있어서, 문제의 해결이 그리 간단한 것은 아니다. 즉 고전소설 교육은 고전소설을 가르치는 것에 국한되지 않고 다양한 교육적 위상을 지닌다.

7차 교육과정에서 고전소설은 〈국어〉 과목 중 '문학'의 영역과 〈문학〉 과목에 속한다. 〈문학〉 과목은 11학년과 12학년의 심화 선택 과목이고, 〈국어〉 과목 중 '문학' 영역은 1학년부터 10학년까지 연속되어 있다. 〈국어〉는 '국민 기본 공통 과목'으로서 모든 학생이 이수해야 하는 과목이지만, 〈문학〉은 학생에 따라 이수할 수도 있고 그렇지 않을 수도 있다. 그것은 '심화 선택 과목'은 학생의 진로, 적성과 소질을 개발하는 데 도움을 주기 위한 과목이기 때문이다.[1]

여기서 파생되는 문제는 교과서가 이원화되면서 초래되는 '문학교육의 이원화'이다. 〈국어〉에 실려 있는 문학 작품은 아무래도 문학의 독자성보다는 '국어 자료'로서의 측면이 강조되고, 〈문학〉 교재의 문학 작품은 문학의 독자성이 강조될 것이기 때문이다.

실제 7차 〈국어〉 교과서에는 문학 작품을 '예술'이나 '일상 언어와 구별되는 특별한 언어 양식'으로 보지 않고, 그저 '가치 있는 독서물'로 보아 비문학 제재와 나란히 통합적으로 제시되고 있다. 이에 따르면 1학년에서 10학년까지의 교육과정에서 국어 능력 향상을 위하여 어떤 작품을 어떤 학년에서 어떤 목적으로 가르칠 것인가가 고전소설 교육의 중요한 과제이다.

아울러 문학 교육으로서 작품의 문학적 이해와 더불어 고전소설의 창작, 유통, 수용의 과정에서 일어난 여러 현상들 중 교육적으로 의미 있는 것들을 집적해서

---

1) 교육부, 『고등학교 교육과정 해설- [2] 국어』, 2001, 10쪽.

교육 현장에 소통시키는 일도 병행되어야 한다. 그래서 교육 현장에서는 끊임없이 문학 교육과 국어 교육 사이의 조화와 연계성을 고려하지 않을 수 없다.

교육인적자원부에서 간행한 〈2007 국어과 교육과정〉에 제시된 국어과의 성격은 다음과 같다.

> 국어 교과는 한국인의 삶이 배어 있는 국어를 창조적으로 사용하는 능력과 태도를 길러 국어를 정확하고 효과적으로 사용하게 하고, 미래 지향의 민족의식과 건전한 국민 정서를 함양하게 하며, 국어 발전과 국어 문화 창달에 이바지하려는 뜻을 세우게 하기 위한 교과이다.[2]

이처럼 언어교육으로서의 국어와 민족의식, 정서 함양, 국어 문화 창달 등을 강조하고 있다. 이에 따라 국어과의 목표도 '국어 활동과 국어와 문학의 본질을 총체적으로 이해하고, 국어 활동의 맥락을 고려하면서 국어를 정확하고 효과적으로 사용하며, 국어 문화를 바르게 이해하고, 국어 발전과 민족의 국어 문화 창조에 이바지할 수 있는 능력과 태도를 기른다.'라고 설정되어 있다.

그 내용 체계는 듣기·말하기·읽기·쓰기·문법·문학이며, 교수·학습 계획도 '학습자가 의미 있는 국어 학습 경험을 하여 창조적인 국어 능력이 향상되도록' 유의하여 수립할 것을 제안한다.

교수·학습 운용에서 문학 부분에 대한 지도상의 유의점은, '개별 작품을 학습자의 삶과 관련지어 봄으로써 심미적 상상력과 건전한 심성을 계발하고 바람직한 인생관과 세계관 형성을 돕는 학습 활동을 강조한다. 아울러 개작, 모작, 생활 정서의 표현 등 작품의 심층적 감상을 돕는 학습 활동을 강조한다.'이다.

이에 따라 문학 영역의 평가 목표는 '문학 지식에 대한 이해, 문학 작품의 수용과 생산 능력에 중점을 두어 설정한다.'라고 되어 있다. 결국 국어과에서 고전소설의 위상은 국어 능력 제고의 제재이면서 동시에 문학이라는 독자적인 교육의 제재라는 위상을 함께 갖는다고 하겠다.

---

2) 교육인적자원부,『국어과 교육과정』, 교육인적자원부 고시 제2007-79호 별책 5, 2007, 2쪽. 이하 이 장에서 교육과정과 관련된 논의는 주로 이 책을 참고한 것으로 별도의 주는 생략한다.

학년별 내용에서 고전 작품에 대한 언급은 전체 10학년 중에서 9학년에 나온다. 즉 9학년 문학의 성취 기준의 하나로 '한국 문학의 대표적인 고전 작품을 찾아 읽고, 그 가치와 중요성을 이해한다.'를 제시하고, 내용 요소의 예로서 1) 고전 작품 읽기의 가치와 중요성 이해하기 2) 고전 작품에 대한 자신의 견해 정리하기 3) 고전 작품에 대한 의미 있는 경험 표현하기를 열거하였다. 결과적으로 국어과에서 문학의 위상은 말하기·듣기·읽기·쓰기 등 국어 활동의 제재로 인식되고, 고전소설도 그러한 맥락에 놓여 있음을 확인할 수 있다.

그러면 11학년과 12학년의 심화 선택 과목인 〈문학〉 과목의 경우는 어떠한가. 먼저 문학 과목의 성격은 국민 공통 기본 교육과정의 〈국어〉 과목 중에서 '문학' 영역을 심화·발전시킨 과목임을 분명히 하고 있다. 과목의 목적도 '다양한 문학 경험과 활동을 통해 이해·표현 능력을 심화하여, 학습자가 바람직한 문학 주체로 성장하고 인간다운 삶이 가능한 사회를 만드는 데 기여하도록 도움을 주는 것을 목적으로 한다.'이다.

그 내용 체계를 보면 1) 문학의 성격(문학의 개념, 문학의 역할, 문학의 갈래) 2) 문학 활동(문학의 수용, 문학의 생산, 문학의 소통) 3) 문학의 위상(문학과 문화, 한국 문학의 범위와 역사, 한국 문학과 세계 문학) 4) 문학과 삶(문학과 자아, 문학과 공동체, 문학의 생활화) 등으로 구성되어 있다.

그런데 〈문학〉 과목의 서술에서 고전 문학이나 고전소설에 대한 특별한 언급은 찾아 볼 수 없다. 그것은 고전과 현대를 구분하지 않는 통합적 관점의 결과일 수 있지만, 자칫 고전에 대한 무관심의 소치라면 염려되는 바가 없지 않다. 고전은 '고어와 한문'이라는 겉모습을 벗겨내면 의외로 새로운 모습으로 우리에게 다가설 수도 있는 것이다. 새로움은 현재나 미래에서만 찾을 수 있는 것이 아니라, 과거에서도 얼마든지 찾을 수 있다. 그러나 교육 현장에서의 현실은 문학 과목조차 수능의 '언어영역'에 초점을 둔 교육이 이루어지고 있다는 데 문제가 자못 심각하다.

고전소설의 교육은 단순히 작품을 가르치는 데에 그치지 않고 다양한 교육적 위상을 지닌다. 이를 항목별로 보면 1) 근대 교육으로서의 고전소설 교육 2) 인문교육으로서의 고전소설 교육 3) 민족문화 교육으로서의 고전소설 교육 4) 문학예술 교육으로서의 고전소설 교육 5) 국어교육으로서의 고전소설 교육[3] 등을 들 수 있다.

이처럼 고전소설을 통하여 근대 교육, 인문 교육, 민족문화 교육, 문학예술 교육, 국어 교육이 제대로 이루어지기 위해서는 연구자와 현장 교사들의 지속적인 노력이 수반되어야 할 것이다. 그렇게 함으로써 고전소설이 과거의 '낡은 것'이 아니라 현대 생활 속의 '새로운 것'으로 거듭 날 수 있도록 하는 교육이 가능하다. 그러기 위해서는 지식 위주의 교육과 사고력·창의력 중심의 교육도 적절하게 병행되어야 한다.

본고는 이러한 고전소설 교육을 위해서 필요한 몇 가지 전제와 실제적 방안을 제시하고자 한다. 특히 7차 교육과정의 고등학교 국어 (상)과 (하)에 각각 수록되어 있는 〈구운몽〉과 〈춘향전〉을 중심으로 논의를 전개할 것이다. 구체적인 작품으로 〈구운몽〉과 〈춘향전〉의 교육에서 미리 전제되어야 할 요소들과 간략하나마 그 방법론적인 모색을 시도하도록 한다. 왜냐하면 이 두 작품은 실로 많은 사람들이 공감하는 우리 고전소설의 대표작이면서도 여러 가지 측면에서 차이점을 보이는 작품이기 때문이다.

두 작품에 대한 문제점과 교육적 방안을 검토해 봄으로써 나머지 다른 작품의 전망도 어느 정도 확보할 수 있을 것으로 기대된다. 개별 작품에 따라 각각의 전제와 교수·학습의 실제도 달라져야 한다는 것이 필자의 평소 소신이기도 하다. 비록 이러한 작업이 하나의 시론에 그칠지라도 고전소설의 바람직한 교육에 도움이 되기를 바란다.

2. 〈구운몽〉 교육의 전제와 실제

〈구운몽〉의 교육에서 우선적으로 전제되어야 할 내용은 작품의 구조와 주제에 대한 인식이다. 〈구운몽〉은 그 제목처럼 '꿈'을 제재로 하여 문제를 제기하고 해결해 나가는 작품이다. 즉 환몽구조라는 특별한 장치를 통하여 '양소유의 삶'

---

3) 김종철, 「고전소설교육의 과제와 방향」, 한국고소설학회, 『고전소설 교육의 과제와 방향』, 월인, 2005, 22~23쪽.

이 그려지는 '몽중세계'와 '성진의 삶'으로 이루어진 '각몽세계'가 교차하면서 심각한 삶의 문제를 제기하고 있다.

꿈을 통해 우리에게 던져지는 문제는 세속적 욕망의 실현 과정을 보여준다. 그 한 축은 가문과 자신을 위한 '입신출세의 길'이며, 다른 하나는 8선녀의 화신인 8명의 여자와 맺어지는 '애정 성취의 길'로 나타난다. 성진의 삶도 이상적이고 고귀하지만, 작품의 대부분을 차지하는 양소유의 삶이야말로 당대의 사대부들에게는 이상적인 것이며 소중한 것이다. 이것은 작가인 김만중이 소설의 허구성을 이용하여 자신의 꿈을 거기에 투영한 결과이다. 따라서 〈구운몽〉의 꿈은 깨어나야 할 만한 필연적 계기가 결여되어 있다. 부귀영화의 절정에서 굳이 꿈에서 깨려고 하겠는가.

이 문제를 해결하기 위해서는 작품 이해의 통합적 관점이 바탕이 되어야 한다. 다시 말하면 '꿈과 현실', '성진과 양소유의 삶'이 어느 한 쪽을 취하고 다른 하나를 버려야 하는 양자택일의 관계에 놓여 있지 않다는 것이 중요하다. "세속적 부귀공명과 유한한 현세적 삶의 초월이라는 두 가지 욕망을 드러냈다"[4]는 견해나, "인심도심(人心道心)을 천인합일(天人合一)의 경지로 끌어올렸다"[5]는 주장은 모두 통합적 관점의 연구 성과이다.

그럼에도 불구하고 성진과 양소유의 삶은 각각이 모두 불가능하거나 실현가능성이 희박하다는 데 여전히 문제성을 내포하고 있다. 곧 꿈과 현실은 상호 침투하기도 하지만 서로 갈등을 겪으며 충돌하기도 하는 것이다. 〈구운몽〉의 교육은 이러한 가능성을 열어 놓은 시점에서 시작되어야 한다는 인식이 중요하다. 이런 의미에서 〈구운몽〉의 구조적 이해나 주제 파악에서 작품의 끝에 나오는 육관대사의 말은 깊이 음미해야 부분이다.

> "네 승흥(乘興)하여 갔다가 흥진(興盡)하여 돌아왔으니 내 무슨 간예(干預)함이 있으리오? 네 또 이르되 인세에 윤회할 것을 꿈을 꾸다 하니, 이는 인세와 꿈을

---

4) 정출헌, 「구운몽의 작품세계와 그 이념적 기반」, 『고전소설사의 구도와 시각』, 소명출판사, 1999, 176쪽.
5) 엄기주, 『유가의 소설적 대응양상에 관한 연구』, 성대 박사학위논문, 1992, 236쪽.

다르다 함이니, 네 오히려 꿈을 채 깨지 못하였도다. '장주(莊周)가 꿈에 나비 되었
다가 나비가 장주 되니' 어니 거짓 것이요 어니 진짓 것인 줄 분변치 못하나니,
어제 성진과 소유가 어니는 진짓 꿈이요 어니는 꿈이 아니뇨?'[6]

〈구운몽〉은 고등학교 국어(상) 5.능동적인 의사소통 단원에 정약용의 '유배지
에서 보낸 편지'와 함께 수록되어 있다. 이 단원은 의사소통 행위로서 글을 읽거
나 쓸 때의 특성을 이해하고 문학 작품을 매개로 한 문학적 의사소통 행위의
특성을 이해하여 학습자들로 하여금 능동적인 의사소통 능력을 배양하도록 구성
되었다.

〈구운몽〉에서는 특히 후자에 유의하여 문학적 의사소통 행위는 일반적인 의
사소통 행위와 비교할 때 어떤 점에서 같고 다른지를 알게 하고, 문학 작품에
대한 다양한 생각과 의견을 바탕으로 작가-작품-독자의 관계를 통하여 문학적
의사소통 행위의 특성을 이해하도록 하였다.

교사용지도서에 나와 있는 단원의 학습 목표는 '1) 읽기와 쓰기가 의사소통
행위임을 안다. 2) 글을 매개로 집단과 집단, 사회와 사회가 시대를 초월하여
의사소통을 할 수 있음을 이해한다. 3) 작가와 독자, 문학 작품 사이의 관계를
고려하여 문학 작품의 의미를 능동적으로 이해하는 능력과 태도를 기른다.' 등
이다.

교수·학습 계획에는 전체 8차시 가운데 4-6차시로 되어 있고, 이를 이해와
활동으로 나누었다. 이해 부분은 '① 일상적 의사소통과 문학적 의사소통의 공통
점과 차이점 ② 문학적 의사소통의 특성 ③ 문학적 언어의 특성 ④ 작가-작품-
독자의 관계 ⑤ 문학적 의사소통의 다양성 ⑥ 독자-작품-독자의 관계'이고,
활동 부분은 '① 문학적 언어의 상징성 ② 작가의 상황을 고려하며 작품 읽기
③ 문학적 다양성을 고려하며 작품 읽기 ④ 작품을 매개로 독자들끼리 토론하기'
로 제시되어 있다.[7]

지도상의 유의점은 다음과 같다.

---

6) 교육인적자원부, 고등학교 국어(상), 교학사, 2005, 211쪽.
7) 교육인적자원부, 『고등학교 교사용지도서 국어(상)』, 교학사, 2005. 232~234쪽.

1) 읽기와 쓰기의 일상적 의사소통의 특성 및 문학적 의사소통의 특성을 파악하는
   교수·학습 활동이 되도록 한다. 이 단원은 제재 자체의 이해에 초점을 맞추기
   보다는 그 제재를 바탕으로 발견할 수 있는 일상적 의사소통과 문학적 의사소
   통의 공통점과 차이점을 이해하는 것이 핵심이므로 제재의 내용 이해에 치우치
   지 않도록 주의한다.

2) 능동적 의사소통 능력 향상을 위한 활동 중심의 교수·학습이 되도록 한다.
   이 단원의 궁극적 목표는 의사소통 활동에 대한 학습자들의 능동성을 고양하
   는 것이므로 능동적인 의사소통 활동을 위해 학습자들이 이해해야 할 원리를
   구체적으로 제시할 필요가 있으며, 학습 활동을 할 때에도 학습자들의 능동적
   인 참여를 유도한다.[8]

이상에 따르면 교사는 작품에 대해 세세한 해설을 제공하기보다는 학생들의
자발적인 읽기 활동을 권장해야 한다. 학생들로 하여금 이 작품이 작가가 건네는
대화라고 생각하고, 작가가 작품을 통해 말하고자 하는 바가 무엇인지 먼저 생각
해 보게 한다. 그리고 작가가 건네는 말에 대한 자신의 생각을 정리해 보면서,
자신의 견해와 입장에 따라 작품의 의미가 달라질 수 있음을 이해하게 한다.

이 과정을 통해 학생들은 문학적 의사소통에서 작가—작품—독자의 관계가
일방적이지 않고 상호적이며 역동적임을 알 수 있게 된다. 특히 〈구운몽〉에서
'성진의 꿈'은 일종의 문학적 상징으로 독자의 다양한 해석을 가능하게 하는 지점
이고, 성진과 양소유의 삶이 보여 주는 의미와 가치도 관점에 따라 서로 다르게
이해하고 평가할 수 있는 부분이다.

따라서 교사는 학생들로 하여금 한 가지 관점에서 〈구운몽〉의 의미를 해석하
도록 유도하기보다는 자신들의 가치관과 배경 지식을 바탕으로 자유롭게 해석하
게 한 후, 학생 상호간의 대화를 유도함으로써 독자—작품—독자 간의 의사소통
의 역동성을 이해시킬 필요가 있는 것이다.[9]

---

8) 교육인적자원부, 위의 책, 235쪽..
9) 교육인적자원부, 위의 책, 249쪽.

일반적으로 작가는 작품으로 독자에게 대화를 시도하고, 독자는 작품을 통해 작가와 만난다. 작품은 작가의 창조물이지만 독자의 소용에 의해 그 의미가 구체적으로 실현된다. 즉 작가가 창조한 작품을 독자는 나름대로 수용하기 때문에 '작가─작품─독자'의 관계는 일방적이지 않고 상호적이며, 정태적이지 않고 역동적이다.

이러한 관계는 문학적 의사소통 행위의 기본 축이다. 문학은 '작가─작품─독자'의 구도 속에서 역동적으로 구체화하는 것이기 때문이다. 이를 이해하기 위해 학생들은 〈구운몽〉이라는 작품을 통해 작가가 어떤 내용의 대화를 시도하고 있는지 파악하는 것도 중요하지만, 자신이 파악한 작가의 의도를 받아들이는 것이 전적으로 독자인 자신의 몫임을 아는 것이 더 중요하다. 작품에 담긴 생각과 작품에 그려진 세계가 어떤 점에서 자신의 관심을 끄는지, 그리고 자신의 공감과 동의를 불러일으키는지, 혹은 그렇지 않은지를 스스로 능동적으로 판단해야 하는 것이다.

국어(상)에 실려 있는 〈구운몽〉은 작품의 마지막 부분이다. 양소유가 승상이 되어 부귀영화를 누리다가 어느 순간에 '인생무상'을 토로하면서 내면적 갈등을 일으키고 출가를 결심한다. 그러다가 꿈에서 깨어 본래의 '성진'으로 돌아오고, 육관대사의 가르침에 이어 '성진'과 '팔선녀'가 모두 깨달음을 얻어 성불하게 된다는 내용이다.

학습 활동은 작품의 주제인 '인생무상'이 드러나는 부분에 대한 말하기, 작품의 중요한 상징으로서의 '꿈'에 대해 이야기하기, 작품을 읽고 독후감 쓰기와 각자의 독후감에 대해 토론하기 등으로 구성되어 있고, 단원의 마무리와 보충·심화 학습도 다양한 문학 작품들을 대상으로 위와 같은 활동을 하도록 하고 있다.

이와 같은 일련의 과정은 잘 짜여 있어서 일견하기에 교육상의 별반 문제가 없어 보인다. 하지만 우리가 고전으로 평가하는 〈구운몽〉을 단순히 '능동적인 의사소통'의 제재로만 다루는 데 그치고 만다면, 그것은 실로 크나큰 낭비요 손실이 아닐 수 없다. 더구나 자칫 설익은 감상과 이해를 바탕으로 독후감 쓰기와 발표, 토론을 유도하는 것은 더욱 바람직하지 않다.

고전의 경우는 어떠한 학습 활동도 텍스트에 대한 철저한 이해를 전제로 해야 하기 때문이다. 온전한 작품의 이해는 중등학교 교육 현장에서 끊임없이 고민해야 할 숙제이다. 이것은 교과서에 작품 전체를 수록한다고 해결될 문제도 아니고, 교사가 영상매체나 컴퓨터, 인쇄물 등을 활용하여 적절히 제시하는 것이 좋다고 생각한다.

〈구운몽〉의 교수 · 학습에 앞서 교사는 다음과 같은 〈구운몽〉 전체의 내용과 구조를 학습자들에게 어떻게 제한된 시간 안에 효과적으로 이해시킬 것인지를 심사숙고해야 할 것이다. 이 때 주입식이나 암기식 교육은 되도록 피해야 한다. 전체를 조망하면서 학습자들의 상상력, 사고력, 창의력을 자극하는 방향으로의 유도가 필요하다.

〈구운몽〉의 내용과 구조
현실 : 육관대사, 성진(추방 : 팔선녀와의 희롱)
↓
꿈 : 양소유(시골 양처사의 아들)의 입신양명과 여덟 여인과의 인연(2부인과 6첩,
① 과거길 : 진채봉—진어사의 딸—궁녀, 계섬월—기생, 정경패—정사도의 딸
② 과거 급제 : 가춘운—아전의 딸—정경패의 시녀 ③ 절도사 : 적경홍—기생
④ 대원수 : 심요연—오랑캐의 자객, 백능파—용녀 ⑤ 위국공—왕—제후 : 난
양 공주—이소화—황제의 누이동생, 영양 공주—정경패)
↓
현실 : 불승(佛僧) 성진

다음은 이러한 전체를 토대로 하여 부분(교과서 수록 부분)에 대한 이해를 시도해야 한다. 고전문학 작품의 지도에서 지나친 훈고주석에 치우치는 것은 경계해야 하지만, 어느 정도는 불가피한 것도 사실이다. 전체와의 조화와 이해라는 관점을 유지하는 안목이 교수 · 학습에서 중요하다고 하겠다. 여기까지 〈구운몽〉에 할애된 3차시 중에서 1½차시 정도를 사용하면 가능할 것으로 생각된다.

실로 고전소설 교육의 성패는 작품 전체에 대한 성실한 감상과 이해에 좌우된다고 해도 과언이 아니다. 이러한 전제를 토대로 국어의 '능동적인 의사소통'으

로서의 교육이나 문학으로서의 교육이 이루어질 때, 우리는 진정한 고전 교육의 가치와 의미를 담보할 수 있을 것이다.

현실과 꿈 또는 이상과의 괴리와 간극을 어떻게 극복할 것인가 하는 문제는, 청소년뿐만 아니라 인간의 삶에 있어서도 영원한 과제이기 때문에 여기에서부터 다양한 학습 활동이 가능하게 된다. 이 때 중요한 점은 작품 이해에 대한 열린 시각이다. 즉 주제나 작품 구조, 꿈의 의미와 기능 등에 대한 여러 가지 해석과 견해가 있을 수 있음을 강조해야 한다. 그래야 학생들의 '능동적인 의사소통'이 성과를 얻을 수 있기 때문이다. 실로 고전이 고전으로서의 의의가 인정되는 것은 과거, 현재, 미래를 관통하는 유의미성에 있는 것이다.

다음 단계는 ½차시 정도를 배려하여 꼭 알아야 할 문학으로서의 〈구운몽〉 교육이 반드시 필요하다. 이는 '능동적인 의사소통' 학습 활동을 위해서도 전제 되어야 할 조건이다. 내용은 작가인 김만중의 삶, 작품 생산의 시대적 배경, 〈구 운몽〉의 문학사적 의의(몽유록과의 관계, 몽자류 소설의 효시 등), 잘 짜여진 구조의 개념, 주제와 사상(儒·佛·仙), 작품의 가치와 한계 등을 일목요연하게 조직하여 학습자 들에게 제시해야 한다. 역시 파워포인트나 유인물로 제공하는 것이 바람직할 것 이다.

이것은 어쩌면 학습자들이 〈구운몽〉을 체계적으로 접하는 것이 평생의 한 번 에 그치는 기회일지도 모르기 때문에, 이들에게 올바른 〈구운몽〉 이해를 안내하 는 것은 교사의 의무이기도 하다. 또한 이와 같은 문학적인 배경 지식은 본 단원 의 설정 이유인 '능동적인 의사소통'을 위해서도 유용하게 작용할 것으로 기대되 기 때문이기도 하다.

이처럼 작품의 전체와 부분(교과서 수록)에 대한 이해와 문학적인 이해가 전제되 었을 때, 비로소 제대로 된 '능동적인 의사소통'을 시도할 수 있다. 3차시 중에 1차시를 온전하게 여기에 몰입하게 된다면 단원 설정의 이유나 목표, 국어과의 교육 목적에도 손색이 없는 구성이 될 것으로 판단된다.

여기서는 '텍스트의 확장'[10) 방법, 즉 〈구운몽〉을 유동적인 텍스트로 보아 오늘의 유용한 텍스트로 전환시켜 보는 것이 교육적 효용성을 높일 수 있을 것이다. 아울러 구조나 주제의 역설적 의미나 이해도 시도해 봄 직하다. 불가능한 욕망의 실현을 꿈을 통해 추구하는 것이 인간의 삶에서 어떤 가치를 가지는 것인가를 〈구운몽〉에서 학습할 수 있어야 한다.

요약하면 〈구운몽〉의 교육에서 전제되어야 할 핵심은 외적 세계로서의 꿈과 현실, 내적세계로서의 자아의 양면성, 정신적 가치 추구와 현실 지향의 세계관 등을 조화와 갈등, 화합과 대립, 연속성과 불연속성, 공존과 단절 등 어느 관점에서 바라볼 것인가 하는 점이 가장 중요하다고 하겠다. 〈구운몽〉을 통하여 삶의 가치와 인간의 존재론적 성찰을 가지는 계기가 되도록 교육이 이루어져야 한다. 〈구운몽〉은 그것들을 성진과 양소유의 삶을 통하여, 불교와 유교적 세계관으로 형상화했을 따름이다.

삶의 근원에 대한 존재론적인 고민은 개인에 따라, 시대에 따라, 인생의 어느 순간 어떤 계기에 따라 다양하게 달라질 수 있으며, 그러한 물음이 일회성으로 그치는 것도 아니다. 이 작품을 그저 주제가 '인생무상'이라는 작품의 형식 논리에 매여서, 양소유의 삶은 부정되고 성진의 삶만 긍정되는 것으로 학습하는 데 그치면 안 된다. 설령 그것이 작가의 의도라고 해도 우리는 거기에 얽매일 필요는 없다. 인간은 끊임없이 생각하는 동물로 존재하며, 거기에 인간의 존엄성도 함께 수반되는 것이기 때문이다.

3. 〈춘향전〉 교육의 전제와 실제

〈춘향전〉은 판소리 12마당 중에서 가장 인기가 있었으며, 전승과정에서 수많은 이본이 존재하고, 연구 업적만도 200편이 넘는다. 1923년 이후 11번이나 영화화되었으며, 오랜 세월 동안 대중적인 인기와 사랑을 받아온 고전소설의 대표작이다. 그 비결은 젊은 남녀의 사랑을 단순히 낭만적인 이야기에 머무르지 않고,

---

10) 권순긍, 「고등학교 고소설 교육의 지향과 방법」(한국고소설학회, 앞의 책), 231~232쪽.

춘향을 통하여 '기생과 같은 미천한 계층도 인간답게 살 권리가 있다'는 주장과
실현'이라는 민중의 염원을 잘 형상화한 데 있다고 할 것이다.

〈춘향전〉 교육에서 먼저 전제되어야 할 점은 주제를 어떻게 볼 것인가 하는
문제이다. 그런데 〈춘향전〉의 주제와 관련된 논의는 그동안 학계에서 다양하게
시도되어 왔다. 긍정적 견해와 부정적 견해가 있었고, 긍정적 견해에도 일원적
주제론과 다원적 주제론이 제기된 바 있다.[11]

구체적인 내용은 크게 1) 이 도령에 대한 춘향의 정절(수절) 2) 이 도령과 춘향
사이의 애정(사랑) 3) 불의한 관리에 대한 서민의 항거(저항) 등이다. 각각에 대한
자세한 논의는 선학들의 논고로 미루겠지만, 여전히 여러 문제점을 내포하고 있
는 것도 사실이다. 그래서 이런 견해들을 수용하여 조정하는 절충안이 나온 것이
〈춘향전〉의 주제를 이원적, 또는 다원적으로 보려는 주장이다. 그 중에 대표적
인 것이 조동일의 표면적 주제(유교적 정절)와 이면적 주제(신분상승을 통해 인간해방을
실현하고자 하는 욕구)이다.

이의 문제점은 무엇보다도 다른 유형의 고소설에는 적용하기 어렵고, 오직 판
소리계소설에만 해당된다는 데 있다. 뿐만 아니라 정하영의 지적대로 주제파악
활동이 오히려 작품의 의미파악에 혼란을 가져올 우려도 있다.[12]

한편 〈춘향전〉의 주제가 '신분해방'이라는 박희병의 논의도 주목된다.[13] 그러
나 작품 내에서 춘향의 형상과 작중 역할이 '신분해방'에까지 나아갔는지는 의문
이다. 이는 극히 일부의 이본에 해당되는 것으로, 춘향이 처음부터 의도적으로
정실부인을 요구하고 그것을 끝내 성취하는 경우에만 그러한 해석이 가능할 것
이다.

본고는 〈춘향전〉의 주제론이 아니기 때문에 이에 대해서는 고를 달리 해야겠
지만, 필자의 생각으로는 앞에서 제시한 '인간답게 살 권리의 주장과 실현'을 주
제로 보면 위에서의 여러 가지 문제가 해결될 수 있다고 본다. 즉 춘향의 꿈은

---

11) 이에 대해서는 정하영, 「춘향전 주제론 재고」(한국고소설연구회 편, 『춘향전의 종합적 고찰』,
　　아세아문화사, 1991.)에 잘 정리되어 있다.
12) 정하영, 위의 논문, 88~89쪽.
13) 박희병, 「춘향전의 역사적 성격 분석」,『전환기의 동아시아 문학』, 창작과 비평사, 1985.

‘여자로서 신의를 지켜 한 지아비를 섬겨 일부종사하겠다’는 소박한 것이다. 이를 위해서 선택된 대상인 이 도령을 위해 정절을 지켜야 되고, 변학도의 수청 요구에 격렬하게 저항할 수밖에 없다.

이 때 춘향의 신분은 기생이든 기생이 아니든 문제가 안 된다. 그에 따라 춘향의 언행이나 작품의 디테일이 달라질 뿐이다. 사랑의 결실이 ‘첩실이냐 정실이냐’도 그리 중요한 것은 아니다. 한 번 맺은 사랑이 열매를 맺어 사회적으로 ‘한 인간으로 이 도령과 공인된 부부로서 떳떳하게 사랑하면서 살고 싶은 것’이 소망일뿐이다. 이것은 사람이라면 누구나 갖게 되는 생각이고, 특히 여자라면 더욱 그러하다.

사정이 이러하기에 춘향은 사랑을 저해하는 사회적 제약과 변학도라는 권력의 횡포에 죽음을 불사하고 맞서는 것이다. 한 가지 보다 주요한 이해는 춘향의 위와 같은 생각이 누구의 가르침이나 권유에 의한 것이 아니라, 순전히 춘향 자신의 자유의지에 따른 선택이라는 점이다.

천민인 기생의 ‘인간다운 삶’에 대한 자아 각성은 춘향을 근대적인 여성상으로 볼 수도 있는 단초이다. 이것이 바로 〈춘향전〉이 가진 문학사적 의의이고 고전적 가치이다. 그러므로 〈춘향전〉에서 그리 거창하게 ‘인간해방’이나 ‘신분해방’, ‘인간평등’을 내세울 일은 아니라고 하겠다.

이와 함께 극히 일부 이본에만 보이는 춘향의 신분상승 의지도 확대 해석을 경계해야 한다. 이러한 판단에는 다음과 같이 수청을 요구하는 변학도에게 대한 춘향의 말이나 ‘십장가’ 부분의 응대가 참고가 된다.

> “사또 분부 황송하나 일부종사 바리온이 분부 시힝 못하것소!”
> “충불쌋이군이요 열불경이부절을 본밧고자 하옵난듸, 수차 분부 이러한이 싱불여사 이옵고, 열불경이부온이 쳐분듸로 하옵소셔.”
> “충효열여 상하 잇소? 자상이 듯조시요! 기싱으로 말합시다. 충요열여 업다ᄒ니 낫낫치 알외리다. 히셔 기싱 농션이는 동셜영으 죽어 잇고, 셔쳔 기싱 아히로되 칠거학문 들어 잇고, 진쥬 기싱 논기는 우리나라 충열노셔 충열문의 모셔 놋코 쳔추 힝사 하여 잇고, 쳥쥬 깅 화월리난 상칭각의 올나 잇고, 평양 기싱

월선이도 충열문의 드러 잇고, 안동 기싱 일지홍은 싱열여문 지은 후의 정적가
자 잇싸온니, 기싱 희폐 마옵소셔!"
"일편단심 구든 마음 일부종사 쓰시오니 일기형벌 치옵신들 일연이 다 못가셔
일각인들 변하릿가?"
"이부절을 아옵난듸 불경이부 이늬 마음 이 믹 맛고 영 죽어도 이도령은 못잇것
소!"14)

이상과 같은 주제에 대한 논의의 다양성 외에도 〈춘향전〉은 앞서의 〈구운몽〉
과는 여러 가지 면에서 차별되는 작품이다. 그에 따라 당연히 그 교육적 전제도
달라질 수밖에 없다. 즉 〈구운몽〉의 교육적 전제는 비교적 간단하지만, 〈춘향
전〉의 그것은 매우 복잡한 사정을 고려해야 한다.

〈구운몽〉이 상층 사대부로서의 작가와 시대가 확실하며 상층민의 이상적인
삶을 다루었다면, 〈춘향전〉은 다수의 작가층이 오랜 시간에 걸쳐서 이루어낸
작품이며 민중층의 소망과 의지를 담아낸 작품이다.

〈구운몽〉이 단일 작품에 가깝다면, 〈춘향전〉은 이본만 해도 100여 종이 넘는
다. 즉 〈춘향전〉은 설화를 바탕으로 꾸며진 판소리 '춘향가'의 사설을 차용하여
기록하는 과정에서 소설화한 것이다. 그 결과 〈춘향전〉의 작자가 누구인지, 그
생성된 시기가 언제인지를 정확히 알 수 없다. 다만 설화의 전파자로서의 일반
서민들, 판소리 창자로서의 광대, 그리고 이들과 어울려 판소리라는 예능을 키워
가던 몰락한 양반이나 호문가(好文家) 등의 작자군을 생각할 수 있을 뿐이다.

이들에 의하여 이야기가 모아지고 다듬어지고 보태진 끝에 한 편의 소설로
형성된 것이다. 그 처음의 생성 시기도 18세기 초(숙종 말─영조 초)로 추정되며, 20
세기 초까지도 끊임없이 재생산된 작품이다. 그러므로 〈춘향전〉의 교육에는 설
화와 판소리와의 관계와 더불어 창작과정, 유통과정, 전승과정 등에서 비롯된
이본의 문제, 공동작으로서의 특성 등도 함께 전제되어야 한다.

지금까지 밝혀진 바로 〈춘향전〉의 바탕이 된 설화는 신원설화, 박문수·성이

---

14) 84장본 〈열녀춘향수절가〉, 설성경 역주, 『춘향전』(연강학술도서 한국고전문학전집12), 고려
    대민족문화연구소, 1995. 136~144쪽에서 춘향의 응대만 발췌한 것임.

성·김우항 등에 얽힌 암행어사 설화, 남원에 전해 내려오는 추녀(박색)설화, 이시 발의 실제담, 도미설화 등의 관탈민녀형 설화, 기타 열녀 설화 등이 작품의 근원 설화로 지적되고 있다. 하지만 이 작품은 어느 한 이야기의 진화로 보기보다는 위와 같은 각종 설화의 복합에다가 어떤 작자(혹은 작자층)에 의한 창작적 요소가 덧붙여져서 성립된 것으로 보는 것이 합리적이다.

〈춘향전〉과 설화와의 관계를 간단하게 제시하면 다음과 같다.

> 〈춘향전〉 전체의 구조와 배경 설화
> ① 이 도령(남원 수령의 아들)과 성춘향(기생 월매의 딸)의 결합과 이별(애정 설화)
> ② 탐관오리 변학도의 부임과 춘향에 대한 수청 요구(관탈민녀 설화)
> ③ 변학도의 요구에 대한 춘향의 거절과 수난(열녀 설화)
> ④ 이 도령이 암행어사가 되어 남원 출도, 변학도의 징벌(암행어사 설화)
> ⑤ 춘향과 이 도령의 재결합과 백년해로(신원설화)

〈춘향전〉은 극적인 구성의 기본적인 축을 에워싸고 서사적인 이야기와 서정 적인 가요를 조화롭게 결합한 작품으로, 여러 문학적 갈래들이 복합적으로 얽혀 있는 까닭에 그 주제나 구성 등도 개인 창작의 소설들과는 확연히 구별되는 복합 적인 특성을 지니고 있다. 게다가 〈춘향전〉은 이러한 거시적인 작품구조를 바탕 으로 삼고 판소리 특유의 개방성과 적층성을 그 숨겨진 원리의 본질로 하면서, 오랜 시간에 걸쳐 그 미시적 구조를 한층 더 세련되게 다듬어 왔다.

이처럼 우리가 흔히 〈춘향전〉이라고 통칭하는 일군의 작품들은 여러 시대에 걸쳐, 예술 생산자인 작자와 그 작품을 수용하는 시대별, 지역별, 개인별 취향에 따라 서로 다른 이름, 다양한 모습으로 창작·향수되어 온 것이다. 그로 인하여 〈춘향전〉, 〈별춘향전〉, 〈열녀춘향수절가〉, 〈남원고사〉, 〈옥중화〉, 〈증상연예옥 중가인〉 등 각기 다른 이름으로의 재창작이 활발하게 이루어졌다.

교과서에 수록된 작품은 이 가운데 완판 84장본 〈열녀춘향수절가〉이다. 이는 별춘향전 계열의 완판 30장본 〈별춘향전〉이 완판 33장본 〈열녀춘향수절가〉로 확대 변이가 된 다음에, 다시 84장으로 재확대되면서 이루어진 텍스트이다. 그리고 그 출판 시기도 비교적 늦어, 갑오경장(1896년) 이후에서 1900년대 초로 추정되고 있다.

30장본이 33장본으로 확대되는 데는 작품의 후반에서 변이가 일어나지만, 84장본은 작품의 전반에 걸쳐 변화가 많이 일어났다. 즉 전자에 비해 후자는 작품 전체의 내용이 고루 확대되어 극적 서사성의 균형미를 더욱더 확보하게 되었다. 또 84장본은 전반적인 성격이 춘향을 중심으로 서술되어 있기 때문에 월매의 기능도 강조된다. 곧 33장본에서는 방자가 이 도령에게 춘향을 설명하는 대목에서 최초로 월매의 이름이 나타나지만, 84장본에서는 월매를 중심으로 한 춘향과 향단의 관계 등 춘향 집안에 관한 내용이 골격을 이룬다. 특히 작품 서두에 보이는 월매의 춘향 출생에 관한 서술은 33장본에서 84장본으로 변이되면서 나타난 전형적인 확대로 판단된다.[15]

〈춘향전〉은 판소리적인 이해도 전제되어야 한다. 교과서의 〈열녀춘향수절가〉는 판소리적인 자질을 잘 간직하고 있는 이본이기 때문이다. 판소리는 고정되어 있는 완결된 형태가 아니라, 현장에서 재현될 때마다 유동적인 미완결의 예술 형태이고, 이를 흔히 '판소리의 개방성'이라 한다.

판소리를 기반으로 하여 나타날 수 있는 예술 형태는 현재로서는 판소리와 판소리계 소설, 산조, 창극으로 한정된다. 판소리계 소설이 사설로의 극단적인 표현인 데 반하여, 산조는 음악, 창극은 극으로의 극단적 표현이라고 할 수 있다. '판소리계 소설에 이르러 우리는 인간을 인간 그 자체로 볼 수 있는 시각을 획득하게 되었던 것이며, 이것이야말로 이전의 영웅소설과는 다른 판소리계 소설의 진정한 몫이라고 할 수 있다.'[16]는 견해를 참고할 만하다.

판소리 문학의 구조에서 발견되는 비유기적 전개에 대해서도 이미 여러 연구자들의 논의가 있어 왔다. 이는 '부분의 독자성'[17], '장면 극대화의 원리'[18], '상황적 의미·정서의 확대·강화'[19] 등으로 요약되는데, 용어 선택의 차이일 뿐 모두

---

15) 설성경, 『춘향전의 통시적 연구』, 서광학술자료사, 1994, 188~191쪽.
16) 정병헌, 「춘향전 교육의 몇 가지 전제」, 『고전문학 어떻게 가르칠 것인가』, 집문당, 1994, 685쪽.
17) 조동일, 「흥부전의 양면성」, 『계명논총』5집, 계명대학교, 1969.
18) 김대행, 「수궁가의 구조적 특성」, 『국어교육』27·28 합병호, 1976. 162쪽.

가 판소리 문학의 구조적 특징을 비유기적으로 지적한 점에서는 별 차이가 없다.

실제로 판소리 작품은 장황한 사설과 과장적 수사를 즐겨 동원함으로써 부분 간의 연결이 느슨해지고, 심지어 앞뒤의 사건 진행이나 어조의 모순까지 보인다. 그렇다고 이러한 구조를 실패한 것이라고 단정할 수는 없다. 판소리는 소설과는 다른 고유한 체계와 구조, 미학적 특징을 보이기 때문이다.

이러한 점들을 잘 이용하면 오히려 판소리 사설치레의 엮음은 그 다채로운 유창성으로 인해 언어 표현론의 중요한 제재가 될 수 있고, 또한 웃음을 자아내되 각 단락에서 보이는 일탈 현상이 연극성에 대한 논의를 가능케 할 수도 있다. 아울러 판소리의 이본 파생 현상은 학습자의 능동적인 글쓰기 욕구를 존중하는 창작 교육 설계에 활용할 수도 있을 것이다.[20]

〈열녀춘향수절가〉의 앞부분은 영웅소설 주인공의 출생담을 차용하여 춘향의 출생에 관한 사연이 확대되었을 뿐만 아니라, 주인공의 사회적 신분 계층이 크게 변모하는 결과를 초래하였다. 이 작품에서 춘향은 남원부사였던 성 참판과 퇴기 월매 사이에서 태어났고, 월매가 기자치성을 드린 결과에 따라 천상계의 점지로 태어난 존귀한 존재임을 강조하고 있다.

이러한 춘향의 출생담은 신재효가 남창 춘향가에서 춘향을 성 천총의 서녀로 설정한 이래, 춘향의 사회적 신분을 상승시키려는 작자층의 의도가 더욱 심화된 결과이다. 이에 따라 완판 84장본 〈열녀춘향수절가〉는 비기생계 춘향전의 한 전형으로 자리하게 되었고, 〈옥중화〉를 위시한 20세기 춘향전의 대부분이 춘향의 신분을 양반의 서녀로 고정시키는 데 결정적인 영향을 준 작품이다.

춘향의 신분이 성 참판의 서녀로 상승함으로써 남녀 주인공의 만남도 자유연애의 분위기로 변모하게 된다. 춘향은 자신을 기생으로 생각하지 않기 때문에, 이 도령이 광한루에서 불러도 가지 않는다. 그래서 이 도령의 춘향에 대한 호기심과 그리움은 더욱 고조되는 효과를 가져 온다. 저녁에 춘향의 집을 방문한 이 도령은 춘향을 성 참판의 딸이며 여염집에서 성장한 규수라는 현실 논리로 대하게 된다.

---

19) 김흥규, 「판소리의 서사적 구조」, 『창작과 비평』35호, 1975.
20) 류수열, 「판소리에 대한 국어교육적 접근」(한국고소설학회, 앞의 책), 361~362쪽.

그러나 신임부사 변학도는 춘향이 기생의 딸이므로 기생일 수밖에 없다는 형식 논리로 인식하기에, 춘향은 그러한 변학도의 태도에 더욱 적극적인 항거를 하게 되는 것이다. 그 결과 얼핏 모순으로 생각되는 춘향의 이 도령에 대한 태도와 변 부사에 대한 태도가 상반되는 것은 '기생 춘향과 기생 아닌 춘향의 갈등'[21]이라는 측면에서 이해될 수 있다.

작품은 월매의 이야기 속에서 춘향의 이야기를 서술하는 이중적 시각으로 시작한다. 춘향과 이 도령의 결연 장면에서는 월매의 소망이 한껏 부풀어 오르는 반면에 이별 장면에서는 월매가 기생으로서 자신의 한을 되씹어야 하는 통한을 토로하게 된다. 이는 상경한 이 도령이 출세하기만을 밤낮으로 축수하는 월매의 모습과, 그 앞에 걸인 차림으로 나타난 이 도령에 대한 충격적인 좌절감을 드러내며 상을 뒤엎고 박대하는 장면에서도 확인된다.

그러한 월매의 한은 걸인 사위가 암행어사임을 확인하는 순간에 폭발하는 환희로 뒤바뀐다. 이처럼 〈열녀춘향수절가〉는 춘향과 더불어 월매를 통한 정감의 긴장과 이완이 잘 드러나 있는 작품이다. 그러므로 작품의 감상과 이해에서 〈열녀춘향수절가〉는 춘향뿐 아니라 월매가 나름대로 춘향을 통하여 자신의 꿈을 실현시키려고 노력하는 모습과 그 좌절과 성취에 따른 고통과 환희도 눈여겨보아야 할 대목이다.

그러면 이제 논의의 초점을 교과서로 돌려보기로 한다. 〈춘향전〉은 고등학교 국어(하) 7. 전통과 창조 단원에 '건축과 동양 정신'이라는 논설문과 함께 실려 있다. 1차시는 준비학습이고 〈춘향전〉의 본시학습은 2-3차시로 두 시간이 배정되어 있다. 다음의 논설문 소단원이 4-6차시로 되어 있는 것에 비해서 상대적으로 시간의 배분이 너무 적다는 점은 문제이다.

교사는 1차시 정도를 더 확보하는 것을 고려해야 할 필요가 있다. 왜냐하면 〈춘향전〉의 교육에는 앞서 살펴본 바와 같은 많은 전제가 반드시 있어야 하고, 수록된 지문의 양도 상당하기 때문이다.[22]

---

21) 조동일, 「갈등에서 본 춘향전의 주제」, 계명논총 제6집, 계명대, 1970.
22) 참고로 실업계고등학교 국어(하) 『교사용지도서』에는 전체가 5차시로 짜여 있다.(경기도 교육청, 2003, 315쪽.)

이 단원은 전통의 창조적 계승이라는 주제를 다루고 있다. 전통에 대해 학습자들이 구체적으로 이해하거나 계승해야 할 전통을 내면화하기는 쉽지 않다. 먼저 〈춘향전〉을 제재로 하여 학습자들이 전통의 본질에 부합하는 국면을 찾아내도록 유도하고, 그것을 현재적 관점에서 응용할 수 있게 하는 교수·학습이 이루어져야 할 것이다.

첫째 시간에 전체 구성과 교과서의 지문을 학습하고, 둘째 시간에는 배경 지식으로서의 설화, 판소리, 문학적인 이해 등을 일목요연하게 정리하여 제시하고, 셋째 시간은 〈춘향전〉을 통한 전통의 본질, 계승, 현대적 변용과 수용 등을 학습하면 좋을 듯하다.

〈춘향전〉의 교수·학습 계획의 이해 부분은 ① 작품의 일반적 특성 ② 작품에 나타난 전통적 사유의 특성 ③ 작품에 나타난 전통적 표현의 특성 ④ 전통의 창조적 계승 방법 등이다. 활동 부분은 ① 작품에 나타난 표현 기법을 활용한 말하기와 글쓰기 ② 작품에 나타난 전통적 사유를 찾고 설명하기 ③ 전통의 창조적 계승 사례 조사하기 등으로 되어 있다.[23]

교과서에 수록된 것은 작품의 절정과 결말 부분으로, 그 내용은 변학도의 생일 잔치와 이 도령, 탐관오리에 대한 이 도령의 풍자, 이 도령의 암행어사 변신과 출도, 춘향과 이 도령의 재회, 이 도령과 춘향의 백년동락 등이다. '우리 전통 문화의 대표적인 사례인 〈춘향전〉을 제시하여 전통의 구체적인 실례를 이해하고 거기에서 전통의 본질에 부합하는 국면을 추출하는 학습 활동을 하도록 구성되어 있다'는 소단원의 구성 취지를 적절하게 활용하여야 한다.[24]

이에 따라 제재의 활용 방안은 〈춘향전〉이 우리 민족의 전통으로서 갖는 문화적 특성과 현재적 활용 방안에 초점을 맞추어 지도하는 것이 필요하다. 이 작품은 단순히 훈고학적 주석만을 자세히 하는 데에도 많은 시간이 소요되기 때문에, 주입식 수업이 이루어질 경우 학습자들에게 지루한 느낌을 주게 될 가능성이 높다. 따라서 학습자들로 하여금 〈춘향전〉에 나타난 여러 특질들 가운데 오늘날에도 활용될 수 있는 것들을 스스로 발견하게 하고, 그러한 사고 활동이 스스로

---

23) 교육인적자원부, 『고등학교 교사용지도서 국어(하)』, 교학사, 2005. 323~324쪽.
24) 교육인적자원부, 위의 책, 330쪽.

일어날 수 있게 수업 내용을 조직하여야 한다.

이 과정에서 '장황한 수사 새로 쓰기', '놀이와 창조의 즐거움'으로 십장가 다시 쓰기, '서사의 빈틈 채우기'[25] 등을 시도해 볼 수도 있을 것이고, 춘향의 '옥중서한'이나 '유서'를 써 보기[26]도 좋은 방안의 하나가 된다고 하겠다. 아울러 시간이 허락한다면 〈춘향전〉의 전통을 계승한 현대시, 신소설, 현대소설, 드라마, 창극, 영화, 연극 등의 자료[27] 이용한 학습도 가능할 것으로 생각한다.

주지하듯이 〈춘향전〉의 문체는 판소리의 영향을 받아 운문체와 산문체의 중간적 형태를 취하고 있으며, 이는 오늘날의 말하듯 글을 쓰는 전자 매체의 언어와 유사하다고 볼 수 있다. 또한 건강한 민중성을 통해 양반 계급을 풍자하고 소설 속에서 서술자의 개입을 자주 시도하고 있는데, 이는 정감 있는 표현을 통해 집단의 결속력을 높이는 오늘날의 표현 상황에서도 활용할 수 있는 요소들이다. 춘향과 이 도령의 사랑이라는 주제도 역경을 이겨 낸 사랑의 실현이라는 점에서 허무주의와 패배적 사고가 팽배한 오늘날에 유용한 정신적 가치로 활용될 수 있다.

요컨대 〈춘향전〉은 남녀 간의 사랑이 구현할 수 있는 최상의 지점을 보여주는 작품으로, 〈춘향전〉을 통해 가르쳐야 되는 것은 바로 '진정한 사랑의 힘'이다. 또한 자아각성이 수반된 강한 의지력이야말로 온갖 난관을 헤쳐 나갈 수 있는 삶의 원동력임을 배우고 실천해야 한다. 미천한 신분의 기생인 춘향이 '인간다운 삶'에 눈을 뜨고 인간적 삶의 진실과 가치를 인식함으로써, 이 도령을 위해 일편단심의 사랑을 바친 것이다. 거기에는 전래적인 '열(烈)' 의식이나 반대급부를 염두에 둔 것, 또는 시대성에 따른 근대정신의 소산과는 또 다른 개인적 차원의 지순한 사랑의 본질이 있기[28] 때문이다.

---

25) 류수열, 「춘향가를 가르치는 몇 가지 풍경」, 『문학과 교육』14호, 문학과 교육연구회, 2000.
26) 권순긍 편저, 『우리소설 토론해봅시다.』(고전소설 편), 새날, 1997.
27) 이에 대한 자료는 우창호, 「모둠 토의수업을 통한 〈춘향전〉 지도 연구」(한국고소설학회, 앞의 책), 380~382쪽에 잘 정리되어 있다.
28) 김진영, 「춘향전 논의의 몇 가지 반성」, 『한국서사문학논고』, 이회, 2004, 247쪽.

4. 맺음말

지금까지 고등학교 국어(상), (하)에 게재된 〈구운몽〉과 〈춘향전〉을 중심으로 고전소설 교육의 전제와 방안들을 모색해 보았다. 하나하나의 고전소설을 가지고 수업을 진행하는 방법은 다양할 수 있어서, 어느 것이 최상이라는 단정을 내리기는 매우 어렵다고 하겠다. 결국 고전소설을 가르치는 바람직한 방법은 작품이 하나의 의미체로 생성되고 존립하는 데 작용한 제 요인을 해석의 유효 요소로 인정하면서 나의 시각, 체험, 시대적·문화적 의식이 그것과 소통되도록 중재하는 데서 찾아져야 할 것이다.[29]

이제 이상에서 검토한 내용을 정리하여 마무리하고자 한다.

첫째, 서두에서는 국어과에서 차지하는 고전소설의 위상과 그 교육적 현실을 점검하여 논의의 출발로 삼았다. 그 결과 〈국어〉의 '문학' 부분과 〈문학〉 과목의 이원화에 따른 문제점을 제기하였고, 국어 제재로서의 문학 교육과 독자적인 문학 교육의 상호 연계성이 화두로 떠오르게 되었다.

둘째, 〈구운몽〉 교육에 필요한 전제는 1) 작품 구조와 주제에 대한 이해 2) 작자와 시대, 작품의 사상적 배경에 대한 이해 3) 문학사적인 이해 4) '능동적인 의사소통'의 제재로서의 이해 등이 선행되어야 한다. 무엇보다 성진과 양소유로 대변되는 꿈과 현실, 자아의 양면성, 정신적 가치 추구와 현실 지향의 삶 등을 통합적인 관점에서 바라보아야 하는 점이 국어 교육과 문학 교육 모두에 중요하다.

셋째, 〈구운몽〉 교육의 실제는 올바르고 성실한 문학적 이해가 '능동적인 의사소통'의 학습에도 반드시 요구되며, 제대로 된 문학 교육이 병행될 때 학생들의 국어 능력 신장도 효과적인 교수·학습이 이루어질 수 있음을 살펴보았다.

넷째, 〈춘향전〉 교육의 전제는 상당히 복잡하여 1) 작품 구조와 주제 2) 설화와의 관계 3) 판소리와의 관계 4) 창작 과정, 전승 과정, 유통 과정의 이해 5) 이본 문제 6) 문학사적 이해 7) 다양한 장르로의 현대적 수용 문제 등의 문학

---

[29] 김흥규, 「고전문학 교육과 역사적 이해의 원근법」, 『현대비평과 이론』 제2권 1호(통권 3호), 한신문화사, 1992 봄호, 51쪽.

내외적인 요소들이 두루 포함되어야 함을 지적하였다. 이와 함께 국어 능력과 관련한 '전통과 창조'의 문제는 작품 자체나 생활 주변에서 탐색해야 할 것이다.

다섯째, 〈춘향전〉 교육의 실제는 많은 양의 문학적 교육 내용을 제한된 시간 내에 어떻게 적절히 소화하여 '전통과 창조'에까지 연결할 것인가에 집중되었다. 아울러 〈춘향전〉 교육의 핵심은 '진정한 사랑의 힘'과 '자아각성이 수반된 강한 의지'야말로 우리의 삶을 변화시킬 수 있는 원동력임을 일깨우는 데 있음을 역설하였다.

모든 교육적 행위들의 여러 과정에 정답은 있을 수 없기에, 시대나 교육 주체들이 처한 상황이나 조건에 따라 방안은 유동적일 수밖에 없다. 이것이 끊임없이 지속적으로 모범적인 해법들을 탐색해야 하는 이유이다. 비록 그에 대한 논의가 한갓 시론에 그칠지라도 이러한 노력은 그 자체로도 의의를 인정할 수 있기 때문이다. 다만 본고의 성과가 일선 교육 현장에서 조금이나마 참고가 되기를 기대해 본다.

1. 자료

경기도 교육청, 실업계고등학교 국어(하) 『교사용지도서』, 2003.

교육인적자원부, 『국어과 교육과정』, 교육인적자원부 고시 제2007-79호 별책 5, 2007.

교육인적자원부, 『고등학교 교육과정 해설-〔2〕 국어』, 2001.

교육인적자원부, 『고등학교 국어(상)』, 교학사, 2005.

교육인적자원부, 『고등학교 국어(하)』, 교학사, 2005.

교육인적자원부, 『고등학교 교사용지도서 국어(상)』, 교학사, 2005.

교육인적자원부, 『고등학교 교사용지도서 국어(하)』, 교학사, 2005.

2. 단행본

권순긍 편저, 『우리소설 토론해봅시다.』(고전소설 편), 새날, 1997.

설성경 역주, 『춘향전』(열녀춘향수절가), 고려대민족문화연구소, 1995.

설성경, 『춘향전의 통시적 연구』, 서광학술자료사, 1994.

엄기주, 『유가의 소설적 대응양상에 관한 연구』, 성대 박사학위논문, 1992.

3. 논문

권순긍, 「고등학교 고소설 교육의 지향과 방법」, 한국고소설학회, 『고전소설 교육의 과제와 방향』, 월인, 2005.

김대행, 「수궁가의 구조적 특성」, 『국어교육』27·28 합병호, 1976.

김진영, 「춘향전 논의의 몇 가지 반성」, 『한국서사문학논고』, 이회, 2004.

김흥규, 「고전문학 교육과 역사적 이해의 원근법」, 『현대비평과 이론』 제2권 1호(통권 3호), 한신문화사, 1992.

______, 「판소리의 서사적 구조」, 『창작과 비평』35호, 1975.

김종철, 「고전소설교육의 과제와 방향」, 한국고소설학회, 『고전소설 교육의 과제와 방향』, 월인, 2005.

류수열, 「춘향가를 가르치는 몇 가지 풍경」, 『문학과 교육』14호, 문학과 교육연구
　　회, 2000.

______, 「판소리에 대한 국어교육적 접근」, 한국고소설학회, 『고전소설 교육의 과
　　제와 방향』, 월인, 2005.

박희병, 「춘향전의 역사적 성격 분석」, 『전환기의 동아시아 문학』, 창작과 비평사,
　　1985.

우창호, 「모둠 토의수업을 통한 〈춘향전〉 지도 연구」, 한국고소설학회, 『고전소설
　　교육의 과제와 방향』, 월인, 2005.

정병헌, 「춘향전 교육의 몇 가지 전제」, 『고전문학 어떻게 가르칠 것인가』, 집문
　　당, 1994.

정출헌, 「구운몽의 작품세계와 그 이념적 기반」, 『고전소설사의 구도와 시각』, 소
　　명출판사, 1999.

정하영, 「춘향전 주제론 재고」, 한국고소설연구회 편, 『춘향전의 종합적 고찰』,
　　아세아문화사, 1991.

조동일, 「흥부전의 양면성」, 『계명논총』 제5집, 계명대학교, 1969.

______, 「갈등에서 본 춘향전의 주제」, 『계명논총』 제6집, 계명대, 1970.

『반교어문연구』 제27집(반교어문학회, 2009. 8)

〈남원고사〉의 구성과 특징

1. 머리말

춘향전의 연구는 1939년 김태준의 「조선소설사」를 비롯하여 1960년대 김동욱의 「춘향전 연구」를 거쳐 오늘날까지 수많은 글들이 씌어져 왔다.[1] 그리고 그글들만을 대상으로 한 연구사도 여러 편이 나온 정도이다.[2] 이 과정에서 한국고소설학회가 고소설연구총서 제2집으로「춘향전의 종합적 고찰」(1991)을 간행한 것은 그간의 연구 성과를 반영한 것으로 이해된다.

확실히 단일 작품으로 이만큼 연구된 예는 국문학 사상 일찍이 없었던 것으로, 이제는 가히 '춘향전학'을 세워볼 만한 단계에 이르렀다고도 생각된다. 이것은 그만큼 이 작품의 인기도와 고전적 가치를 잘 입증해 주는 동시에, 춘향전이 한국고소설 전반에서 해결해야 할 여러 문제들의 해명에 열쇠를 쥐고 있는 텍스트

---

1) 황패강외 편, 『향가 고전소설관계 논저목록 1980-1982』, 단국대 출판부, 1984. 〈춘향전〉 항목에 춘향전 관계 논문이 173편이 되며, 우쾌재, 「춘향전연구사개관」(제8차 한국고소설연구회 발표, 1990.1)에는 83년 이후의 것이 27편으로 합하여 200편이 된다. 아마도 90년 이후의 것을 보태면 그 숫자는 훨씬 늘어날 것이다.
2) 김동욱, 「춘향전 연구는 어디까지 왔나」, 창작과 비평 40호, 1976.
   이상택, 「〈춘향전〉 연구사 반성」, 한국학보 제5집, 일지사, 1976.
   우쾌제, 「춘향전 연구사 개관」, 『춘향전의 종합적 고찰』, 아세아문화사, 1991.

라는 증좌이기도 하다.

하지만 그럼에도 불구하고 춘향전의 구조나 의미, 성격, 표현상의 특징, 미적 특성 등이 만족스럽게 제대로 밝혀졌다고 보기는 어려울 듯하다. 그 이유는 우선 지금까지 알려진 100여 편이 넘는 이본들이 '춘향전군'을 이루고 있는 실정에서 텍스트의 선정부터가 난제로 등장한다.

연구자들은 본격적인 연구에 앞서 개별적이고 구체적인 작품으로서 〈춘향전〉을 대상으로 할 것인지, 아니면 다수의 이본을 염두에 둔 '춘향전군'을 대상으로 할 것인지를 먼저 결정해야 하는 것이다. 대상이 결정됐다고 해도 전자의 경우는 이렇다 할 원칙이 없이 무분별하게 다른 이본을 연구에 끌어들이는 것을 경계해야 할 것이고, 후자의 경우는 가급적 다수의 이본을 대상으로 하여 작품의 보편성이 규정되어야 하는 문제가 늘 숙제로 남게 된다.

이 방면의 연구에서 드러나는 또 다른 문제점은 여러 연구자들의 입장이 너무 판소리적 시각에 기울어져 있다는 점이다. 물론 판소리, 판소리 사설, 판소리계 소설 사이의 긴밀한 관계는 아무리 강조해도 지나침이 없을 정도로 밀접한 것이 사실이다. 그러나 역사적 현상이 그렇다고 해도, 텍스트의 이해에 있어서 대부분의 텍스트 자체가 독자를 염두에 두고 읽기 위한 자료로 제시되어 있는 것을, 듣고 보면서 즐기는 공연예술인 판소리의 텍스트로 대하는 태도는 아무래도 문제가 아닐 수 없다.

판소리계 소설의 연구에서 판소리와 관련된 시각과 입장을 우선하는 것은 연구 태도의 주객이 전도된 것이라고 할 것이다. 이제부터라도 소설적 시각과 입장이 판소리적인 것보다 선행되어야 한다고 본다. 그동안 판소리의 안목에 입각해서 이룩한 괄목할 만한 연구 성과를 소설의 안목에서 진지하게 반성하고 비판적으로 수용할 때, 판소리계 소설의 소설사적 위상을 제대로 자리매김할 수 있을 것이기 때문이다.[3]

---

3) 지금까지 판소리계 소설의 연구에서 위와 같은 두 가지 입장이 서로 상보적인 관계에 있었다고 하기 어렵다고 할 것이다. 1960년대 〈춘향전〉의 합리성과 불합리성에 대한 논란(장덕순과 최진원의 논의가 대표적임)이 있은 이후에, 이 방면의 연구는 소설적 안목보다 판소리적 시각과 입장이 강조되어 왔다고 할 수 있다. 이에 대한 구체적인 언급은 연구사적 문제로 고를 달리 해야 할 것이기에, 여기서는 다만 문제점을 지적하는 데 그치고자 한다.

이와 같은 견지에서 본고는 〈춘향전〉의 대표 이본 계통의 하나인 〈남원고사〉에 특징적으로 드러나는 구성의 면모를, 특히 이 도령과 춘향의 사랑 이야기에 초점을 맞추어 텍스트의 실상에 충실한 관점에서 규명해 보고자 한다. 이를 바탕으로 장차 '춘향전군'에 대한 소설적 이해의 폭을 넓히는 출발로 삼고, 나아가서 판소리적 시각에 입각한 선행연구의 성과에 대해 수정, 보완, 비판할 수 있는 근거가 마련될 것으로 기대된다.

더불어서 〈춘향전〉 주제에 대한 새로운 전망도 시도될 것이다. 본 연구가 논의의 대상을 〈남원고사〉에 한정하는 이유는 '춘향전군'을 대상으로 할 때의 번잡스러움도 있지만, 이 작품이 20세기 이전에 나온 춘향전으로서는 가장 장편으로 웬만한 이본들이 갖고 있는 단락과 표현을 대부분 구비하고 있기 때문이다. 이러한 개별 작품을 검토한 성과가 다른 이본들에까지 두루 적용될 수도 있으리라는 기대도 있다. 따라서 꼭 필요한 경우를 제외하고는 가급적 여타 이본에 대한 언급은 피할 것이다.

그런데 이 책은 19세기 서울의 전형적인 세책가에 의해 상업적인 목적으로 필사되어 유통된 텍스트이다. 이러한 사정은 〈남원고사〉가 다른 이본에 비해 적극적으로 확대된 모습의 변이를 보이게 된 이면에는, 당대의 독자층을 염두에 둔 세책가의 요구와 주문이 작용했을 가능성을 배제할 수 없게 한다. 즉 18세기에 들어와 필사본을 중심으로 본격화하기 시작한 세책이 방각본의 출현 이후에도 방각본의 독자와는 구별되는 독자층(주로 사류의 여성들을 포함한 서울에 거주하는 부유한 유식, 유한여성들)을 고객으로 하였다는 점이 작품의 이해에서 충분히 고려되어야 할 것이다.[4]

장덕순, 「작중인물을 통해 본 춘향전」, 진단학보 23, 진단학회, 1962.
최진원, 「판소리 문학의 공동성-춘향전 연구에의 일 제언-」, 성대문학 12, 성균관대 국문과, 1966.
______, 「춘향전의 합리성과 불합리성」, 『국문학과 자연』, 성균관대출판부, 1977.
4) 이에 대한 자세한 논의는 『조선후기 소설독자 연구』 (大谷森繁著, 고려대 민족문화연구소, 1985.) 참조.

물론 이 경우에 먼저 작자[5]의 개작의식을 파악하는 일이 중요하다고 할 것이다. 그러나 그 개작의 방향이 일차적으로 작자의 세계관을 담는 것과 아울러 세책가와 독자층의 기대에 부응하는 쪽이었으리라고 추정할 때, 후자들의 요구와 기대가 무엇이었던가를 파악하는 일도 소홀히 할 수 없는 점이라고 본다. 결국 작품에 드러나 있는 구성과 표현의 특징적인 양상도 이와 같은 당대 소설의 유통구조와 밀접하게 관련된 것으로 볼 수 있기 때문이다.

〈남원고사〉는 김동욱이 춘향전의 대표작으로 지정한 이래, 여러 논자들이 춘향전의 결정판 내지는 최고의 걸작본으로 비정하고 있다.[6] 본고도 일단 이와 같은 입장에서 논의를 시작할 것이지만, 논의의 전개에 따라 선학들의 평가가 작품의 구성에서도 타당한 것인지 여부를 검토할 것이다.

이 계통의 이본으로는 파리 동양어학교본 〈남원고사〉를 비롯한 일본의 동양문고본 〈춘향전〉, 동경대학본 〈춘향전〉 등의 필사본과 경판 35장본, 30장본, 23장본, 17장본, 16장본, 안성판 20장본 등의 목판본이 있다. 이 중에서 가장 많이 알려져 있고 작품의 짜임새가 뛰어난 것은 가장 초기의 것으로 추정되는 파리 동양어학교본 〈남원고사〉이다. 이것은 5책으로 필사되어 있으며, 필사 시기는 1864년에서 1869년 사이로 추정된다.[7] 여기서도 이 책을 분석의 주된 대상으로 삼는다.

---

5) 주지하듯이 〈춘향전〉의 작자는 어느 개인이 아니라, 오랜 시간에 걸쳐 다수의 작자층이 참여하여 이룩한 공동작이다. 그러나 〈남원고사〉는 당대의 여러 문예(기록문학-한문학과 국문문학의 산문 및 시가, 구비문학-판소리와 무가, 민요 및 잡가 등)에 뛰어난 안목을 가진 개인이 어느 이본을 참조로 하여 새롭게 창작한 것으로 여겨진다. 이런 의미에서 작자층보다 작자라는 용어를 쓴 것이며, 이하 마찬가지이다.

6) 김동욱외 공저, 『춘향전 비교연구』, 삼영사, 1979, 180쪽.
성현경, 「〈남원고사〉본 춘향전의 구조와 의미」, 한국고전문학연구회 편, 『고전소설 연구의 방향』, 새문사, 1985, 331쪽.
윤용식, 「춘향전-〈남원고사〉본을 중심으로-」, 완암 김진세 선생 회갑기념논문집, 집문당, 1990, 519쪽.
설성경, 「19세기형 개작장편 남원고사에 나타난 생활문화의 형상화」, 『한국고전소설의 본질』, 국학자료원, 1991, 308쪽.
그밖에 〈남원고사〉에 대한 부정적인 견해를 피력한 견해가 있으나, 토론 등에서의 단편적인 발언이었다.

7) 설성경 역주, 『춘향전』, 고려대학교 민족문화연구소, 1995, 215쪽. 본고에서 작품 내용의 인용은 이 책의 현대어표기를 원칙으로 하고, 인용문 뒤에 쪽수를 표시하기로 한다.

2. 전반부의 구성과 특징

먼저 논의의 편의를 위하여 〈남원고사〉본 전체를 단락화하여 제시하면 다음과 같다.[8)]

〈단락별 분석〉

1. 序詞
2. 李等사또, 天下 醜物 아이로 李道令의 守廳을 들게 함
3. 李道令과 방자의 산천경개 풀이
4. 이 도령의 외모와 복색 풀이
5. 광한루 당도까지의 산천경개 풀이
6. 춘향의 출현과 춘향치레
7. 춘향 불러오라고 이 도령, 방자와 수작(춘향의 기생신분 드러남)
8. 방자와 춘향 수작
9. 춘향 광한루 來到
10. 이 도령, 춘향과 수작
11. 이 도령, 춘향에게 不忘記 써 줌.
12. 춘향의 집 사설과 辭去
13. 책방의 이 도령, 서책 풀이·노루글·誤讀
14. 이 도령의 '보고지고' 소리에 사또 염문
15. 사또와 조낭청과의 문답
16. 이 도령, 방자와 춘향집 방문
17. 춘향방 앞에서 방자·월매·춘향 수작
18. 춘향집 장원 사설, 사면 벽 그림 사설
19. 춘향방 치례(세간 사설)
20. 술·안주·그릇 사설
21. 춘향의 〈권주가〉·〈백구가〉
22. 춘향의 彈琴

---

8) 김동욱외 공저, 앞의 책, 20~23쪽을 참고로 하여 수정하였다.

23. 千字 풀이

24. 바리가

25. 德韻歌

26. 이 도령과 춘향, 첫날밤 사설

27. 사또, 공조참의로 승진(그동안 數三春秋 지남)

28. 이 도령, 위 사실을 춘향에게 알림(泣來)

29. 춘향, 비탄에 빠짐(사후 기약 사설)

30. 이별가 및 이별 사설

31. 신물교환 사설(시조 및 단가)

32. 방자, 이 도령 가기를 재촉

33. 이 도령 發行, 송림 간에서 춘향과 이별

34. 이 도령, 마부와 수작

35. 춘향 空房 사설(〈사미인곡〉 전편)

36. 新官 사또의 출현(변학도, 춘향 소문 들음)

37. 新延 하인들 현신

38. 新官 發行

39. 노정기

40. 新官 도임 차비 사설

41. 신관 취임(기생 점고)

42. 新官, 춘향의 현신 재촉

43. 군노사령들, 춘향 부르러 감

44. 춘향 自嘆(신세타령)

45. 춘향, 牌頭들 술대접, 돈 주어 보냄

46. 사또, 牌頭들 내치고 다른 사령 보냄

47. 춘향 현신

48. 사또, 이낭청과 수작

49. 사또 으름장과 춘향의 항거 사설

50. 춘향 태형

51. 춘향 하옥

52. 월매 自嘆

53. 남원 한량들 수작(〈선소리〉 등 4곡, 『삼국지』 등 3책, 골패 등 노름)

54. 춘향, 옥중에서 自嘆(〈자탄가〉·〈수심가〉 등)

55. 춘향, 월매에게 유언(불경·무당 사설)

56. 이 도령, 장원급제

57. 이 도령, 전라어사 제수, 暗行

58. 노정기와 廉問(새타령·나무타령)

59. 이 어사, 〈농부가〉 들음

60. 이 어사, 농부와 수작

61. 농부들, 이 어사를 속여 남의 草墳에서 울게 함

62. 이 어사, 농부와 수작(춘향 소식 들음)

63. 이 어사, 춘향 편지 보게 됨(농부의 아들 복실)

64. 변학도의 백성들 착취상

65. 이 어사, 남원 당도

66. 이 어사, 월매와 수작(월매의 괄시)

67. 춘향의 옥중몽

68. 허봉사 불러 해몽

69. 허봉사의 해몽(점복사)

70. 이 어사, 춘향과 옥중 상봉

71. 춘향, 이 어사에게 유언

72. 이 어사, 월매에게 쫓겨 여각에서 유숙

73. 이 어사, 서리역졸 점검

74. 변학도 생일잔치 사설

75. 이 어사, 생일잔치에 끼어듦

76. 운봉영장, 이 어사에게 床 주게 함

77. 변학도의 백성 착취담(酒談)

78. 이 어사의 作詩

79. 수령들 詩 보고 도망침

80. 암행어사 출도

81. 이 어사 坐起

82. 춘향 대령

83. 이 어사, 기생점고

84. 춘향 해칼

85. 의원들이 투약

86. 춘향, 이 어사와 相面

87. 춘향어미 形狀

88. 이 어사, 춘향어미와 수작

89. 대단원(변학도 봉고파직, 춘향과 월매와 향단을 먼저 경성으로 보냄, 이어사 公事 처리 후에 귀경, 上이 동벽응교 제수, 춘향의 정절과 전후사 奏達, 上이 정렬부인 직첩을 내리고 正妃에 봉함, 부모께 告하여 혼례 올림, 五子女와 부귀 영화를 누리고 백년해로함)

위와 같은 단락들로 이루어진 〈남원고사〉는 20세기 이전에 창작된 춘향전으로서는 가장 장편으로 전체분량이 약 10만자 정도가 된다는 점이 특징적이다. 이는 이 계통의 판본보다 선행한 것으로 여겨지는 〈별춘향전〉 계통의 기본 줄거리를 크게 벗어나지 않으면서도, 부분적인 장면을 확장시키며 독자의 흥미를 유발할 수 있는 쪽으로 적극적 변이를 보였음을 뜻하는데, 여기에는 장황할 정도의 삽입가요의 수용도 포함된다. 결국 〈남원고사〉는 창작의식이 뚜렷한 작가에 의하여 판소리 사설의 구성 원리를 근거로 하여 장편소설화가 이루어진 이본이다.

이 작품의 작가는 고급문예인 한문학과 대중문예인 국문문학, 구비문학의 다양한 소재를 상당수 삽입시켜 엮어 놓았다. 뿐만 아니라, 일관된 서술방식에 의하여 판소리 '춘향가' 사설보다 더 많은 재담과 가요를 수용했으면서도 사건의 전체적인 흐름에는 일관성과 합리성이 유지되도록 작품을 바꾸어 놓았다.

이러한 점은 작품의 전반부에서는 기생 춘향의 행동을 강조하고 후반부에서는 열녀 춘향의 행동을 강조함과, 이 도령을 만날 때는 춘향의 신분이 기생이고 변 부사를 만날 때는 대비속신한 것으로 설정한 사실에서 확인된다. 또 실제 작품의 서술이 기생으로서의 춘향의 행동은 뜨거운 육체적 사랑을 표현함에 초점을 맞추다가, 이별 후에 규수로서의 춘향의 행동은 강인한 정신적 사랑을 표현함에 초점을 맞추고 있는 사실도 이 작품의 일관성과 합리성을 뒷받침한다. 이렇게 볼 때 전체적인 작품의 짜임새로 보면 두 가지 속성의 사랑을 구비한 온전한 사랑의 이야기를 중심으로 삼은 이본으로 볼 수 있다.[9]

이와 같은 〈남원고사〉의 구성은 크게 보아 전반부와 후반부로 나뉘게 된다. 즉 전반부는 이 도령과 춘향의 만남-사랑-이별의 과정으로 짜여 있고, 후반부는 이별 후 춘향의 이야기(신관 도임-기생점고-항거 및 옥중고생, 위의 단락 36-55 참조)와 이 도령의 이야기(장원급제-암행어사 제수-암행, 위의 단락 56-64 참조)가 각각 서술되다가 단락 65 이하에서 다시 이 도령과 춘향의 이야기로 돌아온다.

다시 말하면 후반부는 두 주인공이 사랑의 시련과 고통을 각자가 처한 처지에서 극복해 나가는 과정을 그리고 있는 셈이다. 그것이 바로 춘향이 겪는 기생점고와 항거의 부분, 이 도령이 겪는 장원급제와 암행어사 제수에 이은 암행어사 출도의 부분이라고 할 것이다.

여기에서 이 도령이 무슨 사랑의 시련과 고통을 겪느냐고 할 지 모르지만, 그가 과거에 장원을 하고 임금의 총애를 입어 전라어사를 제수받기까지 피나는 노력을 했음은 명약관화한 일이다. 물론 이러한 사실이 작품에 직접 드러나 있지는 않으나, 그렇다고 해서 이것을 무시할 수는 없다고 본다. 왜냐하면 이 도령이 출세를 위해 애쓰는 것은 자신과 가문을 위한 것이면서 동시에 춘향과의 사랑을 성취시킬 수 있는 길이기도 하기 때문이다. 특히 거지차림으로 암행하여 남원의 민정을 살피면서 옥중에서 고생하는 춘향의 아픔을 남몰래 나누는 이 도령의 모습은 작품 이해에서 유의해야 할 일이다.

서사적 전개의 주체도 이 도령 이야기-이 도령과 춘향의 이야기-〈춘향 이야기, 이 도령 이야기〉-이 도령과 춘향의 이야기로 바뀌어 나가는데, 전반부의 끝부분인 '이별'의 장면에서 이미 후반부의 이야기가 춘향 이야기와 이 도령 이야기로 펼쳐질 것임을 예비하고 있다는 점도 고려되어야 할 것이다. 뿐만 아니라 전반부에서는 사랑의 장애물이 이등사또인데 비해서, 후반부에서는 신관 변 사

---

9) 설성경 역주, 앞의 책, 215~217쪽.

또라는 사실 또한 이러한 판단을 뒷받침해 준다고 하겠다.[10]

이렇게 볼 때 신재효의 〈동창 춘향가〉가 전반부의 끝부분인 이별의 장면에서 끝나고 있다는 사실은 대단히 시사적이다. 즉 전반부는 그 자체가 이미 한편의 비극으로 끝나는, 어린 양반 자제와 기생의 사랑 이야기일 수 있기 때문이다. 실제담으로서의 이런 이야기가 구전이나 여러 야담집에 전하고 있다는 사실도 이를 어느 정도 헤아리게 한다. 그러나 이는 고를 달리 해야 하는 문제이기에 더 이상의 언급은 줄이기로 한다.[11]

그런데 〈남원고사〉의 구성에 있어서 뛰어난 점은, 여러 가지 측면에서 전·후 반부로 나누어 볼 수 있음에도 불구하고 전반과 후반이 대립되거나 단절되지 않고 보기에 따라서 긴밀하게 연결되어 있는 것으로도 인식된다는 점이다. 전반 부의 끝부분인 '이별'이 사랑의 시련과 고통의 시작이라면, 후반부의 첫 부분인 '기생점고와 항거'는 사랑의 더 큰 시련과 고통이라는 시각으로 볼 수 있다는 것이 그러하다.

사실 많은 연구자들이 이러한 견해를 따르고 있고, 필자 또한 그것의 타당성을 전적으로 부정하는 것은 아니다. 하지만 작품의 구성을 어떻게 이해하느냐 하는 문제는 어떤 쪽으로 인식하는 것이, 작품의 실상에 부합되면서도 보다 작품의 의미망을 잘 드러낼 수 있느냐에 달려 있다고 본다. 필자의 생각으로는 〈남원고 사〉의 구성을 전·후반의 대응 구조로 파악할 때, 위의 사실이 더 잘 부각된다는 입장이다.

---

10) 춘향전의 구성을 전반부와 후반부로 나누어 보는 견해는 설성경이 대표적이다. 그의 견해를 대체적으로 받아들이면서도, 전반부와 후반부의 상관관계를 어떻게 보느냐에 시각의 차이가 있다. 즉 설성경은 전반부의 단순층위가 후반부의 다원층위화로 상승적 진행에 의한 발전을 보임으로써 주제를 심화시키고 확대시킨다고 보는데 비해(다원적 주제), 본고는 전반부에서 작가에 의해 치밀하게 마련된 암시와 복선에 의해 이것이 후반부에서 사랑의 완성과 성취로 실현되는 것으로 본다(일원적 주제). 설성경의 「춘향전 주제 이해의 방법」, (『고소설의 구조와 의미』, 새문사, 1986.) 「〈춘향전〉의 계통」(한국고전소설 편찬위원회 편, 『한국고전소설론』, 새문사, 1990.)을 참조할 것.
11) 이것을 달리 서사-본사-결사의 3단 구성이나, 기-승-전-결의 4단 구성, 발단-전개-위기-절정-결말의 5단 구성 등으로 볼 수도 있을 것이다. 본고는 남원이라는 공간적 배경에서 이등사또와 변사또의 교체를 기점으로, 주인공들이 겪는 사랑의 시련과 고통의 성격이 크게 달라지는 점에 착안하여 2단 구성으로 보고자 한다. 또한 전반부와 후반부는 각각 주인공들의 나이, 신분, 인생관, 성격, 서로에 대한 태도와 기대감 등이 차이를 보인다는 점에서 더욱 그러하다.

이제 위와 같은 점을 전제로 하여 앞에서 제시한 바, 세분화된 단락 구성의 특징적인 부분을 전반부와 후반부로 나누어 구체적으로 살펴보기로 한다. 이 때 전반부는 다시 1) 서사, 2) 만남과 사랑, 3) 이별로 나누어지고, 후반부는 1) 기생 점고와 항거, 2) 급제와 어사 출도, 3) 대단원 등으로 나누어진다. 2장에서는 먼 저 전반부를 논하고 후반부의 구성은 3장에서 다룰 것이다. 앞으로의 논의에서 괄호 속의 일련번호는 상기 소단락의 번호와 같으며, 필요에 따라 몇 개의 소단 락을 함께 묶어서 다루는 경우도 있을 것이다. 이는 다음의 3장에서도 마찬가지 임을 미리 밝혀둔다.12)

1) 서사-'허두' 부분 (1)

대부분의 〈춘향전〉 이본들이 시대와 인물 제시의 간결한 허두를 보이고 있는 것과는 달리 〈남원고사〉는 1200자 이상의 장황한 서사를 가지고 있다. 이러한 허두는 공연예술로서의 판소리를 부르기 전에 광대의 목을 추스리고 분위기를 조성하기 위해 허두가를 불렀던 관습을 차용한 것이다. 판소리의 경우에는 대개 본격적인 판소리의 내용과는 무관한 널리 알려진 단가를 부르는 것이 보통인데, 여기서는 작가의 인생관과 작품 내용의 전체적인 총평까지 보여준다.

〈구운몽〉을 소재로 사용한 사설시조를 차용하여 일장춘몽과 같은 인생의 무 상함을 첫머리에 제시하고 있고, 이어서 〈귀거래사〉와 〈강촌별곡〉, 〈처사가〉, 〈낙빈가〉 등의 가사를 차용하여 자연에의 귀의를 강조하고, 마지막에 이 도령과 춘향의 일은 "이 세상에 매우 이상하고 신통하고 거룩하고 기특하고 패려(悖戾)하 고 맹랑하고 희한한 일"이라고 전제하고 있다. 다시 말하면 서사에서 작자는 인 생이 무상한 것이지만, 자연에 묻혀 이를 즐기는 흥과 남녀 간의 특별한 사랑을 생각할 때, 결코 인생이 무상하지만은 않다는 사실을 역설적으로 말하고 있는 것이다.

이상과 같은 서사 부분의 내용은 전형적인 양반 사대부의 의식을 드러내고

---

12) 다른 이본과의 대비는 주로 『춘향전 비교연구』(김동욱외 공저, 앞의 책)를 바탕으로 할 것이 다. 이에 대해서는 특별한 경우를 제외하고는 주를 달지 않기로 한다. 그것은 이 책이 〈남원고 사〉를 89개의 장면으로 나누고, 각 장면 원문을 제시한 다음에 간단한 해설을 붙였으며, 그 뒤에 각 이본간의 사실적인 비교를 시도했기 때문이다.

있다. 그렇다고 이 작품의 작가가 제도권에 속해 있는 인물은 아닌 듯하고, 아마도 실세했거나 낙척한 인물로 추단된다. 왜냐하면 출장입상, 세상명리, 비우희락의 덧없음을 작품의 모두에 내세우고 있고, 여러 가사의 집구를 통하여 산천경개를 즐기는 흥과 은둔 생활의 흥을 표방하고 있기 때문이다.

이러한 내용은 일반적으로 서민층이 갖기 어려운 사고유형이라고 하겠다. 물론 이것이 작자의 무의식적인 차용의 결과라고 할 수도 있겠으나, 〈남원고사〉 전체의 일관성 있고 합리적인 짜임새를 고려하면 작자의 의도적인 배려라고 판단된다. 그렇다면 작자는 여기에서 자신의 인생관과 더불어 앞으로 서술될 이야기(이 도령과 춘향)에 대한 총평을 하고 있는 셈이다. 아울러 이와 같은 발화의 대상은 사대부층이 아니면 적어도 그에 준하는 생활과 의식의 소유자라고 할 수 있다.

따라서 〈남원고사〉의 경우에 '서민층의 항거'라는 주제는 일단 유보되어야 할 것이다.[13] 그 판단의 근거는 이 책의 작자와 독자층, 모두가 단순히 서민들로 보기가 어렵기 때문이다. 이처럼 당대의 작가와 독자들이 거의 유념하지 않았던 내용을, 후대의 연구자나 독자들이 〈춘향전〉의 다른 이본을 염두에 두고 위의 주제를 운운하는 것은 문제라고 본다.

다만 뒤에 이어지는 본격담이 이상의 입장을 뒷받침하게 될지는 본고가 논의를 진행하면서 풀어야 할 과제이다. 그것은 이 도령과 춘향의 이상한 점, 신통한 점, 거룩한 점, 기특한 점, 패려(悖戾)한 점, 맹랑한 점, 희한한 점 등을 밝히는 작업이 될 것이다. 그리고 그 결과는 바로 여타의 이본과 다른 〈남원고사〉의 독자성을 드러내는 것이기도 하다.

2) 만남과 사랑(2-26)

이를 다시 ① 만남 1, ② 만남 2(결연), ③ 사랑으로 논하기로 한다. 이것은 '만남'을 '만남'과 '결연'의 두 부분으로 나누어 본 것이다. 크게 보아 '만남'이지만 그

---

13) 이것은 작품의 서사 부분을 작품 내용과 밀착된 것으로 고려할 때 그렇다는 것이다. 이 부분을 구성상으로 어떻게 보느냐에 따라 작품의 주제와 평가가 달라질 수도 있다고 본다. 그러나 텍스트의 실상이 작가-작품-독자의 관계 속에서 규정되는 것이라면 서사 부분의 발화를 결코 소홀히 다룰 수 없다는 게 필자의 생각이다.

중에도 '결연'의 과정이 어떻게 형상화 되어 있는가 하는 것이 작품 전체를 이해하는 데 대단히 중요한 의미를 갖는 것이기 때문이다.

① 만남 1(2-5)

이 부분은 "전라도 남원부사 이등(李等) 사또 도임 때에 자제 이도령이 나이는 십육세라. 얼굴은 진유자요, 풍채는 두목지라. 문장은 이태백이요, 필법은 왕희지라."와 같은 이 도령의 인물제시로 시작되어, 이어서 사또 도임 후에 이 도령에 대한 사또의 행위가 서술되고 있다. 즉 이등사또는 자식이 색에 빠질까 염려하여 추한 몰골로 귀신 다 된 아이로만 수청을 들게 하고, 기타의 반반한 기생이나 통인의 수청을 엄금하였다.

그리하여 이 도령으로 하여금 "어떤 부모는 주변이 없고 마련이 없고 된 데가 없어, 다만 자식 나 하나 두고 청춘 이십 당하도록 독숙공방(獨宿空房) 시키는가. 차마 서러워 못 살겠다!"는 부친에 대한 반발과 여성에 대한 그리움을 더욱 느끼게 한다.

마침내는 삼춘가절을 맞아 "이 도령의 마음이 흥글항글하여 방탕한 마음을 이길 수 없는지라.", "아예 이런 분부는 생심도 마옵소서. 사또 분부 지엄하신 줄 번연히 알면서 생사람 곯리려고 구경 가자 하옵십니까?"라는 방자의 만류를 물리치고, "주모 불러 술들이고 관청비 불러 안주 차리고, 걷는 노새 수안장(繡鞍裝)에 은입사 선후거리 당매듭 지어 놓고", 호사하게 차리고는 광한루에 다다르게 된다.

이러한 과정에서 장황할 정도로 긴 '이 도령과 방자의 산천경개 풀이'(3), '이 도령의 외모와 복색 풀이'(4), '광한루 당도까지의 산천경개 풀이'(5) 등이 펼쳐진다. 특히 (5)부분은 타본에는 거의 없거나 일부 있어도 불과 1-2행의 아주 간략한 서술로 되어 있다[14]는 점에서 이 계통본의 특색 있는 장면이다.

이상의 내용 전개에서 알 수 있는 것은 이 부분에서 작품의 서사적 진행이 지루할 정도로 대단히 느리다는 점이다. 이것은 판소리의 특징인 '장면 극대화'의 원리를 작가가 최대한 원용한 결과라고 하겠다. 물론 이러한 현상이 여기에만

---

14) 김동욱외 공저, 앞의 책, 60~61쪽.

해당되는 것이 아니고, 〈남원고사〉 전체의 구성과 표현에 두루 나타난다는 사실은 미리 앞에서 전제한 바이다.

결국 작가가 기대한 것은 구전이나 판소리의 감상, 〈춘향전〉의 다른 이본 등을 통하여 〈춘향전〉의 줄거리에 어느 정도 익숙한 독자(특히 사대부층이나 그에 준하는 여성 독자)들을 대상으로 이 도령에 대한 동경과 당시까지만 해도 바깥 출입이 여의치 않았던 여성 독자들의 독서를 통한 대리만족, 이 도령과 춘향의 결연이 더뎌지는 데서 오는 조바심과 같은 심리적 효과 등이었다고 할 수 있다.

그런데 이 부분의 구성에서 보다 중시해야 할 것은 본격담의 전면에 춘향보다 앞서서 이 도령의 인물과 행위를 먼저 내세우고 있다는 점이다. 이는 〈춘향전〉과 관련된 최고의 기록인 만화 유진한의 〈가사 춘향가 이백구〉(1754년)를 비롯하여, 남원고사계와 별춘향전계 선행본들이 그러하다.

춘향의 출생담과 성장에 대한 서술이 우선하는 이본은 신재효본〈남창 춘향가〉, 완판 84장본〈열녀춘향수절가〉, 〈옥중화〉 계열이 대표적인 것들인데, 여기에는 춘향의 신분이 처음부터 상승된 것으로 나타난다. 즉 이 도령 선행의 서술을 보이는 판본은 춘향의 신분이 '기생'으로, 춘향 선행의 서술을 보이는 판본은 처음부터 상승된 신분(양반의 서녀, 혹은 대비속신 등)으로 나타난다.[15]

실제로 〈남원고사〉에서는 춘향의 인물제시가 위의 단락(7)에서 방자의 입을 통해, 단락(10)에서는 춘향이 이 도령과 수작하는 가운데 스스로 자신을 소개하면서 이루어지고 있다. 따라서 〈남원고사〉의 구성은 이 도령이 사건 전개의 주도권을 쥐고 있는 것으로 판단된다. 그렇다고 해서 춘향의 행동이나 역할을 결코 과소평가해서는 안 되겠지만, 본 작품에서 춘향은 이 도령에 비해서 적어도 표면적으로는 주도적인 위치에 있지 않다는 점을 지적하고자 하는 것이다.

여기에서 작품의 제목이 대부분의 이본들이 〈춘향전〉 또는 〈춘향가〉를 표방하고 있는 데 비해서, 극히 드문 예인 다른 이름의 〈남원고사〉임도 유의해야 한다. 이것은 작자가 단지 '춘향 이야기'가 아닌, '이 도령과 춘향의 이야기'를 의도했음을 제목에서부터 명백히 한 것이라고 하겠다.

---

15) 김동욱외 공저, 앞의 책, 41~44쪽.

② 만남 2〈결연〉(6-15)

이 대목은 광한루에 도착한 이 도령과 방자의 대화 및 이 때 나타난 춘향의 출현에 이은 춘향치레 부분(6)과 이 도령이 멀리서 춘향을 바라보고 심신이 황홀해 하며 춘향을 불러오도록 방자에게 애원하는 장면(7), 방자가 춘향에게 건너가 수작하는 부분(8)과 춘향이 드디어 광한루에 내도하는 장면(9), 그리고 이 도령이 춘향과 만나 수작하는 부분(10)과 춘향의 요구에 불망기를 써주고(11) 춘향이 이 도령에게 집을 가르쳐 주고 오기를 유인하는 장면(12), 집에 돌아온 이 도령이 책방에서 서책 풀이하는 부분(13)과 춘향의 생각에 실수만 하다가 '보고지고' 소리에 사또가 염문하고(14) 거짓으로 아뢰는 통인의 말을 곧이들어 사또가 조낭청에게 자식 자랑하는 장면(15) 등이 이어져 있다.

이 단락을 한마디로 말하면 이 도령과 춘향의 결연 과정이 사건의 주된 내용으로, 대강의 서사적 줄거리는 다른 이본과 그리 큰 차이가 없다. 그러나 사정은 그리 간단치가 않아서 다른 이본에 비해 각 장면마다 장황한 재담이 두드러진다. 또 이 도령이 춘향에게 '불망기'를 써주고 난 다음에 '사랑가'를 부르는 것이 특징적이다. 주지하다시피 여타 이본에서는 이것이 대체로 초야 장면에 보이는데, 이 〈남원고사〉에서의 위치도 앞뒤 문맥과 자연스럽게 어울리고 있음을 알 수 있다. 그만큼 작자의 세심한 안배가 돋보인다고 하겠다.

특히 여기에서는 결연을 허락하기까지 춘향이 내거는 여러 가지 요구와 조건이 대단히 치밀하고 주도면밀하게 짜여 있다. 사실 천민인 관비 춘향은 당대 계급사회에 있어서 신분상의 제약으로 인해, 사또 자제인 이 도령과는 결혼할 자격이 없는 존재이다. 즉 엄격한 계급사회, 신분사회인 조선조 사회에서 비천한 신분의 기녀가 존귀한 신분의 사대부집 도령과 정식으로 결혼을 한다고 하는 것은 생각조차 할 수 없는 일이기 때문이다. 따라서 이러한 춘향의 소망은 시작부터가 비장을 내포하고 있는 것이다. 그럼에도 불구하고 춘향은 이 도령의 거듭된 구애에 망설임 없이 다음과 같이 계속적으로 요구하고 주장한다.

소첩이 비록 창가(娼家)의 천한 기생이요, 시골 사람의 무딘 소견이나, 마음인즉 북극 천문(天門)에 턱을 걸어 결단코 남의 별실 가소하고, 장화 호접같은 창부

는 원치 않으니 말씀 간절하오나 분부시행 못하겠소!(263쪽)

소첩의 뜻을 되는 대로 꺾어 마음대로 인연을 못 맺사오리다. 첩의 원하는 바는 요순 시절 소부 허유같은 사람이나,(중략)대장 낭군이 원이오니, 만일 그렇지 아니하오면, 백골이 진토 되어도 독숙공방 하오리다.(263쪽)

또한 진정의 말씀하오리다. 도련님은 귀공자이시고 소첩은 천기라. 지금은 욕심으로 그리저리 하였다가 사또 체귀하신 후에 미장가전 도련님이 권실(眷室) 아니 하오리까? 권문세가와 진신거족의 요조숙녀를 아내로 거느리어 금슬 좋게 즐기실 때, 헌 신같이 버리시면 속절없는 나의 신세 가련히도 되겠구나.(중략)산장수원(山長水遠) 머나먼 데 근심 걱정으로 넋이 나갈 적에 누구를 바라고 살려하오? 아무래도 이 분부 시행 못하겠소!(265쪽)

위와 같이 이 도령의 구애를 오히려 거절하는 춘향의 말은 이미 이 도령의 언행과 풍채에 내심에 탄복하고 우러르는 마음을 갖고 있었던 터라, 더욱 철저하게 계산된 언동임을 알 수 있다. 이에 더욱더 몸이 단 이 도령이 재삼재사 다짐을 해도 여전히 내색하지 않고 거절한다. 왜냐하면 춘향이가 말로써 이 도령의 다짐을 얼마나 받아낸다고 하더라도 그것을 믿을 수 없는 것이 현실이고, 당대 사회의 관념 또한 결코 이를 용납하지 않을 것이기 때문이다. 그리하여 마침내 춘향은 이 도령의 구애를 허락하는 조건으로 백 마디 말보다 믿음직한 '불망기'라는 한 장의 문서를 요구하는 데 이르게 된다.

도련님 굳은 뜻이 그러하실진대 하찮은 여자로 황공함을 금할 길 없사와 어찌 봉승치 아니리까? 다만 세상 일을 예측키 어려우니 후일 빙거의 물건이 없지 못할지라. 한 장 문서를 만들어 소첩의 마음을 확실하게 하옵소서.(267쪽)

그러나 이 도령이 아무리 "조금도 염려 말고 이것으로 신표를 삼아라. 모년 모월 모일 삼청동 이몽룡은 삼가 쓰노라."하여 '불망기'를 써 주었다고 한들, 이것이 둘 사이를 어떠한 상황에서도 불변의 관계로 지속시켜 주지는 못하는 것이다. 즉 '불망기'라고 하는 것이 불평등한 수직 관계였던 두 사람 사이의 관계를 어느 정도 평등한 수평 관계로 조정해 주는 역할을 하고 이 도령의 춘향에 대한 마음을 입증해 주기도 하지만, 이는 어디까지나 개인 간의 신표에 불과한 것이지 사회적으로 공인된 것은 아니다. 따라서 둘 사이가 불안하기는 여전히 마찬가지이다.

결국 이 '불망기'는 둘의 사랑을 맺어주는 계기로 작용하는 동시에, 언제라도 상황이 부득이 하면 불완전한 만큼 둘의 이별을 암시하는 증표가 될 수도 있는 것이기도 하다. '불망기'가 갖고 있는 이러한 역설적인 의미와 기능은 막상 이별을 하는 마당과 춘향이 변학도에게 항거하는 부분에서 전혀 내세울 수도 없는 무용지물이 되고 마는 데서도 알 수 있다.[16] 물론 현명한 춘향이가 위의 사실을 몰랐을 리는 없는 것이고, 다만 춘향이로서도 어쩌지 못하고 이에 의지하고라도 타협해야 하는 것이 당대 사회의 장벽이 그만큼 컸던 까닭이라고 하겠다. 여기서도 독자들은 춘향의 소원이 비원이라는 사실을 재차 확인하게 된다.

또한 이것은 작품의 후반부에서 대비속신한 춘향의 불완전한 신분이, 이를 인정하지 않는 변학도라는 사회적 장애 앞에서 무력해지는 것과 그대로 대응되고 있다. 이처럼 결연의 과정에서 보여주는 일련의 춘향의 언행과 생각은 당시 사회의 통념으로 볼 때, 작자가 허두에서 제시한 바대로 참으로 "이상하고 거룩하고 기특하고 패려(悖戾)하고 맹랑하고 희한한 일"이 아닐 수 없다. 이는 작품의 후반부에서 드러나는 변학도에 대한 춘향의 항거와 수절의 과정에도 그대로 해당되는 말이다.

③ 사랑(16−26)

이 부분은 드디어 다음날 저녁에 춘향 집을 찾아가는 일로 마음 졸이는 이

---

16) '이별' 대목에서 춘향이 이 도령에게 자신을 데려가지 못한다면 차라리 죽이고 떠나라고 하고, 만약 그렇게 못하면 이 도령이 자기를 버리지 않기로 약속한 사실을 문서로 써 준 '불망기'를 가지고 남원 원님에게 알리겠다고 한다(설성경 역주, 앞의 책, 335쪽). 이어서 전라감영, 임금님에게까지 진정할 뜻을 비치지만, 춘향의 하소연 속에서 벌써 이 '불망기'가 별 효력이 없을 것임을 서술하고 있다.

도령과 장난 섞인 농담으로 그를 놀리는 방자와의 갈등을 보이는 장면에서 시작된다. 이어서 춘향 방 앞에서의 수작과 춘향 집 치레, 춘향 방 치레, 술상 치레 등이 나온다. 그리고 이 도령과 춘향이 술상을 마주하고 칠현금을 타면서 각종의 노래(권주가, 백구사, 천자풀이, 바리가, 덕자운가 등)를 주고받는다. 드디어 막바지에 이르러 두 사람이 초야를 치르게 되는데, 이때에도 역시 비점가와 인자, 연자타령이 계속된다.

끝부분에 작자의 목소리로 "안고 떨리고 진저리 치고 몸서리 치고 소름 돋칠 때 인간의 즐거움이 이뿐인가 하노라! 모르는 사이에 세월은 물 흐르듯 하는구나. 이렇듯이 노닐더니 흥이 다하면 슬픔이 오고, 좋은 일에는 방해하는 일이 끼어드는 일은 옛부터 있는 일이라. 황홀한 세월이 물 흐르듯 지나가니 몇 년이 되었구나." 하는 요약적 진술을 통하여, 장면의 전환을 꾀하고 있다.

이 같은 사랑 장면을 놓고 지금까지의 연구에서 논란이 되어온 것은 두 사람의 성인에 버금가는 농익은 사랑의 행위를 어떻게 볼 것인가가 문제였다. 그 결과, 소설적 결구의 실패로 보는 견해와 판소리적인 특성(발랄성, 부분의 독자성, 장면 극대화, 개방성, 과장된 표현과 장황한 수사, 삽입가요의 차용 등)을 수용한 결과로 보는 견해 등이 제시되었다.

그러나 〈남원고사〉의 경우 이 도령은 서울에서부터 오입장이였고, 춘향은 나면서부터 기적에 올려진 기생으로 그려져 있기 때문에 농염한 초야 부분은 오히려 구성상으로도 자연스런 결구를 보인다고 할 것이다. 즉 둘 다 비록 나이는 어리지만 이성에 대한 경험은 풍부한 것으로 앞부분에서부터 전제되어 있다.

그러므로 이 도령이 춘향에게 구애할 때의 언행이 풍류남아의 그것처럼 노련한 만큼, 춘향이 '불망기'를 받고 허락할 때까지의 언행도 기생으로서 뚜렷한 주관을 갖고 있는 것으로 나타난다. 이것으로 〈남원고사〉의 작자가 표현에 있어서는 판소리적인 특성을 십분 활용하여 자칫 읽기에 지루할 정도의 장황한 표현과 대화, 많은 삽입가요[17] 등을 이용했으면서도, 그것들을 적재적소에 배치함으로

---

17) 김태준, 「〈남원고사〉의 삽입문예양식과 그 민중적 성격」, 한국고소설연구회 편, 『춘향전의 종합적 고찰』, 아세아문화사, 1991.
   김동욱외 공저, 앞의 책.

써 구성에 있어서만큼은 철저하게 일관성과 합리성을 추구했음을 알게 된다.

한 가지 첨언할 것은 여기서도 앞의 만남 장면과 같이 사건의 서사적 진행은 단순하면서도 느리지만, 여러 가지 삽입가요를 통하여 두 주인공간에 사랑의 정서가 점점 무르녹아감을 효과적으로 처리하고 있다는 점이다.

3) 이별(27-35)

이른바 '이별' 대목으로 이 도령의 부친인 이등 사또가 공조참의로 승진이 되어 주인공들이 애틋하고도 슬픈 이별을 하게 되는 부분이다. 판소리에서는 이의 대부분을 계면조 선율에 진양 장단으로 불러 최대한의 비장을 연출하여 춘향의 설움을 극대화하고 있다. 일찍부터 많은 명창들이 주목하여 더늠으로 개발하였고, 소리판에 경쟁적으로 올려 춘향가 향유층의 인기를 다툰 곳이기도 하다.

이러한 사정은 소설의 독자층에게도 마찬가지였던 만큼, 판본에 따라 변이양상도 다양하게 나타나고 있다.[18] 이를 좀 더 구체적으로 소단락으로 제시하면 다음과 같다.

(가) 사또의 승차로 이별하게 되다.
  1. 사또가 공조참의로 승차하다.
  2. 이 도령에게 사당과 내행을 뫼시고 서울로 떠나게 하다.
(나) 춘향의 집에서 춘향과 이 도령이 이별하다.(1차 이별)
  1. 이 도령이 춘향에게 이별할 수밖에 없음을 알리다.
  2. 춘향이 이별함을 알고 발악하다.
  3. 춘향은 이별을 서러워하고 이 도령이 위로하다.
  4. 춘향이 이별을 받아들여 후일을 기약하다.(이별주)
  5. 이 도령이 백번 다짐을 하고, 신물을 교환하다.(거울과 옥지환)

설성경 역주, 앞의 책.
박관수, 「판소리 차용가요의 성격과 기능 연구」, 한국외국어대학교 박사학위논문, 1995.
18) 이에 대한 상세한 논의는 김석배, 「춘향전의 이별대목에 나타난 변모양상」(『판소리연구』 제2집, 판소리학회, 1991.)을 참조할 것.

(다) 십리정에서 이별하다.(2차 이별)
　　1. 춘향이 십리정에 나와 울면서 기다리다.(이별주)
(라) 이 도령이 서울로 올라가다.
　　1. 이 도령이 춘향을 그리워하며 마부와 수작하다.
　　2. 춘향이 공방에서 이 도령을 그리워하며 슬퍼하다.(사미인곡 차용)

이렇게 보면 〈남원고사〉의 이별 장면은 (나)의 춘향집에서의 1차 이별이 중심을 이루고 있음을 알 수 있다. 이본에 따라 (가)－(라)에 넘나듦이 있고, 각각의 소단락의 배치도 조금씩 다르다. 예를 들어 (나)－5의 신물교환이 (다)에서 이루어지는 경우도 있고, (가)에 이 도령이 대부인에게 꾸중을 듣는 판본도 있다.

〈남원고사〉는 (나)단락에 사랑하는 사람들의 이별에서 나타날 수 있는 여러 가지 양상을 집중적으로 형상화했다. 그리고 그 과정도 대단히 합리적으로 짜여 있음을 알게 된다. (나)의 1-5에서 보듯이 청천벽력 같은 이별의 소식에, 춘향이는 일단 이 도령에게 발악을 하다가 이 도령이 위로하고 사랑의 불변을 여러 차례 맹세하자 이별을 현실로 받아들인다. 그리하여 후일을 기약하며 신물을 교환하고 이별한다. 이것은 신분적 열세에 있는 춘향이로서는 어쩔 수 없는 일이기도 하지만, 마치 이러한 일련의 과정이 앞에서 살펴 본 바 '결연'의 과정과 그대로 대응되도록 결구해 놓았다.

'결연'의 과정에서 처음에 방자의 말에 발끈하다가 이 도령의 다짐을 여러모로 확인한 끝에 불완전하나마 '불망기'를 받고 응락하는 것처럼, '이별'의 과정에서도 처음에 발악하다가, 이 도령의 거듭된 위로와 다짐 끝에 역시 불완전한 신물을 교환하고 이별을 받아들인다. 하지만 수년을 사랑했던 임과의 이별이 아쉬워, 춘향이는 십리정에서 이별주를 준비하고 또 한 차례의 다짐을 받아내는 것이다. '결연' 과정에서도 그랬듯이 '이별'의 과정에서도 역시 믿을 것이라고는 이 도령의 다짐밖에 의지할 것이 없는 까닭이다.

이제 춘향은 "나의 일은 염려 말고 몸을 삼가고 신의를 지키어서 나의 돌아오기를 고대하라!"고 한 이 도령의 말을 믿고 하염없이 기다려야 하는 처지이다. 춘향의 소원은 이 도령의 별실이 아니고 정실이기 때문에, 앞으로 위와 같은 이 도령의 말대로 신의를 지키며 살아가는 길만이 소원을 이룰 수 있는 유일한 방법이다. 여기에서 작품의 후반부를 예비하는 작가의 치밀함을 보게 된다. 즉 실제로 작품의 후반부에서는 이러한 춘향의 노력과 이 도령의 노력이 핵심적으로 펼쳐지기 때문이다.

한편 (라)에서는 춘향이가 겪는 이별의 슬픔과 이 도령의 슬픔을 대비시켜 놓음으로써, 춘향이 못지않게 이 도령도 슬퍼하고 있음을 그리고 있다. 즉 서로 멀어져가는 이별의 상황을, 한 번은 이 도령의 위치에서 그리고 또 한 번은 춘향이의 위치에서 번갈아 묘사하고 있는 것이다. 이 사실은 장차 둘 사이의 사랑의 약속이 이루어질 수 있는 가능성을 암시하는 것으로 사건 전개의 복선 구실을 한다.

지금까지 작품의 전반부에 해당하는 부분을 1) 서사, 2) 만남과 사랑, 3) 이별 등으로 나누어 살펴보았다. 설성경의 논의대로 전반부는 현실적 삶의 의미를 하강적 삶에 의한 좌절의 주제를 강조하는 비운의 구조를 지닌다.[19] 관기 월매의 딸인 기생 김춘향과 남원부사의 아들인 이몽룡의 신분 차이에 의한 이질성을 전제로 한 사랑의 결합과 좌절로서의 이별이 중심을 이루고 있다.

이 때 유의해야 할 점은 전반부에서 정신적 사랑이 직접적으로 그려지지 않았다고 해서 전반부의 사랑을 성애적인 것으로만 단순화할 수는 없다고 본다. 보통 인간의 순수한 사랑은 정신적인 사랑을 바탕으로 하여 자연스럽게 육체적인 사랑이 겹쳐진다는 점에서 그러하다. 비록 겉으로는 육체적 사랑을 작품의 전면에 드러내고 있지만, 이면에는 둘 사이의 정신적 사랑이 또한 함께 자리하고 있는 것이다.

상반된 두 계층인 이 도령과 춘향을 젊은이의 정열적이고 순수한 사랑의 끈으로 이어줌으로써, 이들은 서로의 노력을 통하여 신분적 차이라는 사회적 장벽을 허물어뜨리게 된다. 그러나 그들의 피할 수 없는 이별은 각자가 속해 있는 계층 간의 사회적 거리감을 재확인하는 계기로 작용하고, 그것은 또한 후반부에서 변

---

19) 설성경, 위의 논문, 273쪽.

학도에 의해 더욱 첨예화되어 나타난다.

전반부에 형상화되어 있는 둘의 사랑은 대체적으로 사춘기 남녀의 치기어린 사랑을 크게 벗어나지 못하고 있다. 이렇듯 작품의 전반부는 사회적 승인이 없이 개인적 욕망(이 도령-춘흥, 춘향-신분상승)을 앞세운 채 방자를 매개로 만나서 결연을 맺고 사랑을 나누다가, 끝내는 그들의 불안한 결합이 사회적 이념이라는 장벽 앞에 좌절하고 마는 비련(이별)으로 끝맺음하는 것이다.

작가는 이와 같은 과정을 펼쳐 보이면서 동시에, 전반부의 곳곳에 후반부를 예비하는 치밀한 구성상의 안배를 하고 있다. '이별'에 즈음하여 두 사람은 어느 덧 진정한 사랑을 키워 왔음을 알게 되고, 이를 바탕으로 후반부에서는 육체적으로나 정신적으로 한결 성숙한 모습을 보여주게 된다. 말하자면 사랑의 좌절을 통해 진실한 사랑을 깨닫는 것이야말로 전반부의 '이별'이 갖는 역설적 구조와 의미이다.

만약 전반부에서 진실한 사랑에 눈뜨지 못했다면, 후반부에서 서울로 올라간 뒤에 이 도령은 춘향을 잊었을지도 모른다. 그리고 춘향이는 춘향이대로 이별 후에 절개를 지키기 위해 변학도에게 죽기를 무릅쓰고 항거하지 못했을 것이다. 위대한 사랑의 힘은 두 사람을 변화시켰으며, 그 결과 작품의 후반부에서 사회적으로 공인된 사랑의 성취를 위해 둘 다 혼신의 노력을 기울이게 된다. 지금까지 대부분의 논자들은 후반부에 나타나 있는 이 도령의 역할을 춘향의 옥중항거에 비해 상대적으로 과소평가해 온 것이 사실이다. 그러나 이는 실로 전반부에서 마련된 이별의 역설적 의미를 간과한 소치라고 하겠다.

끝으로 전반부의 중요한 인물의 하나인 방자의 성격이나 역할을 다루지 못했다. 그것은 이 글이 〈남원고사〉를 '이 도령과 춘향의 사랑 이야기'로 보고, 문제제기를 통해 논의의 초점을 '사랑'에 두었기 때문이다. 따라서 전반 내내 이 도령을 골려먹는 방자의 언행이 의미하는 것은 무엇인지, 또 그렇게 놀림을 당하면서도 결코 어떠한 제재도 가하지 않는 이 도령의 방자에 대한 태도는 무엇을 의미하는 것인지는 향후에라도 깊이 천착해야 할 문제임을 지적해 둔다.[20]

---

20) 이에 대해서는 권두환, 서종문, 「방자형 인물고」(『한국소설문학의 탐구』, 일조각, 1978.)참조. 여기에서 이러한 인물의 기능이 "작품 구조에 개입하는 주동적 인물", "주인공의 성격을 변용

3. 후반부의 구성과 특징

〈남원고사〉의 후반부는 전반부의 마지막 부분을 장식한 이별 후에 사랑의 성취를 위해 노력하는 두 젊은이들의 이야기이다. 전반부에서 둘의 사랑이 좌절로 끝난 것은 그것이 전적으로 개인적 차원에 머물렀기 때문이다. 그리하여 사회적 장벽이 의외로 크고 높음을 뼈저리게 경험한 그들은 이제 각자의 위치에서 그러한 장벽을 허무는 데 착수하는 것이다. 그렇게 되려면 서로가 먼저 충분한 자격을 갖추어야 할 것이고, 자격을 갖추고도 안 되면 저항하며 싸워서 극복해 나가는 수밖에 없다.

이 도령의 경우는 열심히 공부하여 장원급제하고, 또 뛰어난 성적으로 인하여 임금의 총애를 입어 전라어사로 제수되기에 이른다. 그는 이것으로 기생과의 사랑을 사회가 공인해 줄 수 있는 충분한 자격을 갖춘 것이 된다.

그러나 춘향의 경우는 이와 다르다. 물론 그녀도 이별 후에 대비정속하고 평민의 신분을 획득하였지만, 이것으로는 충분치가 못한 것이다. 즉 이를 인정하지 않으려는 변학도가 신관 사또로 부임해 옴에 따라 엄청난 시련에 부딪히게 된다. 그리하여 춘향은 이에 항거하여 싸우는 한편 죽기를 각오하고 정절을 지킴으로써, 일차적으로는 남원부민의 동정을 얻고 다음에 이 어사에게 자격을 인정받는 한편 끝내는 임금에게까지 용인이 되어, 결국은 당대 사회의 상하 전체를 아우르는 사회적 공인을 획득하기에 이른다.[21]

이와 같은 후반부는 전반부에서 미완성인 채로 끝난 사랑을 완성해 나가는 과정으로 되어 있다. 다음의 1) 기생점고와 항거(36-79)는 김춘향의 이야기이고,

---

시키고 결정하는 작중화자", "희극미를 창출하는 주체" 등으로 규명된 바 있다. 〈남원고사〉의 경우, 특히 위의 두 번째 기능이 주목된다고 하겠다.

21) 성현경은 「〈남원고사〉 본 〈춘향전〉의 구조와 의미」(『고전소설연구의 방향』, 한국고전문학연구회 편, 새문사, 1985.)에서 〈춘향전〉은 '결혼 계약의 체결-잠정적 파기, 위반-계약의 실현, 이행' 과정과 '자격 결핍의 상황-결핍 극복을 위한 시련과 투쟁-결핍의 지양, 해소' 과정을 잘 조합하여 형상화해 놓은 소설로 '자격 시련-본격 시련-영광 시련'을 보여 주고 있는 훌륭한 한 편의 입사식 소설"(329쪽)이라고 했는데, 탁견이라고 본다. 다만 작품의 구조를 초장(결핍의 상황), 중장(결핍의 극복, 과업의 수행 과정), 종장(결핍의 지양. 해소, 과업의 완수)으로 분석한 것은 지나치게 입사식담의 틀에 맞춘 결과가 아닌가 한다. 즉 이 도령과 춘향의 사랑 이야기는 둘 사이에 개인적으로 용인된 사랑(전반부)에서 사회적으로 인정받는 사랑(후반부)으로 발전되어 나간다는 사실에 주목할 필요가 있다고 생각한다.

2) 장원급제와 암행어사 출도(56-88)는 이몽룡의 이야기이다. 그런데 여기에서 2장의 맨 앞부분에 제시한 단락 번호 56-79가 겹쳐짐을 알 수 있다. 이것은 작가가 일종의 오버랩의 기법을 활용한 것으로, 독자들은 이 겹쳐지는 부분을 통해서 이 이야기가 춘향이나 이 도령, 어느 한 쪽에 치우친 것이 아니고 어디까지나 춘향과 이 도령-두 사람의 이야기임을 직시하게 된다.

그리하여 진실한 사랑은 어느 한 쪽만의 일방통행만으로 이루어지는 것이 아니고, 남녀 모두의 희생과 노력이 필요함을 절감하게 한다. 이것이야말로 〈남원고사〉의 작자가 의도한 주제라고 할 것이며, 그것은 또한 당대의 독자층-특히 남존여비에 짓눌린 여성 독자층을 고려한 결과라고 하겠다. 이러한 애정관은 실로 시대를 앞선 것이며, 신소설에 와서 본격화되기 시작한 '자유연애'와는 또 다른 차원에서 논의되어야 할 문제라고 본다. 그리고 이 모든 것이 작자의 치밀한 전·후반부의 구성에 의하여 뒷받침 되어 있다는 사실, 또한 〈남원고사〉의 뛰어난 점의 하나로 재평가되어야 할 것이다.

다음에 이와 같은 후반부의 구성에 대해, 그 구체적인 전개 과정을 좀 더 자세히 살펴보기로 한다.

1) 기생점고와 항거(36-79)

이 부분은 춘향의 이야기에 해당되는 곳으로 ① 기생점고(36-47), ② 항거와 옥중고생(48-79) 등으로 나누어 볼 수 있다.

① 기생점고(36-47)

후반부의 '기생점고'는 전반부의 이 도령과 춘향의 '만남'에 대응된다. 즉 춘향에게 원치 않는 사랑을 강요하는 변학도와의 만남은 사실 잘못된 '만남'이라고 할 수 있다. 신관사또 변학도는 발행 전에 이미 서울에서부터 춘향의 소식을 듣고 들떠 있던 인물이다. 그런 그가 남원에 부임하여 '기생점고'를 하면서 급기야 춘향을 불러 대령하라고 한다.

그런데 춘향은 이미 대비정속하고 면천한 신분으로 이 도령과의 기약을 위해 수절중이라서 점고에 빠지게 된다. 형방의 입을 통해 제시되는 이 사실은 춘향이 이별 후에 이 도령과의 사랑을 유지 내지 성취시키기 위한 자구책을 미리부터 강구한 것이라고 하겠다. 그러나 지방 관속들도 인정하는 위의 사실을 변학도만은 막무가내로 부정한다.

> 어허, 세상에 변괴로다! 구상유치 아이들이 첩 첩 첩이라니? 또 본디 기생년이 수절말이 가소롭다. 까마귀 학이 되며 각관기생 열녀되랴? 이제로 바삐 불러 현신시키라!(377쪽)

춘향이 비록 위와 같은 외부적 압력에 대비해 신분상승을 도모했음에도 불구하고, 그것을 인정하지 않는 막강한 사회적 장애물로서 변학도가 나타난 것이다. 춘향의 입장에서는 본디 기생이었지만 현재는 분명히 기생이 아닌 평민이고, 더군다나 양반 자제인 이몽룡과 개인적으로나마 혼약을 맺고 잠시 별거 중인 어엿한 유부녀이다.

그런데 난데없이 그것도 막강한 권력을 가진 신관사또가 자신을 여전히 기생으로 대하면서 현신을 강요한다. 물론 변학도는 또 그 나름대로 판단의 기준을 가지고 있다. 즉 그가 보기에 춘향은 기껏해야 전임 부사의 아들인 이몽룡의 첩에 지나지 않는다. 게다가 본디 기생이었다는 약점을 가진 평민이기에 관장의 위엄과 힘으로 춘향을 위협한다.

하지만 전반부에서 이 도령과의 사랑을 키워온 춘향이 위와 같은 변학도의 현신하라는 분부에 순순히 응할 리가 만무하다. 만약 순순히 현신하게 되면 수청 들라 할 것이고, 수청 들게 되면 가다가 언젠가는 버림받을 것이 너무나 뻔하기 때문이다. 앞서 이 도령과의 만남에서 보듯이 춘향은 당대 기녀 사회의 현실을 누구보다도 잘 알고 있다. 그렇기에 그러한 현실을 벗어나고자 이몽룡과의 결연에 앞서 다짐에 다짐을 거듭한다. 하물며 지금 변학도의 태도는 설사 이몽룡과의 사랑이 아니더라도 춘향으로서는 절대 받아들일 수 없는 것이다.

그리하여 춘향은 변학도의 분부로 자신을 데리러 온 군노 사령과 패두들을 애교와 술과 뇌물로 물리치며 현신을 거부한다. 그러나 변학도로 대변되는 거대한 사회적 장벽 앞에 언제까지 버티고 있을 수는 없는 노릇이다. 기생점고가 아니더라도 남원부민으로서 사또의 부름에는 일단 응해야 하기 때문이다.

어차피 변학도라는 사회적 통념은 사랑의 성취를 위해서는 맞서서 극복해야 할 대상이다. 그래야만 둘 사이의 개인적 사랑이 사회적으로 공인되어 확고해질 수 있다. 더구나 그녀는 이미 이등사또로 대변되는 사회적 통념으로 인하여 이별의 쓰라림을 맛보았던 터이다. 그래도 그 때는 한 가닥 희망인 이 도령의 굳은 맹세가 있기에, 몇 번의 발악 끝에 마음을 추스리고 후일을 기약하면서 준비할 수 있었다. 허나 이번에는 사정이 전연 다르므로, 변학도가 계속해서 핍박한다면 춘향으로서도 죽기를 각오하고 항거하는 수밖에 없다.

한편 이 도령과 춘향의 사랑에 대해서 적대적이거나 부정적인 것은 양반층뿐만이 아니라는 점에 유의할 필요가 있다. 즉 〈남원고사〉의 후반부에는 여러 인물 군상들이 나오는데, 그 중에는 춘향에 대해서 동정적, 우호적, 긍정적인 인물(이 도령, 군노사령 중의 이패두, 매맞은 춘향을 옥까지 이송하는 남원의 왈자패들, 암행 중에 만난 농부들, 주막에서 만난 영감 등)과 비판적, 적대적, 부정적인 인물(변학도, 군노사령 중의 최패두 등)이 뒤섞여 있음을 알게 된다.[22]

이렇게 볼 때 대체로 신분면에서 하층에 속하는 인물들이 춘향의 원조자로 되어 있고, 변학도로 대표되는 상층의 인물들이 적대자인 것으로 짜여 있다. 그래서 이를 바탕으로 〈춘향전〉의 주요 내용의 하나로 '신분 계층 간의 갈등'을 꼽기도 한다. 이러한 견해는 김태준 이래로 여러 연구자들이 입장을 같이하여, 주제 논쟁을 불러 일으켰던 것이기도 하다.[23]

이 점은 연구사와 관련하여 고를 달리 해야 할 것이지만, 사실이 그렇다고 하더라도 중요한 점은 〈남원고사〉의 경우에 이것이 전반부에서부터 미리 치밀하게 예비된 것이 아니라는 사실이다. 작가가 작품 전반에 걸쳐서 시종 여일하게 배려한 것은 사랑의 좌절(전반부)과 사랑의 완성(후반부)이다. 따라서 여타 인물의

---

22) 이밖에도 월매, 향단, 허판수 등과 남원의 육방관속, 생일연의 여러 官長들이 있다. 앞의 인물들은 때로 이중적이기도 하나(월매, 허판수) 대체로 원조자에 속하고, 후자의 경우에는 불분명하지만 춘향이 당하는 봉욕에 대해서 변학도를 탓하지 않는다는 점에서 묵시적인 적대자라고 할 수 있다.

23) 이에 대해서는 정하영, '춘향전 주제론 재고'(춘향전의 종합적 고찰, 한국고소설연구회 편, 아세아문화사, 1991, 77~93쪽) 참조할 것.

춘향에 대한 태도는 춘향의 사랑이 사회적 공인을 얻어가는 과정으로 이해된다.

그래서 비록 짤막한 삽화이기는 하지만 호의적이지 않은 인물이 하층에서도 있을 수 있는 것이다. 왜냐하면 춘향의 사랑은 상하층을 막론하고 두루 인정을 받아야 하기 때문이다. 이 때 춘향과 비슷한 처지에 있는 하층의 이해는 어렵지 않게 얻어낼 수 있지만(애교, 술, 뇌물 등), 상층의 이해는 그렇게 단순하지가 않다. 그것은 봉건사회적 이념과의 갈등이기에 더욱 그러하다. 결국 춘향은 항거에 이어 태형을 당하고 감옥에 갇혀서 죽음을 기다리는 상황에까지 이르게 되는 것이다.

② 항거와 옥중고생(48-79)

이 대목은 소단락의 전체적인 구성으로 볼 때, 양적으로 거의 삼분지 일에 가까운 항목수를 갖고 있다. 이것이 판소리 〈춘향가〉에서는 가장 비장한 대목이며, 핵심에 해당되기 때문이다. 뿐만 아니라 소설 구성상의 역할로 보아도 일찍부터 논자들이 주목하여 그 성과도 다대하다. 본고에서도 춘향의 항거와 옥중고생이 갖는 의미를 이미 앞서 여러 차례 언급한 바 있다. 그것은 한마디로 이도령과의 사랑에 대해 사회적 공인을 얻기 위해서 춘향이 반드시 거쳐야 할 관문인 것이다.

다음에 논의의 중복을 피해 중요한 장면만을 간단히 살피기로 한다.

> (가) 네 본대 창가 천인(賤人)이요, 본읍 기생으로서 내 도임시에 방자히 현신도 아니하고 언연이 집에 있어 불러야 온단 말이냐? 내가 이곳에 목민지장(牧民之長)으로 내려왔더니, 너를 보니 꽤 견딜 만하기로 금일부터 수청으로 작정하는 것이니 바삐 나가 세수하고 수청하도록 대령하라!(399쪽)

> (나) 춘향아, 너 그 제사 사연 들었느냐? 긴요치 않은 원정(原情)이다. 한 번이면이야 고이하랴. 다시는 잔말 말고 바삐 올라 수청하라! 관청으로 의논하면 네 집 찬장 될 것이요, 운량고는 네 고(庫)요, 목전고도 네 고 되고, 일읍주관(一邑主官)이 네 장중(掌中)이라. 이런 깨판 또 있느냐?(405쪽)

(다) 생각하여 보아라! 노류장화(路柳墻花)는 인개가절(人皆可折)이라. 천만의외
    너만한 년이 정절 수절 성절 덕절하니 그런 잔절을 말고 큼직한 해주신광절
    (海州神光寺)이나 하여라. 네가 수절을 할 양이면 우리 대부인은 딱 기절을
    하시랴? 요망한 말 다시 말고 바삐 올라 수청하라!(407쪽)

　이처럼 춘향에게 수청을 강요하는 변학도의 논리는 당대 봉건 사회의 사회적
통념을 대변하는 것이다. 춘향의 신분 변화를 인정하지 않고 여전히 기생으로
대하고 있음을 알 수 있다. 그러면서 (가)에서와 같이 목민지장으로서 명령을
내리기도 하고, (나)와 같이 부귀영화를 미끼로 달래도 본다. 급기야 '노류장화
는 인개가절'이라는 당대의 통념을 들어 춘향의 거부를 요망한 말이라고 몰아
부친다.
　원래 이러한 생각은 춘향과 처음 만나는 자리에서의 이 도령도 가지고 있었던
것이다. 이때 이 도령은 '비록 창가(娼家)의 천한 기생이지만 결단코 남의 별실(別
室) 가소하고, 장화호접같은 창부는 원치 않는다'는 춘향의 주장을 인정함으로써,
기생인 춘향과 결연을 맺게 된다. 그러나 변학도는 이와 달리 춘향의 현재 신분
이나 처지, 주장 등을 부정하면서 일방적인 요구를 하기 때문에 춘향의 저항에
부딪치는 것이다. 결국 변학도는 춘향으로 하여금 수청 들게 하기 위하여 위협도
해보고 달래도 보지만, 이에 대응하는 춘향의 논리 또한 만만치가 않다.

(가) 원정에 아뢴 말씀 분간이 없삽고 다시 분부 이러하오시니 대비정속(代婢定
    屬)하온 후는 관기가 아니옵고, 도련님 가신 후로 두문불출 수절하와 만분
    의 일이라도 열녀의 본을 받고저 마음에 새겼사오니 분부 거행은 못하겠
    소!(405쪽)

(나) 자고로 열녀 하대무지(何代無之)리오?(중략)몸은 비록 천하오나 절개는 막는
    법이 없사오니, 물 밑에 비친 달은 잡아내어 보려니와 소녀의 정한 뜻은 이생
    에 빼앗지 못하오리이다. 일단 혈심통촉 불쌍히 여기시옵고 방송하옵소
    서!(409쪽)

(다) 일광로(日光爐)같은 우리 도련님을 하루 아침에 이별하고 일신에 맺힌 애한
     일구월심 사라지니 일척 단검에 목숨을 바쳐 일백 번 죽사와도 일심에 정한
     마음 일정 변치 아니리이다.(중략)이별 낭군 떠난 후에 이군불사(二君不事)
     본을 받아 이부불경(二夫不更)하려 하고 이 마음을 굳게 먹어 이 세상을 하직
     하여(중략)사시장천 굳은 마음 사지를 찢으셔도 사역불변(思亦不變) 하오리
     다.(411쪽)

변학도를 설득하기 위해 춘향은 (가)에서 대비정속하여 현재는 관기가 아닌
신분임을 들어, 수청들 명분이나 이유가 없다고 따진다. 이를 부정하는 변학도에
게 이번에는 열녀의 뜻을 빼앗지 못할 것이니, 불쌍히 여겨 풀어달라고 하소연도
해 본다(나). 또 (다)에서처럼 유부녀로서 이군불사 본을 받아 이부불경하려 하
니, 죽어도 마음을 바꿀 수 없다고 강경하게 항변하기도 한다.

이렇듯 대들기도 하고 하소연도 하고 항변도 해 보지만, 변학도의 태도는 전혀
변화가 없다. 오히려 위와 같은 춘향의 언동에 대해 관장에게 대든 죄, 관장의
명령을 거역한 죄로 다스린다. 즉 '사또께서는 국녹지신 되어 나서 출장입상 하
시다가(중략)살려 하고 도적에게 투항하여 두 임군을 섬기려 하오?'라는 춘향의
말에 발끈하여, '맹호같이 성을 내며, 강변의 덴 소 뛰듯 목을 끄덕 움치면서
벽력같이 소리'하며 춘향을 형틀에 올려 매고 형장을 치게 한다.

이에 이르러 이 도령과의 사랑을 공인받기 위해 신분을 바꾸고 수절하면서
애를 쓰던 춘향의 노력은, 변학도라는 세계의 횡포에 죽음으로써 항거하게 된다.
이제는 춘향의 힘만으로는 어쩔 수 없고, 극적인 상황 변화가 일어나지 않는 한
춘향의 사랑은 또 다시 좌절할 운명에 처한 것이다. 그 극적인 상황의 변화를
위해서 필요한 것이 바로 사랑의 파트너인 이 도령의 노력이다. 사랑의 완성은
혼자만의 노력으로 이루어지는 것이 아니기 때문이다. 그것이 바로 이 부분의
중간부터 겹쳐서 서술되는 이 도령의 장원급제와 전라어사 제수, 남원으로의 암
행과 어사 출도로 이어지는 다음의 장면이다.

2) 급제와 어사 출도(56-88)

위에서 언급한 바대로 이 부분은 춘향의 노력에 대응되는 이 도령의 노력에 해당된다. 춘향이 변학도에게 항거하다가 형장을 맞고 감옥에 갇혀 고생하는 동안, 이 도령도 사랑의 성취를 위해 춘향에게 버금가는 노력을 기울이는 것이다. 이를 다시 ① 급제와 암행(56-79), ② 어사 출도(80-88) 등으로 나누어 간략히 논의하기로 한다.

① 급제와 암행(56-79)

사세가 부득이하여 애끊는 마음으로 춘향과 이별하고 서울에 올라온 이도령은 '내가 만일 병 곧 들면 부모에게 불효되고, 저(춘향-필자 주)를 어찌 다시 보리. 학업을 힘써 공명을 이룰 양이면 부모에게 영화를 뵈고 문호를 빛낼진대 내 사랑은 이 가운데 있으리라.'고 하며 주야로 열심히 과거를 준비한다. 이 도령은 자신이 춘향을 위해 해야 할 일이 무엇인가를 분명히 자각하고 있다.

그리하여 마침내 상지상(上之上)의 우수한 성적으로 과거에 장원급제하고, 이로 인해 임금이 이 도령의 뜻을 물어 곧바로 전라어사로 특차하신다. 급제하자마자 어사가 되는 것은 현실적으로는 불가능한 일이지만, 〈남원고사〉에서는 이 도령의 과거시험 성적이 워낙 뛰어나기 때문에 예외적으로 특차된 것이다. 이본 중에 다른 벼슬을 하다가 어사가 되는 것이라든지, 또 아무런 필연성 없이 어사로 제수되는 것에 비해서 훨씬 효과적인 처리라고 할 수 있다.

이 도령이 전라어사가 되었다는 사실은 앞에서 춘향이 대비속신하여 평민으로 신분상승한 사실에 대응한다고 하겠다. 말하자면 사랑을 위한 이 도령의 신분상승(?)이라고 할 수 있다. 왜냐하면 책방도령의 처지로는 춘향과의 관계를 유지하거나 지속할 수 없기 때문이다. 이제는 춘향과의 사랑이 공개된다고 해도 사회적 지탄의 대상이 되지 않는 신분이 된 것이다.

여기에는 춘향의 항거가 변학도에 대하여 대항력을 갖게 되었다는 의미도 포함된다. 이 도령은 공인받지 못하는 사랑의 당사자이면서도 변학도와는 달리 춘향의 입장을 옹호하는 신사고의 양반층을 대변한다는 점에서 더욱 그러하다. 이 부분이 비록 많지 않은 서술이지만 작품의 구성상 빼놓을 수 없는 부분이라고 하겠다.

이제 이 도령은 도령이 아닌 전라어사로서 암행 중에 탐관오리인 변학도의 폭정을 알게 되고, 춘향이 자신을 위해 수절하다 매를 맞고 감옥에 갇혀 있다는 사실을 알게 된다. 이별 후에 춘향이 자신과의 약속을 충실히 지키고 있음을 듣고 감동한다. 또한 여러 과정(농부들과의 수작, 춘향과의 옥중 상봉, 월매의 푸대접과 한탄 등)을 통하여 춘향의 처지에 대한 이해와 지지의 폭을 넓혀 나간다. 드디어 가장 극적인 순간, 즉 변학도의 생일연에서 춘향을 징치하려는 순간에 암행어사 출도를 결행한다. 이는 어사로서 탐관오리에 대한 징치인 동시에, 두 사람의 사랑에 대한 사회적 장벽을 허무는 행위라는 의미를 갖는다.

② 어사 출도(80-88)

작품 전체에서 가장 극적인 장면을 연출하는 부분이다. 이것은 춘향의 죽음을 무릅쓴 항거에 대응되는 행위이기도 하다. 변학도의 횡포 앞에서 신분상으로 약자인 춘향은 사랑을 지키기 위해 죽음으로써 항거하는 방법밖에 달리 선택의 여지가 없다. 사랑을 위협하는 변학도에 대해 이몽룡은 '암행어사 출도'라는 극적인 방법으로 대처한다. 죽음이 춘향의 선택이라면 어사 출도가 이몽룡의 선택이다. 둘 다 사랑의 적대자에게 초강수를 쓴 것이다. 그렇게 하지 않으면 안 될 정도로 이러한 사랑을 용납하지 않는 사회적 횡포와 이념이 워낙 사납고 굳기 때문이다.

이제 둘의 사랑을 방해할 장애물은 모두 제거되었다. 그러나 그들에게는 또 하나 넘어야 할 장벽이 있고, 그것이 바로 봉건사회의 정점에 위치한 임금이다. 결국 후반부의 결구에서 임금의 용인과 부모의 허락을 함께 얻어냄으로써, 이 도령과 춘향의 사랑 이야기는 대단원의 막을 내린다.

3) 대단원(89)

여기는 후반부의 마무리인 동시에, 전·후반 모두를 관통하는 작품 전체의 대단원이기도 하다.

(가) 상감이 들으시고 희한히 여기사 격절 칭찬하시되, "저의 정절 지귀(至貴)하
다. 만고에 드문 일이로다 창가지물(娼家之物)은 노류장화라, 사람마다 길들
이거늘, 춘향의 열절 성행이 옛사람보다 낫고 청고숙덕이 사부규수(士夫閨
秀)가 미치지 못함이 많으니 이는 자고로 드문 일이라." 하시고 이조에 하교
하사, 정렬부인 직첩을 내리우사 정비(正妃)를 봉하라 하시니, 이런 영광이
어디 있으리오?(573쪽)

(나) 응교 부모전에 꿇어 앉아 전후 사연과 성상의 은지(恩志)를 고하온데, 부모
또한 기뻐 못내 칭찬하고 길일을 택하여 종족을 크게 모으고 육례 백량을
갖추어 남원집을 부인으로 승차하고, 폐백을 갖추어 사당에 고한 후, 백년해
로 하올 때에, 벼슬은 육경이요, 자녀는 오남매라. 내외손이 번성하여 곽분양
의 자식 많음을 부러워 아니할러라. 부모에게 영화와 효도를 보이고 친척에
게 화목하며 집안 상하에 칭찬 소리가 우뢰 같으니 아마도 천고에 기이한
일은 이뿐이요, 춘향의 높은 정절은 다시 없을까 하노라.(575쪽)

(가)는 둘의 사랑에 대한 임금의 사회적 공인이요, (나)는 이에 따른 부모의
허락이다. 이것이야말로 이 도령과 김춘향이 넘어야 할 마지막 관문이다. 또한
서사의 끝에서 전제한 "이 세상에 매우 이상하고 신통하고 거룩하고 기특하고
패려(悖戾)하고 맹랑하고 희한한 일"에 호응하는 결구이기도 하다.

그런데 이와 같은 작품에 대한 작가 나름대로의 평가는 바로 작가의식을 대변
하는 것이라고 할 수 있다. 이것이 작가가 당대의 세책가와 독자층, 특히 당시
서울에 거주하던 사대부층의 여성들이나 그에 준하는 여성들을 염두에 둔 것임
은 이미 앞에서 지적한 바와 같다. 하층의 천민인 기생으로 태어나 기생으로서의
삶을 거부하고, 이상적인 상대를 만나 그와 백년가약을 맺어서 해로코자 하는
춘향의 비원이 완전무결하게 이루어짐을 보여주는 결말이다.

그러나 여기에서 중요한 것은 사랑의 완성이 결코 춘향의 노력만으로 성취될
수 없다는 사실이다. 〈남원고사〉는 바로 이 점에 착안하여 구성상 이 도령과
춘향의 역할과 노력을 대등하게 엮어 놓았다. 오히려 표면적으로는 이 도령이

춘향보다 선행되는 서술 구조를 보이고 있다. 그렇다고 이 작품이 〈이도령전〉이라고까지 할 수는 없지만, 다른 계통의 이본에 비해서 이 도령의 역할이 중요하게 부각되어 있는 사실에 유의할 일이다. 결국 〈남원고사〉에서 궁극적으로 작가가 의도한 것은, 사랑의 성취를 위해서는 이성간의 동등한 희생과 노력이 필요하다는 근대적 애정관의 피력이라고 하겠다.

4. 맺음말

소설에 있어서 구성이란 건물에 있어서 설계도에 비유될 수 있을 것이다. 즉 작가가 소설이라고 하는 구조물의 부분과 요소들을 어떤 관계로 적절히 얽어서 전체적인 틀을 갖추는가 하는 문제는 기본적인 중요성을 가진다. 다시 말해 짜임새 있게 하나의 완결된 이야기를 꾸며내는 일은 작가에게 부여된 최우선의 과제라고 하겠다. 이와 같은 치밀한 구성은 주로 현대소설에서 논의되는 것이기는 하지만, 우리의 고소설이라고 해서 언제까지 이것을 도외시할 수는 없다고 본다.

이런 의미에서 〈남원고사〉의 작자는 미리 치밀한 구성을 염두에 두고 집필하지 않았나 하는 생각을 갖게 한다. 왜냐하면 다른 계통의 이본들에서는 이만한 정도의 짜임새 있는 구성을 찾아보기가 어렵기 때문이다. 따라서 본고를 통하여 적어도 구성에 있어서만큼은 〈남원고사〉의 우수성이 어느 정도 밝혀진 셈이라고 하겠다.

다음에 지금까지 논의된 바를 몇 가지로 요약하고, 남겨진 문제점을 제시하는 것으로 마무리에 대신한다.

첫째, 〈남원고사〉의 구성은 크게 전반부와 후반부로 나누어진다. 전반부는 다시 1) 서사, 2) 만남과 사랑, 3) 이별의 과정으로 되어 있고, 후반부는 1) 기생점고와 항거, 2) 급제와 어사 출도, 3) 대단원 등으로 짜여 있다.

둘째, 전반부는 사랑의 좌절이라는 이별로 끝맺음하는 하강적 구조이고, 후반부는 사랑의 완성이라는 행복한 결말로 끝나는 상승적 구조이다.

셋째, 전반부의 결연 부분의 '불망기'는 이별할 때의 '신물교환'에 대응되고, 후반부에서 춘향의 '대비속신'은 이 도령의 장원급제와 어사 특차에 대응된다.

또 춘향의 변학도에 대한 '항거와 옥중고생'은 이몽룡의 '암행어사 출도'에 대응되는 구성이다.

넷째, 이와 같은 전반부와 후반부는 서로 대립되거나 단절되어 있지 않고 서로 긴밀하게 관계를 맺고 있다. 즉 전반부의 서사에서 전제한 사실이 후반부의 대단원 부분에서 다시 확인되는가 하면, 세심한 복선과 암시를 통해서 사건 전개의 필연성이 돋보인다. 이것은 전반부의 이별 장면이 갖고 있는 역설적 의미(사랑의 좌절이 진정한 사랑의 시작임)에서도 뒷받침된다.

다섯째, 전반부와 후반부 모두에서 사랑의 두 주역에 대한 안배를 적절히 함으로써, 〈남원고사〉는 춘향의 사랑 이야기가 아닌 '이 도령과 춘향의 사랑 이야기'로 되어 있다.

여섯째, 이렇게 볼 때 〈남원고사〉는 대단히 잘 짜여진 구성을 가지면서, '진정한 사랑은 남녀가 함께 노력해서 이루어야한다'는 근대적 사랑관을 주제로 한 작품이라고 하겠다. 따라서 '저항'이나 '신분 계층 간의 갈등'과 같은 문제는 작품의 주동인물을 춘향으로 한정한 결과이기 때문에, 〈남원고사〉의 경우에는 재고되어야 한다.

끝으로 본고는 전반부의 주요 인물인 방자와 후반부의 여러 서민적 군상들에 대해서 미처 언급하지 못했다. 그들의 역할과 기능이 갖는 의미가 기왕의 〈춘향전〉에 대한 민중적 이해의 시각과 더불어 새롭게 천착될 때, 본고의 논의가 더욱 확고해질 수 있을 것이다.

1. 자료

설성경 역주, 『춘향전』, 고려대학교 민족문화연구소, 1995.

김동욱외 공편, 『春香傳寫本選集 一』〈南原古詞外〉, 명지대학교 출판부, 1977.

신재효 지음·강한영 엮음, 『한국판소리전집』, 서문문고 100, 서문당, 1996.

황패강외 편, 『향가 고전소설관계 논저 목록』, 단국대학교 출판부, 1984.

2. 단행본

강경호 편저, 『춘향전연구』, 교학연구사, 1990.

강한영, 『판소리』, 교양국사총서 28, 세종대왕기념사업회, 1977.

김동욱외 공저, 『춘향전 비교연구』, 삼영사, 1979.

김동욱, 『증보 춘향전연구』, 연세대학교 출판부, 1985.

김병국외 공편, 『춘향전 어떻게 읽을 것인가』, 서광학술자료사, 1993.

大谷森繁, 『조선후기 소설독자 연구』, 고려대학교 민족문화연구소, 1985.

서종문, 『판소리사설연구』, 형설출판사, 1984.

설성경, 박태상 공저, 『고소설의 구조와 의미』, 새문사, 1986.

설성경, 『한국고전소설의 본질』, 국학자료원, 1991.

______, 『춘향전의 통시적연구』, 서광학술자료사, 1994.

설중환, 『판소리사설연구』, 국학자료원, 1994.

전경욱, 『춘향전의 사설형성원리』, 고려대학교 민족문화연구소, 1990.

정규복외 공편, 『한국고소설연구』, 이우출판사, 1983.

정병욱, 『한국의 판소리』, 집문당, 1981.

정병헌, 『신재효 판소리 사설의 연구』, 평민사, 1986.

______, 『판소리문학론』, 새문사, 1993.

조동일, 김흥규 편, 『판소리의 이해』, 창작과 비평사, 1978.

한국고소설연구회 편, 『춘향전의 종합적 고찰』, 아세아문화사, 1991.

한국고전문학연구회 편, 『고전소설 연구의 방향』, 새문사, 1985.
한국고전소설 편찬위원회 편, 『한국고전소설론』, 새문사, 1990.

3. 논문

권두환 · 서종문, 「방자형 인물고」, 『한국소설문학의 탐구』, 일조각, 1978.
김동욱, 「춘향전 연구는 어디까지 왔나」, 창작과 비평 40호, 창작과 비평사, 1976.
김석배, 「춘향전의 이별대목에 나타난 변모 양상」, 판소리연구 제2집, 판소리학회,
    1991.
김태준, 「〈남원고사〉의 삽입문예양식과 그 민중적 성격」, 한국고소설연구회 편,
    『춘향전의 종합적 고찰』, 아세아문화사, 1991.
박관수, 「판소리 차용가요의 성격과 기능 연구」, 한국외국어대학교 박사학위논문,
    1995.
설성경, 「춘향전 주제 이해의 방법」, 『고소설의 구조와 의미』, 새문사, 1986.
______, 「〈춘향전〉의 계통」, 한국고전소설 편찬위원회 편, 『한국고전소설론』, 새
    문사, 1990.
______, 「19세기형 개작장편 남원고사에 나타난 생활문화의 형상화」, 『한국고전
    소설의 본질』, 국학자료원, 1991.
성현경, 「〈남원고사〉본 춘향전의 구조와 의미」, 한국고전문학연구회 편, 『고전소
    설연구의 방향』, 새문사, 1985.
우쾌재, 「춘향전연구사 개관」, 『춘향전의 종합적 고찰』, 아세아문화사, 1991.
이상택, 「〈춘향전〉 연구사 반성」, 한국학보, 제5집, 일지사, 1976.
정하영, 「춘향전 주제론 재고」, 『춘향전의 종합적 고찰』, 아세아문화사, 1991.
장덕순, 「작중인물을 통해 본 춘향전」, 진단학보 23, 진단학회, 1962.
최진원, 「판소리 문학의 공동성-춘향전 연구에의 일 제언-」, 성대문학 12, 성대 국
    문과, 1966.
______, 「춘향전의 합리성과 불합리성」, 『국문학과 자연』, 성균관대학교 출판부,
    1977.

『대진논총』 제4집(대진대학교, 1997. 2)

3장

〈춘향전〉의 비장과 골계

1. 머리말

〈춘향전〉의 연구에서 미학적 연구는 그동안 간헐적으로 시도되어 왔는데, 대체로 골계와 비장의 어느 한쪽의 해명에 편중되어온 실정이다. 이 가운데 먼저 관심의 초점이 된 것은 골계적 측면이었다.[1] 아울러 비장에 대한 연구도 연구자들에 의해 지속적으로 있어 온 결과, 이제는 그에 대한 연구사적 검토까지 나온

---

1) 김행자, 「춘향전에 나타난 유모어의 성격 고찰」, 녹원 11, 이화여대, 1966.
   이 원, 「한국의 골계문학-춘향전을 중심으로」, 한국어문학연구 7, 이화여대 한국어문학회, 1966.
   정동화, 「춘향전의 해학적 표현(상), (하)」, 아세아여성연구 18/20, 숙대, 1979/1981.
   심여택, 「춘향전 소고-해학성에 대하여」, 논문집 12, 제주대, 1980.
   최정락, 「열녀춘향수절가에 나타난 골계의 양상과 구조적 기능」, 경북대교육대학원 석사학위논문, 1983.
   변재열, 「판소리 춘향가의 해학성 연구-신재효본을 중심으로」, 숭전대 석사학위논문, 1982.
   배영희, 「판소리 춘향가의 해학성-신재효본을 중심으로」, 성균관대 석사학위논문, 1983.
   김열규, 「춘향전의 해학」, 문학정신 6, 문학과 정신사, 1987.
   민태형, 「춘향전의 미학적 연구-완판 33장본을 중심으로」, 연세대교육대학원 석사학위논문, 1987.
   윤경희, 「춘향전에 나타난 민중해학적 세계관-이고본춘향전을 중심으로」, 서강대 석사학위논문, 1988.
   김종철, 「〈남원고사〉의 골계적 정신에 대한 연구」, 판소리연구 8, 판소리학회, 1997.

실정이다.[2]

그런데 주지하다시피 판소리 사설 또는 판소리계 소설에는 한 작품 내에 비장과 골계가 공존하고 있다. 따라서 지금까지 이 방면의 연구가 어느 한 쪽에 치우쳐 진행된 것은, 그 나름의 성과와 의의를 인정하면서도 작품이해에 편파적인 시각을 제공할 수 있다는 점에서 반성을 요한다고 할 것이다. 즉 문학작품의 총체적 이해를 위해서는 작품이 가지고 있는 다양한 양상을 동시에 조명하는 작업이 병행되어야 한다는 입장이다. 왜냐하면 한 작품의 미적 특질은 작품에 나타난 여러 가지 미적 범주들의 상호 연관성을 함께 고려할 때 보다 뚜렷하게 드러날 것이기 때문이다.

사실 이러한 관점에서의 연구는 일찍이 조동일이 〈심청전〉의 주제와 관련해서 작품의 비장과 골계를 함께 다룬 바 있다.[3] 하지만 그 후에 학계의 동향은 부분적인 논의가 없었던 것은 아니었으나, 대체로 양자를 구분하여 따로 논하는 경향이 지배적이었다.

이렇게 볼 때 최근 판소리 12마당 중에서 7마당이 창을 잃은 이유를, 작품의 미적 특질에서 찾아본 김종철의 논의는 주목할 만하다. 그는 〈판소리의 정서와 미학〉에서 판소리 7마당의 전승이 끊어진 가장 중요한 이유로, 이들 작품들이 부정적 성격의 주인공을 대상으로 하고 있다는 점과 지나치게 골계미에 편향되어 울리고 웃기는 판소리의 중요한 두 정서적 효과를 동시에 거둘 수 없었음을

---

2) 이보형, 「판소리사설의 극적 상황에 따른 장단조의 구성」, 예술원논문집 4, 예술원, 1975.
　　인권환, 「정화와 구원의 비가」, 고대신문 781호, 1977.
　　김흥규, 「판소리에 있어서의 비장의 체험」, 심상 5권 3호, 1977.
　　______, 「판소리에 있어서의 비장」, 구비문학 3, 한국정신문화연구원, 1980.
　　이상원, 「판소리의 서사형태와 그 기능-창, 아니리의 특성」, 고대 석사학위논문, 1989.
　　설중환, 『판소리 사설연구』, 국학자료원, 1994.
　　김종철, 「19세기-20세기초 판소리 변모양상 연구」, 서울대 박사학위논문, 1993.
　　______, 『판소리사 연구』, 역사비평사, 1996.
　　천이두, 「한과 판소리」, 문학사상 146, 문학사상사, 1984.
　　______, 「판소리 주조로서의 한국적 한」, 민족음악학보 6, 1992.
　　______, 「춘향의 한과 정」, 『한의 구조연구』, 문학과 지성사, 1993.
　　백대웅, 『다시 보는 판소리』, 어울림, 1996.
　　심상교, 「판소리의 비극성에 관한 연구사적 검토」, 판소리연구 7, 판소리학회, 1996.
3) 조동일, 「〈심청전〉에 나타난 비장과 골계」, 계명논총 제7집, 계명대학교, 1971.

논하고 있다. 그리고 더 나아가 19세기 판소리의 역사적 흐름이 비장미와 골계미의 반복, 교체에서 골계미의 결여와 비장미의 증대 쪽으로 전개된다고 했다.[4]

김흥규도 「판소리의 서사적 구조」에서 판소리가 창과 아니리, 비장과 골계를 반복함으로써 정서적 긴장과 이완, 극적환상에의 몰입과 차단(해방)의 연쇄구조를 엮어 나가는 독특한 서사양식임을 밝힌 바 있다.[5] 또한 「판소리에 있어서의 비장」에서는 판소리의 비장이 '범인적 비장'으로 사람의 일상적 생존에서 기대되는 기본적 요구가 어떤 심각한 장벽에 부딪칠 때 더 이상 물러설 수 없는 위치의 작중인물이 가지게 되는 심리적 경험으로서, '영웅적 비장'과 대조적 성격을 지닌다고 했다. 그리고 이러한 비장이 판소리에서 다른 요소들보다 더 급속하게 발전하면서 비중이 증대된 것은 19세기 판소리사에서 일어난 현상이며, 상대적으로 비장의 요소가 희박한 7마당이 실전된 요인의 하나로 작용한 것으로 보았다.[6]

판소리 사설이나 판소리계 소설의 미학적 연구에서 비장과 골계를 동시에 고려하는 입장은 앞으로도 더욱 확대되어야 할 것으로 본다. 따라서 본고는 〈춘향전〉의 대표 이본 계통의 하나인 〈남원고사〉의 구조 분석과 서술방식을 바탕으로 이와 관련된 비장과 골계의 양상을 규명하고자 한다.

이를 위해 먼저 텍스트의 이해에 전제가 되는 자료의 성격을 살펴보고, 작품의 서사구조와 관련된 비장의 양상, 그리고 작자의식에 따른 서술방식으로서의 골계적 표현 등을 차례로 논할 예정이다. 이 과정에서 서로 이질적 미적범주인 비장과 골계의 관련 양상 및 역학 관계의 해명에 초점을 둘 것이다. 이 글의 3장은 비장을, 4장은 비장한 부분에 겹쳐 있는 골계를 주된 대상으로 한다. 이를 근거로 장차 〈춘향전군〉에 대한 비장과 골계의 변이 양상을 밝히는 출발로 삼고, 나아가 위와 같은 선행연구의 성과에 대해 수정, 보완, 비판할 수 있기를 기대한다.

대상을 〈남원고사〉에 한정하는 이유는 이 작품이 20세기 이전에 나온 춘향전으로서는 가장 장편으로 웬만한 이본들이 갖고 있는 단락과 표현을 대부분 구비

---

4) 김종철, 『판소리의 정서와 미학-창을 잃은 판소리를 중심으로-』, 역사비평사, 1996.
5) 김흥규, 「판소리의 서사적 구조」, 『고전문학을 찾아서』, 문학과 지성사, 1976.
6) 김흥규, 앞의 논문.

하고 있어서, 논의의 성과를 앞으로 다른 이본들에까지 두루 적용할 수 있을 것으로 기대되기 때문이다.

〈남원고사〉는 일찍이 김동욱이 "완판 84장본(열녀춘향수절가)보다 연대가 올라가고, 구조면에서 원춘향전에 가깝고, 행문이 판소리적이고, 서민적인 육담을 풍부히 가지고 있으면서, 자수가 가장 많다는 이유를 들어 춘향전의 대표작으로 지정"한 바 있다. 그 후 여러 논자들이 가세하여 춘향전의 결정판, 최고 걸작본으로 비정하고 있기도 하다.[7] 본고는 이러한 평가가 작품의 미적 형상화라는 측면에서도 타당한가를 검토하게 될 것이다.

2. 자료의 이해

본고는 5책의 파리 동양어학교본 〈남원고사〉를 그 대상으로 한다.[8] 이 책의 성립 시기는 작품에 나오는 '영종조(재위 1724-1776)의 계시더면 인물당상 어대 가며'(357쪽)와 '신사년(1821년) 팔월통'(370쪽)을 미루어 볼 때, 일단 1820년대와 1860년대 사이에 성립된 것으로 추정된다. 특히 그 필사 장소가 서울의 '누동'이고, 자료는 경판본의 선행본으로 확인되었으며, 주로 서울 지역에서 유통된 세책본이다.[9]

그런데 최근 〈남원고사〉가 완판 〈별춘향전〉과의 화소적 친연성을 근거로 두 작품이 동일 조본에서 파생되었을 가능성과, 작품이 완전히 독서물로 전환된 모습을 보이면서도 당시 실제 서울 지역에서 불리던 판소리 〈춘향가〉의 현실을 상당한 정도로 반영, 지향하는 방향으로 개작했을 가능성이 제기되어 주목된다.[10]

---

7) 김동욱외 공저, 『춘향전 비교연구』, 삼영사, 1979, 180쪽. 그리고 성현경(「〈남원고사〉 본 춘향전의 구조와 의미」, 한국고전문학연구회 편, 『고전소설 연구의 방향』, 새문사, 1985, 331쪽.), 윤용식(「춘향전-〈남원고사〉 본을 중심으로-」, 완암 김진세 선생 회갑기념논문집, 집문당, 1990, 519쪽.), 설성경(「19세기형 개작장편 남원고사에 나타난 생활문화의 형상화」, 『한국고전소설의 본질』, 국학자료원, 1991, 308쪽.) 등이 이에 따르고 있다. 그밖에 일부 〈남원고사〉에 대한 부정적인 입장을 피력한 견해는 토론 등에서의 단편적인 것이다.
8) 김동욱외 공저, 앞의 책. 본고에서 작품 내용의 인용은 이에 따르고, 이 책의 쪽수를 인용문의 끝에 ( )로 표시하기로 한다.
9) 설성경, 앞의 책, 210~211쪽.

판소리계 소설의 이해에 있어 소설적 시각과 판소리적 시각을 공유하는 안목이 절실히 요구되는데, 이 점은 작품의 비장과 골계의 관계를 해명함에 있어서도 매우 시사적이다. 즉 작자가 작품을 개작함에 있어 독서물로서 기본적인 서사구조를 일관성 있게 가다듬는 작업과 더불어, 한편으로는 판소리에 익숙한 독자들을 고려해 판소리적인 서술원리를 최대한 활용했음을 짐작하게 해 준다. 이러한 결과는 물론 그 이면에 지속적으로 작용한 작자정신의 소산이라고 할 수 있다.[11]

논의에서 〈남원고사〉의 내용은 앞의 논문[12]에서 제시한 89개의 단락을 다시 활용하기로 한다. 〈남원고사〉는 우선 그 흐드러진 재담과 육담의 골계적 장면에 압도당하게 된다. 즉 몇 개의 사건 전개에 필요한 단락(#1, #4, #5, #6, #18, #19, #20, #27, #35, #38, #39, #40, #51, #52, #56, #57, #58, #65, #67, #73, #85, #89 등)을 제외하고는 온통 해학과 기지, 풍자가 넘쳐난다.[13]

이를 좀 더 자세히 살펴보면 #1과 #89는 서사와 결사에 해당되고, #4-#6은 이 도령의 광한루 행차와 산천의 경개 풀이, 이 도령과 춘향의 모습 풀이이며, #18-#20은 춘향집의 외부와 내부의 모습, 주안상 차림에 대한 풀이이고, #27은 이등사또가 공조참의로 승차하게 되었다는 사건의 새로운 국면이다. #35는 이별 후 춘향의 공방 사설이고, #38-#40은 신관 변학도의 도임과 노정기, 도임 차비 사설 등이다. #51과 #52는 춘향의 하옥과 월매의 자탄이고, #56-#58은 이 도령의 장원급제와 전라어사 제수, 노정기이며, #65와 #67은 이어사의 남원 당도와 춘향의 옥중몽이다. #73은 이어사가 서리와 역졸들을 점검하는 장면이고, #85는 춘향이 실신하자 의원들이 투약하는 장면이다.

사실 이와 같은 부분들은 내용상 골계가 끼어들 여지가 거의 없는 사건의 전개에 대한 서술, 어떤 대상에 대한 치레사설, 등장인물의 독백이나 자탄 등임을 알 수 있다. 이렇게 보면 양적으로도 골계와 관련된 장면은 작품 전체의 분량

---

10) 김종철, 앞의 논문.
11) 이 점에 대해서는 본고의 3. 서사구조와 비장, 4. 서술원리와 골계에서 상세히 후술하기로 한다.
12) 졸고, 「남원고사의 구성과 특징」, 대진논총 제4집, 대진대학교, 1997. 2.
13) 본고에서 해학과 기지, 풍자는 미적범주로서의 골계를 이루는 하위 개념으로 본다. 이에 대해 상세한 논의는 조동일의 '미적범주'(한국사상대계1, 성대 대동문화연구원, 1973.) 참조.

가운데 거의 5분의 4에 육박하는 정도이다. 즉 꼭 필요한 부분을 제외하고는 거의 예외 없이 작품 전편에 골계가 넘치는 것이다. 뿐만 아니라 이러한 현상은 주인공들의 이별 장면이나 심지어 춘향이 신관 변학도에게 항거하다 매를 맞고 옥에 갇혀 죽을 날만을 기다리고 있는 일련의 비극적 장면에까지도 나타난다.

  우리가 흔히 알고 있는 〈춘향전〉은 주인공이 온갖 고초를 이겨내고 신분을 초월한 사랑을 성취하는 이야기로, 특히 춘향의 정절 수호를 위한 비장한 결의에 공감하는 작품이다. 물론 〈남원고사〉도 대체적인 줄거리는 그와 같다. 그러나 〈남원고사〉는 다른 이본에 비해 유난히 모든 부분에서 장면의 극대화의 원리[14]에 충실한 방향으로 작품의 장편화를 시도했으며, 그것은 주로 골계적 장면의 확장에서 더욱 두드러진다.

  이를 위해서 작가는 심지어 부분적인 일탈과 당착까지도 서슴지 않는데, 이것은 작자가 판소리 구성 원리의 하나인 '부분의 독자성'[15]을 원용한 결과로 볼 수 있다. 하지만 그러한 일탈과 당착이 작품의 전체적인 통일성을 해치는 정도까지는 아니라고 판단된다. 이는 작자의식의 소산으로 작자가 나름대로 작품의 일관성을 추구했기 때문이다.

  작품을 통해 작자와 독자가 같은 호흡을 추구하는 것이 그 시대 문학의 문학적 관습이라면, 이 관습을 충실하게 따를 때 양자의 의미 전달이 가능하다. 이때 매개자는 곧 작중인물인데, 작자가 창조하는 인물의 상상력도 당시대의 문화 내지 사회관습에 상당한 제약을 받게 된다. 문학적 관습이란 작품에 형상화된 그 시대 사람들의 생각과 생활관습이므로, 작품 속에서 추출해 내는 비중에 따라 어떤 시대의 문학적 관습을 찾을 수 있다.

  〈남원고사〉는 19세기 중엽에 서울지방에서 유통된 세책본이다. 세책본이란 인본이나 사본들을 독자들의 성향에 따라 갖추어 놓고 요청하는 독자에게 일정한 대가를 받고 빌려주는 영리 목적의 책점인 세책점에서 유통시킨 것이다. 우리나라에서 소설 세책점이 출현한 시기가 정확히 알려져 있지는 않지만, 대체로 18세기 중엽에는 상당히 발달했던 것으로 보고 있다.

---

14) 김대행, 「수궁가의 구조적 특성」, 국어교육 27/28, 1976.
15) 조동일, 「흥부전의 양면성」, 계명논총 제5집, 계명대학교, 1969.

이런 세책가의 증가와 발전은 영리적 대여의 목적으로 많은 작품을 수집, 보존, 개작하여 유통시키면서 작품의 생산자적 활동도 병행했다는 점과, 기왕의 여성 독자들은 물론이고 시정의 평민 특히 남성 독자들이 소설을 접할 기회가 확대됨으로써 그들의 관심에 부합되는 부류의 작품이 출판되는데 영향을 주었으리라는 점에서 중요한 의의를 갖는다.[16]

〈남원고사〉의 작자는 기왕의 판소리 문학에 익숙한 독자들을 대상으로 판소리사설의 구성과 서술원리를 활용하여, 당시 전국적으로 최고의 인기를 누리던 판소리 〈춘향가〉를 개작했을 가능성이 매우 크다. 이러한 판단에는 19세기가 판소리의 전성시대이며, 그 중에서도 〈춘향가〉가 가장 인기가 있었다는 역사적 정황도 참고가 된다.

결국 〈남원고사〉는 이 계통의 판본보다 선행한 것으로 여겨지는 별춘향전 계통의 기본 줄거리를 크게 벗어나지 않으면서도, 부분적인 장면을 가능한 한 확장시켜 독자의 흥미를 유발할 수 있는 쪽으로 적극적인 변이를 보인 작품이다. 여기에는 장황할 정도로 많은 삽입가요의 수용도 포함되는데, 이 작품은 창작의식이 뚜렷한 작가가 판소리 사설의 구성 원리를 바탕으로 장편소설화를 이루어 내어 유통시킨 세책본이라고 할 수 있다.

작가는 작품 속에 고급문예인 한문학과 대중문예인 국문문학, 구비문학 등의 다양한 소재를 상당수 삽입시켜 엮어 놓았고, 판소리 '춘향가' 사설보다도 더 많은 재담과 가요를 수용했으면서도 사건의 전체적인 흐름에는 일관성과 합리성이 유지되도록 작품을 바꾸어 놓았다.

이러한 점은 작품의 전반부에서 기생 춘향의 행동을 강조하고 후반부에서 열녀 춘향의 행동을 강조함과, 이 도령을 만날 때 춘향의 신분은 기생이고 변 부사

---

16) 김흥규, 「국문문학의 사본유통과 세책업, 전기수」, 『한국문학의 이해』, 1986, 186-187쪽 참조. (한국고소설연구회 편, 한국고소설론, 아세아문화사, 1991, 361쪽에서 재인용.) 〈남원고사〉에는 작자가 당대 평민층 남성 독자의 흥미를 의식한 부분이 있어 주목된다. 예를 들어 춘향의 '옥중몽'을 해몽하러 온 허봉사가 춘향에게 행하는 일련의 음탕한 수작(춘향의 얼굴과 젖가슴을 만지고, 심지어 성관계의 자세까지 취함)같은 것이다(〈표1〉 #68, 본서 125쪽 참조). 물론 이것이 위와 같은 판단을 직접적으로 뒷받침하는 것은 아니지만, 작품의 전후 문맥으로 볼 때 적어도 여성 독자나 상층 사대부 남성 독자를 대상으로 한 것이 아님은 분명하다고 할 것이다. 이에 대한 본격적인 해명은 고를 달리해야 할 문제이다.

를 만날 때는 대비정속한 것으로 설정한 사실에서도 확인된다. 또 작품의 서술이 전반부에서 뜨거운 육체적 사랑을, 이별 후에는 각자의 강인한 정신적 사랑의 성숙 과정을 표현함에 초점을 맞추고 있는 것도 작품의 일관성과 합리성을 뒷받침한다.

결국 전체적인 짜임새로 보면 두 가지 속성의 사랑을 구비한 온전한 사랑의 이야기를 중심으로 엮은 〈춘향전〉의 이본으로 볼 수 있다.[17] 그러므로 〈남원고사〉에 나타나 있는 비장과 골계적 양상도 당대의 이와 같은 소설의 유통구조와 밀접하게 관련된 작자정신의 소산으로 보아도 별 무리가 없을 것이다.

〈남원고사〉의 구성은 크게 보아 전반부와 후반부로 나뉜다. 전반부는 이 도령과 김춘향의 만남―사랑―이별의 과정이다. 후반부는 이별 후 춘향 이야기와 이 도령 이야기가 각각 서술되다가 #65이하에서 끝까지는 다시 이 도령과 춘향의 이야기로 되돌아온다. 말하자면 작품의 후반부는 두 주인공이 사랑의 시련과 고통을 각자가 처한 위치에서 극복해 나가는 과정을 그리고 있다.[18]

〈남원고사〉가 다른 이본들처럼 〈춘향전〉을 표제로 하지 않은 이유도 이와 같은 작품의 커다란 서사구조의 틀에 기인한다고 할 것이다. 즉 작자는 서사의 두 주인공에 대한 적절한 안배를 통하여 어느 한쪽에 치우치지 않는 작품구조의 평형을 유지한다. 또 작품의 제목이 '전(傳)'이 아닌 '고사(古詞)'라 한 것도 이 도령과 춘향의 16세 이전의 탄생담이나 성장과정에 대한 서술이 전혀 없고, 작자 당시에 이미 오래전부터 전승되어온 이 도령과 춘향의 사랑 이야기(혹은 판소리 사설이나 다른 이본의 판소리계 소설)를 바탕으로 개작했다는 점에서 당연하다고 생각된다.

이 도령의 경우는 과거급제를 통해 입신출세하는 것만이 춘향과의 사랑을 온전하게 유지해 나가는 유일한 길이라면, 춘향은 변학도의 출현이 아니라도 대비정속하고 이 도령을 위하여 절개를 지키는 것만이 앞으로 이 도령의 '별실'이

---

17) 설성경 역주, 『춘향전』, 고대 민족문화연구소, 1995, 215~217쪽 참조.
　　졸고, 「〈남원고사〉의 구성」, 대진논총 4, 대진대학교, 1996.
18) 이도령의 경우 직접적으로 사랑의 고통과 시련을 겪는 것은 아니지만, 〈남원고사〉에는 이별 후에 이도령이 과거에 장원을 하고 임금의 특별한 배려로 전라어사를 자원하여 제수받는 일련의 과정이 모두 춘향과의 재결합을 위한 노력으로 그려져 있다. 또한 암행 도중에 듣거나, 옥중상봉을 통해 직접 눈으로 확인한 춘향의 처지는 그대로 이도령의 시련과 고통으로 전이된다고 할 것이다.(졸고, 앞의 논문, 12~13쪽 참조.)

아닌 '정실'이 되는 소원을 이룰 수 있는 길이다.[19)]

　이 작품 속에서 비장은 이러한 구성을 바탕으로 한, 전체적인 사건 전개의 서사구조 가운데 드러난다. 그렇지 않으면 〈남원고사〉를 읽는 독자들은 전편에 넘치는 골계적 서술에 압도되어, 미처 주인공들의 비장한 심정과 처지에 깊이 공감할 틈도 별로 없게 된다. 이제 다음 장에서는 이러한 서사구조와 관련된 비장의 양상을 구체적으로 살펴보기로 한다.

3. 서사구조와 비장

　일반적으로 〈춘향전〉의 전체 단락은 크게 보아 만남－사랑－이별－시련－출세－보상 등으로 나누는데, 비장은 이별과 시련 부분에 집중되어 있다는 점이 모든 이본에서 공통적이다. 그리고 이때의 비장은 일차적으로 이 도령과 춘향 모두에게 해당될 수 있지만, 이 도령은 춘향과 그 구체적인 처지와 입장이 다르기 때문에 이 도령에 의해 환기되는 비감이 비장에까지 이르지는 않는다. 비장에 대해서는 다음의 견해가 참고가 된다.

　　"비장은 어떤 인물이 처한 객관적 상황과 이에 대한 정서적, 의지적 반응 사이의 일정한 관계에 의해 설명될 수 있다. 비장을 초래하는 객관적 상황의 특징은 '좌절을 불가피하게 하는 모종의 강력한 장애'로 요약된다. 그러나 강력한 장애나 좌절이 모두 비장을 낳는 것은 아니다. 좌절을 담담하게 받아들이는 심적 태세가 확고할 경우에는 비장이 성립하지 않는다. 비장은 좌절의 심각함에도 불구하고 포기할 수 없는 욕구가 절망적 상황과 마주설 때 비로소 성립한다. 다시 말해서 거의 절대적이라 할 만한 좌절의 장벽과 욕구 사이의 해소될 수 없는 대립이 비장의 경험을 이룬다."[20)]

---

19) 김동욱 외, 앞의 책, 89쪽. "소첩이 비록 娼家賤妓오, 鄕曲의 무된 소견이나 마음인즉 북극 텬문의 틱을 걸어 결단코 남의 별실 가소하고 墻花胡蝶 불원이오니 말삼 간절하오시나 분부 시행 못하겠소."
20) 김흥규, 「판소리에 있어서의 비장」, 구비문학3, 한국정신문화연구원, 1980, 4～5쪽.

이렇게 보면 이 도령의 경우 춘향과의 이별을 슬퍼하면서도 당장은 이별할 수밖에 없음을 전제하고 행동한다는 점에서 비장과는 거리가 있게 된다. 즉 이 도령은 별다른 고민 없이 사회적 관습에 따라 잠시 동안의 이별을 선택한 것이기에, 이별에 있어서 그의 행동은 오히려 지나친 오버액션으로 웃음마저 일으킬 정도이다. 또 춘향의 시련을 전해 듣는 과정이나 옥중 상봉에서 이 도령이 느끼는 비감도 당사자에 대한 동병상련에 지나지 않는 것이다.

이밖에 월매의 경우를 생각해 볼 수 있는데, 춘향의 이별―현신―저항―태형―하옥에 이르는 과정의 사이사이에 있는 그녀의 자탄으로 드러난다. 이때마다 월매가 토로하는 심정은 비장에 가깝다. 딸이 잘되기를 바라던 기대가 무너진 부모의 마음, 딸의 호강에 편승하여 자신도 부귀를 누리고자 했던 욕구의 좌절, 딸의 불행에 가슴 아파하는 부모의 마음 등이 진솔하게 그려져 있다.

하지만 월매의 이러한 슬픔은 그녀의 몸에 밴 현실적 사고로 인해 '좌절의 장벽과 욕구 사이의 해소될 수 없는 대립'에까지 이르지는 않는다. 즉 이 도령에 대한 원망, 변 사또에 대한 원망, 춘향의 선택에 대한 원망 등을 통하여 신세를 한탄하는 정도에 머무르고 있다. 어떤 의미에서 춘향의 비장을 증폭시키는 보조적 역할을 한다고 할 것이다. 따라서 모든 〈춘향전〉의 이본이 그렇듯이, 〈남원고사〉도 비장은 춘향에게로 집중되어 나타난다. 이제 이러한 서사구조에 따른 춘향의 비장이 어떻게 형상화되어 있는가를 알아보기로 하자.

논의를 위해 〈남원고사〉 전체의 순차적 서사구조를 제시하면 아래와 같다.[21]

(가) 남원부사 자제 이 도령이 풍채와 문장이 **빼**어나다.
(나) 이 도령이 광한루에서 산천경개를 구경하다가 그네 뛰는 퇴기 월매의 딸인 춘향을 보게 된다.

---

21) 설성경, 「춘향전의 계통과 보편구조」(한국고소설연구회 편, 『춘향전의 종합적 고찰』, 아세아문화사, 1991, 56~57쪽)를 참고로하여 필자가 약간의 첨삭을 가했다. 여기서는 논자가 〈춘향전〉의 보편적 구조로 제시한 것인데, 가장 장편인 〈남원고사〉계 이본을 염두에 둔 것이어서 활용해 본 것이다.

(다) 이 도령이 방자를 통해 춘향을 불러 본 후 불망기를 써 주고 사랑가로 함께 즐기다.

(라) 이 도령이 춘향집을 방문하여 초야를 지내고, 이후 왕래하며 서로 사랑을 나누다.

(마) 남원부사가 내직으로 승차하여 이 도령 일가가 서울로 떠나게 되다.

(바) 이 도령이 춘향에게 이 사실을 알리니 춘향이 앙탈하다가 서로 신물을 교환하며 후일을 기약한 후 이별하다.

(사) 변학도가 신관사또로 남원에 도임하여 기생점고를 하다.

(아) 변 사또가 춘향의 현신을 재촉하여 수청을 강요하며 달래고 으르지만, 춘향이 반항하다가 형장을 맞고 옥에 갇히다.

(자) 이 도령이 장원급제하여 전라어사에 특차되고 춘향의 소식과 민정을 살핀 후 춘향집을 방문하고 옥중으로 춘향을 찾아가다.

(카) 이어사가 변 사또의 생일잔치에서 시를 짓고, 어사출도하여 본관을 봉고파직하며, 춘향을 구하다.

(타) 춘향은 임금의 특전으로 정열부인이 되고, 이 도령의 벼슬이 육경에 이르며, 슬하에 오남매를 두고 행복을 누리다.

이상과 같은 〈남원고사〉의 서사구조에서 비장과 관련이 있는 부분은 위의 (마)−(바)와 (사)−(아), (자)의 후반부 등이다. 이 부분들은 또 앞의 글에서 #27-#35와 #36-#55, #70-#71에 해당되며, 이른바 '이별'과 '시련', 그리고 '옥중 상봉' 대목이다. 그런데 이와 같이 추상적인 순차적 서사구조만으로는 비장의 양상이 구체적으로 잘 드러나지 않는다. 그리하여 이를 각각 다시 세분화하여 살펴볼 필요가 있다고 하겠다. 먼저 〈남원고사〉의 이별 장면은 다음과 같다.

〈이별 부분〉
(가) 이등사또의 승차로 이 도령과 춘향이 이별하게 되다.
 1. 이등사또가 공조참의로 승차하다.
 2. 사또가 이 도령에게 명일 사당과 내행을 뫼시고 서울로 떠나게 하다.

(나) 춘향집에서 이 도령과 춘향이 이별하다.(1차 이별)

  1. 이 도령이 춘향에게 이별을 알리다.

  2. 춘향이 이별함을 알고 발악하다.

  3. 자탄하는 춘향을 이 도령이 위로하다.(이별가)

  4. 춘향이 이별을 받아들이고 후일을 기약하다.(이별주)

  5. 이 도령이 백번 다짐하고 서로 신물을 교환하다.(거울과 옥지환)−방자와 수작

(다) 십리정에서 이별하다.(2차 이별)

  1. 춘향이 십리정에 나와 울면서 기다리다.(이별주)−마부와 수작

(라) 이 도령이 서울로 떠나다.(이별 후의 상황)

  1. 이 도령이 춘향을 못잊어 하며 가다.(마부와 수작)

  2. 춘향이 공방에서 이 도령을 그리워하며 슬퍼하다.(사미인곡 전편 차용)

위와 같은 이별의 장면에서 비장은 사랑의 지속을 가로막는 이별이라는 장벽 때문에 생긴다. 사랑하는 임과 헤어지지 않고 함께 살고 싶은 욕구는 누구에게나 공통되는 것이지만, 현실은 두 사람이 이별하는 방향으로 작용하고 둘은 비통해 한다. 이때의 현실은 사회적, 관습적 통념이고, 그것은 이 도령을 포함하여 이등 사또로 대변되는 양반층의 견고한 관념이기도 하다.

그 중에도 이 도령은 사또의 승차 소식을 듣자마자 이별을 실행에 옮김으로써, 이별을 슬퍼하면서도 당대의 사회적 관습에 충실히 따르는 존재이다. 그러나 춘향의 입장은 그와 다르기 때문에 비장이 성립된다. 즉 춘향은 사회적 관습에 의한 이별도 용납할 수 없지만, 그에 순순히 따르는 이 도령과도 대립할 수밖에 없다. 이와 같은 과정이 위에 제시된 구체적인 서사구조에서 드러나 있다. 특히 위의 (나)에서 춘향의 비장이 집중되고, (다)와 (라)는 일종의 부연과 확장이라고 할 수 있다.

애초부터 춘향은 이 도령과 '남의 별실'을 마다하고 시작한 사랑이기에, '나난 내 셰간 다 가지고 삿갓가마 타고 도련님 뒤흘 따라가지오'(176쪽) 한다. 그러나 '잘 따라오나라. 잘 따라와. 그러할 터 갓하면 뉘 이들놈이 긔탄하랴.'(176쪽) 하는

이 도령의 말에, 춘향은 '섬섬옥수 블근 쥐여 분통갓튼 제 가슴을 법고중의 법고 치듯 아조 쾅쾅 두다리며 두발을 동동 구르면서 삼단갓흔 제 머리를 홍제원 나무 장사 잔띄 불희 뜻듯 바드덩 바드덩 쥐여 뜨드며'(179쪽) 발악을 한다. 또 '정 아니 다려 가실 터이면 날 죽이고 가오.'(183쪽) 하면서, 결연 당시에 써 준 '불망기'를 근거로 본관 원님, 감영의 순사도, 차례로 올라가 심지어 임금에게까지 하소연하 겠다고 한다.

이에 대해 이 도령의 입장은 '한가지로 갈 마음이 블현다시 잇것마난 경성으로 올나가면 긴치 아닌 친척드리 공연스레 공론하되 아희놈이 작첩하여 학업전폐한 다 하고 호적밧긔 도리광이 할 거시니 여차고로 뜻과 갓지 못하고나. 잘끈 참아 슈삼년만 견대여라. 밤낫으로 공부하여 입신양명한 연후의 너를 차자 올 거시니 부디부디 잘 잇거라.'(187쪽)와 같이 완고하게 이별할 수밖에 없음을 피력한다.

이 도령에 의해 드러나는 당시 지배층의 사고에 깔려 있는 사회적 관습은 신 분의 차별이다. 다시 말하면 춘향이 기생이기 때문에 사회적으로는 이 도령의 첩으로 밖에 인식되지 않는다는 데 문제가 있다. 비록 이 도령이 아무리 여러 번 다짐을 하고 서로 신물까지 교환했다고 해도, 신분적 열세 때문에 춘향의 앞 날은 기약하기가 어려운 것이다. 앞으로는 다만 '나의 일은 념녀 말고 몸을 삼가 고 신의를 직희여 나의 돌아오기를 고대하라'(202쪽)는 이 도령의 약속에만 의지해 살아갈 도리밖에 없다.

그러나 '그러한 언약이 제대로 실현될 것으로 기대하기는 현실적으로 어렵 다'22)는 점은 누구보다도 춘향 자신이 잘 알고 있다. 그래서 춘향도 이 도령을 상대로 이별이 불가하다는 자신의 주장을 굽히지 않고 있지만, 이 갈등에서 춘향 의 패배(이별의 상황)는 처음부터 어느 정도 예상된 것이기도 하다. 따라서 예상된 패배에도 불구하고 이에 의연히 맞서는 춘향의 태도는 비장감을 불러일으키기에 충분한 것이다. 한마디로 말하면 이별 부분에 제시된 춘향의 비장은 기생이라는

---

22) 지방관과 기생, 양반댁 자제와 기생과의 사랑은 거의가 비련으로 끝나는 것이 당시의 시대적 현실이다. 아주 드물게 우여곡절 끝에 사랑을 성취한다고 해도 첩실에 불과하다. 이러한 사랑 이 정열부인에 이르는 경우는 실제에서는 물론이고 문학에서도 설화, 야담, 그리고 천여 편의 고소설을 막론하고 〈춘향전〉이 거의 유일한 것이 아닌가 한다.

운명적 조건에 굴복하는 데서 기인하는 '운명적 비장'이라고 할 것이다.

사실 춘향이 기생, 그것도 관기가 된 것은 운명적으로 타고난 것이다. 따라서 춘향이 이 도령과의 원치 않는 이별을 어떤 이유에서라도 받아들이는 것은, 춘향으로서는 일단 운명적 한계 상황에 굴복한 것이 된다. 다른 의미로는 아직 둘 다 위와 같은 사회적 장벽을 뛰어넘기에는 역부족인 처지라고도 하겠다. 그러므로 둘의 사랑이 사회적 공인을 얻기 위해서는 새로운 전기가 마련되어야 한다. 즉 이 도령은 장원급제하여 입신출세를 이루어야 하고, 춘향은 대비정속하여 다시 만날 때까지 절개를 지켜나가야 하는 것이다.[23)]

이 과정에서 이 도령은 비교적 순탄하게 그러한 자격을 이루는 데 비해, 춘향은 그렇지 못하다. 여기에 모든 〈춘향전〉을 관통하면서 만인의 심금을 울리는 춘향의 비장이 시련 부분에 형상화되어 있다. 〈남원고사〉에서 이 과정은 '권지 삼' 전체와 '권지 사'의 앞부분에 걸쳐 상당한 분량을 할애하였다. 다음의 시련 장면이 그것이다.

〈시련 부분〉

(가) 신관사또 변학도가 도임하여 기생점고를 하다.

  1. 남촌 호박골 변학도가 친척 덕으로 남원부사가 되다.(첫날부터 명기 춘향의 소문으로 들뜸)

  2. 열사흘만에 올라온 신연관속들을 내치다.(변학도의 변덕, 방자와 수작)

  3. 신관이 남원으로 발행하다.(노정기)

  4. 신관이 남원에 도임하여 좌기하다.(춘향에 대한 궁금증―이방, 좌수와 수작)

  5. 다른 점고는 놔두고 기생점고부터 하다.(변사또 기생들과 수작)

(나) 변사또가 춘향의 현신을 재촉하고 마지못한 춘향이 현신하다.

  1. 형방이 대비정속하고 수절중임을 아뢰자, 사또가 현신시키라 하다.(형방과 수작)

---

23) 여기에서 〈남원고사〉의 구조와 의미를 '결혼계약의 체결-잠정적 파기, 위반-계약의 실현, 이행' 과정과 '자격 결핍의 상황-결핍 극복을 위한 시련과 투쟁-결핍의 지양, 해소' 과정을 잘 형상화해 놓은 것으로 파악한 성현경의 견해가 참고가 된다.(성현경, 「〈남원고사〉본 〈춘향전〉의 구조와 의미」, 한국고전문학연구회 편저, 『고전소설연구의 방향』, 새문사, 1985. 참조)

　　2. 군노사령이 춘향을 부르러 가다.(군노사령의 춘향에 대한 심술)

　　3. 춘향이 눈치를 채고 사령들을 대접하여 돌려보내다.(아양, 술, 담배, 돈 줌)

　　4. 다른 군노사령이 와 현신을 재촉하니 춘향이 현신하다.(군노사령 돈받음)

(다) 변사또가 수청을 명하고 춘향이 여러 가지로 사정하다.

　　1. 사또가 이낭청과 수작하며 수청을 명하다.(이낭청의 딴전)

　　2. 춘향이 이 도령과의 관계를 글로 올리고 사또가 부와 지위로 달래다.(형방의 능청)

　　3. 춘향이 관기가 아님과 수절을 말하자, 사또가 행하를 후히 준다고 하다.(이 낭청과 수작)

　　4. 춘향이 여러 수절한 고사를 들자, 사또가 형장으로 위협하다.(이낭청과 수작)

　　5. 춘향이 일부터 십에 맞춰 죽음을 무릅쓴 항거의 사설을 하다.(변학도 노 발대발)

(라) 춘향이 태형(30도)을 당하고 하옥되다.

　　1. 변사또가 춘향을 관령거역과 능욕관장의 죄로 태형 30도를 치다.(이낭청과 수작)

　　2. 춘향이 칼과 차꼬를 채여 하옥되다.(사또 옥사장과 수작)

　　3. 춘향이 억울함을 독백하고, 월매가 자탄하다.(월매 춘향을 원망함)

　　4. 남원 한량들이 춘향을 위로하고자 옥에 모여들어 갖가지 수작을 하다.〈부채 질, 청심환, 입가심, 욕설, 선소리, 작란, 노래(신선가, 춘면곡, 처사가, 어부 사), 서책풀이(언문책, 수호지, 서유기), 노름, 골패, 바둑, 장기, 택견, 씨름, 주정, 싸움 등등〉

　　5. 하옥된 춘향이 자탄하다.(자탄가, 수심가)

　　6. 춘향이 어미에게 유언을 하다.(월매의 독경과 굿)

　시련 부분에서 춘향의 비장은 위의 (라)에 이르러 절정에 달한다. 그것은 춘향이 이 도령과의 결연과정에서부터 내세웠던 '신분을 뛰어넘는 사랑의 성취'라는 일견 평범하면서도 평범치 않은 소망을 위협하는 가장 강력한 적대자의 출현에 의한 것이다. 즉 신관 변학도는 보다 직접적이고 완강한 권력으로 무장한 채,

춘향의 소망을 무자비하게 짓밟는 횡포를 자행한다. 이별 후에 춘향은 이 도령의 맹세에 실낱같은 희망을 걸고, 대비정속하여 면천한 후 기생안에서 빠져 수절하는 중이다.

그런데 이러한 춘향의 처지를 인정하지 않고 파괴하고자 하는 존재가 바로 변학도이다. 그는 '노류장화는 인개가절'이라는 중세적 이념에 충실한 인물이면서, 또한 그것을 어떻게 해서라도 달성하고자 하는 탐욕스런 인물이다. 이런 그가 서울에서부터 춘향의 소문을 듣자, 단단히 벼르고 신관으로 내려와 기생점고부터 서두르면서 춘향과의 대립이 시작된다. 변학도는 신분차별의 당대 사회적 관습을 무조건 관철시키려 하고, 춘향은 이에 맞서 이 도령과의 사랑과 정절에 상하 없음을 일관되게 주장한다. 애시 당초 타협의 여지가 없는 대립이고 갈등이다. 그러나 천민 계층에 속하는 관기 출신의 춘향이 아무리 면천했다고 해도 당대의 신분계급적인 완고함에 대항하기에는 무력할 뿐이다. 타협을 불허하는 춘향의 성격과 시대의 지배 이념이 정면으로 부딪치게 된 데서 비장이 발생한다.

마지못해 현신한 춘향에게 변학도가 대뜸 수청을 명하니, 춘향은 병을 핑계하여 글로 사정을 올린다. 내용은 이 도령과의 부부지의와 일편단심, 대비정속하여 면천한 사실 등을 말하고 같은 사대부의 체면을 봐서 놓아주기를 간청한다. 그러나 변학도는 '관청으로 의논하면 네 집 찬장될 거시오, 운량고는 네 고이오. 목견고도 네 고되고, 일읍쥬관이 네 댱듕이라. 이런 깨판 또 잇나냐?'(279쪽) 하며 수청을 들라고 한다.

이에 춘향은 '대비정속하온 후난 관기가 아니옵고, 도련님 가신 후로 두문불츌 슈절하와 만분지일이라도 녈녀의 본을 밧고져 마음의 삭여사오니 분부거행은 못하게소.'(279쪽) 하고 거절한다.

그렇지만 변학도는 '노류장화는 인개가절이라. 천만의외 너만 년이 정절 슈절 성절 덕절하니 그런 잔절은 말고 큼즉한 해쥬신광절이나 하여라. 네가 슈절을 하량이면 우리 대부인은 딱 기절을 하시랴? 요망한 말 다시 말고 밧비 올나 슈청하라.'(281쪽)며 다그친다. 그러자 춘향은 '자고로 녈녜하대무지리오?(중략)몸은 비록 쳔하오나 결개는 막난 법이 업사오니,(중략)소녀의 정한 뜻은 차생의 앗지 못하오리이다.'(281쪽) 하고 반항한다.

화가 난 변학도는 '태라도 한 번 두 번이지 언마 마자면 슬흘고? 어셔 오라고지고.'(282쪽) 하며 호령한다. 마침내 춘향이 죽기를 각오하고 1부터 10까지의 숫자를 앞세워 변학도를 신랄하게 몰아 부친다. 특히 10에서 '사또계셔는(중략)귀한 일명 살냐 하고 도적의게 투항하여 두 님군을 셤기랴 하오? 튱불사이군이오 렬불경이부여늘 불경이부 죄라 하고, 위력으로 겁탈하니 사또의 튱절유무를 일노조차 알니로다. 녁심품은 사또 압해 무삼 말삼 하오릿가? 쇼녀를 범상죄로 이계 밧비 죽이시오.'(287쪽) 하고 발악을 한다.

이에 변학도도 더 이상 참지 못하고 '맹호갓치 셩을, 강변의 덴소 뛰듯 목을 끗덱 움치면서 벽녁갓치 소래하여'(290쪽) 춘향을 형틀에 묶고 태형 30도를 친다. 그리고는 목에 칼을, 발에는 족쇄를 채워 하옥시킨다. 다음에 이어지는 춘향의 독백과 월매의 통곡에 이르러 춘향의 비장한 처지와 심정은 극에 달한다.

그런데 이상과 같은 일련의 서사적 전개과정에서 주목되는 것은 춘향이 제기하는 상하의 차별이 없는 '사랑권, 정절권, 평등권'의 주장과 실천이다. 〈남원고사〉에는 특히 이 점이 일관되게 잘 그려져 있다. 여기에는 '기생 춘향과 기생 아닌 춘향과의 내적 갈등'24)도 없고, 춘향은 처음 등장할 때부터 각성된 근대적 자아의 소유자로 나타난다. 그래서 이 도령과의 만남 부분에서부터 '정실(正室)'을 요구하고, 이별에 즈음해서는 발악도 하는 것이다. 이러한 춘향이기에 변학도에게도 당당히 맞서 죽음을 각오하며 항거하는 것이 당연하다.

뿐만 아니라 '이거시 다 네 탓이라. 네 아모리 그리한들 닭의 삿기 봉이 되며, 각관기생 렬녀되랴? 사또 분부 드럿더면 이런 매도 아니 맛고 쟉히 조흔 깨판이랴?(중략)나도 졀머셔 친구볼 제, 치치면 감병슈사 나리치면 각읍수령 무슈히 겻글 적의, 돈 곳 만히 쥬랴면 일생 잇지 못할네라.(중략)훗날 만일 또 뭇거든 잔말 말고 슈청드러 실살귀나 하려무나.'(303쪽) 하는 월매의 권유에도, 춘향은 전혀 흔들림이 없다. 자신의 신념을 위해서 타협하지 않고 세계와 대결해 나가는 춘향의

---

24) 조동일, 「갈등에서 본 〈춘향전〉의 주제」, 계명논총 제6집, 계명대, 1970. 참조할 것. 이 글은 완판 84장본〈열녀춘향수절가〉를 분석 대상으로하여 본문과 같은 내용을 제시하였으나, 필자가 보는 바 〈남원고사〉에는 그러한 갈등이 나타나 있지 않는 것으로 생각된다. 〈남원고사〉에서 춘향의 성격은 내부적, 외부적으로 전혀 흔들림이 없고 처음부터 끝까지 일관된 인물이다.

태도는 비장을 넘어 숭고함마저 엿보인다.[25]

춘향에게는 이별을 당연시하는 이 도령도, 타협을 종용하는 월매도, 부와 권력과 형벌로 위협하는 변학도도 넘어야 할 세계의 장애인 것이다. 이 싸움은 춘향이 패배하여 죽음에 이르는 완전한 비극으로 끝나거나, 그렇지 않으면 세계가 춘향의 입장을 지지하는 쪽으로 변하기 전까지는 계속되는 싸움이다.

그러므로 오늘날에는 당연한 것으로 여겨지는 춘향의 주장, 즉 사람의 일상적 생존에서 기대되는 정상적 생활의 성취(신분계층을 초월한 사랑)는 확실히 당시로서는 혁신적인 것이 아닐 수 없다. 작자가 서사에 이어 본사를 시작하며, '이 세상의 매오 이상하고 신통하고 거룩하고 기특하고 패려하고 맹랑하고 희한한 일이 잇것다.'라고 전제한 까닭도 여기에 있다고 생각된다.

물론 이 점은 이 도령이 기생을 대상으로 끝까지 신의를 지킨 일과 임금이 기생 출신의 춘향에게 정렬부인의 직첩을 내린 조치도 포함되는 것이기는 하다. 그렇지만 작품의 서사구조의 핵심에, 그것도 춘향의 시련에 해당하는 부분을 전체 5권 중에 1권 이상을 안배했다는 사실을 감안하면 그 무게의 비중을 헤아리게 된다.

이렇게 보면 〈남원고사〉는 춘향이라는 '근대적 자아 각성의 인물'을 통하여 작품의 근대성을 확보한 〈춘향전〉으로 평가될 만하다고 하겠다.[26] 이런 의미에서 춘향의 '열(烈)'은 중세적 관념의 그것이 아니라, 근대적 보편개념으로서의 '열(烈)'이다. 즉 여자라면 누구나 신분에 관계없이 사랑하는 사람을 위하여 당연히 정절을 지켜야 하고, 또 지킬 수 있어야 한다는 것이 춘향이 내세우는 '열(烈)'이라고 할 것이다.

춘향은 사람으로서 누려야 할 정당한 권리를 당위로 삼으면서도 그 실현을

---

25) 이 점은 죽음에 이르러 보여주는 '심청의 인간적 갈등'과 좋은 대조가 된다. 〈남원고사〉에서 춘향은 죽음을 각오하면서도 전혀 흔들림이 없는 의지적이고 신념에 찬 인물이다. 이것이 미적범주의 '숭고'와 관련된다고 하겠는데, 이는 고를 달리하여 논할 필요가 있다. 여기서는 다만 지적에 그치고자 한다.

26) 작품의 근대성 문제는 작가의 골계적 정신과도 관련되어 평가되어야 한다. 물론 골계적 표현이나 정신의 구현이 그 자체로 작품의 근대성을 담보하는 것은 아니지만, 작품에 따라서는 그 양상이 근대성과 연결될 수 있는 것이다. 필자가 보기에 〈남원고사〉는 그러한 작품의 하나로 판단된다. 이 점은 본고의 제4장에서 상세히 다루기로 한다.

가로막는 강력한 좌절의 장벽(변학도)에 부딪치게 되었고, 이에 따라 일상적인 삶의 기대조차도 실현될 수 없는 상황에 직면하여 그럼에도 불구하고 꺾일 수 없는 신념에 대한 집착으로 비장하게 된다.

시련 부분의 서사구조에 나타나는 춘향의 비장은 신념에 충실한 자신의 성격과 외부적 조건의 불일치에 기인하는 것인데, 그것은 '평범한 여인으로서의 소망과 좌절에 관련된 범인적 비장'[27]이라 하기 어렵다. 왜냐하면 지금까지 살펴본 바와 같이 춘향은 결코 평범한 여인이 아니며, 그녀가 소망하는 것도 당대로서는 평범한 욕구가 아니기 때문이다. 어떤 의미에서 춘향은 그 시대의 민중적 욕구와 소망을 대변하고 있다는 점도 참고가 된다.

이는 작품에 나오는 여러 군상들(변학도를 제외한 대부분의 인물들, 특히 농부들을 비롯한 남원부민들)이 춘향의 비장에 공감 내지 동조하고 있다는 사실에서 확인이 가능하다. 이 부분에서 춘향의 비장은 춘향의 성격에서 비롯되는 것이라고 할 수 있다. 물론 여기서 비장을 발생시키는 요인이 외부적 조건인 변학도에 있다고 볼 소지도 다분하다. 하지만 그보다 더욱 근본적인 동인은 자신의 신념에 투철한 춘향의 성격이라는 내부적 조건이다. 따라서 시련 부분의 서사구조에 형상화되어 있는 비장은 '성격적 비장'이라 할 만하다.

끝으로 '옥중 상봉' 장면에 드러나 있는 비장은 앞의 두 부분과는 조금 다르다. 이 장면의 서사적 전개는 비교적 단순한 내용이다. 즉 이 어사가 월매와 함께 옥중의 춘향을 만나는 내용으로, 처음에 춘향과 월매가 서로 붙들고 우는 가운데 춘향이 이 어사를 얼른 알아보지 못한다. 월매의 퉁명스런 핀잔과 함께 이 도령을 알아본 춘향이 죽음을 예감하며 한탄하고 나서, 월매와 이 어사에게 유언을 한다.

여기에서 춘향의 비장은 죽음을 앞둔 절망적 상황에 처하여 불가능한 소망을

---

27) 김흥규, 위의 논문, 14쪽 참조. 이 글은 물론 판소리 사설을 주된 대상으로 하여 비장의 유형을 분류한 것이기 때문에, 본고의 대상인 〈남원고사〉의 분석 결과와는 차이가 있을 수 있다. 그러나 적어도 판소리 사설을 포함한 〈춘향전군〉의 어느 작품에도 당대로서의 춘향은 결코 평범한 여인이라고 하기 어렵다. 이 점은 신념적 윤리에 따라 죽음을 택하는 심청의 경우에도 비슷하게 나타난다. 영웅과 범인의 개념도 출신계층이나 지향하는 바의 평범성 여부에서 판단할 것이 아니라, 시대에 따라 시각을 달리해 볼 필요도 있을 것으로 본다.

붙들고 있을 따름인 자신의 참혹한 처지 때문에 비장하다. 즉 그토록 그리던 임을 만났음에도 불구하고 아무런 구원도 이루어질 수 없다는 절망이 비장을 불러일으킨다.

월매 역시 이러한 춘향의 비장에 동참하여 비장감을 확대시키고 있다. 이 도령이 어사가 되어 내려온 사실을 모르는 춘향으로서는 한 가닥 살아날 희망이 사라져버리는 순간이다. 그러나 그 때에도 춘향은 '이졔 져 몰골이 되여시니 애고 나난 죽네. 죽으나 한이 업소.'(414쪽) 하며 의연하다. 오히려 월매에게 이 도령을 잘 입히고 먹일 것을 당부한다. 춘향의 이러한 태도는 사랑의 파트너에 대한 변함없는 신뢰감의 표시인 동시에, 흔들리지 않는 신념의 소유자임을 다시 한번 확인하게 해준다.

바로 이것이 당시 이 도령이나 임금 등 지배계층의 완고한 이념(신분 차별)을 완화 내지 변화시키는 역할을 하는 것이다. 〈남원고사〉의 이런 점이 일반적으로 〈춘향전〉의 주제를 말할 때 끊임없이 논란이 되어온 '사랑과 정절', '저항과 신분 해방'이 하나로 연결되는 지점이라고 하겠다. 〈남원고사〉의 춘향에게는 이 두 가지가 별개의 것이 아닌 것으로 그려져 있다. 다시 말하면 '사랑과 신분 해방'은 춘향이 이루고자 하는 목적적 가치를 나누어 갖는다면, '정절과 저항'은 수단적 가치를 공유한다.28)

결과적으로 거지꼴이 되어 나타난 이 도령에게도 춘향은 헌신적이고도 무조건적인 사랑의 순수성을 보인다. 이것이 〈춘향전〉의 모든 이본들이 공유하는 영원한 매력과 공감의 요인이기도 한 것이다. 춘향이 지닌 이러한 사랑의 순수성이야말로 그녀의 신념, 소망, 시련 극복의 의지와 더불어 작품을 행복한 결말로 이끌어 가는 구조적 원동력이다.

그런데 여기에서 유의해야 할 것은 작중인물인 춘향과 독자의 입장 차이이다. 왜냐하면 독자들은 이미 이 도령이 어사임을 알고 있기 때문에, 춘향의 비장에

---

28) 이렇게 보면 〈남원고사〉의 경우, 표면적 주제와 이면적 주제(조동일, 주17)의 논문)로 나누기 어렵다. 또한 어느 한쪽만의 일원적 주제도 내세우기도 곤란하다(정하영, '춘향전 주제론 재고', 춘향전의 종합적 고찰, 한국고소설연구회 편, 아세아문화사, 1991. 참조)고 할 것이다. 주제의 문제는 본고의 주된 관심이 아니기 때문에, 다만 〈남원고사〉에는 〈춘향전〉의 여러 이본들이 제시한 다양한 주제적 요소가 긴밀하게 통합되어 있다는 점만 지적해 둔다.

같이 동참하지 않고 오히려 그것을 여유 있게 즐기는 위치에 있다. 이러한 입장은 이 도령도 마찬가지이기에 처참한 춘향의 모습에 비분강개하면서도, 한편으로는 이 장면의 끝에서 옥중의 춘향에게 입맞춤을 시도하는 장난기가 발동한다.

반면에 춘향으로서는 이 순간이 앞의 이별과 시련에서보다도 더욱 비장한 처지의 상황에 봉착한 것이 된다. 이것은 서사구조 속에서 일종의 극적 효과를 연출하는 일시적인 비장이라고 하겠는데, 이는 작중인물이 처한 작품내적 상황에 의한 것이다. 요컨대 이 장면의 비장은 '상황적 비장'이라고 할 만하다.[29]

지금까지 〈남원고사〉의 이별, 시련, 옥중 상봉 등의 부분에 집중되어 있는 비장의 양상을 작품의 서사구조와 관련하여 고찰해 보았다. 그 결과 〈남원고사〉는 비장한 춘향의 이야기를 서사구조의 중심축으로 한 작품임이 드러났다. 그리고 비장의 근본적인 원인으로는 운명적인 것(이별), 성격적인 것(시련), 상황적인 것(옥중 상봉) 등에 의한 것임을 밝힐 수 있었다.

이제 남은 문제는 이와 같은 비장한 부분에 겹쳐 있는 골계에 대한 것이다. 특히 위에서 ( )에 표시한 것과 같은 골계적 표현, 상황, 삽화 등의 존재는 비장과 골계의 역학 관계에 대한 해명에 귀착된다고 하겠는데, 이에 대해서는 다음 장에서 상세히 다루기로 한다.

4. 서술방식과 골계

오늘날 〈춘향전〉의 역사적 생성과 변모 과정에서 확인할 수 있는 가장 중요한 변화는 1) 서사구조, 2) 인물의 설정, 3) 미적 특질 등의 변화라고 할 수 있다. 이와 같은 사실은 〈춘향전〉의 현전 최고 자료인 유진한의 〈만화본 춘향가〉(1754년)와 이후의 자료들을 대비해 보면 쉽게 알 수 있는 일이다. 이 방면 선행 연구에 힘입어 이를 몇 가지로 정리하면 다음과 같다.[30]

---

29) 마땅한 용어가 없어 필자가 임의로 정해본 것이다. '이별' 부분의 비장을 [運命的 悲壯]이라 했고, '시련' 부분의 비장을 [性格的 悲壯], '옥중 상봉' 장면의 비장을 [狀況的 悲壯]이라 한 것은 각 부분에서 비장이 발생하는 근본적 원인을 고려한 편의상의 구분임을 밝혀둔다.

30) 박관수, 「초기 〈춘향가〉의 특성」, 『판소리연구 제8집』, 판소리학회, 1997. 이 글은 〈만화본 춘향가〉가 18세기 중엽의 춘향가를 충실히 반영하고 있음을 살피고, 등장인물과 구성, 미적구

1)의 대체적인 서사적 줄거리는 거의 일치한다. 그러나 가장 두드러진 변화는 춘향의 시련 부분의 위치와 세부 묘사, 대단원 부분의 서술 분량이다. 춘향이 변 사또에게 시련을 겪는 부분이 〈만화본〉에서는 이 도령이 옥중에서 춘향을 만날 때 그녀의 구술을 통해 역전적으로 서술되는데, 후대본에서는 이별 후에 이어서 시간적 순차에 의해 서술된다.

또 대단원 부분의 서술이 한 대목을 형성할 정도였던 것(〈만화본〉의 200구 가운데 35구를 차지함)을, 후대의 이본들은 재회 후에 춘향이 서울에 올라가 행복하게 생활하는 모습이 하나의 큰 대목으로 설정될 수 없을 만큼 간략하게 처리된다. 즉 춘향의 행복한 모습보다는 춘향의 불행을 더욱 극적으로 부각시키는 방향으로 변모된 것이다. 이는 서사구조상 춘향의 비장한 이야기가 구성의 핵심이 되었다는 점에서 그 의의가 자못 큰 것이다.

2)에서는 주동 인물과 보조 인물의 성격과 역할, 신분 등의 차이를 보인다. 주동 인물의 비중에서는 이 도령 중심(〈만화본〉), 춘향과 이 도령이 대등함(〈남원고사〉계, 춘향 중심(〈별춘향전〉계) 등으로 바뀐다. 춘향의 신분도 기생, 기생이다가 면천(免賤), 처음부터 비기생(대비정속, 양반의 서녀) 등으로 변화한다.

이와 더불어 보조 인물의 역할도 후대로 내려올수록 눈에 띄게 증대한다. 그런데 인물면에서 중요한 변화는 이본에 따라 편차가 있기는 하지만 무엇보다도 모든 등장인물의 골계성 강화로 요약될 수 있다. 이 도령과 춘향, 변학도는 물론이고, 특히 방자와 월매의 골계적 성격과 역할의 증대는 괄목할 만하다. 이러한 점은 기타 군소 등장인물의 숫자와 역할에서도 마찬가지이다.

이와 같은 1), 2)의 변모에 따라 3)의 미적 특질도 당연히 달라지는데, 그것은 한마디로 비장과 골계의 확장이라고 할 것이다. 이 중에서 비장의 확장은 1)과 같이 사건 전개의 구조적 중심에 춘향의 비장한 이야기(이별, 시련)를 위치시킨 변화에 힘입은 것이고, 골계의 확장은 2)의 결과라고 하겠다.[31]

조의 측면에서 초기 〈춘향가〉의 특성을 논하고 있다.
31) 이것은 판소리의 구성 원리로서 기왕에 논의된 바 있는 '장면 극대화'나 '부분의 독자성'에 의한 비장과 골계의 확대에서도 그 원인을 찾을 수 있다. 여기서는 판소리 내지 판소리계 소설의 역사적 전개를 염두에 둔 것이다.

그러면 여기에서 18세기 중엽에서 19세기로 넘어오면서 생긴 이상과 같은 변화의 원인이 궁금해진다. 그것은 문학 내적, 외적인 측면에서 여러 가지로 논의될 수 있을 것인데, 예나 지금이나 문학 텍스트의 존재 양상은 작자(또는 개작자, 판소리의 창자, 야담의 편찬자, 설화의 화자)와 독자(판소리의 관객과 청자, 설화의 청자)의 관계에 놓여 있는 상관물이라는 점을 벗어날 수 없다. 따라서 그 변화의 근본적 동인은 작자와 독자의 이념과 관심, 세계관 등의 의식변화에서 찾게 된다. 이러한 의식변화의 결과물이 작품이고, 〈남원고사〉도 그러하다.

앞의 2장에서 잠깐 언급한 바와 같이 〈남원고사〉에 보이는 서사구조의 짜임새, 인물의 표현, 미의식의 특징 등이 〈남원고사〉만의 독창적인 것은 아니라고 해도, 전체 장면의 대부분을 골계적 서술로 일관하고 있다는 사실은 주목할 만한 것이다. 그리하여 기왕의 논자들도 이 점에 착안해서 〈남원고사〉의 주제, 구조, 표현, 삽입 문예 양식, 서술 원리 등의 다각적인 검토를 통하여 이 작품의 민중문학적인 성격을 규명한 바 있다.[32]

여기에서는 〈남원고사〉의 전반적인 골계에 대한 해명이 아니라, 비장과 관련된 부분의 골계에 한정하고자 한다. 문제는 서사구조 가운데 비장한 부분에 공존하는 비장과 골계의 이질적인 미적범주가 어떤 양상으로 존재하고 있으며, 서로의 관계와 역할은 어떻게 나타나는가 하는 것이다.

일반적으로 골계는 엄숙한 것, 긴장된 것으로부터의 이탈을 한 속성으로 한다. 기존의 권위나 관념에 대한 비판이 우회적인 방법을 취할 때 흔히 골계라는 수단을 사용하는 것은 이 때문이다.[33] 〈남원고사〉 역시 골계적인 요소를 통해 완강한 관념의 허위성이나 가장된 엄숙함의 배후를 공격하여 희화화하고 심각한 정서적 긴장에서 이탈하는 경향을 보인다.

사실 작자는 서두에서부터 인생무상과 물외세계의 흥을 강조하고, 서두의 끝에 "이 셰상의 매오 이상하고 신통하고 거룩하고 긔특하고 패려하고 맹낭하고

---

32) 김동욱(「남원고사 해제」, 『춘향전사본선집1』, 명지대 국문학과, 1976.), 성현경(앞의 논문), 설성경(앞의 책과 논문), 김종철(앞의 논문), 김태준(「〈남원고사〉의 삽입 문예양식과 그 민중적 성격」, 『춘향전의 종합적 고찰』, 한국고소설연구회 편, 아세아문화사, 1991.) 등을 들 수 있다.
33) 김흥규, 앞의 논문, 34쪽.

희한한 일이 잇것다."라고 하여 작품 속의 이야기를 즐기는 태도를 드러내고 있
다. 이것은 작자가 현실뿐만 아니라 작중현실에서도 한 발 물러선 위치에서 비판
적 거리와 시각을 갖고 모든 등장인물과 사건에 골계적 정신으로 일관하고 있음
을 전제한 것이다. 그래서 작품의 전편에 골계가 넘쳐나고, 비장한 부분에서도
예외가 아니다.

먼저 이별 장면은 #27-#35에 해당하는데, #27에서 사또의 승차 소식을 들은
이 도령이 #28에서 춘향에게 이별을 알리면서 보이는 언행은 골계적이다.
#29-#33까지는 이별의 과정을 진지하고 자세하게 제시하여 비장감을 불러일으
킨다. #34는 서울로 떠나가는 길에서 마부와 수작하는 골계가 이 도령의 비장감
을 심화시키고 있다. #35는 춘향의 자탄이다. #28의 골계는 이 도령이 이별을
당연시하면서 보여주는 과장된 행동, 딴전피우기, 비속한 언사 등으로 나타난다.
긴박한 순간에 끼어든 다음과 같은 우스운 언동으로 독자들이 예상한 춘향의
발악이 한 박자 늦추어진다.

> "불의금자 당한 일이 마른 하날 급한 비의 된벼락이 나리난 듯, 모진 광풍의
> 시셕이 날리난 듯 정신이 어즐하고 마음이 끌난 듯하여 죽을 밧긔 할 일 업다.
> 두 쥬먹을 불근쥐ㅣ여 가삼을 쾅쾅 두다리며,(중략)내직승차난 무삼일고? 공됴참
> 의 하지 말고 이 고을 좌슈로나 쥬져 안져더면 내게난 퇴판 조흘 거슬. 애고 이를
> 엇지할고, 가삼 답답 나 죽갯다.(175쪽)"

> "니도령 울며 대답하대, '떠러졋단다. 떠러져.' 춘향이 놀나 대답하대, '어대가
> 낙성을 하엿단 말이오? 그랴셔 대단이나 닷치지 아니하엿소?' '뉘 아들놈이 내가
> 떠러졋다드냐? 어루신내가 골앗단다.' '골아? 애고, 골다니 사또 날니셨나보오.',
> '그러탄다.'"(176쪽),

> "잘 따라오나라. 잘 따라와. 그러할 터 갓하면 뉘 아들놈이 긔탄하랴."(176쪽)

이와 같이 양반 자제로서의 점잖음까지 저버린 바보스런 행동, 허풍, 비속한 말 등을 통해 이 도령의 점잖은 권위, 엄숙한 척하는 태도, 지나친 욕망 같은 것들을 우스꽝스럽게 만들면서 있는 그대로의 인간성을 옹호한다. #34에서는 이 도령이 춘향과 이별하고 떠나는데, 마부가 차모 귀덕이와의 신정(新情)이 미흡하여 자기는 서울을 한 다름에 갔다가 오고 싶다고 한다. 천천히 가고자 하는 이 도령과 빨리 갔다 오고 싶어 하는 두 사람의 상반된 이해가 절묘하게 배치되어 웃음을 자아낸다. 그러면서 엉뚱하게 자기 처의 자랑을 다음과 같이 늘어놓는다.

"머리 압흔 숙붓터 두 눈섭이 다하잇고, 두 눈은 왕방울만하고, 코난 바람벽의 말나 붓튼 빈대갓고, 입은 두 귀밋가지 도라오고, 가삼은 두리 기동 가타여 젓통이란 말은 아조 업사오니, 요런 묘한 겨집이 또 어대 잇사오잇가?"(207쪽)

"도련님이 계집 묘리를 모라시난 말삼이올시다. 머리 압숙붓기난 겨을의 돈 아니드린 붓박이 휘항 긴하옵고, 계집의 눈 큰 거산 셔방이 꾸지져도 겁을 내여 공슌하고, 코 업기난 입다힐 졔 거칠 거시 업사오니 더 긴하옵고, 입 큰 거산 밧분 때의 급히 맛츌 졔 아모대랄 대여도 영낙 업사오니 긴하옵고, 젓통이 업난 거산 단야의 곤한 잠 자다가도 부로통한 거시 만치이면 자연이 마음이 동하여 버무레나 떠히고 한가음이나 뜨오니, 젓통이 업사오면 왼 밤을 셩히 자고 나오면 녹용한 그릇 먹은 헴이오니 요런 계집은 곳 보배원다."(207-208쪽)

이 말 끝에 "도련님 슈청은 엇더하옵더니잇가?"하는 마부의 수작에 넘어간 이 도령은 처지를 잊고 마부에게 춘향이 자랑을 하다가 문득 현실을 깨닫고는 통곡하기 시작한다. 마부의 골계적인 이야기를 끼워 넣음으로써 이 도령의 슬픔에 완충 역할을 한다고 하겠다.

이러한 이별 장면에서 골계의 기능은 #28의 비장한 장면을 지연하는 것과 #34의 비장을 이완시키는 것으로 나타난다. 적어도 표면적으로는 이러한 판단이 타당하다. 그런데 여기에서 골계와 비장의 관계가 그리 단순하지 않다는 데 문제가 있다. 즉 연행 예술로서의 판소리적인 특징으로 알려진 '장면의 극대화'나 '부분의 독자성', 또는 '비장과 골계의 교체'나 '긴장(몰입)과 이완(차단)의 반복' 등만으로는 해명이 안 되는 요소가 있는 것이다. 그렇게 되면 #28과 #34가 갖고 있는 풍자적 의미를 간과하게 된다.

〈남원고사〉의 작자는 작품의 전반부에서 이 도령에 대해 해학적 시각과 풍자적 시각을 교차시키고 있음을 알 수 있는데, 결연 부분에서 방자에 의해 시도되는 이 도령에 대한 풍자는 이별 장면에서는 #28과 #34에 의해 서술된다고 할 것이다. 다시 말하면 #28은 이 도령 자신의 언행을 통하여, 지금까지 이 도령이 보인 춘향과의 사랑이 결국은 양반집 자제의 한 때 풍류에 지나지 않는다는 사실을 극명하게 보여준다. 이것은 춘향이 처음부터 우려했던 바로, 사또의 승차 소식에 아무런 대책 없이 통곡하며 허둥대기만 하는 이 도령의 골계적 모습에 잘 드러나 있다.

그리고 #34는 마부로 하여금 있어야 할 행동의 규범에 구애되지 않고, 있는 그대로의 생활감정을 긍정적으로 노출하면서 생기는 골계를 연출함으로써 이 도령을 풍자한다. 비록 못생긴 아내와의 생활이지만 꾸밈없이 발랄하게 긍정되는 평민적인 삶과, 사랑하면서도 사회적 관습에 얽매여 아름다운 춘향과 생이별을 하는 이 도령의 삶이 대조적으로 제시되었다. 이를 통해 작자는 평민의 삶을 긍정하고, 허위에 찬 양반의 고정관념을 부정한다. 결국 위와 같은 작자의 의도를 표현하기 위한 수단으로 #28과 #34의 골계적인 표현이 이별 장면에 활용된 것이라고 하겠다.

일반적으로 소설의 서술방식은 '말하기'와 '보여주기'인데, 그것은 작자가 독자에게 작품세계를 전달하는 방식 또는 태도에 따라 달라진다. 그에 따라 '말하기'와 '보여주기'의 방법도 다양하게 된다. '말하기'는 보통 설명이라고도 하는 것으로 작자의 주관적인 가치판단에 의해 대상을 평가하고 이를 설명을 통해 전달한다. 반면 '보여주기'는 사건이 전개되어 나가는 과정을 서술하는 방식인데, 대표적인 것이 사실대로 객관적으로 보여준다.

이러한 '보여주기'에는 작자의 의도와 태도에 따라 '우화적 보여주기', '의인적 보여주기', '몽유적 보여주기', '골계적 보여주기' 등이 있을 수 있다. 여기서 '골계적 보여주기'란 서술하고자 하는 대상의 어떤 특징을 기대 이상으로 과장 또는 확대시킴으로써, 독자로 하여금 특히 선명한 인상을 갖게 해 작자의 의도를 더욱 명확히 하는 서술방식이다.

알려진 바대로 판소리 사설이나 판소리계 소설에는 '보여주기'가 서술의 대부분을 차지한다. 춘향의 경우는 있는 그대로의 비장을 펼쳐보여도 작자의 의도가 달성되지만, 이 도령이나 변학도와 같은 존재는 그대로 보여주는 것만으로는 안 된다. 그렇다고 노골적인 '말하기'의 기법을 활용하기에는 작자의 기질이나 사회적 통념이 허락하지 않을 수 있다. 이 때 작자의 선택은 판소리 등을 통해 이미 문학적 관습으로 널리 익숙해진 골계를 적절히 사용하는 것이다.

사회적인 대립이나 갈등은 현실세계를 반영하는 것이기에, '골계적 보여주기'를 통하여 사실을 그리되 그 특징을 집약적으로 첨예화시키고, 무엇이 문제인가를 명백히 드러내는 데 보다 효과적이라 할 수 있다. 즉 이 도령이나 변학도의 경우 '사실적 보여주기'와 '골계적 보여주기'를 병행함으로써, 우회적인 방법으로 양반층에 대한 각성을 촉구하려는 비판적 의도를 노렸다고 생각된다. 이는 〈남원고사〉의 골계적 표현이 주로 전반부는 이 도령의 희화화, 후반부는 변학도의 희화화에 초점을 두고 집중적으로 서술되었다는 점에서 그러하다.[34]

그러므로 이별 장면에서 골계의 역할은 첫째 독자의 흥미 지속을 위한 배려, 둘째 비장의 지연, 이완, 차단 등의 미적 효과, 셋째 작자의 의도를 드러내기 위한 서술 방법 등의 의미를 갖는 것으로 정리될 수 있다. 이 가운데 특히 마지막의 역할과 기능이 가장 근본적이고 중요한 것인데도, 그동안 기왕의 연구에서 별로 주목하지 않은 것이다.[35] 이러한 사실은 다음의 시련 부분에서 좀 더 명확

---

34) 여기서 물론 작자의 비판적 시각이 방자, 월매, 이방 이하 관속들, 허봉사 등과 심지어 춘향에게까지 미치고 있다는 사실도 중요하다. 그러기에 〈남원고사〉에는 그토록 골계가 풍부한데, 그것은 암행이후 어사 출도까지에 보이는 이 도령의 능청스러운 골계의 창출도 마찬가지다.

35) 이 방면 연구에 선편을 잡은 조동일은 비장과 골계의 결합공존의 예로 '시집살이 노래'를 들고, 비결합공존의 예로는 '심청전'을 들고 있는데, 전자의 경우 "골계가 비장을 차단하기보다는 오히려 비장을 보조하는 구실을 한다. 골계의 개입은 지나친 비탄에 빠지지 않고 비장한 상황이 객관성을 갖게 하고, 이 노래의 청자가 비장한 상황을 비판적으로 이해할 수 있도록 한다. 요컨대 비장과 골계가 결합되기는 했으나 비장이 훨씬 우세한데, 이와는 달리 골계가 우세한 경우도 있다."고 했다. 후자의 경우 "비장과 골계는 각각 독립적으로 작용하고 있으며, 서로 반대되는 방향으로 주제를 이끌어 가고 있다."고 했다. 그밖에 '흥부전'에서는 "숭고와 골계가 각각 독립적으로 작용하고 있으며 서로 다른 방향으로 별개의 주제를 만든다."고 했다(조동일, 앞의 논문 참조). 이는 그의 판소리 또는 판소리계 소설에 대한 일련의 견해(고정체계면-표면

히 드러난다.

이와 같이 시련 부분(#36-#55)에서의 골계는 변학도의 희화화에 집중되어 나타난다. 그것은 "천만 뜻밧긔 결련 덕으로 산정의 말망 낙졈하엿난지라."(217쪽)와 같은 '말하기'와 변학도의 여러 가지 언행을 통한 '골계적 보여주기'로 요약되는데, 후자가 압도적이다. 남원부사 낙점을 받은 날부터 춘향의 소문을 듣고 안절부절 못하는 성급함(#36), 현신한 신연하인을 내치는 변덕과 포악함(#37), 남원으로 도임할 때의 거드름(#38-#40), 도임하여 좌기한 후 기생 점고부터 함(#41), 춘향의 현신을 재촉함(#42), 춘향 촉래 분부함(#46), 현신한 춘향을 놓고 멍청한 이낭청과 수작할 때의 능청(#48), 춘향에게 수청을 강요하는 부와 권력을 앞세운 횡포, 어리숙함, 호색, 인색함, 완고함, 고집불통(#49), 태형 30도를 치는 난폭함(#50), 중죄인처럼 항쇄와 족쇄를 채워 하옥시키는 부당한 처사(#51) 등으로 되어 있다.

여기에서 빠져 있는 부분 중에 #43과 #45는 춘향을 부르러 간 군노사령에 의한 골계이고, #53은 옥중의 춘향을 위로하러 온 남원 한량들의 골계적인 장면이다. #44와 #52, #54-#55는 월매와 춘향의 자탄과 춘향의 유언이라서 골계가 개입되어 있지 않다.

이렇게 보면 굳이 더 구체적인 예를 들지 않아도, 이 부분에서 시도한 변학도에 대한 희화화의 정도와 양을 능히 짐작할 만하다. 이것들은 대부분 변학도의 생활과 성격을 풍자하는 데 동원된 것인데, 여기에 현실 비판적인 작자의식이 담겨 있다고 할 것이다. 한 마디로 바람직하지 않은 무능하고 부패한 관리와 양반상의 전형을 보여준다. 따라서 서사구조상으로 가장 비장한 이야기를 '골계적 보여주기'로 서술하고 있는 셈이다.

적 주제-비장 또는 숭고, 비고정체계면-이면적 주제-골계)를 바탕으로 한 것이기도 하다. 그런데 필자는 그것대로의 성과를 일면 긍정하는 한편, 〈남원고사〉에 전자의 경우를 적용해 볼수 있다고 생각한다. 이는 앞선 연구의 우를 되풀이할 수 있는 위험도 있지만, 같은 방법론의다른 시각으로 재조명해 볼 수 있는 이점도 있기 때문이다. 이에 따라 정리해 보면 '〈남원고사〉는 비장과 골계가 결합공존하고 있고, 골계가 비장을 차단하기보다는 오히려 비장을 보조하는 구실을 한다. 비장한 부분에서 골계의 개입은 지나친 비탄에 빠지지 않고 비장한 상황이객관성을 갖게 하고, 이 작품의 독자가 비장한 상황을 비판적으로 이해할 수 있도록 한다.요컨대 비장과 골계가 결합되기는 했으나 골계가 훨씬 우세한 경우이다.' 등으로 요약된다.

걸핏하면 아래 사람에게 화를 잘 내고, 호령하고, 변덕스럽고, 거드름 피우고, 포악하고, 호색하고, 탐욕스럽고, 고집불통이고, 능글맞기까지 한, 변학도에 대한 희화화는 시련부분 전체를 관통하는 골계적 기법이다. 작자는 이 부분에서 골계적인 모습을 반복적으로 보여주어 변학도의 권위를 추락시킴으로써, 독자에게 사회적 제도와 권위를 일시적이나마 무너뜨리는 쾌감을 불러일으킨다.

이는 직접적으로 공격하는 태도를 유보하면서도 민중적 정서의 표출과 비판적 관점을 드러내기에 아주 효과적이다. 이를 통해 무능력하고 불의한 권력 집단에 대한 대리적 희화화의 기능을 확보하고, 독자와의 공감대를 넓혀 현실 비판적 의미망을 확산해 가는 것이다.

이렇게 보면 '골계적 보여주기'는 흥미의 지속 이상의 의미를 갖는다. 즉 작자 의식과 미적 특질을 결합시켜 독자의 동적인 각성을 이끌어 낸다는 사실에 주목하게 된다. 형방과 변학도의 상하관계가 역전되는 의미망(#49)과 변학도에 대한 공격적 풍자가 유발하는 웃음과 고통 받는 춘향의 삶에 대한 동정 내지 공감을 이끌어내는 눈물이 한데 어우러져서, 독자들이 현실적 문제를 비판하는 안목을 획득하고 현실적 장애를 극복하자는 의지를 각성시키는 데까지 나아가게 만든다. 생일잔치에서 취중에 내뱉는 변학도의 독백은, 이 문제가 춘향이라는 한 개인에 대한 핍박으로 끝나는 것이 아님을 보여준다.

> 본관이 취흥을 못 니긔여 쥬담으로 하난 말이, "여보 임실, 나난 묘리 잇난 일이 잇소. 심심한 때면 니방놈과 모든 은결 패여내여 단 두리 쪽박하니 그런 자미 또 잇난가? 여보 함열 현감, 쥰민고택 마자 하엿더니 할 밧긔난 업난 거시, 정업난 별봉이 근래의 무슈하고 궁교빈독걸패드리 끈힐 적이 바히 업고, 원천강 예봉도 젼보다가 배가 되니, 실살구난 할 슈가 업셔 쥬야경늄 생각하니 환자묘리도 할 만하고, 또 사십팔면 부민들을 낫낫치 츄려내여 좌슈차첩 풍헌차첩 아젼의 환방 갓튼 것 내여쥬면 은근한 묘리가 잇고, 또 봄이면 민간의 계란 하나식 내여쥬고 가을이면 연계일슈 바다드려 슈합하면 여러 천슈 맛득하고, 흉년이면 관포 밧고 헐가 쥬기, 이런 노룻 아니하면 지탱할 길 과연 업소."(452쪽)

변학도 스스로의 입으로 자신과 그가 속한 계층의 부정부패를 진술하게 함으로써 풍자의 강도를 높이고 있다. 아울러 이러한 부정부패가 지방수령으로서는 불가피한 것임을 드러내어, 그것이 당시의 사회 구조적인 문제임을 의식하게 한다. 변학도의 폭압은 이제 사회적인 갈등과 대립으로 커져간다. 이 도령의 암행 과정에서 보여주는 남원부민들의 변학도에 대한 공격적 언사는, 그들이 권력의 야욕에 의해 파괴되는 생활의 국면을 표출하는 것이다.

그렇다면 춘향의 시련 과정은 변학도의 언동을 희화화하면서 불의한 권력의 무능함과 비정함을 희극적으로 형상화하여, 독자에게 지배집단의 무능과 횡포를 동시에 비판하는 힘을 획득할 의지를 이끌어내게 만드는 단초적 역할을 하는 것이라고 할 수 있다. 시련부분이 생성시키는 의미와 미의식은 상호 역동적으로 작용하면서 현실적인 문제에 대한 이해나 인식을 넘어서서, 현실적 장애를 극복하는 의지를 각성시킨다는 역할과 기능을 지닌다.

이제 앞에서 잠시 유보해 두었던 #43-#45와 #52-#54,#55에 있는 골계와 비장의 양상을 살펴보기로 한다. 앞의 장면은 골계(#43)와 골계(#45) 사이에 비장(#44-춘향의 자탄)이 들어 있고, 뒤의 장면은 비장(#52)과 비장(#54, #55) 사이에 골계(#53-남원한량들의 온갖 장난)가 위치해 있다. 둘 다 비장과 골계를 의도적으로 교차시킨다는 점에서 공통적이지만, 전자는 예기치 않은 비장의 삽입이고 후자는 예기치 않은 골계의 삽입이다.

이 부분은 기존의 논의대로 '비장과 골계의 교차, 긴장과 이완의 원리'(김흥규), '장면 극대화의 원리, 웃는 즐거움36)'(김대행), '부분의 독자성'(조동일) 등으로 설명이 가능한 부분이기도 하다.

그런데 작자는 〈남원고사〉에서 춘향과 월매의 비장한 처지는 주로 '객관적 보여주기', 이 도령과 변학도 등은 대체로 '골계적 보여주기'의 이중적 서술방식을 병행하고 있다. 부분적으로는 이러한 서술의 관점이 엇바뀌거나 혼합되기도 하지만, 큰 틀은 유지한 채 진행된다. 따라서 근본적으로 두 가지 시각을 공유한 작자로서는 골계 속의 비장, 비장 속의 골계의 삽입이 별로 문제가 되지 않는

---

36) 김대행(「웃음의 시학」, 『시가시학연구』, 이대출판부, 1991.)은 문맥적으로 예상되는 웃음을 '즐거운 웃음'이라 하고, 탈문맥적인 웃음을 '웃는 즐거움'이라 했다.

다고 하겠다.

오히려 대비적인 효과를 통해 춘향의 비장은 더욱 처절하게, 민중층의 골계는 더욱 발랄하게 부각될 수 있는 것이다. 이것은 작자의 등장인물에 대한 긍정적 시각과 부정적 시각, 등장인물 상호간의 우호적 관계와 적대적 관계 등을 고려하면 심도 있는 분석이 가능하다고 하겠다. 그 예로 군노 사령들과 남원 한량들의 춘향에 대한 태도와 이에 대한 작자의 시각 같은 것을 들 수 있는데, 여기서는 다만 지적에 그치기로 한다.

결국 이 대목에서 골계와 비장이 교차하는 것은 기왕의 성과와 더불어, 작자가 시도한 서술방식에 따른 결과로 이해된다. 특히 서술방식으로서 '골계적 보여주기'의 다양한 연출은 〈남원고사〉의 작자가 19세기 전반기 서울 지역에서 불리던 판소리 〈춘향가〉의 현실을 상당한 정도로 반영하고 있고, 판소리의 원리를 철저하게 적용함으로써 분량의 확대에 성공하고 있다는 점을 재확인하게 해준다. 그리고 그것은 작자의 세계관 내지 미적 추구와도 밀접한 관련을 가진다는 점에서 중요하다. 이러한 사실은 역시 비장한 대목인 옥중 상봉에 끼어든 골계적 삽화에서도 확인할 수 있다.

입맛 다시고 옥문 틈으로 손을 너허 츈향의 손을 마조 쥐고, "너모 셜워마라. 입이나 좀 다혀보자." 옥문 틈으로 맛초랴 한들 그림 속의 꼿치로다. 이런 때의난 황새 자식이나 되더면 조흘 번하다. 할 일 업셔 믈너셔셔 혼자 말노 니를 갈고 하난 말이, "이놈 내일 생일 잔채 하량이면 더욱 조타. 내 손씨로 츌도하여 급경풍을 모라다가 만경창파 되강오리를 만들니라."(423-424쪽)

이 어사가 춘향과 옥중에서 상봉한 후에 춘향으로부터 유언을 듣고 달래면서 하는 행위는 입맞추기이다. 이는 비장한 분위기를 일신시키는 한편, 이 도령의 변화된 의식을 드러낸다. 장원급제와 암행을 통하여 이 어사는 전날의 치기어린 이 도령이 아닌, 보다 성숙한 인간으로 거듭 난 것이다. 즉 이 어사가 그동안 보고 들은 춘향의 굳은 절개, 변학도의 실정, 민중들의 고통과 발랄한 생활 등에 의해 각성된 의식을 갖게 되었음을 드러낸다.

진정한 삶은 골계적인 인식과 행동으로 비인간적인 집착이나 구속을 벗어버리는 데서 얻어질 수 있다는 깨달음은 스스로 골계를 유발한다. 부당하게 경화된 규범을 파괴함으로써 상황에 구애되지 않고 자유스러운 삶을 긍정하는 것이다. 이제 이 도령은 전반부처럼 골계화되는 인물이 아니라, 스스로 골계를 실천하는 인물이다. 눈물과 웃음의 공존은 사건의 유기적 흐름의 필요보다도, 이처럼 작자 정신의 구현에 기여하는 것이라고 할 수 있다. 그것은 동시에 이 부분 자체의 골계적 효과와 흥미 때문이기도 한 것이다.

5. 맺음말

〈남원고사〉는 19세기 전반기 판소리 〈춘향가〉의 현실을 상당히 반영하면서도, 독서물로 서사구조와 서술방식을 일관성 있게 가다듬어 확장시킨 〈춘향전〉 이본 가운데 수작의 하나이다. 따라서 어느 이본보다도 비장과 골계의 확대도 두드러지는데, 특히 작품의 전편에 골계가 넘치고 있다. 이러한 현상은 심지어 일련의 비극적 장면-이별, 시련, 옥중상봉 등에서도 나타난다.

지금까지 학계에서는 이를 '장면 극대화의 원리', '웃는 즐거움의 추구', '부분의 독자성', '비장과 골계의 비결합 공존', '비장과 골계의 교체', '긴장(몰입)과 이완(차단)의 원리' 등으로 설명해 왔다. 필자도 이런 견해들에 대체로 수긍하면서 그동안의 논의에서 소홀했던 면을 보완하고자 한 것이다.

2장은 분석의 대상인 〈남원고사〉에 대한 자료의 이해이고, 3장에서는 18세기 중반에서 19세기로 넘어오는 과정에서 춘향의 비장한 이야기가 서사구조의 핵심에 놓이게 된 사실을 주목하였다. 4장에서는 서술방식에 따른 골계를 다루었는데, 주로 작가의식의 성숙에 따라 의도적 서술방식으로 선택된 골계의 확장을 검토하였다. 그 성과를 요약하면 다음과 같다.

먼저 〈남원고사〉에서 비장한 인물은 춘향이고, 월매는 춘향의 비장을 증폭시키는 보조적 역할을 한다. 서사구조상으로 비장한 부분은 '이별', '시련', '옥중상봉' 등인데, 추상적인 순차적 구조만으로는 비장의 양상이 잘 드러나지 않는다고 보아 각 부분의 서사구조를 세분화하여 제시하였다.

이별 부분에서 비장은 사회적 관습에 따르는 이 도령에 맞선 춘향이, 기생이라는 운명적 조건에 굴복하는 데서 기인하는 '운명적 비장'으로 나타난다. 시련 부분은 〈남원고사〉 5권 중에 3권과 4권의 앞부분에 해당하며, 서사구조에서 양적으로나 질적으로 핵심을 이룬다. 여기에서 비장은 각성된 근대적 자아의 소유자인 춘향(상하 차별 없는 '사랑권, 정절권, 평등권의 주장과 실천)이 강력한 적대자인 변학도에게 패배하는 데서 발생한다. 이 때 비장의 근본적 동인은 변학도라는 외부적 조건보다도 자신의 신념에 투철한 춘향의 성격이다. 따라서 시련부분에 형상화되어 있는 비장은 '성격적 비장'이라고 할 만하다.

그러나 옥중 상봉 장면의 비장은 앞의 두 경우와는 조금 다르다. 춘향의 비장은 죽음을 앞둔 절망적 상황에 마지막 희망이 사라진 데서 나온다. 이 때 작중인물인 이어사와 독자는 춘향의 비장에 같이 동참하지 않고 오히려 그것을 즐기는 입장이다. 이것은 서사구조 속에서 일종의 극적 효과를 연출하는 비장인데, 일종의 '상황적 비장'으로 분류할 수 있다.

〈남원고사〉의 작자는 서두에서부터 인생무상과 물외의 흥을 강조하며, 그 말미에 "이 셰샹의 매오 이상하고 신통하고 거록하고 긔특하고 패려하고 맹낭하고 희한한 일이 잇것다."라고 하여 작품 속의 이야기를 즐기는 태도를 드러내고 있다. 이것은 작자가 실제 현실과 작중 현실에서 한 발 물러선 위치에 있음을 뜻한다. 따라서 모든 등장인물과 사건에 비판적 거리와 시각을 갖고 있음을 전제한 것이다. 그리하여 작품 전반에 골계가 넘치고 비장한 부분도 예외가 아니다.

이별 장면에서 골계의 기능은 표면적으로는 비장의 지연과 이완이다. 그러나 평민적 발랄한 삶과 지배 이념에 굴복한 이도령의 삶을 대조적으로 제시함으로써, 작자는 평민의 삶을 긍정하고 양반의 고정관념을 부정한다. 이는 시련 부분에서 더욱 심화되어 나타나는데, 다양한 '골계적 보여주기'라는 서술방식을 통해 변학도라는 인물을 희화화한다.

춘향과 월매의 비장한 처지는 대부분 '객관적 보여주기'로 제시되고, 그것은 변학도와의 대비로 서로 상승적 효과를 기대한 것이다. 따라서 춘향의 비장은 더욱 처절하게, 양반층에 대한 풍자는 더욱 신랄하게 이루어진다. 옥중 상봉에서는 이 도령의 '입맞추기' 골계를 보임으로써, 이 도령이 스스로 골계를 실천하는 인물로 변모했음을 일깨워준다. 결국 비장한 부분에 안배되어 있는 골계의 기능과 역할은 첫째 독자의 흥미 지속, 둘째 비장의 지연, 이완, 차단 등의 미적 효과, 셋째 작자의 의도를 드러내기 위한 '골계적 보여주기'로서의 서술방식 등으로 정리될 수 있다.

본고는 애초에 판소리 사설 또는 판소리계 소설에 비장과 골계가 공존하고 있다는 지극히 상식적인 사실에서 출발하여, 이를 따로 논의할 것이 아니라 함께 다루어야 한다는 당위로 시도된 것이다. 이제 남는 문제는 비장과 골계의 관계를 명쾌하게 해명할 수 있는 보다 정치한 방법과 이론의 확립이다. 또한 본고의 성과를 바탕으로 다른 〈춘향전〉 이본들과의 대비, 나아가서 전체 판소리 사설이나 판소리계 소설과의 비교적 고찰 등은 앞으로의 과제로 남긴다.

1. 자료

백대웅, 『다시 보는 판소리』, 어울림, 1996.
설성경 역주, 『춘향전』, 고대 민족문화연구소, 1995.
황패강외 편, 『향가 고전소설관계 논저목록 1980-1982』, 단국대 출판부, 1984.

2. 단행본

김동욱외 공저, 『춘향전 비교연구』, 삼영사, 1979.
김종철, 『판소리사 연구』, 역사비평사, 1996.
설중환, 『판소리 사설연구』, 국학자료원, 1994.
한국고소설연구회 편, 『한국고소설론』, 아세아문화사, 1991.

3. 논문

김대행, 「수궁가의 구조적 특성」, 『국어교육 27/28』, 1976.
______, 「웃음의 시학」, 『시가시학연구』, 이대출판부, 1991.
김동욱, 「남원고사 해제」, 『춘향전사본선집1』, 명지대 국문학과, 1976.
______, 「춘향전 연구는 어디까지 왔나」, 창작과 비평 40호, 창작과 비평사, 1976.
김열규, 「춘향전의 해학」, 『문학정신 6』, 문학과 정신사, 1987.
김종철, 「19세기-20세기 초 판소리 변모양상 연구」, 서울대 박사학위논문, 1993.
______, 「〈남원고사〉의 골계적 정신에 대한 연구」, 『판소리연구 8』, 판소리학회, 1997.
김태준, 「〈남원고사〉의 삽입 문예양식과 그 민중적 성격」, 『춘향전의 종합적 고찰』, 한국고소설연구회 편, 아세아문화사, 1991.
김행자, 「춘향전에 나타난 유모어의 성격 고찰」, 『녹원 11』, 이화여대, 1966.
김흥규, 「판소리에 있어서의 비장의 체험」, 『심상 5권 3호』, 1977.
______, 「판소리에 있어서의 비장」, 『구비문학 3』, 한국정신문화연구원, 1980.

______, 「국문문학의 사본유통과 세책업, 전기수」, 『한국문학의 이해』, 1986.

민태형, 「춘향전의 미학적 연구-완판 33장본을 중심으로」, 연세대 석사학위논문, 1987.

박관수, 「초기 〈춘향가〉의 특성」, 『판소리연구 제8집』, 판소리학회, 1997.

배영희, 「판소리 춘향가의 해학성-신재효본을 중심으로」, 성균관대 석사학위논문, 1983.

변재열, 「판소리 춘향가의 해학성 연구-신재효본을 중심으로」, 숭전대 석사학위논문, 1982.

설성경, 「춘향전의 계통과 보편구조」, 『춘향전의 종합적 고찰』, 한국고소설연구회 편, 아세아문화사, 1991.

성현경, 「〈남원고사〉본 〈춘향전〉의 구조와 의미」, 『고전소설연구의 방향』, 한국고전문학연구회 편저, 새문사, 1985.

______, 「19세기형 개작장편 남원고사에 나타난 생활문화의 형상화」, 『한국고전소설의 본질』, 1991.

심상교, 「판소리의 비극성에 관한 연구사적 검토」, 『판소리연구 7』, 판소리학회, 1996.

심여택, 「춘향전 소고-해학성에 대하여」, 『논문집 12』, 제주대, 1980.

우쾌제, 「춘향전 연구사 개관」, 『춘향전의 종합적 고찰』, 아세아문화사, 1991.

윤경희, 「춘향전에 나타난 민중해학적 세계관-이고본춘향전을 중심으로」, 서강대 석사학위논문, 1988.

윤용식, 「춘향전-〈남원고사〉본을 중심으로-」, 『완암 김진세 선생 회갑기념논문집』, 집문당, 1990.

이병찬, 「〈남원고사〉의 구성」, 『대진논총 4』, 대진대학교, 1996.

이보형, 「판소리사설의 극적 상황에 따른 장단조의 구성」, 『예술원논문집 4』, 예술원, 1975.

이상원, 「판소리의 서사형태와 그 기능-창, 아니리의 특성」, 고대 석사학위논문, 1989.

이상택, 「〈춘향전〉 연구사 반성」, 『한국학보 5』, 일지사, 1976.

이 원, 「한국의 골계문학-춘향전을 중심으로」, 『한국어문학연구 7』, 이화여대 한국어문학회, 1966.

인권환, 「정화와 구원의 비가」, 고대신문 781호, 1977.

정동화, 「춘향전의 해학적 표현(상), (하)」, 『아세아여성연구18/20』, 숙대, 1979/1981.

정하영, 「춘향전 주제론 재고」, 『춘향전의 종합적 고찰』, 아세아문화사, 1991.

조동일, 「흥부전의 양면성」, 『계명논총 제5집』, 계명대학교, 1969.

______, 「갈등에서 본 〈춘향전〉의 주제」, 『계명논총 제6집』, 계명대, 1970.

천이두, 「한과 판소리」, 『문학사상 146』, 문학사상사, 1984.

______, 「판소리 주조로서의 한국적 한」, 『민족음악학보 6』, 1992.

______, 「춘향의 한과 정」, 『한의 구조연구』, 문학과 지성사, 1993.

최정락, 「열녀춘향수절가에 나타난 골계의 양상과 구조적 기능」, 경북대 석사학위
       논문, 1983.

『반교어문연구』 제8집(반교어문학회, 1998. 2)

4장

〈춘향전〉의 교수·학습

1. 머리말

문학 교육이 국어과에서 독자적인 영역을 차지하게 된 것은 1981년에 개정 고시된 제4차 교육 과정에서부터이다. 여기에서는 국어과의 배경 학문으로 수사학, 언어학, 문학 등을 제시하고, 국어과의 지도 내용 영역을 '표현·이해', '언어', '문학'의 세 분야로 구분하였다. 이는 그 이전의 교육 과정이 국어 I · II로 나뉘고 '표현·이해'의 영역으로 되어 있던 것에 비해, '문학' 영역이 독립되었다는 점에서 획기적인 일이라 할 수 있다. 왜냐하면 교과서에 실린 시, 소설, 희곡 등의 작품들을 '표현'과 '이해'를 위한 교육 자료로서가 아니라, 문학 작품 자체로 가르치고 배울 수 있는 기틀을 마련한 것이기 때문이다.

그 후 1988년에 개정 고시된 제5차 교육과정을 거쳐 1992년에 개정 고시된 제6차 교육과정, 그리고 현재에 이르기까지, 문학은 언어 사용 기능, 언어 지식과 더불어 국어과 교육 내용의 세 영역을 구성하고 있다. 즉 지금의 국어과 교육 과정 구성 체제를 살펴보면, 초등학교와 중학교가 말하기·듣기·읽기·쓰기·언어·문학으로 되어 있고, 고등학교에서도 국어 교과의 하위 과목으로 공통 필수 과목인 '국어(10)'의 경우가 초·중학교와 일치한다. 그러나 고등학교의 경우에 과정별 선택 과목인 '화법(4)'·'독서(4)'·'작문(6)'·'문법(4)'·'문학(8)' 과목을 별도로 설정한 점이 초·중학교와는 다르다.[1]

이러한 관점은 특히 국어과 교육의 성격을 규정함에 있어, 예술 교육으로서의 문학 교육을 언어 교육과의 상호 관련성 및 보완성을 강조하는 방향에서 국어과 교육 속에 통합시킨 데서 두드러진다.

이는 제7차 교육과정에서도 그대로 계승되거나, 오히려 심화·확대되어 있는 실정이다. 즉 제7차 국어과 교육 과정의 내용을 보면 국민 공통 기본 교과—국어(8)와 선택 과목〈일반 선택 과목—국어 생활(4), 심화 선택 과목—화법(4), 독서(8), 작문(8), 문법(4), 문학(8)〉으로 구성되어 있는데, 문학의 경우 6차에서 제외되었던 학생들의 문학 작품에 대한 창작 활동을 내용 영역에 포함시키고 있다.

연구사적으로 문학 교육 방안에 대한 전반적인 논의가 활발해지기 시작한 것도 1980년 전후 무렵부터이다. 따라서 이미 그동안의 성과가 상당히 축적된 상태이며[2], 1996년에는 '문학 영역 교육과정 내용의 체계화 연구'라는 주제로 학술 발표회를 개최한 바도 있다.[3] 이와 더불어 소설 교육의 연구도 대체로 문학 교육 일반에 관한 이론과 방향을 제시한 원론적 논의, 소설 작품을 대상으로 수업 지도 방안을 논의한 실천적인 논의[4] 등으로 진행되어 왔다.

---

1) ( )안의 숫자는 단위 수이며, 1단위는 매주 50분 수업을 기준으로하여 1학기(17주) 동안 이수하는 수업량을 말한다. 이하는 이와 같다.
2) 한상각, 「국어과교육에 있어서 문학교육의 방법론적 연구」, 공주교대 논문집 제13집 2호, 공주교대, 1977.
　　김은전, 「국어교육과 문학교육, 사대논총 제19집, 서울사대, 1979.
　　최순열, 『문학교육론 연구 - 그 이론의 정립을 중심으로 -』, 동국대 박사학위 논문, 1987.
　　이대규, 『교과로서의 문학의 구조』, 서울대 박사학위 논문, 1988.
　　박대호, 『소설의 세계관 이해와 그 문학교육적 적용 연구』, 서울대 박사학위 논문, 1990.
3) 서울대학교 사범대학 국어교육연구소 주최 학술발표회(문학 영역 교육과정 내용의 체계화 연구, 1996년 10월 11일)
4) 김유옥, 「교과서 작품 분석을 통한 소설교육 연구」, 전북대 교육대학원, 1983.
　　박인기, 「문학교육의 목표 설정에 관한 연구-고등학교 과정 소설 제재를 중심으로-」, 서울대 대학원, 1985.
　　조현선, 「교과서 작품 분석을 통한 소설교육 연구」, 전북대 교육대학원, 1986.
　　이향숙, 「소설교육의 방법 연구-수용이론의 적용 방안을 중심으로-」, 서울대 대학원, 1988.
　　박대호, 『소설의 세계관 이해와 그 문학교육적 적용 연구』, 서울대 박사학위논문, 1990.
　　서미선, 「소설의 구조적 수업 방략 연구」, 서울대 대학원, 1991.
　　강승남, 「소설의 가치 탐구 수업 방안 연구」, 서울대 대학원, 1991.

그러나 현실적으로 문학 교육이 이루어지고 있는 중·고등학교의 수업 현장에서의 문학 제재에 대한 교수·학습은 여전히 작품 분석 위주와 설명 중심의 방식에서 벗어나지 못하고 있는 것으로 판단된다. 그 이유로는 입시 위주의 교육 현실, 열악한 교육 여건, 지도 교사의 관심과 소양 부족 등과 더불어, 지금까지 진행되어 온 문학 교육에 관한 연구 성과가 학교 교육 현장에서 적절하게 활용되지 못했던 데에도 그 원인이 있다고 하겠다.

이렇게 볼 때, 교육 현장에서 가장 시급히 요청되는 것은 무엇보다도 각 장르별 구체적 작품에 대한 실제적인 지도 방안의 연구일 것이다. 소설 교육에 관한 실천적인 논의가 좀 더 심화된 내용으로 활발하게 이루어져야 할 필요성이 여기에 있다. 소설 교육은 '소설'과 '교육'의 유기적 결합이기 때문에, 최근의 연구들이 소설의 이론과 교육학 분야의 연구 성과를 접목시켜 소설 교육의 방안을 제시하고 있는 경향은 바람직하다고 생각한다.

일반적으로 문학의 교수법은 장르에 따라, 그리고 시대의 변화에 따라, 학문계의 인식 패러다임의 변화에 따라 달라질 수 있는 가변성을 지닌 것이다. 또한 교사가 창의적으로 교육 과정을 운영할 수 있도록 교육 과정 자체가 개방성을 띠어야 한다는 점도 고려되어야 한다. 본고는 이 점을 염두에 두고 고등학교 국어(상)에 실려 있는 〈춘향전〉의 지도 방법을 모색하는 데 주력할 것이다.

이를 위해 먼저 〈춘향전〉의 텍스트적 위상을 '춘향전군'의 이해, 〈열녀춘향수절가〉의 위상, 고등학교 국어에서의 위상 등으로 나누어 살펴보고, 그에 따른 〈춘향전〉의 지도 방법을 교수 방법과 학습 방법으로 제시해 보기로 한다.

김상욱, 「현실주의론의 소설교육적 적용 연구-전형 개념을 중심으로-」, 서울대 대학원, 1992.
이지호, 「고전소설의 대화유형 연구-〈남원고사〉의 대화유형과 내적 형식의 관련성을 중심으로-」, 서울대 대학원, 1994.
이외에도 다수의 논문이 있으며, 개별 작품에 대한 지도 방법의 연구도 여럿 있다.

2. 〈춘향전〉의 텍스트적 위상

2.1 '춘향전군'의 이해

판소리계 소설인 〈춘향전〉은 판소리 '춘향가'의 사설을 차용하여 기록하는 과정에서 소설화한 작업의 산물이다. 그 결과 〈춘향전〉의 작자가 누구인지, 그 생성된 시기가 언제인지를 정확히 알 수 없다. 다만 설화의 전파자로서의 일반 서민들, 판소리 창자로서의 광대, 그리고 이들과 어울려 판소리라는 예능을 키워 가던 몰락한 양반이나 호문가 등의 작자군을 생각할 수 있을 뿐이다. 즉 이들에 의하여 이야기가 모아지고 다듬어지고 보태어지고 한 끝에 한 편의 소설로 형성된 것이다. 그 처음의 생성 시기도 18세기 초(숙종 말–영조 초)로 추정하고 있다.

지금까지 밝혀진 바로 〈춘향전〉의 바탕이 된 설화는 신원설화, 박문수·성이성·김우항 등에 얽힌 암행어사 설화, 남원에 전해 내려오는 추녀(醜色)설화, 이시발의 실제담, 도미설화 등의 관탈민녀형 설화, 기타 열녀 설화 등이 작품의 근원설화로 지적되고 있다. 하지만 이 작품은 어느 한 이야기의 진화로 보기보다는 위와 같은 각종 설화의 복합에다가 어떤 작자(혹은 작자층)에 의한 창작적 요소가 덧붙여져서 성립된 것으로 보는 것이 합리적이다.

〈춘향전〉은 극적인 구성의 기본적인 축을 에워싸고 서사적인 이야기와 서정적인 가요를 조화롭게 결합한 작품으로, 여러 문학적 갈래들이 복합적으로 얽혀 있는 까닭에 그 주제나 구성 등도 개인 창작의 소설들과는 확연히 구별되는 복합적인 특성을 지니고 있다. 게다가 이러한 거시적인 작품구조를 바탕으로 삼고 판소리 특유의 개방성과 적층성을 그 숨겨진 원리의 본질로 하면서, 오랜 시간에 걸쳐 그 미시적 구조를 한층 더 세련되게 다듬어 왔다.

이처럼 우리가 흔히 〈춘향전〉이라고 통칭하는 일군의 작품들은 세월이 지나면서, 예술 생산자인 작자와 그 작품을 수용하는 시대별, 지역별, 개인별 취향에 따라 서로 다른 이름, 다양한 모습으로 창작·향수되어 왔다. 그로 인하여 〈춘향전〉, 〈별춘향전〉, 〈열녀춘향수절가〉, 〈남원고사〉, 〈옥중화〉, 〈증상연예옥중가인〉 등의 각기 다른 이름으로 재창작이 이루어졌다. 우리 고소설 가운데 가장 많은 독자를 확보했던 이 작품의 이본은 약 120여 종을 헤아리는 '춘향전군'을 형성한 작품이 되었다.

이 중에서 가장 오래된 것은 1754년(영조 30년)에 만화 유진한이 지은 〈가사 춘향가 이백구〉라는 한시체 작품이고, 가장 장편은 〈남원고사〉로 약 10만자 정도의 분량이 된다. 그 이외의 판본으로는 경판본, 완판본, 안성판본 등이 있으며, 필사본은 이루 헤아릴 수 없으나 신재효본·이명선본·고대본 등이 대표적이고, 신문학 이후 활자본으로 번안되거나 간행된 것도 많다.

이러한 이본들은 정착 및 개작 시기가 밝혀져 있지 않고, 기본 플롯상의 차이는 별로 없어도 구체적 문장을 달리하는 이본들이 많기 때문에, 이들의 계통을 세운다는 것은 그 기준 설정에 어려움이 많다.

그러나 중심적 화소인 불망기 삽화, 신물 삽화, 과거 시험의 시제, 암행어사시를 축으로 하여 그 계통을 잡아보면 대체로 세 계열의 유형적 변이 텍스트가 있다. 즉 핵심소재의 유사성을 통해 유형적으로 계통을 나누면, 별춘향전 계열·남원고사 계열·옥중화 계열로 크게 나누어진다.5) 이들 작품군들은 시대적으로 선행한 별춘향전 계통의 작품이 다수의 이본을 남기고 있고, 이 계열에서 파생한 남원고사 계열과 20세기 초에 강력한 인기를 획득한 옥중화 계열은 이보다는 소수의 변이 텍스트를 남기고 있다.

텍스트의 외형으로는 제1기 계통본인 별춘향전 계열은 필사본과 완판 목판으로 출판되었다. 제2기 계통본인 남원고사 계열은 필사본과 경판 목판으로 나왔고, 이 중에 필사본은 세책용으로 많이 유포되었다. 20세기에 나타난 제3기의 옥중화 계열은 활자 출판 시대에 나왔다.

이처럼 각 계통본은 시기별로 사회, 경제, 문학사의 변모에 따른 다양한 변이의 양상을 보여 주고 있다. 춘향의 신분을 축으로 보면, 큰 흐름이 단순한 기생의 딸 춘향에서 퇴기 월매의 딸로, 다시 퇴기와 성참판의 소생으로 변이되어 나타난다. 특히 별춘향전 계열의 완판 84장본 〈열녀춘향수절가〉가 나오면서 춘향의 신분 계층의 질이 변하게 된다. 곧, 춘향의 어머니가 기생 월매인 점은 그대로지만, 후기의 텍스트로 올수록 춘향 아버지의 지체는 상승하여 84장본에서는 성참

---

5) 설성경, 『춘향전의 통시적 연구』, 서광학술자료사, 1994, 172~243쪽.

판으로까지 올라가게 된다. 이에 따라 결연시에 기생 춘향의 신분일 때는 신물을 받지만, 기생이라도 성참판의 서녀일 때는 신물을 받지 않고 결연하는 방향으로 변모한다.

그리고 남원고사계의 〈남원고사〉나 경판 35장본에서는 작품의 서두에 이 도령이 먼저 소개되다가, 완판 84장본 이후는 춘향이 먼저 등장한다. 별춘향전계를 이은 옥중화계에서도 춘향이 먼저 나온다. 또, 별춘향전계의 완판 33장본 이후 월매와 향단, 방자의 기능이 강화되기도 한다.

이와 같이 유형성을 지닌 텍스트도 세 가지 유형의 원형본과 그 유형의 내적 파생본이 서로 상이한 환경에서 성립되었기 때문에, 학교 교육에서는 이 점을 충분히 고려해야 한다. 이렇게 볼 때, 현재 완판 84장본 〈열녀춘향수절가〉 하나만을 춘향전 텍스트로 하는 고등학교 〈춘향전〉 교육은 문제가 있다. 따라서 교사는 사전에 학생들에게 〈춘향전군〉에 대한 이해를 충분히 주지시킴으로써 교과서에 실려 있는 〈열녀춘향수절가〉가 춘향전의 중요 이본 가운데 하나임을 분명히 해 주어야 할 것이다. 왜냐하면 그것이 우리의 고전인 〈춘향전〉을 올바로 자리매김하는 출발이기 때문이다.

2.2 〈열녀춘향수절가〉의 위상

현재 고등학교 국어(상)에 〈춘향전〉이라는 제목으로 실려 있는 작품은 완판 84장본 〈열녀춘향수절가〉이다. 이는 별춘향전 계열의 완판 30장본 〈별춘향전〉이 완판 33장본 〈열녀춘향수절가〉로 확대 변이가 된 다음에, 다시 84장으로 확장되면서 이루어진 텍스트이다. 그리고 그 출판 시기도 비교적 늦어, 갑오경장(1896년) 이후에서 1900년대 초로 추정되고 있다.

30장본이 33장본이 되는 데는 작품의 후반에서 변이가 일어나지만, 33장본이 84장본으로 확대됨에는 작품의 전반에 걸쳐 변화가 많이 일어난다. 즉 전자에 비해 후자는 작품 전체의 내용이 고루 확대되어 극적 서사성의 균형미를 더욱 확보하게 되었다.

또 84장본은 전반적인 성격이 춘향을 중심으로 서술되어 있기 때문에 월매의 기능이 강조된다. 곧, 33장본에서는 방자가 이 도령에게 춘향을 설명하는 대목에서 최초로 월매의 이름이 나타나지만, 84장본에서는 월매를 중심으로 한 춘향과 향단의 관계 등 춘향 집안에 관한 내용이 골격을 이룬다. 특히 작품 서두에 보이는 월매의 춘향 출생에 관한 서술은 33장본에서 84장본으로 변이되면서 나타난 전형적인 확대로 판단된다.6)

월매의 이야기로부터 시작되는 〈열녀춘향수절가〉의 앞부분은 영웅소설 주인공의 출생담을 차용하여 춘향의 출생에 관한 사연이 확대되었을 뿐만 아니라, 주인공의 사회적 신분 계층이 크게 변모하는 결과를 초래하였다. 이 작품에서 춘향은 남원부사였던 성참판과 퇴기 월매 사이에서 태어났고, 월매가 기자치성을 드린 결과에 따라 천상계의 점지로 태어난 존귀한 존재임을 강조하고 있다.

이와 같은 춘향의 출생담은 신재효가 남창 춘향가에서 춘향을 성천총의 서녀로 설정한 이래, 춘향의 사회적 신분 계층을 상승시키려는 작자층의 의도가 더욱 심화된 결과이다. 이에 따라 완판 84장본 〈열녀춘향수절가〉는 비기생계 춘향전의 한 전형으로 자리하게 되었고, 〈옥중화〉를 위시한 20세기 춘향전의 대부분이 춘향의 신분을 성천총의 서녀로 고정시키는 데 결정적인 영향을 주었다.

춘향의 신분이 성참판의 서녀로 상승함으로써 남녀 주인공의 만남도 자유연애적 분위기로 변모하게 된다. 춘향은 자신을 기생으로 생각하지 않기 때문에, 이 도령이 광한루에서 불러도 가지 않고 거역한다. 그리하여 이 도령의 춘향에 대한 호기심과 그리움은 더욱 고조되는 효과를 가져 온다. 급기야 춘향의 집을 방문한 이 도령은 춘향을 성참판의 딸이며 여염집에서 성장한 규수라는 현실 논리로 대하게 된다.

이에 반해 신임부사 변학도는 춘향이 기생의 딸이므로 기생일 수밖에 없다는 형식 논리로 인식하기에, 춘향은 그러한 변학도의 태도에 더욱 적극적인 항거를 하게 되는 것이다. 그 결과 얼핏 모순으로 생각되는 춘향의 이 도령과 변 부사에 대한 상반된 태도는 기생 춘향과 기생 아닌 춘향의 갈등이라는 측면에서 이해될 수 있다.

---

6) 설성경, 앞의 책, 188~191쪽.

또한 월매의 이야기 속에 춘향의 이야기를 서술하는 이중적 시각으로 작품을 시작하고 있다. 따라서 춘향과 이 도령의 결연 장면에서는 월매의 소망이 한껏 부풀어 오르고, 반면에 그들의 이별 장면에서는 월매가 기생으로서 자신의 한을 되씹어야 하는 통한을 토로하게 된다. 이는 상경한 이 도령이 출세하기만을 밤낮으로 축수하는 월매의 모습과, 그 앞에 걸인 차림으로 나타난 이 도령에 대한 충격적인 좌절감을 드러내며 치성상을 뒤엎고 이 어사를 박대하는 장면에서도 확인할 수 있다.

그렇지만 월매의 한은 작품의 반전에서 걸인 사위가 암행어사임을 확인하는 순간에 폭발하는 환희로 뒤바뀜으로써, 〈열녀춘향수절가〉는 춘향과 더불어 월매를 통한 정감의 긴장과 이완이 잘 드러나 있는 작품이다. 그러므로 작품의 감상과 이해에서 〈열녀춘향수절가〉는 춘향뿐 아니라 월매가 나름대로 춘향을 통하여 자신의 꿈을 실현시키려고 노력하는 모습과 그 좌절과 성취에 따른 월매의 고통과 환희를 눈여겨보아야 한다.

이 작품의 서두는 '슉종디왕 직위초의 셩덕이 너부시사 셩자셩손은 계계승승 ㅎ사 금고옥족은 요슌시절이요 으관문물은 우탕의 버금이라'로 시작되어, 태평성대의 모습을 드러내고 칭송함을 특징으로 하고 있다. 이는 결미에서 이 어사가 남원의 공사를 닦은 후에 춘향 모녀와 향단을 서울로 올려 보내고 돌아와 왕에게 보고하자, 왕이 이 어사를 이조참의 대사성으로 봉하고 춘향을 정렬부인으로 봉하여 백년동락하였다는 사실과 호응하고 있다.

이 텍스트는 순조, 헌종, 고종의 삼대에 걸친 판소리 전성시대의 여러 명창들에 의하여 다듬어진 판소리 사설을 부분만 수정하여 이루어진 작품으로 판소리 사설에 가까운 친연성을 지닌다. 따라서 광대의 재담을 비롯한 풍부한 치레와 적절한 삽입가요가 흥겨움과 한스러움을 적절히 조화시키는 데 기여하고 있다.

또한 갑오경장을 전후한 창작 시기의 시대적 분위기를 밑바탕에 깔고 있어서, 열녀로서의 춘향에 못지않게 불의에 저항하는 춘향의 모습을 동시에 형상화하고 있다. 여기에다 참신하고 세련된 언어 표현의 미감을 최대한 살렸기 때문에, 현대의 독자들에게까지 가장 인기 있는 텍스트로 자리를 굳힐 수 있게 되었다.[7]

이처럼 완판 84장본 〈열녀춘향수절가〉는 완판 33장본의 다듬어진 내용을 기본 플롯으로 수용하고, 거기에 영웅소설의 출생담을 차용하여 춘향의 출생과 성장 과정을 첨가시켰다. 그 결과 춘향은 성참판의 서녀로 신분 계층적 상승을 획득했고, 월매는 이러한 춘향을 통해 자신의 꿈을 대리로 실현하고자 한다. 이러한 확장이 가져온 질적인 변화는 완판 84장본이 목판본 〈춘향전〉의 최대·최고의 작품으로 정착되는 결정적 요인으로 작용했다.

2.3 고등학교 국어 교과에서의 위상

현재의 고등학교 국어(상)에는 〈춘향전〉이 단원 7의 작자, 작품, 독자 부분에 실려 있다. 여기에 '광야', '삼대', '관동별곡', '안민가'와 더불어, 끝부분에 '〈말하기·듣기〉 화자와 청자의 상호 작용'과 '〈쓰기〉 독자의 분석'이라는 소단원이 함께 배정되어 있다.

이밖에도 국어(상)에는 모두 10개의 대단원 가운데 2. 문학의 즐거움, 5. 문학의 유형, 10. 문학과 현실 등 모두 4개에 해당하는 문학의 대단원이 설정되어 있다. 그리고 그것들은 모두 언어 사용 능력(말하기, 듣기, 쓰기 등)과 관련하여 학습하도록 짜여졌고, 이러한 문학 단원들은 심화 학습 과목인 '문학'에 이어지도록 배려했다.

이 대단원에 대한 '단원의 길잡이'는 다음과 같다.

> "문학을 공부하는 목표는 작품을 읽어 그 즐거움을 맛보는 데 있다. 그런데 같은 작품이라 할지라도 감상하는 사람에 따라서 느끼고 생각하는 바가 다를 수 있다는 것은 앞에서 이미 배운 바 있다. 독자와 마찬가지로 작자의 개성에 따라 그 작품의 세계가 달라진다. 이 점에서 작품을 둘러싸고 있는 작자와 독자는 개별적이고 독자적인 특성을 가지는 존재이다. 그러나 작자와 독자는 모두 특정한 시간과 공간에서 살아가는 존재이므로 그들 또한 그 시대의 삶과 문화의 방식을 따르게 마련이라는 점에서 보면 보편성의 측면이 있게 마련이다.

---

7) 최삼룡 편, 『고대소설론』, 새문사, 1990, 70쪽.

이처럼 개성적이면서 또한 보편적인 존재로서의 작자와 독자가 작품의 창작과 이해·감상에 어떤 작용을 하게 되는가를 아는 것이 이 단원의 목표이다. 그렇지만 이를 지식으로 아는 데 그치지 말고, 작품의 이해와 감상에 실제로 적용하여 문학을 즐길 수 있는 능력을 기르는 것이 중요하다. 따라서, 이 단원에서는 창작 동기와 창작 시대, 유형이 서로 다른 다섯 작품을 읽으면서 작자와 독자가 작품과 맺고 있는 관계를 공부하여 감상 능력을 기르도록 하자.

국어 공부는, 기본적인 개념이나 원리를 안 다음에 이를 바탕으로 하여 실제로 국어 활동을 할 수 있는 능력을 기르는 것이 중요하다. 이 단원에서도 개념이나 원리를 실제 감상에 적용하여, 작품이 지닌 세계를 더욱 깊이 아는 데 중점을 두어 교수—학습하도록 한다. 이를 위해서는 학생이 스스로 작품을 읽어 기본적인 것을 미리 안 다음, 학습활동을 중심으로 서로의 의견을 주고받는 것이 좋은 방법이다.

문학 작품의 감상을 통해 알게 되는 작자와 작품, 그리고 독자의 관계는 일상적인 국어 활동에서 필자(화자), 언어(글, 말), 독자(청자)의 관계에도 그대로 적용된다. 따라서, 그 상호 관계를 잘 알아 말하기·듣기와 쓰기의 능력을 기르도록 한다."8)

'단원의 길잡이'에 드러난 핵심적인 내용은 둘째 단락에 있다. 즉 문학 작품의 이해와 감상에 있어서, 학생들로 하여금 작자와 독자가 작품과 맺고 있는 관계를 알게 하여 그것을 실제로 적용함으로써 문학을 즐길 수 있는 능력을 기른다는 것이다. 그리고 나아가 작자—작품—독자의 관계가 필자—글—독자, 화자—말—청자의 관계에도 그대로 적용됨을 알아, 국어사용 능력을 신장시키도록 하고 있다. 이에 대한 교수·학습 방법은 토의 내지 토론의 방식을 권장하고 있다. 〈춘향전〉도 이와 같은 취지에 기여하기 위한 제재이다.

교과서에서는 이를 다시 항목화하여 다음과 같은 〈학습목표〉를 제시하고 있다.

---

8) 교육부, 고등학교 국어(상), 1996, 218쪽.

1. 창작 동기에 따라 작품의 내용이 달라짐을 알고, 작품을 감상한다.
2. 작자의 삶에 대하여 이해함으로써 작품 이해의 폭을 넓힐 수 있음을 안다.
3. 독자의 경험이나 사회적 환경이 작품의 이해에 영향을 줌을 알고 작품을 감상한다.
4. 언어 활동에서 필자―독자, 화자―청자의 관계 형성이 중요함을 알고, 표현, 이해한다.[9]

위의 학습 목표를 뒷받침하기 위한 〈학습할 원리〉로 1. 작자의 창작 동기 (1) 전달 (2) 표현, 2. 작자와 작품의 관계 (1) 작자의 개별성 (2) 인간적 보편성, 3. 작품과 독자의 관계 (1) 개인적 성향 (2) 독서 환경, 4. 〈말하기 · 듣기〉 화자와 청자의 상호 작용 (1) 청자 중심적 말하기 (2) 화자에 대한 반응, 5. 〈쓰기〉 독자의 분석 (1) 독자 분석 (2) 필자의 태도 등에 대하여 간단한 해설을 덧붙이고 있다.

이상에서 살펴본 바의 구도 아래, 교과서에는 〈열녀춘향수절가〉의 앞부분 줄거리가 제시되어 있고, 이어서 이어사가 걸인 차림으로 옥에 갇힌 춘향을 만난 다음날 아침, 변 사또의 생일잔치 장면에서부터 이 작품이 끝나는 데까지를 수록하고 있다. 즉 교과서 수록 부분은 작품 전체 가운데, 지금까지의 뒤얽힌 사건과 갈등이 해결되는 대단원 대목에 해당된다.

3. 〈춘향전〉 교수 · 학습 방법

교육 현장에서 이루어지는 모든 교과의 지도는 교수 방법(교사 중심)과 학습 방법(학생 중심)으로 나누어 계획할 필요가 있다. 물론 이것이 확연히 구분될 수 있는 것은 아니라고 해도, 차시별로 어느 정도는 교사 중심의 수업과 학생 중심의 수업이 계획 단계에서부터 고려되어야 할 것이다. 더구나 국어과목의 문학, 특히 그중에서도 고전문학 분야는 이러한 필요성이 더욱 절실하다고 하겠다. 왜냐하면 고전은 이미 객관적으로 검증된 가치가 있을 뿐만 아니라, 교사와 학생이 함

---

9) 교육부, 앞의 책, 219쪽.

께 사전에 충분한 배경지식을 갖추고 있어야 교육 목적을 달성할 수 있기 때문이다.

이런 의미에서 〈춘향전〉의 지도 방법도 교수 방법과 학습 방법으로 나누어 계획되어야 한다. 여기서 교수 방법은 주로 1차시에 교사가 준비해야 할 사항이 주를 이루고, 학습 방법은 2차시부터 학생들이 사전에 준비해야 할 것들을 중심으로 한다.

3.1 교수 방법

현재 교육 현장에서 대부분 교사들의 고전소설 지도 방법을 보면, 거의 훈고 주석식의 설명에 의존하고 있다. 이를 학생의 입장에서 본다면 외우기식이 된다. 다시 말하면 교사는 교재의 내용을 열심히 설명하고, 학생은 이를 받아 적어 암기하는 행위가 고전소설 학습의 주를 이루는 것이다.

이에 대한 문제점은 다음과 같다.

첫째, 지나친 훈고 주석은 학생들이 작품을 읽고 감상하는 데 오히려 장애가 될 수 있다는 점이다. 작품을 감상한다는 것은 부분과 전체를 살펴 독자가 마음속에서 새로운 의미를 만들어 내는 작업이다. 그런데 이 방식은 학생들의 의미 생성 활동을 돕기보다는 자칫 가로막는 구실을 하게 된다. 학생들 스스로 사고하도록 자극을 주는 정도여야 하는데, 교사가 일일이 설명을 해버리면 학생들은 할 일이 없거나 생각할 여유를 가질 수 없게 되는 것이다.

둘째, 고전소설 읽기에 대한 잘못된 인식을 갖게 한다. 글자나 구절 풀이가 교수학습의 주를 이루게 되면 이것이 마치 고전소설을 읽는 올바른 방법인 것처럼 잘못 알게 될 수가 있다.

셋째, 소설 감상의 재미를 빼앗아 버리게 된다. 작은 부분으로 나누어 분석하는 것은 알려고 할 때의 방법이지, 작품을 음미하고 맛보려는 태도는 아니다. 그런데 교사의 장황한 설명은 학생들이 작품 전체로 눈을 돌릴 틈을 주지 않게 된다.

그러면 교육과정 개편 때마다 쓰지 말기를 당부하는 이러한 지도 방법이, 실제로 쉽게 개선되지 않는 까닭은 무엇인가. 그것은 무엇보다도 고전소설의 이해에는 현대소설보다도 더 많은 배경 지식이 필요하기 때문이다.

일차적으로 교사는 학생들로 하여금 언어적 이질감을 극복할 수 있게 해 주어야 한다. 여기에는 옛글자에 대한 지식과 한자, 한문에 대한 소양, 그리고 예전의 표현에 대한 이해 등이 포함된다.

다음에는 문학적 이질감을 해소시켜 줄 필요가 있다. 작자-작품-독자의 관계는 물론이고, 시대적 현실과의 관계나 작품의 양식적 특질도 현대소설의 그것들과는 상당한 편차를 보이는 것이 고전소설이기 때문이다. 이렇게 볼 때 고전소설의 교육에서 훈고주석식 설명 방법은 필요악이라고 할 수도 있다.

문제는 학생들의 학습 과정이 여기에 그쳐서는 안 된다는 데 있다. 따라서 이와 같은 배경지식은 1차시에 한정하여 학생들에게 제공하는 정도가 되어야 할 것이다. 그것도 가능하면 판서를 통해서가 아니고, 미리 유인물을 작성하여 배부하는 게 좋겠다는 생각이다. 그리하여 2차시부터는 학생 중심의 본격적인 작품 감상에 대한 토의식 학습이 이루어질 수 있도록 배려해야 한다.

다음에 교사가 1차시에 학생들에게 제공해야 할 〈춘향전〉의 배경 지식에는 어떤 것들이 있을까에 대해 큰 항목들만 예시해 보기로 하자.

1. 〈춘향전〉의 텍스트적 위상-'춘향전군'의 이해, 〈열녀춘향수절가〉의 위상, 고등학교 국어 (상)에서의 위상
2. 판소리의 이해-판소리의 종합예술적 성격(음악, 문학, 연극), 판소리 12마당(현전 5마당), 판소리의 특질(공동성, 적층성, 개방성, 부분의 독자성, 장면 극대화의 원리 등), 역사적 전개과정
3. 판소리계 소설의 이해-창작 과정(설화-판소리 사설-판소리계 소설), 작자층과 독자층(소리 광대, 양반층, 하층민), 표현상의 특징(구비문학, 연희예술적 측면)
4. 〈춘향전〉의 보편적 구조와 〈열녀춘향수절가〉의 구조-주요 장면별 내용 제시
5. 고소설의 일반적 특징과 〈춘향전〉의 공통점, 차이점-〈춘향전〉의 근대문학적 성격
6. 중요 어구와 구절 풀이 보충 자료

이상은 〈춘향전〉의 교수·학습에서 필요하다고 여겨지는 배경 지식을 나름대로 제시한 것이다. 이 가운데 어떤 것을, 어느 정도의 분량으로 학생들에게 제공할 것인지는 전적으로 교사의 재량에 달린 것이라고 하겠다. 교사가 학습 목표와 학습 활동, 학습 평가 등을 고려하여 범위와 분량을 결정해야 한다.

무엇보다 중요한 점은 이러한 항목들이 〈춘향전〉의 감상과 이해에 어떻게 활용되어야 하는가 하는 점이다. 그리고 항목 간의 유기적 연결 관계도 충분히 염두에 두어야 한다. 여기서는 위의 4번의 경우만을 구체적으로 실례를 들어 본다. 〈춘향전〉은 일반적으로 다음과 같은 순차적 서사구조를 갖고 있는 것으로 이해되어 왔다.10)

(가) 전라도 남원의 퇴기 월매와 성참판의 서녀로 천상 선녀의 하강이라는 태몽과 더불어 태어 난 춘향의 용모와 행실이 뛰어나다.

(나) 남원부사 자제 이 도령이 풍채와 문장이 빼어나다.

(다) 이 도령이 광한루에서 산천경개를 구경하다가 그네 뛰는 춘향을 보게 된다.

(라) 이 도령이 춘향을 불러 본 후 불망기를 써 주고 사랑가로 함께 즐긴다.

(마) 이 도령이 춘향집을 방문하여 초야를 지내고 왕래하며 서로 사랑을 나눈다.

(바) 남원부사가 내직으로 승차하여 서울로 떠나게 된다.

(사) 이 도령이 춘향에게 부친의 내직 승차 소식을 알리니, 춘향이 앙탈하다가 이별가를 부르고 신물을 교환하며 후일을 기약한 후 이별한다.

(아) 변학도가 신관사또로 도임하여 춘향의 현신을 재촉하니 춘향이 현신하여 자기 사정을 한다.변 사또가 달래고 으르지만 춘향이 반항하다가 형장을 맞고 옥에 갇힌다.

(자) 이 도령이 장원급제하여 전라어사에 특차된다. 어사가 농부와 수작하고 춘향집을 방문한 후 옥중으로 춘향을 찾아간다.

(차) 이어사가 변 사또의 생일잔치에 걸인으로 참석하여 시를 짓고, 어사 출도하여 본관을 봉고파출하며, 춘향을 구한다.

(카) 그 후 춘향은 정렬부인이 되고 오남매를 두며, 이 도령의 벼슬이 육경에 이른다.

---

10) 설성경, 「춘향전의 계통과 보편구조'(한국고소설연구회 편, 춘향전의 종합적 고찰, 아세아문화사, 1991, 56~57쪽.)에서 인용하면서, 약간의 수정·보완을 한 것이다.

그런데 이러한 (가)에서 (카)까지의 순차적 단락 중심의 서사구조는 그 내용의 상당 부분이 일반 〈춘향전〉에 두루 통용될 수 있는 보편적인 내용이 아니다. 이것은 바로 완판 84장본 〈열녀춘향수절가〉만의 순차적 구조이다. 교사는 먼저 이러한 작품의 순차적 구조를 학생들에게 제공한다. 아울러 여러 다양한 이본들을 검토하여 대목별 극적 구조를 중심으로 한 보편적 구조를 함께 제시할 필요가 있다.

주지하다시피 〈춘향전〉의 기본적인 이야기는 춘향과 이 도령의 사랑이다. 이들의 사랑 이야기는 어느 이본이든지 다 드러나 있으나, 그 진행과정상에서는 상당한 편차를 보이고 있다. 〈춘향전〉이 우리 서사문학 최대의 고전으로 자리 잡게 된 배경에는 그것이 한 여자와 한 남자의 단순한 연애담으로 그친 것이 아니라, 그들의 사랑이 상층 신분의 이 도령과 하층 신분의 춘향 간의 사랑이라는 신분적 문제를 내포한 이야기라는 데 있다. 그리고 이러한 사랑 이야기를 '암행어사 출도'라는 극적 장치를 통하여 문제와 갈등을 해결하는 작품이다.

그래서 다음과 같은 거시적 축으로서의 극적인 구성을 〈춘향전〉의 보편적 구조로 이해하는 과정이 필요하다.[11]

	만남대목—자연적인 흥—(개인적인 결연)	
	(남녀주역과 자연배경	
전반부 —	사랑대목—개인적 흥-(육체적 애정)- (남녀주역)	— 하강적 삶 (현실 지향)
	이별대목—개인적인 한—(개인적 분리) (남녀주역)	

---

11) 설성경, 앞의 논문, 70~75쪽.

시련대목-집단적 한-사회적 분리)

(여자주역)

후반부 — 출세대목-집단적 흥-(정신적 애정) — 상승적 삶

(남자주역) (이념 지향)

보상대목-사회적 흥-(사회적 결연)

(남녀주역과 사회이념)

위의 표에서 보듯이 〈춘향전〉의 보편구조는 두 개의 큰 단락인 전반부와 후반부의 이질성을 지닌 큰 단위의 결합으로 되어 있다. 현실적인 삶의 의미를 바탕으로 한 전반부는 삶에 의한 좌절의 주제를 지향하는 비운의 결말이 주축을 이루고, 이념적 삶이 바탕이 된 후반부는 상승적 삶에 의한 성취의 주제를 지향하는 행운의 결말이 주축을 이룬다.

이로 인하여 전반부는 기생 춘향과 양반 자제 도령의 성애적 결연과 이별이 중심이 되어 비련에 시달리는 사랑의 주인공을 묘사하고 있지만, 후반부는 고난과 보상담이 중심이 되고 있다. 작품의 후반에서는 전반부에서 보여준 사랑의 주제에 열녀라는 윤리적 의미와 불의를 물리친다는 사회적 의미가 더 보태어져 다층적 의미로 확대된다.

그 결과 전반부에서 좌절로 끝난 춘향과 도령의 성애적 사랑이 열녀 춘향과 어사 이 도령의 성숙한 사랑으로 상승되면서 윤리적 의미와 사회적 차원의 영웅이 됨과 동시에 그들의 사랑도 육체적 성애에서 정신적 순애로 승화되는 것이다.[12]

〈열녀춘향수절가〉의 내용 전개도 궁극적으로는 이와 같은 보편적 구조에 맞닿아 있다. 그러면서도 한편으로는 나름대로의 개별성도 갖춘 작품이다. 따라서 교사는 본 작품의 구조를 제시하면서 이런 점을 학생들이 잘 이해할 수 있도록 지도해야 할 것이다. 이외에도 교사는 다음과 같은 작품의 주제나 판소리계 소설의 여러 특징들을 정확히 알고, 이를 〈춘향전〉의 교수학습에 적절히 활용할 수

---

12) 설성경, 앞의 논문, 74쪽.

있어야 한다.

먼저 이 작품의 주제로는 우선 춘향의 절개로 대표되는 '열(烈)'을 들 수 있는데, 그것은 당시 사회의 유교적 윤리관에 초점을 맞춘 표면적인 것이라 할 수 있다. 오히려 변학도로 대표되는 당시 지배계급의 억압과 횡포에 대한 날카로운 비판과 계급을 초월한 두 주인공의 사랑의 완성을 통한 계급타파, 자유주의적인 반봉건적 애정관 등이 강한 서민의식을 바탕으로 작품 주제의 저변을 이루고 있다고 할 것이다.

기본적으로 판소리계 소설은 조선 후기에 성행된 판소리의 사설을 토대로 창작된 형태를 가진다. 따라서 판소리 사설의 율문 형식, 즉 3·4조 내지 4·4조의 4음보 반복 형태가 문체의 기초를 이룬다. 또한 내용면에서도 양반의 전아한 문체와 서민들의 비속한 표현, 무당의 고사나 굿거리 가락의 삽입, 대화 중심의 표현 등의 특징이 유지된다. 즉 소설의 서술자가 판소리 창자의 역할을 대신하는 것이다.

작품의 인물들은 구체적인 생활공간에서 활동하는 현실적인 인간으로, 이는 중세적 관념으로부터 벗어나 세속적 가치를 중시하는 현실주의적 세계관을 보여주며, 조선 후기 하층민의 생활 정서를 반영한다. 이 점에서 판소리계 소설의 인물형은 중세 문학에서 근대 문학으로 발전, 변모해 나아가는 과정의 중요한 현상 중의 하나로 파악된다. 이러한 사실을 전형적으로 보여주는 자료가 바로 〈춘향전〉이고, 그 중에서도 교과서에 실려 있는 완판 84장본 〈열녀춘향수절가〉이다.

끝으로 이러한 교수 활동에서 항상 주의해야 할 점은 바로 주입식 교육에서 탈피해야 한다는 것이다. 교사는 학생들이 문제에 부딪혔을 때, 해결 방법을 찾을 수 있도록 최소한의 안내자 역할에 그쳐야 한다. 그것이 학생들의 주체적이고 능동적인 학습 활동을 이끌어 낼 수 있는 길임을 명심할 일이다.

3.2 학습 방법

〈열녀춘향수절가〉의 학습 방법은 주로 학생들의 입장에서 2차시부터 준비해

야 할 것을 대상으로 한다. 물론 1차시에도 학생들이 해야 할 몫이 있지만, 그것
은 대부분 소극적이고 수동적인 역할에 불과하다. 그러나 2차시부터는 학생들이
수업의 주체가 되어 능동적으로 대처하지 않으면 안 된다. 특히 토의식 수업에
임하기 위해서는 항목별로 나누어, 학생들에게 미리 과제가 주어져야 함은 물론
이다.

학생들은 작품을 정독한 다음에, 각자가 맡은 부분에 대해서 발표할 내용과
예상되는 질문에 대한 대답을 치밀하게 준비한다. 그리고 이러한 작업은 교과서
외 부분과 교과서 수록 부분으로 구분하여 진행되어야 한다. 교과서 이외 부분의
이해는 가능하면 교사가 정리하여 제시하는 것이 좋고, 경우에 따라 한두 학생에
게 시켜도 무방할 것이다.

구체적인 학습 방법은 교과서에 나와 있는 '학습 활동'을 중심으로 하되, 교사
의 판단에 따라 필요하다고 생각되는 항목을 추가하거나 불필요한 항목은 간단
한 설명으로 대체할 수도 있다. 다음에 교과서의 학습 활동에 제시된 지시문들을
분석하여, 문제점과 보완해야 할 점을 보기로 한다. 먼저 학습 활동의 내용을
정리하면 아래와 같다.[13]

1. 변학도의 생일잔치 대목을 중심으로 다음을 공부해 보자.
   (1) 우스운 표현 찾기와 그 이유 제시하기
   (2) (1)의 표현이 오늘날에도 쓰이는가?
   (3) 이 도령의 우스꽝스러운 행동(어색함과 관련)의 효과(작자의 의도)
   (4) (3)과 관련된 판소리의 창작 동기 유추하기
2. 이 작품에 쓰인 표현을 중심으로 다음을 공부해 보자.
   (1) 일상적 표현과 판소리적 어투의 차이점
   (2) (1)의 표현들이 오늘날의 일상어에서도 사용되는가? 그 효과는?
3. 이 작품은 입에서 입으로 전해지던 설화를 바탕으로 하여 판소리를 거쳐 소설
   로 정착되었다고 한다. 이 점을 중심으로 다음을 공부해 보자.

---

13) 교육부, 국어(상), 1996, 242쪽의 것을 큰 항목은 그대로 하고, 각각의 소항목은 임의로 간략하
   게 고쳤다.

(1) 설화-판소리-소설의 변모과정이 다른 판소리계 소설에도 나타나는가?

(2) (1)의 창작 상황은 처음부터 문자언어로 된 작품으로 창작되는 상황과는 다르다. 이 때문에 생기게 되는 작품의 특성은?

(3) 판소리의 관객 참여에 의한 영향, 즉 구비문학적 성격 때문에 생겨난 판소리의 특질은?

(4) (3)과 관련하여, 오늘날의 작품 창작에 미치는 독자의 영향은?

4. 판소리는 원래 서민 광대들이 지어 부르다가 차츰 상층 사회의 애호를 받음으로써 더욱 융성, 발전하게 되었던 것으로 짐작된다. 이런 사실을 바탕으로 다음을 공부해 보자.

(1) 작품에 나타난 하층민의 말투와 양반의 말투 찾기

(2) (1)과 같은 이질적인 시각과 표현에 대한 독자의 생각은?

5. 다음의 단어에 대하여 공부해 보자.

· 위의(威儀)

(1) 단어의 활용-짧은 글짓기

(2) 이 한자들이 사용된 다른 단어들 조사하기

이와 같은 〈춘향전〉 소단원의 학습 활동 지시문 오른쪽 면에는 각각의 지시문에 따른 '학습 활동 도움말'과 평가 항목이 있다. 이밖에 대단원의 마무리에서 "〈춘향전〉과 앞에서 공부한 〈봉산 탈춤〉의 작자 사이에는 어떤 공통점이 있는가? 그리고 이 공통점은 작품에 어떤 방식으로 반영되어 있는가?"라는 항목이 나와 있다.

또한 이 단원의 앞에 있는 〈봉산 탈춤〉 학습 활동(말투와 태도)에 "〈춘향전〉에 등장하는 '방자'와 '말뚝이'의 공통점은 무엇인가?"와 같은 연계 학습 활동이 제시된 바 있다. 그리고 교과서 끝부분에는 〈춘향전〉에 대한 참고 자료로 설성경의 '슬픔을 골계화하는 삶의 여유'와 정병헌의 '〈춘향전〉을 판소리로 이해하기'가 실려 있다.

이상이 교과서에 주어져 있는 학생 중심의 학습 활동 지시문과 자료의 전부이다. 그런데 이것들을 자세히 들여다보면 적잖은 문제점을 발견하게 된다.

우선 〈춘향전〉의 학습 활동에서 1과 2는 작품의 이해에서 부분적인 언어 표현에 관련된 것이고, 5는 작품에 나오는 어휘의 현대적 활용이다. 물론 이것들은 국어 교과서에 실린 문학 작품을 통한 언어 사용 능력의 신장이라는 국어 교육의 목표에 따라 설정된 지시문으로 이해할 수 있다. 1의 경우, 작품에 드러나 있는 중요한 미적 범주인 골계와 관련된 것이다. 그러나 판소리계 소설의 골계는 비장과의 상관관계에서 파악해야 작품을 온전히 이해하게 된다는 점에서, 자칫하면 학생 독자들의 작품 이해를 잘못된 방향으로 유도할 수도 있다고 생각된다. 교사는 이 점을 잘 고려해서 지도해야 한다.

다음에 3과 4는 〈춘향전〉의 형성과 수용 과정에서의 작자층과 독자층의 상호 교섭이 작품의 실상에 어떻게 영향을 주고 있는가를 살펴보는 지시문들이다. 이는 대단원 7의 제목이 작자—작품—독자로 되어 있기 때문에, 그에 부합되는 내용이다. 이것은 판소리 또는 판소리계 소설의 이해에서 이들 상호간의 관련이 중요하다는 점에서 긍정적이다.

이러한 이해는 국어(하)의 판소리 '흥보가'와 문학 18종 검인정 교과서에 실려 있는 판소리계소설(〈장끼전〉, 〈심청전〉, 〈흥보전〉) 등과 판소리(〈춘향가〉, 〈박타령〉, 〈수궁가〉, 〈적벽가〉) 등의 감상과 이해에 이르기까지 두루 반복·학습할 내용이기도 하기에 그 의의가 자못 크다. 하지만 문제는 이것이 학생 중심의 학습 활동에서 중심을 이루고 있다는 데 있다. 결국 이러한 사항들이 중요한 것이기는 해도, 그것이 텍스트 자체의 깊이 있는 감상과 이해에 선행될 수는 없기 때문이다.

〈춘향전〉의 감동은 작품의 내용이 나(학생-독자)에게 주는 의미가 무엇인가에 달려 있다. 이 세상 무엇이든지 '나'와 관련을 맺지 않을 때는 그것이 존재하지 않는 것과 같다. 문학 작품은 그것을 읽는 행위를 통하여 '나'와 관계를 가지게 되는데, 그 관계가 긴밀할수록 그 작품은 독자인 '나'에게 깊은 감동을 주게 된다. 그 감동의 성격은 대리 성취일 수도 있으며, 동일시일 수도 있는가 하면, 세상사에 눈을 뜨게 되는 앎의 쾌감일 수도 있다. 이 기쁨이 바로 문학이 궁극적으로 우리에게 주는 감동이며, 그 감동은 그 이야기가 '나'에게 던지는 의미라는 점을 알아야 한다.

따라서 교사는 무엇보다도 먼저 작품 자체와 학생들의 관계가 긴밀하게 되도록 지도해야 할 것이다. 다시 말하면 학생들의 학습 활동에서 가장 중요한 과제는 〈춘향전〉을 깊이 있게 읽는 일이다. 교사는 학생들의 이러한 읽기에 친절한 안내자가 될 필요가 있다. 우리의 고전소설이고 판소리계 소설이라는 특수성에 비추어, 현대 소설의 감상과 이해보다도 더욱 세심한 배려가 있어야 한다. 그런데 교과서의 학습 활동 부분에는 이에 대한 지시문이 제외되었다는 한계가 있다. 그러므로 교사의 재량으로 이러한 학습 활동을 유도할 필요성이 대두된다.

여기서는 "판소리계 소설에 이르러 우리는 인간을 인간 그 자체로 볼 수 있는 시각을 획득하게 되었던 것이며, 이것이야말로 이전의 영웅 소설과는 다른 판소리계 소설의 진정한 몫이라고 할 수 있다. 춘향의 지향이나 항거, 그리고 '춘향전' 다움의 속성이 왜 그러한가 하는 문제가 판소리와의 관련 속에서 해명될 수 있는 가능성도 이러한 이유에서 설명될 수 있다.(중략)춘향이 다시 시대와 공간을 초월하는 보편성으로 회귀하여 만인의 사랑을 받는 비밀의 일단이 여기에 있다고 할 수 있다."14)는 견해가 참고가 된다.

또한 다음의 견해도 참고할 만하다. 즉 "소설 독서는 일차적으로 독자가 작가와 함께 이루어 내는 의미 공유이다. 이는 소설을 읽는 주체가 주관적인 해석을 크게 작용시키지 않고 소설을 수용하는 과정이나 결과라 할 수 있다.(중략) 이 수동적인 수용은 다시 자신의 이전 독서 체험에 조명되면서 다른 한편 독자들 사이에 의미 연관을 맺는다."15)는 것이다.

이제 교과서에서 소홀히 다룬 작품 자체의 감상과 이해에 대한 학습 활동용 지시문을 만들 수 있다. 다음에 몇 가지 예만을 제시해 보기로 한다.

1. 작품을 읽고 나서 어떤 느낌이 들었는가?
2. 가장 인상 깊었던 부분은 어디인가? 그 이유는?

---

14) 정병헌, 「춘향전 교육의 몇 가지 전제」, 이상익 외, 『고전 문학 어떻게 가르칠 것인가』, 집문당, 1994.
15) 우한용, 『소설 교육론』, 평민사, 1993.

3. 가장 슬펐던 부분은 어디인가? 그 이유는?

4. 가장 즐겁고 재미있는 대목은 어디인가? 그 이유는?

5. 작품에서 지루한 느낌을 주는 부분은 어디인가? 그 이유는?

6. 작품에서 앞뒤가 맞지 않거나, 어색한 부분은 어디인가? 그 이유는?

7. 작품의 첫 부분은 작품 전체와 어떤 관련이 있는가?

8. 이야기의 끝부분은 어떻게 되어 있고, 그것은 무슨 의미가 있는가?

9. 작품 속에서 중요한 구실을 하는 사건들과 작품 전체의 내용이 어떻게 관련되는가?

10. 작품의 전반부와 후반부는 어떻게 대응되는가?

11. 춘향과 이 도령의 첫 만남은 어떠했는가?

12. 춘향과 이 도령의 이별은 어떠했는가? 이에 대한 양가 부모들의 입장은?

13. 변학도의 춘향에 대한 입장과 태도는 어떤 것인가?

14. 춘향의 이 도령과 변학도에 대한 태도는 어떻게 같고, 어떻게 다른가?

15. 월매의 이 도령과 변학도에 대한 태도는 어떻게 같고, 어떻게 다른가?

16. 방자와 농민들로 대변되는 하층 인물들의 양반층에 대한 태도는 어떠한가?

17. 이 작품을 소설로 읽을 때와 판소리로 감상할 때, 어떤 점이 달라지겠는가?

18. 작중 현실과 조선 후기라는 역사적 현실과의 관련성은 무엇인가?

19. 작품에서 슬픈 장면과 우스운 장면의 상관 관계는 어떻게 설명할 수 있는가?

20. 작품에 나타난 갈등의 양상은 어떠한가? 그 의미는?

21. 각자가 생각하는 〈춘향전〉의 주제는 무엇인가?

22. 오늘의 시대를 배경으로 〈춘향전〉을 번안한다면 무엇이 어떻게 달라지겠는가?

이상의 지시문들은 고등학교 국어 과목 가운데 문학 교육의 의의와 목표를 감안하여 작성한 것이다. 즉 "문학 작품을 통하여 문학에 관한 체계적인 지식을 갖추고 창조적인 체험을 함으로써 미적 감수성을 기르며, 인간의 삶을 총체적으로 이해하게 한다."는 문학 교육의 목표를 달성하는 데 기여할 수 있도록 짜 보았다.

교사는 이것들 외에도 나름대로의 필요한 지시문을 보충하거나, 이 중에서 취사선택할 수 있을 것이다. 이 때 학생들의 학습 방법도 토의식이나 토론식의 말하기와 쓰기의 방법을 병행하는 것이 좋다고 생각한다. 그래야 학생들의 주체적이고 능동적인 읽기와 학습이 이루어질 것이기 때문이다.

고소설을 지도하는 교사는 자신이 구체적인 목표를 정하고, 학생들이 그 목표에까지 이르도록 갖가지 과정을 부여하고 여러 가지 실습을 시켜야 한다. 또한 주어진 학습 과제의 성격, 과제 해결을 위한 기본 절차와 방법, 사전 지식의 활용, 학습 활동, 피드백 등을 세부적으로 제시할 필요가 있다. 학습 효과의 극대화를 위해서는 〈춘향전〉, 〈춘향가〉와 관련된 각종 시청각 자료와 기구, 영상 매체의 언어 자료, 학습자가 사용하는 언어 자료 등을 최대한 활용해야 할 것이다.

〈춘향전〉이 비록 국어 교과서 안에 실려 있다고 해도, 문학 작품이기 때문에 학생들 스스로 즐겨 읽고, 이해하고, 감상할 수 있도록 작품에 대한 흥미와 감상 능력을 증진시키는 데 중점을 두어 지도해야 한다. 실질적인 교수·학습의 과정이 이론 중심의 지식을 가르치고 배우는 것이 아니라, 최소한의 이론을 바탕으로 작품 감상의 방법을 터득해 나가게 도와주면 된다.

이와 함께 문학 작품에는 삶에 대한 다양한 개성적인 관점이 표현되고 있음을 주지하고, 하나의 일관된 방법으로 편협하게 학습하는 일이 없도록 할 일이다. 학습의 중심은 교사의 강의가 아니라, 학습자의 능동적인 참여 활동을 통해 이루어져야 하며, 자유롭고 개방적인 관점에 입각하여 학습자 스스로의 삶의 경험과 관련하여 토의나 토론식의 집단적인 활동을 진작하는 방향으로 전개되어야 한다.

문학 작품을 학습자의 삶과 동떨어진 지식으로 가르치고 배우기보다 학습자의 삶에 대한 경험이나 인식과 밀접하게 연관된 또 다른 생의 체험으로 받아들이도록 지도한다. 이를 위해 고전소설의 경우 단순한 훈고 주석에 치우치지 않도록 하며, 현재적 삶과 끊임없이 연결시키면서 학습되어야 할 것이다.

이와 같은 교수·학습이 원활하게 이루어졌을 경우, 그 평가 또한 기본적인 관점과 조응하는 방향에서 이루어져야 한다. 곧 지식의 단순 암기보다 구체적인 작품의 이해와 감상의 능력을 평가할 수 있어야 하며, 사지선다의 객관식 평가에만 주력하기보다 서술형, 논술형, 등 다양한 주관식 평가 방법을 개발하고 활용하는 것이 필요하다.

또한 단순히 결과만을 평가하기보다, 이해와 감상에 도달하는 학습자의 과정 자체를 수업에서 누가적으로 평가하는 것이 바람직하다. 중요한 요소는 교수·학습의 방법과 평가의 근저에는 학습자가 문학 작품을 통하여 자신의 삶을 끊임없이 반성적으로 사유할 수 있는 바탕을 마련하는 데 있음을 잊지 않는 일이다.

〈춘향전〉의 학습 활동 결과의 평가와 관련하여 교과서에 제시된 '평가 중점'은 다음과 같다.

① '춘향전'의 작자가 복합적이라는 점을 작품의 내용 및 표현에서 이해하는가?
② '춘향전'의 작자가 지닌 특성에 맞추어 이런 유형의 작품을 이해, 감상하는가?
③ 문학 작품의 표현을 일상어를 바탕으로 파악할 줄 아는가?
④ 문학을 문화적 활동의 하나로 받아들이면서 작품을 이해하는가?
⑤ 작품의 형성에는 독자의 태도도 깊은 영향을 끼침을 이해하는가?

위의 ①과 ②는 작자와의 관계를 고려한 작품의 이해를 묻는 문제이고, ③과 ④와 ⑤는 독자의 입장에서 이와 관련된 것을 평가하는 항목이다. 당연한 결과이지만, 학습 활동에서 학생들의 작품 자체에 대한 감상과 이해를 제시하지 않았기 때문에 평가 항목에도 이 점이 배제되어 있다.

교사는 작품의 감상과 이해 정도를 파악할 수 있는 문항을 개발하여 평가를 실시할 필요가 있다고 본다. 이 때 교육과정에 제시된 문학 과목의 평가 지침을 활용해도 좋을 것이다. 문학 교육의 목적이 문학적 사고 능력과 삶의 총체적 파악 능력의 신장에 있다면, 이에 부합되는 평가 내용은 아래와 같이 요약될 수 있다.

① 수용자의 문학적 체험의 양적·질적 수준은 어떠한가?
② 어느 정도 문학 작품을 심미적으로 수용하고 향유할 수 있는가?
③ 문학 체험을 문학의 내적인 이론에 의해 어느 정도 이해하고 정리할 수 있는가?
④ 문학의 심미적 가치를 자신의 삶의 문제로 어떻게 확대·전이시킬 수 있는가?
⑤ 작품을 수용하고 해석하는 관점에 독창성이 있는가?

이는 문학적 사실의 암기보다는 구체적인 작품의 해석과 감상 능력에 중점을 둔 평가이다. 그리고 작품 이해의 결과만을 평가할 것이 아니라, 그 과정에 대한 평가도 병행하고 있다는 점에서 참고할 만하다. 즉 작품을 분석하고, 분석된 부분들을 하나의 전체로 통합하는 능력도 평가의 대상으로 충분히 고려하고 있다.

주관식 평가 방법의 활용, 수용자인 학생의 주체적 경험에 중심을 둔 평가도 요구된다. 우리는 문학을 통해 지식을 쌓는 것이 아니라, 문학적 체험과 감동을 자기화하여, 문화 공동체 속에서 자아를 실현하고 가치 있는 삶을 실천하고자 한다. 결국 이는 세계와 자신을 바라보는 안목의 변화와 성숙이라고 할 수 있다. 평가는 문학적 사고를 통한 삶의 총체적 파악 능력에 초점을 두어야 할 것이다.

4. 맺음말

문학은 역사의 개별성과 철학의 보편성 사이에서, 삶에 대한 개별적이면서 동시에 보편적인 정서와 인식을 제시하고자 한다. 즉 문학은 구체적인 체험을 매개로 구체적인 방법으로 삶의 보편적인 깨달음과 울림을 전달하는 것이다. 이러한 사정은 고전소설도 마찬가지이다. 그러나 문학의 감동과 깨달음은 저절로 학습자에게 전달되지 않는다. 목적지에 도달하기 위해서는 세밀한 지도가 필요하듯, 학습자는 고전소설의 규칙과 질서를 익히지 않으면 안 된다. 고전소설의 교육은 그러한 규칙과 질서를 바탕으로 문학 작품에 도달하는 다양한 방법들을 열어주는 것이어야 한다.

결론적으로 고전소설 교육은 학습자와 문학 작품의 관계를 형성하는 제반 활동이라고 폭넓게 규정할 수 있다. 만일 학습목표에 성공적으로 도달한다면, 학습자는 고전소설 작품을 향유함으로써 인간과 인간의 삶에 대한 더욱 풍부하고, 더욱 정확한 이해를 획득할 수 있게 될 것이다.

문학의 장르 가운데 소설은 인간의 구체적인 삶에 가장 많은 관심을 기울이는 문학 형태이다. 우리가 소설을 통해 사람들의 다양한 경험이나 삶의 현실과 운명에 관한 이야기를 접하고 무궁무진한 흥미와 감동을 받는 것도 이처럼 소설이 근본적으로 인간 경험을 제시하는 서사 문학의 본질을 가지고 있기 때문이다.

어쩌면 소설은 우리들의 삶을 근거로 한 인생의 이야기이며, 동시에 실제 삶보다도 더욱 질서화된 삶이라는 점에서 현실적 체험의 폭을 넓혀 주는 데 기여한다. 그러므로 소설 작품을 감상할 때는 우선 나타난 이야기가 어떤 성격을 가진 것인가를 느낄 수 있어야 한다. 현실적 삶은 매우 다양한 측면들로 이루어져 있으므로, 다양한 소설의 세계를 폭넓게 내면화하는 과정에서 비로소 소설 속의 이야기가 지닌 문학적 의미, 즉 특정한 현실을 통해 생각해 볼 수 있는 삶의 의미가 떠오르게 된다.

고전소설 교육은 작품의 이해와 감상을 통하여 인문학적 문화의 고양에 기여할 수 있다. 급속하게 진전된 산업화로 인간의 정신적 가치는 물질적 가치에 밀려 수많은 비인간적인 사태를 초래하고 있는 것이 지금의 현실이다. 이는 인간에 대한 진지한 탐구가 결여된 결과라고 할 수 있다. 동물과 구별되는 참다운 인간성 회복을 위해서는 물질적 가치에 앞서 정신적 가치의 소중함을 널리 인식해야 하며, 고전소설의 올바른 감상은 이러한 가치의 형성에 적극적으로 기여할 수 있는 것이다.

이 글은 고등학교 국어(상)에 실려 있는 〈춘향전〉의 교수와 학습을 고찰한 것이다. 그 결과 교수 방법에서는 교사가 텍스트의 위상을 정확히 인지하고 수업을 진행해야 함을 강조하였다. 이 때 훈고, 주석 등의 주입식 교육을 탈피하여 작품 감상에 필요한 지식의 양을 교사가 적절히 안배해야 한다. 판소리계 소설은 다른 제재에 비해 예비지식의 양이 많기 때문에 교사의 안목이 확고하게 서 있어야 수업을 원활히 이끌 수 있음을 지적하였다.

2차시부터 학생 중심의 학습 활동은 교과서에 제공된 '학습 활동'만으로는 소기의 교육 목표를 달성하기 어렵다. 따라서 교사가 다양한 학습 활동의 지시문을 만들어 줌으로써, 학생들의 자발적이고 능동적인 학습을 유도할 필요가 있음을 역설하였다. 그 내용은 주로 작품 자체의 깊이 있는 감상과 이해에 중점을 둔 것이다.

교과서의 '학습 활동'은 특히 이 부분을 소홀히 했기 때문이다. 자칫 교과서 중심의 학습으로 그치고 말면, 우리의 가장 중요한 문학 유산의 하나인 〈춘향전〉의 가치가 제대로 교육되지 못할 수도 있다. 〈춘향전〉이 왜 고전으로서의 가치가 있는가 하는 문제는, 학생들 스스로 작품을 면밀히 감상하는 데서 공감할 수 있어야 한다.

오늘날 고전문학 교육은 급변하는 현실에서 다양한 층위의 교육적 구도를 필요로 한다. 그것은 개별 작품의 감상과 이해를 통해 작품에 형상화된 인간과 삶을 익히는 것에서부터, 고전문학의 특성과 역사적 전개 과정을 알고 이를 현대문학과 연계하여 이해하는 일까지 세심한 배려가 요구된다.

현대에도 '춘향'은 끊임없이 우리와 대면하면서, 자신도 변하고 또 우리를 변화시킨다. 춘향은 과거에도 그랬던 것처럼 앞으로도 우리가 추구하고자 하는 구원의 대상이라고 할 수 있다. 이것이 〈춘향전〉이 가진 고전으로서의 변함없는 가치이다. 이를 위해 교육 현장의 현실에 맞는 교수·학습의 방법을 개발하고자 하는 노력을 계속해 나가야 한다. 이런 의미에서 〈춘향전〉의 지도 방법에 완성된 틀이 있을 수는 없다고 하겠다.

1. 자료

교육부, 국어(상)·(하), 1996.

교육부, 고등학교 국어과 교육과정 해설(제6차 교육과정), 1995.

서울 사대 국어교육연구소, 학술발표회 자료집 2(문학 영역 교육과정 내용의 체계화 연구), 1996.

한국교육개발원, 제7차 국어과 교육과정 개발 연구(연구보고 CR 97-23) 1997.

2. 단행본

김병국 외 편), 『춘향전 어떻게 읽을 것인가』, 서광학술자료사, 1993.

김중신, 『소설 감상 방법론 연구』, 서울대 출판부, 1995.

설성경, 『춘향전의 통시적 연구』, 서과학술자료사, 1994.

한국고소설연구회 편, 『춘향전의 종합적 고찰』, 아세아문화사, 1991.

3. 논문

강승남, 「소설의 가치탐구 수업 방안 연구」, 서울대 석사학위논문, 1991.

김상욱, 「현실주의론의 소설교육적 적용 연구」, 서울대 석사학위논문, 1992.

김은전, 「국어교육과 문학교육」, 『사대논총 제19집』, 서울사대, 1979.

려증동, 「국어교육-문학교육을 중심으로-」, 『교육경남 제50호』, 경남교육위원회, 1976.

박대호, 「소설의 세계관 이해와 그 문학교육적 적용 연구」, 서울대 박사학위논문, 1990.

박영주, 「고전문학 교육의 현실과 방향 정립」, 『국어교육 90』, 한국국어교육연구회, 1995.

박인기, 「문학교육의 목표 설정에 관한 연구」, 서울대 석사학위논문, 1985.

서미선, 「소설의 구조적 수업 방략 연구」, 서울대 석사학위논문, 1991.

우한용, 「문학교육론 서설」, 『난대 이응백 박사 회갑기념논문집』, 보진재, 1983.

이대규, 「교재로서의 문학의 구조」, 서울대 박사학위논문, 1988.

이지호, 「고전소설의 대화 유형 연구」, 서울대 석사학위논문, 1994.

이향숙, 「소설교육의 방법 연구」, 서울대 석사학위논문, 1988.

이현복, 「문학교육의 기본 방향 설정을 위한 서설」, 『박붕배 박사 회갑기념논문집』,
　　　배영사, 1986.

최순열, 「문학교육론 연구」, 동국대 박사학위논문, 1987.

최주섭, 「한국 문학교육 연구」, 원광대 박사학위논문, 1987.

한상각, 「국어과 교육에 있어서 문학교육의 방법론적 연구」, 『공주교대 논문집
　　　제13집 2호』, 1977.

『교육논총』 제1집(대진대학교 교육대학원, 1999. 2)

5장

〈흥보가〉의 교수·학습

1. 머리말

교육과정의 변화에 따라 문학교육도 장르별, 영역별로 보다 심화된 교수·학습의 방법이 개발되어야 할 필요성이 있다. 현재 교육 현장에서 가장 시급히 요청되는 것은 무엇보다도 각 장르별 구체적 작품에 대한 실제적인 지도 방안의 연구이다. 구비문학 텍스트의 교육에 관한 실천적인 논의가 심화될 필요성이 여기에 있다. 문자언어를 매체로 하지 않는 구비문학 텍스트의 소통과정은, 규범화되고 체계화된 것이라기보다는 비규범화, 비체계화된 것이라는 점에서 이를 교육 현장에서 다룰 때는 기록문학의 일반적인 장르에 비해 각별한 주의가 요청되기 때문이다.

로트만은 언어를 특수한 방식으로 배열된 기호들을 사용하는 어떤 전달 체계들이라고 이해한다.[1] 인간의 언어 행위는 전통적으로 말하기, 듣기, 읽기, 쓰기의 네 가지로 구체화되는데, 이러한 전통적 분류는 의사소통의 매체를 언술화된 기호만으로 간주한 방법이다.

---

1) 로트만(유재천 역), 『예술 텍스트의 구조』, 고려원, 1991, 21∼23쪽.

언어를 하나의 기호로 파악하게 되면 언어기호는 문자나 음성으로 코드화된 것만이 아니라 몸짓이나 표정 등 코드화되지 않은 것도 포함한다. 즉 동작언어인 몸짓이나 표정은 상대방에게 자신의 의사나 정서를 표현하는 '보여주기(showing)'와 이를 수신자가 시각적으로 수신하는 '보기(seeing)'로 구분할 수 있다. 요컨대 표현과 이해 행위에 따른 언어활동은 말하기, 읽기, 듣기, 쓰기 외에 보여주기와 보기를 설정할 수 있다. 이 중에서 말하기와 듣기는 음성언어로, 읽기와 쓰기는 문자언어로, 보여주기와 보기는 동작언어로 매개되는 것이다.

우리의 전통문화 유산 가운데 이와 같은 모든 표현과 이해 행위에 따른 언어 활동이 요구되는 장르가 바로 다름 아닌 '판소리'라고 할 수 있다. 구비로 연행되는 탈춤이나 판소리 예술의 경우, 대사와 춤사위, 아니리와 발림 등이 각기 독립되어 전승되는 것이 아니라, 음성언어와 동작언어가 미분화된 상태로 전승된다. 따라서 '말하기'와 '보여주기' 혹은 '듣기'와 '보기'를 명확하게 구분 지을 수는 없다.

여기에 문자로 기록된 판소리 사설을 읽게 되면 '보기'를 통한 감상도 염두에 두어야 한다. 판소리의 감상은 창자의 '말하기'/'보여주기'/'쓰기'를 수용자로서의 독자(혹은 관중, 청중)가 '듣기'/'보기'/'읽기'를 통해 이해·감상하는 것이라고 규정할 수 있다. 뿐만 아니라 판소리 공연의 '말하기'는 '이야기하기'(아니리)와 '노래하기' (창)로 표현되기 때문에 교육 현장에서의 세심한 배려가 따라야 한다.

일반적으로 문학의 교수법은 장르에 따라, 그리고 시대의 변화에 따라, 학문계의 인식 패러다임의 변화에 따라서 각각 달라질 수 있는 가변성을 지닌다. 또한 교사가 창의적으로 교육 과정을 운영할 수 있도록 교육 과정 자체가 개방성을 띠어야 한다는 점도 고려되어야 한다.

이 글은 이러한 점들을 염두에 두고 고등학교 국어(하)에 실려 있는 〈흥보가〉의 지도 방법을 모색해 보고자 한다. 이를 위해 먼저 〈흥보가〉의 텍스트적 위상을 1) '흥보가─흥보전군'의 이해, 2) 박봉술 창본〈흥보가〉의 위상, 3) 고등학교 국어(하)에서의 위상 등으로 나누어 살펴보고, 그에 따른 〈흥보가〉의 지도 방법을 1) 교수 방법과 2) 학습 방법으로 제시할 것이다.

2. 〈흥보가〉의 텍스트적 위상

2.1 〈흥보가〉와 〈흥보전군〉의 이해

역사적으로 〈흥보가〉는 판소리로 불려지다가 그 사설을 차용하여 기록하는 과정에서 소설화하여 많은 이본의 소설로도 남아 있는 작품이다. 그 결과 판소리 〈흥보가〉, 또는 고소설 〈흥보전〉의 작자가 누구인지, 그 생성된 시기가 언제인지를 정확히 알 수 없다.[2] 다만 다양한 복수의 작자군을 생각할 수 있을 뿐이다. 이들에 의하여 이야기가 모아지고 다듬어지고 보태어지고 한 끝에 판소리의 한 마당이나 한 편의 소설로 형성되어 전하는 것이다.

지금까지 밝혀진 바로 〈흥보가〉의 바탕이 된 설화의 유형은 〈선악형제담〉, 〈동물보은담〉, 〈무한재보담〉 등이다. 이상 세 가지 유형의 설화가 각각 또는 둘씩 어울리는 1단계를 거쳐, 이들이 모두 일체가 되는 독립 형성의 2단계에 이르면 많은 변화 단락과 변형적 요소와 창작적 요소가 가미되고, 마지막으로 판소리 사설 내지는 소설화가 이루어지는 3단계를 추정하게 된다.

바탕이 된 구체적인 설화로는 ① 방이설화, ② 박타는 처녀 설화, ③ 황작보은(黃雀報恩)설화, ④ 작보은(雀報恩)설화, ⑤ 설체작(舌切雀)설화, ⑥ 화소야(花咲爺)설화, ⑦ 해행산행(海幸山幸)설화, ⑧ 호(瓠)설화 등 8편을 들고 있다.[3] 이 가운데 ①은 우리의 고유설화, ②는 몽고설화, ③은 중국설화, ④⑤⑥⑦은 일본설화, ⑧은 인도설화이다.

그 중에서도 작품의 설화적 유형에 가장 가까운 것으로 논의된 것은 '박타는 처녀' 설화이다. 이는 몽고의 설화로 일찍이 육당 최남선에 의해서 소개된 것이다.[4] 하지만 이 작품은 어느 한 이야기의 진화로 보기보다는 위와 같은 각종

---

2) 여기에서 〈흥보가〉는 판소리 사설을, 〈흥보전〉은 고소설을 가리키는 일반적인 명칭으로 사용하기로 한다. 판소리 사설이나 고소설의 명칭이 다양하지만, 이 두 가지 명칭이 대표성을 갖는다고 보기 때문이다.

3) 인권환, 「흥부전의 설화적 고찰」, 『흥부전연구』, 인권환 편저, 집문당, 1991, 17~48쪽.

4) 최남선, 「몽고의 흥부 놀부」, 동명 3호, 1922. 다음에 참고로 제시한다. "옛날 어느 때 처녀 하나가 있었다. 하루는 바느질을 하고 있노라니까, 무슨 서투른 소리가 들리는데, 나가 본즉 처마 기슭에 집을 짓고 있던 제비가 한 마리 땅으로 떨어져서 버둥거리며 애를 쓴다. 에그 불쌍해라 하고 집어 살펴본즉, 부둥깃이 부러졌다. 마음에 매우 측은하여, 오냐 네 상처를 고쳐주마 하고, 바느질하던 오색실로 감쪽같이 동여매어 주었다. 제비가 기쁨을 못이기는 듯

설화의 복합에다가 어떤 작자(혹은 작자층)에 의한 창작적 요소가 덧붙여져서 성립된 것으로 보는 것이 보다 합리적이다.

이와 같은 사정은 〈춘향가〉-〈춘향전〉, 〈심청가〉-〈심청전〉의 경우처럼 〈흥보가〉-〈흥보전〉도 다양한 설화적 요소들이 융합되면서 이루어진 작품임을 알 수 있다. 이에 비해 같은 설화계 작품이라도 〈적성의전〉, 〈토끼전〉, 〈금송아지전〉 등은 독립적인 단일 설화가 그 기본적인 핵심을 이루면서 형성된 작품으로 추정된다는 점에서 차이를 보인다.

〈흥보가〉-〈흥보전〉은 서사적 전개과정의 사이사이에 서정적 가요를 조화롭게 결합한 작품으로, 그 주제나 구성 등도 개인 창작의 소설들과는 확연히 구별되는 복합적인 특성을 지니고 있다. 게다가 이 작품은 판소리 특유의 개방성과 적층성을 그 숨겨진 원리의 본질로 하면서, 오랜 시간에 걸쳐 그 미시적 구조를 한층 더 세련되게 다듬어 왔다.

이처럼 우리가 흔히 〈흥보가〉-〈흥보전〉이라고 통칭하는 일군의 작품들은 여러 시대에 걸쳐, 예술 생산자인 작자와 그 작품을 수용하는 시대별, 지역별, 개인별 취향에 따라 서로 다른 이름, 다양한 모습으로 창작·향수되어 왔다. 그로 인하여 〈흥보가〉-〈흥보전〉도 ① 필사본, ② 판본, ③ 구활자본, ④ 판소리 창본 등으로 전하면서 각기 다른 이름으로의 재창작이 이루어졌다.

이중에 판본은 목판본으로 경판(3종-25장본과 20장본)만이 있고, 그밖에 완판이나 안성판 등은 없다. 필사본은 김문기 소장본을 비롯하여 모두 11종이 있고, 구활자본은 신문관본 〈흥부전〉을 포함하여 모두 7종의 이본이 있다. 판소리 창본의

이 날아갔다. 얼마 뒤에 그 제비가 여상히 튼튼한 몸이 되어서 날아오더니, 고마운 치사를 하는 듯이 하고 날아간다. 우연히 날아간 자리를 본즉, 무엇인지 씨앗이 하나 떨어져 있었다. 이상한 일도 있다 하고, 무엇이 나는가 보리라고 뜰 앞에 심었다. 그것이 점점 커다래지더니, 그 덩굴에 가서 커다란 박이 하나 열렸다. 엄청나게 크니까, 희한한 김에 굳기를 기다려 하루 바삐 타 보았다. 켜자마자 그 속으로서 금은 주옥과 기타 갖은 보화가 쏟아져 나왔다. 이 때문에 그 처녀가 금시에 거부가 되었다. 그 이웃에 심사 바르지 못한 색시가 하나 있었다. 이 색시의 박 타서 장자된 이야기를 듣고, 옳지 나도 그 색시처럼 제비 상처를 고쳐 주리라 하였다. 그래서 제 집 처마 기슭에 집 짓고 사는 제비를, 일부러 떨어뜨려서 부둥깃을 부러뜨리고, 오색실로 찬찬 동여매어 날려 보냈다. 얼마 지나니까 과연 박씨 하나를 가져 왔다. 좋다 꾸나 하고 얼른 뜰에 심었더니, 여전히 커다란 박이 하나 열렸다. 오냐, 금은 주옥 갖은 보화가 네 속에 들었느냐 하고 그 박을 탔다. 뻐개어 본즉 야단이 났다. 그 속에서 무시무시한 독사가 나와서 그 색시를 물어 죽였다."

경우는 신재효본 등 15종이 전한다. 이밖에 일역본 1종이 있어서 작품의 이본은 총 37종을 헤아리게 된다. 이는 약 120여 종의 이본을 가진 '춘향전군'에는 못 미치더라도, 상당히 폭넓게 향유된 작품임에 틀림이 없다.

이러한 이본들은 정착 및 개작 시기가 밝혀져 있지 않고, 기본 플롯상의 차이는 별로 없어도 구체적 문장을 달리하는 이본들이 많기 때문에 이들의 계통을 세운다는 것은 그 기준 설정에 어려움이 많다. 기준으로 삼을 수 있는 것은 무엇보다도 구성 양상이다.

이는 세 가지 정도로 첫째는 '흥부가 가난에 시달리다', '흥부가 놀부를 찾아가다', '흥부가 살기 위해 애쓰다', '흥부가 매품을 팔다' 등 단락간의 구성 양상이며, 둘째는 흥부 자식 단락의 위치, 셋째는 놀부박의 양상이다. 그 중에도 첫째 내용 단락의 존재 유무와 순서의 차이가 가장 중요한 1차적 기준이 된다. 이렇게 볼 때 대략 세 가지 정도의 계통을 추정하게 된다.[5]

이와 같이 유형성을 지닌 텍스트도 원형본과 그 유형의 내적 파생본이 서로 상이한 환경에서 성립되었기 때문에, 학교 교육에서는 이 점을 충분히 고려해야 한다. 이렇게 볼 때, 현재 고등학교 국어(하)에 실려 있는 박봉술 창본 〈흥보가〉 하나만을 텍스트로 해서 이루어지는 고등학교 〈흥보가〉 교육은 문제점과 동시에 분명한 한계가 있다.

그러므로 교사는 사전에 학생들에게 〈흥보가-흥보전군〉에 대한 이해를 충분히 주지시킴으로써, 교과서에 실려 있는 박봉술 창본 〈흥보가〉가 이 작품군의 중요 이본 가운데 하나임을 분명히 해 주어야 할 것이다. 왜냐하면 그것이 우리의 고전인 〈흥보가-흥보전〉을 올바로 자리매김하는 출발이기 때문이다.

2.2 박봉술 창본 〈흥보가〉의 위상

현재 고등학교 국어(하)에 〈흥보가〉라는 제목으로 실려 있는 작품은 박봉술 창본의 〈흥보가〉이다. 이는 오늘날 전하는 〈흥보가〉의 판소리 창본 15종 가운데 하나이다. 명창 박봉술은 1922년에 태어나서, 7세 때부터 부친인 박만조와 친형

---

5) 김창진, 「흥부전의 이본과 그 계열」, 인권환 편저, 앞의 책, 162쪽.

인 박봉래에게 소리를 배웠다. 그리고 박만조와 박봉래는 동편제 명창 송만갑에게 직접 〈흥보가〉 등을 배웠는데, 그 뒤 송만갑은 서울을 중심으로 활동하면서 중고제와 경기창조를 도입하여 변화를 추구했으니, 오히려 동편제 〈흥보가〉의 본 모습은 박만조와 박봉래를 거쳐 박봉술에게 남겨져 있다고 하겠다.

이 텍스트에 수용된 가요는 모두 35개로 1) 놀보 심술 사설 2) 음식 타령 3) 흥보 복색 사설 4) 돈타령 1 5) 흥보 구걸 사설 6) 놀보 핑계 사설 7) 중타령 8) 명당 풀이 9) 집터 글자 사설 10) 흥보 제비 점고 사설 11) 흥보 제비 노정기 12) 제비 넘노는 사설 13) 흥보 아내 가난 타령 14) 흥보 톱질 소리 1 15) 돈타령 2 16) 밥타령 17) 흥보 톱질 소리 18) 박타령(비단타령) 19) 흥보 흑공단 복색 사설 20) 흥보 아내 송화색 복색 사설 21) 흥보 톱질 소리 3 22) 박타령[집사설(집 구조 사설+사랑 기물 사설)] 23) 주효, 기명사설(그릇사설+음식사설+술병사설) 24) 화초장 타령 25) 제비가 26) 놀보 제비점고 사설 27) 놀보 제비 노정기 28) 놀보 톱질소리 1 29) 놀보 톱질소리 2 30) 박타령(상여소리) 31) 놀보 톱질소리 3 32) 박타령(사당 잡가) 33) 박타령(각설이타령) 34) 박타령(초라니 개고리타령, 귀자노래) 35) 흥보 애원 사설 등이다.

이들 가운데 시조는 보이지 않고, 잡가·민요·무가·민속신앙요 등에서 다양하게 수용되어 있음을 알 수 있다. 특히 '개고리타령'과 경기민요 '양산도'는 박봉술 창본에만 나온다.

동편제에 속하는 박봉술 창본의 사설은 도승이 집터 잡는 대목, 흥보의 집에 제비가 날아드는 대목 등이 서편제와 두드러지게 다른 사설로 되어 있으며, 다른 어느 〈흥보가〉에도 없는 '놀보 제비 노정기'가 들어 있는 것이 특색이다. 사실 '노정기'는 무가에서 '호귀노정기' '마마노정기' '지옥채사노정기' '포수노정기' '군웅청배노정기' 등 무속신의 이동을 서술하는 장면에 흔히 나타나는 가요다. 다른 이본이나 창본에 거의 없는 '놀보 제비 노정기'의 존재는 판소리가 문자로 창작되지 않고 입에서 입으로 전하는 구비 문학 또는 적층 문학인 데 따른 변화라고 할 것이다.

고등 국어(하)에 실린 박봉술 창본 〈흥보가〉는 1982년에 「뿌리 깊은 나무 판소리 다섯마당」으로 펴낸 것을 실었다.

2.3 고등학교 국어교과에서의 위상

현행의 고등학교 국어(하)에는 〈흥보가〉가 단원 3의 언어와 문학 부분에 실려 있다. 여기에는 (1) '설일(雪日)'—현대시 (2) '선학동 나그네'—현대소설 (3) '흥보가'—구비 문학(판소리 사설) (4) '살아 있는 이중생 각하'—현대 희곡 (5) 용비어천가—고시가 등이 나온다. 그리고 단원의 끝부분에 〈말하기 · 듣기〉 '함축 효과를 위한 형상화', 〈쓰기〉 '정확성을 위한 기술' 등이 있고, 각각에 대한 '학습 활동'과 '학습 활동 도움말'이 제시되어 있다.

마지막으로 '단원의 마무리'와 그에 대한 도움말로 짜여졌다. 이밖에도 국어(하)에는 모두 6개의 대단원 가운데 6. 문학과 문화가 있어, 두 개의 대단원에 문학 작품이 배정되어 있다. 그리고 그것들은 모두 언어 사용 능력(말하기, 듣기, 쓰기 등)과 관련하여 학습하도록 하였고, 이러한 문학 단원들이 심화 학습 과목인 '문학'에 이어지도록 배려한 점은 국어(상)과 같다.

이 대단원의 '단원의 길잡이'는 다음과 같다.

"문학은 일상 언어를 바탕으로 이루어지는 언어 예술이다. 문학의 언어가 따로 있는 것이 아니라, 일상 언어의 어느 국면을 강화하거나, 문학이 추구하는 바에 따라 특징적으로 양식화한 관습이 있을 따름이다. 이 점에서 일상의 언어와 문학의 언어는 공통점과 차이점을 아울러 지니고 있다. 따라서, 문학의 언어는 문학의 특성과 효능을 나타낼 수 있는 근거가 됨과 동시에, 일상의 언어 활동을 효과적으로 할 수 있는 능력을 기르는 수단이 된다. 문학의 언어를 이해함으로써 문학을 올바로 깊이 있게 감상하는 능력을 기름은 물론, 언어 활동의 능력을 기르는 것이 이 단원의 목표이다.

이 단원은, 문학 언어의 특성에 주목함으로써 문학 작품을 읽는 즐거움을 확대할 수 있도록 다섯 편의 작품으로 구성하였다. 시 작품인 '설일'에서는 문학 언어의 형상성에 근거하여 대상을 인식하는 과정을, 소설 작품인 '선학동 나그네'에서는 형상화된 이야기가 지니는 상징성을, 판소리 사설인 '흥보가'에서는 일상 언어와 문학 언어의 관계를, 희곡 작품인 '살아 있는 이중생 각하'에서는 극의 언어가 지닌 상징성과 일상 언어의 관계를, 고전 시가인 '용비어천가'에서는 언어의 심리적 효과를 통한 목적성의 성취를 주로 공부하게 된다.

이 다섯 편의 작품은 문학 언어의 다양한 모습을 보여 줄 것이며, 언어의 다의성(多義性)이 문학 작품에서 얼마나 큰 역할을 하는가를 이해하게 해 줄 것이다. 이 작품들을 통해 문학 언어의 일반적 성격을 알고, 각각의 작품에서 드러나는 특징을 이해함으로써 앞으로 접하게 될 문학 작품을 이해하고 감상하는 힘을 기르도록 한다.

문학 작품과 언어의 관계를 통해 표현의 다양성을 이해하고, 더욱 효과적인 말하기 · 듣기와 쓰기의 학습을 해 본다. 제시하고자 하는 내용은 표현을 어떻게 하는가에 따라 여러 가지 뜻으로 이해되기도 하고, 정확성과 타당성이 결정될 수도 있다는 점에 유의하여 효과적인 표현을 학습하도록 한다."[6]

이 '단원의 길잡이'에 드러난 핵심적인 내용은 첫째 단락의 끝에 있다. 즉 문학의 언어를 이해함으로써 문학을 올바로 깊이 있게 감상하는 능력을 기름은 물론, 언어 활동의 능력을 기르는 것이 그것이다. 다시 말하면 학생들로 하여금 문학의 언어에 대한 다양한 모습을 학습하게 하여 1차적으로는 문학 작품의 이해와 감상 능력을 기르고, 나아가 이를 통해 일상 언어 활동의 능력을 기른다는 것이다. 따라서 〈흥보가〉도 이와 같은 취지에 기여하기 위한 제재이다.

교과서에서는 다음과 같은 '학습목표'를 제시하고 있다.

① 일상 언어와 문학 언어의 다의성을 이해하고, 다양한 의미를 파악한다.
② 문학 작품의 형상성을 이해하고, 그 상징적 의미를 파악한다.
③ 문학 언어의 심리적 효과를 이해하고, 그 작품의 의도를 파악한다.
④ 정확하고 함축성 있는 표현을 할 수 있다.[7]

---

6) 교육부, 고등학교 국어(하), 68쪽.
7) 교육부, 앞의 책, 69쪽.

그리고 위의 학습 목표를 뒷받침하기 위한 '준비 학습'으로 고등 국어(상)의 문학 관련 단원의 내용을 가지고, 5개의 항목으로 된 토론 과제가 있다. 이어서 '학습할 원리'로는 1. 언어의 다의성 2. 문학 언어의 형상성 3. 문학 언어의 심리적 효과 4. 〈말하기·듣기〉 - 함축 효과를 위한 형상화 5. 〈쓰기〉 - 정확성을 위한 기술 등에 대한 간단한 설명이 제시되어 있다.

이상에서 살펴본 바의 구도 아래, 교과서에는 박봉술 창본 〈흥보가〉의 일부가 실려 있다. 먼저 '앞부분의 줄거리'가 요약·제시되어 있고, 이어서 흥보가 첫째 박을 타는 장면을 수록하였다. 즉 교과서 수록 부분은 작품 전체 가운데, 지금까지의 뒤얽힌 사건과 갈등이 해결되기 시작하는 대목에 해당하는 부분이다. 즉 주인공 흥보의 가난과 '보은박'에 관한 이야기이다.

흥보 내외가 배가 고파 '박 속은 끓여 먹고, 바가지는 팔어다 양식 팔고 나무를 사서 어린 자식을 구완을 허세' 하면서 박을 탄다. 그런데 첫째 박에서 궤 두 짝이 나와 하나는 쌀, 또 하나는 돈이 계속하여 나와 쌓이는 것을 보고 흥보가 좋아하며 흥겹게 노는 장면이 나온다. 끝부분에는 '뒷부분의 줄거리'가 요약되어 실려 있다. 또 본문에는 아니리와 판소리 장단인 진양, 잦은 몰이, 휘몰이 등이 나오고, 아래에 중요 어구에 대한 주석과 참고사항이 풀이되어 있다. 참고사항은 주로 판소리와 판소리 문학에 대한 전반적인 이해를 돕는 내용이 기술되었다.

3. 〈흥보가〉 교수·학습 방법

교육 현장에서 이루어지는 모든 교과의 지도는 교수 방법(교사 중심)과 학습 방법(학생 중심)으로 나누어 계획할 필요가 있다. 물론 이것이 확연히 구분될 수 있는 것은 아니라고 해도, 차시별로 어느 정도는 교사 중심의 수업과 학생 중심의 수업이 계획 단계에서부터 고려되어야 할 것이다.

더구나 국어과목의 문학, 특히 그 중에서도 고전문학 분야는 이러한 필요성이 더욱 절실하다고 하겠다. 왜냐하면 고전은 이미 객관적으로 검증된 가치가 있을 뿐만 아니라, 교사와 학생이 함께 사전에 충분한 배경지식을 갖추고 있어야 교육 목적을 달성할 수 있기 때문이다. 물론 〈흥부전〉은 시대와 함께 계속 개작되어

온 작품이지만, 개작은 어느 시기에 와서 정지되었음'8)을 상기할 때, 판소리 사설도 무한정으로 변하는 것은 아니라고 판단된다. 〈흥보가〉의 지도 방법도 교수 방법과 학습 방법으로 나누어 계획하고, 이를 다시 필요에 따라 적절한 분량으로 차시별 배치가 이루어져야 한다.9) 여기서 교수 방법은 주로 1차시에 교사가 사전에 준비해야 할 사항을 가리키고, 학습 방법은 2차시 이하에서부터 학생들이 학습에 앞서 미리 염두에 두어야 할 것들을 주로 지칭하는 것이다.

3.1 교수 방법

〈흥보가〉의 지도 방법에서 피해야 할 것은 무엇보다도 훈고주석식 설명의 방법이다. 다시 말하면 교사는 교재의 내용을 열심히 설명하고, 학생은 이를 받아 적어 암기하는 행위가 학습의 주를 이루는 것을 자제해야 한다는 것이다. 지나친 훈고 주석은 학생들이 작품을 읽고 감상하는 데 오히려 장애가 될 수 있기 때문이다. 작품을 감상한다는 것은 부분과 전체를 살펴 독자가 마음속에서 새로운 의미를 만들어 내는 작업인데, 이 방식은 학생들의 의미 생성 활동을 돕기보다는 자칫 가로막게 된다.

〈흥보가〉의 경우는 주로 교과서 하단부에 있는 주석을 학생들이 스스로 예습을 통하여 습득해 오도록 지시하는 것으로 대신하고, 교사는 다만 미진한 부분을 보충하는 데 그쳐야 할 것이다. 교사는 최소한의 안내자 역할에 그쳐야 하고, 학생들의 주체적이고 능동적인 학습 활동을 이끌어 낼 수 있도록 해야 한다.

다음에 교사가 1차시에 학생들에게 제공해야 할 〈흥보가〉의 배경 지식에는 어떤 것들이 있을까에 대해 큰 항목들만 예시해 보기로 하자.

---

8) 조동일, 「〈흥부전〉의 양면성」, 인권환 편저, 앞의 책, 310쪽.
9) 졸고, 「〈춘향전〉 지도 방법 연구」, 『교육논총 제 1집』, 대진대학교 교육대학원, 1998, 95~96쪽.

① 〈흥보가〉의 텍스트적 위상―〈흥보가-흥보전군〉의 이해, 박봉술 창본 〈흥보가〉의 위상, 고등학교 국어 (하)에서의 위상[10]

② 판소리의 이해―판소리의 종합예술적 성격(음악, 문학, 연극), 판소리 12마당(현전 5마당), 판 소리의 특질(공동성, 적층성, 개방성, 부분의 독자성, 장면 극대화의 원리 등), 역사적 전개과정

③ 판소리계 소설의 이해―창작 과정(설화-판소리 사설-판소리계 소설), 작자층과 독자층(소리광대, 양반층, 하층민), 표현상의 특징(구비문학, 연희예술적 측면)

④ 〈흥보가〉의 보편적 구조와 박봉술 창본 〈흥보가〉의 구조―주요 장면별 내용 제시

⑤ 고소설의 일반적 특징과 판소리 〈흥보가〉의 공통점, 차이점―〈흥보가〉의 근대 문학적 성격

⑥ 중요 어구와 구절 풀이 보충 자료

이상은 〈흥보가〉의 교수―학습에서 필요하다고 여겨지는 배경 지식을 제시해 본 것이다. 이 중에 어떤 것을, 어느 정도의 분량으로 학생들에게 제공할 것인지는 전적으로 교사의 재량에 달린 것이라고 하겠다. 교사는 학습 목표와 학습 활동, 학습 평가 등을 고려하여 범위와 분량을 결정해야 한다. 무엇보다 중요한 점은 이러한 항목들이 〈흥보가〉의 감상과 이해에 어떻게 활용되어야 하는가 하는 점이다. 그리고 항목 간의 유기적 연결 관계도 충분히 염두에 두어야 한다.

〈흥보가〉는 일반적으로 다음과 같은 순차적 서사구조를 갖고 있는 것으로 이해되어 왔다.[11]

---

10) 본고의 제2장을 참고할 것.
11) 조동일, 앞의 논문, 257쪽. 이 논문에서 분석의 대상으로 삼은 것은 주로 세창서관본인데, 이 본은 〈흥부전〉 가운데 양이 가장 많고 그 줄거리 체계가 유일하게 완형으로 나타난다는 점에서 모든 이본의 내용을 포괄할 수 있다는 장점이 있다.

(가) 작중인물이 아닌 화자가 이야기를 소개하는 서두.

(나) 놀부와 흥부를 소개하다.

(다) 놀부의 탐욕과 인색을 보여주다.

(라) 놀부가 흥부를 내쫓다.

(마) 흥부의 가난과 고생

(바) 흥부가 제비를 구해주다.

(사) 제비가 흥부에게 보은하다.

(아) 놀부가 흥부를 찾아와 치부한 내력을 알고 가다.

(자) 놀부가 제비를 해치다.

(차) 제비가 놀부에게 복수하다.

(카) 놀부가 이웃 양반에게 혼나다.

(타) 흥부가 놀부를 구해주고, 놀부는 개심하다.

(파) 그 후 흥부는 잘 살다 죽다.

(하) 이런 이야기가 전해온다는 뒷말

그런데 이러한 (가)에서 (하)까지의 순차적 단락 중심의 서사구조는 그 내용의 상당 부분이 일반 〈흥보가〉에 두루 통용될 수 있는 보편적인 내용이 아니다. 따라서 교사는 이것을 교과서에 실려 있는 박봉술 창본 〈흥보가〉의 순차적 구조와 대비적으로 제시해줄 필요가 있다.

아울러 몇 개의 대표적인 이본들을 검토하여 대목별 극적 구조를 중심으로 한 보편적 구조를 함께 제시할 필요가 있지만, 〈흥보가〉의 경우는 세창서관본과의 차이점 정도를 제시하는 것으로도 소기의 성과를 기대할 수 있을 것으로 생각된다. 왜냐하면 이러한 대비를 통하여 학생들이 위의 2. 판소리의 이해와 3. 판소리계 소설의 특징적인 면모를 구체적으로 이해하는 데 부족함이 없을 것이기 때문이다.

박봉술 창본 〈흥보가〉도 내용의 전개는 이와 같은 구조에 맞닿아 있으면서, 한편으로 나름대로의 개별성도 갖춘 작품이다. 따라서 교사는 본 작품의 구조를 제시하면서 이런 점을 학생들이 잘 이해할 수 있도록 지도할 필요가 있다.

　알려진 대로 〈흥보가〉의 기본적인 이야기는 흥보와 놀보의 형제간 우애이다. 그럼에도 불구하고 둘은 작품의 끝부분에서 극적인 화해에 이르기 직전까지 처음부터 첨예하게 대립적이다. 그 대립의 양상은 다음과 같이 요약된다.

흥부

(가) 가난한 아우

(나) 욕심 없고 선량한 자

(다) 극단적으로 몰락한 양반

(라) 게으르고 의욕이 없으면서도 먹고 살기 위해 근면할 수밖에 없는 자

(마) 예의와 체면을 존중하면서도 이에 어긋난 무슨 짓이든지 다해 살아갈 수밖에 없는 자

(바) 생활과 의식이 어긋나며 그러기에 현실을 일방적으로 인식하는 자

(사) 소극적이고 회의적인 자

놀부

(가) 부유한 형

(나) 탐욕스럽고 악한 자

(다) 천한 신분이면서도 돈을 모은 자

(라) 근면하고 의욕적인 자

(마) 예의와 체면 자체를 부인하고 부의 획득을 위해서 수단을 가리지 않는 자

(바) 생활과 의식이 일치하기에 현실을 정확히 인식하는 자

(사) 적극적, 진취적, 공격적인 자[12]

　교사는 학생들의 이해를 돕기 위해서 위와 같은 대립의 양상을 제시할 필요가 있다. 이 때 다음의 견해를 함께 설명하면 더욱 효과적일 것이다. "이러한 대립 중 (가), (나)는 고면(고정체계면)의 것이고, (다) 이하의 것들은 비고면(비고정체계면)에서만 보인다. (가), (나)에 나타난 양자의 대립은 단순한 데 반해, (다) 이하의 대립은 보다 복잡하며, (가), (나)와는 달리 사회적 신분 및 태도의 차이에서 기인되는 것들이다. 빈·부의 대립은 고면과 비고면에 다 있으나, 구체적인 양상이 다르다. 더욱이, (가)와 (나)는 서로 당착되어 있기조차 하다.(중략)즉, 고면에서는 흥부와 놀부는 형제이며, 가난하고 선량한 아우와 부유하나 탐욕스럽고 악한 형의 대립이나, 비고면에서는 둘이 형제이면서도 신분이 다르다. 극단적으로

---

12) 조동일, 앞의 논문, 281쪽.

몰락한 양반과 대두하는 천부의 대립, 몰락 양반이 심한 내적 갈등의 곤경에 빠지고 있는 반면에, 대두하는 천부가 얼마나 진취적이고 공격적인가 하는 대립을 아주 선명하게 보여준다.”[13]

판소리계 소설은 판소리 사설의 율문 형식, 즉 3·4조 내지 4·4조의 4음보 반복 형태가 문체의 기초를 이룬다. 또한 내용면에서도 양반의 전아한 문체와 서민들의 비속한 표현, 무당의 고사나 굿거리 가락의 삽입, 대화 중심의 표현 등의 특징이 유지된다. 인물들은 현실적인 인간으로 세속적 가치를 중시하는 현실주의적 세계관을 보여 주며, 조선 후기 하층민의 생활 정서를 반영한다.

이런 관점에서 판소리계 소설의 인물형은 중세 문학에서 근대 문학으로 발전, 변모해 나아가는 과정의 중요한 현상 중의 하나로 파악되는데, 이를 전형적으로 보여주는 인물이 바로 〈흥보가〉의 ‘흥보와 놀보’인 것이다.

3.2 학습 방법

〈흥보가〉의 학습 방법은 주로 학생들의 입장에서 2차시부터 준비해야 할 것을 대상으로 한다. 2차시부터는 학생들이 수업의 주체가 되도록 배려하는 것이 중요하다. 특히 토의식 수업을 위해 미리 과제가 주어져야 하고, 학생들은 각자가 맡은 부분에 대해서 발표할 내용과 예상되는 질문에 대한 대답을 치밀하게 준비해야 할 일이다.

구체적인 학습 방법은 교과서에 나와 있는 ‘학습 활동’을 중심으로 하되, 교사의 판단에 따라 추가하거나 불필요한 항목은 제외할 수도 있다. 다음에 교과서의 학습 활동에 제시된 지시문들을 분석하기로 한다. 먼저 학습 활동의 내용을 정리해 보이면 다음과 같다.[14]

---

13) 조동일, 앞의 논문, 281~282쪽.
14) 교육부, 국어(하), 108쪽.

1. 이 작품의 형상화 방식을 중심으로 다음을 공부해 보자.

    (1) 작품에 나타난 노래하기의 특성을 살피고, 예를 들기

    (2) 작품에 나타난 이야기하기의 특성을 살피고, 예를 들기

    (3) 작품에 나타난 보여주기 유형의 특징을 살피고, 예를 들기

2. 이 작품을 다음 〈보기〉('주인을 구출한 개'—기사문)와 비교하며 공부해 보자.

    (1) '흥보가'를 읽는 태도와 〈보기〉의 글을 읽는 태도와의 차이점

    (2) 두 글의 비교(문학의 형상성과 독자성, 완결성, 상징성 설명하기)

    (3) 문학의 창작과 감상에 작용하는 상상력에 대해 설명하기

3. 교과서에 실린 부분은 '흥보의 가난'과 '보은박' 이야기로 되어 있다. 이 이야기의 의미를 자신이 생각한 대로 설명해 보자.

4. 이 이야기에 나오는 삶의 모습을 통하여 자신이 가지게 된 생각을 중심으로 문학 언어의 심리적 효과에 대하여 설명해 보자.

5. 다음 두 단어에 대하여 공부하자.

    · 바가지는 <u>팔아다</u> 양식 <u>팔고</u>

    (1) 두 단어의 의미 차이

    (2) 두 단어를 사용하여 짧은 글 짓기

이와 같은 〈흥보가〉 소단원의 '학습 활동'에 대한 지시문의 오른쪽 면에는 각각에 따른 '학습 활동 도움말'과 '평가 중점'이 나온다. 이밖에 대단원의 마무리에서는 〈흥보가〉와 관련된 구체적인 언급이 없고, 교과서의 부록 1. 참고 자료에는 판소리 '흥보가'와 '놀부의 몰락'이라는 글이 실려 있다. 물론 교사는 이 자료들도 학생들의 학습 활동에서 긴요하게 활용하도록 권장해야 할 일이다.

〈흥보가〉의 '학습 활동'에서 1.과 2.는 문학적 언어의 다양한 형상화 방식, 상징적이며 다의적인 의미를 구사하는 문학적 언어의 특징을 이해하는 데 주안점을 둔 학습 활동이다. 즉 언어 사용 능력의 신장이라는 국어 교육의 목표에 따라 설정된 지시문으로 이해할 수 있다. 특히 2.는 〈흥보가〉와 다른 서사문의 차이점을 이해하는 문항이다.

판소리 사설은 대부분 판소리계 소설로 이행되어 전하는 만큼, 판소리 사설과 판소리계 소설·기타 서사문과의 차이점을 이해하는 일은 대단히 중요하다. 문학 장르간의 상호 이해나 문학적인 글과 비문학적인 글의 차이를 인식하는 것은, 학생들의 다양한 언어 사용 능력의 신장에 기여한다는 점에서 거듭 강조될 필요가 있다.

이러한 이해는 국어(하)의 판소리 '흥보가'와 문학 18종 검인정 교과서에 실려 있는 판소리계소설들('장끼전', '심청전', '흥보전')과 판소리('춘향가', '박타령', '수궁가', '적벽가') 등의 감상과 이해에 이르기까지 두루 반복·학습할 내용이기도 하다. 이는 작품 자체의 이해·감상과 더불어 가장 핵심적인 학습 활동으로 이루어져야 할 것이다.

다음으로 3.과 4.는 독자와 관련된 수용미학적인 관점의 학습 활동이다. 작품은 그것을 읽는 행위를 통하여 '나'와 관계를 가지게 되는데, 그 관계가 긴밀할수록 그것이 독자인 '나'에게 깊은 감동으로 다가오게 된다.

학생들의 학습 활동에서 가장 먼저 선행되어야 할 것은 〈흥보가〉를 깊이 있게 읽는 일이다. 교사는 학생들의 이러한 읽기에 친절한 안내자가 될 필요가 있다. 그러나 현실은 교과서의 학습 활동에서 작품 자체의 깊이 있는 감상과 이해는 상대적으로 소홀하게 다루고 있다. 그러므로 교사는 필요에 따라 작품 자체의 감상과 이해에 대한 학습 활동용 지시문을 만들어 학습 활동에 활용할 수 있다.

다음에 그 중의 몇 가지만을 제시해 보기로 한다.

1. 작품을 읽고 나서 어떤 느낌이 들었는가?
2. 가장 인상 깊었던 부분은 어디인가? 그 이유는?
3. 가장 슬펐던 부분은 어디인가? 그 이유는?
4. 가장 즐겁고 재미있는 대목은 어디인가? 그 이유는?
5. 작품에서 지루한 느낌을 주는 부분은 어디인가? 그 이유는?
6. 작품에서 앞뒤가 맞지 않거나, 어색한 부분은 어디인가? 그 이유는?
7. 작품의 첫부분은 작품 전체와 어떤 관련이 있는가?
8. 이야기의 끝부분은 어떻게 되어 있고, 그것은 무슨 의미가 있는가?

9. 작품 속에서 중요한 구실을 하는 사건들과 작품 전체의 내용이 어떻게 관련되는가?

10. 작품의 전반부와 후반부는 어떻게 대응되는가?

11. 흥보와 제비, 놀보와 제비의 관계는 어떻게 정리될 수 있는가?

12. 흥보의 '고진감래'(가난→부)와 놀보의 '흥진비래'(부→가난)가 의미하는 것은 무엇인가?

13. 작중화자의 흥보와 놀보에 대한 입장과 태도(단선적-복합적, 긍정적-부정적 등)는 어떤가?

14. 흥보의 놀보에 대한 태도와 놀보의 흥보에 대한 태도의 긍정적인 면과 부정적인 면은?

15. 흥보의 박(보은박)과 놀보박(보수박)의 기능상 차이점은?

16. 이 작품을 소설로 읽을 때와 판소리로 감상할 때, 어떤 점이 달라지겠는가?

17. 작중 현실과 조선 후기라는 역사적 현실과의 관련성은 무엇인가?

18. 작품에서 슬픈 장면과 우스운 장면의 상관 관계는 어떻게 설명할 수 있는가?

19. 작품에 나타난 대립과 갈등의 양상은 어떠한가? 그 의미는?

20. 각자가 생각하는 〈흥보가〉의 주제는 무엇인가?

21. 오늘의 시대를 배경으로 하고 현대적 언어로 〈흥보가〉를 고쳐 쓸 때, 구체적으로 무엇이 어떻게 달라지겠는가?

이상의 지시문들은 고등학교 국어 과목 가운데 문학 교육의 의의와 목표를 감안하여 작성한 것이다. 교사는 자신이 구체적인 목표를 정하고서 학생들이 그 목표에까지 이르도록 갖가지 과정을 부여하고 여러 가지 실습을 시켜야 한다. 또한 주어진 학습 과제의 성격, 과제 해결을 위한 기본 절차와 방법, 사전 지식의 활용, 학습 활동, 피드백 등을 세부적으로 제시할 필요가 있다.

학습 효과를 위해서 교사는 〈흥보가〉와 관련된 각종 시청각 자료와 기구, 영상 매체, 학습자가 사용하는 언어 자료 등을 최대한 활용해야 할 것이다. 특히 판소리 교육을 위해서 관련 비디오테이프의 시청은 거의 필수적이라고 할 수 있다. 왜냐하면 판소리는 '노래하기', '이야기하기', '보여주기' 등을 그 형상화의 방법으로 하는 공연예술이기 때문이다. 아울러 〈흥보가〉는 판소리 사설로서 국어 교과서에 실려 있는 자료임으로 학생들 스스로 즐겨 읽고, 이해하고, 감상할 수 있도록 작품에 대한 흥미와 감상 능력을 증진시키는 데 중점을 두어 지도해야 한다.

교수·학습의 과정은 최소한의 이론을 바탕으로 다양한 작품 감상의 방법을 터득해 나가게 도와주면 된다. 이와 함께 문학 작품에는 삶에 대한 다양한 개성적인 관점이 표현되고 있음을 주지시키고, 편협하게 학습하는 일이 없도록 할 일이다. 학습자로 하여금 문학 작품을 항상 가까이함으로써 자신의 삶을 끊임없이 반성적으로 사유할 수 있는 바탕을 마련하도록 이끌어야 한다.

교과서에 제시된 〈흥보가〉의 '평가 중점'은 다음과 같다.[15]

① 형상화의 여러 가지 방식을 알고 작품을 감상하는가?
② 상상을 통해 형상화된 문학 작품의 상징적 의미를 파악하는가?
③ 문학 작품의 의미가 다의적임을 알고 작품을 감상하는가?
④ 판소리 사설의 특징에 비추어 상상하며 작품을 감상하는가?
⑤ 작품에 형상화된 바를 자신의 삶에 비추어 해석할 수 있는가?

위의 1.은 학습 활동의 1.과 관련된 항목이고, 2.와 3.과 4.는 학습 활동의 2.와 밀접한 것이고, 5.는 학습 활동 3.과 4.에 연결되는 평가 항목이다. 당연한 결과이지만, 학습 활동에서 학생들의 작품 자체에 대한 감상과 이해를 구체적으로 제시하지 않았기 때문에, 평가 항목에도 이 점이 배제되어 있다. 따라서 교사는 작품의 감상과 이해 정도를 파악할 수 있는 문항을 개발하여 평가를 실시할 필요가 있다고 본다.

끝으로 〈흥보가〉의 학습에서 강조되어야 할 것은 텍스트 매체의 전환에 따른 이해가 있어야 할 것이다. 텍스트의 소통 과정에는 창작 당시의 텍스트 매체가 다른 매체로 전환되는 경우가 있는데, 바로 〈흥보가〉를 비롯한 판소리의 감상이

---

15) 교육부, 국어(하), 109쪽.

여기에 해당된다. 이러한 전환에는 음성언어가 문자언어로, 문자언어가 음성언어로, 동작언어가 음성이나 문자언어로 전환되는 방식 등이 있다. 〈흥보가〉는 '듣기'를 통해 향수되는 텍스트를 '쓰기'로 전수되는 양식으로, 구전 텍스트를 전수자가 음성언어로 듣고 이를 문자언어로 기록한 것이다.

이러한 매체의 전환은 향가를 비롯한 고려가요 등의 문헌 전승과「삼국사기」와「삼국유사」등에 전하는 문헌설화, 그리고 채록된 탈춤의 대본 등이 모두 여기에 해당된다. 신재효가 판소리 여섯 마당의 사설을 개작하여 정착시킨 것도 마찬가지이다. 그러나 교과서에 수록된 박봉술 창본의 〈흥보가〉 사설은 비록 매체의 전환이 일어났다고 해도 공연기록물을 바탕으로 했기 때문에 텍스트의 변이는 거의 없다고 할 수 있다. 따라서 〈흥보가〉 학습의 경우에는 '듣기'와 '보기'의 향유 방식이 '읽기'로 전환된 데 따르는 감상의 차이점을 토론하는 방식이 요구되는 정도이다.

4. 맺음말

국어교육에 있어서 말하기, 듣기, 읽기, 쓰기는 언어 사용 기능의 네 가지 활동이다. 여기에다 몸짓과 표정으로 대표되는 동작언어의 '보여주기'와 '보기'의 능력을 신장하는 것도 염두에 두어야 한다. 그러나 국어 교과서에 수록된 문학 텍스트를 단순히 이러한 언어 사용 능력의 신장을 위한 자료로만 쓴다면, 문학 텍스트는 단순한 읽기 활동의 초보적 수준을 넘어서지 못하게 된다.

그렇기 때문에 교과서에 수록된 문학 작품의 가치와 의미는 실용적 상황에 토대를 둔 의사소통적 기능을 포함하여, 그것과는 다른 차원을 고려한 교수·학습이 병행적으로 이루어져야 한다. 따라서 문학 텍스트의 소통 양식과 그 의미에 대한 규명은 교육적으로 매우 중요한 과제이다.

문학교육은 넓은 의미에서 문학 텍스트의 소통 과정의 일환이다. 문학 텍스트의 소통은 작가의 창작 행위와 독자의 감상 행위를 통해 이루어지는데, 문학교육에서는 작가와 독자 사이에 텍스트의 선정·수용·중재를 담당하는 문학교사가 개입됨으로써 일반적인 문학 텍스트의 소통 과정과는 다른 측면을 갖게 된다.

구비문학의 텍스트는 그 향수와 전수 과정에서 향유한 텍스트의 변이, 텍스트 수용자와 발신자의 미분화, 전승 과정에서의 텍스트 매체의 전환 등을 특징적 양상으로 한다. 더구나 판소리 예술의 경우는 텍스트의 문자언어화, 문자언어로 된 텍스트의 음성언어화, 동작언어로 된 텍스트의 음성언어화 혹은 문자언어화 등의 다양한 양상이 나타난다. 이는 일반적인 문학 텍스트의 소통 방식과는 구별되는 것이다. 오늘날 각종의 문학 텍스트가 영상으로 변용되어 수용되는 현상을 고려할 때, 교육현장에서 이 점에 대한 고찰은 더욱 그 중요성이 강조되어야 한다고 할 수 있다.

이 글은 고등학교 국어(하)에 실려 있는 판소리 사설인 〈흥보가〉의 지도 방법을 교수와 학습으로 나누어 살핀 것이다. 그 결과 교수 방법에서는 교사가 텍스트의 위상을 정확히 인지하고 수업을 진행해야 함을 강조하였다. 이 때 훈고, 주석 등의 주입식 교육을 탈피하여 작품 감상에 필요한 지식의 양을 교사가 적절히 안배해야 한다. 이 가운데 〈흥보가〉의 보편적 구조와 박봉술 창본 〈흥보가〉의 구조를 비교하여 제시할 필요가 있음을 지적하였다. 또한 판소리 사설은 다른 제재에 비해 예비지식의 양이 많기 때문에, 교사의 안목이 확고하게 서 있어야 수업을 원활히 이끌 수 있음도 강조하였다.

주로 2차시부터 시작되는 학생 중심의 학습 활동은 교과서에 제공된 '학습 활동'만으로는 소기의 교육 목표를 달성하기 어렵다. 그래서 교사가 사전에 꼭 필요한 예상되는 지시문을 만들어 줌으로써, 학생들의 자발적이고 능동적인 학습을 유도할 필요가 있음을 역설하였다. 이 때 그 내용은 대체로 작품 자체의 깊이 있는 감상과 이해에 중점을 둔 것이어야 하는데, 이는 〈흥보가〉의 고전적 가치는 학생들 스스로 작품을 면밀히 감상하는 데서 공감할 수 있어야 하기 때문이다.

오늘날 문학 교육은 급변하는 현실에 맞추어 다양한 층위의 교육적 구도를 필요로 한다. 그것은 개별 작품의 감상과 이해를 통해 작품에 형상화된 인간과 삶을 익히는 것에서부터, 장르적 특성과 역사적 전개 과정을 알고 이를 현대문학의 그것과 연계하여 이해하는 일까지 세심한 배려가 요구된다. 시대의 변화에 따라 교육 현장에 적용될 수 있는 새로운 교수·학습 방법을 개발하는 노력은 지속적으로 필요한 일이다.

이런 의미에서 〈흥보가〉의 지도 방법은 늘 현재진행형이라야 한다. 특히 〈흥보가〉의 경우도 텍스트가 소통 과정에서 변이를 가져 왔을 때 그것이 수용자에게 어떠한 영향을 미치는가, 전수자가 텍스트를 어떠한 방향성을 가지고 변이시키는가, 텍스트 매체가 바뀌면 작품성에는 어떠한 변화가 오는가 등의 문제가 앞으로 더욱 깊이 있게 논의되어야 한다.

1. 자료

교육부, 국어(상)·(하), 1996.

교육부, 고등학교 국어과 교육과정 해설(제6차 교육과정), 1995.

서울 사대 국어교육연구소, 학술발표회 자료집 2(문학 영역 교육과정 내용의 체계
　　　　화 연구, 1996.

한국교육개발원, 제7차 국어과 교육과정 개발 연구(연구보고 CR 97-23), 1997.

2. 단행본

김진영·김현주 역주, 『흥보전』, 박이정, 1993.

김중신, 『소설 감상 방법론 연구』(국어교육연구소 연구총서11), 서울대 출판부,
　　　　1995.

서종문, 『판소리 사설 연구』, 형설출판사, 1984.

설중환, 『판소리 사설 연구』, 국학자료원, 1994.

정병헌, 『신재효 판소리 사설의 연구』, 평민사, 1986.

＿＿＿＿,『판소리 문학론』, 새문사, 1993.

인권환 편저,『흥부전 연구』, 집문당, 1991.

3. 논문

김창진, 「흥부전의 이본과 구성의 연구」, 경희대대학원, 1990.

김상욱, 「현실주의론의 소설교육적 적용 연구」, 서울대 대학원, 1992.

김은전, 「국어교육과 문학교육」, 사대논총 제19집, 서울사대, 1979.

박대호, 「소설의 세계관 이해와 그 문학교육적 적용 연구」, 서울대 박사학위논문,
　　　　1990.

박영주, 「흥부전의 민담적 성격」, 성대문학 26, 성균관대학교, 1988.

박인기, 「문학교육의 목표 설정에 관한 연구」, 서울대 대학원, 1985.

서대석, 「흥부전의 민담적 고찰」, 국어국문학 67호, 1975.

서미선, 「소설의 구조적 수업 방략 연구」, 서울대 대학원, 1991.

우한용, 「문학교육론 서설」, 난대 이응백 박사 회갑기념논문집, 보진재, 1983.

이향숙, 「소설교육의 방법 연구」, 서울대 대학원, 1988.

인권환, 「흥부전의 설화적 고찰」, 어문논집 16, 고려대학교, 1974.

임형택, 「흥부전에 반영된 임로의 형상」, 한국고전산문연구, 1981.

조동일, 「흥부전의 양면성」, 계명논총 5, 계명대학교, 1969.

『교육논총』 제2집(대진대학교 교육대학원, 1999. 8)

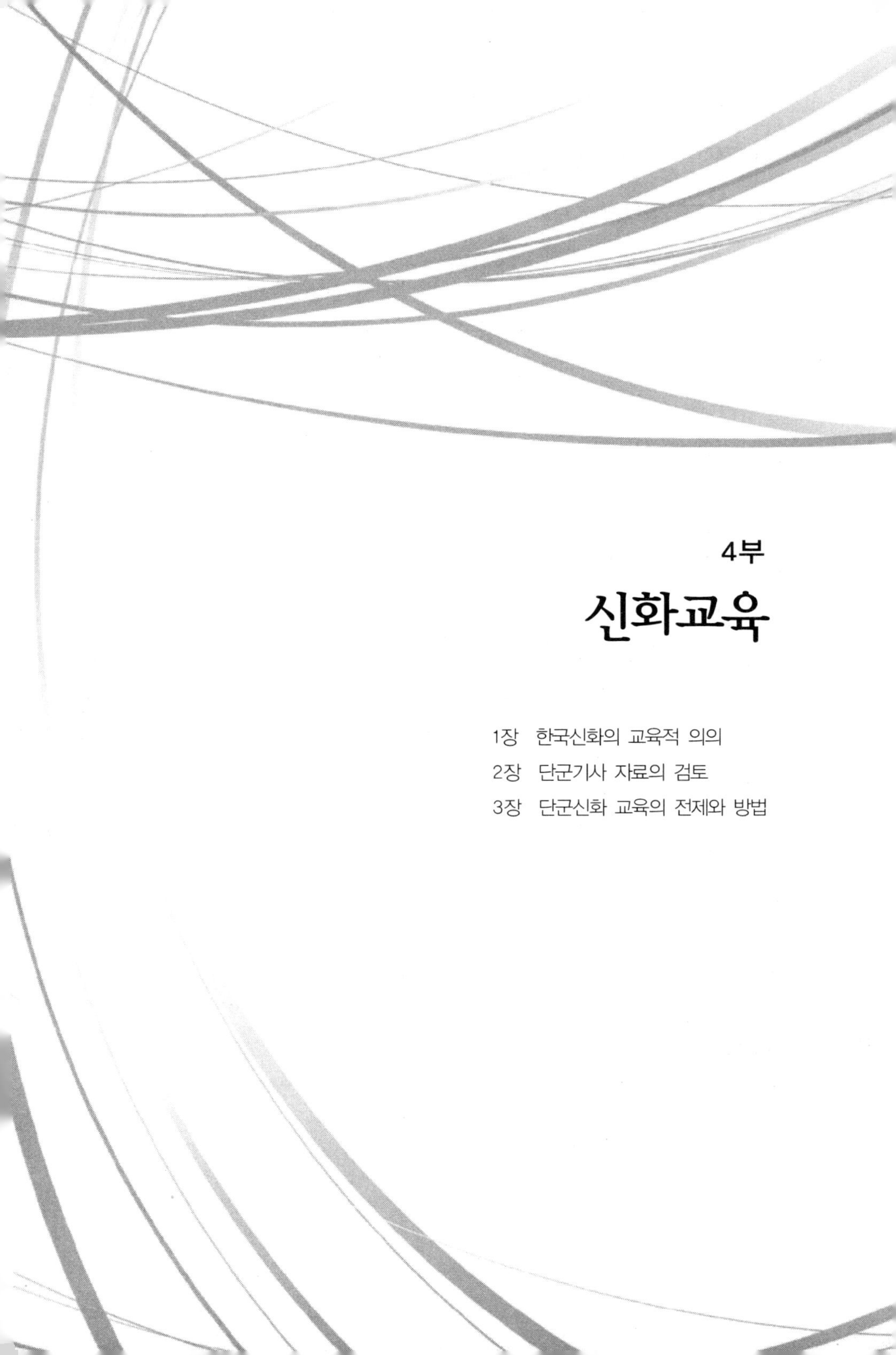

4부

신화교육

한국신화의 교육적 의의

1. 머리말

현대의 많은 사람들은 신화가 오늘날의 인간 생활과는 별다른 관련이 없다고 생각한다. 하지만 한편에서는 신화를 통해 인간의 근원을 찾으려 하기도 하고, 신화에서 얻은 모티프로 새로운 창작물을 꾸준히 만들어 내기도 한다. 이는 신화가 내포하고 있는 어떤 원리나 내용이 오늘의 시대에도 여전히 유효한 측면을 가지고 있기 때문일 것이다. 이것이 신화가 태초의 이야기임에도 오늘날까지 전해지고 활용되기도 하는 이유이기도 하다.

주지하듯이 오랜 역사와 전통을 가진 민족들은 모두 자기 민족 나름의 신화를 간직해 왔다. 우리도 예전부터 많은 신화를 전승해 왔는데, 그 속에는 우리 민족의 역사, 신앙, 관습, 세계관, 가치관, 이상 등이 녹아 있다. 신화는 전승되어 오면서 우리 민족으로 하여금 자부심과 긍지를 갖도록 해주었고, 풍속을 고정시키고, 행위의 모범을 결정해 주었으며, 제도에 위엄과 중요성을 부여해 주기도 하였다. 그래서 한국의 신화는 한국의 역사, 종교, 민속, 문학, 교육, 심리 등의 연구는 물론, 한국인의 근원 탐구에 중요한 자료가 되는 것이다.[1]

---

1) 김태곤 · 최운식 · 김진영 편저, 『한국의 신화』, 시인사, 1988, 3쪽.

한편 신화는 역사 이전의 내용이지만 역사 시대를 거치면서 이루어진 그 나라의 전통사상과 문화에 커다란 영향을 끼쳐 왔다. 오늘을 사는 우리도 역사적 전통을 이어받으며 미래를 꿈꾸면서 현재를 살아가고 있다. 우리의 여러 신화 중에서도 특히 단군신화는 지금까지 다양한 분야에서 수많은 연구가 이루어져 왔을 뿐만 아니라, 학교 교육에서도 오래 전부터 빠짐없이 다루어 왔다. 그 결과 한국인 대부분은 단군신화의 기본 사상을 전통적인 생활문화 속에 자연스럽게 수용하여 왔음도 또한 주지의 사실이다.

그런데 문제는 신화에 대한 교육이 단지 단군신화 자료에만 한정되거나 집중되어서는 곤란하다는 것이다. 물론 단군신화는 우리 민족과 국가 구성원에게 자부심과 자긍심을 부여하며, 일체감과 단결심을 고양시키는 기능을 가진다. 그렇다고 하더라도 한국 신화의 교육은 보다 다양한 신화를 감상하고 이해함으로써, 한민족의 근원과 전통을 파악하는 데에까지 나아가야 한다. 그러기 위해서는 여러 가지 유형의 신화 자료들을 학생들에게 제공하는 것이 대단히 중요하다고 생각한다. 결국 신화를 이해하는 일은 인간을 이해하는 일에 다름 아니기 때문이다.

궁극적으로 초월적인 세계, 곧 신계와의 교섭을 통해 인간의 정체성을 확인하고, 나아가서 공동체의 가치를 추구하고자 하는 염원을 담고 있는 것이 신화이다. 따라서 신화는 문학교육이라는 테두리에서도 민족의 정서와 삶이 가장 원초적인 형태로 반영되어 있는 상징적 구조물이자, 모든 문학의 원형이요 모태로서 그 교육적 필요성과 중요성이 대두되는 것이다. 제대로 된 신화교육은 우리가 의식하지 못하는 사이에 우리 정신세계에 자리한 민족의 전통적 정서와 삶을 일깨울 수 있을 것이며, 신화로부터 상상력의 기본틀이나 문학형식의 기본구조를 배울 수도 있을 것이다.

그러기 위해서는 먼저 신화 가운데 어떠한 작품을 어떠한 기준으로 선택하여 가르칠 것인가가 문제이다. 신화가 원초적이라는 의미는 그 기원이 태초에 있다는 것만을 의미하는 것은 아닐 것이다. 이는 신화를 공유하는 사람들이 갖고 있는 세계와 인간에 대한 사고의 단초를 보여준다는 점도 고려한 표현이라고 할 수 있다.

흔히 신화학에서 우주기원신화와 인간의 생사신화는 가장 원천적이고 의의
있는 것으로 다루어진다.[2] 그러나 우리의 문헌신화에는 신이 인간을 창조했다는
이야기도 없고 세계를 만들었다는 이야기도 없지만, 우리의 구비신화에는 바로
이 점을 보완할 수 있는 귀중한 자료들이 포함되어 있다. 여기에 교육의 대상인
신화의 범주를 넓혀서 보아야 하는 당위성이 존재한다.

신화는 우선 전승 수단에 따라 문헌신화와 구비신화로 나눌 수 있다. 신화는
오래 전부터 구비 전승되어 왔는데, 그 과정에서 일부는 『삼국유사』를 비롯한
문헌에 정착되어 전하기도 하고, 또한 그 일부는 지금까지도 여전히 구전되어
오기도 한다.

문헌신화는 주로 국가의 창건을 주도한 개국시조의 이야기이고, 구비신화는
무속의식에서 구연되는 서사무가가 대부분이다. 우리의 경우 오랫동안 '신화'라
고 하면 전자만을 지칭하는 것으로 통용되어 연구와 교육의 대상도 그것에만
국한되어 왔었다. 그런데 무속의례에서 구연되는 서사적인 노래가 신화적인 성
격을 갖는다는 사실이 확인되면서 무속신화가 신화의 범주에 들어오게 되었다.
여기에 단순히 전설로 인식되어 왔던 특정지역의 당신(堂神)의 내력을 설명한 유
래담들도 당신화로 밝혀지면서 신화의 범주 확장이 학계에서는 자연스럽게 이루
어져 왔다.[3]

사정이 이러한데도 초·중등교육에서는 아직도 이와 같은 신화 범주의 확대
가 교육 현장에 반영되지 않고 있는 실정이다. 즉 여전히 문헌신화의 교육에만
치우쳐 있다는 것이 큰 문제인 것이다.

문헌에 전승되는 건국신화와는 달리 구비신화 즉, 무속신화와 당신화 등은 특
정한 믿음을 공유한 집단민들의 삶과 긴밀한 관련을 맺고 있다. 그것은 일상적이
지 않은 제의의 맥락 속에서 구비 전승되어온 것들이기도 하다. 각 신화는 문헌
과 구전이라는 전승방식의 차이로 인해 생긴 특성들이 있기 때문에 더욱 주목되
어야 한다는 것이 상식이 되고 있다.

---

2) 김열규, 『한국의 신화』, 일조각, 1976. 2쪽.
3) 이밖에도 마을신화, 종교신화, 기타 민간신화도 신화의 범주에 넣을 수 있을 것이다.

더구나 무속신화나 당신화는 문헌신화에 비해 그 다양성이나 양적인 면에서 우세를 점하고 있음도 고려해야 한다. 그러므로 우리 신화의 실상에 부합되는 기준을 적용하여 한국 신화를 크게 문헌신화와 구비신화[4]로 분류하여 다루어야 하고, 동시에 교육에 있어서도 양자에 대한 적절한 안배가 필요하다고 하겠다.

구비신화는 대체로 제의의 맥락 속에서 전승되고, 그것을 전승하는 집단민의 삶과 구체적인 관련을 맺으면서 일정한 기능을 담당했던 살아있는 신화들이다. 따라서 전승의 과정에서 전승집단의 역사·사회·문화적 여건이 일정한 형태로 반영될 수 있으므로, 문헌에 정착되면서 고정된 형태를 갖는 건국신화와는 달리 신화의 생성적 국면을 잘 보여주고 있다.

따라서 이러한 성격에 토대한 구비신화의 교육은 문헌중심으로 구축된 기존의 신화에 대한 반성적 성찰의 계기를 마련할 수도 있을 것이다. 한편 구비신화는 정치사회적으로 주변적 위치에 속해 있는 집단에서 풍부하게 전승되는 것[5]으로 알려져 있다는 점에서, 역사의 주류가 아닌 소외계층의 의식과 문화에 대한 이해를 넓히는 디딤돌로도 그 가치가 인정된다.

그동안 구비문학이나 설화 일반에 대한 교육론은 비교적 그 성과가 상당하다고 할 수 있다.[6] 그러나 신화의 경우에만 초점을 맞추어 보면 사정이 그렇지 못함을 알게 된다. 신화교육론의 연구도 미미하지만[7], 우리의 신화가 교육과정에 반영된 정도도 전설이나 민담에 비해 상대적으로 양적인 면에서 지나치게 부족한 것이 사실이다.

이를 위하여 본고는 먼저 교육에 반영할 수 있는 신화 자료의 대상과 범위를 정리해 보고, 다음에 현재의 교육과정에서 시행되고 있는 신화교육의 실태와 문

---

4) 강진옥, 「한국 구비신화 연구의 동향과 그 전망」, 『동아시아고대학』 제9집, 동아시아고대학회, 2004. 46~47쪽.
5) 조동일, 『동아시아 구비서사시의 양상과 변천』, 서울: 문학과 지성사, 1997.
6) 김기창, 「설화 교육의 연구성과와 의의」, 『설화·고소설 교육론』, 의재 최운식박사화갑기념논총, 민속원, 2002. 이 글에 구비문학·설화·전래동화 등에 대한 교육론의 성과들이 잘 정리되어 있다.
7) 김기창, 위의 논문에는 김재수(「신화교육의 중요성-N.프라이의 문학교육론을 중심으로-」, 『국어교과교육연구 제6집』, 전국교육대학 국어과 교수연구협의회, 1988.)와 유억종(「신화교육론-〈단군신화〉와 〈동명왕신화〉를 중심으로-」, 전북대 교육대학원 석사학위논문, 1994.)의 단 2편이 신화교육에 관한 논문으로 소개되어 있을 뿐이다.(50~52쪽. 참조)

제점을 살펴보기로 한다. 그리고 거기에서 한걸음 더 나아가 한국 신화의 교육적 의의를 다양한 측면에서 분석·제시해 보기로 하겠다.

결국 본고의 목적은 신화교육에 대한 주의와 관심을 불러일으킴으로써, 앞으로 시행될 예정인 2007 교육과정의 국어교과에서 신화교육의 비중이 한층 높아지기를 기대하는 것이다. 왜냐하면 제대로 된 신화교육이야말로 글로벌 인재의 육성에서 반드시 필요한 교육요소임을 확신하기 때문이다.

2. 신화 자료의 대상과 범위

신화를 문헌신화와 구비신화로 나누어 각각의 자료들이 수록된 문헌과 자료집들을 살펴보기로 한다. 더불어서 자료의 범위를 중등교육에서 요구되는 선으로 한정하고, 주요한 신화 자료의 간단한 내용들을 제시하기로 한다. 당연히 초등학교에서의 신화교육도 생각할 수 있겠으나, 이 시기가 신화가 내포하는 종교적, 철학적, 상징적 의미를 이해하기에는 현재로서는 너무 빠르다는 것이 필자의 판단이다. 따라서 신화의 교육은 중학교 이상에서 본격적으로 전개되는 것이 바람직하다고 본다.[8]

2.1 문헌신화 자료와 범위

문헌신화는 주로 건국신화의 범주에 드는 것으로 고조선, 부여, 고구려, 가야, 신라 등의 건국시조에 대한 신화가 이에 해당한다. 최근에는 이를 확대하여 '탄생부터 왕이 되기까지의 과정을 담거나, 역사시대에 새로운 왕조를 세운 인물에 관한 이야기'들도 건국신화나 국조신화로 간주하려는 경향이 있다.[9]

이렇게 보면 백제의 온조·비류·서동, 신라의 석탈해·알지와 같은 왕가의 시조들 이야기, 후백제·고려·조선 등의 시조 이야기, 여기에다 제주도 삼성신화를 탐라국 시조신화로 파악하는 경향도 있어서 이것들이 모두 함께 논의될

---

8) 또한 대학에서의 신화교육도 고려해야 하겠으나, 이는 교양이나 학문적 관심사의 문제이기에 본고에서는 논외로 한다.
9) 서대석, 『한국신화의 연구』, 집문당, 2002, 3~4쪽.

만하다. 하지만 이들은 일단 중등교육의 신화자료에서는 제외하기로 하고, 신화 이해의 참고자료 정도로만 활용하는 것이 순리가 아닌가 한다. 신화 자료의 지나친 확대는 자제하고, 보다 중요한 신화 자료들로 제한하는 작업이 선행되어야 할 것이다.

신화 기록에 대한 문헌의 자료들을 모아서 책으로 엮어내는 일은 쉽지 않은 일이다. 일찍이 최남선과 홍기문[10]의 선구적 업적이 있었고, 이상시와 윤이흠[11]은 단군신화 자료집을 펴냈다. 부여와 고구려 신화는 김연호와 이복규[12]의 저작이 있고, 최근에 윤철중과 이지영[13]에 이르러 대부분의 문헌신화 자료가 정리된 바 있다.[14]

그리고 문헌신화뿐만 아니라 구전설화와 무속신화들까지도 선별하여 수록한 것으로는 김태곤, 한상수, 장주근, 황패강, 서대석[15] 등의 노작이 있어 참고가 된다. 이들 자료에는 우리 측 문헌자료도 있고, 중국 측 문헌자료도 함께 고려의 대상이 된다.

여기서는 특히 윤철중, 이복규, 이지영 등의 저술을 참고로 하여 문헌신화 자료들을 제시해 보면, (1) 고조선의 신화(단군신화) (2) 북방 여러 나라의 신화(동명신화) (3) 고구려의 신화(주몽신화) (4) 신라의 신화(박혁거세신화) (5) 가야의 신화(수로신화, 허황옥 신화) (6) 백제의 신화(동명신화, 야래자설화) 등으로 나눌 수 있다. 이밖에도 건국시조의 시조모로 등장하는 유화, 알영, 선도산성모(사소신모), 정견모주 등의 이야기에도 관심을 두어야 할 것이다.

---

10) 최남선, 「조선의 신화」,『조선의 신화와 설화』, 홍성사, 1986.
　　홍기문, 『조선신화연구』, 1964.
11) 이상시, 『단군실사에 관한 문헌고증』, 가나출판사, 1987.
　　윤이흠 외, 『단군-그 이해와 자료』, 서울대출판부, 1994.
12) 김연호, 「주몽 이야기의 사적 전개와 그 의미」, 고려대석사논문, 1983.
　　이복규, 『부여·고구려 건국신화 연구』, 집문당, 1998.
13) 윤철중, 『한국의 시조신화』, 보고사(증보판), 1998.
　　이지영, 『한국건국신화의 실상과 이해』, 월인, 2002.
14) 이밖에 한국고대사연구회 『한국고대사자료집』(지식산업사, 1992.), 松原孝俊 『조선신화』(일본 千葉市 神田外語大學, 1991.), 연세대 국학연구원 편『고구려사연구Ⅱ』(자료편 연세대출판부, 1988.), 최진원 『한국신화고석』(성대대동문화연구원, 1992.) 등도 좋은 참고가 된다.
15) 김태곤 외, 『한국의 신화』(시인사, 1988.) 한상주, 『한국인의 신화』(문음사, 1986.) 장주근, 『풀어쓴 한국의 신화』(집문당, 1998.) 서대석, 『한국의 신화』(집문당, 1997.)

다음에는 이들 자료가 실려 있는 각각의 문헌들과 중요하면서도 핵심적인 신화의 내용을 간략히 소개하기로 한다.[16]

(1) 고조선의 신화 : 고조선의 신화는 흔히 단군신화로 부르는 것으로 여러 문헌에 전한다. ①『삼국유사』고조선 ②『삼국유사』고구려 ③『제왕운기』④『세종실록지리지』평양 ⑤『응제시주』⑥『신증동국여지승람』문화 · 평양 등이 있다.

이중에서 특히 일찍부터 주목된 것은『삼국유사』고조선(왕검조선)에 전하는 〈고기〉부분으로, 내용은 1. 환웅의 인세 탐구 2. 환인이 환웅을 지상에 보냄(천부인) 3. 태백산정 신단수 아래로 하강함.(인간사 주관) 4. 웅호의 인간되기 기원(금기, 곰의 인간화) 5. 웅녀의 혼인 기원 6. 환웅과의 혼인―단군 탄생―조선 건국과 통치 7. 단군의 산신화(아사달) 등으로 되어 있다.

(2) 북방 여러 나라의 신화 : 부여 계통 나라들의 건국신화로 흔히 '동명신화'로 대표된다. ① 서국(『박물지』,『수신기』,『후한서』동이열전) ② 부여(『논형』,『삼국지』부여전,『수신기』,『후한서』부여국,『법원주림』A, B,『통전』부여,『한원』부여,『책부원귀』종족 부여국,『양서』고구려,『수서』백제,『북사』백제) ③ 북부여(『삼국유사』북부여,『동명왕편』,『제왕운기』,『세종실록지리지』평양) ④ 동부여(『삼국유사』동부여,『삼국사기』고구려본기,『동명왕편』,『제왕운기』,『세종실록지리지』평양) 등의 기록이 전한다.

이 가운데 중요한 자료는『박물지』의 '서언왕 신화'와『논형』의 '동명신화'이다. 후자의 내용은 1. 탁리국왕의 시비가 임신하여 왕이 죽이려 하자, '하늘에서 달걀 같은 기운이 내려와 잉태'했다. 2. 시비가 아들을 낳았다.(태생) 3. 왕이 돼지 우리에 버리니 돼지가 돌보고, 마구간에 버리니 말도 돌보았다. 4. 왕은 하느님의 아들로 생각하여 아이를 시비에게 돌려주었다. 5. 왕은 아이를 '동명(東明)'이라 부르고, 말먹이는 일을 시켰다. 6. 동명의 활솜씨를 보고 왕은 나라를 빼앗길까 두려워 죽이려 하였다. 7. 동명이 남으로 도망하다가 엄호수에서 활로 물을 치니, 물고기와 자라가 다리를 만들어 주어서 강을 건넜다. 8. 동명은 도읍을 정하

---

16) 이하의 서술도 앞서의 윤철중, 이복규, 이지영 등의 저술을 참고로 했음을 밝혀둔다.

여 부여의 왕이 되었다. 등으로 정리할 수 있다. 이밖에 북부여와 동부여는 '해모수'와 '해부루'의 건국과 관련된 이야기이다.

　(3) 고구려의 신화 : 일반적으로 '주몽신화'라 불리는데. 일부 '동명'으로 나타나는 점 때문에 부여신화와 혼동되기도 한다. 먼저 국내자료로는 ①『광개토왕릉비』②『모두루묘지』③『천헌성묘지명』④『천남산묘지명』⑤『중화 고구려 동명왕릉비』⑥『삼국사기』고구려본기 ⑦『삼국유사』고구려 ⑧『동명왕편』⑨『제왕운기』⑩『세종실록지리지』평양 ⑪『응제시주』⑫『신증동국여지승람』영변·성천 ⑬『동국통감』삼국기 등이 있다. 중국자료는 ①『위서』고구려 ②『주서』고구려 ③『수서』고구려 ④『북사』고구려 ⑤『한원』고려 ⑥『통전』고구려 ⑦『책부원귀』종족 고구려 등이 전한다.

　국내자료 간에도 내용의 차이가 있고, 중국자료 사이에서도 내용의 편차가 존재한다. 대체로 앞부분에는 해부루와 금와신화가 나오고, 이어서 해모수와 유화의 사통담이 이어지고, 이어서 이른바 주몽신화가 등장한다. 마지막 부분은 유리신화로 끝난다.

　이를 '주몽의 일대기'에 초점을 두어 공통된 내용을 제시하기로 한다. 1. 금와가 태백산 우발수에서 한 여자를 얻고, 그녀의 내력(해모수와의 사통담)을 듣는다. 2. 금와가 이상히 여겨 그녀를 방안에 두었는데, 일광감응하여 난생한다. 3. 왕이 기란(棄卵)하나 짐승들(개, 돼지, 우마)이 보호하고, 알에서 남아가 태어난다. 4. 아이가 궁시(弓矢)를 만들고 활을 잘 쏘아서 주몽(善射者)이라 불린다. 5. 장자 대소가 주몽을 없애자고하나, 왕은 듣지 않고 말먹이를 시킨다. 6. 주몽이 준마를 알아보고 꾀로 준마를 얻는다. 7. 사냥에서 많은 짐승을 잡자, 왕자와 신하들이 죽이려 하여 모친이 도망을 권유한다. 8. 주몽이 3인(오이, 마리, 협부)과 도망하여 엄호수에서 '어별성교(魚鼈成橋)'를 행한다. 9. 모둔곡에서 3인(마의, 납의, 수조의자)을 만나 사성(賜姓)하고 재능에 따라 일을 맡긴다. 10. 졸본천에 도읍하고 국호를 고구려, 성을 고씨(高氏)로 한다.(졸본부여왕의 사위, 사후에 즉위) 11. 왕이 비류국 송양을 찾아가서 활쏘기 등으로 항복을 받아낸다. 12. 하늘에서 궁실과 성곽을 축조하고, 왕이 승하하여 용산(龍山)에 장사했다.

(4) 신라의 신화 : 신라의 건국시조는 물론 박혁거세이다. 그러나 그 이외에도 석탈해와 김알지, 육촌장설화, 알영, 혁거세를 낳았다는 선도산성모 등의 이야기도 또한 함께 전해지고 있다. 혁거세신화가 전해지는 문헌은 다음과 같다. ① 『삼국사기』 신라본기 ② 『삼국유사』 신라시조 혁거세왕 ③ 『세종실록지리지』 경주 ④ 『신증동국여지승람』 경주 ⑤ 『동국통감』 삼국기 ⑥ 『삼국유사』 감통 ⑦ 『신증동국여지승람』 경주 사묘 등이다.

혁거세신화는 두 갈래 계통으로 나누어진다. 하나는 일반적으로 알려진 박혁거세와 알영에 관한 것이고, 다른 하나는 선도산성모와 관련된 박혁거세와 알영의 탄생담이다. 이밖에 신라의 신화 속에는 혁거세 이전의 육촌장설화도 함께 전해진다. 일반적인 혁거세신화의 내용은 다음과 같다. 1. 육촌장설화가 소개된다. 2. 삼월 초하룻날 육촌장이 알천 언덕에 모여 군주를 정하고 나라를 세우기로 한다. 3. 양산 나정 곁에 이기(異氣)가 비치고 백마가 절하는 형상으로 있었다. 4. 말이 하늘로 올라가고 그 자리에 알이 있었다. 5. 알에서 동자가 나오고 동천(東川)에 목욕시키니, 광채가 나서 혁거세라 했다. 6. 이날 사량리 알영정에 계룡이 나타나 왼쪽 갈비에서 동녀가 나왔다. 7. 입술이 닭 부리와 같아 월성 북천(北川)에 목욕시키자, 그 부리가 빠졌다. 8. 궁실을 지어 둘을 기르고, 열세 살에 왕과 왕비로 삼아 국호를 서라벌 혹은 사로라고 했다. 9. 치국 61년 만에 왕이 승천하였는데, 7일 뒤에 유체가 땅에 산락(散落)하고, 왕후도 뒤따라 돌아갔다. 10. 합장하려 하자 뱀이 방해하여 오체(五體)로 장사지내고 오릉(蛇陵)이라고 하였다.

(5) 가야의 신화 : 가야는 기원 전후 무렵부터 562년까지 경상남북도 서부지역에 존재했던 나라들을 총칭한다. 수로신화에 석탈해와의 변신경쟁담과 허황옥신화가 연결되어 있다. 문헌자료는 ① 『삼국사기』 열전 ② 『삼국유사』 가락국기 ③ 『고려사』 금주 ④ 『세종실록지리지』 김해 ⑤ 『신증동국여지승람』 김해 · 고령 등이다.

이중에서 『삼국유사』 가락국기가 가장 자세하고, 『신증동국여지승람』 고령현 건치연혁에는 '가야산의 산신 정견모주가 천신 이비가에 감응하여 대가야의 시조 이진아시왕과 금관국의 시조 김수로를 낳았다'는 이야기가 있어서 주목된다. 『삼국유사』를 중심으로 '수로신화'를 정리하면 다음과 같다. 1. 구간들이 3월 계욕일에 구지봉에서 소리가 나면서 임금을 맞이하라고 한다. 2. 사람들이 노래하고 춤을 추니, 하늘에서 자주색 줄이 내려오고, 끝의 금빛상자 안에 알이 여섯 개가 있었다. 3. 다음날 여섯 아이가 나오고, 십여 일 만에 구척으로 자라나서 그 달 보름에 임금이 되었다.(이름이 수로이고, 나머지 다섯도 5가야의 임금이 됨.) 4. 탈해의 도전과 변신경쟁(탈해 도망) 5. 구간 등이 배필을 권하자, 왕은 천명을 기다리겠다고 한다. 6. 왕이 신하를 바닷가에 보내서 신부(허황옥)를 맞이하고, 직접 마중하여 혼인한다. 7. 황후의 내력담과 수로의 치세 업적 8. 황후의 죽음, 10년 뒤 왕도 죽어 왕릉에 묻힌다.

(6) 백제의 신화 : 현재 어떤 것이 백제의 건국신화인지는 분명하지 않다. 건국신화는 당연히 건국시조에 관한 내용이지만, 백제의 경우는 그렇지 못하다는 것이다. 문헌에 나오는 시조에 대한 이설(온조, 비류, 구태, 도모 등)도 다양하며, 신화에 그려진 각각의 시조들 또한 온전한 신화적 주인공의 모습을 갖고 있지 않다고 할 수 있다. ①『삼국사기』 백제본기 ②『삼국사기』 고구려본기 ③『삼국유사』 남부여 전백제 북부여 ④『제왕운기』 ⑤『응제시주』 ⑥『동국통감』 삼국기 ⑦『신증동국여지승람』 인천 · 직산 ⑧『수서』 백제 ⑨『북사』 백제 등에 그 자료가 전한다.

문헌자료들이 많지는 않지만 현재 백제의 신화를 재구성하려는 학계의 노력이 진행되고 있는 실정이다. 그동안 백제의 시조를 온조로 보는 입장이 가장 널리 전승되어 왔기에, 다음에 이를 제시하기로 한다. 1. 주몽이 북부여에서 난을 피하여 졸본부여로 갔다. 2. 부여왕은 그의 인물됨을 알아보고 둘째딸을 주어 사위로 삼았다. 3. 왕이 죽자 주몽이 왕위를 이었다. 4. 비류와 온조를 낳았으나, 북부여에서 낳았던 아들(유리)이 와서 태자가 되니, 비류와 온조가 신하들을 데리고 남으로 떠났다. 5. 비류는 미추홀에, 온조는 하남 위례성에 도읍을 하였다. 6. 비류가 죽자, 그 백성들이 온조의 나라로 와서 백제라 하였다. 7. 세계(世系)는 부여에서 나왔으므로 부여(扶餘)로 성씨를 삼았다.

이와 같은 백제의 신화는 그 내용이 온전하지 않은 동시에 '동명신화'와의 관계, 아울러 마한 토착세력에 전승되었던 것으로 추정되는 '야래자설화'와의 관계 등도 앞으로 풀어야 할 숙제이다.[17] 여기에는 '서동설화'와 후백제의 '견훤 출생담'도 포함된다.

이제 문제는 이렇게 많은 문헌신화 자료들 가운데 먼저 중등과정에서 가르쳐야 할 적절한 신화 자료를 선택해야 한다. 그리고 어떤 책에 있는 것을, 어느 부분까지 교육의 대상으로 할 것인가 등이 전문가들의 논의를 통하여 진지하게 고려되어야 한다. 아울러 어떤 신화를 어느 시기에 가르쳐야 하는가 하는 교육적 위상도 전문가들이 정해 주어야 할 필요가 있다. 더 나아가 한문 자료들의 번역과 주석의 정도도 결정하여 신화교육과 관련된 전체적인 윤곽을 제시해 주는 작업도 병행되어야 할 것이다.

2.2 구비신화 자료와 범위

문헌에 전승되는 신화와는 달리 구비신화들은 특정한 믿음을 공유하는 집단 민들의 삶 속에서 구비 전승되어 온 것이다. 이들은 무속신화와 당신화가 주를 이루는데, 교육에 있어서는 문헌과 구전의 전승방식 차이로 인한 특성들이 고려되어야 한다. 현재 구비신화는 그 다양성이나 양적인 면에서 문헌신화와는 비교할 수 없을 만큼 우세를 보이고 있고, 문헌신화를 보완할 자료도 다수 존재하기 때문이다.

무속신화는 무속의례에서 구연되는 신의 내력을 풀이한 구비서사시이다. 당신화의 존재양상은 두 방향에서 접근할 수 있는데, 본토에서 보이는 바 마을의 당신(堂神)에 관한 신화적 서사로서 당신유래담, 영험담 등이 주가 되는 경우와 제주도의 사례에서 보는 것처럼 무속의례에서 불리는 구비서사시로서의 당신본풀이를 예로 들 수 있다. 후자는 무속서사시에 포함시켜 다루어지기도 했으나

그 신화적 기능은 엄연히 본토의 당신화와 궤를 같이하고 있음이 확인된다고
한다.[18)]

구비신화는 대체로 제의의 맥락 속에서 전승되고 그것을 전승하는 집단민의
삶과 구체적인 관련을 맺으면서 일정한 기능을 담당했던 살아있는 신화들이다.
따라서 전승의 과정에서 전승집단의 역사·사회·문화적 여건이 일정한 형태로
반영될 수 있으므로, 문헌에 정착되면서 고정된 형태를 갖는 문헌신화와는 달리
신화의 생성적 국면을 잘 보여주고 있다.

우리의 구비신화는 이른 시기에 문자로 기록되어 제의적 맥락을 상실하고, 문
학적 텍스트로 존재하는 서구신화와는 구별된다. 그래서 더욱 우리 신화만의 특
성을 잘 드러낼 수 있는 자료라고 할 것이다. 지금의 문헌신화들도 따지고 보면
원래는 구비신화였을 것이지만, 한문으로 번역·정착하는 과정에서 편찬자의 의
도가 개입되면서 원형을 그대로 보여주지 못하는 한계를 갖는다.

말로 전해지는 신화이기 때문에 그 역사가 아주 오래 되었다고 하겠으나, 그
자료적 실체가 학계에 알려지게 된 것은 1920년대 이후부터였다. 당신화 관련자
료들은 각 지역의 지명관련 정보를 수록하고 있는 지리지류에서 주로 발견되고
있다. 즉 『동국여지승람』을 비롯하여 각 지역의 읍지나 군지 등이 그것이다. 그
리고 지금까지 간행된 무속신화 자료들은 대체로 굿 또는 무가에 관한 조사자료
집 속에 수록되어 있다.

구비신화 자료를 싣고 있는 주요 작업과 성과들은 다음과 같다.

① 손진태, 『조선신가유편』(1930)은 조사지역, 조사일정, 제보자 등이 밝혀져 있는
비교적 충실한 자료집이다.[19)]
② 추엽웅·적송지성, 『조선무속의 연구 (상)』은 서울, 경기, 제주 등의 무가자료
를 채록한 자료집이다.[20)]

---

18) 강진옥, 「한국 구비신화 연구의 동향과 그 전망」, 『동아시아고대학』9집, 동아시아고대학회,
2004. 46쪽.
19) 손진태, 『조선신가유편』, 동경: 향토문화사, 1930.
20) 추엽웅·적송지성, 『조선무속의 연구(상)』, 대판: 옥호서점, 1937.

③ 임석재 · 장주근,『관북지방무가』는 무가 구연 상황까지 조사한 본격적인 무가 집들이다.[21]

④ 1960년대의 제주도 · 경기도 · 전라도 등의 무가 조사 자료들[22]

⑤ 진성기,『제주도 무가본풀이 사전』(1991)[23]은 해설을 붙인 제주도무가의 집대성이라고 할 만하다.

⑥ 김태곤,『한국무가집』1-4권과『한국의 무속신화』[24]는 전국적인 무가의 집대성이라고 할 것이다.

⑦ 최정여 · 서대석,『동해안무가』(1974)[25]는 무가의 조사와 채록방법에서 진일보한 양상을 보여준다.

⑧ 문화재관리국,『전국민속종합조사보고서』(전남-1969, 전북-1971, 경남-1972, 경북-1974, 제주도-1974)는 각 지역의 무가자료들이 다양하게 수록되었다.

⑨ 최정여,『한국무속지』1 · 2[26]는 앞의 ⑧자료의 조사를 종합한 것이다.

⑩ 현용준,『제주도무속자료사전』[27]은 제주도굿의 구성 내용 전반을 자세하게 담고 있다.

⑪ 한국정신문화연구원,『한국구비문학대계』82권(1980-1988)에도 비교적 연행 현장에 충실한 무가자료들이 실렸다.

⑫ 제주도 무속신화는『제주도 무속신화, 열두본풀이 자료집』과『제주도 무속과 서사무가』[28]의 간행으로 더욱 풍부해졌다.

---

21) 임석재 · 장주근,『관북지방무가』, 문화재관리국, 1965.
　　『관북지방무가』(추가), 문화재관리국, 1966.
22) 현용준 · 김영돈,『제주도 무당굿놀이』, 문교부, 1965.
　　현용준,『제주도 토산당굿』, 문화재관리국, 1966.
　　진성기,『남국의 무가』, 제주민속연구소, 1968.
　　장주근 · 최길성,『경기도지역 무속』, 문화재관리국, 1970.
　　임석재,『줄포무악』, 문화재관리국, 1970.
23) 진성기,『제주도 무가본풀이 사전』, 서울: 민속원, 1991.
24) 김태곤,『한국무가집 1』(원광대민속학연구소, 1971.),『한국무가집 2』(원광대민속학연구소, 1976.),『한국무가집 3』(원광대민속학연구소, 1976.),『한국무가집 4』(경희대민속학연구소, 1979.),『한국의 무속신화』(서울: 집문당, 1985.)
25) 최정여 · 서대석,『동해안무가』, 서울: 형설출판사, 1974.
26) 최길성,『한국무속지』1 · 2, 서울: 아세아문화사, 1992.
27) 현용준,『제주도무속자료사전』, 서울: 신구문화사, 1980.
28) 문무병,『제주도 무속신화: 열두본풀이 자료집』, 칠머리당굿보존회, 1998.
　　장주근,『제주도 무속과 서사무가』, 서울: 역락, 2001.

⑬ 유형별 자료집으로는『서사무가 바리공주 전집』1·2,『한국의 창세신화』가 있
고, 주석과 해설서로는『제주도무가』,『서사무가 1』[29] 등이 있다.

⑭ 당신화의 조사와 보고는 일찍부터 조사가 이루어졌던 제주도를 중심으로 상당
량이 축적되어 있다. 특히 앞서의 진성기, 현용준, 장주근 등의 자료집에는 대
표적인 작품들이 수록되어 있는데, 제주도와는 달리 본토에서는 당신화에 대
한 관심이 늦게 제기되어 당신화 자료집조차 간행되지 못한 상태라고 한다.[30]

⑮ 표인주,『공동체 신앙과 당신화 연구』[31]도 주목된다.

이렇게 보면 무속신화 자료들은 매우 풍성하게 나와 있는데 비해서, 당신화
자료들은 해당 지역의 전설집이나 군지 등에 단편적으로 수록되어 있는 실정이
다. 그러므로 이 분야 자료의 조사와 정리는 촌각을 다투는 시급한 선결 과제라
고 할 것이다.

다음에 〈바리공주〉와 〈창세가〉 두 편의 내용만을 간략하게 살펴보도록 한다.

〈바리공주〉: 1. 왕의 딸이며, 어머니는 왕비이다. 2. 일곱째 공주로 태어났다.
3. 태몽에 용이 나타났다. 4. 자랄 때, 아주 총명했다. 5. 딸이어서 왕비가 뒷동산
에 버렸다. 6. 왕이 나라가 망했다고 하면서 옥함에 넣어서 바다에다 버렸다.
7. 청학 백학, 까막까치가 보호했다. 8. 석가가 비리공덕할미 부부에게 데려다
기르도록 했다. 9. 부모를 죽음에서 구출할 약수를 구하러 저승으로 떠났다. 10.
약수를 구해와 부모를 살렸다. 11. 벼슬을 사양하고, 무신이 되었다.

〈창세가〉: 1. 미륵의 세계를 차지하고 싶어 하는 석가가 나타나서 내기를 제
안한다. 2. 미륵과 석가가 동해바다에 줄달기 내기를 했다. 3. 미륵이 승리했다.
4. 미륵이 석가에게 다시 한 번 내기를 제안한다. 5. 미륵과 석가가 강 붙이기
내기를 했다. 6. 미륵이 승리했다. 7. 석가가 꽃피우기 내기를 제안한다. 8.둘이
자면서 기다리기로 했는데, 석가는 자는 척만 하고 미륵은 깊이 잠들었다. 9.

---

29) 김진영·홍태한,『서사무가 바리공주 전집 1·2』, 서울: 민속원, 1997.
   김헌선,『한국의 창세신화: 무가로 보는 우리의 신화』, 서울: 길벗, 1994.
   현용준·현승환,『제주도무가』, 서울: 고려대민족문화연구소, 1996.
   서대석,『서사무가 1』, 서울: 고려대민족문화연구소, 1996.
30) 강진옥, 앞의 논문, 2004, 52쪽.
31) 표인주,『공동체 신앙과 당신화 연구』, 서울: 집문당, 1996.

석가가 미륵 위에 핀 꽃을 훔쳐 갔다. 10. 미륵이 꽃이 없어진 것을 알고, 석가에게 세월을 주었다. 11. 석가가 내기에서 이겼다. 12. 미륵이 혼란이 발생할 것을 예언하고 도망쳤다. 13. 혼란이 발생하여 석가가 해결하고자 했으나 해결하지 못한다. 14. 석가가 미륵의 도움을 얻으려고 미륵을 찾으러 떠났으나 찾지 못한다. 15. 석가가 화식을 하고 중들에게도 권한다. 16. 중 2명이 성인이 되려고 화식을 거절한다. 17. 봄이 되면 인간들이 그들에게 제사를 지내고 놀게 되었다.

이러한 구비신화도 문헌신화처럼 무속신화와 당신화 가운데서 각각 대표적인 작품들을 선정하여 교육해야 할 필요가 있다. 그것이 우리나라 신화의 다양한 실상을 제대로 후대에 알리는 첩경일 것이다. 왜냐하면 구비신화에는 문헌신화에 보이지 않는 창세신화도 존재하지만, 제의와의 관련성이 현장에 살아있다는 점도 매우 중요한 교육의 자료가 될 수 있기 때문이다. 이 때 자료들이 반드시 현장의 채록본 그대로를 선택할 것인지는 전문가들의 의견을 수렴해서 결정하면 된다. 거기에서 물론 수록의 범위나 주석의 정도도 함께 논의가 되어야 함은 당연한 일이다.

사정이 이러함에도 현실은 여의치 못하여 신화교육은 민담이나 전설에 비해 상대적으로 소외되어 있다고 할 수 있다. 더군다나 구비신화의 경우는 더욱 철저하게 외면당하거나, 배제되고 있다고 보아도 무방한 실정이다.32) 그리하여 현재 학교교육에서 시행되고 있는 신화교육의 실상과 문제점들을 알아볼 필요가 대두된다.

3. 신화교육의 현황과 문제

7차 교육과정 전체를 보면 설화교육은 전설, 특히 민담이 양적으로 많은 제재가 선택되어 교육되고 있다. 이러한 사정은 특히 초등교육에서 두드러진다. 그러나 신화의 경우는 초·중·고를 망라해서 단군신화와 주몽신화 정도만이 현장에서 제대로 교육되고 있는 실정이다. 만약에 학생들이 고등학교에서 문학을 선

---

32) 구비신화는 현재 중학교 국어교과에 실린 '동명왕 이야기'의 보충 심화학습으로 '바리공주'가 간략하게 제시된 정도밖에 교육과정에 반영된 것이 없는 형편이다.

택하지 않는다면, 신화에 대한 교육은 중학교 과정에서 학습하는 '주몽신화' 단한 편으로 그치게 된다.[33] 설령 고등학교 과정에서 문학을 선택하더라도 그 학생들 역시 '단군신화' 한 편 정도를 더 접하는 것으로 만족해야 하는 것이 현실이다. 그나마 교육과정 어디에도 '구비신화' 자료는 찾아볼 수 없다는 데에 이르면 문제는 자못 심각해진다.

우리의 교육이념이자 교육목표는 1949년 제정된 교육법에서 오늘날의 교육기본법에 이르기까지 '홍익인간(弘益人間)'이다. 이것은 바로 단군신화의 환웅이 세상을 다스리고자 하면서 생각한 '인간을 널리 이롭게 한다'는 바로 그것이다.

국어과 교육에서 문학작품으로서의 신화를 다루는 것은 단순한 문학 제재 이상의 상당한 의미를 갖는다. 그럼에도 불구하고 현재 학교교육의 현장에서는 신화가 국어교과의 내용으로 제대로 다루어지지 못하고 있는 현실은 반드시 시정되어야 한다. 다만 단군신화의 경우는 국어교과뿐만 아니라 국사교과, 사회교과, 윤리교과에서도 어느 정도는 다루어지고 있는 실정이다.

그러나 이러한 단군신화도 초등학교, 중학교, 고등학교 10년간의 국민공통 기본교육 과정의 국어교과에서는 거의 다루어지지 않는다는 문제점을 여전히 안고 있다. 국민공통기본과목에서는 주몽신화만이 유일하게 7학년인 중학교 1학년 2학기 교과서에 수록되어 있기 때문이다. 그것도 작품의 신화적 상징과 현대적 의미를 규명하는 데에 초점이 맞추어진 것이 아니라, 학습활동에서 신화·전설·민담의 차이점을 비교하는 자료 정도로 활용하고 있을 뿐이다.[34] 이는 〈주몽신화〉가 갖는 개별적 특수성과 교육적 의의를 배제한 채, 단순한 옛날이야기를 전달하고 이해하는 수준에서만 교육이 진행되게 짜여 있음을 보여준다.

이처럼 학교교육에서 다양한 신화를 대상으로 한 문제의 단계성이나 학습자의 수준을 고려한 학습활동과 내용의 설계가 거의 없다는 사실은 현행 교육과정의 개선이 불가피함을 단적으로 보여주는 것이다.

---

33) 물론 '바리공주'가 중학교 국어교과의 보충 심화 과정에 제시되어 있지만, 현실적으로 그에 대한 온전한 교육을 기대하기는 어렵다고 하겠다.
34) 제7차 교육과정 중학교 국어 교과서에는 이밖에 〈바리공주〉(2-2 2. 이야기의 구조 '보충 심화')가 제시되어 있을 뿐이고, 서양신화로 〈길잃은 태양마차〉(3-2 1. 창조적 문학 체험)가 수록되어 있는 정도이다.

본격적인 신화 교육을 펼칠 수 있는 11,12학년인 고등학교 2,3학년의 선택중심 교육과정의 문학교과에서조차 그 사정은 비슷하다. 즉 18종 검인정교과서 가운데 단군신화가 14종에 수록되어 있고, 주몽신화가 4종, 혁거세신화는 1종의 교과서에만 게재되어 있다.

우리는 이미 앞장에서 살펴본 바대로 실로 다양한 신화자료의 유산을 갖고 있다. 그런데 이에 비하면 현재 문학교과서에 배당되어 있는 신화자료는 지나치게 일부 신화에만 편중되어 있다는 점뿐만 아니라, 작품수가 지나치게 적다는 근본적인 문제점도 동시에 지니고 있는 것이다. 결국 현 교육과정은 학생들이 우리 신화 유산에 대해서 제대로 된 인식에 도달하기가 대단히 어렵게 되어 있다는 것을 재삼 확인하게 된다.

더군다나 문학을 선택하지 않는 학생이나, 신화가 전혀 들어 있지 않은 문학교과서를 채택할 경우에는 문제가 더욱 심각하다. 이 경우에는 거듭 지적하지만, 한국 신화에 대한 교육이 12년간의 국어교과교육에도 불구하고 중학교 시절의 단 한 번밖에는 이루어지지 않을 수도 있다는 계산까지 나온다.

어쩌면 초등학교에 치중된 지나치다 싶을 정도로 많은 전설과 민담에 바탕을 둔 동화 자료, 중학교 국어 교과서에 실린 6편과 보충 심화에서 언급된 2편의 전설과 민담으로도 충분한 설화교육이 구현되고 있다고 할 수도 있을 것이다. 그러나 신화에는 전설이나 민담으로는 대체될 수 없는 여러 가지 요소들이 있기 때문에, 이를 단순하게 다른 영역이 대신할 수 없다는 점을 충분히 고려해야만 한다.

현실이 이러할진대 정녕 홍익인간을 구현한다는 교육이념이 현재의 신화교육에서 만큼은 그 빛이 바랠 수밖에 없다. 어쩌면 홍익인간에 대해서 어의적 의미가 아니라 신화적 상징으로서의 의미를 제대로 이해할 때, 우리의 교육이념은 현실로 다가오게 될 것으로 기대하게 된다.

신화자료들의 선정이나 게재에도 어려움은 상존한다. 문헌신화의 경우는 한문으로 기록되어 있는 것도 문제이다. 문헌에 있는 신화를 골라서 번역한 다음, 뒤에 원문을 실어 참고하도록 하는 등의 안배가 필요하다. 또 같은 신화가 여러 문헌에 중복되어 실렸을 때, 그 선택의 문제와 수록 문헌에 따라 조금씩 내용이 달라지는 것도 극복해야 할 숙제의 하나이다. 구비신화도 채록 상황과 함께 구술 원문을 그대로 싣는 것이 바람직하겠으나, 사투리·와음(訛音)·연철·중복·비논리적인 문장 구성 등에서 학생들이 이해하기 어려운 부분도 많이 있다. 그래서 원문의 내용을 크게 손상시키지 않는 범위 내에서 현대 맞춤법에 맞게 손질하여 싣는 것도 염두에 두어야 한다.

현재 시행되고 있는 학교 현장에서의 구비문학 교육은 특정 갈래의 편중, 학습 기회의 집중, 학습자의 발달 단계 무시, 학년·학교급별 내용의 단절, 구비문학적 성격의 상실, 언어생활과의 분리, 목표와 본질의 착종 등 다양한 문제를 안고 있다고 한다.[35] 신화는 지금까지 워낙 적은 작품이 실렸기 때문에 문제가 안 된다고 하겠지만, 앞으로 보다 많은 신화가 교육과정에 반영될 때는 신화교육에서도 이상과 같은 점들을 역시 유의해야만 할 것이다.

제7차 교육과정의 핵심 내용은 세계화, 정보화, 다양화 시대에 대비하고, 열린 교육과 평생학습을 비전으로 하여 만들어졌다. 또한 이전의 교육 공급자 중심 교육에서 학습자 중심 교육으로 전환하는 등의 다양한 변화를 시도해서 편성, 운영되고 있다. 그러나 불행히도 신화교육에 관한 한 이전보다도 훨씬 퇴보된 결과를 초래하고 말았다. 어떤 의미에서는 신화교육 자체를 전혀 고려하지 않은 교육과정이라는 생각이 들 정도이다.

이제라도 앞으로의 교육과정에서 만큼은, 신화가 제대로 평가되고 그 교육적 가치를 확실하게 인정받아서 올바르게 자리매김 되기를 진정으로 희망해 본다. 신화를 통하여 한민족의 현재적인 삶을 진단하고, 미래의 삶을 전망하는 데에까지 나아갈 수 있어야 한다. 우리 민족의 삶의 근원으로서의 신화는 아무리 강조해도 지나침이 없을 것이기 때문이다.

그러면 어느 정도의 신화 작품을 각 단계에 따라 어떻게 배치하여 교육하는 것이 바람직할 것인가.

먼저 문헌신화를 대표하는 건국신화는 대체로 단군, 주몽 등 한반도 북방의 것과 박혁거세, 김수로 등 남방의 것으로 나누는 것이 보통이다. 그 주요 내용은

---

35) 장석규, 「구비문학 교육 현실의 진단과 처방(1)」(『문학과 언어』21, 문학과언어학회, 1999.)과 「구비문학 교육 현실의 진단과 처방(2)」(『어문학』67, 한국어문학회, 1999.)를 참고할 것.

시조의 출생과정과 국가의 창건, 국왕으로의 즉위과정으로 요약된다. 공통된 특징은 하늘을 대표하는 남신과 땅이나 물을 상징하는 여신이 직접 또는 간접으로 혼례를 치르고 그 사이에서 태어난 인물이 국왕이 된다.

그런데 북방신화는 천신계의 남성과 지신 또는 수신계의 여성의 결연과 혼례가 구체적으로 제시되고 시조의 출생과 즉위가 이어진다. 즉 혼례→출산으로 전개된다. 반면 남방신화는 시조의 탄강이 먼저 제시되고 시조의 혼례과정이 구체적으로 제시된다. 즉 시조의 부모가 의인화되어 나타나지 않고 하늘과 땅의 결합을 상징하는 분위기만 서술된 상태에서 시조는 알로 탄강한다. 그리고 시조가 왕으로 즉위한 후 시조왕의 혼례과정이 구체적으로 제시된다. 즉 남방신화는 탄강→혼례로 전개되고 있다.[36] 사정이 이러하다면 우리는 문헌신화에서 적어도 이런 유형을 대표하는 작품을 각각 하나 이상씩은 제대로 교육해야 할 의무가 있지 않을까 한다.

다음에 한국 신화에서 큰 비중을 차지하는 자료가 구비신화 가운데 무속신화이다. 무속신화가 처음으로 채록되어 출간된 시기는 1930년인데, 한문으로 문헌에 기록된 문헌신화와는 약 천 년의 시차가 있는 셈이다. 무속신화는 고대 무속의례에서 형성된 이래 전승되면서 생성과 소멸을 거듭했을 것이다. 물론 오늘날까지 전해지는 자료 중에는 고대에 형성된 자료도 있고, 후대에 불교설화나 역사적 인물담, 그리고 소설이나 설화의 자료가 수용되어 만들어진 것도 있다. 따라서 자료에 따라서 이것을 교육과정에 편입할 때는 매우 조심스럽게 접근해야 한다.

무속신화 중에서 전국적으로 전승되는 '창세신화'와 '제석본풀이', '바리공주' 등은 고대의 건국신화와 그 신화적 성격이 크게 다르지 않다. 문제는 중부지역의 '성조풀이', '칠성풀이', '장자풀이' 등과 다양한 양상을 보이는 제주도의 무속신화와 당신화 등을 어떻게 적절히 배분하고 선별하여 가르칠 것인가 하는 것이다. 우견으로는 이들 중에서도 역시 각각을 대표할 수 있는 작품으로 한 편 이상씩은 적어도 단계에 맞게 각 교육과정에 반영하는 것이 바람직할 것으로 판단된다.

---

36) 서대석, 『한국의 신화』, 서울: 집문당, 1997. 6쪽.

왜냐하면 한국의 구비신화는 한국민족의 의식과 규범을 함축하고 있는 언어물로 서 현대까지도 그 기능이 살아 있는 자료이기 때문이다.

결국 문헌신화든 구비신화든 간에 한국 사람들의 삶을 대표할 수 있는 작품들 을 선택해야 한다. 다시 말하면 한국 신화만의 성격이나 특성, 기능들을 잘 드러 내는 작품의 선정이 무엇보다 중요하다고 하겠다. 자료별로 신화의 초자연성, 인격화성, 공생성, 종교성, 문화적 능력성, 설명성, 주관적 사실성, 유동성, 민족 적 발생성 등을 면밀히 따져 보아야 할 것이다.

이에 따라 신화의 교육은 우리 민족의 정체성과 삶의 뿌리를 확인하고, 작품에 서 표출되는 전통적인 삶의 토대 위에서 오늘의 삶을 진단하며, 나아가 내일의 삶의 방향을 조망하는 데에 목표를 둘 일이다. 단순히 신화 텍스트에 대한 이해 에 그치는 것이 아니라, 신화가 지니는 현대적 의미를 구체적으로 해석하여 살아 있는 텍스트로서의 신화를 현실감 있게 교육해야 한다.

우리 문학의 시원으로서 한국 신화는 21세기 첨단 과학시대에 사는 학생들에 게 그 자체로 고리타분한 인상을 주기에 충분하다. 이는 한문으로 된 원문이 아닌 한글 번역본을 교육한다 하더라도 그 용어와 내용이 진부하게 느껴질 수 있다. 여기서 신화가 가지는 현대적 의미는 무엇인가, 신화는 오늘의 삶에 어떠 한 영향을 미치는가 하는 점에 유의해서 가르쳐야 할 필요성이 생긴다.

신화 안에 용해되어 있는 상징적 의미를 해석함으로써 오늘날 우리 삶의 근원 을 밝혀내는 한편, 그러한 신화가 오늘을 사는 학생들에게 주는 메시지가 무엇인 가를 전해 줄 수 있어야 한다. 그리하여 현대의 문화 현상과 삶의 양상이 신화로 부터 시작되어 오늘에 이르게 되었음을 구체적으로 추체험함으로써, 우리 민족 의 특수성과 미래적 위상을 가늠하는 것도 가능할 것이다.

이를 위해 교육의 내용은 신화에 나타나는 고대 문화 현상의 실체와 의미, 신화적 특성 등이 민족의 삶과 더불어 계승되어 정착된 현대 문화 현상의 실체와 의미를 동시에 접목시키는 것으로 이루어져야 한다. 그러므로 앞으로의 신화교 육에서 유의할 점은 주로 다음과 같은 사항을 염두에 두면 좋을 듯하다.

첫째, 오늘날의 당목(서낭목), 장승, 솟대에 대한 수목신앙의 원류는 신화주인공 들이 나무나 숲으로 강림하는 데에 있음을 밝혀주어야 한다. 신화에 있어서 수목은 신의 강림처이자 거처이며, 신에게 제를 올리는 장소라는 신화적 원형이 오늘날의 삶에 어떻게 계승되며 영향을 끼치고 있는지를 알아야 한다.

둘째, 신화 주인공들이 겪는 삶의 시련과 고통의 실체와 의미는 무엇이며, 그들의 삶이 우리에게 전하는 메시지에 공감해야 한다. 신화 내용을 통해 통과의례와 그에 수반되는 고난 극복과정이 오늘의 삶과 무관하지 않음을 직시할 일이다.

셋째, 신화주인공들이 정착하는 과정과 그들이 승격하는 과정, 그러한 정착과 승격의 조건들이 현대인에게 주는 의미를 천착해야 할 것이다. 이는 오늘날 사회 진출을 준비하는 학생들이 무엇을 준비해서 남들과 경쟁해야 할 것인가에 대해서도 시사하는 바가 크다고 하겠다.[37]

4. 한국신화의 교육적 의의

신화교육이 의미를 갖는 것은 인간이 직면하고 있는 세계가 이야기를 통해 이루어져 있다는 점과 함께, 신화가 그 자체로 인간과 세계의 관계를 담고 있기 때문일 것이다. 일반적으로 서사에는 일상적인 삶 속에서 직면하게 되는 다양한 관계·갈등·가치 등이 개입하고 있고, 신화는 그러한 서사의 일상과 비일상을 포괄하는 가장 원초적인 기제라는 측면에서 교육적으로 의미를 갖는다.

사전 예비지식 없이 신화를 읽어 보면, 우리는 많은 곳에서 유사한 모티프와 이미지들, 동일한 요소 같은 것들을 발견하게 된다. 인간 정신의 산물 중에서 아마도 신화만큼 그것을 향유하는 집단의 문화적 특수성을 잘 보존하고 있는 것도 드물 것이다. 특히 구비신화의 경우, 말은 문자와 글보다는 청중의 귀와 기억에 더 의존하므로 집단 기억의 통제를 받게 된다. 집단의 기억은 그들이 원하는 것, 기억할 수 있는 것, 진실이라고 생각하는 것들만을 기억한다. 그렇기 때문에 신화적 사고가 의식·무의식적으로 표현하는 것들은 한 사회의 문화적 본질을 대변하는 것이다.

---

37) 김문태, 『국문학연구와 국어교과교육』, 보고사, 2004, 31～32쪽. 이는 대학의 신화교육을 대상으로 한 언급이지만, 중등교육과정에도 적용될 수 있을 것으로 판단하여 정리한 것이다.

신화의 교육은 더 큰 범주에서 설화교육, 구비문학교육, 문학교육, 국어교육에 귀속된다. 그것은 신화가 설화를 포함한 구비서사 갈래에 속하기 때문에, 신화교육의 구안이 넓게는 국어교육이나 문학교육의 틀에서 이루어져야 함을 의미한다. 그러나 신화가 내포하는 의미망은 문학의 범위를 크게 웃돌고 있음도 잊지 말아야 할 것이다. 이것은 신화교육이 보편성에 기초하면서도 동시에 독자성을 고려하는 방향에서 계획되고 실행되어야 하는 이유를 뒷받침해 준다.

이렇게 보면 신화의 교육적 의의도 크게는 설화교육이나 구비문학교육, 더 나아가 문학교육의 의의에 포함되거나 수렴된다고 할 수 있다. 문학교육은 문학교재가 있고, 국어교과에서도 문학교육의 의의를 밝히고 있기 때문에 이를 새삼 거론할 필요는 없다고 본다. 다만 기왕에 이미 구비문학교육이나 설화의 교육적 성격에 대한 연구 성과들이 있어 좋은 참고가 된다.

구비문학 교육의 효용은 말하기·듣기 영역의 교육 자료로서의 유용성과 문학작품 창작교육의 기능성, 자주적 자아의식의 교육, 문학 활동의 생활화에 따른 읽기와 쓰기 영역의 교육 자료로서의 유용성 등으로 정리된 바 있다.[38]

설화 교육의 성격도 상상력 신장, 언어 능력의 신장, 한국인다운 삶의 방식과 한국적 정서와 가치관 함양, 흥미와 교훈, 전통문화의 계승과 발전, 인간관계의 심화 등이 논의되었다.[39] 그러나 거듭 강조하지만, 신화는 구비문학이나 설화 일반에서 포괄하기 어려운 요소를 내포하고 있음에 유의해야 한다. 그래서 다른 영역이 대신할 수 없는 신화만의 교육적 의의를 새롭게 규명해야 할 필요가 있는 것이다. 그것은 앞으로의 교육과정 구현에서 신화가 또 다시 소외되는 결과를 미리 예방하기 위해서도 그러하다.

신화교육의 목적과 의의는 넓게는 바람직한 인간의 형성과 전통문화의 계승·발전으로 압축할 수도 있겠지만, 보다 구체적이고 실질적인 항목들과 연결하면서 신화의 교육적 의의를 그 핵심만 제시해 보면 다음과 같다.[40]

---

38) 장석규, 「구비문학 교육의 효용론」, 『구비문학연구 제8집』, 박이정, 1999.
39) 최운식, 「설화의 이해와 교육」, 『설화·고소설 교육론』, 민속원, 2002, 42~43쪽.
40) 기왕의 성과와 겹치는 항목이 있겠지만, 여기서는 신화의 특성을 고려하여 정리해 본 것이다.

(1) 언어 능력 향상의 자료—말하기, 듣기, 읽기, 쓰기(의사소통) 능력의 신장
(2) 사고력과 상상력의 제고—문학의 원류로서의 신화, 민족문학의 전개와 정수
(3) 민족의 동질성 회복과 주체성 정립—민족정신의 원형 탐구, 선조의 정신세계
(4) 한국적 정서와 가치관의 함양과 심화—현재적 삶의 풍요와 미래적 삶의 전망
(5) 문화 콘텐츠(스토리텔링)의 개발 자료—전통문화와 민족문화의 계승과 발전

이제 이것들을 다시 문헌신화와 구비신화로 나누어 살펴봄으로써, 각 요소에 작용하는 유형에 따른 신화의 교육적 의의와 효용을 살펴보기로 한다. 그래야 다양한 신화 유형들이 교육되어야 할 당위성이 확보될 것이기 때문이다.

사실 엄밀하게 말하면 문헌신화와 구비신화의 교육적 의의가 크게 다르다고 는 할 수 없다. 오히려 공통되는 것이 대부분일 것임은 당연하다. 그러나 문헌 신화는 보다 이른 시기에 문헌에 정착하여 우리의 삶에 영향을 미쳐 왔고, 구비 신화는 현재까지도 삶의 현장에서 구연되면서 역동적으로 삶에 작용하고 있다 는 점에서 둘의 교육적 의의도 그에 따라 어느 정도의 변별성을 가지게 된다고 본다.

4.1 문헌신화의 교육적 의의

신화의 기능 중에서 가장 중요한 것은 사회통제의 기능이다. 오늘날 전하는 우리의 문헌신화도 일찍이 그러한 기능을 수행했다고 판단된다. 구체적으로 신 화는 풍속을 고정시키고, 행위의 모범을 설정하고, 어떤 제도에 위엄과 중요성을 부여하는 규범적인 힘을 갖는다. 예를 들어 고구려인들에게 '주몽신화'는 행위의 모범이고, 가치의 기준이며, 국가가 갖는 위엄을 상징하는 구실을 했을 것이다. 뿐만 아니라 신화는 그것을 가지는 집단으로 하여금 긍지를 갖게 한다. 많은 민족들이 자기들의 신화를 소중하게 간직하고 있으며, 이를 자랑스럽게 여기는 데에서도 이를 알 수 있다.

이러한 경향은 특히 문헌신화의 주류를 이루는 건국신화에서 두드러진다. 건 국신화는 민족이나 국가 단위에서 전승되던 건국시조에 대한 이야기이기 때문

에, 상층이나 엘리트 계층의 세계관, 종교, 철학, 문화의식 등을 내포하고 있다. 그래서 구비신화보다는 위의 (3), (4)에서 더 유리한 교육적 의의를 부여할 수 있을 것이다. (1)의 언어 능력도 문헌신화의 경우는 말하기, 듣기보다 읽기와 쓰기에서 효율적이라는 강점을 인정하게 된다.

그렇지만 문헌신화는 무엇보다도 (2)항목에서 문학의 원류로서의 교육적 의의가 가장 중요하다. 신화 주인공에 대한 영웅이야기는 민족문화의 오랜 원형으로, 주몽이나 탈해 등의 건국신화에서 처음 마련한 것을 오늘날까지 전승하면서 설화·무가·소설에서 다채롭게 변형시켰다고 한다.[41]

이러한 '영웅의 일생' 구조는 "A 고귀한 혈통을 지닌 인물이다. B 잉태나 출생이 비정상적이었다. C 범인과는 다른 탁월한 능력을 타고났다. D 어려서 기아가 되어 죽을 고비에 이르렀다. E 구출·양육자를 만나 죽을 고비에서 벗어났다. F 자라서 다시 위기에 부딪쳤다. G 위기에 투쟁적으로 극복하고 승리자가 되었다."[42] 등으로 정리된다.

문제는 이와 같은 이야기 유형이 〈홍길동전〉, 〈유충렬전〉을 거쳐서 신소설 〈혈의 누〉에 이르기까지 우리 문학사를 연면히 관통하고 있다[43]는 것이다. 물론 이에 대해서 약간의 이론이 있기는 하지만, 문헌신화의 교육에서는 이러한 점을 분명히 중시해야 할 필요가 있다. 교수자와 학습자 모두가 그에 공감할 때 신화 교육은 더욱 상승효과를 얻을 것으로 기대한다.

서구에서는 이미 이와 같은 영웅 이야기의 구조를 활용하여 〈스타워즈〉나 〈슈퍼맨〉, 〈터미네이터〉 등의 현대적인 영웅신화가 탄생하여 대중화에 성공하기도 하였다. 우리의 건국신화들도 그 구조와 상징에 있어 보편성을 띠고 있기 때문에, 필요한 영역에 알맞은 콘텐츠화를 거쳐서 세계 시장에 도전할 수 있는 요소들을 충분히 갖추고 있다고 할 것이다.

신화의 이야기는 주인공이 고귀한 혈통을 지닌 인물(A), 범인과는 다른 탁월한 능력을 가진 인물(C)이 아닌 경우에는 이야기가 성립되지 않는다. 고귀하고

---

41) 조동일, 『민중영웅 이야기』, 문예출판사, 1992. 5쪽.
42) 조동일, 위의 책, 16쪽.
43) 조동일, 앞의 책, 12쪽.

탁월한 인물이란 바로 영웅의 기본적인 특징이다. 다시 말하면 주인공이 영웅이 아닐 때 이 유형은 성립되지 않는다. 또 한편으로 고난이나 불행(B, D, F)이 없어도 이야기가 성립되지 않는다.

유형의 구조는 행복을 위해 끊임없이 고난을 극복해 가는 과정으로 되어 있어서, 행복과 고난의 변증법적 관계를 나타내고 있다. 행복은 고난과의 싸움에서 더욱 발전적으로 강화될 수 있음을 말하고, 고난은 행복을 지향하는 의지를 더욱 강하게 해주며, 그 의지의 실현을 고차적으로 가능하게 하는 계기임을 주장한다.[44] 이것은 신화 주인공의 삶의 모습이 현대인의 삶에 있어서 일종의 모델 역할을 현재에도 충분히 할 수 있음을 보여주는 것이다.

단군신화를 예로 들면 역사적, 종교적 분야 이외에도 사상, 철학, 민속, 문학, 어학, 교육학은 물론이고, 심지어 정치학, 사회학, 심리학, 의학에 이르기까지 실로 다양한 학문분야에서 다각적인 검토가 진행되어 왔다. 다소 황당하게 보이기도 하는 신화에 이렇듯 역사를 포함해서 종교, 사상, 철학, 민속, 문학, 문화 등 다양한 요소들이 복합적인 상징으로 함축되어 있기 때문이다.

지금까지 최대의 관객을 동원한 바 있는 영화 〈아바타〉가 신화의 수목신앙을 바탕으로 스토리가 꾸며져 있음은 주지의 사실이다. 바야흐로 신화는 다양한 문화콘텐츠 개발의 원동력으로서 의미와 가치가 새롭게 인식되고 있다. 현재 문헌신화의 문화콘텐츠화 작업은 여러 분야에서 다양하게 진행되는 중이다. 하지만 우리가 우리의 신화를 홀대하는 동안에 어느 누가 우리 신화 자료들을 활용하여 황금알을 낳을 준비를 하고 있을지도 모른다는 생각을 하면 좀 더 서둘러야 할 것이다.

앞의 (5)문화콘텐츠(스토리텔링) 개발 자료의 활용은 애니메이션, 지역문화 콘텐츠, 에듀테인먼트 등으로 뻗어 나가고 있다. 문화콘텐츠는 문화적 요소와 창의력 그리고 기술이 결합한 것으로 그 내용에 따라 애니메이션, 영화, 게임, 캐릭터, 에듀테인먼트, 음악, 예술 등으로 나누어지며, 유통 방식에 따라 무선인터넷 콘텐츠, 유선인터텟 콘텐츠, 방송 콘텐츠, 극장용 콘텐츠 등으로 나누어진다.

---

44) 조동일, 앞의 책, 27~28쪽.

최근에는 각각의 콘텐츠가 독립성을 지향하기보다 원천소스를 공유하여 고부가가치를 창출하게 되면서, 이들 콘텐츠가 거듭 확대, 재생산되는 양상이 나타나고 있다. 예를 들면 영화 〈반지의 제왕〉은 원래 J.R.R.톨킨의 소설로 출발해서 소설-영상-게임-캐릭터-관광지 등으로 연쇄적인 효과를 본 바가 있는데, 여기에서 우리가 주목하는 것은 바로 이러한 콘텐츠의 가장 핵심적인 원천을 이루는 바탕의 하나가 '신화'라는 사실이다. (5)항목에 기여하는 신화의 교육적 의의는 가장 실질적이면서 실용적인 의미를 갖는다고 하겠다.

교육 현장에서는 신화 풀어쓰기 및 다양한 활용의 모색, 즉 신화와 설치미술, 게임 시나리오, 환타지 소재, 드라마나 영화 대본의 모색 등이 활발하고도 꾸준하게 전개되어야 한다. 현대 신화의 범주 설정과 탐구, 대중문화의 신화적 분석도 수반될 필요가 있다. 머지않아 신화교육은 신화적 원리의 시대에 따른 작동을 이해하고, 신화적 원리를 이용한 대중문화의 비평에도 작용하게 될 것이다.

4.2 구비신화의 교육적 의의

구비신화도 문헌신화와 마찬가지로 위의 (1)-(5)의 항목에 활용되는 교육적 의의를 가진다. 그러나 그 구체적인 양상이나 항목별 기여도에 있어서 양자 간에는 어느 정도의 차이를 인정할 수밖에 없다. 이것은 구비신화가 문헌신화와 달리 오늘날에도 민중의 삶 속에서 실제로 구연되는 자료로서 다양한 각편이 존재하기 때문에 촉발되는 것이기도 하다.

어느 신화든지 신화는 문화와 정신이 집결된 민족 고유의 것인 동시에, 그 스토리텔링에 있어서의 상징과 구조는 보편성을 내포하고 있다. 즉 구비신화는 그 존재 양식에 있어서 말로 존재하는 이야기이기 때문에 견고한 구조를 가지며, 이를 바탕으로 다양한 각편들이 연행되고 전승되는 특성을 지닌다.

이런 구비신화의 존재 양식적 특성들은 직접 전달로 정서의 체험을 심화시킬 수 있고, 이야기 체험의 질적 깊이도 확보하게 한다. 또한 구비신화는 구연하는 과정에서 구어의 의사소통 능력을 향상시키게 되고, 신화 구연을 통한 서사 구조의 체득도 가능하다고 할 것이다. 특히 구비신화의 구연은 이와 관련된 언어활동으로 언어적 사고를 유발하여 새로운 언어문화를 주도적으로 창조해 나갈 수 있는 능력과 태도를 기르는 데에 기여할 수 있다고 생각한다.

일반적으로 구비문학은 기록문학이 가지지 않은 여러 특성을 가지고 있어서 문화의 폭과 깊이를 더해 준다. 그러므로 무엇보다 먼저 구비문학이 기록문학처럼 교육되는 일부터 반성해야 하고, 구비문학 교육이 가지는 다양한 효용을 재인식해야 한다. 구비문학 안에서 설화가 가지고 있는 다른 갈래와의 변별성을 고려해야 하고, 설화 가운데도 전설이나 민담에서 기대하기 어려운 신화만의 독특한 교육적 효과들도 배려해야 한다. 이런 인식들이 앞으로의 교육과정에 따른 교과서 개편에 반영되어야, 신화가 바람직한 문학교육의 원천적인 길잡이 구실을 적극적으로 하게 될 것이다.

무속신화를 교육의 대상으로 할 때 유의할 점은 무엇보다도 무속을 보는 부정적 시각에 함께 함몰되지 말아야 한다. 우리가 무속을 미신이라고 전면 부정하는 것은 우리 민족문화와 사상의 뿌리를 자르는 것과 같은 일이다. 지나치게 무속을 믿고 숭배할 필요도 없지만, 그렇다고 무조건 배척하고 기피할 필요도 없는 것이다. 그보다는 그 긍정적인 면을 받아들여 우리 문화를 바로 알고, 잘 활용하기 위해 고민하는 것이 훨씬 생산적이다.

결국 무속도 전통적인 우리 문화유산의 하나라는 인식이 중요하다. 그리고 무속신화가 연행되는 제의의 맥락은 물론, 그것을 있게 한 사람들의 삶을 유기적으로 파악하면서 신화적 의미 기능에 대한 검토가 동시에 이루어져야 한다.

먼저 우리의 무속신화 중에서 특히 〈바리공주〉는 그 내용이 재미있고, 교육적으로도 바람직한 요소들을 갖고 있어서 일찍부터 주목되었다. 교육적 의미를 규명한 연구 성과를 보면 "첫째, 상상의 세계를 접합으로써 세계관의 확대를 꾀할 수 있다. 둘째, 자연의 원리에 따라 모든 생명은 평등하게 존중되어야 함을 배울 수 있다. 셋째, 정의롭고 선한 삶의 중요성을 배울 수 있다. 넷째, 인간과 인간 사이의 갈등을 해결하는 방식과 부모에 대한 '효'의 중요성을 깨우쳐 준다. 다섯째, 자연물과의 일체감을 통해 자연 사랑의 마음을 키울 수 있게 해준다. 여섯째, 고난 극복의 의지를 갖고 노력하는 삶과 이타적인 삶의 중요성을 배울 수 있다."[45] 등으로 정리된다.

우리의 대표적인 서사무가인 〈바리공주〉는 조상들이 남겨준 귀중한 문화유산으로서, 우리가 조상들의 다양한 삶의 모습들을 배우고 느끼는 데에 훌륭한 자료가 될 수 있다. 또한 현대의 합리적·과학적·물질적 문명이 야기한 부작용 중의 하나인 인간성 상실의 문제를 치유하고, 따뜻한 인간미를 회복해 가는 데에도 좋은 표본이 되리라고 본다. 〈당금애기〉도 이러한 연장성상에 놓여 있는 작품이다.

다음에 〈창세가〉 계통은 문헌신화에 결핍되어 있는 신화적 사고를 볼 수 있는 귀중한 자료들로서 의의가 있다. 문헌신화에는 보이지 않는 우주의 창조와 인간의 시원에 대한 소박하면서도 원초적인 인식들이 두드러진다.

당신화의 경우는 전승민, 전승지역, 신앙체계 등의 맥락 속에서 신화가 존재하므로, 철저히 현장의 중요성을 염두에 두어야 한다. 신화의 생성방식과 사회적 기능을 아울러 파악할 수 있는 전승 전반에 대한 자료가 채택되어야 한다. 이를 통해 신화와 삶의 유기적 관련성, 신화의 사회적 기능, 신화 해석에 대한 새로운 전망을 얻을 수도 있을 것이다.

오늘날 한국 신화와 주변 신화와의 비교 결과는 민족 단위를 넘어서 동아시아 전체가 하나의 범위가 될 수 있다는 것을 보여주고 있는 실정이다. 중국, 일본은 물론이고 동아시아의 소수민족을 망라하여 동아시아적 양상의 원형성을 구체화할 수 있는 단서도 찾게 될 것이다. 장차 이를 바탕으로 서구신화와의 비교 검토도 가능할 것으로 기대된다.

이런 의미에서 동아시아나 서구신화와의 관계에서 유의미한 작품을 선정하여 교육하는 것도 가능하다고 하겠다. 아울러 구비신화와 문헌신화를 연관시켜 교육한다면, 한국 신화를 새로운 교육의 기제로 활용할 수 있는 단서가 열릴 수도 있다.

무속신화와 당신화는 그것을 신앙하는 집단민의 믿음을 구체화한 공동신화의 형성과 변모를 주도한 집단의 역사적 실체에의 근접이라는 공동체의례의 맥락 속에서 전승된다. 이들은 모두 신앙민들의 삶에 뿌리를 둔 살아있는 신화들이다.

---

45) 이현숙, 「바리공주에 나타난 전승집단의 의식과 교육적 의미」, 『설화·고소설 교육론』, 민속원, 2002, 384쪽.

다시 말하면 무속신화는 무속의례의 일환으로 존재하며, 무속의례는 신앙민들의 삶과 밀접한 관련을 맺고 있다. 관찰된 자료들은 무속지 형태의 기술은 물론, 동영상물로도 기록되고 정리되어야 한다. 따라서 자료의 보존과 효율적인 활용 문제에 대한 방안도 적극적으로 강구할 필요가 있다.

지금까지 논의를 종합하면 결국 문헌신화든 구비신화든 우리의 신화는 민족이 가진 상상력의 기본적인 틀과 문학 형식의 기본적인 구조를 담고 있다는 점을 부인할 수 없다. 문학교육은 이러한 신화교육에서 출발해야 하지만, 아쉽게도 우리의 교육현실에서 신화교육은 거의 불모지이다. 급별 학생들의 수준에 맞는 신화 제재를 적절하게 선택하여 그에 상응하는 교육이 이루어져야 한다. 신화가 선인들의 정서와 삶을 반영하고 있으며 후대에 발생한 문학들의 원형이 됨에도 불구하고, 교육현장에서 소외되고 있는 현실이 안타깝다.

한국인에게 한국 신화는 문학 소통 현상과 문학사의 총체적 조망, 지역 공동체 문화의 전승과 창조, 한국적 담화공동체의 구성원으로서의 자질 획득 등에 꼭 필요한 한국적인 것의 상징물로 존재하고 작용한다. 따라서 청소년기의 신화 체험은 우리의 내면에 평생토록 잠복하여 의식과 정서의 그림자로 자리 잡기도 하며, 다른 교육 내용의 수용과 더불어 인격 형성의 중요한 요소로 작용하게 될 것이다.

그러기 위해 문학적 상상력의 장으로서의 신화 교육과 그를 통한 언어 능력의 신장, 신화 교육이 창의력 사고에 미치는 영향, 말하기, 듣기의 언어영역으로서의 신화 교육 등을 효율적으로 수행하기 위한 다양한 방법들이 시도되어야 한다. 신화의 구연을 통한, 읽기와 쓰기를 통한, 다양한 매체를 활용한 지도방안 같은 것들도 지속적으로 개발되어야 한다.

신화를 통한 우리 문학에 대한 자주적인 이해와 올바른 가치관의 형성, 그것을 기반으로 한 한국문학의 이해는 세계문학으로서의 한국문학을 확고히 하는 데에도 이바지할 것이다. 즉 세계문학으로서의 한국문학으로 자리 매김하기 위해서는 한국문학의 원류로서의 신화에 대한 학습이 반드시 필요하다고 하겠다.

더구나 공유하는 신화를 통해서 형성된 단합된 민족의식은 분단된 남북이 한 민족으로서의 의식을 고취하는 데에도 중요한 의미를 가진다. 이런 의미에서도 올바른 신화교육에 대한 가치 인식의 확립과 역사의식이 수반된 신화의 교육 방안이 시급히 마련되어야 한다.

결국 오늘날 우리 민족이 안고 있는 삶의 문제는 신화적 삶의 양상으로부터 그 원인과 처방을 찾을 수 있으며, 내일의 우리 민족의 나아갈 길 역시 이로부터 찾을 수 있다는 확신이 필요하다. 즉 현 시대가 안고 있는 문제점을 실례로 들어 신화적인 삶과 비교, 강조함으로써 신화는 황당무계하고 허무맹랑한 것이 아님을 스스로 느끼게 하는 데에 주안점을 두어야 한다. 고대 신화주인공들의 삶을 통해, 학생들로 하여금 바람직한 삶의 양상과 방향을 스스로 깨닫게 함으로써, 학문과 삶을 접목시키는 교육 목표에 도달하게 될 것이다.

학생들의 지적 욕구를 충족시키기 위해서는 신화교육을 위한 현장 중심적 교과 교수법도 끊임없이 개발되어야 한다. 과제의 수행도 고민해야 한다. 대체로 신화의 중요한 모티프 중에서 학생들의 흥미를 유발할 수 있는 것으로 하면 무난하리라고 생각한다.

가르치는 이와 배우는 이가 분명한 지향점을 공유하고 하나의 호흡으로 나아가고자 할 때, 교육 현장이 안고 있는 한계는 극복될 수 있고 문제도 해결할 수 있다고 본다. 결국 신화교육은 다른 것에 우선하여 가르치는 이가 어떤 마음으로 배우는 이를 만나고 가르칠 것인가 하는 점이 선행될 때 완성의 길로 접어들 수 있다.

5. 맺음말

신화는 기원전부터 그리스에서 이미 연구의 대상이 되었고, 유럽에서는 중세 때부터 신화를 모든 학문과 문화의 원류로서 본격적인 연구가 진행되어 왔다고 한다. 19세기 이후 신화는 독립된 학문, 즉 신화학으로까지 취급되고 있으며, 현대에도 고고인류학은 물론 역사학, 민속학, 종교학, 철학, 정치학, 문학, 예술 등 모든 학문의 원류로서 깊이 연구되고 있기도 하다.

이제 신화연구자는 문학연구자와 문화연구자를 겸해야 한다. 신화는 그 자체로 존재하는 것이지만, 거기에는 종교, 역사, 문화, 철학 등 여러 요소들이 녹아 들어 있다. 이러한 신화의 올바른 교육을 통하여 학습자의 상상력, 창조력, 통찰력 등 사고구조에서의 변화가 실제로 가능한 것이다.

바야흐로 신화는 21세기 최첨단 과학을 비롯하여 상상력을 바탕으로 하는 각종 산업에서 두루 활용되는 미래지향적인 연구의 한 분야로 다루어지고 있다. 신화적 사고는 과학적 상상력과 유사하여 오늘날 우주공학 발전과 상관관계가 있고, 엄청난 수입을 올리는 애니메이션 산업, 디지털 산업 또한 신화적 상상력을 통해 많은 아이디어를 얻고 있는 실정이다. 신화를 통해 고대문화로부터 현재에 이르는 전통을 통찰할 수도 있고, 나아가 새로운 세계의 건설을 위한 창조의 계기로 삼을 수도 있을 것이다.

이 글은 신화가 교육현장에서 소외되어 있는 현실을 직시하여, 현재 준비 중에 있는 새로운 교육과정에서 신화교육이 제대로 자리하기를 기대하며 집필된 것이다. 다음에 이상의 논의를 정리하여 마무리하고자 한다.

첫째, 먼저 앞에서 신화교육의 필요성을 다양한 측면에서 역설하였다. 신화는 민족의 정서와 삶이 가장 원초적인 형태로 반영되어 있는 상징적 구조물이자, 모든 문학의 원형이요 모태로서 그 교육적 필요성과 중요성이 대두된다고 하였다.

둘째, 이어서 우리 신화를 문헌신화와 구비신화로 나누어 각각의 신화자료를 제시하고, 유형별로 대표적인 신화의 내용을 요약하여 살펴보았다. 그와 동시에 교육의 제재로 사용할 신화의 범위를 한정하고, 각각의 예를 들어 참고가 되도록 하였다.

셋째, 다음에는 제7차 교육과정에서 시행되고 있는 신화교육의 현황과 문제점들을 짚어보았다. 신화의 경우는 초·중·고를 망라해서 단군신화와 주몽신화 정도만이 현장에서 제대로 교육되고 있는 실정임을 지적하였다. 만약 학생들이 고등학교에서 문학을 선택하지 않는다면 단군신화도 접할 수 없고, 결국 신화교육은 중학교 과정에서 학습하는 '주몽신화' 단 한 편으로 그치게 되는 것이 문제이다.

넷째, 한국 신화의 교육적 의의를 다음과 같이 규명하였다. (1) 언어 능력 향상의 자료가 되어 말하기, 듣기, 읽기, 쓰기 등 의사소통 능력을 신장하게 된다. (2) 사고력과 상상력의 제고를 통하여 문학의 원류로서의 신화, 민족문학의 전개와 정수로서 의의를 가진다. (3) 민족정신의 원형 탐구와 선조의 정신세계를 계승함으로써, 민족의 동질성 회복과 주체성 정립에 기여할 수 있다. (4) 한국적 정서와 가치관의 함양과 심화를 바탕으로 현재적 삶의 풍요와 미래적 삶의 전망을 가능하게 한다. (5) 전통문화와 민족문화의 계승과 발전이라는 측면에서 다양한 문화 콘텐츠의 개발 자료가 된다.

이와 같이 신화교육은 신화를 통하여 보람된 정신세계를 누리고, 희망적인 미래를 지향하기 위해 필요불가결한 교육의 하나이다. 한국 신화를 통하여 우리는 선인들의 정신생활을 파악하고, 민족문학의 전개와 정수를 이해하며, 새로운 문학을 건설하는 방향을 선정하고, 확고한 민족적 주체성을 가질 수 있기 때문이다. 민족문화를 계승·발전시키며, 시대와 인간의 내면세계를 파악하여 인생을 풍요하게 하며, 오늘의 삶을 보다 슬기롭고 뜻있게 하기 위해서도 신화교육이 더 이상 학교 교육 현장에서 소외되어서는 안 될 것이다.

1. 자료

김진영·홍태한, 『서사무가 바리공주 전집 1·2』, 서울: 민속원, 1997.

김태곤, 『한국무가집 1』, 원광대민속학연구소, 1971.

______, 『한국무가집 2』, 원광대민속학연구소, 1976.

______, 『한국무가집 3』, 원광대민속학연구소, 1976.

______, 『한국무가집 4』, 경희대민속학연구소, 1979.

______, 『한국의 무속신화』, 서울: 집문당, 1985.

김태곤 외, 『한국의 신화』, 서울: 시인사, 1988.

김태곤·최운식·김진영 편저, 『한국의 신화』, 서울: 시인사, 1988.

김헌선, 『한국의 창세신화: 무가로 보는 우리의 신화』, 서울: 길벗, 1994.

문무병, 『제주도 무속신화: 열두본풀이 자료집』, 칠머리당굿보존회, 1998.

서대석, 『서사무가 1』, 서울: 고려대민족문화연구소, 1996.

______, 『한국의 신화』, 서울: 집문당, 1997.

손진태, 『조선신가유편』, 동경: 향토문화사, 1930.

松原孝俊. 『조선신화』, 일본 千葉市 神田外語大學, 1991.

연세대 국학연구원 편, 『고구려사연구II』자료편, 연세대출판부, 1988.

임석재, 『줄포무악』, 문화재관리국, 1970.

임석재·장주근, 『관북지방무가』, 문화재관리국, 1965.

______________, 『관북지방무가』(추가), 문화재관리국, 1966.

장주근, 『풀어쓴 한국의 신화』, 서울: 집문당, 1998.

장주근·최길성, 『경기도지역 무속』, 문화재관리국, 1970.

진성기, 『남국의 무가』, 제주: 제주민속연구소, 1968.

______, 『제주도 무가본풀이 사전』, 서울: 민속원, 1991.

최길성, 『한국무속지』1·2, 서울: 아세아문화사, 1992.

최남선, 「조선의 신화」, 『조선의 신화와 설화』, 서울: 홍성사, 1986.

최정여·서대석, 『동해안무가』, 서울: 형설출판사, 1974.

한국고대사연구회, 『한국고대사자료집』, 서울: 지식산업사, 1992.

한상주, 『한국인의 신화』, 서울: 문음사, 1986.

현용준, 『제주도 토산당굿』, 문화재관리국, 1966.

현용준, 『제주도무속자료사전』, 서울: 신구문화사, 1980.

현용준·김영돈, 『제주도 무당굿놀이』, 문교부, 1965.

현용준·현승환, 『제주도무가』, 서울: 고려대민족문화연구소, 1996.

2. 단행본

김문태, 『국문학연구와 국어교과교육』, 서울: 보고사, 2004.

김열규, 『한국의 신화』, 서울: 일조각, 1976.

서대석, 『한국신화의 연구』, 서울: 집문당, 2002.

윤이흠 외, 『단군─그 이해와 자료』, 서울대출판부, 1994.

윤철중, 『한국의 시조신화』, 서울: 보고사(증보판), 1998.

이복규, 『부여·고구려 건국신화 연구』, 서울: 집문당, 1998.

이상시, 『단군실사에 관한 문헌고증』, 서울: 가나출판사, 1987.

이지영, 『한국건국신화의 실상과 이해』, 서울: 월인, 2002.

장주근, 『제주도 무속과 서사무가』, 서울: 역락, 2001.

조동일, 『민중영웅 이야기』, 서울: 문예출판사, 1992.

______, 『동아시아 구비서사시의 양상과 변천』, 서울: 문학과 지성사, 1997.

표인주, 『공동체 신앙과 당신화 연구』, 서울: 집문당, 1996.

최진원, 『한국신화고석』, 성대대동문화연구원, 1992.

추엽웅·적송지성, 『조선무속의 연구(상)』, 대판: 옥호서점, 1937.

홍기문, 『조선신화연구』, 사회과학원, 1964.

3. 논문

강진옥, 「한국 구비신화 연구의 동향과 그 전망」, 『동아시아고대학』 제9집, 동아
　　　시아고대학회, 2004.6.

김기창, 「설화 교육의 연구성과와 의의」, 『설화·고소설 교육론』, 민속원, 2002.

김연호, 「주몽 이야기의 사적 전개와 그 의미」, 고려대석사학위논문, 1983.

이지영, 「한국 건국신화 연구의 동향과 그 전망」, 『동아시아고대학』제9집, 동아시아고대학회, 2004.6.

이현숙, 「바리공주에 나타난 전승집단의 의식과 교육적 의미」, 『설화·고소설 교육론』, 민속원, 2002.

장석규, 「구비문학 교육 현실의 진단과 처방(1)」, 『문학과 언어』21, 문학과언어학회, 1999.

______, 「구비문학 교육 현실의 진단과 처방(2)」, 『어문학』67, 한국어문학회, 1999.

______, 「구비문학 교육의 효용론」, 『구비문학연구 제8집』, 박이정, 1999.

최운식, 「설화의 이해와 교육」, 『설화·고소설 교육론』, 민속원, 2002.

『반교어문연구』 제29집(반교어문학회, 2010. 8)

2장

단군기사 자료의 검토

1. 머리말

고조선의 건국에 관련한 단군에 대한 기록은 역사의 첫 장을 여는 중요한 관심사였기에 문학은 말할 것도 없고, 역사학 · 고고학 · 민속학 · 종교학 · 철학 · 교육학 · 심리학 등의 각 분야에서 다각도로 진행되었다. 그러나 북한을 포함하여 국내외에서 2,000여 편의 논문과 800여 권의 저서[1]에도 불구하고, 단군신화에 대한 어떤 통일된 입장이 아직도 정리되지 못하고 있음은 주지의 사실이다. 오히려 백가쟁명 속에서 점점 그 본질이 훼손되고 왜곡되는 경향도 있지 않나 하는 의구심마저도 든다.

이에는 우선 사료가 풍부하지 않다는 결정적인 한계가 작용하고 있다. 영세한 자료나마 조심스레 다루어야 할 터이지만, 사료 비판이라는 명분 아래 기왕의 주요 자료들이 크게 손상을 받는 일도 허다하다. 그러다 보니 문헌자료들이 실상과는 많이 다른 모습으로 이해되는 요인으로 작용하기도 한다.

---

1) 동북아역사재단 편(2007), 『고조선 · 단군 · 부여 연구 논저 목록』을 보면, 부여가 포함되어 있어서 약간의 차이는 있을 수 있지만, 저서가 800 권이 넘고 논문이 2,200 편이 넘게 정리되어 있다(남북한, 중국, 일본, 기타). 현재는 4년 가까이 지났으니 논문과 저서 모두 더 늘었을 것으로 예상된다.

단군기사를 기록한 문헌은 100여 종을 헤아리지만, 대부분은 단편적인 기록에 그치고 있음을 본다. 그 중에서도 여말·선초의 자료들이 일찍부터 주목을 받아 온 것은 주지의 사실이다. 본고는 자료들의 실상에 대한 균형 있는 시각의 확보가 중요하다는 점에 착안하여, 여말·선초의 단군 기사 자료들을 '단군의 출자(出自)'와 관련된 부분을 중심으로 재검토함으로써 단군신화 이해의 시각을 근본에서부터 재정립해 보고자 한다.

아울러 이 문제를 여말·선초 단군에 대한 인식의 변화라는 관점에서 바라봄으로써 이해의 폭을 확장하려고 한다. 그동안 연구자들의 단군 이해의 관점이 이들 자료의 해석에서부터 달라지기 때문이다. 이것을 고려조의 자료와 조선 초의 자료로 나누어서 살피고, 이를 다시 단군 인식의 변천 과정의 역사적 입장에서 조명할 예정이다.

이 글은 먼저 그 중에서도 『제왕운기』를 『삼국유사』와 관련하여 재조명해 본 것이다. 전자의 단군 기사는 후자보다 좀 더 인위적이고 신화 또는 설화의 형식을 벗어나려 한 것으로 대부분 이해되고 있다. 즉 『삼국유사』의 것이 『제왕운기』의 기록보다 더 원형적인 자료의 성격을 지닌 것으로 파악하고 있는 실정이다. 물론 차이점을 인정하여 당시에 이미 계통을 달리하는 두 가지 유형이 있는 것으로 이해하는 학자들도 소수이지만 있기는 하다.[2] 본고는 바로 이 점을 집중적으로 검토하기 위해 집필된 것이다.

단군신화는 텍스트를 통해 전승되어 왔고, 그것은 실존했던 단군과는 다른 차원에 존재한다. 그러므로 "단군신화의 원형은 존재하지 않으며, 존재하는 것은 텍스트가 만드는 단군신화뿐이다. 즉, 단군은 '실존했던 단군'과 '텍스트상의 단군', 그리고 현재의 '우리들이 만드는 단군'으로 다차원적으로 존재하고 있다."는 견해[3]에 주목하고자 한다.

본고는 이 중에서 '텍스트상의 단군'을 근본적으로 재검토하는 것이 일차적인

---

2) 리상호(1963), 「단군고」, 『고조선에 관한 토론 논문집』, 과학원출판사, 182쪽.
   김영남(2008), 『시조 신화 연구』-한국신화학의 「근대성」 극복을 위하여-, 제이앤씨, 102~103쪽.
   특히 김영남은 두 기사가 다른 계열의 전승을 토대로 쓰여진 것임을 주장하며, 개작된 것이라는 근거가 없음을 주장하였다.
3) 김영남(2008), 위의 책, 96쪽.

목표이다. 각 자료의 서술 구조, 서술 내용, 표현의 차이 등을 차례로 살필 것이다. 고려조의 자료는 알려진 바와 같이 현재로서는 『삼국유사』와 『제왕운기』밖에 없다.

2. 서술 구조의 측면

단군 관련 기사(記寫)에서 핵심적인 논쟁이 되는 부분은 첫째, 단군의 탄생 기사와 둘째, 고조선의 시기 구분, 그리고 고조선 이후의 계통 등으로 요약된다. 이 문제에 대해서 『삼국유사』와 『제왕운기』로 대표되는 고려조의 기록에는 상당한 공통점이 있음에도 불구하고 또한 중요한 차이점도 공존하고 있는 것이 사실이다.

『삼국유사』는 1280년 무렵에 편찬된 것으로 알려져 있고, 『제왕운기』도 이보다 약간 뒤진 1287년(고려 충렬왕 13년)에 저술되었다. 두 책은 저술 연대에 큰 차이가 나지 않고 있어 13세기의 자료로 쌍벽을 이룬다.

주지하듯이 『삼국유사』〈고조선〉에는 고조선 역사의 기본이 되는 내용이 명료하게 기술되어 있다. 모든 자료들은 일연(一然) 자신의 의견들을 적은 것이 아니고, 각각의 사서들을 인용해서 옮기고 필요한 경우에 협주를 달아 놓았다. 그 가운데에도 『古記』의 내용이 일찍부터 주목되었다. 이에 비해 『제왕운기』는 『本紀』를 인용하여 주를 달아 놓았다. 다음에 각 자료의 실상을 보기로 하자. 논의를 위해 번역문과 원문을 함께 싣는다.

2.1 『三國遺事』와 『帝王韻紀』의 원문 검토

1) 『三國遺事』 卷一 '紀異' 〈古朝鮮(王儉朝鮮)〉

"『魏書』에 이르기를, '지금으로부터 2000년 전에 壇君王儉이 있었다. 그는 아사달(經에는 無葉山이라 하고 또는 白岳이라고도 하는데 白洲에 있었다. 혹은 또 開城 동쪽에 있다고도 한다. 이는 바로 지금의 白岳宮이다)에 도읍을 정하고 새로 나라를 세워 국호를 朝鮮이라 불렀으니 이것은 高와 같은 시기였다.'

『古記』에 이르기를, '옛날 桓因(帝釋을 말한다)의 庶子 桓雄이 천하에 뜻을 두어 인세를 탐구하더니, 아버지가 아들의 뜻을 알고 三危太伯을 내려다보고는 인간 세상을 널리 이롭게 할 만하다 하고, 天符印 세 개를 주어 보내어 그 곳을 다스리게 했다.(중략)熊女는 혼인할 이가 없어, 매번 壇樹 아래에서 잉태하기를 주원하였다. 환웅은 인신으로 假化해서 웅녀와 혼인을 하니 웅녀는 잉태하여 아들을 낳았다. 그를 壇君王儉이라 불렀다. 단군왕검은 唐高가 즉위한 지 50년인 庚寅年(堯가 즉위한 元年은 戊辰年이다. 그러니 50년은 丁巳요, 庚寅이 아니다. 이것이 사실인지 아닌지 의심스럽다)에 평양성(지금의 西京)에 도읍하여 비로소 朝鮮이라고 불렀다. 또 도읍을 白岳山 阿斯達로 옮기더니 弓(일명 方)忽山이라고도 하고 今彌達이라고도 한다. 그는 1,500년 동안 여기서 나라를 다스렸다. 주나라 虎王이 즉위한 己卯年에 箕子를 조선에 봉하니, 壇君은 藏唐京에 옮겨 갔다. 후에 아사달에 돌아가 그 산에 숨어 山神이 되었다. 壽가 1908세였다.

　　唐襄矩傳 … … (기자조선, 한사군)

　　通典 … … (한사군)"

"魏書云 乃往二千載有壇君王儉 立都阿斯達(經云無葉山 亦云白岳 在白洲地 或云在開城東 今白岳宮是) 開國號朝鮮 與高同時

　　古記云 昔有桓因(謂帝釋也) 庶子桓雄 數意天下 貪求人世 父知子意 下視三危太伯 可以弘益人間 乃授天符印三箇 遣往理之[中略]熊女者無與爲婚 故每於壇樹下 呪願有孕 雄乃假化而婚之 孕生子 號曰壇君王儉 以唐高卽位五十年庚寅(唐高卽位元年戊辰 則五十年丁巳 非庚寅也 疑其未實) 都平壤城(今西京) 始稱朝鮮 又移都於白岳山阿斯達 又名弓(一作方)忽山 又今彌達 御國一千五百年 周虎王卽位己卯 封箕子於朝鮮 壇君乃移於藏唐京 後還隱於阿斯達爲山神 壽一千九百八歲

　　唐襄矩傳 … … (箕子朝鮮, 漢四郡)

　　通典 … … (漢四郡)"

2) 『帝王韻紀』 下卷 '東國君王開國年代' 〈前朝鮮紀〉

"처음에 누가 개국하여 풍운을 열었던가.

　釋帝의 孫 이름은 檀君일세.

(『本紀』에 가로대, 上帝 桓因에게 庶子가 있었는데 이름이 雄이었다. 云云. 환인이 웅에게 말하기를 '삼위 태백에 내려가서 인간세상을 널리 이롭게 할지어다'라고 하였다. 이리하여 웅이 天符印 세 개를 받고 鬼 3천을 거느려 太白山 마루의 神檀樹 아래 내려왔으니 이를 檀雄天王이라 한다. 云云. 孫女에게 藥을 먹여 人身이 되게 하여 檀樹神과 혼인하여 아들을 낳으니 이름을 檀君이라 했다. 朝鮮의 땅을 차지하여 王이 되었다. 이런 까닭에 시라, 고례, 남북 옥저, 동북부여, 예와 맥은 모두 단군을 계승한 것이다. 1,038년을 다스리다가 阿斯達山에 들어가 神이 되었으니 죽지 않은 까닭이다.)

　堯임금과 같은 해 戊辰年에 나라를 세워

　舜을 지나 夏나라까지 왕위에 계셨도다.

　殷나라 武丁 8년 乙未年에

　阿斯達 산에 들어가 神이 되었으니,

(지금의 九月山이다. 구월은 궁홀, 또는 삼위라고도 부른다. 사당이 지금도 있다.)

　나라를 누리기 일천이십팔 년

　그 조화 釋帝 桓因이 유전한 일.

　그 뒤 일백육십사 년 만에

　어진 사람 나타나서 군신제도 다시 열었네.

(일설에는 이후 164년 동안은 비록 父子는 있었으나, 君臣은 없었다고 한다.)

(후략: 삼한→70여 국→부여→비류·····)"

"初誰開國啓風雲

　釋帝之孫名檀君

(本紀曰 上帝桓因有庶子曰雄 云云 謂曰下至三危太白 弘益人間歟 故雄受天符印三個 率鬼三千 而降太白 山頂神檀樹下 是謂檀雄天王也 云云 令孫女飮藥成人身 與檀樹神婚而生男 名檀君 據朝鮮之域爲王 故尸羅 高 禮 南北沃沮 東北夫餘 穢與貊 皆檀君之壽也 理一千三十八年 入阿斯達山爲神 不死故也)

　並與帝高興戊辰

　經虞歷夏居中宸

　於殷虎丁八乙未

入阿斯達山爲神

(今九月山也 一名弓忽 又名三危 祠堂猶在)

享國一千二十八

無奈變化傳桓因

却後一百六十四

仁人聊復開君臣

(一作爾後一百六十四 雖有父子無君臣)

(後略: 三韓→七十餘國→沸流‥‥)"

『제왕운기』 기록에 대한 비판은 "이것(『제왕운기』, 필자 주)이 후대의 조작인 것은 다음과 같은 불합리에서 나타난다. 즉 환인신이 손녀로 하여금 약을 먹고 인신이 되어 단수신과 더불어 혼인하여 단군을 낳았으면 단군은 환인의 증손자가 되기 때문이다. 그러나 태양신화에 있어서는 대개 천신의 손자가 나라를 세운 것으로 되어 있다.(중략)그러므로『삼국유사』에 인용된『고기』에 환인의 아들 웅(雄)이 잠간 인신으로 변하여 웅녀와 더불어 혼인하여 단군을 낳았다는 것이 이 신화의 원형이라고 볼 수 있다."4)는 견해로 대표된다. 다음에 이를 염두에 두고 논의를 전개하고자 한다.

먼저『삼국유사』의 서술 체계를 보면, 본문에서『魏書』,『古記』,『唐裵矩傳』, 『通典』을 차례로 인용하여 단군 관련 기술을 하고 있다. 여기서 핵심 내용은 『魏書』이고, 그를 입증하기 위해『古記』를 내세우고,『古記』 끝부분(기자조선과 한사군)을 뒷받침하기 위해서『唐裵矩傳』,『通典』을 끌어온 것이다. 따라서 일연의 서술 의도는 명백하다. 즉 '이천년 전 중국 요임금과 같은 때에 단군왕검이 아사달에 도읍하고 조선을 건국했다'는『魏書』의 사실이 중요한 것이고, 나머지는 입증자료에 불과하다.

다시 말하면『古記』는『魏書』의 내용을 받쳐주는 역할을 한다. 그렇다고『古記』의 가치와 의미가 퇴색되는 것은 아니다. 일연의 의중이 그러했다는 점을

---

4) 김정학(1990),「단군신화의 새로운 해석」, 이기백 편,『단군신화논집』, 새문사, 93～94쪽.

지적하는 것이다. 전체적인 배열 순서를 제외하고는 대체로 인용한 원전을 충실하게 전하는 것으로 판단된다. 그렇다면 본문 내용 자체에는 일연의 생각이 드러나지 않고 결국 본문의 배열순서와 각각의 주에만 일연의 생각이 담겨 있음을 알 수 있다.

반면에 『제왕운기』는 단군의 기사를 시로 노래하면서 필요한 부분에 주를 달고 있다. 그리고 주에서 『本紀』, 『檀君本紀』, 『東明本紀』 등의 기술을 활용하였다. 원래 시이기 때문에 시적 표현을 위해서 본문 자체에 이승휴가 의도한 변형과 굴절이 있음은 당연하다고 하겠다. 그런데 문제는 그 정도에 있다. 그동안 학계에서 이 시 부분은 그다지 주목되지 않고 주로 『本紀』 부분에만 관심이 쏠려 왔다. 그러나 『제왕운기』의 경우 본문인 시의 내용이 먼저 논의의 중심이 되어야 한다는 생각이다.

앞에서 본 바와 같이 『삼국유사』는 신화적 표현이 거의 없는 간단명료한 기술 즉, '단군의 조선건국 사실과 도읍, 시기'(『魏書』) 등 역사적 사실을 설명하기 위하여, 『古記』의 신화적 표현을 담은 내용을 끌어왔었다. 허나 『제왕운기』는 어쩌면 그와는 상황이 반대라고 할 수 있다. 본문인 시의 내용자체가 그대로 신화적인 요소를 거의 포괄하고 있기 때문이다. 서술구조를 분석하면 시 1,2행에서 '단군의 최초 개국 사실'을 노래하고, 『本紀』의 기술을 끌어와 주(註)를 달았다. 문제는 그 다음에 이어지는 시적 표현들이다. 단군이 산신이 된 것과 무려 1,028년 동안 나라를 다스린 것을 칭송하는 내용이 이어진다. 이것은 바로 직전 『本紀』의 핵심 내용을 그대로 전제하고 노래한 것이 된다.[5] 그러면서 이 모든 것이 환인의 조화라고 하였다.

여기에서 이상한 점은 시에서는 '환웅과 웅녀'의 존재가 전혀 노래되지 않고 있다는 사실이다. 이는 『本紀』의 인용에서 '웅과 손녀'의 행적만이 '云云'으로 생략된 이유를 짐작하게 해준다. 결국 이승휴에게는 '웅과 손녀'가 관심의 대상이 아니었거나, 아니면 의도적인 배제로 볼 수밖에 없는 것이다. 결과적으로 『제왕운기』에서는 '환인과 단군'의 역할과 치적이 크게 확대되면서, 이에 비해 '웅과

---

5) 이렇게 보면 『本紀』의 '理一千三十八年'와 詩의 '享國一千二十八'에서 10년의 시차가 나는 것은 단순한 誤記일 가능성이 높다.

손녀'의 사적은 축소 · 약화되었다고 정리된다.

3. 서술 내용의 측면

다음은 논쟁의 대상이 되는 각 문헌에서 인용된 『古記』와 『本紀』의 내용을 대비해 보기로 한다.

『고기』 부분의 내용은 한마디로 '환웅이 웅녀와 혼인하여 단군을 낳았다'는 것이다. 전체적으로는 ① 환인의 나라(환인이 환웅을 인세에 보냈다.) ② 환웅의 나라(환웅이 인세를 교화했다.) ③ 신웅의 나라(신웅이 입사식을 집전했다.) ④ 웅녀와 환웅의 혼인(웅녀가 환웅과 혼인하여 단군을 낳았다.) ⑤ 단군의 나라(단군이 조선을 건국하여 통치했다.) ⑥ 단군신앙(단군이 산신이 되었다.) 등이 된다.[6] 이것은 환웅과 신웅을 변별하는 입장에서의 구분이지만, 일반적으로 둘의 존재를 같은 것으로 보면 ②와 ③, 또는 ③과 ④를 함께 묶게 된다.

이를 바탕으로 신통보(神統譜)를 정리해 보면, '桓因(하느님, 天帝, 帝釋)—桓雄(天神族, 天王, 天帝子), 熊女(地神族, 神母, 天王)—壇君(神童, 始祖王, 天王之子, 天帝之孫, 釋帝之孫, 皇天之孫)'과 같이 정리되는데, 이른바 삼대기(三代記) 구조가 뚜렷하고도 일목요연하다.

이에 비해 『제왕운기』『본기(本紀)』 부분의 신통보는 '桓因(釋帝, 上帝)—孫女, 檀樹神-檀君(釋帝之孫, 始祖王)'으로 정리될 것이다. 그런데 이상한 점은 雄(檀雄天王)의 존재가 갑자기 사라지고, 웅녀가 아닌 손녀가 등장하여 단수신과 혼인하여 단군을 낳는다고 했다. 얼핏 삼대기 구조가 외견상 드러나지 않는다. 여기서 '손녀는 어떤 존재이며, 웅은 왜 사라지고 단수신이 등장하는가' 하는 의문이 든다.

필자는 그것이 웅이 곧 단수신이기에 가능하다고 본다. 웅은 태백산정 신단수에 내려오면서 단수신으로 좌정한 것이다. 그러기에 '단웅천왕'으로 불린 것이라고 할 수 있다. 이 때 웅은 환인의 나라 천신을 조상신=몸주신으로 모시는 샤만일 가능성이 높다.[7] 다음에 손녀는 환인의 손녀[8]로 보아야 하기 때문에 결국

---

6) 윤철중(1996), 「단군신화의 문단고」, 『증보개정 한국의 시조신화』, 보고사, 68쪽.
　　　　(1997), 「단군신화의 환웅과 신웅의 변별」, 『韓國渡來神話硏究』, 백산자료원, 285쪽.
7) 윤철중(1996), 위의 논문, 64쪽.
8) 여기서 桓因과 雄의 손녀가 모두 가능하나 문맥상 환인의 손녀로 보아야 할 것이다. 지금까지

웅이 다른 형제의 조카딸과 혼인한 것으로 이해되어야 한다. 고대에 왕권의 강화나 안정을 위해 자신의 딸을 다른 형제에게 결혼시키는 예는 얼마든지 발견된다. 신라를 거쳐 고려조에도 이러한 일은 당연하게 받아들여졌기 때문이다.

이제 위와 같은 검토를 바탕으로 『제왕운기』 단군 기사의 신통보를 다시 작성하면, 桓因(하느님, 釋帝, 上帝)—雄(天神族, 天王, 天帝子, 檀樹神), 孫女(天神族, 神母, 天王)—檀君(神童, 始祖王, 天王之子, 釋帝之孫)으로 정리된다. 이렇게 보면 부계로 볼 때, 『제왕운기』의 기사도 『삼국유사』와 마찬가지로 삼대기 형식을 잘 유지하는 것으로 판단된다.[9] 따라서 이를 『제왕운기』의 신통보에서 삼대기 구조가 흔들린 것으로 보고, 이것을 저자 이승휴의 어색한 개작의 결과로 지적하는 견해는 재고되어야 할 것이다.

두 기사의 가장 큰 차이는 삼대기가 아니라 손녀의 존재에 있다. 그러면 손녀의 존재에 대해 좀 더 부연해 보자. 손녀가 환인의 손녀라면 그는 하늘에 속한 존재가 된다. 그렇다면 단수신과 손녀의 결합은 천(天)과 천(天)의 결합이며, 이는 앞에서 언급한 것처럼 근친혼을 반영한다. 이것은 『삼국유사』의 천(天)과 지(地)의 결합과는 분명히 다르다. 만약 이승휴가 이 부분을 변개했다면 근친혼의 신화적 표현으로 손질한 것으로 보아야 할 것이다. 즉 단군의 왕권이 하늘로부터 기원했음을 더욱 강화한 것이라고 하겠다.

문제는 이것을 기왕의 논의대로 개작의 소산으로 볼 것인가, 아니면 또 다른 전승으로 볼 것인가 하는 점이다. 천지(天地)의 구조는 주몽신화에도 나오지만, 천(天)과 천(天)의 결합은 그 예를 우리 신화의 기록에서는 찾기 힘들다. 그러나 외국의 예는 찾을 수 있고, 거기에 두 기사가 인용한 책도 다르기 때문에 이것을 개작으로 보기보다는 두 가지 전승을 그대로 인정하는 편이 일단은 합리적이라는 생각이다.

여기에 『제왕운기』의 기록이 본문이 아니라 주(註)에 해당된다는 것도 참고할

의 논의는 주로 웅의 손녀로 보는 것이었다. 또한 孫女가 少女일 가능성도 있고, 熊과 孫의 초서체가 잘못 읽히거나 잘못 전사되었을 것으로 보는 견해(주승택, 「북방계 건국신화의 체계에 대한 시론」, 『관악어문연구』 제7집, 서울대 국어국문학과, 1982, 482~483쪽.)도 있지만 여기서는 논외로 한다.

9) 물론 모계로 보면 이것이 달라진다는 점은 앞으로 극복되어야 문제이다.

만하다. 본문이야 시적 표현을 위해 변형이 불가피하겠지만, 주는 인용된 책의 내용을 그대로 옮기면 되는 것이다.[10) 이 점은 『삼국유사』와 그 방향이 서로 반대라고 할 수 있다. 『삼국유사』는 오히려 주 부분에서 일연 자신의 견해가 표출되기 때문이다. 결국 전자가 '후래족과 선주족의 연합'이라면 후자는 '지배층의 내부적 결속'을 보여주는 내용이라고 하겠다.

한편, Muhammad Juwayni가 지은 『세계 정복자의 역사』에 들어 있는 'Boucou Khan의 출생에 얽힌 이야기'를 보면, 신화적 인물의 출자를 나무로부터의 탄생으로 표현하고 있다는 점에서 『제왕운기』의 단수신과의 결합도 신화적 사유로서 충분히 가능한 한 편의 기술임을 알게 된다.

> "족장들은 놀라서 이 기적을 이상하다고 여겨 두려워했다. 다섯 사람의 아이들은 공기에 닿자마자, 움직이기 시작하여 그 방에서 나왔다. 사람들이 음식을 바쳤다. 그러자 그들은 입을 열어 부모가 누구냐고 물었다. 사람들은 그들에게 두 그루의 나무를 가리켰다. 아이들은 그 나무로 가서, 마치 어린아이가 부모를 대하는 것같이 경의를 표했다. 나무는 입을 열어서 그들에게 아주 존중해야만 할 성질들을 함양하도록 충고하였고, 또 명예를 얻어 오랫동안 살기를 바랐다. 다섯 아이들은 그 지역의 사람들로부터 왕자와 같이 존경을 받았는데, (중략)위굴 사람들은 그들이 하늘에서 파견된 것이라고 여겨, 그들 가운데 하나를 군주로 삼기로 하였다. 보우코를 칸으로 선택하고, 커다란 제전을 열어 왕위에 앉혔다."[11)

다음은 앞부분의 서술 주체를 검토하여 『제왕운기』가 『삼국유사』에서 『세종실록』이나 『응제시주』의 중간적 단계로 보인다는 견해를 검토하기로 한다. 즉 『삼국유사』의 앞부분(昔有桓因·····遣往理之)은 처음부터 끝까지 환인이 주체인데, 이것이 『제왕운기』에서는 '환인'과 '웅'으로 나뉘고, 『세종실록』이나 『응제시주』는

---

10) 물론 『제왕운기』의 다른 주에서는 자신의 생각이 표출되기도 하는데,(東明本紀曰·····則此亦疑檀君之後也) 이 점은 달리 검토되어야 할 것이다. 여기서는 『本紀』의 경우, 일단 변형되지 않았을 가능성을 염두에 두고 논의를 전개한다.
11) 김화경(2005), 『한국신화의 원류』, 지식산업사, 181쪽 재인용. 참고로 무하메트 쥬와이니는 징기스칸의 손자로 알칸국을 세운 Hulagu 밑에서 역사를 기술하는 벼슬을 지냈다.

'웅'으로 나타나기 때문에, 뒤의 것들은 『삼국유사』의 기록을 생략·요약하면서 만들어진 문장처럼 보인다는 것이다. 그러면서 일연은 환인의 나라 일과 다음 단계의 환웅의 나라 일을 분명하게 구획하려는 인식이 작용했는데, 뒤의 기사에서는 이것이 깨졌음을 지적하고 있다.[12]

과연 그러한가. 먼저 이러한 지적은 뒤의 선초 두 문헌에는 타당하다고 생각된다. 이들은 여러 가지 면에서 고려조의 두 문헌에 비해서 생략과 요약, 변형을 많이 했고, 앞서의 기록을 참고했음이 비교적 용이하게 입증되기 때문이다. 하지만 『제왕운기』는 이와 달리 생략한 부분에는 분명하게 '云云'으로 표기하고 있다. 이것은 단군 관련 기사에서 두 군데가 나오는데, 모두 웅과 손녀의 구체적인 행적을 생략한 것이다. 이렇게 함으로써 단군 부모의 역할이 축소되고, 결과적으로는 환인의 주도적인 역할이 더욱 강조되었다고 하겠다.

그러나 이것이 이승휴가 의도한 결과인지는 확언하기 어렵다. 왜냐하면 『제왕운기』는 시이기 때문에 본문의 주(註)로 처리된 단군 기사가 지나치게 장황해지는 것을 피했다고도 볼 수 있다.[13] 그래서 웅의 일은 '云云'으로 건너뛰고 단군의 일로 넘어간 것으로 판단된다. 이러한 판단에는 시의 후반부에서 모든 것을 '환인의 조화'로 칭송한 것도 참고가 된다. 궁극적으로 여기서 확인해야 할 요소는 두 가지로 압축된다.

첫째는 이 과정에서 생략은 확인되지만, 요약이나 변개가 있었느냐 하는 점이다. 『삼국유사』의 단군 기사는 환인, 환웅, 웅녀, 단군의 이야기가 차례대로 기술되고 있다. 그 중에서도 단연 환웅과 웅녀의 이야기가 가장 구체적이고 서술의 중심을 이루는 구조를 갖는다. 즉 천부지모(天父地母)가 이야기의 핵심을 이루고 있는 것이다. 따라서 상대적으로는 환인과 단군의 기사가 간략해지고 말았다.

그런데 『제왕운기』의 기록은 특히 환웅과 웅녀의 내용이 대부분 '운운'으로 생략됨으로써, 『삼국유사』의 이러한 불균형이 해소되었다고 볼 수도 있다. 오히

---

12) 윤철중(1996), 앞의 논문, 69~70쪽. 해당 부분의 내용을 요약하여 제시한 것이다.
13) 『제왕운기』는 상하권으로 상권은 중국의 역사이고, 하권은 우리의 역사를 시로 노래한 것이다. 방대한 역사를 시로 담아내기는 쉬운 일이 아니었을 것이고, 당연히 시에서는 내용의 축약과 뒤섞임, 변개는 충분히 예상된다.

려 환인-웅(손녀)-단군의 이야기가 균형을 이루고 있음을 확인하게 된다. 어쩌면 이러한 균형 감각이야말로 이승휴의 단군에 대한 의식을 보여주는 것이라고 하겠다.

'令孫女飮藥成人身 與檀樹神婚而生男 名檀君' 부분은 특히 일찍부터 변개의 대표적인 예로 주목된 것이다. 이에 대응하는『삼국유사』의 기록은 '雄乃假化而婚之 孕生子 號曰壇君王儉'이다. 전자는 손녀가 인신으로 변했고, 후자는 웅이 인신으로 변한 차이가 있을 뿐이다. 굳이 변개가 있었다면 앞부분의 '令孫女飮藥成人身'이『삼국유사』에 나오는 웅녀에 관한 기사를 축약 내지 변개했을 가능성이다.

그러나 이 문제는『제왕운기』의 서술 태도로 볼 때, 바로 앞의 두 번째 '운운'에 웅과 손녀의 일이 함께 생략된 것으로 보면 해결될 것이다. 여기에서 '약(藥)'을 굳이 '쑥과 마늘'의 합리적인 변개로 추정할 근거는 별로 없어 보인다. 왜냐하면 두 번째 '운운'에서 생략된 내용이 반드시『삼국유사』의 기록과 일치하리라는 보장이 없기 때문이다.

둘째는 양자의 앞부분(환인의 기술)에서 보이는 서술 주체의 차이 문제이다.

『삼국유사』는 서술 주체가 환인으로 일관되고,『제왕운기』는 서술 주체가 환인과 웅으로 나뉜다고 보는 입장에 대해 검토하기로 한다. 먼저『삼국유사』에서도 서술 주체가 오히려 환인-환웅-환인으로 바뀌고 있음을 보게 된다. 중간의 '數意天下 貪求人世'는 주체가 환웅임이 분명하기 때문이다. 이에 비해『제왕운기』의 서술은 오히려 그 주체가 환인으로 일관되게 나타난다고 할 수 있다.

『제왕운기』에서 환인의 주도적인 역할은 환인-웅-손녀의 행위에부터 단군의 행적에까지 미치고 있기 때문이다. 즉 환인은 첫 번째 문장에서부터 '令孫女飮藥成人身'의 '令'의 주체로 작용하고 있는 것으로 보아야 할 것이다. 특히 마지막 문장의 주어를 웅으로 보는 것은 단수신의 존재가 별도로 설정되어야 하는 문제를 해결해야 하는 부담이 남는다. 어쩌면『제왕운기』의 이 일관성이야말로 역으로 변개의 가능성을 높이는 것은 아닐까. 하지만 이것은『제왕운기』에서 웅과 손녀의 일을 과감하게 생략했기에 기술이 간략해져서 일어난 결과일 가능성은 여전히 남게 된다.[14]

4. 표현상의 차이

끝으로 양자의 표현상의 차이를 정리해 보면 다음과 같다. 앞의 것이『삼국유사』의 표현이고, 뒤의 것이『제왕운기』의 표현이다. 각각에 대해서 간단한 입장을 부기하는 것으로 대신한다.

① 환인의 별칭 : 帝釋과 上帝(釋帝)

제석(帝釋)은 일연의『고기』주석에 있고, 상제(上帝)는『본기』의 본문, 석제(釋帝)는 시에 나온다. 일반적으로 '하느님'을 지칭하는 말로 제석과 석제는 불교적인 표현이고, 상제는 도교 내지 유교적인 표현이다. 특히 후자에 대해서는 면밀한 고증이 요구된다. 왜냐하면 이것이 유교적인 굴절로 보는 견해들이 상존하기 때문이다. 가능성은 있으나 일단 별개 전승의 결과로 추정한다.

② 환웅의 호칭 : 桓雄(神, 神雄, 雄)과 雄(檀雄), 桓雄天王과 檀雄天王

『삼국유사』에도 환웅을 웅으로 표현한 예가 있어서 큰 차이는 없지만, 신(神)과 신웅(神雄)이 환웅과는 별개의 존재인지 같은 존재인지는『삼국유사』의 단군기사를 이해하는 주요한 갈림길이 된다. 환웅과 단웅이 일부 논자들의 주장처럼 후자가 단군에 이끌린 것인지는 불분명하다. 조선시대에 그러한 변화의 예(단인, 단웅, 단군)가 발견되지만, 이를 이승휴의 의식적인 변개로 볼 근거로는 현재로서 생각하기 어렵다고 본다.

③ 웅녀의 호칭과 변신 : 熊女와 孫女, '곰→사람'과 '천신→사람'

앞에서 이미 상론했듯이 이것이 개작의 결과인지는 진지한 검토가 뒷받침되어야 할 것이다. 특별한 증거가 입증되지 않는 한 역시 별개 전승에 따른 결과로 판단된다.

---

14) 윤철중(1996), 앞의 논문, 80쪽. 여기에서『제왕운기』와『세종실록』에 같이 보이는 '令孫女飮藥成人身'의 주어를 '雄'으로 보아 신통의 계보에 혼란이 있고, 이 내용도『삼국유사』의 웅녀의 변신 내용을 축약한 것으로 보는 견해가 제시되어 있다. 이러한 입장은 이지영(『한국 건국신화의 실상과 이해』, 월인, 2000, 62쪽.)도 그렇고, 현재 대다수 논자들의 견해이기도 하다.

④ 단군의 호칭 : 壇君과 檀君, 王儉, 壇君王儉

'단'의 한자가 다르고, 단군왕검(壇君王儉)도『삼국유사』에만 나오는 표현이다. '壇'도 또한 다음의 ⑤와 같이 여러 용례에서 쓰인『삼국유사』만의 독특한 표현이다. 이에 대해서는 육당의 견해가 유력하지만, 역시 변개의 증좌로 보기는 어렵다고 생각한다. 이후의 모든 자료들에 한결같이 '檀'(박달나무 단)으로 나타나기 때문이다. '壇'이 다시 등장하는 것은 조선 후기의 일부 자료들에 와서의 일이다.

⑤ 壇과 檀 : 神壇樹와 神檀樹, 壇樹와 檀樹神

앞의 ④와 같다.

⑥ '率徒三千'과 '率鬼三千'

'徒'와 '鬼'가 인식의 차이를 반영하는 것인지, 과연 김시습처럼 神과 鬼를 구별한 것인지도 명확하지 않다. 따라서 이것이 변개에 의한 것인지 다른 전승이기 때문인지는 불분명하다.

⑦ 단군의 즉위년 : 요임금 50년(丁巳)와 요임금 즉위년(戊辰)

일연도 주석에서 의문을 표하고 있거니와 이후의 기사에서 무진(戊辰)으로 통일되어 나타나기 때문에 오히려 양자가 다른 전승이라는 좋은 증거가 될 수 있다고 본다.

⑧ 단군의 치세 기간 : 1,500년과 1,038년(1,028년)

앞의 ⑦과 같은데 다만 후자에서 10년의 차이는 단순한 실수로 보아야 할 것이다.

⑨ 단군조선의 영역 : 평양성·백악산·장당경 주변 지역과 시라·고례·남북옥저·동북부여·예와 맥

두 자료 간의 단군 인식에서 가장 큰 차이를 드러내는 부분이기도 하다.『제왕운기』의 '檀君之壽'를 어떻게 해석하느냐가 문제이다.『세종실록』에는 '檀君之理'로 되어 있어서 통치했던 것으로 굴절되었음을 보여준다. 하지만 이승휴의 의도는 이것들을 단군이 다스리던 강역이 아니라 단군이 여러 나라들이 흥망하

는 사이의 오랜 세월에 걸쳐 생존했음을 강조한 것으로 판단된다. 이것이 '壽'의 의미에 충실한 해석이라는 생각이다. 왜냐하면 바로 뒤에 열거한 여러 나라들의 임금이 단군을 계승한 것으로 노래되기 때문이다.

⑩ 기자의 동래 : 기자 동래→단군 천도, 단군 아사달산 입산 후 164년에 기자 동래

후자의 기술은『삼국유사』계열인『응제시주』에도 나오므로, 이 책이『제왕운기』도 참고했음을 보여준다. 기자와 단군에 관한 역사인식의 커다란 차이점이 발견된다. 이러한 차이도 결국은 임의의 변개가 아니라 서로 다른 전승에 말미암은 것으로 볼 수밖에 없다고 하겠다.『제왕운기』는 왕에게 바쳐진 저술이기 때문에 역사적 사실을 개인적으로 왜곡하기는 어려웠을 것으로 추정되는 것이다. 물론 시적 표현에 상상력이 어느 정도 허용되기야 하겠으나, 모든 사실은 일단 문헌 기록을 참조하여 이루어진 것으로 인정해야 하리라고 본다.

이상에서 확인하듯이『삼국유사』와『제왕운기』는 공통된 내용도 많지만 그에 못지않게 상당한 차이도 보이고 있다. 표현상의 이러한 여러 차이들은『제왕운기』가『삼국유사』의 내용에 변형을 가한 근거라고 하기보다는 서로 다른 별개의 전승에 바탕을 두었다는 사실을 더 잘 입증하는 것이라고 판단된다.

5. 맺음말

지금까지의 논의를 종합하면 결국『삼국유사』와『제왕운기』의 단군 기사는 서술의 대체적인 내용이나 인용 자료에 대한 태도에서 그렇게 큰 차이를 보이지는 않는다고 판단된다. 둘 다 모두『고기』와『본기』의 기록을 비교적 충실하게 전하고 있기 때문이다. 그렇지만 가장 큰 차이는 환웅(웅)과 웅녀(손녀)의 기술을 상세히 했느냐 생략했느냐에 있고, 둘의 결합이 천부지모인가 천부천모인가에 있다. 결국 주인공인 '단군의 탄생과 출자'가 서로 확연하게 다르다는 점에 주목해야 한다.

사실 이러한 차이는 역사학적·신화학적으로 매우 심각한 것이다. 현재 학계의 일반적인 입장은 대체로 후자가 전자의 내용을 변개했다고 보지만, 필자의 판단은 양자가 각각 별개의 전승을 전하는 것으로 볼 수 있는 가능성을 검토해 보았다. 특히 단군의 부모와 단군의 탄생에 관한 전승에서 그러한데, 이러한 두 전승 간의 간극이 의미하는 바는 후고를 기약하기로 한다. 만일 두 저술에서 인용한 『고기』와 『본기』가 같은 책이거나, 적어도 단군 기사의 내용이 거의 동일하다는 것이 충분히 입증되거나, 이승휴가 『삼국유사』를 참고한 사실 등이 규명되어야 이 문제는 확실하게 판명되리라고 본다.

근본적으로 불과 10년의 차가 나지 않는 자료를 두고 자료의 충분한 검토 없이 어느 하나를 후대적 변개로 보는 견해에 쉽게 동의하기는 어렵다는 생각이다. 따라서 동시에 어느 하나를 택하여 다른 것에 비해 신화적 원형에 가깝다는 입장도 현재로서는 제한되어야 할 것이다.

그렇다고 하더라도 『삼국유사』의 단군 기사가 가장 구체적이고, 신화적 속성을 많이 내포하고 있다는 사실은 여전히 그 가치를 갖는다. 고려 후기까지만 하더라도 단군 관련 문헌이 여러 종이 존재했었음이 분명하고 서로 내용도 다양한 편차를 보이며 전승되었음을 일단 인정해야 한다. 다만 의식적이든 아니든 간에 『제왕운기』의 기록은 『삼국유사』에 비해서 생략된 부분(웅과 손녀)에서의 중요한 신화적 내용들을 약화 내지 소멸시켰다는 비판을 면할 수 없음은 자명하다.

본고의 논지는 조선시대 초기에 편찬된 『세종실록』〈지리지〉 '평양부'의 『단군고기』, 『응제시주』의 『고기』, 『고려사』〈지리지〉, 『동국여지승람』 등을 재검토하여 보완되어야 할 것이다. 다시 한 번 강조하지만 기본적으로 단군의 탄생이나 단군조선의 건국과 관련된 여러 기사들은 일단 그 자체를 긍정적으로 검토할 필요가 있다.

참고
문헌

1. 자료

一然, 『三國遺事』
李承休, 『帝王韻紀』
『世宗實錄』〈地理志〉
權擥, 『應製詩註』

2. 저서

김영남, 『시조 신화 연구』-한국신화학의 「근대성」 극복을 위하여-, 제이앤씨, 2008.
김화경, 『한국신화의 원류』, 지식산업사, 2005.
동북아역사재단 편, 『고조선·단군·부여 연구 논저 목록』, 2007.
윤철중, 『증보개정 한국의 시조신화』, 보고사, 1996.
______, 『한국도래신화연구』, 백산자료원, 1997.
이지영, 『한국 건국신화의 실상과 이해』, 월인, 2000.

3. 논문

김정학, 「단군신화의 새로운 해석」, 이기백 편, 『단군신화논집』, 새문사, 1990.
리상호, 「단군고」, 『고조선에 관한 토론 논문집』, 과학원출판사, 1963.
윤철중, 「단군신화의 문단고」, 『증보개정 한국의 시조신화』, 보고사, 1996.
______, 「단군신화의 환웅과 신웅의 변별」, 『한국도래신화연구』, 백산자료원, 1997.
주승택, 「북방계 건국신화의 체계에 대한 시론」, 『관악어문연구』 제7집, 서울대
　　　　국어국문학과, 1982.

『도남학보』 제23집(도남학회, 2011. 9)

단군신화 교육의 전제와 방법

1. 머리말

우리는 언제부터인가 희랍이나 로마신화는 큰 자랑거리로 이야기하고 인용하면서도 우리의 단군신화[1]를 이야기하는 사람은 뭔가 시대에 뒤떨어진 사람처럼 취급하게 되었다. 심지어 일부 학생들은 단군신화를 피상적으로 알고 있거나 아무 의미가 없는 황당한 이야기로 돌리는 경향이 있기도 하다. 이는 그들이 단군신화에 대한 올바른 해석이나 이해를 돕는 교육을 제대로 받지 못했기 때문이라고 하겠다.

그렇게 된 데에는 학생보다 교육당국이나 교사에게 더 책임이 크다고 본다. 그 이유는 무엇일까. 먼저 교사 자신의 이해 부족과 적절한 지도 방법에 대한 안내와 성찰이 받쳐주지 못했기 때문일 것이다. 이에 더하여 입시 위주 교육의 병폐도 한 몫을 했을 것으로 추정된다.

사실 그동안 단군에 대한 연구는 다양하게 전개되어 엄청난 결과물이 쏟아져 나왔다. 처음에는 역사학적 접근으로 민족의 상고사에 대한 연구에 관심을 갖기

---

1) 『삼국유사』에는 '壇君'으로 되어 있고 기타 자료에는 대부분 '檀君'으로 나오기 때문에, 여기서는 편의상 후자를 따르기로 한다.

시작했고, 종교와 사상의 고유성, 연원성 연구에서도 성과를 이루어 왔으며, 교육학적으로도 민족의 미래지향적인 교육개발이라는 측면의 연구가 다양하게 진행된 바 있다. 한편 민속학과 문학, 고고학 분야의 연구도 상당하다. 단군신화는 정치, 경제, 문화, 보건, 사회, 교육, 천문, 지리, 신앙, 전쟁, 결혼, 연애 등 오늘날 사회 전면을 구성하고 있는 전반적 요소를 내포하고 있을 뿐만 아니라, 우리 민족의 신성관념과 세계관 및 고대의 사회규범을 함축하고 있기 때문이다.

그리하여 지금까지 2,000여 편의 논문이 쓰여졌고, 연구사를 정리한 논문도 여러 편이 된다. 관련 저술도 국내외 합하여 800여 권이 넘는 실정이다.[2] 여기에 근래 '단군학회'와 '조선력사학회'가 공동으로 주최한 '단군 및 고조선에 관한 남북공동연구'[3]가 책자로 발행되기도 하였다. 그 성과에 대한 공과는 차치하고라도 특히 북측의 연구들은 1993년 단군릉 발굴 이후부터의 연구가 이 책에서 집대성되었다는 의미를 갖는다.

사정이 이러하다면 단군신화 교육의 부실 문제를 교사들에게만 돌리기도 어려운 일이다. 관련 논문이나 저서들을 열심히 구하여 읽고 학생들을 가르치면 되겠지만, 그것은 특별한 관심과 열의를 가진 몇몇 교사들에게나 가능한 것이다. 그런데도 단군신화 교육에 관한 논문은 교육대학원 석사학위논문 몇 편과 각 교육과정의 개편에 따른 일부 논문 등이 있을 뿐이다.[4] 따라서 이 글은 지금까지 축적된 연구 성과 중에서 교육에 활용할 수 있는 요소들을 분석하고 정리하여, 일차적으로 교사들에게 필요한 지식과 정보를 제공하려는 목적에서 계획된 것이다.

---

2) 동북아역사재단 편, 『고조선·단군·부여 연구 논저 목록』, 동북아역사재단, 2007. 이 책에는 부여가 포함되어 있어서 약간의 차이는 있을 수 있지만, 저서가 800여 권이 넘고 논문이 2,200편이 넘게 정리되어 있다(남북한, 중국, 일본, 기타 포함). 현재는 4년 가까이 지났으니 논문과 저서 모두 더 늘었을 것으로 예상된다. 나머지 주요 연구 성과들의 세세한 주석은 위의 책으로 대신하기로 한다.

3) 단군학회, 『단군과 고조선 연구』, 지식산업사, 2005. 이 책에는 2003년 겨울에 시작하여 2005년 봄까지 진행된 남북 공동연구자 11명의 논문과 2차에 걸친 공동학술회의 발표 논문 등이 수록되었다.

4) 현재 2000년 이후 것만 보면, 류위자(「〈단군신화〉의 교육적 의미와 지도 방안에 관한 연구」, 부산교육대 교육대학원, 2001.)를 비롯하여 10여 편에 불과하고, 일반 논문도 문흥구(「단군신화 교육 방법론 연구」, 『새국어교육』 59, 한국어교육학회, 2000.) 등 역시 10여 편에 지나지 않는 것으로 조사되었다.

"한 민족의 신화는 그 민족의 문화를 이룩해 온 '틀'이나 '테'를 이루고 있는 원형이요, 오늘의 그 어떤 무엇을 깊이 있게 말해 줄 수 있는 근원어(根源語)"5)라는 점에서, 단군신화는 우리 민족의 유구한 민족사와 문화를 뒷받침하는 자료이다.

과거 일본인 학자들은 단군 및 그에 대한 기록은 고조선과 무관한 것으로서 후대, 그 중에서도 고려시대에 날조된 것이라는 견해를 보였다. 이는 오늘날에도 일본학계에서 받아들여지고 있으며, 일부 국내 학자에 의해서도 되풀이되고 있지만, 수긍하기 어려운 부분이 있다. 즉 단군신화에 등장하는 웅호(熊虎)의 신화요소는 동북아시아의 시조신화와 상당한 관련성을 보이고 있고, 단군신화가 우리의 다른 건국신화에 비해서 더 고풍(古風)이 유지된 점이 있기에 그러하다. 아울러 과연 고려사회에서 그러한 조작이 있었는지도 불분명하기 때문이다.

신화는 흔히 '신성한 이야기'로 정의되는데, 무엇에 대한 신성인가가 문제이다. 신화에는 신성한 과거, 즉 그 민족이 신성하다고 생각하던 지난날의 어떤 사건이나 사물들이 상징적으로 서술되어 있다고 볼 수 있다. 곧 원시 및 고대인의 세계관, 인간관 등이 집약된 것이다. 그러기에 신화는 인간 행동의 전형적 모델이며, 현실 생활의 근거가 되는 지식으로도 활용된다. 인간의 모든 관습적 행위는 신화라는 근원적인 동기에서 설명되는데, 우리에게는 단군신화가 바로 그런 자료에 해당한다.

주지하듯이 단군신화는 우리 민족 최초의 국가인 고조선의 건국신화로서, 특히 다음과 같은 점에서 우리에게 주요한 유산이 된다. 첫째, 고조선에 관해 우리가 가지고 있는 거의 유일한 기록이라는 점이다. 둘째, 한국사의 시원을 거슬러 올라가 판단해 볼 수 있는 근거를 제공한다. 단군신화는 한국사의 출발을 기자(箕子)까지만 다루고 있는 중국측 자료 이상으로 소급할 수 있는 자료로서 의미를 갖는다. 셋째, 단군신화는 신화이기 때문에 오히려 원형에 가까운 자료로 사용하게 된다는 점이다. 여기에는 과거 우리 조상들의 우주와 인간, 그리고 문화에 대한 지식이 결집되어 있는 만큼, 우리 민족 고유의 사고방식을 살펴볼 수 있는

---

5) 김열규, 『한국의 신화』, 일조각, 1978, 120쪽.

자료이기에 중요하다.[6] 아무튼 인간이 인간으로 만족하지 않고 신들의 세계를 꿈꾸는 한 신화는 계속 읽혀질 것이고, 또 만들어질 것이다.

이 글은 무엇보다 신화의 연구와 교육에 관심을 가진 한 사람으로서, 중등학교 일선 교사들의 '단군신화 교육'에 실질적인 도움을 주고자 집필되었다. 단군신화의 교육은 각급 학교에서 이루어지고 있고, 관련 교과도 국어와 문학을 비롯하여 한문·국사·사회·도덕·국민윤리 등에 두루 걸쳐 있다. 이 중에서 고등학교 문학 교과서에 수록된 단군신화를 대상으로 자료의 실상과 이해, 단군신화의 교육적 전제와 교육 방법 등을 차례대로 논의하고자 한다. 왜냐하면 고등학교 과정은 일반 교육과정에서 단군신화 교육의 최정점에 위치하고 있기 때문이다. 전자가 연구자로서의 조언이라면, 후자는 같은 교육자로서의 제안이기도 하다.

먼저 자료의 실상과 그 이해에서는 현행 18종의 고등학교 문학 교과서와 교사용지도서, 단군신화를 전하는 문헌들을 검토하기로 한다. 단군신화의 교육적 전제는 그동안의 연구 성과를 바탕으로 현행의 2007년 교육과정과 2012학년도부터 적용될 2009년 개정 교육과정, 특히 2011년에 확정·고시된 고등학교 교육과정, 국어과 교육과정[7] 등을 참고하여 제시될 것이다.

이어서 단군신화의 교육을 통하여 새로운 문화를 창출하는 데 기여할 수 있는 방안을 제안해 보기로 한다. 그런데 현재는 교육과정이 바뀌는 과도기이기에, 새로운 교육과정에 따른 바람직한 교수·학습 방법의 방향을 제안하는 정도에 그칠 수밖에 없다는 한계를 갖는다. 교육의 문제는 정답이나 모범답안보다는 항상 상황에 따른 최선의 제안과 현장에서의 적용이 중요하다는 점에서, 본고가 일정한 기여를 할 수 있을 것으로 기대한다. 무엇보다 장차 새로운 교육과정에 따른 교과서나 교사용지도서의 집필이나 편찬 등에도 일조하리라고 본다.[8]

---

6) 설중환, 『상상+단군신화』, 우리겨레, 2006, 15~16쪽.
7) 교육과학기술부(2011. 08. 09), 교육과학기술부 고시 제 2011-361호(별책 4와 5)
8) 이 점에서 이 글은 과도기적인 시론이다. 2011년 고시된 교육과정에 따르면 앞으로 단군신화는 고등학교 국어Ⅰ·Ⅱ, 문학, 고전 중의 하나에 수록될 것으로 판단된다. 그에 따른 약간의 보완이 불가피할 것이나, 그렇다고 단군신화의 자료가 바뀌지 않는 한은 전면적인 수정을 요하지는 않을 것이다. 한편 2009년 개정 교육과정에 따라 2012학년도부터 적용될 교과서에도 일부의 '문학 Ⅱ'에 단군신화가 실려 있다.

2. 자료의 실상과 이해

여기서는 크게 문학 교과서와 교사용지도서, 전승 자료의 순서로 각각의 현황을 살펴 이해를 돕고자 한다.

2.1 문학 교과서와 교사용지도서의 실상과 이해

현재 단군신화는 고등학교 국어과의 선택과목인 문학 교과서 18종 가운데 14종에 『삼국유사』의 〈고기〉 부분을 번역하여 일부, 혹은 전체를 실어 놓고 있다. 이 중에서 선택의 비중이 높은 것은 천재교육·디딤돌·두산·금성출판사 등의 교과서인데, 천재교육에는 단군신화가 수록되어 있지 않기에 나머지 3종의 수록 현황과 교사용지도서의 내용을 각각 간단히 비교해 보기로 한다.[9)]

〈표 1〉 문학 교과서(3종)의 단군신화 수록 현황

	디딤돌	두산	금성출판사
본문 이전 학습의 주안점	1. 상고시대의 문학 [원시~통일 신라 시대의 문학 1. 단군신화 : 건국이념과 신성성, 역사성 및 한민족의 대표 신화	1. 한국문학의 모색과 정립 (1) 공동체 형성과 말의 문학 1) 단군신화 : 단군의 탄생과 연원, 신성성과 홍익인간의 이념[활동의 포인트] 단군신화의 상징적 의미 이해, 신성혼의 성격 이해, 단군신화의 이념 파악	1. 민족문학의 형성 (3) 단군신화 : 천신의 후예, 민족적 자부심, 민족문학적 의의
본문 이후 학습활동의 주안점	친해지기-곰과 호랑이의 이미지 꼼꼼히 읽기-환웅의 권능과 신성성 시야 넓히기-단군신화	감상의 심화-환인 또는 환웅의 욕구, 여성적 생명력, 민족적 대립과 분열 방지, 전승집단의 신앙 〈더 읽을 작품〉 ① 신화의	〈작품 수용〉-민족정신과 사상의 원천, 민족 서사문학의 모태, 홍익인간, 조선 건국, 민족의 긍지와 자부심

---

9) 유선형, 「단군신화의 텍스트 이해와 교육 방안 연구」, 성대교육대학원 석사학위논문, 2004, 35쪽. 참조. 18종의 분석은 이 연구에 미루고, 본고는 교과서에 수록된 현황 제시와 이해가 목적이기에 3종에 국한하기로 하였다. 다음 장에서는 이러한 분석을 참고하여 단군신화의 교육적 전제와 교육 방법을 도출하고자 한다.

와 후대 문학과의 관련성	신성성과 관련하여 : 「동명왕신화」, 「박혁거세신화」 ② 신화의 변용과 관련하여 : 「제왕운기」, 「가락국기」〈작품 속으로〉 ① 곰, 호랑이와 관련된 신화의 인과와 암시적 의미 ② 단군신화의 상징적·현대적 의미	〈심화학습〉-단군신화의 구조 ① 3대기 구조 ② 천부지모형 구조

이를 보면 본문 학습 이전과 이후의 주안점의 제시에서 두산과 금성출판사가 비교적 상세하고, 디딤돌은 상대적으로 소략한 편이다. 금성출판사의 경우는 〈심화학습〉 이후에도 〈참고자료〉-기록자 일연, 『삼국유사』, 「단군신화」와 「동명왕신화」의 구조 비교 〈더 읽을 거리〉-①『삼국유사』에 실린 「단군신화」와 관련하여 이승휴의 『제왕운기』, ② 건국신화와 관련하여 「동명왕신화」, 「박혁거세신화」, 「김알지신화」, 「석탈해신화」〈학습활동〉-① 신화의 내용 학습 ② 신화의 상징적 의미 학습 〈목표 학습〉-① 신화의 창작 배경과 의의 ② 인물에 대한 평가 〈창작학습〉-짧은 이야기 짓기 등을 제시하고 있어서 가장 구체적이고 자세하게 구성되어 있다. 특히 〈창작학습〉의 제시는 개정된 교육과정과 관련해서 주목을 요한다.

전체적으로 각 교과서가 비중을 두고 다루어야 할 내용들이 다르고, 그 중에서도 본문 이후의 학습활동 내용들이 많은 차이를 보이고 있음을 알게 해준다. 이러한 교과서의 구성에서 무엇보다 아쉬운 것은 문화의 창조와 관련된 안배가 극히 일부에서만 보인다는 점이다. 이에 대해서는 4장에서 구체적으로 다루기로 한다.

다음에는 위 3종의 해당 교사용지도서를 분석하기로 한다. 이는 교사들에게 지침이 되고, 교수·학습에 실질적인 도움을 주는 것이기에 중요한 것이다.[10]

---

10) 현재 18종의 문학교사용지도서 중에서 13종의 지도서가 단군신화를 다루고 있는데, 대부분 '한국문학의 흐름'에서 단군신화를 소단원으로 다루고 있다.

뿐만 아니라 실제 교육현장에서의 교육이 교사용지도서에 제시된 내용이나 방법의 수준과 범위를 넘어서기가 쉽지 않다는 점에서도 검토할 필요가 있다. 이런 의미에서라도 교사용지도서의 편찬에 많은 정성과 배려가 있어야 하고, 거기에는 시대의 요구를 반영한 다양한 교육방법들이 제시되어야 함은 물론이다.

<표 2> 문학 교사용지도서(3종)의 비교

	디딤돌	두산	금성출판사
대단원	상고시대의 문학	문학의 변동과 문학의 대응	민족문학의 흐름
중단원	원시~통일신라 시대의 문학	한국문학의 모색과 정립(소단원: 공동체 형성과 말의 문학)	민족문학의 형성
지도상의 핵심, 유의점, 활동의 포인트	서사적 줄거리에 대한 이해, 서사적 내용의 상징성에 대한 이해, 등장인물의 신성성과 주요 인물의 행적이 갖는 상징성, 역사의 발생과 민족사적 관점에서 본 주제의 특성, 민족문학의 원류	1. 단군신화의 상징적 의미 이해 2. 신성혼의 성격 이해 3. 단군신화의 이념 파악	1. 신화의 신성성 이해 2. 민족의 긍지와 자부심 고취 3. 부여신화, 고구려 건국신화, 고려 건국신화로 계승

이를 살펴보면 디딤돌과 두산의 교사용지도서가 단군신화의 신화적 이해와 문학적 이해에 초점을 두었다면, 금성출판사의 것은 민족적 정체성 교육에 맞추어져 있다. 그것은 단군신화를 '민족문학의 흐름과 형성'의 시각에서 다루었기 때문에 당연한 결과로 보인다. 그러나 교육 현장에서 민족적 자부심과 긍지 등 정체성에 관한 교육이 실제로 고등학생에게 얼마나 실효를 거둘 수 있을 지는 의문이다. 더구나 단군신화 교육에서 고려되어야 할 여러 교육적 전제들이 제대로 구현되었다고 보기는 어렵다.

여기에 대부분 1시간으로 배정된 단위 시간은 겨우 자료의 해석 정도에서 단군신화의 교수·학습이 끝나게 된다는 심각한 문제점을 갖는다. 이는 나아가서 단군신화 자료를 활용한 문화 창조 교육을 원천적으로 가로 막는 장애로 작용한다. 담당 교사의 재량으로 반드시 1시간 정도의 교육 시간을 더 확보해야 할 것이다.

2011년 8월 9일에 고시된 교육과정에는 공통 교육과정이 제9학년(중3)까지 끝나고 고등학교는 전체를 선택 교육과정으로 편성하였다. 국어교과는 일반 과목으로 국어Ⅰ, 국어Ⅱ, 화법과 작문, 독서와 문법, 문학, 고전 등 6과목으로 구성되어 있다. 이와 더불어 예술 교과의 심화 과목으로 국어와 관련된 문학개론, 시창작 입문, 소설창작 입문 등 7과목이 제시되어 있음을 본다. 이것은 대학의 문학 관련 교양과목들이 대폭적으로 고등학교 과정에 내려옴으로써 장차 문학에서 창작 교육이 강화될 것임을 시사한다.

이에 따라 앞으로 새로운 교과서와 교사용지도서가 편찬되어 2013년부터 연차적으로 고등학교에 적용될 예정이다. 현재 단군신화는 선택과목인 문학(하)에 실려 있어 한정된 학생들만 학습하고 있는 실정이고, 2012년부터 적용되는 문학 교과서에도 일부 '문학 Ⅱ'에만 수록되어 있다.[11]

그러므로 단군신화의 경우, 앞으로의 교재 개편에서는 고등학교 '국어Ⅰ'이나 '국어Ⅱ'의 문학 제재로 선정되기를 제의한다. 이들 과목은 장차 대다수의 고등학교에서 필수로 선택될 것으로 예상되기 때문이다. 이보다 바람직하게는 국민 공통기본과정인 중학교 3학년의 '국어'에 실리기를 바란다. 그래야만 보다 많은 학생들에게 단군신화 교육의 혜택이 돌아가게 될 것이다.

---

11) 2012학년도부터 적용되는 '문학 Ⅱ' 교과서(14종)는 현재 출판이 진행 중이어서 현황 제시가 어렵지만, 필자가 나름대로 14종을 확인할 결과 '주몽신화'와 '단군신화'가 각각 서로 다른 6종에 실려 있다. '주몽신화'의 수록이 늘어난 것은 환영할 만하지만, '단군신화'는 현행의 18종 가운데 14종에 수록된 것과는 많은 차이를 보인다. 이는 단군신화교육의 후퇴이며 실로 위기라고 여겨진다. 이것이 본고 집필의 근본적인 동기이다.

2.2 전승자료의 실상과 이해

다음에는 전승자료들을 살펴보기로 한다. 단군 관련 기사를 전하는 문헌자료
는 100여 종이 넘지만, 일연의 『삼국유사』, 이승휴의 『제왕운기』, 권람의 『응제
시주』, 『세종실록지리지』, 『신증동국여지승람』 등이 주요 자료로 꼽힌다. 이들
문헌 중에서 가장 오래된 것이 『삼국유사』이다. 그리고 『삼국유사』는 『위서』,
『고기』 등 전대 문헌을 인용하여 기술하고 있다. 그런데 『삼국유사』 '고조선조'
의 기록과 『제왕운기』, 『세종실록지리지』의 기록은 서로 차이를 보이고 있다.
가장 중요한 차이점은 단군의 혈통에 대한 기술이다. 『삼국유사』에서는 '환웅
과 웅녀가 혼인하여 단군이 탄생하는 것'으로 되어 있는데, 『제왕운기』에는 '단
수신이 환인의 손녀와 혼인하여 단군을 낳은 것'으로 되어 있다. 『세종실록지리
지』에도 『제왕운기』와 같은 단군의 출생담을 싣고 있다. 그러나 이들은 모두
단군이 신성한 혈통의 소유자이며, 마지막에 아사달 산신이 되었다고 한 점에
서는 공통된다.

한편 『삼국유사』와 『제왕운기』의 단군에 대한 인식은 그 이전 시대와 크게
변별된다. 그것은 단군이 건국한 고조선을 한국사의 출발로 설정하고 단군을 그
개국시조로 본 것이다. 이들에 의해서 단군은 한국사 최초의 개국시조로 새롭게
인식되게 되었는데, 그렇다고 국조(國祖)로서의 단군 인식이 이들 문헌에서 처음
으로 제시된 것은 아니다. 이들은 『고기(古記)』, 『본기(本紀)』 등 기존 문헌의 내용
을 전재했기 때문인데, 이 시기에 국조로서의 단군의 위치가 공인되고 확정되어
가는 전후 사정만은 분명하게 알 수 있다.[12]

『삼국유사』의 『고기』 인용 부분은 적어도 세 부류의 존재에 대해서 언급한다.
즉 환인, 환웅으로 지칭되는 ① 천신족, 웅호(熊虎)로 대표되는 ② 지상족, 그리
고 웅녀와 단군 등의 ③ 인족이 그것이다. ①은 태양(해)·밝음(광명)·햇빛·새빛

---

12) 서영대, 「단군숭배의 역사」, 『단군·단군신화·단군신앙』, 고려원, 1992, 49~51쪽. 여기에서
　　논자는 12세기 중엽에서 13세기 말엽에 국조로서의 단군인식이 성립된 것은 "첫째, 단군이
　　삼국시대 이전에 실재했던 존재로 전해지고 있어 역사성을 가진다는 점, 둘째, 신성한 그의
　　혈통은 고려의 자주성과 우월성을 뒷받침할 수 있다는 점, 셋째, 고려에서 개경 못지않게 중시
　　되던 평양과 관련을 가진 까닭에 비교적 일찍부터 중앙에까지 알려졌을 것이라는 점" 등을
　　들고 있다.

(東光)을 숭배하였고, ②는 곰과 호랑이를 숭배하였고13), ②와 ③은 각각 다른 방식으로 ①에 동화되었음을 보여준다.

단군신화가 "하느님의 자손·아들이라고 생각하는 해(太陽) 토템 부족인 '한(桓·韓·Han·Hoan)'부족의 수장 '환웅'이 무리 3천을 이끌고 주도하여 곰 토템 부족인 '맥(貊)' 부족 및 범 토템 부족인 '예(濊)' 부족과 결합하여 '조선(고조선)'이라는 최초의 고대국가를 건설했다는 사실을 전해주는 구전역사"14)라는 견해도 참고할 만하다.

그런데 대다수의 많은 연구자들은 이 중에서 『삼국유사』의 『고기』 부분을 단군신화의 원형 내지는 그에 근사한 것으로 보고 있다. 그래서 현행 문학 교과서에도 이것을 번역하여 싣고 있는 것이다. 교육을 위해서는 최선본을 대상으로 해야 하겠지만, 『제왕운기』와의 차이점은 교육 현장에서 반드시 참고자료로 언급될 필요가 있다고 본다. 그것은 양자가 단군의 탄생과 관련된 두 가지 전승에 해당된다는 점에서 그러하다.15)

단군신화를 보면 고조선 사회에서는 천신의 지상으로의 하강, 웅녀의 변신, 신들의 신성결혼, 단군의 출생, 고조선의 건국 등을 구송하거나 극적으로 재연(再演)하는 제의를 치렀을 것으로 추측된다. 이를 정기적으로 반복함으로써 단군의 초월성과 신성성이 재확인되었을 것이며, 또한 공동체의 풍요와 안녕을 믿고 기원했을 것이다. 즉 단군신화는 왕권의 신성성과 정통성을 확보하려고 그것이 하늘에서 비롯되었음을 말해주는 천강신화16)의 하나이다. 특히 『삼국유사』의 자료는 이러한 특성이 잘 드러나 있는 자료이기에 중요하다.

신화 주인공의 '신이적 탄생'은 우주와 자연 질서의 개시라는 의미를 가지며, 그들의 혼인은 신혼(神婚)이고, 이는 천지(天地)의 결합과 개벽(開闢)을 재현하는 것

---

13) 『後漢書』〈東夷列傳〉에 "貊夷는 熊夷이다."라 했고, 또한 "(濊)는 범을 신으로 여겨 제사지낸다."고 한 것이 참고가 된다.
14) 신용하, 「한(韓, 朝鮮)민족의 형성과 단군에 대한 사회사적 고찰」, 단군학회, 앞의 책, 2005, 400쪽.
15) 이에 대해서는 졸고, 「단군기사 자료의 재검토 I」(『도남학보』 제23집, 도남학회, 2011.)을 참고할 것.
16) 천강신화에는 해모수, 박혁거세, 수로, 동명, 주몽 등의 신화가 있는데, 이들 중에는 일광감생 신화와 난생신화적 요소들이 겹쳐져 있기도 하다.

으로 관념된다. 그들의 탄생은 곧 그들의 운명을 지시하며, 그들의 결합은 우주
의 원초적 상태로의 복귀를 의미한다. 이는 곧 새로운 신화적 계기 즉 천지개벽
을 동시에 실현하는 것이다.[17] 환웅의 인세 하강과 웅녀와의 결합, 단군의 탄생
은 이상과 같은 의미를 갖는다.

단군은 마지막에 아사달로 들어가 산신이 되었다. 이를 달리 말하면 아사달
산신은 단군이고, 단군의 이야기는 아사달 산신의 유래를 푸는 산신본풀이로 전
승되었음을 말한다. 산은 지상에서 높은 곳으로 하늘과 가까운 곳이기에 천신이
하강할 때 가장 먼저 도달하는 지상의 공간이다. 그래서 천신이 바로 산신이
되기도 한다. 그런가 하면 천신은 바로 시조의 조상이라는 점에서 국조로서 조상
신의 성격도 가진다. 이런 점에서 단군은 국조로서 고조선의 조상신이면서, 고조
선의 도읍인 아사달지역을 관장하는 산신이고, 그 본래 속성은 천신이라고 할
수 있다.[18]

종합하면 결국 단군신화의 교육은 이상과 같은 교과서, 교사용지도서 및 전승
자료들의 실상과 그 이해를 바탕으로 설계되고 교육되어야 할 것임은 자명한
일이다.

3. 단군신화의 교육적 전제(前提)

고려를 거쳐 조선에서 널리 공인된 단군에 대한 국조로서의 인식은 특히 근대
에 들어서서는 제국주의 열강의 침략에 직면하여 민족생존의 문제가 긴박하게
떠오르면서 단군이 다시 대중적으로 부활함을 본다. 근대 한국 민족교육에 부과
되었던 1차적 과제의 하나는 한국인으로 하여금 민족적 정체성과 소속의식을
각성시키고, 심화·확산된 '우리의식'을 바탕으로 민족성원을 통합하는 한편, 민
족독립을 위한 투쟁역량을 극대화시키는 문제였다.

단군신화는 바로 그 방편으로 채택되어 적극적으로 연구·교육되었다. 이러
한 근대 민족교육에서의 계몽·보급에 힘입어 단군은 '반만년 유구한 역사'와 '단

---

17) 황패강, 『한국신화의 연구』, 새문사, 2006, 19쪽.
18) 서대석, 『한국신화의 연구』, 집문당, 2002, 25쪽.

일민족의 배달겨레', '홍익인간'의 민족이념 등 긍지 높은 민족의식의 근거를 제
공하는 존재로서 대중의식 속에 정착하였으며, 나아가서는 근대 한국 저항민족
주의를 지탱한 중요한 정신적 지주로서의 역할까지 하게 된 것이다.[19]

이제 위와 같은 요소들을 고려하여 오늘날의 단군신화 교육에서 전제되어야
할 항목들을 규명해 보기로 한다.

단군신화에는 고조선이 건국되는 과정과 당시의 우주론, 세계관, 인간관 등이
잘 나타나 있을 뿐만 아니라, 한민족 본래의 정체성과 자의식의 원형이 상징적으
로 담겨져 있다. 우리가 단군신화를 읽고 가르쳐야 하는 이유가 바로 여기에 있는
것이다. 그러나 이 이야기를 겉으로 드러난 그대로만 읽으면 많은 의문이 생긴다.

"환인은 하늘에 사는 하느님인지, 우리는 서자의 후손인지, 환웅이 어떻게 하
늘에서 땅으로 내려올 수 있었는지, 천부인(天符印) 세 개는 과연 무엇인지, 일본에
천황이 있듯이 환웅천왕처럼 우리에게도 천왕(天王)이 있었는지, 풍백 · 우사 · 운
사는 어떤 사람들인지, 360여 가지의 일이란 구체적으로 무엇인지, 곰과 범이
과연 사람이 될 수 있었는지, 왜 곰만 사람이 되었고 또 하필 여자가 되었는지,
동물을 사람으로 만드는 쑥과 마늘, 동굴은 무엇을 가리키는지, 오늘날도 민간에
서 지키고 있는 삼칠일(三七日)과 백일(百日)의 의미는 무엇인지, 웅녀는 왜 결혼을
하려고 했는지, 단군은 무당인지, 조선은 정말 '조용한 아침의 나라'인지, 사람이
1,908년이나 살 수 있는지, 나아가 사람이 산신이 될 수 있는지"[20] 등등 수많은
의문들이 꼬리를 물고 일어날 것이다.

교사에게는 학습자가 가질 수 있는 이러한 의문들을 풀어주어야 할 의무가
있다. 그러기 위해 교사의 입장에서는 우선적으로 1) 신화자료의 이해, 2) 역사
교육, 3) 정체성 교육, 4) 단군민족주의, 5) 단군 신앙, 6) 국어교육, 7) 문학교육
8) 문화 창조 등과 관련한 다양한 교육적 전제들이 확립되어 있어야 할 것으로
판단된다.

---

19) 정영훈, 「단군의 민족주의적 의미」, 『단군 · 단군신화 · 단군신앙』, 고려원, 1992, 110쪽.
20) 설성경, 앞의 책, 27쪽.

3.1 신화자료의 이해와 관련하여

먼저 전제되어야 할 것은 '단군신화는 환(幻)이 아니라 성(聖)이요, 귀(鬼)가 아니라 신(神)'[21]이라는 인식이 필요하다. 자료의 실상을 제대로 이해하도록 교육하는 일은 학습의 가장 중요한 기본이기 때문이다. 다음에 단군신화의 내용에서 학습할 항목들을 단락별로 확인해 보기로 한다.

① 환웅의 강림('홍익인간'과 '재세이화')－"옛날에 환인의 아들 환웅이 있었는데 항상 천하에 뜻을 두고 인간세상을 탐내거늘 아버지가 아들의 뜻을 알고, 삼위태백을 내려다보니 인간을 널리 이롭게 할 만하였다.(중략)그는 풍백, 우사, 운사를 거느리고 곡식, 수명, 질병, 형벌, 선악 등 무릇 인간의 360여 가지 일을 맡아서 다스리고 교화하였다."

여기서 '홍익인간'이란 농경민들이 농사를 잘 지어 잘 먹고 잘 살게 하는 일이라고 하겠다. 환웅이 인세를 탐한 것은 홍익인간의 웅지(雄志)를 펼칠 만하였기 때문이다. 널리 인간을 이롭게 하는 인세의 삶이야말로 천상의 삶보다도 사후의 복록보다도 가치 있게 여긴 것으로, 이는 곧 천상적 존재의 변신이라 할 만하다.

② 웅녀의 변신(성년입사식)－"곰과 호랑이는 한 굴에 살고 있었다. 그들은 항상 신웅(神雄)에게 빌기를 '원컨대 사람으로 변하게 해 주소서'하였다.(중략)곰과 호랑이가 이것을 받아서 먹고 금기하기 삼칠일 만에 곰은 여자의 몸이 되고 호랑이는 능히 참지 못하여 사람이 되지 못하였다."

이 부분은 지상적 존재의 변신으로, 짐승들의 왕자로 군림하는 웅호(熊虎)도 환웅처럼 '탐구인세(貪求人世)'한 것이다. 다만 이들의 행위는 인세에 편입되기를 희망했다는 점에서 환웅과는 차이를 보인다. 이 이야기는 하나의 완성된 인격이 형성되어가는 과정을 상징적으로 말해주는데, 이것을 흔히 성년입사식으로 설명한다.

③ 단군의 탄생－"웅녀는 자기와 혼인하여 주는 이가 없으므로 항상 신단수 아래서 아기 갖기를 빌었다. 환웅이 잠깐 변하여 그와 결혼하고 아들을 낳으니

---

21) "然亦初不能信之 意以爲鬼幻 及三復耽味 漸涉其源 非幻也乃聖也 非鬼也乃神也"(李奎報, 『동국이상국집』)

그를 일러 단군왕검(壇君王儉)이라 하였다."

천상을 마다하고 인세에 내려온 환웅과 곰이 변신하여 인세에 편입된 웅녀가 결합하여 단군이 탄생하니, 천(天)과 지(地)가 합일하여 인(人)을 이루는 이야기이다. 이러한 이야기는 사람이라는 존재가 지상에 살면서 천상을 지향하고, 동물적인 바탕을 가지고 있으면서도 신적인 요소를 지향하면서 살아가는 존재라는 것을 알려준다.

④ 단군의 건국과 산신화─"단군은 요임금이 즉위한 지 50년인 경술년에 평양에 도읍하고 이를 조선이라 불렀으며,(중략)후에 아사달에 돌아와 숨어서 산신이 되었다. 나이 1,908세였다고 한다."

도읍지와 국호, 천도지, 통치 기간을 적시하였으며, 마지막에는 아사달 산신(山神)이 되었다는 내용이다. 즉 이 부분의 이야기에서 단군이 1,908세를 살고도 산신으로서 여전히 인세에 관여함을 알 수 있다. 위대한 인물은 죽어서도 이승을 떠나지 않는다는 한국인의 생사관을 알게 해 준다. 또한 이것은 단군이 환웅을 계승하여 '홍익인간(弘益人間)과 재세이화(在世理化)'를 실현했음을 의미한다.

3.2 역사교육과 관련하여

당연한 말이지만 단군신화는 신화로서 교육되어야 한다. 신화는 긴 시간의 역사적 사실들을 비유와 상징을 동원하여 하나의 짧은 이야기로 압축해서 표현한 것이다. 따라서 교사는 이 압축 파일을 신화로서 하나하나 풀어나가는 자세가 요청된다. 오늘날 단군과 고조선의 역사적 실체에 대한 인식은 혼란스러울 정도로 다양하고, 그것은 사회적 대립으로 표출되기까지 하고 있다.

단군을 실재하지 않은 존재로 보는 견해부터 기원전 24세기에 조선을 건국한 실존 영웅으로 여기는 견해까지, 또한 단군민족주의를 적극적으로 주창하는 사람부터 단군의 의의에 대해 소극적이거나 적극적으로 거부·부정하는 입장 등 그 인식과 태도상의 편차가 상당하다.

현재 한국 고대 사학계 주류의 입장은 '국가형성은 청동기시대에 들어서야 가능한 일이고, 그 시기도 올려 잡아도 기원전 13세기를 넘지 않는다'는 것이다.[22]

따라서 이들은 고조선과 단군의 관련성에 대해서도 적극적인 언급을 피한다. 한편 일부 사학자들과 '재야학계'로 불리는 일련의 그룹은 단군의 기원전 24세기 고조선 건국의 사실성을 더욱 강하게 신뢰하기도 하는데, 그들은 문헌과 유물의 부족을 『규원사화』 등의 재야사서를 적극 수용하여 채우고 있는 실정이다.

그런데 단군신화의 교육은 이러한 역사적 논쟁으로부터 어느 정도 거리를 두어야 한다. 단군 관련 기록들을 실제의 역사로 보거나 날조된 것으로 보는 극단적 입장에서 탈피하여, 문학 텍스트의 하나인 신화로 대하는 유연한 태도가 요구된다. 신화는 고대인들의 상상력의 소산이기 때문에, 이러한 전제가 학생들에게 보다 객관적이고 공정하게 단군신화의 내용을 교육할 수 있는 길이 될 것이다.

3.3 정체성(正體性) 교육과 관련하여

다음은 단군신화에서 구현된 사상의 핵심이 '홍익인간(弘益人間), 재세이화(在世理化)'라는 점을 고려해야 한다. 이것은 정체성 교육과 관련하여 중요하게 전제되어야 할 요소이다. 이에 대한 소수의 부정적 견해도 있지만, 대다수는 인본주의적 관점에서 긍정적으로 해석하는 것이 일반적이다.[23]

단군신화에 들어 있는 가치관과 사상은 '① 사람이 역사의 주체임을 밝히고 있다. ② 사람들이 더불어 행복을 누리는 사회를 목표로 하고 있다. ③ 현세에 낙원을 꾸미는 것이 그 목표였다. ④ 모든 것을 화합과 조화로 보고자 하였다. ⑤ 사물의 구성 요소와 발전 과정을 셋으로 보았다. ⑥ 사람은 행복을 얻기 위해여 금기를 통한 수련과 건강식을 통한 섭생이 필요하다고 생각하였다. ⑦ 사람이 실천해야 할 구체적인 도덕규범이 있었다.'[24] 등으로 요약될 수 있다.

이중에서 특히 홍익인간의 이념은 단군신화에서 신시 및 고조선 건국과 관련하여 환인·환웅·단군이 함께 공유했던 사상이다. 이는 1920년대에 들어서서 민

---

22) 주류학계의 입장을 대변한다고 할 수 있는 동북아재단의 홈페이지에 제시된 고조선의 모습이 그 하나의 예이다.
23) 이것들을 불교의 '중생구제(衆生救濟)'의 불교적 색채로 보는 부정적 견해가 제기된 바 있다. (이상시, 『단군실사에 관한 고증연구』, 고려원, 1990, 129쪽.)
24) 긍정적인 입장은 육당 최남선 이후 대부분의 학자들이 동조하고 있다.(윤내현, 「고조선의 종교와 사회 성격」, 단군학회, 앞의 책, 2005, 54~58쪽.)

족주의적 국학자들이 주목하기 시작했고, 근래에는 통일민족국가를 이끌 수 있는 기본이념으로까지 관심을 끌고 있다. 이것은 인본주의·인간존중·복지·평등·민주주의·사랑·봉사·공동체정신·인류애 등 인류사가 추구해 온 보편적 가치들과 상통하는 것으로 해석되었으며, 해방 뒤 교육법을 제정할 때 신국가의 교육을 이끌 기본이념으로 채택된 것이기도 하다.[25]

참고로 북한에서는 홍익인간을 '환웅시대의 이념으로서 공동체 추장인 환웅이 공동체 성원들을 다스리기 위한 통치 이념'으로, '권력과 계급이 발생한 역사적 시기의 통치 이념'[26] 등으로 보고 있기도 하다.

3.4 단군민족주의와 관련하여

앞서 본 바와 같이 단군이 민족의 시조로 새롭게 인식된 것은 고려 말 무렵이다. 이는 당대의 시대적인 배경과 밀접한데, 이전에는 단군이 단지 평양과 같은 특정지역의 수호신 정도로 인식되었다고 한다. 그러나 몽고의 침략을 겪으면서 일연, 이승휴 같은 지식인들에 의해 역사적 상황을 극복하기 위해 민족적 결속력을 뒷받침할 수 있는 근거로서 단군이 강조된다. 그런데 후대로 올수록 환웅에 대한 인식은 상대적으로 희박해지는 반면, 단군이 더욱 부각되는 것은 우리 역사의 존재를 확인하고 특히 그것이 중국의 역사와 구별되는 독자적인 역사임을 내세울 필요에서 비롯된 것이다.

그러므로 단군신화의 교육은 위와 같은 전통적인 단군인식, '단군민족주의'[27]의 전승과 그 배경에 대한 이해 등을 바탕으로 해야 한다. 한국사를 통하여 단군은 민족사의 출발선상의 존재로 인식되어 왔고, 이런 전통은 문헌기록만 보더라도 적어도 700년 이상 오랜 역사를 갖고 있다. 그러한 사고의 형성요인은 ①

---

25) 정영훈, 「홍익인간이념의 유래와 현대적 의의」, 정영훈 외, 『홍익인간이념 연구』, 한국정신문화연구원, 1992.
26) 최영식, 「단군신화의 시대적 배경」, 단군학회, 앞의 책, 2005, 555쪽.
27) 정영훈, 「단군 민족주의의 의미」, 『단군·단군신화·단군신앙』, 고려원, 1992, 109쪽. 이에 의하면 단군민족주의란 '단군의 건국을 민족사의 출발점으로 상정하고 단군의 자손, 단일민족이라는 정체성 인식에 토대하여 민족의 통일과 발전을 추구해 온 일련의 역사의식-사상-운동'을 의미한다.

한민족이 오랜 역사를 통하여 공유해온 혈연적·문화적·정서적 측면의 동질성, ② 단군건국을 사실로 기록한 사료의 존재와 그에 대한 믿음, ③ 단군민족주의적 인식을 계승·확산시켜온 사상적 흐름의 존재 등을 들 수 있다.[28]

이와 관련해서 그 진실성 여부를 떠나 1993년 단군릉 발굴을 발표한 후 북한에서 전개되고 있는 단군 대부활 현상도 주목할 필요가 있다. 남한에서도 여러 단체들이 단군민족주의를 살려내기 위한 노력을 나름대로 전개해 오고 있는 사실도 참고가 된다. 중요한 것은 단군민족주의가 시대에 따라 그 의미와 역할이 달라져 왔지만, 오늘날에도 제한적으로나마 여전히 유의미함을 전제하고 교육이 이루어져야 한다는 것이다. 이는 통일 이후의 남북 공동체의 결속을 위해서도 필요한 일이다.

3.5 단군신앙과 관련하여

단군신화 교육은 단군숭앙을 둘러싼 사회적 대립으로부터도 일정한 거리를 두어야 한다. 현재 단군과 고조선에 대한 인식상의 갈등은 그를 교육현장에 어떻게 반영하느냐의 문제에서 더욱 치열한 것 같다. 이 점은 특히 단군신앙과 관련해서 교사가 유의해야 할 부분이다.

여기에 최근 한 단군숭앙 단체가 국민의 민족정신을 고취한다는 취지 아래 단군상을 만들어 각급 학교에 설치하자, 일부 개신교인들이 물리력을 동원하여 이를 파괴하고 나선 일련의 사건들이 있었다. 교사는 누구보다도 이 문제의 핵심을 정확하고 공정하게 이해하여 객관적인 입장을 견지해야 한다. 무분별한 설치도 문제지만 무차별적 파괴도 결코 바람직한 것은 아니다.

이러한 현실은 우리의 단군 인식이 중대한 기로에 놓였음을 보여주는 것이기도 하다. 오늘날 단기연호는 폐지되었고, 홍익인간의 교육이념은 하나의 장식품으로 전락했으며, 정부가 아직 개천절 기념행사를 주관하지만 다른 국경일에 비해 형식적인 행사에 머물고 있음을 본다. 단군에 대한 사회적 공감대와 인식이 변화하고 있다는 증거이기도 하다.

---

28) 정영훈, 「남과 북의 단군인식과 단군숭앙」, 단군학회, 앞의 책, 2005, 170~172쪽.

문학교육, 특히 신화교육에서는 자기의 생각만이 진리라는 종교적 독단주의
의 위험성을 늘 경계해야 한다. 오히려 불교적인 작품을 기독교 신자가 즐길
수 있고, 기독교적인 작품을 무신론자도 즐길 수 있다는 점을 교사는 강조해야
할 일이다. 우리가 단군신화를 학습하는 것은 종교를 초월한 민족적 자긍심과
관련된 것이기 때문이다.

3.6 국어교육과 관련하여

신화의 교육은 당연히 더 큰 범주에서 설화교육, 구비문학교육, 문학교육, 국
어교육에 귀속됨은 당연하다. 그것은 신화가 설화를 포함한 구비서사 갈래에 속
하기 때문에, 신화교육의 구안이 넓게는 국어교육이나 문학교육의 틀에서 이루
어져야 함을 의미한다. 그러나 신화가 내포하는 의미망은 언어나 문학의 범위를
크게 웃돌고 있음도 잊지 말아야 한다. 이것은 신화교육이 보편성에 기초하면서
도 동시에 독자성을 고려하는 방향에서 계획되고 실행되어야 하는 이유를 뒷받
침해 준다.

2007 국어과 교육과정에서 세부목표의 '가'항은 창조적 사용의 국어 능력 신장
을 강조하였고, '나'항에서는 담화와 글의 비판적이고 창조적인 수용·생산을 명
시하였으며, '다'항은 국어 문화의 창조를 강조하였다. 이는 2009 개정 교육과정
에서도 큰 차이가 없는데, 다만 창조성이 더욱 강화되어 특별활동과 재량활동을
'창의적 체험활동'으로 통합되어 있음이 특징적이다.[29] 앞으로 단군신화의 교육
방법도 이와 같은 국어교육의 목표나 '창조적 체험활동'에 부합하는 방향에서
강구되어야 함은 두말할 필요가 없다.

더구나 국어교육은 지식만을 가르치는 교육이 아니라 사람됨을 가르치는 교
육임도 명심해야 한다. 그 형식에 있어서는 타인을 이해하고 자기를 표현하는
방법이 중심이 되며, 그 본질에 있어서는 사람됨을 바탕으로 수행되는 것이기
때문이다.[30] 따라서 말하기, 듣기, 읽기, 쓰기 등의 이해와 표현 교육과의 통합적

---

29) 교육과학기술부(2011. 08. 09), 『국어과 교육과정』[별책 5], 3쪽.
30) 김인환, 『문학교육론』, 한국학술정보, 2006, 80~82쪽.

인 관점에서 수업설계가 이루어져야 할 것이다.

3.7 문학교육과 관련하여

선택과목으로서 '문학' 과목의 교육은 '국어' 과목의 일반적 목표와 '국어' 과목 중 '문학' 영역의 목표를 기반으로 함은 당연하다. 2009 개정 교육과정 '문학 II'의 교육목표를 보면, 전문에서 문학 이해와 경험, 자아, 공동체의 범주를 설정하고 각 범주들이 밀접하게 연관되도록 설정되어 있음을 볼 수 있다. 학습의 주요 목표를 문학 이해, 문학 경험, 문학적 태도로 제시하였고, 실제 맥락에서의 문학 이해와 경험을 바탕으로 한 문학 활동이 궁극적으로 자아실현과 공동체의 발전에도 기여한다는 점에 초점을 두었다. 이러한 점은 단군신화의 교육에서도 방법적으로 중요하게 고려되어야 할 요소로 판단된다.

하지만 현재 2012년부터 적용될 문학 교과서들이, 2007 교육과정을 보완한 2009 교육과정을 바탕으로 설계되어 있어서 당분간은 혼란이 불가피한 실정이다. 결국 문학의 경우 2016년부터는 문학 교과서가 한 권으로 줄고 단위수도 줄게 되면서 그에 따라 점차 단군신화가 교과서에 수록될 입지는 더욱 좁아질 것으로 예상된다. 앞으로는 이에 대한 대비도 서둘러 강구되어야 한다.

이 문제를 근본적으로 해결하기 위해서는 단군신화가 고등학교 '국어 I'이나 '국어 II'에 수록되거나, 아예 중학교 '국어' 교과서에 실려야 할 것임을 다시 강조하게 된다. 장차 고전 교육이 강화되는 것은 분명히 바람직한 일이지만, 과목의 성격상 단군신화가 고전 교과서에 실릴 가능성은 적을 것으로 전망된다.[31] 그렇다면 단군신화는 앞으로도 지금처럼 여전히 문학 교과서의 제재로 채택될 것으로 예상할 수 있는데, 신화 연구자나 교육자들이 뜻을 모아 교과부 등에 그 대책을 건의할 필요가 있을 것이다.

---

31) 이러한 관점에서 앞으로 2009년 교육과정에 의한 교과서 편찬에서도 단군신화가 '국어 I'이나 '국어 II'의 제재로 채택될 가능성도 여전히 낮다고 할 수 있다. 이미 일부 선보인 2009년 개정 교육과정에 의한 문학 교과서에는 '문학 II'에 단군신화가 실려 있는데, 단군신화의 수록이 이전보다 줄고 상대적으로 주몽신화가 늘어난 현상이 눈에 띈다. 이것도 향후에는 '문학' 교과서가 한 권이기 때문에 더 줄어들 것으로 보인다.

3.8 문화 창조와 관련하여

오늘날은 문화콘텐츠가 산업이 되는 시대이다. 부존자원이 절대 부족한 우리로서는 문화산업을 적극적으로 육성하여 활용해야 한다. 이 때 콘텐츠의 원형이 되는 신화의 중요성은 아무리 강조해도 지나치지 않는다. 그러기에 우리 신화의 발굴과 복원뿐만 아니라 신화교육도 더욱 강화해야 할 것이다. 신화 자료는 사고력, 상상력, 창의력 등의 신장에 더 없이 훌륭한 자료이기 때문이다. 아울러 국어교육이나 문학교육이 지향하는 바가 궁극적으로는 새로운 문화 창조에 기여함을 그 교육목표로 하고 있기 때문이기도 하다.

지금까지 단군신화는 단조로운 구성으로 인해 문화콘텐츠적 가치를 발견하기가 쉽지 않은 자료였다. 그러나 〈태왕사신기〉에서 단군신화를 활용하면서 단군신화의 문화콘텐츠로서의 가능성을 보여주었다. 즉 신화를 과감히 역사와 연결시킴으로써 우리의 신화와 역사에 대한 새로운 지평을 개척한 것이다. 이전에 없던 단군이나 광개토대왕을 드라마화하면서 획기적인 시도를 선보였다고 하겠다.

앞으로도 이와 같은 실험은 계속 확대될 것이고, 한류의 바람을 타고 더욱 활발한 콘텐츠의 개발이 요구될 것으로 전망된다. 따라서 학교교육에서 이를 뒷받침하는 교육이 이루어져야 하고, 그것은 결과적으로 문화콘텐츠로서의 신화교육이 바탕이 되어야 할 것이다. 이에 대해서는 다음 장에서 상술하기로 한다.

4. 단군신화 교육의 방법적 제안

앞에서 단군신화 교육의 전제 요소들을 살펴보았는데, 이것들은 교육현장에서 구체적인 교육 방법으로 구현될 때 그 의미를 갖게 될 것이다. 그런데 오늘날 한국교육은 과거와는 현저하게 다른 여건과 과제를 안고 있다. 민족적인 가치와 함께 인류 보편적인 가치가 더불어 강조되어야 하며, 민족 통합과 사회의 결속이라는 목표와 개인의 자아실현이 동시에 추구되어야 할 때이다.

그동안 한국 교육계가 고민하던 민족주의적 문제 상황은 아직도 완전히 해소되지 않았다고 생각된다. 이와 관련한 사회적 갈등도 여전히 존재하는 것이 현실이다. 국제사회는 여전히 민족 단위의 약육강식이 계속되고 있으며, 어쩌면 그것은 인류 역사의 본질적 속성으로도 여겨지기 때문이기도 하다.

이런 의미에서 근대에 대두된 민족 주체성과 민족 통합의 문제는 지금의 한국 교육에도 주요한 과제로 남아 있으며, 그 해결 방안의 하나로 활용되었던 단군신화의 유용성도 당분간은 유효하다고 판단된다. 민족 분단이 지속되고, 국론의 분열이 가중되며, 교육의 국적 부재 현상이 지속되는 현실을 보면 더욱 그러하다. 이렇게 보면 단군이라는 교육의 제재는 우리 민족과 교육이 당면한 과제를 이행하는 데, 비록 충분조건은 되지 않지만 적어도 필요조건의 하나임에는 틀림없다.

현재 교육과정에 따라 교과서가 개편되는 과도기이기에, 주로 1차시에 행할 자료의 이해, 교육적 전제에 대한 방법적인 탐구는 기왕의 논의로 미루기로 한다. 여기서는 다만 교사가 2차시부터 시도할 수 있는 문화 창조를 중심으로 하여 앞으로 문학교육이 지향할 '창작과 문화콘텐츠로의 활용' 방안을 제시하고자 한다. 이러한 작업은 학생들의 흥미 유발과 전통의 계승·발전이라는 측면에서 의미를 가질 것으로 생각된다. 즉 문학 교육의 진행 방향이나 문화 창조와 관련된 다양한 매체의 활용을 단군신화 교육의 방법의 하나로 제안하려는 것이다.

현대의 많은 사람들은 신화가 오늘날의 인간 생활과는 별다른 관련이 없다고 생각하지만, 한편에서는 신화를 통해 인간의 근원을 찾으려 하기도 하고, 신화에서 얻은 모티프로 새로운 창작물을 꾸준히 만들어 낸다. 이는 신화가 내포하고 있는 어떤 원리나 내용이 오늘의 시대에도 여전히 유효하기 때문일 것이고, 신화가 태초의 이야기임에도 오늘날까지 전해지고 활용되는 이유이기도 하다. 이런 의미에서 중등학교 과정의 학생들에게 보다 다양한 신화를 감상하고 이해하도록 신화 제재가 더욱 확대될 필요가 있다. 결국 신화를 이해하는 일은 인간을 이해하는 일이기에 그러하다.

단군신화의 교육은 우리 민족의 정체성과 삶의 뿌리를 확인하고, 작품에서 표출되는 전통적인 삶의 토대 위에서 오늘의 삶을 진단하며, 나아가 내일의 삶의 방향을 조망하는 데에 목표를 둘 일이다. 그것은 단순히 텍스트에 대한 이해에 그치는 것이 아니라, 단군신화가 지니는 현대적 의미를 구체적으로 해석하여 살아있는 텍스트로서 교육해야 함을 의미한다.

그렇지만 우리 문학의 시원으로서 단군신화는 21세기 첨단 과학시대에 사는 학생들에게 그 자체로 고리타분한 인상을 주기에 충분하다. 이는 한문으로 된 원문이 아닌 한글 번역본을 교육한다 하더라도 그 용어와 내용이 진부하게 느껴질 수 있다. 여기서 단군신화가 가지는 현대적 의미는 무엇인가, 오늘날 한국인의 삶에 어떠한 영향을 미치는가 하는 점에 유의해서 가르쳐야 할 필요성이 생긴다.

다시 말하면 단군신화 안에 용해되어 있는 상징적 의미를 해석함으로써 오늘날 우리 삶의 근원을 밝혀내는 한편, 그러한 단군신화가 오늘을 사는 학생들에게 주는 메시지가 무엇인가를 전해 줄 수 있어야 한다. 그렇게 함으로써 현대의 문화 현상과 삶의 양상이 단군신화로부터 시작되어 오늘에 이르게 되었음을 구체적으로 추체험하게 되고, 우리 민족의 특수성과 미래적 위상을 가늠해 보는 작업도 가능할 것이다.

이를 위한 교육 방법은 단군신화에 나타나는 고대 문화 현상의 실체와 의미, 그리고 신화적 특성이 민족의 삶과 더불어 계승되어 정착된 현대 문화 현상의 실체와 의미를 동시에 접목시키는 것으로 이루어져야 한다. 그러므로 앞으로의 단군신화 교육에서 다음과 같은 사항을 유의하면 좋을 듯하다.

첫째, 오늘날의 당목(서낭목), 장승, 솟대에 대한 수목신앙의 원류는 신화주인공들이 나무나 숲으로 강림하는 데에 있음을 밝혀주어야 한다. 신화에 있어서 수목은 신의 강림처이자 거처이며, 신에게 제를 올리는 장소라는 신화적 원형이 오늘날의 삶에 어떻게 계승되며 영향을 끼치고 있는지를 알아야 한다.

둘째, 신화주인공들이 겪는 삶의 시련과 고통의 실체와 의미는 무엇이며, 그들의 삶이 우리에게 전하는 메시지에 공감해야 한다. 신화 내용을 통해 통과의례와 그에 수반되는 고난 극복과정이 오늘의 삶과 무관하지 않음을 직시할 일이다.

셋째, 신화주인공들이 정착하는 과정과 그들이 승격하는 과정, 그러한 정착과 승격의 조건들이 현대인에게 주는 의미를 천착해야 할 것이다. 이는 오늘날 사회 진출을 준비하는 학생들이 무엇을 준비해서 남들과 경쟁해야 할 것인가에 대해서도 시사하는 바가 크다고 하겠다.[32]

필자는 다른 기회에 한국 신화의 교육적 의의를 다음과 같은 항목으로 제시한
바 있다.

　　(1) 언어 능력 향상의 자료—말하기, 듣기, 읽기, 쓰기(의사소통) 능력의 신장
　　(2) 사고력과 상상력의 제고—문학의 원류로서의 신화, 민족문학의 전개와 정수
　　(3) 민족의 동질성 회복과 주체성 정립—민족정신의 원형 탐구, 선조의 정신세계
　　(4) 한국적 정서와 가치관의 함양과 심화—현재적 삶의 풍요와 미래적 삶의 전망
　　(5) 문화 콘텐츠(스토리텔링)의 개발 자료—전통문화와 민족문화의 계승과 발
　　　전[33]

　단군신화의 교육 방법들도 위와 같은 일반적인 신화의 교육적 의의를 살릴
수 있는 방향에서 모색되어야 한다. 현행 각종의 '문학' 교사용지도서에 나타난
〈지도상의 유의점〉을 종합해 보면, '신화의 상징성'과 '민족문학의 원류', '민족사
의 시원', '단군신화의 이념과 정체성' 등을 강조하고 있다.

　이러한 관점에서 '환웅 이야기', '곰과 호랑이 이야기', '단군 이야기' 등의 상징
성과 아울러 전체적인 맥락의 상징성, 그리고 부분적인 신화적 요소를 내포한
어휘(삼위태백, 천부인, 신단수와 신시, 풍백·우사·운사, 쑥과 마늘, 곰과 호랑이, 금기 등)들의 상징적
의미와 현재적 의미를 이해하게 해야 한다. 이어서 단군신화와 다른 신화(주몽신화
등)와의 비교, 신화·전설·민담의 공통점과 차이점을 대비하는 활동까지 진행되
는 교육 방법들이 강구되어야 할 것이다.

　그런데 이 글에서 특별히 제안하고자 하는 것은 단군신화의 문화콘텐츠(스토리
텔링) 자료로서의 활용을 고려한 교육 방법의 개발이다. 문화콘텐츠는 문화적 요
소와 창의력, 기술 등이 결합된 것으로, 현재 이 분야는 TV·라디오 방송, 드라
마, 연극, 영화, 애니메이션, 게임, 지역문화 콘텐츠, 에듀테인먼트 등으로 확대
되어 가고 있는 실정이다.

---

32) 김문태, 『국문학연구와 국어교과교육』, 보고사, 2004, 31~32쪽. 이것은 대학의 신화교육을
　　대상으로 한 언급이지만, 그 내용이 중등교육과정에도 적용될 수 있을 것으로 판단된다.
33) 졸고, 「한국신화의 교육적 의의」, 『반교어문연구』 29집, 반교어문학회, 2010, 211~212쪽.

최근에는 각각의 콘텐츠들이 독립성을 지향하기보다 원천소스를 공유하여 고부가가치를 창출하게 되면서, 이것들이 거듭 확대·재생산되는 양상도 나타나고 있다. 예를 들면 영화 〈반지의 제왕〉은 원래 J.R.R.톨킨의 소설로 출발해서 소설 -영상-게임-캐릭터-관광지 등으로 연쇄적인 파급 효과를 본 바가 있는데, 여기에서 우리가 주목하는 것은 바로 이러한 콘텐츠의 가장 핵심적인 원천의 하나가 '신화'라는 사실이다.

단군신화는 바로 이러한 문화콘텐츠로서의 활용 가치가 매우 큰 작품에 해당한다. 따라서 현 교육과정에서 부각된 '매체언어' 과목과 연계하여 문화콘텐츠 개발과 관련된 단군신화의 교육방법론의 정립이 시급히 요구된다고 할 것이다. 이와 관련하여 '반지의 제왕' 시나리오가 실린 문학교과서가 출간된 사실은 긍정적으로 평가된다.[34] 또한 지금까지 최대의 관객 동원에 성공한 영화 〈아바타〉가 신화의 수목숭배와 수조신앙을 바탕으로 스토리가 꾸며져 있고, 우리의 단군신화도 바로 그러한 바탕을 가진 자료임도 참고가 된다.

우리에게도 이미 비슷한 경험이 있다. 앞서의 〈태왕사신기〉는 2007년 10대 히트상품에 선정될 만큼 영향력이 큰 드라마였다. 단군신화를 드라마에 최초로 활용한 이 작품은 우리 민족의 기원과 고구려를 선택적으로 연결시키고, 단군왕검과 광개토대왕을 등가로 보는 역사적 관점으로 신화와 고구려를 그려내었다. 이 작품에서는 광개토대왕이 단군의 환생으로 설정되었고, 고구려의 역사를 단군신화와 연결시키고 있다.

최근 고구려 드라마의 붐은 문화콘텐츠에 대한 관심으로 나타나고, 동북공정 등 주변 국가들의 역사 왜곡에 대한 반작용으로 우리 역사에 관한 연구나 해석이 보다 적극적으로 이루어진 결과이다. 비슷한 시기 방송된 〈주몽〉, 〈연개소문〉, 〈대조영〉, 〈태왕사신기〉, 〈바람의 나라〉 등이 그에 해당된다.[35] 이 점에서 〈태왕사신기〉는 겨우 그 시작에 불과하다고 하겠다.

단군신화에는 그 이외에도 다양한 콘텐츠로의 전환이 가능한 요소들을 갖추

---

34) 해냄에듀, 『문학 Ⅰ』(2009 개정 교육과정 적용), 2011, 320~331쪽.
35) 조미숙, 「문화콘텐츠로서의 역사드라마와 신화」, 『겨레어문학』 제41집, 겨레어문학회, 2008, 590~593쪽.

고 있다. 환인과 환웅, 곰과 호랑이 등의 화소 등도 얼마든지 활용될 여지가 충분하다. 다만 그 구체적인 교육의 방법론들은 이제부터라도 교사와 학생들이 함께 노력해서 찾아가야 한다. 그 적용 대상도 드라마뿐만 아니라 여러 장르로의 확대와 확장이 필요할 것이다.

이렇게 보면 단군신화 교육의 2차시는 '문화 창조'를 바탕으로 하는 내용이나 방법 등을 교사와 학생이 함께 설계하고 만들어 가는 수업이 되어야 한다. 이를 위해 교사는 1차시에서 단군신화가 활용된 자료들을 우선적으로 제공해 줄 필요가 있다. 여러 자료들, 즉 동영상이나 공연 자료들을 수집하여 제공할 일이다. 이어서 학생들의 모둠을 정하고 조장을 선출하여 준비하도록 해야 할 것이다.

학생들은 조원들이 협의하여 매체나 장르, 콘텐츠 전환 대상이나 방법들을 의논하여 선정한다. 이어서 그에 대한 조원들의 역할 분담의 과정을 거친다. 각각의 역할은 선정 매체나 장르에 대한 기존의 자료 조사 1-2인(대중매체나 인터넷 활용), 전환과 변환에 참여하는 각색자 2-3인, 소품 준비와 무대장치 2-3인, 연출자 1-2인 등을 뽑는다. 따로 조장을 두어 조 구성원 전체의 작업을 통솔하면서 이견 등의 조정을 하도록 하는 것도 생각할 수 있다.

교사가 유의할 점은 모둠의 수를 3-4개로 가능한 적게 구성하는 것이 좋을 듯하고, 각 발표 시간도 10분을 넘지 않도록 유도해야 한다. 모둠 간에 매체나 장르가 겹치지 않도록 조정하는 일도 필요하다. 이 수업은 특히 학생들이 신화 자료를 직접 문화콘텐츠로 전환하는 체험을 주로 하기 때문에, 그 내용이나 주제를 좁히도록 지도해야 한다. 그래야 학생들이 짧은 시간 안에 준비하여 1시간의 발표 수업으로 최대의 교육적 효과를 기대할 수 있을 것이다. 혹여 그 결과가 미진하다면 학교의 축제나 학예회 때의 프로그램으로 발전시켜 나가도록 안내하고 지도하면 된다.

다음에 학생들의 예상되는 모둠별 활동을 예시한다.

(1) 환웅의 강림 장면 재현하기 : 여기에는 '주몽신화'의 해모수가 하늘에서 내려오는 모습(동명왕편)이 참고가 된다. 국내외의 여러 매체에서 천신(天神)의 하강 장면들을 활용하면 스토리와 상황 등을 보다 구체화할 수 있다.

(2) 곰과 호랑이의 통과의례 장면 : 현재에도 원시소수민족들 사이에 시행되고 있는 다양한 성인식의 예들을 가지고, 학생들의 상상력을 보태서 스토리를 꾸미면 좋을 것이다.

(3) 곰과 호랑이의 역할 바꾸기 : 곰과 호랑이의 역할을 바꿀 때, 달라질 요소들을 고려하여 대본을 만든다. 남녀의 성(性)을 구별하여 다르게 설정하는 것도 가능하다. 역사적으로 곰 숭배와 호랑이 숭배가 유지되거나 교체된 측면도 참고의 대상이다.

(4) 웅녀의 신단수 기원 장면 : 삼한의 '소도' 기록을 참고하여 신단수 주변을 복원한다. 웅녀의 기원 내용을 현대적으로 각색하여 스토리를 꾸민다. 이 때 실패한 호랑이의 등장도 가능하다.

(5) 환웅과 웅녀의 신성결혼 재현 : 최근에 행한 영국 황실의 결혼이나 '김수로왕과 허황옥'의 결혼 장면이 활용될 수 있다. 현대의 다양한 결혼 풍속도 곁들인다.

(6) 산신으로서의 단군의 활동 상상하기 : 각종 자료나 상상력으로 산신의 모습을 재현하고, 에피소드를 만든다. 산신과 관련된 전설이나 민담들도 적절하게 활용한다.

이상의 모둠 활동 이외에도 고조선 사회의 생활상이나 풍속 등을 재구성할 수도 있고, 환웅이 연 신시(神市)의 재현도 가능할 것이다. 다만 이런 교육이 실현되기까지 교사나 학생들의 노력과 품이 많이 들기 때문에, 철저한 준비와 사전 지도가 필수적이다. 자칫 진지함이 결여된 해프닝으로 진행되지 않도록 유의해야 한다.

　　이러한 과정을 통해서 학생들은 단군신화의 주요 장면이나 요소들을 보다 생생하게 체험하고 이해하게 될 것이다. 학생들의 상상력 제고와 창의력 신장은 물론이고, 다양한 매체를 이용한 문화콘텐츠로의 활용 가능성을 길러 줄 수 있다. 무엇보다 생생하게 살아있는 신화 교육을 기대할 수 있다는 것이 장점이다. 물론 첫술에 배가 부를 수는 없기에, 시행착오를 거치면서 방법적 다양성을 확보해 나가야 한다.

　　현재 신화가 다양한 문화콘텐츠 개발의 원동력으로 의미와 가치가 새롭게 인식되고 있는 현상은, 앞으로의 신화교육의 방향과 방법을 여기에서 찾아야 함을 의미한다고 하겠다. 현재의 교육과정이 문학에 대한 전문 능력과 맥락의 고려, 다양한 매체언어와 관련된 문학 활동을 중시하고 있기 때문이다. 이를 위해서 내용 바꾸기, 갈래 바꾸기, 매체 바꾸기 등의 여러 가지 작품의 재구성 활동 등도 교육 현장에서 보다 적극적으로 구현할 필요가 있다고 본다.

　　지금까지 문헌신화의 문화콘텐츠화 작업은 여러 분야에서 다양하게 진행되는 중이지만, 우리가 우리의 신화를 홀대하는 동안에 세계의 어느 누가 우리 신화 자료들을 활용하여 황금알을 낳을 준비를 하고 있을지도 모른다. 그렇다면 한국 신화 자료를 문화콘텐츠에 연계시키는 교육은 좀 더 서둘러서 진행되어야 할 것이다.[36]

　　이를 위한 구체적인 활동의 예를 더 들어보면, 신화 풀어쓰기 및 다양한 활용의 모색 등을 들 수 있다. 또한 설치미술, 게임 시나리오, 환타지 소재, 연극·드라마·영화 대본의 모색, 음악, 무용 등의 각 방면에서 단군신화와 관련된 작업들이 가능하리라고 예상된다. 이와 함께 연구자들의 현대 신화의 범주 설정과 그에 대한 탐구, 대중문화의 신화적 분석도 수반되어야 한다. 바야흐로 신화교육은 신화적 원리의 시대에 따른 작동을 이해하고, 그를 이용한 대중문화의 비평까지도 가능하게 하는 원천이 될 것이기 때문이다.[37]

---

36) 이 자리에서 이와 관련한 보다 구체적인 교육 방법을 제시하지 못하는 아쉬움은 후고를 기약한다. 다만 '문학' 교과에서 이에 대한 본격적인 교육 활동이 구체화되기는 많은 어려움이 예상된다. 왜냐하면 거의 모든 교사용지도서가 단군신화 교육에 1시간만을 배정하고 있기 때문이다. 현행의 특별활동 중에 '동아리' 활동이나 재량활동으로 구안하는 방법과 앞으로의 교육과정 중 '창의적 체험활동'에서의 다양한 적용을 기대해 본다.

21세기는 문화의 시대이며 이제 세계는 문화에 의해 지배된다 해도 과언이 아니다. 남들보다 먼저 문화에 눈을 떴던 우리가 한류의 종주국을 유지하는 데에 일조할 수 있는 바탕의 하나가 바로 원형문화 콘텐츠의 디지털화 작업이다. 수정, 삭제된 부분에 대한 신화의 복원 과정과 함께 한국 신화의 총체적 실상을 가늠할 수 있는 신화자료집의 간행도 요구된다.

이를 위해 먼저 발굴된 설화나 신화 자료에 대한 디지털 콘텐츠화가 절실하다. 신화나 설화가 문화콘텐츠로서의 제 역할을 감당하려면 신속히 스토리뱅크로 구축하여 다양한 문화콘텐츠 산업의 아이템으로 활용하도록 해야 한다.[38] 단군신화 자료는 이러한 시대적 요구에 기여할 수 있는 훌륭한 교육적 제재이다. 따라서 단군신화 교육의 방법적 개발도 그에 부응하는 방향에서 이루어져야 할 것이다. 그것은 결국 문화콘텐츠로서의 신화교육이 학교현장에서 필요함을 의미한다.

5. 맺음말

이 글은 교육과정이 바뀌고 교과서가 교체되는 과도기임에도 불구하고 단군신화를 대상으로 한 교육의 문제를 논하는 모험을 한 것이다. 그 이유는 당장 2012년부터 바뀌는 문학 교과서에 단군신화의 수록이 눈에 띄게 줄어든 데 따른 위기감에서이다. 단군신화의 교육에서 새로운 시대적 요구에 부응하는 교육적 전제들과 교육 방안을 모색함으로써, 장차 2016년에 적용될 교육과정에 따른 교과서의 개편에서는 이 점이 시정되기를 기대하였다.

신화교육은 신화를 통하여 보람된 정신세계를 누리고, 희망적인 미래를 지향하기 위해 필요불가결한 교육의 하나이다. 그 중에서도 단군신화는 우리 선인들의 정신생활을 파악하고, 민족문학의 전개와 정수를 이해하며, 전통을 바탕으로 한 새로운 문학을 건설하는 방향을 선정하는 데 기여할 수 있다. 또 확고한 민족적 주체성을 갖게 하기 위해서도 반드시 필요한 교육의 제재이다. 민족문화의

---

37) 졸고, 위의 논문, 2010, 214~215쪽.
38) 성복희, 「설화의 문화콘텐츠화 방안 연구」, 『어문연구』 제35권 2호, 2007, 142쪽.
　　신광철, 「단군콘텐츠의 현황과 전망」, 『단군학 연구』 제12호, 단군학회, 2005, 296~297쪽.

계승·발전과 오늘의 삶을 보다 의미 있게 하기 위해서도, 단군신화 교육이 학교 교육의 현장에서 소외되어서는 안 된다.

지금까지의 논의를 정리하면 다음과 같다.

2장에서는 단군신화 자료의 실상과 이해를 다루었는데 크게 문학 교과서와 교사용지도서, 전승 자료의 실상으로 나누어서 각각의 현황을 살펴 교사들의 이해를 돕고자 하였다.

3장은 교사가 단군신화를 제대로 가르치기 위해서 교육적으로 전제되어야 할 요소들을 제시해 본 것이다. 교사는 학습자가 가질 수 있는 여러 가지 의문들을 풀어주어야 할 의무가 있는데, 그를 위해 교사들은 우선적으로 1) 신화자료의 이해, 2) 역사교육, 3) 정체성 교육, 4) 단군민족주의, 5) 단군 신앙, 6) 국어교육의 위상, 7) 문학교육 8) 문화 창조 등과 관련한 교육적 전제들이 확립되어 있어야 한다는 점을 검토하였다.

4장은 단군신화 교육의 방법적 제안인데, 단군신화가 지니는 현대적 의미를 구체적으로 해석하여 살아있는 텍스트로서 현실감을 살려 교육해야 함을 강조하였다. 특히 문화콘텐츠(스토리텔링) 개발 자료로서의 활용을 고려한 교육 방법이 절실함을 역설하였다. 이는 '문학에 대한 전문 능력과 맥락의 고려, 다양한 매체 언어와 관련된 문학 활동을 중시'하고 있는 현행 교육과정의 의의를 살릴 수 있는 방법의 하나로 제안된 것이다. 이에 따라 단군신화의 여러 장면들을 재구성한 모둠별 활동의 예를 제시하였다. 그 구체적인 방법으로는 내용 바꾸기, 갈래 바꾸기, 매체 바꾸기 등과 여러 가지 작품의 재구성·재창작 활동 등을 교육 현장에서 보다 적극적으로 구현할 필요가 있다고 보았다.

오늘날 신화는 21세기 최첨단 과학을 비롯하여 상상력을 바탕으로 하는 각종 산업에서 두루 활용되는 미래지향적인 연구의 한 분야로 다루어지고 있다. 신화적 사고는 과학적 상상력과 유사하여 오늘날 우주공학 발전과도 상관관계가 있고, 엄청난 수입을 올리는 애니메이션 산업, 디지털 산업들 또한 신화적 상상력을 통해 많은 아이디어를 얻고 있기도 하다. 신화는 사고력과 창의력의 원천이기도 하기 때문이다.

얼마 전 타계한 스티브 잡스가 '공학과 인문학을 하나로', '기술과 예술을 하나로', '상상과 현실을 하나로' 융합시킨 것이 좋은 예가 된다. 신화를 통해 고대의 문화로부터 현재에 이르는 전통을 통찰할 수도 있고, 나아가 새로운 세계의 건설을 위한 창조의 계기로 삼을 수도 있을 것으로 생각한다. 단군신화의 교육 방법도 이러한 시대의 변화를 고려하는 방향에서 구안되어야 함을 거듭 강조해 본다.

1. 자료

교육과학기술부(2008. 12.),『고등학교 교육과정 해설 1』

교육과학기술부(2008. 12.),『고등학교 교육과정 해설 2, 국어』

교육과학기술부(2011. 08. 09), 교육과학기술부 고시 제 2011-361호(별책 4와 5)

李奎報,『東國李相國集』

李承休,『帝王韻紀』

一然,『三國遺事』

해냄에듀,『문학 Ⅰ』(2009 개정 교육과정 적용), 2011.

『後漢書』〈東夷列傳〉

2. 단행본

김문태,『국문학연구와 국어교과교육』, 보고사, 2004.

김열규,『한국의 신화』, 일조각, 1978.

김영남,『시조 신화 연구』-한국신화학의「근대성」극복을 위하여-, 제이앤씨, 2008.

김인환,『문학교육론』, 한국학술정보, 2006.

단군학회,『단군과 고조선 연구』, 지식산업사, 2005.

동북아역사재단 편,『고조선·단군·부여 연구 논저 목록』, 동북아역사재단, 2007.

서대석,『한국신화의 연구』, 집문당, 2002.

설중환,『상상＋단군신화』, 우리겨레, 2006.

이기백 편,『단군신화논집』, 새문사, 1990.

이상시,『단군실사에 관한 고증연구』, 고려원, 1990.

이은봉 엮음,『단군신화연구』, 온누리, 1986.

이형구 엮음,『단군과 고조선』, 살림터, 1999.

한국정신문화연구원, 『단군·단군신화·단군신앙』, 정신문화문고 21, 고려원, 1992.

황패강, 『한국신화의 연구』, 새문사, 2006.

3. 논문

류위자, 「〈단군신화〉의 교육적 의미와 지도 방안에 관한 연구」, 부산교대 교육대학원 석사학위논문, 2001.

유선형, 「단군신화의 텍스트 이해와 교육 방안 연구」, 성대교육대학원 석사학위논문, 2004.

문흥구, 「단군신화 교육 방법론 연구」, 『새국어교육』 59, 한국어교육학회, 2000.

서영대, 「단군숭배의 역사」, 『단군·단군신화·단군신앙』, 고려원, 1992.

성복희, 「설화의 문화콘텐츠화 방안 연구」, 『어문연구』 제35권 2호, 2007.

신광철, 「단군콘텐츠의 현황과 전망」, 『단군학 연구』 제12호, 단군학회, 2005.

신용하, 「한(韓, 朝鮮)민족의 형성과 단군에 대한 사회사적 고찰」, 단군학회, 『단군과 고조선 연구』, 지식산업사, 2005.

윤내현, 「고조선의 종교와 사회 성격」, 단군학회, 『단군과 고조선 연구』, 지식산업사, 2005.

조미숙, 「문화콘텐츠로서의 역사드라마와 신화」, 『겨레어문학』 제41집, 겨레어문학회, 2008.

이병찬, 「한국신화의 교육적 의의」, 『반교어문연구』 29집, 반교어문학회, 2010.

______, 「단군기사 자료의 재해석」, 『도남학보』 제23집, 도남학회, 2011.

정영훈, 「단군의 민족주의적 의미」, 『단군·단군신화·단군신앙』, 고려원, 1992.

______, 「홍익인간이념의 유래와 현대적 의의」, 정영훈 외, 『홍익인간이념 연구』, 한국정신문화연구원, 1999.

______, 「남과 북의 단군인식과 단군숭앙」, 단군학회, 『단군과 고조선 연구』, 지식산업사, 2005.

최영식, 「단군신화의 시대적 배경」, 단군학회, 『단군과 고조선 연구』, 지식산업사, 2005.

『국제어문』 제53집(국제어문학회, 2011. 12)

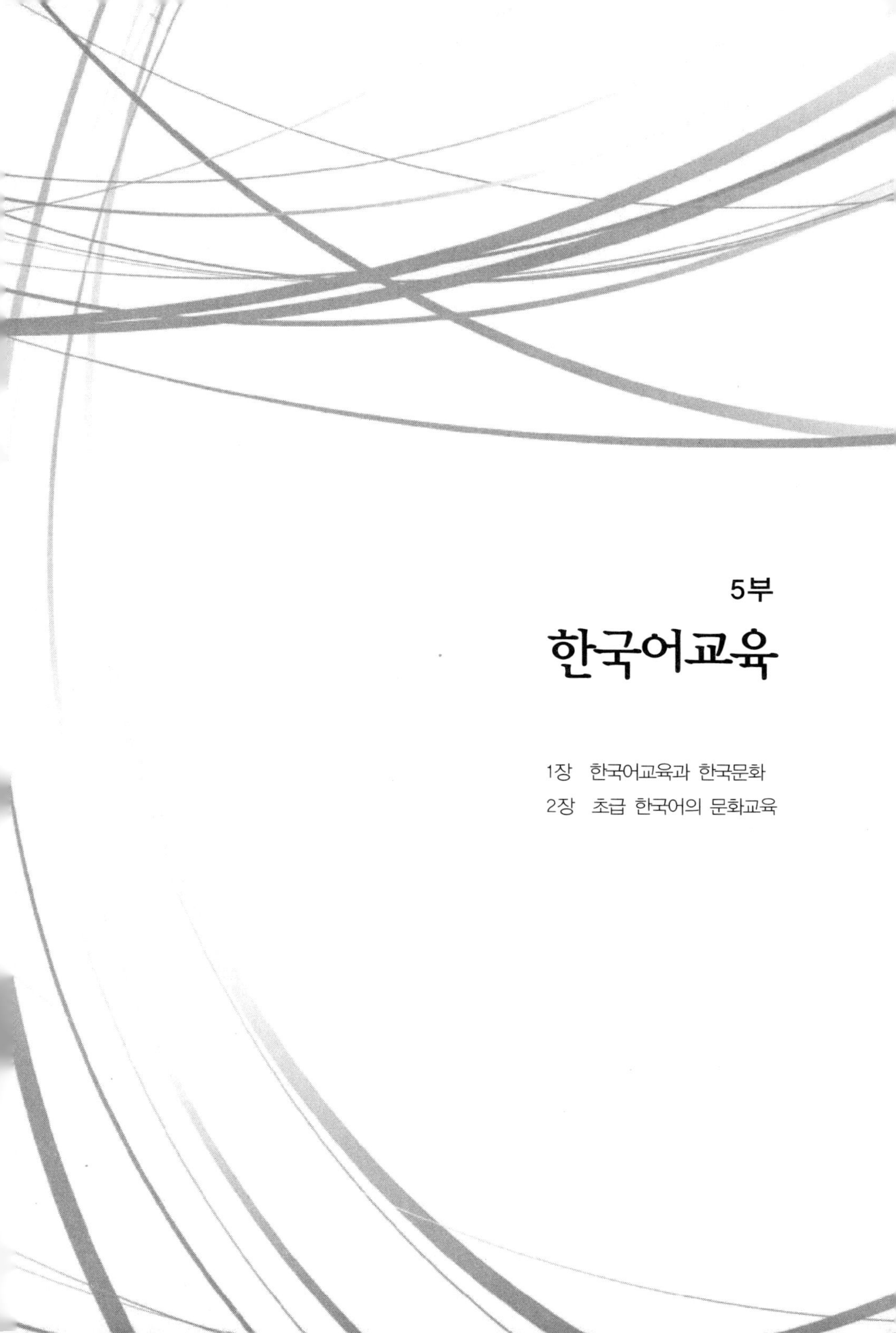

한국어교육

1장

한국어교육과 한국문화

1. 머리말

최근 외국어로서의 한국어 교육에 대한 관심이 양적, 질적으로 크게 발전하였다. 각 대학에서도 한국어 지도자 과정이나 교육대학원 또는 일반대학원에 석·박사 과정이 개설되어 학문적 연구가 활성화되고 있다. 즉 그간 주로 상업적인 목적으로 이루어졌던 생활 한국어 교육의 수준을 넘어서 한국어 교육에 대한 학문적 연구와 교육 전문가 양성을 위한 제도적 장치를 마련하기에 이르렀다.

그와 함께 한국어 교육에서 한국문화 교육의 중요성에 대한 논의도 근래 활발하게 전개되고 있다. 이제 한국문화는 한국어를 배우는 데 필요한 배경 지식에 그치는 것이 아니라, 한국어 능력을 향상하는 데 본질적으로 필요한 것으로 인식되고 있는 것이다.

1980년대에 들어서면서 언어교육에서는 언어를 문화의 영향을 받는 의사소통의 일부로 이해하게 되어 언어교육에서 문화교육의 역할에 대한 관심이 높아지기 시작하였다. 그로 인해 언어교육은 단순한 정보교환이 아니라 문화적 맥락속에서 의사를 소통하고 있는 쌍방 간에 이루어지는 문화적 행사로 이해하게 되었다. 이러한 변화는 한국어교육에서의 문화교육에 대한 연구가 1990년대를 기점으로 점진적으로 증가하고 있으며[1], 한국어 교재에도 문화교육의 관점이 적극적으로 활용되고 있다. 특히 2000년 이후에 출간된 한국어교재에서는 대부분 각 과의 뒷부분에 별도의 항목인 문화란을 제공하고 있음을 볼 수 있기도 하다.

이제 언어 교육에서 문화 교육은 경중의 문제가 아니라 본질의 문제이다. 학습자의 언어능력을 향상시키는 데 있어서 체계적인 문화 교육은 그만큼 중요한 것이다. 한국과 한국어의 국제적 위상이 높아지면서 학습자의 수가 급격하게 증가하고 있고, 이에 따라 한국어를 배우는 동기와 목적, 학습자의 요구도 역시 다양화, 전문화되고 있다. 한국어 능력도 일상적인 회화의 수준을 넘어서 학문이나 비즈니스 등을 위한 특수 목적을 지향하는 경우가 많아지고 있는 실정이다. 이는 한국어 교육이 체계적으로 학습자의 문화적 의사소통 능력을 향상시킬 수 있는 방향으로 실시되어야 함을 의미한다.

최근에 와서는 의사소통을 원활하게 하기 위해서 목표 언어의 문화에 대한 이해가 필수적인 것이 되었고, 언어 교육과 문화 교육을 분리할 수 없으며, 언어 교육에서 문화 교육이 반드시 함께 이루어져야 한다는 견해가 지배적이다. 이렇게 보면 언어 교육에서 문화 교육이 지향해야 할 방향은 학습자가 목표 언어에 대한 커뮤니케이션 능력을 향상시켜 나갈 수 있도록 목표 언어의 문화를 이해하는 동시에, 학습자의 모어 문화에 대해 재인식하여 목표 언어의 모어 화자와 상호문화적인 교류를 해 나가는 것이라 할 것이다.

언어의 사용은 문화적 범주와 맥락을 떠나서는 생각할 수 없으며, 언어가 문화를 전달하거나 창출하는 매개체이자 문화의 특성을 가장 잘 드러내는 요소 중의 하나라는 점에서도 이 둘을 분리할 수는 없다고 본다. 목표 언어의 문화가 학습자의 문화와 멀수록 그들은 언어 학습에서 문화 학습의 필요성을 더 크게 느낀다고 한다.

그러면 언어 교육에서 다루어야 하는 문화는 어떤 것일까? 사실 언어를 배우는 것이 곧 문화를 배우는 것이요, 문화를 배우는 것이 언어를 배우는 것으로 보아도 좋을 것 같다. 그러나 문화란 교육의 구체적인 대상이 되기에는 너무

---

1) 이미 이 방면의 연구사가 집필되어 있는 실정이다.(김정은, 「문화교육의 연구사와 변천사」, 국제한국어교육학회 편, 『한국어교육론2』, 한국문화사, 2005.)

광범위하고 모호하다. 따라서 언어와 직접적으로 관련된 문화적 요소만을 추출하여 언어 교육에 포함시키는 것도 하나의 방법이 될 것이다.

이에 본고는 근래 한국어 교육에서 새로운 쟁점으로 떠오르고 있는 문화 교육에 대해서 논의하고자 한다. 한국어의 교수학습 필요성이 다양화되면서 한국어 교재와 교육 내용에 대한 재검토가 요구되었으며, 이런 맥락에서 문화 교육의 관점을 수용하는 한국어 교재 개발 및 교수학습의 필요성도 더욱 증대되고 있다. 먼저 한국어 교육목표와 관련된 문화 교육의 의의를 살피고, 한국어 교육에 필요한 문화 교육의 내용과 문화 교육의 방법과 기술을 제시할 것이다.

2. 한국어 교육목표와 문화

한국어 교육에서 문화 교육은 그 목적에 따라 제재의 성격도 달라진다. 즉 한국어 교수학습 활동의 목표에 따라 학습에 동원되는 문화 제재도 달라져야 하며, 그에 따라 구체적인 교수학습의 활동도 다르게 구성되어야 한다. 다양한 문화 관련 제재 중에서 문화 요소로는 전통 문화 갈래를 소개하는 내용들이 학습 제재로 제공될 수 있으며, 의사소통 과정에서 활용되는 비언어적 요소를 이해하기 위해서는 한국인의 습관이나 제스처 등에 대해서도 교수학습되어야 한다.

한국어 교육과 관련한 문화 교육에서 특히 유의해야 할 부분은 언어교과의 관계설정의 문제이다. 학습자의 문화적 의사소통 능력이 중요한 것은 사실이나 그것이 문화 자체에 있는 것은 아니며, 그렇다고 넓은 의미의 문화 전체를 교육의 대상으로 할 수는 없는 일이다. 즉 한국어 교육에서 문화 교육은 한국어 학습에 직접적으로 도움이 되거나 한국어 자체와 관련되는 부분에 관심이 모아져야 할 것이다. 문화적 내용이 한국어 교육의 내용과 과정 안에 통합되어 유기적으로 구현되도록 하는 것이 바람직하며, 이를 실현하기 위한 구체적인 방안의 마련이 요구된다.

문제는 한국어 교육목표와 관련하여 '문화'를 어떻게 정의하고, 그 범위를 한정할 것인가에 대한 논의가 선행되어야 한다는 점이다. 이 때 고려해야 할 것은 당연히 문화 일반이 아니라 '언어문화', '한국어 문화'처럼 문화를 언어 교육과 관련된 범주에 한정할 필요이다. 현재는 한국어 교육에 소용되는 문화의 범위 및 교육 내용 등을 다양한 논의를 축적해 가고 있는 과정에 있다.

따라서 앞으로는 한국어 교육이라는 특수한 상황을 전제로 하여 문화의 범위를 교육 내용과 방법에 변수가 될 수 있는 여러 요인들에 따라 범주화하고 체계화해야 할 것이다. 뿐만 아니라 문화에 대한 논의를 '언어문화'를 중심으로 하여, 그 대상과 범위를 일차적으로 한정하고 명료화하는 것이 바람직하다고 생각한다. 다시 말하면 문화 교육의 목적을 명확히 하고 한국어 교육 과정과의 직접적인 연계를 최우선적으로 고려할 필요가 있다.

한국어를 배운다는 것은 단순히 한국어 문법만을 배우는 것이 아니라 한국인의 의식이나 사고방식도 함께 안다는 것이다. 한국 문화에 대한 이해 없이 한국어를 제대로 구사할 수 없으며, 한국 문화를 모르고는 한국과 한국인을 제대로 이해할 수 없다. 그렇다고 한국인들이 일상생활에서 체득한 문화의 수준까지 외국인 학습자에게 요구하는 것은 무리라는 생각도 하게 된다. 다양한 문화 제재를 통하여 한국의 문화를 제대로 가르칠 때 이런 문화적 간격은 줄어들 것이고, 이 점이 바로 한국어 교육에서 문화를 강조하는 이유가 된다.

문화 교육을 한국어 교육에서 구체적으로 적용함에 있어서는 고려해야 할 점이 많다. 이는 학습자의 체득문화와 목표 문화 사이의 차이에서 발생하는 것으로, 학습자들이 이 같은 문화의 차이를 인식하고 이에 부응하여 언어나 생활을 영위하는 것 역시 문화 교육의 목표로 삼아야 한다.

이 점에서 초급 단계에서는 문화를 소개하는 차원 정도에서 문화 요소 교육이 이루어질 수 있다. 중급이나 고급 단계에서는 문화 학습을 통해 다양한 학습자들의 요구에 부응하는 의사소통 능력을 증진시킬 수 있어야 한다. 고급스러운 한국어 구사나 한국학 전공을 위한 한국어 능력은 생활 한국어 능력과는 구별되기 때문이다. 이를 위해서 교수자와 학습자들은 반드시 문화와 언어가 분리되는 것이 아니라는 전제를 명심할 필요가 있다.

외국어로서의 한국어 교육의 목표 달성을 위해서는 무엇보다도 교사의 역할이 대단히 중요하다. 교사는 학습자의 단계별로 차별을 두어야 하겠지만, 낯설고 생소한 문화를 효과적으로 전달하기 위해서 삽화 및 사진 자료, 비디오 자료 등의 보조 자료를 활용하는 것이 효과적이다. 특히 특정 상황을 연출한 비디오 자료는 학습자들이 쉽게 관찰할 수 있고, 또 그 내용을 토대로 학습자 문화권과의 비교 및 토론 수업을 진행하는 데 도움이 될 것이다. 이 때 교사가 학습자의 문화를 숙지하고 있을 경우에는 보다 원활한 수업 진행이 가능하게 된다.

외국어로서의 한국어 교육의 목표는 다음과 같이 정리된다. ① 발음은 모국어 화자처럼 혹은 매우 가깝게 발음할 수 있다. ② 문법은 비문을 만들지 않고 정문을 만들 수 있다. ③ 언어 기능에서는 듣기 · 말하기 · 읽기 · 쓰기를 불편 없이 할 수 있다. ④ 의사소통 면에서는 상황에 맞게 대인 관계에서 원활하게 의사소통할 수 있다. ⑤ 경어법은 한국어 경어법에 맞게 말을 할 수 있다. ⑥ 문화적으로는 한국 문화를 이해하고 자기의 문화와 어떻게 다른가를 비교할 수 있다.

하나의 외국어를 통달한다는 것은 언어학적인 발음, 문법, 어휘만을 아는 것이 아니고, 그 언어의 사회언어학적인 규칙과 문화적인 요소를 모두 통달했다는 의미이다. 그러므로 현대의 언어 교육에서는 언어 교육이 곧 문화 교육이 되어야 함을 주장하고 실천하는 경향이 두드러지게 되었다.

앞에서 제시한 외국어로서의 한국어 교육의 목표와 연계한 한국어 문화 교육의 목표를 정리해 보면 다음과 같다. ① 한국어의 문화어를 찾아서 그 단어들의 문화적 의미를 이해한다. ② 한국인의 생활양식을 이해한다. ③ 한국인의 가치관, 인생관을 이해한다. ④ 한국인의 관혼상제 등 세시풍속을 이해한다. ⑤ 한국의 예술 세계를 대략적으로라도 이해한다.

한 언어의 어휘는 단순히 어떤 사물을 지시하는 임의적인 기호의 목록이 아니다. 단어들은 그것들의 기본 의미를 조절하거나 변화하거나 첨가함으로써 여러 가지 문화적 의미를 전달한다. 이러한 의미에서 의사소통 행위의 문화적 규범 또한 전제를 포함한다. 한국 사회에서 아는 사람을 만났을 때 사람들은 '안녕하세요?', '그동안 별고 없으셨어요.'와 같은 인사를 나눌 것이다. 만일 '안녕하세요?'라고 인사했을 때, 화자가 의문문으로 인사했다고 해도 그것은 질문이 아니라 반가움을 나타내는 인사라는 것을 알아야 한다.

또한 한국인들은 누구한테서 칭찬을 받으면 쑥스러워 하면서 사양하는 표현을 자주 한다. 상대방이 그린 그림이나 공연, 저서들을 보고 "정말 훌륭하십니다.", "그림이 참으로 아름답네요." 등의 칭찬을 하면, "뭘요.", "과찬이십니다.", "부끄럽습니다.", "아니예요." 등과 같이 겸양의 반응을 보인다. 그러나 동일한 경우에 영어 화자라면 "Thank you."와 같이 상대의 칭찬을 수용하는 반응을 보일 것이다. 이는 결국 문화적 차이에서 비롯되는 것이기 때문에, 언어적 의미를 이해하기 위해서는 문화적 배경도 알아야 한다.

더구나 한국어에는 한국의 전통 문화, 가치관, 의식 구조, 사상 등을 이해해야만 진정한 의미를 이해할 수 있는 말이나 글도 많다. 절개, 탐관오리, 정, 사주팔자, 궁합, 족보, 선비 정신, 효 사상, 품앗이, 폐백, 세배, 큰절, 양반, 맏며느리, 종가, 농악, 민요, 단오, 그네 등 한국적인 풍습이나 사고방식을 말해주는 용어들이 그것이다.

3. 한국어 문화 교육의 내용

최근의 외국어 교육은 "문화 간의 의사소통 능력"을 길러 주는 것을 목표로 하고 있다. 물론 언어와 문화는 보편성도 있지만 실제의 대화 현장에서는 화자와 청자가 속한 사회의 특수한 관습이나 문화적 배경을 알아야만 충분한 의사소통이 가능하다고 보기 때문이다.

그런데 같은 한국 문화라고 해도 한국어 문장이나 담화의 진정한 의미를 이해하기 위해서는 특히 정신문화를 잘 알아야 한다. 문화 교육의 내용은 관점에 따라 다를 수 있으나, 1) 한국 문화의 특징, 2) 한국 문화의 정체성, 3) 한국인의 생활 특성, 4) 한국인의 독특한 풍속 등을 이해하고 있어야 할 것이다.

먼저 한국 문화의 특징을 보면 흔히 한국 문화의 뿌리는 무(巫)에 있다고 하는 학자가 많다. 그러나 불교가 이미 신라 때 전파되어 고려 때까지 깊숙이 뿌리를 내렸기 때문에, 현존하는 문화재의 상당수는 불교와 관련된 것이다. 그리고 조선 시대에는 유교를 기반으로 하였으므로 생활양식이나 가치관은 유교 정신의 영향을 많이 받았고, 아직도 유교적인 사고방식과 생활 풍습은 현대에도 많이 남아 있다. 그러다가 조선말에 들어온 기독교가 계속 팽창하고 있어 지금은 기독교적 사고를 하는 사람도 많아졌다. 그렇다고 한국인의 사고방식이나 종교관이 예전과 크게 달라졌다고 하기는 어렵다.

의식주에도 전통 한국식, 동양식, 서양식이 모두 혼재되어 있다. 아마도 한국처럼 여러 가지 종교를 다 인정하고 모두 공휴일로 지정한 나라도 드물 것이다. 그렇다고 이런 다양성으로 인한 사회적 갈등은 거의 없다. 한국인은 단일 민족·단일 언어 국가지만, 서양식·동양식·한국식을 조화롭게 융합하여 다양하고도 독특한 한국 문화를 만들었다고 할 수 있다. 중요한 것은 이러한 한국 문화의 특성을 잘 알도록 교육의 내용을 구성해야 한다는 점이다.

다음에 한국 문화의 정체성(正體性)도 한 마디로 논하기는 매우 어렵다. 사람에 따라 관점이 다르고, 무엇보다도 오늘날의 한국 문화가 워낙 다양해졌기 때문이다. 그렇지만 어느 정도 한국인이라면 동의할 공통분모를 찾을 수는 있을 것이다. 이에는 정신적(관념적) 정체성, 상징적 정체성, 제도적 정체성, 사회적 정체성, 언어적 정체성 등을 생각해 볼 수 있다.

한국인의 생활 특성과 독특한 풍속도 주요한 문화 교육의 내용이 되어야 할 것이다. 잔치 문화, 호(號) 사용 문화, 족보 제작과 보급, 모임 만들기, 자식에 대한 과잉보호, 처음 만난 사람에게도 신상 정보 질문하기(동창 관계, 고향, 결혼 여부 등) 등등과 같은 생활의 특성이나 풍습은 특히 주의해서 가르쳐야 할 내용이다.

한국문화 교육에서 현실적인 문제로 요청되는 것은 1) 비교문화의 성과를 활용하는 것 2) 한국문화 교육 능력을 갖춘 한국어 교사의 양성의 문제 등이다. 요컨대 외국인이 한국문화의 보편성과 특수성을 함께 이해할 수 있도록 해야 하며, 이를 위해서는 비교문화의 성과가 상당한 정도로 축적되어야 한다. 특히 학습자가 자국 문화와 한국문화를 객관적으로 비교할 수 있는 능력을 갖도록 하는 것을 문화교육의 목표로 한다면 비교문화의 성과는 더욱 필요하다.

다음은 한국문화 교육 능력을 갖춘 한국어 교사의 양성 문제이다. 한국어 교사가 한국어교육을 수행하면서 한국문화교육을 함께 하기 위해서는 그런 교사를 양성하는 과정을 새로 설치해야 한다. 한국어 자체가 갖고 있는 문화현상을 설명할 수 있는 능력은 기존의 국어국문학과나 국어교육학과의 교육과정을 보완하여 어느 정도 길러질 수 있다고 할 것이다. 그러나 음악, 미술과 같은 예술, 대중문화, 한국사, 한국사상 등을 가르칠수 있는 능력은 쉽사리 획득하기 어렵다.

　그러므로 한국어 교사가 동시에 한국문화 교사가 될 수 있는 독자적인 교육 과정의 설치가 필요하다. 물론 한국문화 교사가 전문적인 문화 연구자여야 할 필요는 없다. 문화 연구의 성과를 바탕으로 한국문화를 타당하게 이해하고 해석할 수 있는 정도의 능력이면 되는 것이다. 그러나 이런 정도의 능력을 갖추는 것도 교양 수준의 한국문화 교육 과정으로는 어렵다고 본다. 비교문화의 성과까지 활용할 수 있기 위해서는 한국학 전반에 걸쳐 상당한 수준의 체계적인 교육을 받아야 한다.

　문화 교육의 항목들은 다양한 기준에 의해서 분류될 수 있다. 즉 문화 교육의 내용에 따를 수도 있고, 문화 교육의 방법에 따를 수도 있을 것이다. 기왕의 연구들을 참고하여 주로 한국어 교육에서 활용될 수 있는 문화 교육의 내용을 항목화하면 다음과 같다.

(1) 공적인 혹은 사적인 인사 : 공식적인 상황이나 사적인 상황에서 사용되는 인사말과 행동 및 얼굴 표정

(2) 공손성의 표현 양식 : 공손성을 표현하는 기초적인 언어 사용 방식과 행동 양식

(3) 화계 : 격식성이나 나이, 사회적 지위, 친밀도 등에 적절한 기본적 발화 양식

(4) 호칭 : 인간관계에 적절한 호칭의 사용 방식

(5) 화폐 및 숫자의 사용법 : 화폐의 단위 및 숫자의 표기법

(6) 휴일 : 휴일의 종류나 주중이나 주말의 행동 양식

(7) 전화 : 전화 통화를 위해 사용되는 표현과 일상적 절차, 휴대폰 사용과 문자 보내기

(8) 컴퓨터 : 컴퓨터를 사용하기 위해 필요한 최소한의 용어와 사용 양식

(9) 약국과 병원 : 약국과 병원 이용법, 의약 관련 기본 용어와 이용 방식

(10) 약속과 예약 : 개인적인 약속이나 예약과 관련된 표현 및 행동 양식

(11) 초대와 방문 : 초대와 방문에 관련된 표현과 행동 양식

(12) 데이트 : 이성간의 만남이나 데이트에 관련된 표현과 행동 양식

(13) 교통 : 대중교통 이용에 관련된 용어 및 표현과 이용법

(14) 물건 사기 : 쇼핑에 관련된 용어 및 표현과 쇼핑 문화

(15) 음식 : 김치나 된장 등 전통 음식, 대중이 즐겨 먹는 음식 및 이에 관련된 식문화

(16) 주생활 : 온돌, 기와 등 전통 가옥과 관련된 기초적 이해와 한국식 주생활 관련 문화(난방, 냉방, 통풍 등)

(17) 개인적 이동수단 : 자전거, 자동차, 기차, 비행기, 배 등에 관련된 표현과 생활 양식

(18) 스포츠 : 대중들이 일반적으로 즐기는 스포츠와 그에 관련된 행동 양식

(19) 대중매체 : TV, 라디오, 인터넷의 표현 및 사용 양식

(20) 취미 : 대중들이 즐겨 하는 취미생활과 그에 관련된 표현 및 행동 양식

(21) 편지와 메일 : 문자를 통한 의사소통 방식의 특징

(22) 가족 식사 : 식사 예절, 일상적으로 먹는 음식, 식사 전후의 생활양식과 표현

(23) 외식 : 외식을 위해 즐겨 가는 곳의 정보 및 관련 행동 양식이나 표현

(24) 술 : 술과 관련된 예절과 표현

(25) 간식 : 간식 문화(음식 종류, 행동 양식과 표현)

(26) 운동 : 생활 속 운동의 행동 양식이나 표현(조깅, 산책, 등산, 헬스클럽 이용 등)

(27) 가족 관계 : 가족 간의 역할과 관계 이해

(28) 모임 : 일상적인 모임과 관련된 행동 양식과 표현(예절과 계산 방식 등)

(29) 민속 : 한국의 민속에 관련된 행동 양식의 이해

(30) 축제나 잔치 : 공식적인 국경일, 가족이나 친지간의 잔치 및 축제의 내용과 방식

(31) 전통 놀이 : 널리 알려져 있는 전통 놀이의 이해와 방식

(32) 놀이나 게임 : 한국인들이 즐기는 인기 있는 놀이나 게임의 방식 및 이해

(33) 영화·연극·드라마 : 인기 있는 영화나 연극, 드라마에 대한 정보 및 감상

(34) 전시회·공연 : 현재 유행하는 전시회나 공연의 내용과 감상

(35) 휴가 보내기 : 한국에서 휴가를 보내는 일반적인 방식과 휴양지에 대한 이해

(36) 숙박 시설 : 대중이 많이 이용하는 숙박 시설의 종류와 이용 방식

이상의 내용 항목들은 다음에 논의할 문화 교육을 위한 구체적인 방법들과

함께 한국어교육 현장에서 직접적으로 활용될 수도 있을 것이다. 물론 문화 현상을 항목별로 난이도에 따라 등급화하는 데는 다소 무리가 따르는 것이 사실이다. 그러나 외국어로서의 한국어 교육에서 학습자의 수준에 맞추어 위와 같은 주제들을 배열해 보는 것이 효율적인 언어교육을 위해서는 필요한 작업이기도 하다.

4. 한국어 문화 교육의 방법

문화 교육이 한국어의 의사소통 능력의 향상이라는 목표에 부합하기 위해서는 한국 문화에 대한 올바른 소개도 필요하지만 교육 방법도 중요하다. 단순한 정보 전달식 교육이 아니라 학습자가 능동적이고 주도적으로 문화를 해석할 수 있도록 하는 방법론적인 전환이 필요하다. 학습자로 하여금 해당 문화를 관찰하게 하고, 그러한 문화 행위가 어떤 의미를 가지고 있는지 추측하고, 학습자 문화권과의 차이점 및 공통점을 찾고 토론하는 등의 방법이 그에 해당될 것이다.

외국어교육에서 언어와 문화를 교육하는 방법은 크게 세 가지로 나누어 볼 수 있다. 첫째는 언어와 문화를 별개의 현상으로 보고 언어와 문화를 따로 분리하여 가르치는 것이다. 나머지 둘은 언어와 문화 교육의 통합성을 지향하는 것으로, 그 하나는 언어를 중심으로 하여 먼저 언어 기능이나 구조가 선정되고 이에 적절한 문화적 내용들을 가르치는 것이다. 다른 하나는 문화를 중심으로 하여 먼저 문화적 주제들이 선정되고 이에 적절한 언어 기능이나 구조들을 가르치는 것이다.

각각의 방법들은 이들이 바탕을 둔 언어 이론이나 교수·학습 이론에 근거하여 볼 때 나름의 타당성을 지닐 수 있다. 왜냐하면 언어·문화 교육은 학습자의 학습 동기, 학습 환경, 학습 목표 등에 따라 그 방법이 달라질 수 있기 때문이다. 여기서는 기본적으로 언어와 문화의 통합성에 초점을 두고, 한국어 학습자들을 대상으로 한국어 문화 교육 방법론을 고찰하고자 한다.

문화의 교수·학습 방법론은 활동, 분야, 주제, 학습 도구 등에 따른 방법론이 있을 수 있다. 무엇보다도 교사들이 한국 문화에 대한 체계적인 이해와 교육철학을 가져야 한다. 교육 현장에서 문화 교육을 제대로 하기 위해서는 우선 한국

문화에 대한 체계적인 기술의 개발이 필요하다. 아직도 주제별로 연구 성과가 편향되어 있고 교육 현장에 직접 적용할 수 있는 구체적인 논의가 부족하다고 여겨진다.

다음에 주로 한상미(1999, 2005), 조항록(1998, 2000, 2002), 김인회 외(2002), 손은경(2002) 등을 바탕으로 문화 교육의 방법들을 제시해 본다.

1) 비교 방법(comparison method)

비교 방법은 학습자들에게 문화 간에 존재하는 차이점을 비교해 볼 수 있도록 유도하는 기술이다. 먼저 교사는 학습자의 문화와 현저히 다른 목표 문화 중에서 하나 이상의 항목을 교실에 제시한다. 이를 위한 적합한 활동으로는 토론, 발표하기, 프로젝트 등이 있다. 그 가운데 토론을 예로 들면, 교사는 토론의 내용 중 왜 이러한 차이가 문제를 일으킬 수도 있는지에 초점을 두고 토론이 이루어지도록 유도해야 한다.

2) 문화 동화 장치(culture assimilators)

이것은 학습자들에 의해 오해될 가능성이 있는 문화 간 상호작용의 결정적인 사건들을 간결하게 기술하는 것으로, 원래는 외국 문화에의 적응을 촉진시키기 위해서 사회 심리학자들에 의해 개발된 것이다. 문화 동화 장치에서는 해당 사건의 기술 후에 학습자들에게 네 개의 가능한 해석이 제시되는데, 학습자들은 이 네 개의 해석들 중 올바른 것을 하나 골라야 한다. 만일 이들이 정답을 선택하지 못했다면 올바른 결론을 내릴 수 있게 해주는 부가적인 정보를 찾아야 한다.

문화 동화 장치는 문화감지도구로 불리기도 하는데, 피훈련자가 목표 문화권에서 보편적으로 경험할 수 있는 전형적인 사례의 문항들을 기술한 후 그러한 상황에서 반응할 수 있는 선택 문항을 3-4개 정도 제시해 주는 것이다. 이 때 중요한 것은 피훈련자들이 선택한 각각에 대해 다양한 각도에서 문화 차이를 인식할 수 있게 해야 한다. 학습자들은 피드백(feed back)을 통해 목표 문화에 대한 이해를 발전시켜 나갈 수 있으므로, 이러한 피드백의 내용은 개인의 주관성을 탈피하여 객관성을 가질 수 있도록 충분히 검토되어야 한다.

3) 문화 캡슐(culture capsule)

문화 캡슐은 문화 동화 장치와 다소 유사하나 문화 동화 장치가 주로 읽기 자료를 제공하는 데 비해, 문화 캡슐은 다양한 시각 자료나 실물 자료들을 포함한다. 이는 대개 교사가 목표어 문화와 외국의 풍습 간에 근본적인 차이를 보이는 측면에 대해 간단한 프레젠테이션을 제시한다. 이 과정에서 두 문화 간의 차이점을 보여주는 시각 자료가 제시되고, 토론을 자극하는 질문들도 제시된다.

4) 문화 섬(culture island)

문화 섬은 교사가 교실 주변을 포스터, 그림, 게시문 등을 이용하여 목표 문화의 전형적인 모습을 보여줄 수 있는 공간으로 만들어 유지하는 것을 말한다. 이것은 학습자들의 주의를 끌어 질문과 논평을 유도하기 위해 기획된다. 따라서 교사는 학습자의 언어 숙달도를 고려하여 이와 연결될 수 있는 수준의 다양한 문화적 주제들을 선정하여 만들어 주는 것이 바람직하다.

5) 인터넷

최근 인터넷은 정보문화 뿐만 아니라 다양한 유형의 문화들을 포괄적으로 담고 있는 매체로 등장했다. 교사는 목표 문화의 학습을 위해 인터넷을 적절하게 활용할 수 있도록 유도하는 것이 필요하다. 인터넷에 접근하도록 하기 위해서는 먼저 초급 단계에서 목표 언어의 자판 익히기에서부터 시작하여, 단계적으로 안내하는 것이 바람직하다. 인터넷을 문화 수업으로 끌어들이기 위해서는 교사에 의해 학습자 숙달도에 따른 적절한 문화적 주제가 선정되어야 하고, 그에 따라 주제와 관련된 사이트의 검색과 같은 사전 준비가 철저하게 이루어져야 한다.

6) 참여 관찰(participant observation)

이는 특정 언어공동체에서 그 구성원으로의 역할을 하면서 1,2년간 그 공동체에 몰입하여 그 사회에서 유형화된 문화적 행위를 인지하고 이해할 수 있게 하는 것이다. 대상 국가에 들어가 있는 외국인 학습자들에게 적용할 수 있는 방법으로, 일반적인 한국어교육에서 적용하기 위해서는 상황에 맞는 적절한 변형이 필요하다.

7) 관찰(observation)

관찰은 학습자가 특정 의사소통 행위를 관찰자로서 주의 깊게 지켜보는 방법이다. 이 방법은 공동체에서 특정한 역할을 가지고 의사소통 상황에 참여하는 '참여 관찰'과는 달리 실험실과 같이 방해받지 않고 관찰만이 허용되는 장소일 경우에 적용할 수 있는 방법이다.

특히 비디오나 동영상으로 촬영된 내용을 관찰하는 것은 분석을 위한 재생이 편하기 때문에 유용하다. 사진, 녹음, 받아쓰기 등도 상황에 따라 사용될 수 있는 관찰 방법이다. 이 때 주의할 점은 관찰하는 특정 행위에 대해 가치 판단이나 결론을 내리지 않고 다만 관찰 가능한 행위만을 보고해야 한다. 즉 선입견을 배제해야 하는 것이다. 이 방법은 비교적 수월하게 수행할 수 있는 문화 학습 방법이다.

8) 영상물의 활용

드라마, 영화, 광고, 다큐멘터리, 슬라이드 등과 같은 영상물을 활용하는 것은 학습자의 흥미를 유발시킴과 동시에 매우 효율적인 문화 수업 방법이 될 수 있다. 특히 드라마나 영화는 분량이나 난이도를 조정함으로써 초급, 중급, 고급의 모든 학생들에게 적용될 수 있는 기술이다. 영상이 학습자의 언어적 한계를 보완해 줌으로써, 해당 주제에 대해 학습자가 언어와 문화적 측면 모두에서 부족한 이해를 도움 받을 수 있다.

이 기술은 목표 문화에서 발생하는 오해를 보여주는 장면을 통해서 학습자들을 문화 간 오해에 직접적으로 연계시키는 데에 특히 유용하다. 다만 학습자의 언어 숙달도에 맞게 교사에 의한 적절한 편집이나 내용의 선정 작업이 요구된다. 사진이나 그림 등의 시각적 자료를 담은 각종 슬라이드는 교실 활동의 다양성뿐만 아니라 문화적 통찰을 동시에 제공해 준다. 문화와 관련된 다큐멘터리는 학생들의 흥미를 유발하는 좋은 자료로 기능할 수 있다. 또한 대중매체에 등장하는 광고를 선정하여 그 내용과 그에 대한 언어 표현을 토론해 보는 것도 유용한 문화 수업이 될 수 있다.

9) 출판물의 활용

신문, 잡지, 출판물 등에는 교재에 포함되지 않은 문화의 많은 측면들이 들어 있다. 신문의 활용은 주로 고급 학습자들을 대상으로 유용하나, 부분적으로 중급 학습자에게도 활용될 수 있다. 신문은 읽고 요약하기나 읽고 기사 완성하기 등의 쓰기 수업에 활용될 수 있고, 토론하기나 읽고 요약하여 발표하기와 같이 말하기 수업으로도 활용이 가능하다.

신문을 문화 교육에서 활용하기 위해서는 교사가 학습자들에게 신문에 있는 특정 기사를 자기 나라 신문의 대응물과 비교하게 하거나 특정 내용의 기사에 대해 비교문화적인 관점에서 토론하게 하는 등의 수업을 유도하는 것이 바람직하다. 또한 머리기사나 광고, 논평, 스포츠, 만화, 일기예보 등과 같이 특정한 내용을 정하여 거기에 나타나는 문화적 특징에 대해 말하기, 듣기, 읽기, 쓰기 등의 수업에 적용할 수도 있을 것이다.

10) 목표어 화자와의 접촉

목표어 화자와의 접촉은 대상 언어나 문화 습득을 위해 매우 효과적인 방법이다. 이는 교실 안에서 교사와 학습자들 간의 제한된 의사소통을 보완하고, 목표어와 목표 문화에 대한 실제적인 지식을 습득할 수 있게 해 준다. 그리고 이것은 교실 내나 교실 밖에서 모두 이루어질 수 있는데, 구체적으로 다음과 같은 방법들을 사용할 수 있다.

① 방문객과 만나기 : 방문객에 대한 사전조사와 대화 내용에 대한 준비가 필요하다.

② 편지, 전자 메일, 문자 교환하기 : 각종 통신매체의 발달에 따른 것으로 교사가 우선순위를 정해야 한다.

③ 언어 교환 ; 목표어 모어 화자와의 정기적인 만남을 통해서 언어 교환이 이루어질 수 있도록 하는 것이다. 언어 교환의 방법은 다양할 수 있으나, 교사가 학습자의 여건을 고려하여 교실 수업을 보완하는 방향으로 유도되어야 한다.

④ 버디 프로그램(buddy program) : 외국인과 국내 학생 간의 친구 맺어 주기 프로그램이다. 제2언어 학습자와 모어 화자를 개별적으로 연결하여, 제2언어 학습자의 학교생활 및 문화 적응을 도울 수 있게 한다. 이 방법은 홈스테이나 가정 방문 등의 기회를 제공함으로써 보다 직접적인 문화 체험에 도움을 줄 수 있다.

11) 여행

여행은 목표어 문화권에 속하는 지역들을 방문하여 그 곳의 풍습이나 역사적 의미 혹은 지역적 특성을 익힘으로써, 문화적 정보들을 얻을 수 있다. 가능하다면 그러한 여행이 과목으로 설정되고 학점이 인정되는 것이 좋다.

5. 맺음말

사실 한국어교육을 통해서 외국인이 한국문화를 이해하고, 자국의 문화와 비교하여 객관적으로 인식할 수 있는 능력을 기를 수 있다면 좋겠지만, 이것이 한국어교육에서 실현되기는 실제로는 상당히 어렵다. 이것은 한국어를 모국어로 하는 학습자들을 대상으로 한 국어교육에서도 지금까지 제대로 실현하지 못한 목표이다.

이러한 사정은 한국어 교재에서도 마찬가지이다. 의사소통능력과 문법 능력의 습득은 한국어교육이 충실히 실현해야 하는 과제이므로, 그것을 구현할 수 있는 제재는 당연히 충분하게 수록해야 한다. 그렇지만 한국어 교육에서 실제로 감당할 수 있는 문화교육의 내용이나 목표를 어느 정도 제한적으로 설정할 필요가 있다고 생각한다.

언어는 문화라는 시각과 문화는 미지수 혹은 무한대의 무엇으로 보는 시각이 결합하면, 언어는 인간세계의 모든 것에 관여하는 무소불위의 존재가 된다. 그 결과의 하나가 한국어교육에서 담당해야 할 문화교육의 내용으로 한국의 정치·경제·과학기술까지를 설정하는 것이다. 그래서 교육 현장에 맞게 교사의 재량에 의한 선택이 중요하다.

한국어 교육에서 문화 교육의 결과로 궁극적으로 학습자들에게 기대하는 것은 1) 문화에 대한 고정 관념의 탈피 2) 문화 충격의 극복과 문화 변용 3) 언어와 문화의 통합적 습득 등으로 요약할 수 있다. 또한 제2언어 학습자와 모어 화자들 간의 대화에서 생기는 문제는 발음, 억양, 어휘, 문법 같은 언어적 측면에서의 것도 있지만, 목표어에 대한 사회문화적인 지식이 부족하여 발생하는 문제들도 비교적 높게 나타난다. 이는 제2언어 교육에서 사회문화적인 측면의 교육이 목표어의 의사소통 능력을 배양하는 데 필수적인 요소라는 것을 환기시켜 주는 것이다.

그러나 이것은 한국어를 가르치는 교사들의 또 다른 부담이다. 이를 위해 제2언어 교사들에 대한 교육과 더불어 기존의 교사들에 대해서도 지속적인 재교육이 이루어져야 한다. 한국어 교육 현장에서도 학습자들이 한국어로 적절한 의사소통을 할 수 있도록 하기 위해서는 문화 교육의 내용이나 방법뿐만 아니라 교사나 학습자들의 자세나 의식에서도 언어와 문화의 통합성을 지향하는 의식의 변화가 필요하다고 하겠다.

1. 단행본

국립국어원, 『한국어교육의 이해』, 한국문화사, 2009.

박영순, 『외국어로서의 한국어교육론』, 월인, 2006.

김중섭, 『한국어교육의 이해』, 한국문화사, 2004.

박영순 외, 『한국어와 한국어교육』, 한국문화사, 2008.

박영순 편, 『21세기 한국어교육학의 현황과 과제』, 한국문화사, 2002.

국제한국어교육학회 편, 『한국어교육론2』, 한국문화사, 2005.

2. 논문

강현화, 「한국어 문화 어휘의 선정과 기술에 대한 연구」, 박영순 편, 『21세기 한국
　　　어교육학의 현황과 과제』, 한국문화사, 2002.

김인회·조철현·남기심·조항록·강승혜, 「외국인과 해외교포를 위한 한국문화
　　　보급 방안 연구」(최종 보고서), 2002.

김정숙, 「한국어 숙달도 배양을 위한 한국 문화 교육 방안」, 『교육 한글』10권,
　　　1997.

김정은, 「문화교육의 연구사와 변천사」, 국제한국어교육학회 편, 『한국어교육론2』,
　　　한국문화사, 2005.

김종철, 「문화교육의 과제와 발전 방향」, 국제한국어교육학회 편, 『한국어교육론2』,
　　　한국문화사, 2005.

박영순, 「제2언어교육으로서의 문화 교육」, 『이중언어학회지 5』, 이중언어학회,
　　　1989.

성기철, 「한국어교육과 문화 교육」, 『한국어교육 12-2』, 국제한국어교육학회,
　　　2001.

손은경, 「문화감지도구 개발 연구-일본인 한국어 학습자를 대상으로-」, 연세대석
　　　사학위논문, 2002.

윤여탁, 「한국어 문화 교수 학습론」, 국제한국어교육학회 편, 『한국어교육론2』, 한국문화사, 2005.

조항록, 「한국어 고급 과정 학습자를 위한 한국 문화 교육 방안」, 『한국어교육 9-2』, 국제한국어교육학회, 1998.

______, 「초급 단계에서의 한국어교육과 문화교육」, 『한국어교육 11-1』, 국제한국 어교육학회, 2000.

______, 「한국어 문화 교육론의 주요 쟁점과 과제」, 박영순 편『21세기 한국어교 육학의 현황과 과제』, 한국문화사, 2002.

조항록·강승혜, 「초급 단계 한국어 학습자를 위한 문화 교수요목 개발(1)」, 『한국 어교육 특집호』, 2001.

한상미, 「한국어교육에서 언어와 문화의 통합적인 교육 방안」, 『한국어교육 10-2』, 국제한국어교육학회, 1997.

______, 「문화 교육 방법론」, 『한국어교육론2』, 국제한국어교육학회 편, 2005.

『동방학술논단』 2010년 제4기(중국 절강성 절강월수외국어대학 한국문화연구소, 2010. 12)

2장

초급 한국어의 문화교육

1. 머리말

근래 외국어로서의 한국어 교육은 학문적으로 많은 연구 성과들이 축적된 바 있다. 한국어 교육에서의 문화교육에 대한 연구가 1990년대를 기점으로 점진적으로 증가하고 있으며[1], 교육현장의 주된 자료인 한국어 교재에도 이런 문화교육의 관점이 중요하게 활용되고 있는 실정이다.

외국인들이 한국어를 배우는 동기와 목적, 학습자의 요구도 역시 다양화, 전문화되고 있다. 또한 그들이 기대하는 한국어 능력의 성취도 일상적인 회화의 수준을 넘어서 학문이나 비즈니스 등을 위한 특수 목적을 지향하는 경우가 많아지고 있기도 하다.

그러므로 이제는 이처럼 고급화된 학습자의 요구를 충족시킬 수 있는 양질의 한국어 교육을 위한 노력이 필요한 시점이다. 더구나 오늘날 한국사회에서 현저하게 증가하고 있는 다문화 가정을 위한 한국어 교육에서도 문화교육의 문제는 폭 넓게 고려되어야 한다. 즉 앞으로의 한국어 교육은 단순한 언어 지식의 교육

---

1) 이미 김정은(「문화교육의 연구사와 변천사」, 『한국어교육론2』, 국제한국어교육학회 편, 한국문화사, 2005, 353-386쪽.), 김중섭(「외국인을 위한 한국문화교육 연구의 현황과 과제」, 『한국어교육의 이해』, 한국문화사, 2004, 293-321쪽.) 등에 의해 이 방면의 연구사가 집필된 바 있다.

을 벗어나, 체계적으로 학습자의 문화적 의사소통 능력을 향상시킬 수 있는 데에 목표를 정하고 실시되어야 함을 의미한다고 하겠다.

그런데 문화는 계속해서 오랜 시간에 걸쳐 변화하며 그것을 누가 감지하고 해석하느냐에 따라 해석이 달라지는, 구체적인 실체의 파악이 어려운 구성체이다. 문화란 교육의 실제적인 대상이 되기에는 너무 광범위하고 모호하다. 따라서 언어와 직접적으로 관련된 문화적 요소만을 추출하여 언어교육에 포함시키는 것도 하나의 방법이 될 것이다.[2]

이에 이 글에서는 초급 한국어 교육에서 유념해야 할 한국문화의 관계 및 위상에 대해 논의해 보고자 한다. 이를 위해 먼저 현행의 초급 한국어 교재들을 분석하여 현황과 문제점을 파악하여 논의의 출발로 삼고자 한다. 이어서 초급 한국어 교육의 목표와 문화 교육의 구체적인 교육 방법들을 검토할 것이다. 이러한 작업을 통해서 외국인을 위한 초급의 한국어 교육에 반영될 한국문화의 위상을 재정립하고, 한국어 교육의 내실화에 기여할 수 있을 것으로 기대한다.[3]

2. 초급 한국어 교재의 분석

문화교육의 구체적인 진행은 다양한 기준에 의해서 달라질 수 있다. 즉 문화교육의 내용에 따를 수도 있고, 문화교육의 방법에 따를 수도 있다고 하겠다. 지금까지 한국어 교육에서 문화교육의 내용적 측면에 대한 논의는 활발하게 이루어져 왔다.[4] 다음에 현행 초급 한국어 교재의 분석[5]을 바탕으로 구체적인 항

---

2) 박영순, 『외국어로서의 한국어교육론』, 월인, 2006, 194~195쪽.
3) 본고는 필자가 대학에서 수년간에 걸친 외국학생들을 대상으로 한 한국어 강의, 중국에서의 교환교수 생활(한국어 강의), 대학원 한국어교육 전공 학생들에게 한국문화론을 강의하면서 경험하고 고민한 내용들을 바탕으로 한 것이다.
4) 김정숙(「한국어 숙달도 배양을 위한 한국 문화 교육 방안」, 『교육 한글』10권, 한글학회, 1997, 317~325쪽.), 김인회 · 조철현 · 남기심 · 조항록 · 강승혜(「외국인과 해외교포를 위한 한국문화 보급 방안 연구」(최종 보고서, 2002.), 조항록 · 강승혜(「초급 단계 한국어 학습자를 위한 문화 교수요목 개발(1)」, 『한국어교육 특집호 12-2』, 국제한국어교육학회, 2001, 491~510쪽.), 한상미(앞의 논문, 403~426쪽.) 등을 들 수 있다.
5) 분석 대상은 모두 10개 대학의 교재이다. 현재 독립된 교재를 발행하여 한국어교육을 실시하는 대학은 20개가 넘지만, 그 가운데 비교적 시행연도가 오래되고 교재의 충실도를 감안하여 필자가 임의로 선정한 것이다. 이들은 대체로 ① 성인학습자를 대상으로 한다. ② 1급부터

목들을 제시해 보고자 한다.

<표 1> 현행 초급 한국어 교재 분석)[6]

학교	교재	학습 대상	단원의 내용
건국대	『한국어 1』	초급	자기소개(인사하기), 친구소개, 사물, 동작(격식체), 장소, 기호(비격식체), 위치와 수, 요일과 날짜, 하루 일과, 가족, 계획, 식당, 약속, 길과 방향, 시장(물건 흥정), 생일 초대, 방문, 병(약국), 전화, 날씨와 계절, 여행, 은행, 교환(화폐), 하숙집, 이메일, 실수, 방학
고려대	『재미있는 한국어 1』	초급	자기소개, 일상생활, 물건사기, 위치, 음식, 약속, 날씨, 주말활동, 교통, 전화, 취미, 가족, 우체국·은행, 약국
경희대	『한국어 초급Ⅰ, Ⅱ』	초급	초급Ⅰ-예비편, 한글 익히기, 인사와 자기소개, 학교, 교실, 위치, 초대, 방문, 기호와 취미, 소개, 수와 계산, 가격, 날짜와 요일, 시간과 하루 일과, 음식, 식사, 시장, 쇼핑) 초급Ⅱ-휴일, 전화, 주문, 편지, 인물, 약속, 날씨, 여행, 약국, 병원, 공공장소, 기호, 소개, 계획, 우체국, 취미, 길 찾기, 교통, 물건 사기
서강대	『서강한국어 1A, 1B』	초급	1A-한글 1~4, 준비 1~4, 전화번호, 행선지, 영화, 학교, 은행, 교통, 각 과는 문법, 단어·표현, 종합문제, 문화사진 자료와 영문으로만 소개 1B-여행, 옷 입기, 일상생활, 수영, 영화, 병, 한국음식

6급으로 나누어 6단계별 교육을 실시하고 있다. ③ 4학기제이며 한 학기 10주, 1일 4시간씩 200시간 동안 한국어교육을 진행한다. ④ 정규과정 운영이 유사하고, 직접 교재를 제작하여 사용한다는 등의 내용을 공유한다. 배열순서는 가나다순이다.

6) 건국대(언어교육원, 『한국어 1』, 건국대출판부, 2008.)고려대(한국어문화교육센터, 『재미있는 한국어 1』, 교보문고, 2009.) 경희대(국제교육원 한국어교육부, 『한국어 초급Ⅰ, Ⅱ』, 『혼자서 공부하는 한국어 초급Ⅰ, Ⅱ』,경희대출판국, 2008.) 서강대(한국어교육원, 『서강한국어1A, 1B』, 도서출판 하우, 2009.) 서울대(언어교육원, 『한국어 1』, 문진미디어, 2008.) 선문대(한국어교육원,『초급 한국어 Ⅰ~Ⅳ』, 한국문화사, 2008.) 성균관대(성균어학원, 『배우기 쉬운 한국어 1, 2』-문법,『말하기 쉬운 한국어 1, 2, 3, 4』-회화, 성대출판부, 2007.) 연세대(한국어학당 교재 편찬위원회, 『100시간 한국어 1』, 연세대출판부, 2007.) 한국외대(한국어문화교육원, 『외국인을 위한 한국어 1』, 한국외대출판부, 2009.) 한양대(국제어학원, 『한양한국어 1』, 한양대출판부, 2009.)

서울대	『한국어 1』	초급	예비편, 인사하기, 장소, 식당, 날씨, 요일, 숙소, 일과, 자기소개, 전화(방문), 물건 사기, 백화점, 택시와 버스(교통수단), 초대와 방문, 가족, 야구(운동·취미), 생일, 여행, 물건 구매(수량), 주말(여가생활), 감기(약국, 병원), 식당, 다방(주문), 일과(기상), 계산(다방), 겨울방학(계절, 고향 소개), 주말 계획(책방), 은행(한국 화폐), 영화(주말)
선문대	『초급한국어 I ~IV』	초급	초급 I-모음과 자음, 받침, 인사와 자기소개, 도서관과 학교, 음악(취미) 등의 기초 한국어 초급II-요일과 날짜, 시간, 가족 소개, 주문 등 일상적인 회화 초급III-날씨와 물건 사기, 등산, 전화하기, 우체국, 은행, 미용실 등의 실제 생활 회화 초급IV-여행, 운동, 영화, 약국, 돌잔치, 취미와 표 예매하기, 초대, 설과 추석, 편지 쓰기
성균관대	『배우기 쉬운 한국어 1, 2』	초급	1권-준비학습(한글 읽기와 쓰기), 인사, 자기소개, 가족, 위치와 장소 표현하기, 계절과 날씨, 주말 활동, 수, 물건 사기, 시간, 희망 표현(시제), 전화(높임말), 이메일, 직업, 음식 주문, 제안, 길찾기와 교통수단, 약속, 계획 말하기, 목적지, 금지와 부탁, 비교의 말하기, 영화(취미) 2권-방학생활, 명절(세배), 태권도, 영화(취미), 할인 매장(쇼핑), 환절기와 감기(병원, 약국), 환전하기(은행), 소포 보내기(우체국), 파마와 염색(이발소와 미용실), 취직, 지각, 돌잔치, 계절, 여행, 그림엽서(편지, 일기), 하루 일과, 출입국관리사무소, 하숙 생활
연세대	『100시간 한국어 1』	초급	인사하기, 자기소개(설명), 취미, 경주(관광지), 방안(위치), 행선지(교통수단-버스, 지하철, 택시), 가격(물건 사기), 수량, 식사, 음식 주문하기, 시간과 날짜, 주말, 영화(약속하기), 집 찾기(방문하기), 꽃집, 전화, 귀가, 편지 쓰기, 비행기(환영과 배웅), 여행, 감기, 날씨와 계절, 한국 노래
한국외대	『외국인을 위한 한국어 1』	초급	한글, 인사, 질문과 대답, 가족, 지도, 고향, 위치와 수량, 식당, 행선지, 약속, 가격, 수영, 일상생활, 주말계획, 식당(주문), 장래 희망, 잔치, 교통수단, 여행, 상품 구매

한양대	『한양한국어 1』	초급	인사하기, 교실, 한국어 공부, 식당, 가족, 날짜와 요일, 길에서, 하루의 일과, 가게, 전화, 약속, 교통, 친구, 고향, 하숙집 등을 각각을 (1), (2)로 배치

　이상을 보면 현재 거의 모든 한국어 교재의 편집이나 구성에서 그 반영하는 방법과 정도에 차이는 있지만 한국문화를 고려하고 있다. 다만 서울대와 한국외대의 경우에는 교재에서 따로 한국문화를 배려하지 않고 있고, 서강대와 한양대는 제목과 사진만 제공하고 있으며, 나머지는 모두 단원의 끝에나 필요한 경우에 설명, 실물 사진, 그림 등으로 제시하고 있다.

　그 중에서도 연세대와 고려대, 선문대, 경희대 등의 교재에서 한국문화가 특히 강조되어 있음을 확인하게 된다. 주목할 것은 오늘날 대부분의 대학 부설 어학원에서는 교재와 관계없이 교육과정에 별도의 문화 체험 학습 프로그램이 활발하게 운영된다는 점이다. 이것은 최근 한국어 교육에서 한국문화의 중요성이 충분히 인식하는 가운데 시행되고 있음을 보여준다.[7]

　다음에 대표적으로 성균어학원의 경우를 들어, 구체적인 문화 체험 행사의 내용들을 살펴보기로 한다. 단계별 10주간의 교육에서 (1) 현장학습-남산한옥마을, 한국의 집, 수원화성, 국립중앙박물관, 떡박물관, 민속박물관, 김치박물관, 화폐박물관, 전쟁기념관, 용인 민속촌 등 (2) 체험학습-김치 만들기, 태권도 배우기, 부채 만들기, 한지 공예, 사물놀이 배우기, 도자기 만들기 등 (3) 견학 및 관람-청와대, 방송국, 에버랜드, 롯데월드, 서울대공원, 63시티 견학, 영화 · 뮤지컬 · 연극 관람 등을 격주로 수요일에 실시하고 있다. 그러나 체험 위주의 보완책은 해외에서는 활용할 수 없다는 한계가 있다. 해외에서는 인터넷이나 스마트폰을 이용한 동영상 자료가 효율적이다.

　이제 위의 〈표 1〉을 문화와 관련된 항목별로 공통된 내용들을 정리하면 다음

---

7) 이것은 10여 년 전에 국내의 한국어 교재는 극히 일부를 제외하고는 문화적 항목을 독립적으로 제시하지 않았던 것과는 큰 차이를 보인다. 조항록, 「초급 단계에서의 한국어교육과 문화교육」, 국제한국어교육학회, 『한국어교육』 11-1, 2000, 158쪽. 참조

과 같다.

1. 예비와 준비(한글 자모, 음절 구성, 한글의 읽기와 쓰기)
2. 언어생활(한국어의 겸양법, 경어법, 호칭, 시제, 격식체와 비격식체의 사용)
3. 인사하기(자기 · 친구 · 가족 소개)
4. 시간과 장소(요일과 날짜, 위치와 방향)
5. 수량과 계산(화폐, 계량 단위)
6. 가정생활(가족의 호칭과 관계)
7. 의식주생활(옷 · 음식 · 주거)
8. 일상생활(방안, 하루 일과, 숙소-기숙사 · 하숙집)
9. 학교생활(교실, 도서관)
10. 사회생활
    1) 교통수단(버스 · 지하철 · 택시 · 비행기) 이용하기
    2) 관공서(은행 · 우체국 · 출입국관리사무소) 이용하기
    3) 식당 · 다방 이용하기
    4) 병원 · 약국 이용하기
    5) 이발소 · 미용실 이용하기
    6) 세탁소 · 목욕탕 이용하기
    7) 대인 관계-전화 · 방문 · 초대 · 약속 · 편지 · 이메일 쓰기 등
11. 경제생활(식당, 상품 구매와 흥정-백화점, 시장, 상점)
12. 취미 · 여가생활(명절, 주말, 공휴일, 여행, 운동, 등산, 방학)
13. 문화생활(컴퓨터, 그림, 노래, 춤, 영화, 음악, 드라마, 뮤지컬, 연극 등)
14. 전통문화(돌, 결혼)
15. 예절문화(웃어른 공경, 식사예절, 초대와 방문 예절)
16. 자연 환경(날씨와 계절, 자연 지리, 주요 관광지와 특산물)

〈표 1〉에서 보듯이 초급 단계에서의 문화교육은 당연히 일상적인 생활문화가 중심이 된다. 한국인의 의식주, 일상생활 관련 의식, 일상적인 의사소통, 기초적인 경제나 기술, 친족 관계, 기본적인 교육, 정치, 지리, 교통 등이 그것이다.

여기에 한류와 관련된 간단한 예술문화 항목의 설정 보완도 생각할 수 있다. 물론 이러한 내용들은 교육 현장에서 교육 환경 및 학습자 변인에 따라 재조정될 수 있고, 필요한 경우에는 학습 단계에 따라서 항목이나 난이도를 조절하는 것이 더욱 중요하다.

이상에서 분석한 한국어 초급 단계 문화교육의 내용과 주제들은 다음에 논의할 문화교육을 위한 방법과 함께 한국어교육의 교재 개발이나 문화교육에 직접적으로 활용될 수 있을 것으로 생각한다. 외국어로서의 한국어 교육에서 학습자의 수준에 따라 위와 같은 주제들을 항목화해 보는 것이 교육의 효율성 측면에서 무의미하지는 않을 것이다. 중요한 것은 이 항목들이 실제의 교육 현장에서는 끊임없는 실험과 검증을 거쳐서 재확인, 조정의 절차를 밟아야 한다는 점이다.

이러한 요소들은 당연히 한국어 교육 교재의 개발에도 반영되어야 한다. 다만 초급에서는 한국어를 배운 외국인이 장차 한국에 와서 살게 되거나, 또는 한국문화를 체험하는 기회에 이를 이해하고 자국의 문화와 비교할 수 있는 정도의 기초적인 자질을 준비하는 정도에서 선을 그어야 한다.

같은 초급의 학습자라도 대학 수학을 위한 유학생, 일반 목적의 한국어 학습자, 특수 목적의 학습자 등에 따라서도 달라져야 하고, 특히 한국이 아닌 해외에서의 학습하는 경우에는 나라별로 고려해야 할 항목들이 달라야 한다. 그러므로 한국어 교육에서 실제로 감당할 수 있는 문화교육의 목표나 내용은 학습 단계별, 학습 환경별로 교사에 의해 제한적으로 설정·조정될 필요가 거듭 대두되는 것이다.

3. 초급 한국어의 교육 목표

여기서 한국어 교육이란 한국어가 모국어가 아닌 외국인이나 재외 동포, 특히 국내에 살고 있는 다문화 가정의 외국인 배우자와 그 자녀들을 대상으로 한 한국어 교육을 가리킨다. 따라서 한국어 교육의 목표는 단계별로 한국어 학습자가 한국어의 다양한 능력을 획득하여 한국어를 잘 구사할 수 있도록 하는 것이 된다. 이러한 한국어 교육의 구성이나 내용 체계는 대체로 말하기, 듣기, 읽기, 쓰

기, 문법, 어휘 등으로 나눈다. 여기에 문화 항목을 추가하는 것도 하나의 방안이다.[8]

그런데 한국문화 교육은 한국어 교육에서만의 문제는 아니다. 한국어 교육을 제대로 하기 위해 문화교육을 통합하려는 요구에서 뿐만 아니라, 한국문화 자체에 대한 외국인의 관심 또는 한국 정부의 홍보 요구에 의해서도 한국문화 교육은 성립된다. 전자와 후자는 구별되어야 하지만, 현실은 한국어 교육에서 한국문화 교육을 대리하는 측면이 존재하는 것도 또한 사실이다. 다만 후자는 언어교육과 별개로 이루어질 수도 있다는 점에서 이 글은 전자만을 대상으로 한다.

결국 한국어 교육에서의 문화교육은 교육의 목적을 어디에 두느냐에 따라서 제재로서의 문화의 성격도 달라질 것이다. 학습 단계에 따른 한국어 교수·학습 활동의 목표에 맞추어 문화적 제재들도 달라져야 하고, 그에 따라 실제적인 교수-학습의 활동 내용도 다르게 구성될 필요가 있다. 실제로 한국어에는 한국의 전통문화, 가치관, 의식 구조, 사상 등을 이해해야만 진정한 의미를 이해할 수 있는 말이나 글도 많다.

예를 들면 '사물놀이, 정, 사주팔자, 궁합, 족보, 품앗이, 폐백, 세배, 양반, 종가, 농악, 단오' 등의 어휘는 사전에 한국적인 풍습이나 사고방식을 제대로 이해하고 사용해야 하는 것들이라고 할 수 있다. 여기에 비언어적 요소 가운데 일상생활에서 주로 나타나는 한국인의 특징적인 습관이나 제스처를 가르쳐야 하는 것도 필요하다.

한국어를 배운다는 것은 단순히 한국어 문법만을 배우는 것이 아니라 한국인의 의식이나 사고방식도 함께 안다는 것이다. 그러므로 한국문화에 대한 이해 없이 한국어를 제대로 구사할 수 없으며, 한국문화를 모르고는 한국과 한국인, 한국어를 제대로 이해할 수 없다. 그렇다고 한국인들이 일상생활에서 체득한 문화의 수준까지 외국인 학습자에게 요구하는 것은 무리일 수도 있다. 그러나 다양한 문화 제재를 통하여 한국문화를 제대로 가르칠 때 이런 문화적 간격은 줄어들 것이다. 이 점이 바로 한국어 교육에서 문화를 강조하는 이유이기도 하다.

---

8) 박영순, 「한국어교육의 목표와 현황」, 『한국어와 한국어교육』, 박영순 외, 한국문화사, 2008, 5~9쪽.

한국어 교육의 목표를 학습자의 이수단계에 따라 나누어서 각각의 세부적으로 설정하는 것이 가능하다. 초급의 경우는 1) 문화관광부 한국어 세계화 추진위원회, 초급 학습목표 2) 국립국제교육원 주관, 한국어능력시험의 초급(1급, 2급) 평가기준 3) ACTFL(미국외국어교육협회) 가이드 라인 등을 참고할 수 있다.

문화체육관광부에서 제시한 초급의 학습목표는 '① 자모의 발음을 정확히 익히고 교정, 한국어 구문 구조를 이해한다. ② 일상생활을 하는 데 필요한 기본적인 의사소통을 한다. ③ 기본적인 문장 구성에 필요한 문법을 익힌다. ④ 질문과 응답, 간단한 복문, 현재, 과거, 미래를 표현할 수 있다. ⑤ 적절한 기능어를 사용하여 간단한 주문이나 요청, 제안 등을 할 수 있다. ⑥ 단순한 감정 표현을 이해하고 말할 수 있다. 편지, 엽서 등을 쓸 수 있다.' 등이다.

현재 한국 국내에서 시행되는 한국어능력시험(TOPIK) 초급의 평가기준에서 1급은 ① '자기 소개하기, 물건 사기, 음식 주문하기' 등 생활에 필요한 기초적인 언어기능을 수행할 수 있다. ② '자기 자신, 가족, 취미, 날씨' 등 매우 사적이고 친숙한 화제에 관련된 내용을 이해하고 표현할 수 있다. ③ 약 800개의 기초 어휘와 기본 문법에 대한 이해를 바탕으로 간단한 문장을 생성할 수 있다. ④ 간단한 생활문과 실용문을 이해하고 구성할 수 있다. 등이다.

2급은 ① '전화하기, 부탁하기' 등의 일상생활에 필요한 기능과 우체국, 은행 등의 공공시설 이용에 필요한 기본적 기능을 수행할 수 있다. ② 약 1,500~2,000개의 어휘를 이용하여 사적이고 친숙한 화제에 관해 문단 단위로 이해하고 사용할 수 있다. ③ 공식적 상황과 비공식적 상황에서의 언어를 구분해 사용할 수 있다. 등으로 되어 있다.

ACTFL의 외국어시험은 4단계(초급, 중급, 고급, 최고급)로 실시되고, 각각에서 제시하는 종합적 과제/기능을 평가하는데, ① 사회적 장면과 화제 영역, ② 정확성, ③ 텍스트의 형식 등을 하위항목으로 하는 것이다. 이 가운데 초급의 종합적 과제/기능은 "암기한 형식적 표현, 단어의 나열, 구를 사용하여 최소한의 의사소통을 할 수 있다."이고, ①은 "가장 흔한 비공식적인 장면, 일상생활에서의 가장 흔한 상황을 다룬다.", ②는 "모어화자가 아닌 사람과의 대화에 익숙한 사람이라도 이해하기 어렵다.", ③은 단어/구로 되어 있다.[9]

이들을 바탕으로 할 때, 초급 학습자에게 요구되는 문화적 능력은 한글에 대한 기본적인 이해, 한국어의 올바른 사용(경어법 등), 한국의 자연 환경에 대한 기본적인 이해, 한국에서의 의식주 생활 영위, 기본적인 경제활동, 모국과의 통신 및 교류, 공공시설의 제한적 이용, 여행 및 여가 생활, 한국인과의 교제, 가정/학교/직장과 같은 특정 영역에의 적응 등이 될 것이다.

결국 초급은 한국어에 대한 기초적인 이해와 사용 능력을 바탕으로 한국사회에서 기본적인 생활이 가능한 수준이라고 볼 수 있다. 즉 일상생활에서 필수적으로 요구되는 인사 나누기, 물건 사기, 음식 주문, 교통수단 이용, 전화사용, 우체국 등 공공시설의 제한적 이용, 여행하기, 숙박시설 이용하기, 간판/광고 등에서 기본적인 정보 얻기, 취미 활동하기 등의 과제를 수행할 수 있을 정도의 의사소통 능력을 습득하는 과정을 말한다.

따라서 문화와 관련된 초급의 교육목표를 ① 한국어에 흥미와 자신감을 갖고 한국어로 의사소통할 수 있는 기본 능력을 기른다. ② 일상생활에 관한 말과 글의 의미를 이해하고 표현할 수 있다. ③ 표정이나 제스처와 같은 비언어적 의사소통의 차이를 이해한다. ④ 문화 간의 차이점을 인정하고 이해한다. ⑤ 한국 문화에 대한 선입견이나 고정관념을 갖지 않고 한국 문화를 객관적이고 체계적으로 이해하려는 태도를 기른다. 등과 같이 정하는 것도 의미를 갖는다.[10]

4. 초급 한국어의 문화교육 방법

문화교육이 한국어의 의사소통 능력의 향상이라는 목표에 부합하기 위해서는 한국문화에 대한 올바른 소개도 필요하지만 교육 방법도 매우 중요하다. 단순한 정보 전달식 교육이 아니라 학습자가 능동적이고 주도적으로 문화를 해석할 수 있도록 하는 방법론적인 전환이 요구된다. 학습자로 하여금 해당 문화를 관찰하

---

9) 나카가와 마사오 · 위햇님, 「한국어교육에서 ACTFL-OPI의 활용 방안」, 국어교육학회, 『국어교육학연구』 제37집, 2010, 289쪽. 참고로 ACTFL의 1986년판 가이드라인에는 '문화능력지침'이 제시되어 있었으나, 문화능력 평가의 복잡함 때문에 현재는 그에 관한 기술이 삭제되어 있다.

10) 성기철, 「한국어교육과 문화 교육」, 『한국어교육 12-2』, 국제한국어교육학회, 2001, 112~135쪽.

게 하여 그러한 문화 행위가 어떤 의미를 가지고 있는지 추측하고, 직접 문화권 간의 차이점 및 공통점을 찾고 토론하는 등의 방법 등이 그에 해당될 것이다.

우선 한국문화 교육에서 비교문화의 성과를 적극적으로 활용해야 한다는 주장에 유념할 필요가 있고, 이를 위해 한국문화 교육 능력을 갖춘 한국어 교사의 양성이 시급하다는 입장도 설득력을 가진다.[11] 어떤 것이 한국의 고유한 것이라고 제시할 때, 그것이 정말로 그런지 객관적으로 판단할 수 있는 기준이나 능력이 갖추어진 교사에 의해서 한국문화 교육이 이루어지는 것이 바람직하다.

한국어 교육에서 한국문화 교육의 방향은 크게 두 가지를 설정할 수 있을 것이다. 먼저 학습자가 한국에 정착하여 한국인의 일원으로 살아갈 경우, 문화교육은 학습자가 한국문화를 실천하는 능력의 획득 쪽으로 방향을 잡아야 한다. 이때 한국어 능력과 관련된 한국문화 교육은 실천을 지향해야 한다. 이에 비해 한국 음식, 한국 전통의상, 한국 음악 등의 한국문화 산물에 대한 설명문을 교재에 제시하거나 이에 대한 이해나 경험을 대화 형식으로 제시할 때 문화교육은 향유를 지향할 필요가 있다.[12]

예컨대 '한복'이란 단어와 그것이 지칭하는 대상을 알고, 한복을 입고 '멋'을 부려보고, 이를 '멋있다'고 판단하여 표현할 수 있게 하는 것이다. 즉 한복이라는 한국문화 산물을 이해하는 활동, 그것을 입어보는 향유 활동, 이 한복을 입는 행위가 실천하는 한국의 미적 이념이 '멋'이라는 것을 인식하는 활동, 그리고 한복을 아름답게 입은 것을 두고 '멋있다'라는 어휘로 표현하는 활동으로 학습이 구성될 수 있다.

이를 일반화하면 1단계: 한국문화 산물 이해(명칭 학습, 용도와 구조 이해 등), 2단계: 한국문화 산물 향유(입어 보는 것, 먹어 보는 것 등), 3단계: 향유가 추구하는 가치 인식, 4단계: 가치 판단을 해당 언어로 표현[13] 등이 된다고 한다. 이제는 이렇게 문화

---

11) 김종철, 「문화교육의 과제와 발전 방향」, 『한국어교육론 2』, 국제한국어교육학회 편, 한국문화사, 2005, 399~400쪽.
12) 김종철, 「한국어교육에서 한국문화교육의 쟁점과 전망」, 한국어교육학회, 『국어교육』 133, 2010, 344~350쪽.
13) 김종철, 위의 논문, 2010, 353쪽. 이러한 견해에 바탕을 둔 수업 적용 사례도 생각할 수 있지만, 여기서는 논외로 한다.

의 실천과 향유를 염두에 둔 단계별, 항목별 구체적인 학습안이 구안될 필요성이
인정되기도 한다.

　최근에는 특히 언어와 문화의 통합적인 교육 방법에 보다 많은 관심이 쏠리
고 있다. 본고도 기본적으로 이러한 관점에서 초급의 문화교육 방법들을 살펴보
고자 한다. 하지만 초급에만 적용될 수 있는 방법들이 따로 존재한다고 하기는
어렵기 때문에, 문화교육 방법의 일반을 살피면서 각 방법별로 초급에서 다룰
수 있는 요소를 언급하기로 한다.

　다음의 논의는 박영순(2006), 한상미(2005), 조항록(2000)의 논의를 참고로 하여, 그
동안 필자의 교육현장 경험을 바탕으로 근래의 성과들도 두루 고려한 것이다.[14]
이것들을 편의상 크게 '교실 안과 밖의 활동'으로 나누어 보기로 한다.

4.1 교실 안 활동(문화의 간접 체험 학습 방법)

① 문화 비교 방법

　이 방법은 학습자들에게 문화 간에 존재하는 차이점을 비교·대조해 볼 수
있도록 유도하는 것으로 한국어교육의 모든 단계와 여러 방법들에서 두루 함께
활용할 수 있는 방법이다. 교사가 학습할 문화 항목을 제시하고, 학습 단계에
따라 가능한 학습자들의 토론, 발표하기, 프로젝트 등을 진행하게 된다. 다만
초급에서는 이러한 본격적인 과제 수행이 어렵고 간단한 의견 제시 정도가 적당
하다. 언어표현 비교하기도 가능할 것이다.

　이 때 비디오테이프, 출판·인쇄물, 영화, 동영상(DVD), 인터넷 등을 적극적으

---

14) 박영순은 문화의 교수·학습 방법론으로 '문화를 문화의 유형에 맞게 교수·학습한다.' 등 모
　두 10가지의 방법론을 제시하였다.(박영순, 앞의 책, 2006, 219～220쪽.) 그런데 이는 학습
　단계에 관계없이 일반적인 문화교육의 방법론을 주장한 것이다. 지나치게 체험과 활동, 조사
　와 발표에 치중되어 있다는 한계가 있다. 한상미도 단계를 고려하지 않은 문화교육 기술을
　'비교 방법' 등 11가지로 논의했다.(한상미, 앞의 논문, 411～420쪽.) 널리 알려진 문화감지도
　구를 추가하였을 뿐, 역시 참여·관찰·접촉·여행 등 체험활동을 강조한 것이다. 이들에 비
　해 조항록은 초급 단계에서의 문화교육 방안으로 '설명/실물, 사진, 그림의 제시와 영상물의
　감상/실제 활동(주소 쓰기, 전화번호 메모, 광고 전단지 읽고 상품 선택하기)의 동원/역할극/
　자국의 문화와 비교하여 말하기/현장 견학/관찰, 참여 관찰 등 의사소통 민족지학의 접근법
　활용'을 제시하여 좀 더 구체적이고 실질적이다.(조항록, 「초급 단계에서의 한국어교육과 문화
　교육」, 『한국어교육 11-1』, 국제한국어교육학회, 2000.)

로 활용할 수 있다. 주의할 점은 자료 중에 한국 정부에서 제작, 배포하는 자료는 지나치게 한국문화의 독특성과 우월성을 강조하여 자칫 역효과를 낼 수도 있기 때문에, 평범한 한국 가정의 일상생활, 대학 생활, 서울의 지하철 등의 교통 정보, 공항 안내 등을 보여 줄 수 있는 것이 좋다.

② 문화 동화장치

문화 동화 장치는 문화감지도구[15]로 불리기도 한다. 피훈련자가 목표 문화권에서 보편적으로 경험할 수 있는 전형적인 사례의 문항들을 기술한 후, 그러한 상황에서 반응할 수 있는 선택 문항을 3-4개 정도 제시해 주는 것이다. 학습자들은 피드백을 통해 목표 문화에 대한 이해를 발전시켜 나갈 수 있으므로, 그 내용은 객관성을 가질 수 있도록 충분히 검토되어야 한다. 초급에서는 과정이 끝나갈 무렵에 제한적으로 활용할 수 있을 것이다.

③ 문화 캡슐 이용 방법

문화 캡슐은 문화 동화 장치와 다소 유사하다. 문화 동화 장치가 주로 읽기 자료를 제공하는 데 비해, 문화 캡슐은 다양한 시각 자료나 실물 자료들을 포함한다. 교사가 목표어 문화와 외국의 풍습 간에 근본적인 차이를 보이는 측면에 대해 간단히 제시하고, 이 과정에서 두 문화 간의 차이점을 보여주는 시각 자료가 제시되고, 토론을 자극하는 질문들도 제시된다. 초급에서는 단문으로 간단한 의견 제시를 유도할 수 있다.

④ 문화 섬 활용

문화 섬은 교사가 교실 주변을 포스터, 그림, 게시문 등을 이용하여 목표 문화의 전형적인 모습을 보여줄 수 있는 공간(섬)으로 만들어 유지하는 것을 말한다. 이것은 학습자들의 주의를 끌어 질문과 논평을 유도하기 위해 기획된다. 따라서 교사는 학습자의 언어 숙달도를 고려하여 이와 연결될 수 있는 수준의 다양한 문화적 주제들을 선정하여 만들어 주는 것이 바람직하다. 이것들은 앞의 비교

---

15) 손은경, 「문화감지도구 개발 연구-일본인 한국어 학습자를 대상으로-」, 연세대석사 학위논문, 2002, 83~94쪽.

방법을 구체화하면서 개발된 방법론들이라고 할 수 있는데, 역시 초급에서는 ①과 마찬가지로 제한적으로 적용하게 된다.

⑤ 대중매체의 활용(인터넷, 영상물, 출판물 등)

최근 인터넷은 정보문화 뿐만 아니라 다양한 유형의 문화들을 포괄적으로 담고 있는 매체로 등장했다. 학습자가 인터넷에 접근하도록 하기 위해서는 먼저 초급 단계에서 목표 언어의 컴퓨터 자판 익히기에서부터 시작하여, 단계적으로 안내하는 것이 바람직하다. 학습자의 숙달도에 따른 적절한 문화적 주제가 선정되어야 하고, 주제와 관련된 사이트의 검색과 같은 사전 준비가 철저하게 이루어져야 한다.

드라마, 영화, 광고, 다큐멘터리, 슬라이드 등과 같은 영상물을 활용하는 것은 학습자의 흥미를 유발시킴과 동시에 매우 효율적인 문화 수업 방법이 될 수 있다. 특히 드라마나 영화는 분량이나 난이도를 조정함으로써 초급, 중급, 고급의 모든 학생들에게 적용될 수 있는 기술이다.

다만 학습자의 언어 숙달 정도에 맞게 교사에 의한 적절한 편집이나 내용의 선정 작업이 요구된다. 사진이나 그림 등의 각종 슬라이드나 다큐멘터리는 교실 활동의 다양성뿐만 아니라 문화적 통찰을 동시에 제공해 준다. 또한 대중매체에 등장하는 광고를 선정하여 그 내용과 그에 대한 언어 표현을 토론해 보는 것도 비교문화적 측면에서 유용한 문화 수업이 될 수 있다.

신문, 잡지 등의 출판물에도 교재에 포함되지 않은 문화의 많은 측면들이 들어 있다. 신문의 활용은 주로 고급 학습자들을 대상으로 유용하나, 중급이나 초급의 학습자에게도 부분적으로 활용될 수 있다. 신문은 읽고 요약하기나 읽고 기사 완성하기 등의 쓰기 수업에 활용될 수 있고, 토론하기나 읽고 요약하여 발표하기와 같이 말하기 수업으로도 활용이 가능하다.

신문을 문화교육에서 활용하기 위해서는 교사가 학습자들에게 신문에 있는 특정 기사를 자기 나라 신문의 대응물과 비교하게 하거나 특정 내용의 기사에 대해 비교문화적인 관점에서 토론하게 하는 등의 수업을 유도하는 것이 바람직하다. 또한 머리기사나 광고, 논평, 스포츠, 만화, 일기예보 등과 같이 특정한 내용을 정하여 거기에 나타나는 문화적 특징에 대해 말하기, 듣기, 읽기, 쓰기 등의 수업에 적용할 수도 있을 것이다.

⑥ 조사(調査)와 관찰 방법

조사는 학습자가 자료들을 선택하여 문화 요소들을 직접 조사하고 파악하는 방법이고, 관찰은 학습자가 특정 의사소통 행위나 문화를 관찰자로서 주의 깊게 지켜보는 방법이다. 이들은 학습자가 대상을 직접 살핀다는 공통점이 있다.

관찰은 '참여 관찰'과는 달리 실험실처럼 방해받지 않고 관찰만이 허용되는 장소일 경우에 적용할 수 있는 방법이다. 특히 비디오나 동영상으로 촬영된 내용을 관찰하는 것은 분석을 위한 재생이 편하기 때문에 유용하다.

사진, 녹음, 받아쓰기 등도 상황에 따라 사용될 수 있는 관찰 방법이다. 이때 주의할 점은 관찰하는 특정 행위에 대해 가치 판단이나 결론을 내리지 않고 다만 관찰 가능한 행위만을 보고해야 한다. 즉 선입견을 배제해야 하는 것이다. 이 방법은 목표어 문화권에서 학습하는 학습자의 경우에 비교적 수월하게 수행할 수 있는 문화 학습 방법이다. 초급에서도 기초적이고 간단한 내용에 대한 조사와 관찰 방법이 활용될 수 있다.

⑦ 역할극과 인형 놀이

상황을 설정하여 각자의 역할을 나누어서 수행함으로써 목표어 문화에 대한 이해를 증진시키는 방법이다. 전화 걸기와 받기, 음식 주문하기, 물건 사기, 이발소나 미용실 이용, 약국이나 병원의 이용, 초대나 방문 등 일상생활에서 부딪칠 수 있는 다양한 상황을 체험하도록 배려해야 한다. 경우에 따라서 인형 놀이로 대체할 수도 있다. 모든 단계에서 적용 가능하지만, 특히 초급에서부터 적극적으로 자주 이용할 필요가 있는 방법이다.

⑧ 기타 매체와 문화 자료들의 활용

최근 실제 문화 자료들을 교육 현장에 적용한 사례 연구들이 집중적으로 발표되고 있는 사실은 고무적이다. 특히 여러 문학 제재들을 단계에 맞게 변형시켜 활용하는 사례들이 많이 보고되고 있다.

문화교육의 자료로서 문학작품을 활용하는 것은 주로 중급 이상에서 실시해 왔는데, 근래에는 초급에서도 이러한 교육이 제한적이나마 필요함을 주장한 논의도 있다.[16] 설화(신화, 전설, 민담), 민간신앙, 대중문화 제재들을 단계에 맞게 구안하여 활용하게 된다. 이밖에 한국 노래 부르기도 가능할 것이다.

4.2 교실 밖 활동(문화의 직접 체험 학습 방법)

① 참여 관찰 방법

참여 관찰은 특정 언어공동체에서 구성원으로 그 공동체에 몰입하여 거기에서 생활하면서 유형화된 문화적 행위를 인지하고 이해할 수 있게 하는 것이다. 대상 국가에 들어가 있는 외국인 학습자들에게 적용할 수 있는 방법으로, 일반적인 한국어교육에서 적용하기 위해서는 상황에 맞는 적절한 변형이 필요하다.

이 방법은 목표어 문화권에서 장기간 목표어 학습을 하고 있는 학습자들에게는 효과적인 방법이지만, 대체적으로 초급부터 적용하기는 쉽지 않은 방법이다.

② 현지 학습(현장 견학, 체험 학습, 현장 학습)[17]

현지 학습의 의의는 학습자들이 교실을 벗어나 한국어를 사용하는 실제 사회와 접할 수 있는 기회를 제공하는 데 있다. 이것은 학습자가 문화적인 행사나 그 현장을 답사하면서 문화를 직접 체험하기 때문에 대상 언어나 문화 습득을 위해 매우 효과적인 방법이다.

현장견학은 특별한 문화적 함의를 갖는 곳을 방문하는 것, 체험학습은 문화요소 포함 현장을 방문하여 전통 음식 만들기 등 학습자가 직접 경험하는 것, 현장

---

16) 이현주, 「외국인을 위한 한국문학교육 연구-설화를 통한 초급 과정 문학 교육」, 『새국어교육』 제82호, 2010. 여기에서 필자는 '형제투금'의 설화를 초급에 맞게 재구성하고, 학습의 단계와 과정을 구안해 보았다. 참고로 최근에는 민담(양민정, 「민담을 활용한 한국문화교육 방안 연구」, 『국제지역연구』 12-4, 한국외대 국제지역연구센터, 2009.)이나 민간신앙(양지선, 「민간신앙을 활용한 한국어와 한국문화교육」, 『이중언어학』 42, 이중언어학회, 2010.), 대중문화(윤석임, 「한국대중문화를 응용한 한국어교육의 일 방안」, 『일본문화연구』 제20집, 2006.)등 문화내용의 구체적인 항목들을 적용한 방법론적 연구들이 수행된 바 있다.
17) 윤상철, 「현장학습을 통한 한국어 문화교육」 방안 연구」, 경희대교육대학원 석사학위논문, 2004, 16~17쪽. 논자는 현장학습의 개념을 정리하여 '현지학습'을 상위 개념으로, 현장견학, 체험학습, 현장학습을 하위 개념으로 분류하였다.

학습은 문화 요소 현장을 방문하여 문화적 의사소통 연습 기회를 제공받는 것을 지칭한다.

이러한 방법들은 초급에서부터 적극 권장하고 활용하는 것이 좋다. 이 때 현장에서 보고, 듣고, 느낀 것들을 잘 정리하도록 지도해야 한다. 특히 체험한 내용은 다양하게 교실 수업과 연계가 가능하다. 즉 토론, 쓰기, 말하기 등의 주제로 활용될 것이다.

교실 수업과의 연계를 전제로 한다면, '단원목표 제시－사전조사/사전 정보 제공/조편성－현장과제 수행－교실 수행－정리 및 마무리'로 진행될 수 있다.[18] 만일 교실 수업과의 연계에서 자유롭다면 '사전 설명회－문화체험(전문해설사의 설명)/체험학습 병행－퀴즈－설문조사－작문/사진전 및 시상－문화체험 자료집 작성' 등으로 진행하는 순천향대학교의 예가 참고가 된다.[19]

지역성, 현대성 강화, 다양한 종교문화적 체험, 자연친화적 체험 등을 고려하여, 비보이, 난타, 열린음악회, 사찰 방문, 공원, 미술관, 박물관, 관광지, 놀이시설, 박람회, 전시회, 유적지, 스포츠, 연극, 영화, 뮤지컬 관람, 어촌·농촌·산촌 체험, 민박 체험 등을 다양하게 할 수 있다.

③ 한국어 화자와의 접촉

이는 교실 안에서 교사와 학습자들 간의 제한된 의사소통을 보완하고, 한국어와 한국문화에 대한 실제적인 지식을 습득할 수 있게 해 준다. 교실 내나 교실 밖에서 모두 이루어질 수 있는데, 구체적으로 방문객과 만나기, 편지·전자 메일·문자 교환하기, 언어 교환, 외국인과 국내 학생 간의 친구 맺어 주는 버디 프로그램(buddy program) 등의 방법들을 원용할 수 있다. 홈스테이나 가정 방문 등의 기회를 제공함으로써 보다 직접적인 문화 체험에 도움을 줄 수 있어서, 초급부터 적극 활용될 필요가 있다.

---

18) 윤상철, 위의 논문, 2004, 55쪽.
19) 이은숙, 「외국인을 위한 문화체험 중심의 한국 문화 교육 방안 연구」, 국어문학회, 『국어문학』 제48집, 2010, 342쪽.

④ 여행 및 캠프

여행이나 캠프 활동은 목표어 문화권에 속하는 지역들을 방문하여 그 곳의 다양한 풍습이나 역사적 의미 혹은 지역적 특성을 익힘으로써, 여러 가지 상황과 여건에 따른 문화적 정보들을 실생활에서 얻고 체험할 수 있다. 먼저 여행지에 대한 사전 지식과 교통수단, 숙박시설 등에 대한 정보를 충분히 갖추도록 해야 한다. 상황에 따른 적절한 대처 능력도 기를 수 있는데, 다만 초급에서는 경험 있는 동반자와 동행하도록 지도하는 것이 좋을 것이다.

이상의 여러 가지 문화교육 방법들은 한국어교육 현장에서 교사에 의해 취사 선택되고, 학습 단계별로 변형·조정을 거쳐 실현되어야 한다. 초급에서는 아무 래도 설명이 위주가 되고, 간단한 자료들의 제시와 영상물의 활용이 예상된다. 주소 쓰기, 전화번호 메모, 광고 전단지 읽고 상품 선택하기 등의 실제적인 활동 과 역할극 같은 것도 유용하게 이용될 수 있다.

그 중에서 특히 대중가요나 드라마, 영화 등은 한류의 인기에 힘입어 한국어교 육에도 긍정적인 역할을 한다는 점에서 초급 단계에서부터 적극적으로 활용될 수 있는 것이다. 하지만, 흥미 위주로 흐르거나 한국어의 의사소통 능력 교육과 긴밀하게 연결되지 않으면, 왜곡되거나 그릇된 한국어 학습 태도를 기를 수 있 다. 대중가요는 노래의 가창력이 곧바로 한국어 구사 능력과 연결되지는 않으며, 때로는 오히려 올바른 한국어 교육에 장애가 되기도 한다는 점을 염두에 두어야 한다.

결국 이 모든 방법들은 학습 단계에 맞게 학생 스스로가 주도적으로 한국문화 의 이해와 향유에 이를 수 있도록 하는 데 기여해야 한다. 초급에서는 여건상 대부분의 방법들이 제한적으로 시행되는 것은 불가피한 일이다. 학습 단계가 올 라 갈수록 과정 중심, 학습자 중심, 과제 중심, 프로젝트 수업 등의 학습자 주도 적인 교수법을 적극 활용하는 것이 중요하다고 하겠다.

초급에서도 교실 안에서는 특강, 설명, 시청각 자료(영화, 비디오, DVD, 동영상 등), 게시판이나 그림, 신문·잡지의 활용, 과제, 활동, 발표, 역할극 등 다양한 방법으로 가르칠 수 있다. 교실을 벗어나면 실제 행사의 참여나 체험 활동이 주가된다. 유의할 점은 각각의 방법들을 교육 현장에 적용할 때, 그것을 실현하는구체적인 방안들이 다양하게 파생될 수 있다는 사실이다. 교사들의 실제적이고창의적인 적용이 더욱 중요한 이유이다.

5. 맺음말

외국어 교육에서의 문화교육은 고급 단계의 언어 사용 능력에서 뿐만 아니라목표 언어의 일반적인 문화 능력을 기른다는 점에서 초급에서도 필요한 일이다.이는 학습자의 문화와 목표 언어의 문화 사이의 상호 관계를 중시하는 것이기도하다.

외국어로서 한국어를 습득하고 있는 사람들이 한국어의 사회언어학적 규칙과화용규칙에 관해 숙달되는 것이 필요한 것은 자명하다. 사람들은 특수한 상황에서 사회문화적 변수에 따라 사용하는 언어가 그 상황에 적합한지 이해하고 만드는 방법을 학습할 필요가 있다. 그렇지 못할 경우 사용자들이 의사소통을 하는중요한 시점을 놓치게 되거나 그들의 전달 내용이 오해를 유발시킬 수 있기 때문이다.

외국어로서의 한국어교육의 목표를 효과적으로 시행하기 위해서는 무엇보다도 교사의 역할이 대단히 중요하다. 이것은 특히 초급에서 더욱 그러하다. 교사는 학습자의 단계별로 차별을 두어야 하겠지만, 낯설고 생소한 문화를 효과적으로 전달하기 위해서 삽화 및 사진 자료, 비디오 자료 등의 보조 자료를 활용하는것이 효과적이다.

아울러 교사용 지침자료로서 교육에 필요한 한국의 문화 정보를 다른 문화권과 비교, 대조한 자료를 개발하는 것 역시 중요하다. 학습자의 문화에 대한 이해 없이 효과적인 한국문화의 교육은 어려울 것이며, 교사가 학습자의 문화를숙지하고 있을 경우에는 보다 자연스럽고 원활한 수업 진행이 가능할 것으로기대된다.

이 글에서는 한국어교육과 문화교육의 관계를 살피고, 주로 한국어 초급 학습자들을 위한 문화교육 내용 항목과 문화교육 방법론들에 대해 천착해 보았다. 그러나 '문화교육의 내용과 방법은 단계별 교육 환경이나 학습자의 요구, 교사의 의도 등에 따라서 달라질 수 있고, 재조정될 필요가 있다'는 전제에서 본고는 일정 부분 시론적인 성격을 벗어나지 못하는 한계를 갖는다. 특히 문화교육의 방법 부분에서 실제적이고 구체적인 현장 적용의 사례를 각론으로 병행하지 못한 점은 추후 보완하기로 한다.

다만 본고의 입론은 교육 현장에서 개별 교사들이 사명감을 가지고 끊임없이 다양한 실험을 통해 가다듬어질 때, 의미를 가질 수 있을 것으로 생각한다. 예를 들면 최근 스마트폰의 확대 보급에 따라 이를 한국어교육이나 문화교육에 적용한 현장의 사례 연구 같은 것이 필요한 시점이다.

아울러 한국어 능력 향상을 위한 문화교육, 학습 단계별 문화교육 내용과 방법, 교재 및 보조 자료 개발, 학습자 요구를 반영한 교수요목 개발, 여러 가지 학습자 활동 개발, 문화교육의 현장 연구 등과 같은 탐색도 지속적으로 이루어져야 한다. 방법론이 아무리 훌륭해도 현장에서 제대로 구현되지 못하면 의미가 없기 때문이다.

1. 자료

건국대 언어교육원,『한국어 1』, 건국대출판부, 2008.
경희대 국제교육원 한국어교육부,『한국어 초급Ⅰ, Ⅱ』, 경희대출판국, 2008.
＿＿＿＿＿＿＿＿＿＿＿＿＿＿＿＿＿＿＿＿,『혼자서 공부하는 한국어 초급Ⅰ, Ⅱ』, 경희대
　　　　출판국, 2008.
고려대 한국어문화교육센터,『재미있는 한국어 1』, 교보문고, 2009.
서강대 한국어교육원,『서강한국어1A, 1B』, 도서출판 하우, 2009.
서울대 언어교육원,『한국어 1』, 문진미디어, 2008.
선문대 한국어교육원,『초급 한국어 Ⅰ~Ⅳ』, 한국문화사, 2008.
성균관대 성균어학원,『배우기 쉬운 한국어 1, 2』-문법, 성대출판부, 2007.
＿＿＿＿＿＿＿＿＿＿＿＿＿＿＿,『말하기 쉬운 한국어 1, 2, 3, 4』-회화, 성대출판부, 2007.
연세대 한국어학당 교재편찬위원회,『100시간 한국어 1』, 연세대출판부, 2007.
한국외대 한국어문화교육원,『외국인을 위한 한국어 1』, 한국외대출판부, 2009.
한양대 국제어학원,『한양한국어 1』, 한양대출판부, 2009.

2. 단행본

국립국어원,『한국어교육의 이해』, 한국문화사, 2009.
국제한국어교육학회 편,『한국어교육론2』, 한국문화사, 2005.
김중섭,『한국어교육의 이해』, 한국문화사, 2004.
박영순,『외국어로서의 한국어교육론』, 월인, 2006.
박영순 외,『한국어와 한국어교육』, 한국문화사, 2008.
박영순 편,『21세기 한국어교육학의 현황과 과제』, 한국문화사, 2002.
엘리 힝켈 편,『문화와 제2언어 교수학습』, 김덕영 옮김, 한국문화사, 2009.

3. 논문

강현화, 「한국어 문화 어휘의 선정과 기술에 대한 연구」, 『21세기 한국어교육학의
현황과 과제』, 박영순 편, 한국문화사, 2002.

김인회 · 조철현 · 남기심 · 조항록 · 강승혜, 「외국인과 해외교포를 위한 한국문화
보급 방안 연구」(최종 보고서), 2002.

김정숙, 「한국어 숙달도 배양을 위한 한국 문화 교육 방안」, 『교육 한글』10권, 한
글학회, 1997.

김정은, 「문화교육의 연구사와 변천사」, 『한국어교육론2』, 국제한국어교육학회
편, 한국문화사, 2005.

김종철, 「문화교육의 과제와 발전 방향」, 『한국어교육론 2』, 국제한국어교육학회
편, 한국문화사, 2005.

______, 「한국어교육에서 한국문화교육의 쟁점과 전망」, 한국어교육학회, 『국어
교육』 133, 2010.

김중섭, 「외국인을 위한 한국 문화 교육 연구의 현황과 과제」, 『한국어교육의 이
해』, 한국문화사, 2004.

나카가와 마사오 · 위햇님, 「한국어교육에서 ACTFL-OPI의 활용 방안」, 국어교육
학회, 『국어교육학연구』 제37집, 2010.

박영순, 「제2언어교육으로서의 문화 교육」, 『이중언어학회지 5』, 이중언어학회,
1989.

______, 「한국어교육의 목표와 현황」, 『한국어와 한국어교육』, 박영순 외, 한국문
화사, 2008.

성기철, 「한국어교육과 문화 교육」, 『한국어교육 12-2』, 국제한국어교육학회,
2001.

손은경, 「문화감지도구 개발 연구-일본인 한국어 학습자를 대상으로-」, 연세대석
사 학위논문, 2002.

윤상철, 「현장학습을 통한 한국어 문화교육」 방안 연구」, 경희대교육대학원 석사
학위논문, 2004.

윤여탁, 「한국어 문화 교수 학습론」, 『21세기 한국어교육학의 현황과 과제』, 박영
순 편, 한국문화사, 2005.

이은숙, 「외국인을 위한 문화체험 중심의 한국 문화 교육 방안 연구」, 국어문학회,
　　　『국어문학』 제48집, 2010.
조항록, 「한국어 고급 과정 학습자를 위한 한국 문화 교육 방안」, 『한국어교육
　　　9-2』, 국제한국어교육학회, 1998.
______, 「초급 단계에서의 한국어교육과 문화교육」, 『한국어교육 11-1』, 국제한국
　　　어교육학회. 2002.
______, 「한국어 문화교육론의 주요 쟁점과 과제」, 『21세기 한국어교육학의 현황
　　　과 과제』, 박영순 편, 한국문화사, 2002.
조항록·강승혜, 「초급 단계 한국어 학습자를 위한 문화 교수요목 개발(1)」, 『한국
　　　어교육 특집호 12-2』, 국제한국어교육학회, 2001.
한상미, 「한국어교육에서 언어와 문화의 통합적인 교육 방안」-의사소통 민족지학
　　　연구방법론의 적용-, 『한국어교육 10-2』, 국제한국어교육학회, 1997.
______, 「문화 교육 방법론」, 『한국어교육론2』, 국제한국어교육학회 편, 한국문화
　　　사, 2005.
황인교, 「한국 문화 교수법」, 『한국어교육의 이해』, 국립국어원, 한국문화사,
　　　2009.

『동방학술논단』 2011년 제4기(중국 절강성 절강월수외국어대학 한국문화연구소, 2011. 12)

◎ 이병찬(李秉讚)

대진대학교 교육대학원 국어교육전공 교수(현)
ybcm@daejin.ac.kr

충남 보령(대천) 출생
서울 성남고 졸업
성균관대학교 국어국문학과 졸업
성균관대학교 대학원 국어국문학과 문학석사
성균관대학교 대학원 국어국문학과 문학박사
서울 배문고 국어교사 역임
대진대학교 국어국문학과 교수 역임

주요 논저
『동야휘집 연구』(보고사, 2005), 『포천의 설화』(공저, 포천문화원, 2000)
이밖에 지역학 연구에 관심을 기울여 포천의 설화와 인물, 문학에 대한 연구 논문 등이 다수 있다.

고전문학
교육의
이해와 실제

초판 인쇄	2012년 2월 20일
초판 발행	2012년 2월 28일
지 은 이	이병찬
펴 낸 이	박찬익
책임편집	공혜정
펴 낸 곳	도서출판 박이정
주 소	서울시 동대문구 용두동 129-162
전 화	02)922-1192~3
전 송	02)928-4683
홈페이지	www.pjbook.com
이 메 일	pijbook@naver.com
온 라 인	국민 729-21-0137-159
등 록	1991년 3월 12일 제1-1182호
I S B N	978-89-6292-290-5 (93810)

* 책값은 뒤표지에 있습니다.